円地文子事典

芸術至上主義文芸学会［企画］

［編者］
馬渡憲三郎
高野良知
竹内清己
安田義明

鼎書房

円地文子事典 目次

作品

事項

人物

凡例

本事典は、円地文子の初の事典として、その文学研究の進展に資することを期して企画・編集した。内容は、円地文学を包括的に捉えるため、作品に重点を置き、事項と人物を配した。なお、執筆においては、次のような原則を設けた。

一、作品のテキストは、『円地文子全集』（新潮社）に拠り、全集未収録の場合は初収単行本に、他は初出に拠った。

一、本文の記述は新漢字・新仮名遣いとした。ただし、人名・地名などの固有名詞に用いられた漢字、また、『全集未収録』の作品および他書からの引用文（出典を除く）の仮名遣いなどは例外とした。

一、本文中に引用した文献は、雑誌・新聞を「　」、単行本を『　』で示し、副題、発行年月日、出版社名などは巻末の「年譜」「参考文献」に譲った場合も多い。

一、「作品」（三七四項目）については、題名・読みがな・ジャンル・初出・初収・全集の収録巻数を記載した。

一、作品名が変更されている場合は変更後の作品名を採った。

一、ジャンルについては、小説・戯曲・随筆の三つに分類したが、随筆については各作品の性格を考慮して、まれに例外を設けた。紀行文・随想は随筆で括った。

一、「事項」（五十八項目）については、円地文学における位置や効果を、「人物」（三十四項目）については、円地文学への影響を、それぞれ勘案しつつ、選択し、記述した。

●編者・執筆者一覧●

企画・芸術至上主義文芸学会

編者

馬渡憲三郎
高野良知
竹内清己
安田義明

執筆者

あ
赤尾勝子
赤在翔子
阿部綾乃
阿部孝子
天野知幸
五十嵐伸治
池田博昭
池田正美
砂澤雄一
石内徹
石川浩平
石田和之
石田仁志
石附陽子
石橋紀俊
板垣悟
市原礼子
井上二葉
猪熊雄治
岩見幸恵
内海宏隆
遠藤郁子
大塚剛
大野隆之
大森盛和
奥野行伸
小野憲男

か
景山倫子
神谷忠孝
川勝麻里
川上純子
川上真人
川口秀子
川本圭
神田重幸
菊地弘
岸規子
岸睦子
木谷真紀子
熊谷信子
倉田容子
栗原直子
小泉京美
河野基樹
古閑章
児玉喜恵子
後藤康二
小林幸夫
小林敏一
小林美鈴
小林裕子
小町谷康
小松史生子

さ
坂井明彦
佐藤隆之
佐野和子
佐山美佳
澤田繁晴
島崎市誠
島本達夫
志村有弘
庄司達也
杉岡歩美
鈴木文子
鈴木美穂
鈴木雄史
須田久美
須藤しのぶ
須藤宏明
清田文武
関根和行
相馬明文

た
高木伸幸
高根沢紀子
高野良知
高橋和子
高比良直美
竹内清己
竹内直人
舘下徹志
田中愛
田中実
田中励儀
田邊裕史
茅野信二
土倉ヒロ子
土屋萌子
坪内健二
鶴丸典子
傳馬義澄
遠矢徹彦
戸塚麻子
戸塚学
取井一

な
永井真平
中嶋展子
中田雅敏
長門新子

永野　悟
中村ともえ
南雲弘子
西山一樹
沼田真理
野口裕子
野末　明
野寄　勉
野寄美佳子
野呂芳信

は
長谷川　啓
長谷川貴子
秦　恒平
葉名尻竜一
馬場重行
林　　円
早野喜久江
葉山修平
原　　善
伴　　悦
深澤晴美
福田淳子
福地正康
藤枝史江
宝月亜希子
細川知香
堀内　京

ま
眞有澄香
槇林滉二
正本君子
松川秀人
松本鶴雄
松本博明
松山綾子
馬渡憲三郎
茗荷　円
百瀬　久
森　晴雄
森本　穫
森本　平
守屋貴嗣

や
安田義明
安原義博
柳澤幹夫
矢野耕三
山岸みどり
山口政幸
山田昭子
山田吉郎
山之内朗子
山本直人
吉田憲恵
吉田司雄

ら
李　　蕊
リース・モートン

わ
渡邊澄子
渡部麻実
渡辺善雄

作品

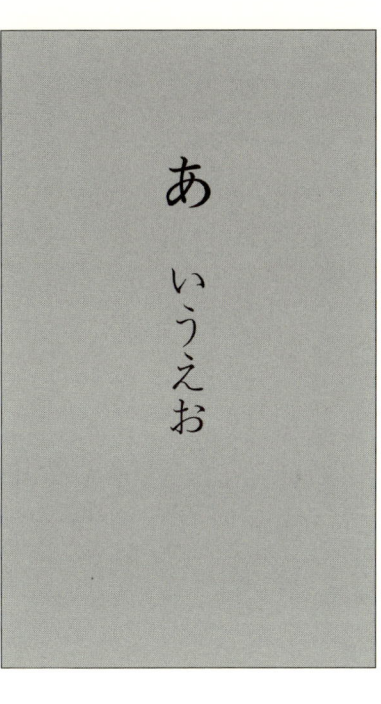

あ
いうえお

愛妾二代（あいしょうにだい）

小説／「小説新潮」昭27・8／『ひもじい月日』中央公論社、昭29・12・10／全集②

実業家で成功し、性格も君子人である高瀬九朗は、好色であり、芸者上がりの小りんを妾にする。その小りんは二十年たっても高瀬の子を宿せないでいたが、子宮癌に侵される。手術は無事に成功し、箱根で療養している小りんのもとに、高瀬が料理屋の女将おまんと、小りんの前夫との子である房江を連れてやって来る。船遊びで疲れたおまんと房江は前後不覚に寝込んでしまい、騙されたような形でその晩、房江は高瀬の女になる。一年後、房江は滋という男の子を安産し、小りんは隠居として落ち着く。二代がかりの愛妾の関係を築けたわけであったが、滋が十五歳のとき、高瀬の正妻が亡くなり、妾とその子達を整理して、本妻になるものと、高瀬家から縁が切れるものとに分けられ、小りんと房江に流れる不倫の血を引く滋は、正系と認められない。

モチーフであり、タイトルにもなっている「愛妾二代」という結果が、本当に小りんと房江の望むものであったのか、そこにはもう少し複雑な感情が隠されているのではないか、追求したい。また、脇役で「脱疽で足を切った三代目田之助」が出て来て、自分の赤子が泣きわめく時に見せる「鬼女のような凄じい」顔、「あんな身体になってもまだ子どもを生ませて悶えている田之助の地獄」を小りんが見て、「男と女の間にある外貌のバランスをつきぬける一つの転機」になる、という部分の解釈も深めたい。私見を述べると、小りんには芸者上がりの自らの境遇を何とか高めたいという願望が常にあり、自分が子どもを生めなくなった後には、房江を高瀬の愛妾とするために道具として使った、すなわち、「愛妾二代」を目指す意識が強くあったと思われる。対して、房江は騙された時点ではもちろん、その意識はなかったが、子どもを生む前後からその運命に身を任せているような、やや受身的な生き方の中にいる。須浪敏子『円地文子論』（平10・9・20、おうふう）の「『原姒』考」には、「円地文学の核である女の父権性への復讐の物語《ストーリー》」という発言があるが、愛妾を選び取るという小りんの意志も、その線で解釈してゆくと新たな視点が見えてきそうである。　（佐藤隆之）

愛情の系譜（あいじょうのけいふ）

小説／「朝日新聞」昭35・8・23～36・3・16／『愛情の系譜』新潮社、昭36・5・30／全集⑦

全十六章。「土曜日の午後」（一～一〇回　＊新聞連載時の回数。以下同じ）、「さぎ（鷺）」（一一～二六回。単行本「鷺」）、「秋の影」（二七～三七回）、「湖」（三八～六一回）、「家出」（六二～七二回）、「傷」（七三～八二回）、「晩秋荒れ」（八三～九八回。第九〇回のみ「晩秋あれ」）、「水のある風景」（九九～一一三回）、「年の瀬」（一一四～一二三回）、「寒桜」（一二四～一三四回）、「寒に入る」（一三五～一四七回）、「結氷期」（一四八～一五七回）、「雪しんしん」（一五八～一六七回）、「なだれるもの」（一六八～一八一回。単行本「雪崩れるもの」）、「渦巻きの原理」（一八二～一九四回）、「蝶のいのち」（一九五～二〇四回）。

新聞の連載中、一〇回、三九回、七〇回、一三一回、一六一回、一八九回に、前号までの「あらすじ」が載せられた。単行本では、巻頭に「目次」が載せられた。なお、同名の文庫本が、竹西寛子による「解説」を付して、角川書店より昭和四十一（一九六六）年六月二十日に刊行された（「解説」は、『円地文子全集』第七巻に再掲）。連載時挿画は御正伸。単行書装幀は加藤栄三。

大学を卒業後、米国の大学へと留学を果たした吉見藍子は、帰国後に社会福祉協議会に勤め、青少年の更正に力を尽くしているが、今は自分が面倒を見ている非行少年の兼藤良晴のことを気にかけている。彼女は、留学中に知り合った立花研一との結婚を望んでいるが、彼はそのことを意識的に回避し、恋人としての彼女との情事を楽しんでいる。藍子の母親の克代は、離婚した後に女手ひとつで二人の娘を育て上げたが、父は死んだと娘たちには教えていた。母親の言葉に偽りがあることを知った妹の紅子は、母にも姉にも内緒で杉周三に会い、事業のパトロンになってくれるようにねだり、その事実を知った母親と諍いを起こし、家出をして周三の世話になる。一方で藍子は、仕事で郷里の北海道へと旅したが、その間に両親の離婚に関わる事情を偶然に知り、心に大きな衝撃を受けた。それは、母克代が父周三を相手に未練のゆえに刃傷に及んだが果たされなかったという秘されていた事件であった。藍子は、他の女性との結婚話を進めながらも藍子には真実を隠して交際を続けてゆこうとする立花とガス心中を図ろうとしたが、すんでの所で自らの行為を押しとどめる。藍子は、自らの体内に強い愛憎の劇を生んだ母克代の血が流れているという事実を認めざるを得ないのであった。父周三の助けにより心身の傷を癒した藍子は、自分が手を掛けられないでいる間に社会の底に落ち込み人を殺めてしまった良晴に面会し、彼を見守り続けることを決心する。それは、彼女自身の人生の中で願い得る限りの愛情の彼岸であるはずなのだ。

「小説新潮」（昭36・7）の「新刊案内」に、「私もまた盲目の女か！……／殺人寸前に自制を取戻した／藍子のすがたに、現代女性／の奥底の葛藤をとらえて／強烈な芳香を放つ長編力作！」とある。また、昭和三十六（一九六一）年には、松竹により映画化された（制作＝月森仙之助、五所平之助、脚本＝八柱利雄、監督＝五所平之助。主要キャスト＝岡田茉莉子（吉見藍子）、乙羽信子（克代）、山村聰（杉周三）、三橋達也（立花研一）、高峰三枝子（香月藤尾））。この映画シナリオの巻頭には、「愛情とはなにか？／男と女の愛情とはなにか？／愛情の底しれぬ／怖ろしさの中に燃える／女の業／女の執念／愛の真実を求めて／生きんとする藍子が／愛の炎に包まれて／破滅へと突き進む／その必死の姿。／親子二人にわたる。／愛憎の「血の問題」／女のあわれと／青春の厳しさを追求したい。」と掲げられている。（庄司達也）

青い鳥（あおいとり）

小説／「むらさき」昭12・2

尋常小学校三年生の安住志摩子《やすずみ》は、背の小さい痩せっぽちの少女であるが、意志の強そうな眼と引き結んだ唇をしており、歴史や国語の時間になると、教師を困らせるくらいの質問や答えをする。担任は、彼女のませすぎて、人の揚げ足取りをするようなところをうとむようになり、志摩子はそういう先生を軽蔑し、卑屈になっていった。志摩子の組の生徒が羽目を外して担任に「騒ぐものは六年にしてあげませんぞ」と怒られた際に、「落第させて下さい」と志摩子が答え、一人の卒業生の男の子が「生意気な……こんな奴、落第させておやりなさい」と色をなして言う事件が起こる。その時、志摩子は自分の中へ率直に飛び込んで来る人間のあることに驚き、異様な喜びと少年の顔の美しさを感じる。志摩子は三十歳になっても、少年の感情を愛情と、少年の顔を青い鳥と受け取っている。この受け取った理由、タイトル考察、書かれた昭和十二年という時代背景と絡めての問題追求をしたい。（佐藤隆之）

葵の上（あおいのうえ）

小説／『南支の女』古明地書店、昭18・6・15

国文の佐伯先生の結婚の噂で私たちのクラスは動揺していた。先生は美男で金持ちの一人息子、熱心な学究だから人気があった。新婚旅行帰りの講義は、源氏の第一の結婚のところからだった。「美しくもあり、気品もあり、性質もしっかりしているのだけれど、女らしいやさしさとか艶に欠けていて心から愛する気になれない。葵の上の方でも源氏が嫌いなわけではないけれども」。そんな風の流暢な講義だった。日曜日の午後、私たち五人の女子学生は先生の家を訪ねた。床の間には梨の花が生けてあって梅が枝らしい練香が漂っている。奥さんは京の人らしく肌理のこまかい上品な顔立ちだが、愛くるしさや初々しさはなかった。帰り道で、私たちは「本当に葵の上だわ」と賑やかに笑いあった。その後佐伯先生の家庭は円満で、今では二人のお子さんがいるはずである。

憧れの先生の幸せならざる結婚生活を想像し、「何となく雲が晴れたような顔」をし合う女子学生らの無邪気な悪意に、日常生活のしたたかさで応ずる締めくくりはコントのような味わいがある。（安田義明）

青頭巾談義（あおずきんだんぎ）

小説／「文学界」昭58・11

鴉の勘公と小説家であるオバアサンの対話を描く連作「鴉戯談」の一つ。冒頭、オバアサンと訪問者の男が欧州で起きた日本人男性による人肉食事件について話している。男が去ると勘公が現れオバアサンと話を始める。国際情勢のこと、昨今の若者の生き方のことなどを語り合ううち、話題は勘公によって人肉食へと戻され、アンデス山の飛行機遭難事故に及び、やがて上田秋成『雨月物語』中の「青頭巾」の話になる。「秋成によっぽどいかれている」オバアサンは、「青頭巾」の内容を話して聞かせ「この人喰いはなかなかいいと思わないかい？」と言うが、勘公はヨーロッパの事件の犯人の方に興味があると答える。円地は『雨月物語』の現代語訳をしており（『日本文学全集13』昭36、河出書房新社。『日本古典文庫20』昭55、同上。など）、また『源氏物語』よりも先に『雨月物語』に親しんでいたという（『江戸文学問わず語り』等）。中上健次との対談（「海」昭54・10。『有縁の人々と』）では、「青頭巾」の稚児の死体を食べる僧侶について「あれはわかるの」と言い、「秋成の怪異は気品が高い」と話している。同時代の事件が固有名詞等を変え題材として取り上げられており、パリ人肉食事件は作品発表の半年前に起きた事件であった。（児玉喜恵子）

あかね

小説／「週刊朝日別冊」昭34・1／日本文芸家協会編『昭和三十四年度 代表作時代小説』東京文芸社、昭59・11・30

幼馴染の音彦とあかねは互いにひかれあう仲だった。大人になって夫婦となった二人は幸せに暮らしていたが、音彦の両親が水害で死ぬことで、不幸が始まる。家が没落した音彦は仕事を求めに都へ出かけたまま、六年の歳月が流れる。その間、新しく赴任した国守があかねを見初め、奉公先にと申し出る。操を守っていたあかねであったが、音沙汰のない音彦を諦めて国守の妻になることを決意する。婚礼の日、九州で商人として成功した音彦が戻ってくる。再会した二人だったが、別の男の妻となったあかねを受け入れられない音彦は一人去る。一方のあかねは、国守のもとへは帰らず、自ら命を絶つ。『代表作時代小説』に収められた「作者のことば」で、『伊勢物語』の「筒井筒」と『大和物語』の「蘆刈り」の影響が明かされている。古典文学との間のテクスト性を考察することが、方法論を明らかにする上でまずは必要だろう。（天野知幸）

秋のめざめ（あきのめざめ）

小説／「毎日新聞」昭32・8・9～33・1・29／『秋のめざめ』毎日新聞社、昭33・3・15／全集⑦。

美貌の新劇女優印南藤子は、愛の通い合わない偏屈な夫吾朗と、異常に父親を憎み、母親に執着して家庭内暴力を振るう中学生の息子雪朗を抱えて苦悩していた。藤子は雪朗の治療者として出会った教育相談所の年下の心理学者木原竜巳と恋に落ちていく。木原は子供達の更生に心血を注いでいるが、その内面には戦時中に囚人として死んだ父への憎しみを抱えた翳のある男である。一方で、藤子はかつて関係を持った弁護士郡音彦と再会、木原の純粋で一途な愛情に惹かれながら老練な郡の誘惑にも抗えず、二人の男の間で揺れ動き葛藤する。終盤、藤子は渡米する木原に雪朗を託し、姪の麻枝に木原を譲って自殺を図ろうとするが、友人横田によって阻まれる。読者に未来への新たな予感を抱かせるところで小説は終わっている。

新聞連載小説という性格上、テンポの良い意外性に富んだストーリー展開で、エンターティメント性に重きが置かれていると言えるが、登場人物達のそれぞれの内面、光と影が円地らしい精緻な筆致で鮮やかに描き出された意欲作である。現在までこの小説に関する目立った論評が見られないのは残念である。

新聞連載完結後、円地は「毎日新聞」に掲載された『秋のめざめ』の後に」（昭33・2・4）で自作について、「現代の社会で家庭と職業をいっしょに持っている女の悩み」と「文化面の進歩した国々にますます多くなってきている異常児と家族との関係について、小説をとおして考えてみたかった」と述べている。今日でも少しも色褪せないテーマだが、その掘り下げはやや平板で、むしろこの作品の主眼は、藤子という業の深い女の複雑な内面を描き込むことに置かれている。円地は同じ文章の中で、「自殺の一歩手前まで追込んでみたが、おそらく彼女は死なないだろう。藤子を再生させるものは、彼女の俳優性であることを作者は信じたい。」とも述べている。藤子の中には官能的な娼婦性と愛する者のために死をも辞さない献身的な聖女性という相矛盾する要素があり、かつそれらがどこか演技的で自己陶酔的であることを自覚する自意識をも併せ持つという、極めて多面的で魅力的な造型が施されている。さらに、藤子に欠けている「母親らしい底なしの甘さ、軟らかさ」を家政婦のタネに、明るく溌剌とした透明感のある美しさを麻枝に象嵌し、女性の持つ様々な側面を細やかに描き出しているところはまさに円地文学の醍醐味と言えよう。また作中に、イプセンの戯曲「小さいイヨルフ」、万葉集の大海人皇子と額田女王の相聞歌、藤子の演じる映画の聖娼婦などを配し、物語を重層化するおなじみの手法はここでも存分に発揮されていて、読者を楽しませてくれる。（田中　実）

秋日ダリア（あきひだりあ）

小説／「オール読物」昭40・12

舞踊家今藤衣香が属する今藤流は、現在、家元後継問題で揺れている。候補の一人百合野は、美貌と芸質の良さでジャーナリズムに持て囃され、また、財閥の子息と結婚し、錚々たる財界人との社交もある。三十代半ばを過ぎるまで芸一点張りに生きてきた自分とは対照的な百合野に業を煮やす衣香は、もう一人の候補鹿野に肩入れしている。この日、衣香はそのことで鎌倉の宗家今藤吉野のもとを訪れた。折しもそこには百合野夫妻が来合わせており、その夫西島からかつて見た衣香の踊りの素敵に綺麗だった印象を告げられる。夫妻退出後、吉野から百合野には家元への野心などのないこと、そんなことより芸の方に身を入れよと諭され、帰途、「芸一筋に打ち込まなければ」と思い直すにつけて「立ちこめていたむら雲が晴れていく」ように感じる。三十代後半の独身女性の心理的な擾乱が、西島や男勝りの老宗家吉野といった、鷹揚な〈男性的〉因子によって解消していく点が興味深い。（柳澤幹夫）

朱を奪う（あけをうばう）

小説／『春寂寥』むらさき出版部、昭14・4・10

羽村は同僚日野らの策謀により、現在の地位を奪われようとしている。その時、大学時代の友人細谷の未亡人るい子からの電話を受ける。彼女の相談に乗るため、羽村はレストランで会う約束をした。彼女とは一度会っただけであるにも拘らず、その魅力に惹きつけられていたのである。るい子の方も羽村の好意に気づいていたため、日野との再婚話を持ち出し、羽村の反応を窺うのであった。羽村は日野を賞讃し、再婚を勧めるのであるが、るい子からは卑怯だとなじられる。次第に羽村も真剣になり、その夜の中に二人は結ばれることになる。やがて会社の内訌は、羽村ばかりか、日野ら反対派まで会社から駆逐しようとするまでに発展する。日野は奔走し、ある拓殖事業の理事に納まりかけるが、羽村とるい子が愛し合っていることを知ると、決まりかけていた縁談も地位もあっさり断念してしまう。

一方の羽村はるい子との関係が妻に露見してしまうものの、日野への対抗心から別れられずにいる。

この小説は一章から三章そして五章と、羽村の側からるい子との恋愛が語られていく。が、四章と六章ではるい子の視点から二人の関係が語り直され、男女の心理の齟齬が提出される。また六章では作家としての「私」が登場し、るい子から羽村との恋の顚末を聞く設定になっており、複雑な構成になっている。

この作品の背景には片岡鉄兵との恋愛体験があると思われる。羽村の才気と教養に惹きつけられるるい子の心情は、作者自身が体験したものであろう。しかしその一方で、妻子ある男性との恋愛を冷静に批評・分析する「私」の存在は、作家としての円地文子の一面を窺わせる。後年執筆されることになる長編『朱を奪うもの』と題が似ているだけでなく、明らかにテーマの上で共通するものをもっている。ただし『朱を奪う』では、るい子の若さや情熱を奪いさったものは何なのか明らかにはされていない。現実と妥協し、打算的な選択をするようになったるい子の姿を暗示することで、この小説は閉じられたのである。（岸　規子）

朱を奪うもの—三部作—（あけをうばうもの）

小説／第一部「朱を奪うもの」／「文芸」昭30・8～31・6／『朱を奪うもの』河出書房、昭31・5・15
第二部「傷ある翼」／「中央公論」昭35・1～7／『傷ある翼』中央公論社、昭37・3・5
第三部「虹と修羅」／「文学界」昭40・3～42・3／『虹と修羅』文芸春秋社、昭43・10・30
『朱を奪うもの—三部作—』新潮社、昭45・2・28／全集⑫

この三部作は、痛む歯の最後の四、五本を抜いてもらったが、「ほっとするよりも大切なものを盗まれた」という思いに襲われた初老の女性作家が、かつて乳腺炎と子宮癌の手術で女性機能を失い、女としての生きる可能性を奪いとられた劇的な人生を、わが身に「与えられた生命の歴史の不思議さ」として、その生涯を顧みる物語である。幼いころから怪異妖気な読本や草双紙を読み、父の新劇指導を見て耽美的な芝居や劇場に親しんで育った滋子は、「紫の朱を奪うようにその黎明から人口の光線に染められていた」。女学校を出てから新進の劇作家橘隆三に師事し、劇作家の道を歩み始めるが、二年後に橘は急逝する。そのころ左翼の煽動劇を見て、プロレタリア運動に尽くす劇作家一柳燦を知った。妻子ある一柳との初めての肉体の触れ合いは、滋子を女として現実に目覚めさせていく。しかし、引き取られた検事の伯父の家を出たいという思いから、再婚者で考古学者の宗像勘次との結婚に踏み切る。欲望の強い宗像は、一番嫌いなタイプの男と分っていたが、「別れるに便利かも知れない」という一方で、一柳との関係も続けられるという打算によるものだった。（「朱を奪うもの」）。五年後、満州事変をきっかけに時代は戦争に突入していった。結婚後も夫とはしっくりせず、「宗像の子を生んだのは一生の不覚」と自分を呪いながらも、「ひもじく、もの欲しく、傷のある翼をもった鳥のように生きて飛ぶこと」を夢想し、作家として立つことを決心する。夫が外地に赴任する機会に別れ、再会した一柳にすがろうと思った。そんな折に乳腺炎による乳房の喪失が滋子を苦しめたが、これまで意識しなかった「女」であることの自覚が痛切に甦ってきた。しかし、一柳の知人で独文学者の柿沼や外地で夫を看護する左翼運動家の小椋との関係も容易に滋子の心を充たすものではなかった。（「傷ある翼」）。戦争が終った翌年の秋、子宮癌の宣告を受けた滋子は、病気を機に夫から離れられるかも知れないと思った。手術後の凄惨な体に、「女でないと思い込むことで、もっと大胆になれないものか」という狂おしい呻きの中で、「虹」のごとき命への渇望と「修羅」のごとき現し身の葛藤の日が続いた。手術から三年が経ち外地から帰った柿沼と結ばれ、荒廃した体に流れる血に、一柳に与えた処女の血を思い重ね「奇怪な混迷」に沈むが、そこに生きてきた歳月を思いやる滋子は、「人工の光線」を思いみて、傷心のわが身を小説に賭けようとするのであった。（「虹と修羅」）。

この小説について、作者は「私は『私小説』の書けない人間なので虚実をわがままにない交ぜて小説の形に作り上げた」（『傷ある翼』あとがき）と述べている。第一部が発表されると、青野季吉は「古い非人間的な文学などで人工的につくり上げられた、女のゆがんだ、暗い一生を描いている。読んでいる間に不思議に深く食い込んでくるもののある作品」（「朝日新聞」昭30・7・26）と評し、三島由紀夫は第五回谷崎潤一郎賞受賞の選評で、「女性の肉体と感性の中に、作家という毒のある植物が、不可抗的に芽ばえ生い立ってゆく経過」が演劇的効果を生かして書かれた「見事なヒューマンドキュメント」（「中央公論」昭44・11）と評した。作者の体験の濃密な投影と虚構化に着目して、日沼倫太郎は「円地氏みずからが自己の人生の帰点と文学の起点とをあるがままに語った重要な作品」（「朱を奪うもの」「国文学」昭43・4）と評し、磯田光一は「劇的な人生への飢渇を無慚に打ち砕くことによって、その希求そのものを虚構のうちに救い出している」（「劇的人生への飢渇　円地文子『朱を奪うもの―三部作―』」「文芸」昭45・6）と指摘。熊坂敦子は「内的体験をモチーフとして『生の実在』に迫る自己省察が、女性のたゆたい悩む深層下の意識のくらがりに具象性を与えた」（「『朱《あけ》を奪うもの』の滋子」「国文学」昭59・3）作品とみている。また作品の構想にふれて、竹腰幸夫は「嗜虐的観念が、一人の人生の中にそれを支えるものとして生き得るということ、その検証を試みた作品」（『昭和の長編小説』平4・1、至文堂）と指摘し、須波敏子は「虚実一体の青春からの墜落を描いた」「倫理的な愛から修羅の愛へのシフト・ダウン」（『円地文子論』平10・9、おうふう）を紡いだ作品とみている。

今後の課題として、円地文学独特の女性像の探求、現実と幻想、美と醜、官能と倫理などの対比の美学、作品の語りの構造の解明などの検討があげられる。（神田重幸）

浅間彩色（あさまさいしき）

小説／「小説新潮」昭44・1／『菊車』新潮社、昭44・3・30／全集⑤

ある日突然の爆発が浅間山で起きた。遭難した人の中に、今年別荘を新築して初めて来ていた家の若主人、戸村真吾がいた。戸村には資産家の篠原夫人の一人娘との間に、二十三、四の一人娘がいた。彼女はピアノ好きである。私は家政婦の浅野から篠原家の話を聞いて、どこまでも行方をつきとめてみたいと願わない自分が何となく不自然なことに思われた。しかし浅野から聞く主人を亡くした篠原家の様子は、お嬢さんがまだ四十九日にもならないのに、東京でピアノのお稽古をしたり、母親は朝から晩まで書をしているということだった。ある夜私が一人で机に向かっていると、別のたおやかな風情の中年の女が座っていて、それは篠原夫人の一人娘であった。私は言い知れぬ凄艶な情感をかき立てられるのであった。篠原夫人が言うには、亡くなることを予期していなかったには違いないけれども、あの時山に登ったことには何かがあったように思われてなりません、ということだった。

この家族は、主人か夫人か娘が身を隠さなければならなかった。主人には奥さんの正体が見えていた。だから戸村真吾は浅間山に隠れなければならず、浅間山も戸村真吾を隠しきれない情け深さで抱き隠してくれたのである。戸村真吾の遺体が発見されないまま、七、八年の月日が経った。この家族には一口では表せない、普通の家族にはない秘密のようなものがあったのかもしれない。浅間山が持つ自然の怖さが篠原家の秘密に連動している。人間は自然の猛威において無力なのであるということをまざ〳〵と見せつけられる。ミステリーに読者を引き込む。（松川秀人）

あざやかな女（あざやかなおんな）

小説／「小説新潮」昭40・8～10／『あざやかな女』新潮社、昭40・12・20／全集⑪

芸に生きる女の一代記である。少女時代から、舞台で倒れるまでの波乱の生涯が、男性とのいきさつを中心に、明治の終わりから第二次世界大戦後に至るまでの日本の足跡と重ねて辿られている。

柳橋の芸者と華族の男との間に生まれた生島さよは、母の私生児として育てられるが、小学生の頃から清元を習い、師匠から声と芸質が優れていると見込まれる。養父の性的対象から逃れ、「芸一筋の女芸人になって貫」いたいという母の願望から、俗曲の名人で三味線も名人芸と言われた寄席芸人の女師匠に預けられ、旅回りもしながら芸を仕込まれていく。同じ寄席芸人で、噺に興をそえる幽霊役をさよに頼んでいた落語の老師匠が、さよへの片想いを断つために、歌舞伎や落語など芸能の評論家でもある文士に彼女の世話を依頼する。女が芸で身を立てる際のパトロンだが、女師匠と母親も納得づくで〈妾〉になることであった。一軒の家を与えられ、これまでの貧しい生活感覚から寄席芸人的な「溝《どぶ》臭い」芸に至るまで、男の手によって洗練され、歌沢の若手名取に成長していく。蕾のような女の性と引き換えの代償であったが、その第二の師たる文士の老衰後は、財閥の二代目社長で、音楽や芸能に見識をもつ男の世話になり、彼とともに明日香楽団を結成する。女としても成熟した時を迎え、母の芸者時代の女友達の甥で、いわば「渓流」のような若者の新進画家と恋に落ちる。初めての恋愛であったが出征によって引き裂かれ、恋人は中国での南京事件にも遭遇し狂気に陥って帰還、さよの顔さへ判別できない戦争犠牲者となる。奇しくも彼が亡くなった年に、さよも死を迎える。

この愛が発覚した後も財閥の二代目との関係は続くが、それは、経済的な問題以上に、楽団を支えていく同志でもあったからだった。このパトロンは金持ち特有のケチ臭さと非情さをもち、政治家や実業家・華族などを接待する猥雑なショーを〈妾〉のさよに仕切らせて踊らせたり、会社復興のためには、アメリカ人にさよの肉体まで提供させる男でもあった。

作者は、さよに、華族・財閥などよりも、庶民たちの方がよほど清潔なモラルをもって生きていることを気付かせ、寄席などの庶民芸能の味わい深さも再認識させ、さまざまな芸域を経てきたさよだからこそ、その声音に複雑な深みをもった芸の到達へと赴かせている。妾を男の「持ち物」と言う当時の露骨な表現を駆使しながら、芸能の世界ですらいかに男性によって支配されていたかを伝えている。庶民特有の、どんなに苦しく悲しいことも胸に収めて、満面の笑みを絶やさずに、すっきりと、あざやかに生きる女を、それこそ鮮やかに刻印しているのだ。刊行時の書評（「朝日新聞」昭41・1・11）に、「女主人公の肉体と心情のすみずみまで、たっぷり筆の及ばなかったうらみがなくもない」とあるが、しかし、時代の中で女性像を浮き彫りにし、多彩な風俗描写には、田村俊子の文学世界さえ彷彿とさせる。欧米化近代にすっかり覆われない、時代の人や生活や芸能を活写し、円地文学の多様性を告げる、今後の再評価を迫る作品だ。

（長谷川　啓）

明日の仲人（あしたのなこうど）

小説／「オール読物」昭29・9／『霧の中の花火』村山書店、昭32・3・29

失業中の夫新次と二人の子どもを抱えて働く里子は、仕事帰りに雷雨に襲われた夜、別れ話をすすめる決心をする。花田夫人の仲人で結婚したものの、働かずに大言壮語ばかりの夫に小遣いをやる生活がばかばかしくなったのだ。そんなとき、夫人が入院し、余命わずかなことを知る。「出放題な仲人口」で「悪い人生を仲人した」と夫人を憎む里子は、「このまま暢気に天国へ行かれては残された自分達の恨みの行きどころがない」という思いから、病床の夫人に「呪い」をかけようと行った病院で、結婚前の里子に憧れていたという男、國島と再会。里子の決意を聞いて離婚をすすめる國島が、妻を亡くしていることを知った里子は、胸をときめかせる。二日後、花田夫人の死を報じる新聞を読んだ里子は、「夫人は死の床で、里子に二度目の仲人を勤めていたのかもしれない」と思うのである。里子の心理を丹念にたどりながら、結末で人生の不思議さを感じさせる佳品。

（坂井明彦）

あだし野（あだしの）

小説／「文芸春秋」昭36・1／『雪折れ』中央公論社、昭37・11・20／全集③

主人公は、六十歳をすぎた日本画家松山青蛾である。父眉山も日本画家。夫と離婚し、養女とも別居し、独居している。画商の店員木崎と三十年以上仕事上のつきあいがあり、彼は、ひそかに青蛾に好意を寄せている。この木崎の目を通して小説は進展する。木崎は青蛾をきわめて大切な美術品のように捉え、接している。木崎の画家の青蛾評は、「琳派の様式を継承した古風な花弁や美人画の中にも」「新鮮な感覚が生かされていて、伝統を間違いなく伝えようとする正統派の筆致の中に強い個性が感じられる」とやはり高い。作品後半は、青蛾の独白や回想、身辺雑記が中心となる。作品のモチーフは、青蛾の老い。肉体が老い、腰痛や失禁のことなどが語られる。衰えてゆく肉体を自覚するほど一層その衰えを他から隠そうとする青蛾の老いにあらがう精神的な強靭さやはじらいが描かれている。

この作品は、孤独や老いを描く老人文学の一面を持つ。と同時に、能の「通小町」「砧」の男女の怨情のからまった世界が、四十代の頃の恋の回想として挿入される。青蛾は、回想にひかれて別れた恋人が晩年すんだ京都の奥嵯峨の「あだし野」にたどりつく。「あだし野」は「仇し野の念仏寺」であり、墓地である。墓地で、青蛾は嫌いな青い毛虫をみつける。その毛虫を紅葉で石塔の五輪の肩から落とす。毛虫は、「生命の終りを守るように鈍く細長い身体を丸めた」「青蛾はそれを見て、何となくほっとした」と感じる。青蛾は、この毛虫に自分の晩年のいのちをみたのであろう。青蛾は、自分の名前に「青蛾」と使用しており、当然蛾の幼虫は毛虫である。つまり、毛虫は青蛾の象徴であり、分身である。毛虫を嫌っているのは、青蛾が自分の生き方を一面で否定しているのであり、その自分との融和をこのラストの場面は描いたといえる。

この作品は、老いと情念との対比の妙と文章の端正さとに面白さがある。京の名工のはなやかな陶磁器をみるような趣が感じられる。

（石内　徹）

新しい舞扇（あたらしいまいおうぎ）

小説／「オール読物」昭37・7／『ほくろの女』東方社、昭42・3・1

まだ若い光枝は、日本舞踊の世界で修業に励んでいる。師匠の豊枝は、浮ついたところのない光枝に、強い野心を直観していた。豊枝は叩き上げで名をなした四十女であるが、踊りの相手方の志賀野喜三郎は豊枝の恋人でもあった。豊枝より六つ七つ年下の喜三郎は、光枝の荒削りな若さに惹かれていく。ある日喜三郎は豊枝に相談することなく、欠員が出たアメリカ公演の代役の話を光枝に持ちかける。それを知った豊枝は、憤りのあまり、剃刀で光枝に切り付けて警察沙汰になる。大事にはいたらずアメリカ公演は無事成功するが、その間に日本に残された豊枝は自殺する。帰国して豊枝の死を知った光枝は涙するが、その涙が嘘であることを悟る喜三郎は、豊枝の次に光枝の踏み台になるのは自分だと思うのだった。

作品中、光枝が喜三郎の目の前で血の滴るビフテキを旺盛に食する場面は、舞踊に象徴される洗練された身体から逸脱する光枝の肉体や野心の奔放さを巧みに象徴する。

（石橋紀俊）

姉（あね）

戯曲／「劇と評論」昭2・6／『惜春』岩波書店、昭10・4・5／全集①

処女戯曲「ふるさと」（大15・10）より更に先行して書かれた作品であることが、擱筆の記述「一九二七・四・一〇」から判る。東京郊外にある弟の修二の家で、兄の雄吉の通夜が営まれている。雄吉は山師で、親が姉弟達に遺した財産を一人で喰い潰したその揚げ句、多額の負債を作り病没する。その通夜の最中《さなか》、雄吉の情婦きぬが弔問に訪れるが、弔問とは口実で何やら彼女には魂胆があると睨んだ姉は、頑なに彼女の弔慰を撥ねつける。姉は出戻りの居候の身でありながら、厄介を受けるはずの弟の家では家父長の役回り。猜疑心が強く、外部から来た他者であるきぬには徹底して不寛容の態度で排除する。それが最終的にきぬの怨みを呑んだ自死という悲劇を招く。

　人物の造形や劇の展開は極めて凡庸で類型的といわざるを得ず、逮夜であるにも拘わらずまだ棺が届かない、代わりにただ酒目当ての胡乱な弔問客が押し掛け、雄吉の生前の不徳を詰るという単純で図式的な仕掛けが目立ち、習作の域を抜け出してはいない。（福地正康）

あの家（あのいえ）

小説／「別冊小説新潮」昭28・1／『ひもじい月日』中央公論社、昭29・12・10／全集②

　舞踊家の香代には、かつて恋い慕う年上の能役者がいた。その彼との逢引の場所が「あの家」であった。その男西川昌三は「……青銅《ブロンズ》のように肉のない硬質の顔と、何ものにも興味をつないでいない何のために生きているのか解らないような投げやりな無頼な動作の中に、不思議に揺曳する高貴な雰囲気」を持っていて、香代は「わけもなくひきつけられてしまった」のである。この笑わない冷たい男との情事は回を重ねるうちに男の熱がさめていき、女の情炎はますます強くなっていく。やがて破局し、男は相変わらずの女蕩しの日々を送り、女は心の疼きを感じながら芸に専心する。その後、男が京都で肺炎にかかりあっけなく死んだことを、疎開先の新聞記事によって知ることとなる。終戦後、香代は「あの家」をさがしてみるが、町は廃虚と化してあの家の見当さえつかなかった。

　円地文子は幼時のころより、父母が芝居好きで、歌舞伎や浄瑠璃に親しんだ。また祖母いねから馬琴の八犬伝や浄瑠璃、芝居の台詞などを、くり返しきかされたのが、後年の文学的教養の素地をつくったという。また、男女の性に纏わることや情念などもこういう世界から教えられたと、自身で言っている。この作品の「あの家」を舞台にくりひろげられる独身の舞踊家と、素行が治まらない能役者との華やかで艶やかな秘密の情事は、まさに視覚的小説的美の世界を生み出している。裏切り去っていった男への情念、執着の深さは円地文学にみる女の姿ではあるが、「あの家」という題からも分かるように過去の情事の回想であり、それゆえに、残酷な女の運命や復讐の話とは違った味わいがある。この作品にははじめに香代に「あの家」を思い出させる女の出現とやりとりがあり、どことなく不自然さを感じるが、女自体が幻で夢の中の出来事であったかと香代自身が思うという結末で、すんなりと収まっている。（栗原直子）

信天翁（あほうどり）

小説／「週刊朝日（別冊）」昭32・10／『二枚絵姿』講談社、

昭33・4・25／全集③

友人の舞踊家の曽祖父が信天翁に祟られた因縁話を題材にした、随筆的な物語。原稿用紙三十五枚程度の短編。劇作家の「私」は、舞踊家の木津代に、何か舞踊を書いてくれと頼まれた。「私」は、信天翁を殺した水夫がその鳥に呪われたというコーリッジの「老水夫」という長詩を思い浮かべたが、書けないでいた。半月ほどして、木津代から書かなくてもいいという連絡があった。何故かと問うと、母親から、信天翁には明治維新の時の羽毛採集にまつわる因縁話があるので、止められたと言う。八丈島で育った曽祖父の鯉名親兵衛は、若い頃横浜に行き、異人の羽毛布団に驚くが、八丈島の信天翁を思い出す。信天翁は名の通り、人間に全く警戒心を持たない阿呆であるから、簡単に大量に捕獲できる。即座に実行に移し一攫千金を得て、大成する。しかし、晩年、精神を病み、「信天翁が来る」と呪いに怯えたまま死ぬ。老妻もまた信天翁に怯え死ぬ。その後、四人の息子は零落し、皆、信天翁に怯え死んだ。木津代の母は、すべて信天翁の因縁だと言う。この話を聞いて「私」は台本を書くのを止めると決めた。

円地のお家芸である、芸事や、因縁話を題材にした作品である。完成度は高い。未生以前からの因縁、死んでも執念がこの世に舞い出てくるという主題を手際よく短編に収めたという点で、円地文学が凝縮されている。信天翁の乱獲因縁話は、人為によって絶滅した鳥をめぐる物語である伊坂幸太郎の『オーデュボンの祈り』（平12）と同じ主題である。円地の物語着想・問題意識が、いかに普遍的であるかを示していると捉えて良いだろう。

この作品で注目すべきなのは、「私」という登場人物の設定である。物語の中心は信天翁の因縁話であり、「私」という登場人物の設定は不要であると、一見、思われる。しかし、そうではない。それは、この因縁話を信じて「このテーマの舞踊は書かないつもりである。」という「私」を描くことが、この小説の最大の意志であるからだ。話の主体は、因縁話の内容にあるのではなく、この因縁話を信ずる「私」が居るという現状にある。「私」を描いた小説なのだ。「私」は、ほぼ等身大の円地である。実際の生活の中で因縁や呪いを信じている、小説家円地を書いていると読むことができる。

（須藤宏明）

あらし

戯曲／「新潮」昭9・12／『惜春』岩波書店、昭10・4・5／全集①

嵐の中の某大学付属病院産婦人科。子癇で意識不明となり緊急入院した則子を通して、細菌学者の父今西、叔母敏子、かつての婚約者沢井、夫の志馬等がそれぞれの思いを展開していく。一幕の今西と敏子の会話から、則子は今西が嘱望する弟子沢井と婚約していたが、六年前、沢井が仕事で二か月程旅行をした間に沢井の友人志馬と関係をもち、結婚した事情が語られる。その沢井が則子の手術の執刀医となったことから、今西と敏子の動揺や、駆けつけた頼もしい志馬の様子が描かれる。二幕は手術後。沢井は則子に似た聖母像の複製を飾った部屋に志馬を呼び、美の内面の醜さを感じる修行の為に細菌の研究から産婦人科医に転向したこと、また子供の成長度から、左翼運動で志馬が獄中にいる間に則子が妊娠した疑いのあることを話し、則子から来た妊娠中絶の相談の手紙を見せる。そしてかつて則子と肉体関係のあったことを匂わす。三幕、病室での則子の囈言《うわごと》から志馬は事実を知る。産褥熱で亡くなった患者の為の讃美歌の声が低く流れるなか、沢井が疑惑の目で見た教え子矢富の前で、新しい生命に万歳し、父親の役目を果たすと決意する。

今西と敏子の話、そして人道的な志馬の態度と、女性のもつ美と醜の二面性との葛藤から、両者をもつ故に女は面白いと思うまでに至るシニックな沢井とを対比させることで、則子像を浮かび上がらせている。（石附陽子）

ある江戸っ子の話（あるえどっこのはなし）

小説／「小説中央公論」昭37・10／『仮面世界』講談社、昭39・2・20／全集④

父方の大叔父を回想した随想風の短編小説である。孫の選名をきっかけに、作者は、名や姓のこと、血脈や子孫の墓参りのことなど、連想のおもむくままに思いめぐらす。そして父母の墓参りに谷中の墓地を歩いていたとき、ふと祖母の弟、富沢林三郎の面影が偲ばれたことが語りだされる。

富沢には落語の「野ざらし」に出てくる隠居、尾形清十郎に似たおかしさがあったという。背が高く、風采のよい、一見才子風の人で、三味線や踊りの手習いにうつつをぬかす典型的な江戸っ子気質の侍であったが、大政奉還に際しては将軍上洛の供に加わり、鳥羽伏見の戦いを経験する。その後、彰義隊に加わろうとするが、兄にいさめられ思いとどまる。維新後は陸軍省に入るが、喧嘩早い性格からさっさと辞めてしまう。祖母の語りの再現によって激動の時代に翻弄される若い旗本の姿がいきいきと語られるが、見栄っ張りで無鉄砲なようすはユーモラスである。

四十年前に没した大叔父の生涯、その調子外れの癇癪や稚気に、作者は粘り気のないさわやかなもの感じ、江戸っ子の一つの型として懐かしく回想する。

円地文子は『女坂』で母方の祖母の生涯を描き作家としての地位を確立したが、父方の家系についてはいくつかの短編小説とエッセイや自伝的文章を残すにとどまった。祖母いねについては「ある女の半生」が書かれ、幼い頃身近に暮らした祖母から大きな影響を受けたことが語られている。また「川波抄」の一節「百花園」ではいねやその兄近藤正澄について語られているが、その中で、「祖母と孫の間に民間伝承がなされるというが、私にしても祖母から聞き伝えたことを語り部のように物語っている類は随分多い」と記している。「川波抄」について川村二郎は回想ののびやかさを指摘しているがこれは本編にも共通する（全集第五巻巻末「解題」所収）。（本編では祖母はつねとされている。また富沢林三郎は、「ある女の半生」では富田才一である。）（板垣　悟）

ある女の半生（あるおんなのはんせい）

小説／「オール読物」昭40・1／『樹のあわれ』中央公論社、昭41・1・7／全集④

父方の祖母の嫁いでくる前の名は近藤いねと言った。父は幕臣の家系らしいが、手習いの師匠だったという。いねは当時の江戸の習慣の常磐津の稽古より漢学に関心を持ち、塾に通った。十四、五歳になった頃に父が死に、早くから国芳の門で絵を描いていた兄の正澄の結婚もあって、旗本の屋敷に上女中として住み込んだ。この経験が私の家での女中や母への寛大な態度になったと思う。また、漢学の素養からか「天」という言葉をよく使い、天を相手にして自他の遠近法を誤らない知恵の持ち主であった。二十二歳で尾州徳川の江戸詰め藩士上田虎之丞の後妻になる。上田家は小禄だが名家で、虎之丞は真面目、腹違いの妹だけを可愛がる継母には苦労もあったが、天命として愚痴をこぼすこともしなかった。その後、幕府が瓦解して名古屋の本家を頼ったり、夫や継母を喪ったりして、二人の子供（上は女で緑《ろく》、その下の男が私の父萬年）を抱えて地獄を味わう。兄のすすめで上京、萬年が大学を出るまで兄の家事を勤めながら邸内の貸家で過ごした。

作品の冒頭部分で創作意図を明かしているように、「これまで度々書いている」近藤いねを題材とした作品は、随筆『女坂』の「私の家系」、「二枚絵姿」の導入部分、「盂蘭盆」などである。しかし、それらは思い出話、主に「私と文学を結びつける仲介」者という私的視点と不可分ではない。とくに「盂蘭盆」は「祖母の生立ちやその後の生活」というほぼ同じ骨格を小説的な表現形式で描き、本作の叙事的で素描のような形式と好一対と言える。「祖母の口伝え」に「私の想像が多分に入交った一種の小説」「そういう読みもの」という作者の小説観と共に、波乱の時代を生き抜いた一人の女性の姿を浮かび上がらせるための方法的な実験に留意して読むべきであろう。（長谷川貴子）

ある結婚（あるけっこん）

小説／「主婦の友」昭34・7／『高原抒情』雪華社、昭35・5・28

つつましくも特異な、市井の結婚話をつづった短篇小説。

主人公の栄枝《さかえ》は、高校を出て六年、日本橋のKデパートに勤務している。彼女は近所の井沢道隆と言葉を交わし、好意を抱くようになる。やがて結婚話が進むが、母のさと子は、道隆が昔一人の女を死に至らしめたという噂を聞きつけて心配する。結局、道隆の恋人が肺を病んで自殺を決意し、道隆は心中の約束をしたことが分かる。恋人に薬を飲ませ自分も飲んだが、死に切れなかったという。その後栄枝は道隆と結婚式をあげる。箱根塔ノ沢での夜の床で、道隆は栄枝が昔の恋人に似ていたことを熱をこめて語った。

この小説では、栄枝が道隆の心の内で亡き恋人の面影と重ね合わされており、作品構造としては『源氏物語』の形代の女（たとえば浮舟）をめぐる物語と共通する面をもつ。併せて、つつましい暮らしを送る栄枝と母さと子の堅実な経済観念もこまやかに描かれている点に、本作品の特色があろう。（山田吉郎）

ある幻影（あるげんえい）

小説／「小説新潮」昭42・10／『都の女』集英社、昭50・6・30

滝川章子はその数少ないコメディアンの一人である。彼女ははじめて逢った時に、「女の人には、ユーモアのある人は少ないのにあなたは珍しいわ。あなたは喜劇をほんとうに勉強なさいよ」と言ったのが気に入っているらしいのである。彼女と私との交流は、世辞愛嬌を交えたものではなかった。彼女が同じ劇団の演出家の杉と恋愛しているという噂を聞いた。突然電話がかかって来て、章子がこれから伺ってもいいかと言う。章子は幼少から母に愛されない体験を持つ。当時の面影が杉との恋愛に影響している。

彼女のつらい過去は話し出す前に一つ唾を呑み込む癖と関係しているといえる。幼児期の母に愛されなかった女性の悲しみがトラウマとなって描かれている。（松川秀人）

ある懺悔（あるざんげ）

小説／「別冊文芸春秋」昭38・9

萩野は、戦前の鎌倉での和歌の社中、新子と偶然再会する。新子は、鎌倉時代、互いに家庭のある則武と恋愛し、その妻で萩野の友人の和子を苦しめた。それから二十数年経った今、その復讐の如き出来事が、彼女の娘幹子の家庭に起き、苦しみ、カトリックの神父代りに、過去を知る萩野に懺悔したくなったと言う。娘婿延行は助教授で、周囲の評判も夫婦仲も良く、子煩悩。だが、学生時子の友人、みね子と恋仲である事が、時子から新子と幹子に明かされた。みね子の目的は、昔の新子同様、相手の離婚ではなく、戦後の「零号」―「物質や妻の座を無視して、二人だけの恋愛を完成したい……そのことによってお互いの個性を育て」たい、故に妻の苦しみには無恥、というもの。

新子の髪は「灰白から純白」に変化していた。萩野が新子に感じた、「情熱の女」から「平凡な家婦」への変貌に対する「物足りなさ」、延行の「偏屈」さ、夫婦間の「親和感」と「ひもじさ」が、考察点と思われる。（井上二葉）

ある鎮魂歌（あるちんこんか）

小説／「小説新潮」昭49・1／『花喰い姥』講談社、昭49・5・24

中年夫婦になった信吉と豊子は平淡な暮らしを送っている。叔父の一周忌を契機にして、叔父と叔母の話に移っていく。信吉が出張ということもあって、豊子は一人で叔父の一周忌に出席した。そこで叔母の秀香から叔父との思い出話を聞かされて「夫婦」について考え直すことになる。

秀香と叔父の夫婦関係は、叔父の女遍歴もあってしっくりいかなかった。秀香は叔父がまだ生存中に届いた一通の手紙をしまっていた。それを一周忌に豊子に見せる。その手紙の主は少女時代に音楽を通して叔父と知り合い思いを寄せたが、運命のすれ違いで実ならぬ恋になった。何十年も経った現在でもその時の恋が忘れられない。胸に詰まっている思いが秀香に手紙で伝えられる。青春の思い出を綴った内容の手紙を一周忌に見せられたことで、その手紙は叔父への最高の「鎮魂歌」となった。それぞれの思い出が生じた時間の交錯は夫婦の有様を描き出す。叔母と豊子と見知らぬ女の三人の女性の視点から作品を作り上げ、円地文子という女流作家としての特質がよく出ている秀作である。（李　蕊）

ある夫婦の話（あるふうふのはなし）

小説／「オール読物」昭40・9／『樹のあわれ』中央公論社、昭41・1・7／全集④

作者の自伝的要素を含んだ小説である。作者の父の家に抱えられていた人力車夫杉井安吉とその妻あい。杉井夫婦は明治三十二、三年頃に浅草の向柳原にあった東京帝国大学教授上田萬年の家に抱えられた。夫婦は新潟の中頸城郡の農家の出で、二人とも眼に一丁字も読めない無筆であった。無筆ではあるが律儀な働き者で、安吉はずんぐりした頑丈な体つきの男であり、早くから頭が禿げていて年寄りも老けて見える風采だった。妻のあいは、新潟美人というほどではないが、目鼻立ちの整った色白の容貌で、姿もすらりとしていて、並んで立つと安吉とは釣り合いが取れなかった。それだけに、安吉はあいを溺愛していると見られていた。あいは働き者で、無教育ではあったが都会人には思いも付かない野性のたくましさを持っていた。風呂場に衣服を盗みに入った泥棒を裸のまま猛然と追いかけたりするのもその一つの表れだが、ある日、安吉の留守に間男を引き込んで寝ている現場を上田家の乳母に見つかってしまう。しかし、問い質されても何も弁解せず、「以後気をつけます」の一点張りで過ごすあいに、上田家の家内一同は度肝を抜かされた。密夫を引き入れているにもかかわらず、夫の安吉にはまめまめしく仕えてもおり、そのあたりの感情の機微も都会育ちの人間には理解することが難しかった。安吉夫婦には子供が出来ず、あいはやがて自分の妹を安吉にあてがい、妹が安吉の子供を産んだ。あいはその子を自分の子として引き取り、可愛がって育てる。

当時の家制度の厳格なタブーを一顧だにしない夫婦の世間知のありように、都会人である上田家の人間はただただ唖然とするばかりであった。数年経って夫婦は上田家を出たが、あいは最後まで安吉の面倒をかいがいしく看取り、作者はあいを一種の貞女であったと結論づける。世間や制度に縛られない自由な男女の野性を肯定的に描いて、この作品には作者の憧憬を含んだユーモアが漂っている。（小松史生子）

ある離婚（あるりこん）

小説／『高原抒情』雪華社、昭35・5・28

省線の中で家裁の調停員である前山房江は前に座った若い男からお辞儀をされるが、誰か思い出せない。そのうち四年前に知り合いの家で紹介された軽部信吉だと分かる。信吉は蝶子という女と結婚したものの家事をしない彼女と別れたいと考えていた。しかし、蝶子の親は旅館を経営するその地方の小ボス的存在で、娘の貞操を蹂躙したといって賠償金を要求してくる。軽部は前山のアドバイスを結局聞かないで蝶子の前から逃げてしまった。今は新しい妻と幸せに暮らしているという。明るい顔の信吉は挨拶して降車していく。

「ある離婚」について論じた文章はない。この作品の現時は省線車内。回想の場面は四年前の前山の知り合いの家。蝶子と結婚したのは五年半前。これに信吉が役所を辞め、蝶子の父に差し押さえられた物品を捨てて田舎に帰ってしまったという後日談が挿入されている。そして信吉から一年半前に再婚した話が語られ、つかの間の出会いの中で五年半に及ぶ時の流れが語られる構造になっている。（砂澤雄一）

アンセリアム

小説／「婦人之友」昭45・12

十九歳のみさ子は戦争で両親を亡くし、すき焼き屋で働いている。米兵が来店した際、日本舞踊を舞ったみさ子に通訳として来ていたハワイ生まれ日系二世の太田は一目惚れする。みさ子のように身寄りもなく働いている若い女性に向ける男の視線は、下品なものばかりであったが、太田はまるで違った。みさ子は、太田と結婚し、日本からハワイへと海を渡る決意をする。太田の実家は農家だったが、機械化の影響から新しい方向を模索すべきと考えた彼は、ハワイが輸出量トップであるアンセリアムの栽培を思いつく。みさ子と夫は一生懸命に栽培に取り組み、とうとうハワイでも有数のアンセリアム農園を育て上げた。その輝く真紅のアンセリアムには、戦争花嫁として海を渡った一人の女性の人生と夫婦の愛情が込められているようである。

自らの力で生きる場所を作った女のしなやかな勁さは、円地文学永遠のテーマであろう。

（土屋萌子）

家のいのち（いえのいのち）

小説／「群像」昭31・9／『妖』文芸春秋新社、昭32・9・20／全集②

押小路未亡人の持ち家には、松木夫婦が長年住み、気に入ったその古くからの家を綺麗に維持しており、家主には自分たちの棺はここから出したいと言っている。界隈は道路も狭く、入り組んだ一画であり、家は関東大震災や戦災にも遭わず、進駐軍にも徴発されなかった。しかし、夫婦は、米軍による敗戦のためと考える経済的混乱で、ここを立ち退かなくてはならない状況に至るが、生きる力を感じさせた妻の菊の方が病死し、やがて白内障の夫も亡くなる。押小路家は窮状のため、看護に同居していた、菊の甥夫婦の立ち退きに腐心していたが、紆余曲折の末、家を二代目の住人になる島地夫婦に売る。未亡人は手渡す前、家に入ってみて、松木夫婦とのつながり、菊自慢の床の間や天井板・鴨居などから、菊の方が家の真の女主人であったと気づく。島地夫婦は、空き部屋に手を入れて、進駐軍相手のダンサーという深川珠子に貸す。肺を病む彼女には軍籍の恋人ケニーがおり、二人は知らないまま家の霊に憑かれている。近所では何かと珠子の噂をするが、ある夜近隣から出火したものの、ケニーの手配による米軍のポンプの威力が功を奏し、家は火難を免れたのであった。島地松子は、寿命の長い家を頼もしく眺めて立ち続けていた。

松木夫婦には直接間接に種々の形で、多くの人との人間くさいかかわりがあり、その結果が家の「いのち」をつないでいるように描いた作品である。吉田健一は、「妖」は佳作であるが、同月発表の「家のいのち」の方を取ると言い、人とのかかわりの中で、いのちとして家は続くことを読み、山本健吉は、作品に「やや不自然さ」を感じ「妖」の方を取ると発言している（全集②所収の批評）。この観点から作品解釈の方途が考えられるが、有吉佐和子・石原慎太郎ら当時の作家との関連も関心を引く（小林富久子『円地文子』新典社、平17）。時の流れも関係するが、人とのつながりで家・場所・土地・空間に対する円地の思念・心情を暗示するところがあり、その点でも「妖」その他の作品を視野に入れて考えてよい短編である。

（清田文武）

生きものの行方（いきもののゆくえ）

小説／「群像」昭41・1／『生きものの行方』新潮社、昭42・7・10／全集④

東京の、とある邸宅を舞台とする作品で、作者の分身と思われる女流小説家鵜崎梶子が今まで屋敷で飼ってきた犬や猫を孫に語り出す手法で物語が始まる。例えば、初めに登場する又五郎という猫の場合、もともと近所の商家の飼い猫で、飼主から余り愛されてはおらず、火事で商家が全焼すると、翌日から主人公梶子の家に住みつき、彼女の母親園子に慕われる。しかし、園子が癌の手術を受けて衰弱し、又五郎の世話をする気力がなくなると、かわって世話をする梶子の冷淡さを見抜いたように、その屋敷から姿を消してしまうのであった。

このように物語ではペットに愛情を注ぐ親族や女中たち、そして大切に飼われているペットたちがほほえましいタッチで描かれている。が、作品を読み進めると梶子と関わりをもったペットの八匹中七匹までが行方不明になるという事実が浮かび上がる。そして「どうして皆いなくなってしまうんだろうなあ」という孫の象徴的な言葉から、主人公ははじめてペット達の顚末と自身の境遇とに気づかされ、個人と家庭の諸問題が想起させられるのであった。

この作品の同時代評に関しては、瀬戸内晴美が「文芸時評」（「文学界」昭41・2）の中で「去られる女」の凄まじさが描かれているとして、「もう「女」らしさの甘えを意識してかなぐり捨てようとした気魄が張りつめられている。」と評価しながらも、「最後の四行は不必要なのではないだろうか。」と、述べている。また、江藤淳は（「朝日新聞」昭40・12・24）、女流の力作と認めながらも、「もし作者が、この又五郎の失踪をきっかけにして、動物たちがどんどん自分の内部に侵入して来るような体験を描いていたら、この作品はユニークなものになったであろう」という技巧面に対する指摘もある。

（奥野行伸）

衣裳（いしょう）

小説／『春寂寥』むらさき出版部、昭14・4・10

この作品は発表年、初出とも不明であるが、収録された『春寂寥』の渡辺澄子の解説によれば、初出の判明している発表時期でみると、昭和七年三月から十二年七月までとあり、この作品も十年前後に書かれたものと考えることができる。

デパートの呉服売り場の主任である勝間は「風がいいわ」と、顧客の芸妓や奥様たちから信頼されている。しかし、利口な彼は顧客の女性たちと一線を越えるような愚かさは持っていなかった。それは「問屋へ行って生地の見分けをするにだってちょっとでも模様や色に気をひかれたらお終いさ」という彼の哲学によるものである。そういう彼を、彼が十四、五の小僧の頃から知っていた、今は未亡人となった艶子の存在が捉えていた。零落の美女艶子のために金銭を用立てするも、突然洋行帰りの男によって返済されようとする。勝間は金銭が保証されるという安心感と同時に、不愉快な思いに駆られていく。

この作品の人物像はっきりと描かれているが、零落の美女の醸し出す妖艶な美と現実的で小心な男との対比は類型の域を出ないかもしれない。

（川口秀子）

伊勢物語（いせものがたり）

放送用台本／『春寂寥』むらさき出版部、昭14・4・10

「春寂寥」の円地自身の「あとがき」によれば、「巻末に収めた「伊勢物語」は放送台本として執筆したものの為、所々に原作を変改した部分がある。「月やあらぬ」の歌の梅の花を桜に変えた如きその一例である」と紹介している。また題名に放送用台本と注がつけてある。主に古典作品「伊勢物語」の第二段から第十四段くらいまでの筋を基に作られている。この作中には、「伊勢物語」から十首の歌が引用されている。但し、なかに引用されている歌は第三十五段と六十五段のものもある。

男が想いを寄せている女には、公子との縁談がまとまりもう逢えなくなる。これまで女を二度も盗み出したりもしたが、そのつど女は連れ戻されてますます警護も厳重になる。男は女の幸福を願い、京を旅立つことにする。男は東に行き土地の女との交わりはあるが、やはり京の女が忘れられない。旅の途中、駿河の国で、都で懇意にしていた修験者と会い女に文を託す。それから女と文のやりとりをするようになる。武蔵の国では、若い女との交わりもある。そんな折、京の女に仕えていた侍女から女が子を産み、ますます美しいことを聞くにつれ、都に舞い戻る。この侍女と遭遇するという話は原作にはない。男は都でかつて女と逢っていた家に行き、「月やあらぬ春や昔の春ならぬわが身ひとつはもとの身にして」と詠む。なお、この台本が放送されたのかどうかは不明。

（川口秀子）

苺（いちご）

小説／「小説新潮」昭39・4／『樹のあわれ』中央公論社、昭41・1・7／全集④

吉村初実は、四十五歳の今も女盛りの未亡人である。終戦後、絵の仕事に就くよう夫の従弟、森信六が尽力したこともあり、描き友禅の和服デザイナーとして活躍している。二年前から信六は、地方紙の専務として北海道で暮し、東京へは用事で月に一度は必ず上京していた。東京に来た時、信六は初実を誘い二人だけの食事を楽しんでいた。風邪をこじらせていた信六は、三月ぶりの食事で初実が、今まで嫌っていた生蠣と生焼きのビフテキを注文するのを目にする。そして、初実が大好きだったデザートの苺を食べるかどうかを迷ったために、信六が好みの変化についてたずねると、今年になって一度も苺を食べていないと答える。信六は初実とわかれ、ホテルのエレベーターで自室に向かいながら初実の変化について思い当たる。その頃、初実は苺を買い十五・六、年下の洋画家の恋人が待つアトリエに向かっていた。初実は、恋愛のはじまった半年のうちに恋人の好物を食べるようになり、彼が好まない苺を食べなくなっていた。その車中、今夜こそは恋人の前で苺をうんと食べてやろうと考えつつ、男によって変えられていく自分をよろこぶ不思議な性感の入り交じった気持ちを味わう。アトリエに着いた初実は、親戚の不幸で恋人がいないことを知ると、女中に苺を皆で食べるようにと渡し、その苺を世にも不味いものに思うのだった。

初実を信六はロビイで「老けた感じに眺め」ていたが、苺を食べると「年齢を十以上も若返らせ」たように感じる。また、恋人に会いにいく初実の顔は「恋人をからかはれた若い女」のようだともあり、表情の描き分け方から登場人物の恋心の移り変わりを読むことが可能であろう。「苺」は、「いちご」と題して日本テレビの「三〇分劇場」（夜10・30）で、ドラマとして放送された（「朝日新聞」昭39・4・23、7面）。ドラマ「いちご」は、井出俊郎脚色、せんほんよしこ演出、吉村初実（森光子）、森信六（佐分利信）で演じられたと、同欄の「円地文子作で」に紹介がある。

（中嶋展子）

銀杏屋敷の猫（いちょうやしきのねこ）

小説／「別冊小説新潮」昭27・1／『ひもじい月日』中央公論社、昭29・12・10／全集②

二十五歳の弓子は、十三歳の中学生の弟の正吾と、通称〈銀杏屋敷〉と呼ばれている没落資産家の住まいのある高台の向かいの窪地の屋根裏部屋を借りて住んでいる。弓子は徹夜で洋裁の仕事をして生計を立てているが、〈銀杏屋敷〉の飼い猫の餌にもおよばない粗末な食事を余儀なくされていて、正吾はこの粗末な食事に常に不満を抱いている。高台の〈銀杏屋敷〉には、弓子と同年で、世間から「お化けさん」と呼ばれている一人娘の麗子が、母親を女中のように従えて、わがまま放題に振舞っていて、正吾は屋根裏部屋からその一部始終を見ている。「歌舞伎の舞台の女形」か「デパートの飾り窓の人形」か「羽子板の押絵」のように見える麗子は、終日牡猫に「ミルクや魚の切身、ハムだの鮪のさしみ」を与え、何ひとつ仕事をせずにひたすら猫をかわいがって暮らしている。あるときその猫が、正吾が管理を任せられている大家の鶏小屋を襲い、三羽を噛み殺すという事件が起こった。正吾は大家のおばさんから管理不行き届きを責められ、二千円という高額の負担を強いられる。その後、再び猫がやってきて鶏小屋を襲おうとしている現場を大家のおばさんと正吾が目撃して、二人は同盟を結び、正吾が猫を捕まえて捨ててくることになった。バスケットに猫を入れて堤防を歩いて行くと、水中に投げ入れて殺すことに「臆病になった」が、「猫を殺すことで、正吾はあの気味のわるいお化けさんの麗子に復讐したい」「お化けをあんなに育てたお母さんが悪いんだ」という気持ちを抑え難く、バスケットごと水中に蹴り落として水死させる。猫を失った麗子は狂乱状態になり、「薪割鉈で母親の肩口を割りつけ」母親は「あれさえいれば……マルさえ無事にいればこんなことにならなかったのに」「私が死んでもマルがいれば、まだ麗子は少しの間生きて行けるかもしれない」と訴えながら死んでしまい、麗子は警察に連れて行かれる。〈窪地の屋根裏部屋〉の正吾と〈高台の銀杏屋敷〉の麗子という構図は、階級の違いを際立たせている。猫の餌にもおよばない粗末な食事を摂っている正吾は、〈銀杏屋敷〉の有産階級の麗子に日常的に敵意を募らせている。ここにはプロレタリア文学の残滓と戦後の風俗の影響が認められるが、円地文子の主な狙いは、そうしたプロレタリア文学の階級の枠組みや風俗を巧みに駆使しながら、正吾が猫を殺害するに至る心理の葛藤とその経過を順序を追って描き出すことにあるように思われる。麗子の容貌の異様な美しさや、母親に対するサディスティックな振る舞いが、しだいに正吾の心に憎しみを募らせ、ついに麗子の分身ともいうべき猫を殺害する行為に至らせる。ごく普通の少年がいかにして殺意を抱き、実行に至るか。人間の心の奥底に潜んでいる、理性では制御できない心の闇、情動を描いている。

（大森盛和）

いのち

小説／「文庫」昭18・2（原題「夫婦」）／全集⑭

養和の飢饉の頃。京の鴨河原近くの板屋に住む兵藤太は元盗人で、横暴なふるまいにより近所の人々から疎まれていた。そんな粗暴な彼が唯一大事にしていたのは、病身の妻であった。もと〳〵この妻は高貴な身分の姫であったのだが、兵藤太にさらわれたことで一緒に暮らす羽目となってしまったのだ。一度は獄屋へ投じられ、額に烙印を負った兵藤太は、「盗みだけはして下さりますな」という妻の細い声に縛られながらも、それでも掠奪をやめなかった。そのたびに妻は密かに、近所の子供に少しばかりの粟や黍の粥を与えていた。しかし、ついに奪うものが京中から無くなったとき、兵藤太は已に与えられる糧を食べずに、妻の科として家に持ち帰った。次第に飢え衰えていった彼は、妻の残した食事を久しぶりに貪ったところ腹痛を生じ、悪夢に苛まれながら翌朝黄色い水を吐いてこときれた。結末は「仁和寺の隆暁法印が飢饉で死んでゆく哀れな人々の結縁の為に、眼にふれた死人の額に洩れなく『阿』の字を書く行道を初められた時、京中に飢え死んでいた死人の数は四万二千三百余りあった……」という逸話で締められているが、鴨長明の『方丈記』に同内容の記載があり、こうした古典随筆に触発される形で、この短編が執筆された経緯が推察できる。「養和」は西暦一一八一年から八二年の年号で、平家の栄華が過ぎ、源氏が蜂起に備え始めた時期にあたる。まさに中世における戦乱前夜にあたり、飢餓を題材にしたことからも、執筆当時の食糧事情を反映させたものとも考えられる。

初出では「夫婦」の題で発表されたこの作品は単行本未収録で、新潮社の全集によって初めて公にされた。独立した作品研究はなく、作家論の中での言及も見られない。不幸な運命に従いながらも、結果的に荒くれ者の心を宥めた妻の姿は、他の円地作品の女性像と比較の上、検証する余地がある。　（山本直人）

有縁の人々と（うえんのひとびとと）

対談集／『有縁の人々と』文芸春秋、昭61・1・25

対談十編を収録。以下・題名・対談者・初出誌の順で示す。①『源氏物語』をめぐって〈吉田精一〉「國文學　解釈と教材の研究」（昭43・9）②世界文学としての『源氏物語』〈サイデンステッカー〉「翻訳の世界」（昭52・5）③『源氏物語』を語る〈ドナルド・キーン〉「波」（昭47・10）④光源氏と女たち（原題「源氏物語」のつきせぬ魅力）〈丸谷才一〉「マダム」（昭55・1、単行本初出誌一覧に4月号とあるのは誤り）⑤緑蔭閑談〈野上弥生子〉「海」（昭49・6）⑥日本語の伝統と創造〈大江健三郎・清岡卓行〉「群像」（昭46・8）⑦物語りについて〈中上健次〉「海」（昭54・10）⑧伊豆山閑話〈谷崎潤一郎〉「風景」（昭36・10）⑨一億分の一センチ〈朝永振一郎〉「中央公論」（昭34・3）⑩愛と芸術の軌跡〈瀬戸内晴美〉「別冊婦人公論」（昭55、第1号）。

①は吉田精一をホストに「國文學」で昭46・3まで一年七ヶ月、二十七回にわたって掲載された「連載対談」の第一回。「対談・古典の再発見」（学燈社、昭48・6）に初収。11月号で再び円地との対談「現代の文学について」を掲載（単行本未収録）。②は「特集／海外における日本文学の位置」での対談。「源氏物語」の英訳・現代語訳比較を付す。③は「円地文子完訳源氏物語」の刊行開始を記念した対談。④は新連載「古典再入門　源氏物語①」の一部。他に小町谷照彦「『源氏物語』鑑賞の手引」。翌月号では「源氏物語②」として瀬戸内晴美「源氏物語の女たち」、秋山虔「紫式部　その人生と文学」を掲載。⑥は「特集　文学における感受性と言語表現」内での鼎談。この後、中野重治以下九名による随筆「好きな言葉　嫌いな言葉」が並ぶ。⑦中

上健次は『花食い姥』論　姉の自由　アナーキー」（「早稲田文学」昭49・10）以来、円地に注目。この対談の後、「國文學　解釈と教材の研究」に「物語の系譜・八人の作家　円地文子」（I～VII、昭59・4～60・6）を記す（未完）。⑧原典では、―は記者A、太線は記者Bである。対談中の写真に「谷崎潤一郎氏（左）と円地文子氏（伊豆山・桃李境にて）」というキャプションあり。⑨「目次」には「物理を習ったことがないと云う女流作家が世界的物理学者に尋ねる原爆と人間のアカの話」という惹句がある。単行本収録に際して異同あり。二三二頁「去年（昭和三十三年）」の括弧内補筆、（笑声）は（笑）に直された。⑩は「瀬戸内晴美対談シリーズ」の第一回。「瀬戸内晴美対談集　すばらしき女たち」（中央公論、昭58・7）に初収。

「週刊読売」（昭61・2・16）の『新刊紹介』で触れられた程度、同時代評とよべるものは見当たらない。作家それぞれとの対談は、個々の文学と円地文学との関係性を考える上で一級資料となろう。（内海宏隆）

浮世高砂（うきよたかさご）

小説／「小説新潮」昭50・4／『砧』文芸春秋新社、昭55・4・10

熱海の伊豆山にあるホテルに十何年も滞在しているうちに、毎年、顔を合わす老夫婦があった。男の方はもう八十近くに見え、軍人かと思わせる厳しさが自然に身に具わっている人物で、夫人は、何となくふくよかに品がよく、いかにも穏やかそうな人柄に見えた。私はその夫婦に高砂の尉と姥の生身の姿を見出す。そこに永遠を見た私だったが、二十三年ぶりに訪れたホテルで、私は佐々木氏（ここで知る男性の苗字）の訃報に接するのだった。「作者のことば」（『窓辺の孤独』）で、円地は「作中の老夫婦は、殆ど写生であるが、おだやかな海の正面に見える初島とこの実在の人物を配して高砂に見立てたのが作為であろうか」としている。冨家素子は『童女のごとく〈母　円地文子のあしあと〉』（平元・12・10、海竜社）で、「子供の時分から一番多く行き、慣れ親しんだのは熱海ホテルである。熱海ホテルは、戦後の一時期、占領軍専用のホテルになっていた」と証言しており、小説に登場するホテルの状況と一致する。熱海ホテルでの見聞がこの小説を書かせたのであろう。（杉岡歩美）

兎の挽歌（うさぎのばんか）

随筆集／『兎の挽歌』平凡社、昭51・4・23

昭和三十年六月三十日（「読売新聞」掲載「真杉さんのこと」を執筆）から、五一年一月六日（「読売新聞」掲載「梅」を執筆）まで、約二十年年間に書いた随筆を収録している。〈折にふれて〉には、晩春日記、紅、失われた季節の味、デパートの入り口で、そそっかしさ、竹柏会の思い出、朝永博士の受賞、池田潔氏の印象、思い出の耐乏生活、兎の挽歌、桂、立秋、東京の秋・向島の百花園、東京の秋・上野公園、東京の秋・夜景、テレビを見るとき、火鉢の話、師走、白い衿足、お年玉、梅、を収録。〈逝った人々〉には、某月某日、真杉さんのこと、森田たまさんのこと、思い出、私の一九七二年、平林たい子さんの形見、津田節子さんのこと、塚本憲甫先生追憶、関みさを夫人、舟橋さんのこと、を収録。〈創作ノート〉には、父と辞書、充実之を美と言う　孟子、多磨霊園、中年のなかのエロス、あられもない言葉、おかしな青春、創造の恐れと歓び、明治の女と現代の女、砧について、「愛の思想」について（「人生の本」解説）、捕物帖その他、エラスムスの道、名著発掘『アジアの東漸思想』、『黒い雨』について、本と原稿の行方、古典のエネルギー、『源氏物語』口語訳次第、『源氏物語』の地図、『源氏』の野宮、おめでたい人、出家ということ、石山詣で、を収録。〈伝統美について〉には、私の好きな国宝、鏑木清方展に寄せて、江戸の狐火、女衣装の美しさ、を収録。〈芝居雑感〉には、浄瑠璃と歌舞伎脚本について、五瓶のリアルな味、「トスカ」について、「トスカ」の劇評、「武州公秘話」の脚色、色立役の死、若い歌舞伎役者、危うげな美しさ、晩咲きの名花、「源氏物語葵の巻」上演について、天性の二枚目役者先代中村雁治郎、を収録。〈旅〉には、法然院、京洛の春、京の紅枝垂、女人高野再訪、北野詣で、華南の旅の思い出、マドリッドトレードその他、ヨーロッパの木、ヨーロッパの花、ションの四人を収録し、あとがきが付けられている。

「あとがき」には数年来のものを集めたとしているが、実際には二十年以上に渡る期間に書かれている。話題ごとに執筆年が付されているものが多数ではあるが、ないものもあり、円地自身も書いた時期がわからなくなっていたようである。〈折にふれて〉には春の話題から始まり、作品名となった「兎の挽歌」は七月下旬から一ヶ月ほど飼った兎のことを書き、立秋から東京の秋、師走、お年玉と続き、梅のことで閉じている。これは春夏秋冬を意識しての配列である。〈逝った人々〉は、亡くなった順に故人を偲んでの文章が並べられている。「某月某日」は母の上田鶴子の死（昭31・4・3没）を悼み四月二十日付の読売新聞に書いたもので、「真杉さんのこと」はその十ヶ月ほど前に同じ読売新聞に載せたものである。真杉静枝を偲ぶ文章は、この随筆集の中で最も早くに書かれたものであり、順を誤ったのであろう。〈創作ノート〉は、本作品の中でも特に重要なものである。その配列は、執筆順を意識しつつ、創作姿勢、作品解説、『源氏物語』現代語訳関連の話題と並んでいる。最も注目すべきものに「あられもない言葉」がある。これは〝性をどう考えるか〟という副題のとおり、円地の性への考えが示されているが、小説ではなく随筆である点に注意しなくてはならない。「私が性について、大胆になったのは、よく世間でも言うように、私が女だけの疾む癌にかかって手術をし、生命拾いをした後のことだと思います。」「私は過去に女であったことを記憶に保っている女の形をした異形のものです。」は、円地の考えの核となるものであり、円地が女を超えて女を見ていたと解釈することができる。〈芝居雑感〉は、役者論が中心であり、「「トスカ」の劇評」で杉村春子や加藤武に言及していることは注目される。〈旅〉は、京都を中心にした日本国内、中国、ヨーロッパの順に記事が配列されている。円地は「あとがき」に「心に残った落葉」としているが、配列にも工夫があり、随筆集としてまとまった作品である。同時に、円地文学の研究に寄与するものとしての価値がある。

（野口裕子）

うしろすがた

小説／「小説新潮」昭43・9／『菊車』新潮社、昭44・3 30／全集⑤

ある会社の会長を務める皆川は、同業会社の破産建直しに奔走する忙しい日々を送っている。家庭では、妻を亡くした後に妾の美和を籍に入れるのではないかと娘たち夫婦から干渉を受ける日々でもある。娘達は皆川と美和との間の子供の血液型まで調べ、その子が皆川の子ではないことも把握している。そういうある雨の日、車で移動中にふと見かけた「自分の記憶の中にはっきり彫りつけられているものと符合するにも拘らず、自分は現実のあの女に逢ったという記憶を持っていない」と感じる「女のうしろ姿」をめぐって思いを漂わせるという短編である。

作品は、この日々に自分の心に蘇る後姿の女について「あれは誰でもない、何処で逢ったというでもない、自分の内に昔々から住んでいる女だったのだ」と思う皆川の描写で終わっている。

結局この後姿の女は、美和や娘達のように「尋常に女の仮面を被っているけれども、内心猛々しいことでは男より遥かに逞し」く「潤いのない、余裕のない味気なさ」に対する、「次代の者の強引な申入れに何で自分が押し切られねばならぬかという意地が、明治生まれの皆川の心には抑え切れないのであった」ところから生まれた幻想であったと言える。

本作品発表の直前の「群像」六月号に掲載された作品に「半世紀」がある。「女坂」のモデルであるとされる母方の祖母の没後五十年の法事を題材にした作品である。そこでも主人公の宗子は「女坂」に描いた坂の「全く原形をとどめぬ変化」とともに若い男達の「ベーコン」「ラーメン」といった言葉の交じる会話が描写されている。作者は懐旧趣味を持つ者ではないが、本作品は、「次代の者」の時代が始まるなかで明治に生きた者たちの時代が終わりに近づきつつあることへのオマージュとして位置付けることも可能であろう。

（田邊裕史）

渦（うず）

小説／「婦人公論」昭37・1〜12（原題「妖精圏」）／『渦』集英社、昭53・3・11

若い応用化学者の島辰美には、御子柴絢子という婚約者がいる。島は、大学院終了後シカゴの研究所で研究生活を送り、将来を期待されていた。絢子の母はとも子、売れっ子芸者であった。絢子はパトロン波多信之との間にできた子供で、鳥料理の店「楓」を出していた。しかし、波多が心臓病で急逝し、とも子は、アパート経営で暮らしている。絢子は大学を卒業し、国会の図書館に勤めている。とも子とは、五十四歳で胃癌になってしまう。芸者時代のとも子と日本画家津島青朗の間に生まれたのが金吾で、津島家に引き取られ、美術学校に入れたが女出入りが多くて卒業できず、父親の死後贋作事件を起こし警察沙汰になり義絶の形になっていた。波多がパトロンになりとも子が津島と縁を切った時の仲介役が妹分の新見ことであった。金吾は、時々とも子に無心に来て、ことが面倒を見ていた。

本野美香は、島のアメリカ時代の恋人だ。野性的な女性で今は故郷の広島に帰っている。美香の母の貞代は女手一つで三人の子供を育てた苦労人で、美香と島との結婚を熱望していた。しかし、島は「結婚という世間並みの鋳型に自分がもう一人の女と一緒に鋳込まれ」ることを嫌った。貞代が、夫の弟正作と話に行ったが、結婚の同意は得られなかった。ことは、島を、「女をあやなすコツを自然に身につけている二枚目」で「白無垢鉄火の色悪」と想像する。

島と絢子との結婚を心待ちにしていたとも子は、正月十日に帰らぬ人となる。その通夜の席に金吾は愛人の与田豊子と行き、板前の若い衆に叩き出される。島は金を握らせてタクシーに乗せる。母の主治医原島は、絢子に結婚を申し込むが断られる。島はどちらとも結婚するつもりはない。金吾は正作の差し金で島を傷つけるが、逆に金を貰い引き下がる。絢子は「あの人は一種の妖精」で「私たちも」「妖精の国に生きているようなもの」と思う。絢子は寺の一室に島を誘い無理心中。島は死に絢子は生き残る。ことは、絢子に「学問」させたことを恨む。

野性的な女と清楚な女との両方を相手にする「色悪」の科学者の破滅を描く。「色悪」は、歌舞伎の立役の一つで色気のある悪役を言う。『東海道四谷怪談』の田宮伊右衛門は、妻のお岩を疎んじ隣家の娘と通じてその家族に毒薬を飲ませられ呪い死ぬ。伊右衛門はお岩の亡霊に呪い殺される。島もまた絢子という婚約者がいながら美香と遊びその叔父が金吾を使い島を傷つける。思い余った絢子が島と無理心中を図る。作者は島を今風の「色悪」に仕立てたのである。絢子が島の「妖精の国」に巻き込まれるから、題名を「妖精圏」としたのだが、複雑な人間関係を描いているので「渦」と改題したのだろう。ただ最後に無理心中を「学問」のせいにするのは唐突である。　（野末　明）

うそ・まこと七十余年（うそ・まこと しちじゅうよねん）

随筆集／「日本経済新聞」昭58・5・22〜6・21「私の履歴書」他／『うそ・まこと七十余年』日本経済新聞社、昭59・2・10

「あとがき」によると、本書は日経の「私の履歴書」を大半に、そこに「読売新聞」に連載した「冬の記憶」を加え、さらに「わが思い出の人々」として単発のエッセーである「小山内薫」（「百年の日本人　小山内薫」「読売新聞」夕刊、昭58・9・19〜22）と「永井荷風の死」（「永井荷風の死に想う」「婦人公論」臨時増刊、昭34・6）と「尾崎一雄さん」（「婦人公論」昭49・5）を付け加えた。巻末に「略年譜」を添えてある。本書中の「源氏物語」に書かれてあるように、「源氏」の訳が終った昭和四十八年五月から、十年以上片目で仕事を続けており、この連載も「口述」で書かれたものである。老境に入った境地は「年相応の作品」という題名で紹介されているが、若い人たちに「七十歳の人間のたどたどしい歩み方や、うすくなった視力が感じられる筈はない」としながらも、富岡鉄斎の晩年を例にして、「老いた美しさを豊かにみなぎらせる作品を書きたい」とも述べている。思い出に残っている三人の作家では、やはり小山内との縁の深さが目につく。二回り上の小山内に惹かれたのは小山内が文壇でも屈指の美男であったことと無縁ではないようだが、二十二歳の時に小山内が慶応大学で開いた演劇講座に聴講生として参加したのがきっかけで、彼の主宰する同人雑誌「劇と評論」に参加、戯曲「晩春騒夜」の創作と築地小劇場での初演、またその打ち上げの席での小山内の急死に立ち合った様子などが伝えられている。永井荷風への敬愛も一貫したものだが、特に漬物にバターを塗ったような田舎臭いハイカラ趣味と評する目白の女子大をやめるきっかけを作ったのが、荷風の「小説作法」に習ってそれを実行に移したことによるとされ、「当時の文学少女の荷風への心酔に外ならなかった」と回顧されている。尾崎一雄の場合はその文学的薫陶よりも、昭和十六年一月から二月までの海軍の文芸慰問団からのつき合いの様子が語られている。「私の履歴書」にあたる本篇は、掲載紙が定評のあるコラムであり、また口述ということも相俟って、ほぼ一話完結型の話にまとめられているが、先述のごとく部分的には先行エッセーで書かれたものを付け足して、厚みを増している箇所も散見できる。冒頭、先の尾崎一雄と小林秀雄の死（ともに昭和五十八年三月）から語られるが、それはゆるやかに父母の思い出へと繋げられ、「私の母は明治時代の家婦としては珍しいほど仕合わせに暮らした女である」と述べられるが、それはすでに「冬の記憶」の書き出しに提出された考えであり、文章でもあった。特に「女坂」や「ひもじい月日」など代表作を語る件になると、のちの単行本化に際して大きく加筆がなされているのが認められる。

（山口政幸）

歌のふるさと—伊勢物語—（うたのふるさと—いせものがたり—）

小説／「文芸」昭28・7／『仮面世界』講談社、昭39・2・20／全集⑭

最初「伊勢物語」と題して発表されたが、『仮面世界』に収めるに当たって「歌のふるさと」と改題された。この作品は、『伊勢物語』の主要な段の単なる現代語訳ではなく、作者なりの脚色に特色がある。「あくた川」「これたかのみこ」「あづま」「つくも髪」「狩の使」の五編から成るが、この順序については、「作者の心の動き」を示すとともに、短編集たる『伊勢物語』がどのようにしてかたちを成していったのかという「成立論」にも関わる問いかけがある（阿部正路『日本文芸鑑賞事典』昭63・4、ぎょうせい、「なまみこ物語」の項）といわれる。

まず「あくた川」だが、第五段・六段の二条后物語が脚色されている。「とっさに上着をぬがせて、男は女を背に負うた。ゆり上げる時、手にふれた女のやわらかい足の甲にねばねばするものを、星かげに透かしてみると、血のりであった。」という、エロチシズムを醸し出している部分が魅力的である。また、鬼にとられたかと言い、「追手」が女を連れさったと言い換えているのも、もともと『伊勢物語』にある現実味を忘れていない。

次の「これたかのみこ」は、『伊勢』の主人公の惟喬の親王への真情を描いた第八十二段・八十三段の抜粋といった趣。第六十三段の、老女の恋の願いを描いた「つくも髪」も、ほぼ『伊勢』そのままと言ってよい。問題は「あづま」であろう。『伊勢物語』で最も有名な東下りの段（第九段）を踏まえているが、途中の「知恵や権力のはびこっていない自然のままの云々」の箇所や、最後の「東国にふるさとを求めてさまよって来た云々」の部分に、権力と自然の単純な対比、また『伊勢』と異なる付会があり、読んでいて興を削がれる。

最後の「狩の使」は、斎宮のもとへ通う主人公を描くが、ひめみこの形容として「月の中の乙女のように、神々しく」「みこの白い頬が」、「童女のように初々しく」、また「ひめみこは……真白な衣をひらいた。男は白い花の中に吸いこまれるようにひめみこと一つになった。」の描写の部分など、妖艶というには白々しすぎるイメージだろう。本編の「狩の使」の段は、『なまみこ物語』の第一章に挿入されている他、これは斎宮ならぬ斎院だが、のちの『彩霧』で現代に蘇った斎院を描く。その先蹤ともいえる、円地にとって重要な小品であろう。

（茅野信二）

美しい姉妹の話（うつくしいしまいのはなし）

小説／「小説現代」昭41・11／『生きものの行方』新潮社、昭42・7・10

結核と精神病に翻弄された三姉妹の物語である。語り手は、姉妹と縁戚関係にあった「私」。姉とき子は「私の姉と同じ年頃」の「当時、九條武子と並び称せられた有名な才媛伊藤燁子（宮崎白蓮女史）にそつくりの顔形」で、大正五年頃結核で亡くなったが、夫を初め周囲の人々に愛され惜しまれた生涯であった。次女の佐保子は「私より二つぐらゐ年下」の「中高の眼の切れの長い美少女」で、女学校入学後やはり結核で斃れた。そして昭和初年、二十二歳で亡くなったやす子は姉たちに劣らず美しかったが、遺伝的に精神に濁りがあって、少女の頃から知能が足りなかった。長兄の子供たちからも「低能狸」と揶揄われ、一時は養女に出されたりもしたが、最後は粟粒結核に罹ってあえなく死んだ。唯一の救いは、千葉という青年との恋愛で、この「あわれな印象」のやす子の生涯を思い起こすたびに「私」は何とも言えない「うつたうしさに閉ざされる」のである。

やす子の不幸な生涯に注目する語り手および作者の人間観に、この作品のテーマやモチーフが隠されている。（古閑　章）

うつせみ

小説／「小説新潮」昭47・9／『花食い姥』講談社、昭49・5・24

中国文学研究の大学教授篠田信之の妻美緒は、結婚後間もなくに精神に障害をきたし今では生ける屍同然である。篠田はそれでも美緒とひとつになって生きていけるという実感を抱いた。が、ほどなく信之は美緒を除籍、母の病気の時以来家に来ていた看護婦佐伯夏子を妻として入籍した。佐伯と後添いになった夏子と元妻の美緒との同居生活。魂の脱け殻のようになった美緒を入院させて間もなく美緒は死去。以後、夏子はぐれだして学生のひとりと恋愛関係にもなるが、やがて美緒のものだった赤い腰紐を使って縊死する。男やもめとなった篠田の身の回りの世話をしにやってきたのは美しい伏見理子《さと》だった。長年出入りの植木屋安吉の唇からは〈陰気な吐息〉が洩れた。篠田を光源としてひとりひとり個性の違う美しくも妖しい女性たちの円地的曼荼羅の世界。短編ながら濃密な世界が展開されているが、源氏物語「空蟬」の巻との関連なども考察の対象となるであろう。

（傳馬義澄）

空蟬の記（うつせみのき）

小説／「別冊小説新潮」昭30・1／『妻の書きおき』宝文館、昭32・4・5／全集③

東京に米軍の空襲が頻繁にあった終戦の年の一月の出来事を描いている。主人公の富子は画家で未亡人、子供はいない。物語は富子が伯母を疎開させる準備に忙しい朝から始まる。荷物の送り出しが一段落して、ふと取り上げた新聞に二十年来の愛人南の死亡記事を発見した富子はショックを受けた。南は富子の初めての男であった。小説は、南に対する富子の想いと戦争末期の中産階級の生活、人心の動揺を描く。概ね富子の視点から語られるが、時に視点は隣に住む亡夫の兄夫婦に移り、外から見た富子が描かれる。南には妻があり、傍から見れば富子は南の数多い浮気相手の一人に過ぎなかったし、自分も南を愛したと思う自分に陶酔しているだけかも知れないと考えたりしていた。しかし南に死なれ、南が自分になくてはならぬ存在だったと知った富子は、身のまわりをかまわなくなり、炬燵に寄ったままぼんやり日を過ごすようになった。「富子さんは少し、気がおかしくなっているんじゃないかしら」と嫂に心配されたが、富子は、南の幻を逐い、南のことを考え続けていたのだった。そんなある日、近所の老人が警官に縛られて連行されるという事件が起こった。老人の家族が気の触れた年寄りを警察の手を借りて病院に送ったのだった。富子は、自分にもその家族のように冷たい理智の面があったけれど、南が心底から愚かな女にしてくれたお陰で、〈死んだ南をしっかり抱いている自分に不思議な安定感を見出すようになった〉と述懐し、義兄夫婦が富子は正気であると確認して小説は終わる。

この作品は、大切な人と死別し、この世に取り残された主人公が、陥ったうつ状態（喪失うつ状態）から脱するまでを描いている。愛する人を失ったのではなく、空蟬の心にも抱いて独占することが出来た、と主人公は南の死を積極的に受容している。この作品については、さらなる心理学的・精神医学的な観点からの分析がなされるべきであろう。

（島本達夫）

盂蘭盆（うらぼん）

小説／「別冊文芸春秋」昭36・6／『雪折れ』中央公論社、昭37・11・20／全集③

東京では盂蘭盆の前後に歌う唄があり、作者はこれを手鞠唄や子守唄と共に父方の祖母いねから口伝えで教わっていた。江戸番町に生まれ育ったいねは、初め大身の旗本の家に女中勤めをしていたが、上田家に後妻として嫁ぐことになった。癪の持病のある姑と、小姑、甲斐性のない夫という家庭に入り、何かと苦労をしたが、持ち前の勝気な性分で家事一切を頑張って取りしきった。その後名古屋で夫と姑を亡くし、身寄りのなくなったいねは、三人の子どもを抱え実家の兄近藤正澄を頼って上京した。その正澄も亡くなると西片町の借家に移った。作者の父がドイツへ留学することになったとき、いねは息子が留学先で病死するのではないかと不安を抱いた。しかし、運を天に任せて生きることを決心し、残された財産をやりくりしながら家族を養った。父が帰国後に結婚したことで、いねはようやく家事雑務から解放された。穏やかな老後を迎え、茶の間の長火鉢の前に座り、鉄瓶の腹を指で弾いて常磐津を口ずさむこともあった。家内で争うことはなかった。幼い作者に語った芝居や浄瑠璃、怪談の世界は後の作者に影響を与えた。晩年の祖母は生への執着はなく、宗教にも無関心で蠟燭の消え入るように八十一歳で亡くなった。

祖母は円地作品にしばしば登場する。「朱を奪うもの」（「文芸」昭和30・8）には怪談を語る「たね」が現れ、「川波抄」（「群像」昭50・9）にも経緯が詳しく描かれている。また「押入れの中」（「群像」昭35・1）や「祖母に聞いた話」（「群像」昭61・3）でも当時を回想している。（石川浩平）

囈　言（うわごと）

小説／「小説新潮」昭52・9／『砧』文芸春秋社、昭55・4・10

坂谷正造は一流会社の会長職にある八十に達する経営者で、経団連の会長にも推挙される人物である。妻の清子は有名な賢夫人であったが、半年前に腎臓病で亡くなった。矢吹和子は四十近い独身の美人秘書。ある日、坂谷は和子を通じてジャーナリストの敏腕編集者の佃を呼び出す。妻が病床にある時に時々囈言をいい、「タブさん」という言葉が何度も出て来た。そこで坂谷は「椨」という臨終間近の妻の囈言の名の人を捜して欲しいと依頼をする。円地は上田萬年の次女らしく、作品には折口信夫の和歌や羽咋の歌碑などが底辺に流れている。円地は昭和五十七年に老年の内部の妄執を描いて独特の境地を拓いて次々と受賞をした。本作も八十歳の老人が七十歳の病妻の囈言にとらわれた作品。（中田雅敏）

絵が話す（えがはなす）

小説／「小説新潮」昭52・4／『砧』文芸春秋社、昭55・4・10

日本画のうるわしい師弟関係の背後に、日露戦争時の徴兵忌避をからませた短篇である。文化勲章も受けた戸山静泉の遺作展で、叶道代は父を描いた「牧斎先生像」に見入る。放胆な牧斎の気質を表現しながら、清泉の品格も感じられる秀作である。静泉は、「私の今日あるはまったく牧斎先生のお蔭」と道代や母に厚情を持ち続けた。しかし、不遇な従兄の真崎要蔵は、牧斎が若き静泉の徴兵を免除させたのだから感謝して当然だ、と過去の秘め事を暴露する。道代は一瞬静泉に裏切られたような気がしたが、牧斎も静泉も旧幕臣（明治維新の敗者）であり、師弟の間には反国家的な心情があったと思う。師弟は画家として成功し、要蔵は紙屑のように死んだが、「人生とはゆくりない縁と運との環《たまき》」であろう。「牧斎先生像」は師弟の合作で、ことによると要蔵もあの中にいるのかもしれない、それでいいのだ、と道代は最後に自らにいい聞かせた。（渡辺善雄）

江戸文学問わず語り（えどぶんがくとわずがたり）

随筆集／「群像」昭52・3～53・6／『江戸文学問わず語り』講談社、昭53・9・30

本書は九章からなる。「ももんがあ」「馬琴雑記」「一九・三馬・川柳」「四世鶴屋南北（江戸歌舞伎　一）」「河竹黙阿弥（江戸歌舞伎　二）」「平賀源内の『根無草』」「上田秋成」「近松門左衛門」「結び—俳句のことなど」である。「ももんがあ」は、本書の〈まえがき〉といった意味を持っていて、執筆の動機や主題を暗示しているのだが、川柳の「ふるさとに廻る六部の気の弱り」と同じ心境に、六十歳を過ぎた自分もなったのだろうか、と作者はいい、諸国の寺を遍歴する修行僧の六部が、自然にふるさとへ足が向くように、〈文学のふるさと〉である江戸文学にしきりに思いが傾くようになったらしい、〈問わず語り〉に若いころに接した江戸文学について筆をとったといっている。

そして、自覚的に江戸文学に触れるより先に、幼いころ祖母から聞いた話に触れ——「江戸の町の闇から生まれたさまざまの怪談は、祖母の口を通して現実と結びついた恐怖と現実に決して味わえない興味の実感とをひとつにして私の中に植えつけられました。江戸言葉では得体の知れない化物のことを『ももんがあ』と云いますが、私がその頃実感したお化けは魑魅魍魎というより正にこの『ももんがあ』だったのです」として、作者は、祖母の口から「おいてけ堀」や「青茶婆」や「足洗い屋敷」の話を聞いたことが、いまになって思い返され、その〈ももんがあ〉が、江戸の文化文政期の「馬琴や種彦の稗史小説や歌舞伎、浄瑠璃、浮世絵などとない交って、現実でない筈のものが現実とごっちゃになって、時々現実以上のリアリティをもって存在する」ようになったことをいっている。つまり、〈語り部〉ともいうべき祖母の話は、作者の中に郷愁として江戸文学が蘇るばかりでなく、新たな解釈と感動を呼び起こし、近代小説との関わりをあらためて考えさせ、作者の文学的姿勢や、美学をも語ることになるだろうことを暗示しているのである。

次章の「馬琴雑記」では、「馬琴について書こうとすると、久しぶりに故郷へ帰って来た旅人のようにあれもこれも目につき、どこから語りだしてよいかと迷ってしまう」といい、馬琴の文学の本質について切り込んでゆくが、近代文学から否定されているかに見える馬琴の「八犬伝」や「弓張月」や「美少年録」が、谷崎潤一郎や、三島由紀夫や、正宗白鳥に影響を与えていることにも注目する。中で「八犬伝」には多くの筆を費やし、「八犬伝」を口にすることが恥かしかった読書体験から説き起こし、儒教倫理だけの世界でなく、そこに〈女性観〉の新しさのあることにも触れ、馬琴の人間性にも注目していることも貴重だし、龍之介の「戯作三昧」が馬琴の日記の精読の所産であることの指摘も新しい。「美少年録」「弓張月」を論じるなかで、潤一郎の「刺青」のサディズムやデカダンス、泉鏡花の耽美主義の世界も、江戸の文化文政期のSM的耽美主義の歌舞伎へ通じることをいい、馬琴から導き出される江戸の芸術世界へ気ままに語りすすめて、読者をのびやかな郷愁の世界に誘って飽かせない。さらには、馬琴の現実生活と文学の関わりでは、「八犬伝」の執筆の苦労と、寡婦となった嫁の〈お路〉の献身と、それに対する馬琴の心理の妙に触れるなど、小説を読むようなあやが見られ、ここからは〈馬琴〉を通して作者円地文子の、創作者としての内面の告白を聞く思いがする。

　これはひとり「馬琴雑記」に見られるばかりでなく、「一九・三馬・川柳」以下の「四世鶴屋南北〔江戸歌舞伎　一〕」から、最後の「結び―俳句のことなど」のすべてに通じることで、対象を論じていながら、作者の文学観や美学が隠されているのであり、作者の蓄積された江戸文学への教養の広さと深さとが、肩肘張らぬ気楽さで、読者を郷愁の文学世界へと、遊ばせてくれる貴重な一冊となっている。

（葉山修平）

老桜（おいざくら）

小説／「群像」昭34・12／『恋妻』新潮社、昭35・6・25／全集③

　取材のために高野山に行った「私」は、偶然、親しくしている洋画家の野坂邦子に出会う。邦子は母親の一周忌で納骨に来たのだが、その夜、二人は山内の宿坊に泊まり、邦子は母親のことを「私」に語る。邦子の母の綾緒は、江戸時代の旗本の家に生まれたが、明治になって、ケンブリッジへ遊学した弁護士の乾勝馬と結婚した。そして、四人の子供を産んで、夫に死に別れる六十数歳まで、幸福に暮らした。四人の子供のうち、二人の兄は役人と弁護士になり、姉は銀行員に嫁いだが、邦子だけは絵を描くように成長した。夫が亡くなったあと、綾緒は、長男の家族と住まず、一人で暮らしていたが、空襲のために老人が都内で一人暮らしをすることができなくなったとき、二人の兄は意外な冷たさで母を家に迎えることを拒んだ。「兄さん達が引きとらないんなら、私のところへいらしったらどうですの」と邦子は言った。「邦子には私が自分の乳を飲ませたのだったとその晩、邦子の帰ったあと、床に入ってから、綾緒は胸にしおしお萎えている乳房に手を触れながら呟いた。（中略）私は邦子にだけは間違いのない母親だったのだ。もうこれからの余生はどんな運命がめぐって来ようと邦子からは離れまい。あの娘の為にほんとうの母親になることを私は決心しようと綾緒はその時、心に誓った」。綾緒は、邦子への愛情と信頼をもって、戦争と戦後の混乱期を生き延びたが、「八十を迎える前年、肝臓の病気に老衰が加わって亡くなった」。

娘の邦子を語り手として、綾緒という一人の女性の生涯が語られる作品であるが、「枕べに近く、見舞いに貰った桜の花枝が瓶に挿して置かれていた。白い花びらが春の黄昏のほの暗さの中に寂かにはなやいで見えた」という最後の描写は、「老桜」という作品名ともかかわって、綾緒の晩年の姿を象徴的に表現している、といってよい。（池田博昭）

花魁道中（おいらんどうちゅう）

小説／「新潮」昭60・4

江戸時代の末期、大阪に肥前屋という唐物《からもの》の豪商があった。その主人四郎兵衛は、長崎で馴染みの遊女から一人の娘をもらった。清朝の王族の出であるという触れこみで、纏足《てんそく》された、美貌の少女であった。大阪に来てお光と呼ばれた彼女は気位が高く、身の周りのものも贅沢で、翡翠の玉を簪《かんざし》にしたり、珊瑚の帯止めを使ったりした。江戸の吉原で花見時の花魁道中が華やかに行われているように、大阪でも遊女が着飾って往来を練り歩く仁輪加《にわか》の行事が行われていた。お光は、花魁の姿でその行列の花になりたいといいだし、纏足の足でその望みをかなえた。まもなく明治維新となり、肥前屋は没落したが、お光は性の秘技を考えだして、四郎兵衛を従わせた。その頃江戸歌舞伎に名女形《おやま》三代目田之助がいた。彼は晩年脱疽を患い、手足のない泥人形のようになって死んだが、お光もどこか似ている。（森本　穫）

欧米の旅（おうべいのたび）

随筆／アメリカだより「朝日新聞」昭33・6・28、日本の見られ方「産経新聞」昭33・7・29、薄明への憧憬・アメリカの劇をみて「毎日新聞」昭33・7・30、戦争花嫁「別冊文芸春秋」昭33・8、ヨーロッパの印象「読売新聞」昭33・8・4、海外演劇雑感「読書人」昭33・9・29、スペインの印象「風報」昭34・2、シカゴのひと「群像」昭33・10他／筑摩書房、昭34・11・15／全集⑮

アジア文化財団の招きにより、昭和三十三年四月十五日から七月二十四日まで、平林たい子とともに欧米各地を旅行した際の紀行文。Ⅰ十一篇の見聞録、Ⅱアメリカ・ヨーロッパ紀行、書翰集、Ⅲシカゴの人、の三部から成る。

作者最初の欧米滞在中、大学での源氏物語講義など、各地の知識人・要人たちとの交流の記録であるが、同様に興味深いのは日常生活における女性、社会の少数派へと向けられる作者の視点である。「私は生来、観念性の強い性質で、対象を観念的に割り切ってしまうことが多いのだが〈中略〉現実との勝負で観念が勝つことなど只の一度もないので、その意味で私は現実を過大なほどに尊重して生きているわけである。旅行の好きなのもその現実尊重の一つのあらわれかも知れない。」と、作者自身が言うように、作者が観念的に持っていた欧米のイメージが、現実の欧米に触れて、再認識あるいは修正されていく過程が詳述されている。

ヨーロッパよりもアメリカに対して、より多くの紙幅がさかれているのは、昭和三十三年当時の時代性によるであろう。たとえば、実娘の冨家素子宛の書翰という形式をとるⅡでは、「私はたしかにアメリカのデモクラシーの長所を認めますが、同時にその中にある単純性や均等主義——言いかえれば国の若さのようなものに、ソ連と共通するものをいく度となく感じました」と述べ、「ある意味でアメリカ人は黒人を自分の中に持っていることでより高くのびえるかもしれない。そういうケオスの面白味を感じるのです」という洞察には、アメリカ社会の本質を指摘するのみならず、戦後日本をおおうアメリカニゼーションの検証という作者の批判精神が見受けられる。

円地文子のジャーナリスティックな一面を伝えるこの紀行エッセイ集に、採るべき先行研究はない。しかし、一見社会派作家とはされない円地だけに、随所に見られる現代資本主義社会に対する見解は、円地の小説読解にも新しい可能性を拓くであろう。

（安原義博）

雛妓あがり（おしゃくあがり）

小説／「小説新潮」昭42・7／『都の女』集英社、昭50・6・30

「私」は、小説「女坂」で妻妾の同居を描いた。その生活を若い職業婦人たちに理解しがたいと言われ、明治のあのような女性たちの暮らしを書いてよかったと思う。そして、女の生活は幸福になったが「女坂」の正妻の苦しみは今なお続いていること、妻妾同居も今の女性たちが想像するほど陰惨なものではないことなどを思い浮かべ、知人から聞いたことを補綴しながら次のような話を語る。

上野不忍池の端でおきんは料理店を切り盛りしていた。その夫が店によく来る雛妓を落籍し、三人で暮らすことになった。その生活は親和的であり、夫が亡くなった後も姉妹のように暮らし続けた。

この小説が投げかける問題は、一夫一婦、一夫多妻の制度を以て単純に女の幸・不幸を認定することの危険性である。そして、フェミニズム批評のあり方に反省を促す点に価値がある。

（小林幸夫）

落葉の宿（おちばのやど）

小説／「小説新潮」昭51・1／『砧』文芸春秋社、昭55・4・10

伸彦は京都の南禅寺からほど遠くない川上しなの旅館を訪れた。十二月近くだというのに硝子窓の外にはかさこそ落葉の散る音がする。女主人のしなは、昔は踊り手のうちに数えられるような芸者で、この旅館は彼の父の世話で構えたものだった。その父の死後、遺産である土地を確認するため大分を訪れた伸彦は、同行していたしなと一夜をともにする。伸彦はしなを抱いている時、父のことは思い出さず、そうした関係が四、五年続いた後、しなに拒まれることになる。情交はその後絶えても、伸彦が京都に来る折には、川上へ立ち寄る習慣に変わりはなかった。年が経ってゆくままに、旅館の客は少なくなる様子だが、しなの方は年を忘れたように元気である。この作品のなかには、伸彦の少年期から厄年をすぎた五十近くにしなを訪ねるまで、四十年近い時間が流れている。過不足なくまとめられた円地の短篇作法が結実した作品である。

（堀内　京）

おとぎ草子物語（おとぎそうしものがたり）

現代語訳／『おとぎ草子物語』小学館、昭18・12・25

戦時中の「少国民日本文学」シリーズの第三巻として刊行され、『御伽草子』から「梵天国」「かくれ里」「花世の姫」、『舞の本』から「百合若」「元服曾我」「烏帽子折」の計六話を取り上げ、児童向けに現代語訳している。久松潜一が「あとがき」で『おとぎ草子』について「親孝行のお話とか、神さまや仏さまのごりやくのお話とか、またごうけつの話につれて、日本人の海外進出の気性をあらわしたお話など、まだまだたくさんあります」と書き、『舞の本』について「勇ましい題材をとりあつかったものが多くあります」と書くのにも端的なように、時局の要請に応えるシリーズの一巻としてふさわしい物語が選出されたと見られる。円地自身は「はしがき」で、選ばれた物語の目新しさや珍しさ、少年少女へのふさわしさの方を言い、「広く、室町時代という歴史の一時代を知る上の何かのお役に立てば、私はほんとうにうれしいと思います」と結んでいる。

（柳澤幹夫）

おとこ女郎花（おとこおみなえし）

小説／「別冊小説新潮」昭30・10

幕末の松平家、勘定方梅田源次兵衛の妹律は、藩主の奥方光姫の祐筆として仕えていたが、光姫の生母清光院お与乃の方に寵愛され、同性愛関係となる。律は、同じ光姫の奥女中小菊とも、姉妹の仲を深く契っていた。兄嫁病死ゆえの家事不如意にかこつけ、律は梅田家に戻される。しかし、律のもとには清光院からの使いが繁く、松平家に暇を願って人妻となった小菊と、律は逢瀬を重ねていた。思いあまった清光院が律を訪ねた夜、小菊が鉢合わせとなる。そこへさらに、菊の夫新次郎も、妻と律の深い仲を疑い押し入って、ついには刃傷沙汰となり、皆死んでいく。

　レスビアンを真正面から取り上げた異色時代小説。人物設定や結末への運び方などに、いたずらに扇情的で安易な印象があり、そのためか、全集を含め刊本未収録という扱われ方であった。だが、レズビアンに筆を染めたのは、女であることの境界を見定め、踏み破るためのものでもあったろう。その点、軽視できない。（鈴木雄史）

男というもの（おとこというもの）

随筆集／「週刊現代」昭34・4・12〜12・27／『男というもの』講談社、昭35・3・10

　巻頭の「私の中にある男性」から掉尾の「男の宿命」まで、合計三十八の章から成る。作者は両性の「彼我」の差違を語りながら、結局は両性は母性を本質とするとして、特に「男というもの」の中に男性の中の女性を故意に捨象することで孤塁を死守しようとする幼児的習性があると語る。『源氏物語』や『春色梅暦』など古典作品に見える本邦の伝統的な男女間の交情の機微を語り、また作者が、実際に見聞した様々な男女の関係を例に引きつつ、男女いずれの立場においても相手を許容する力こそが母性の本質と見て、男女の関係は相手を受け容れる寛大なる態度が恋愛を牽引する鍵であることを指摘する。また父性＝上田萬年の愛情の側面（第37章「父性という愛情」）を率直に語っている。

　しかしながら、全篇を通じ、作者が男性を透過しようとする視線から欠落しているのは、「円地文子」自身の主体そのものであるのかもしれない。つまりそれは、「男性」を語るという括りの中で語られた擬制でしかなく、貪欲、吝嗇、横暴、驕慢、小心、姑息など、やや規則的に類型化され矮小化された種々の男性への言及は、ほんとうは複雑で多様な、大いに時代の偶然性や生育の環境に負うところが多いはずの男達の個としての相貌を欠いているのだ。そもそも、男性論や女性論を語りだそうとすれば、そこには当然私的なメンタリティの枠組みを抱え込んで語らざるを得ないという覚悟が必要だろうし、もしそうでなければ、それは類型的な傾向の大雑把な分析か、一般論に逢着するだけだろう。けっして一様ではない個々の具体的な男性を分類して、すなわち「男というもの」として概括し、語ろうとするその手法には、時代がかったバイアス、制度的な視線の支配が感じられる。生身の作者が、生身の「男という個」と対決し、それをどのように見て、何を剔抉し、または評価して、さらには、その奥にまで斬り込んでゆくのか、そこに至って初めて作者自身の男性観が立ち現れ、凡庸な男性論を克服できたはずだ。一編一編は、往時の風俗を知る資料としての価値はあるかもしれないが、現在の視座に立ち、全編を再読するとなると、古色蒼然たるの憾みがある。

（福地正康）

男同士（おとこどうし）

小説／「小説新潮」昭35・9／『ほくろの女』東方社、昭42・3・1

夫婦のありかたを描いた一連の円地文子特有の短編。夫に女性関係ではなく、男関係があるのがわかったのは、会社の同僚の通知からであった。そういえば枕下で見つけた「違約許シマセン」というメモは男のものと思えた。品子は女ばかりの中で育って、通訳がてらに行く生け花学校の外国人も女性ばかり、夫はこの学校の女校長の甥であった。前から若い男を泊らせたり金を融通したりしたこともある。それを問うただけで妙に怒っていた。近頃もまだ秘密クラブに通っているという。品子よりも母親がびっくりして心配した。離婚が成立して、品子は人に問われたらこう言い添える。「同性愛があるのは男女とも自然です。でもその習慣が断ち切れない人は独身でいてほしい。女の敵は女と思っていましたが、別の女の敵がいるとこの結婚でわかりました」。

（永野　悟）

男と女の交差点（おとことおんなのこうさてん）

随筆集／『男と女の交差点』海竜社、昭58・3・24

『女坂』（昭14・2・1、人文書院）、『南枝の春』（昭16・12・12、萬里閣）、『女ことば』（昭33・2・5、角川書店）、『旅よそい』（昭39・11・20、三月書房）、『またしても男物語』（昭42・3・25、サンケイ新聞社出版局）、計五冊の随筆集の中から文章を抽出し再構成したもの。タイトルの書きかえはもとより、本書収録に合わせた数字や表現の変更が見られる。それぞれの文章のもとのタイトルと所収は次の通り。

第一章「男の気持ち女の気持ち」【被害者は加害者／第一講　加害者、被害者】・【声の趣／第五講　声】・【男のおしゃれ女のおしゃれ／第二講　おしゃれ哲学】・【ケチな男キザな男／第九講　ケチとキザ】以上第一章の所収はすべて『またしても男物語』

第二章「女のいのち」【行くところまで／ある知友のこと／『女坂』】・【女の生命力／女の生活／『南枝の春』】・【誠実な感情／同／『南枝の春』】【愛情とモラル／同／『旅よそい』】・【自然に自分らしく／ある手紙／『女坂』】・【祖母の時代／祖母のこと／『女坂』】・【女らしいということ／同／

『女ことば』】・【母親の惑い／季節の感覚を『女ことば』】・【老いを積極的に生きる／養老院と女性／『女ことば』】

第三章「愛の行方」【愛の純粋性／交通整理／『女坂』】・【支えあう仲／良人の職業／『女坂』】・【家庭の変遷／家庭というもの／『旅よそい』】・【母性のエゴイズム／母性解説／『女坂』】・【親ごころ／愛称と幼児語／『女坂』】

第四章「男の顔」【男の顔は人生の証し／第十三講　男の顔／『またしても男物語』】・【老いてみずみずしく／第十二講　歴史上の男／『またしても男物語』】・【おやじ・上田萬年／同／『旅よそい』】・【私の好きな歴史の中の男／第十二講　歴史上の男】／『またしても男物語』】

長い年月の間に出版された随筆集からの抜粋であるが、成立の経緯に反して違和感はなく、作家円地文子が早くから新しい男女観を持っていたことが証明される一冊である。第一章では、異性間における虚栄とそこに潜む人間の本質を語り、第二章では、女としての人生を見通し、第三章では、とらえがたい愛情の機微をあぶり出し、第四章では自らの人生にかかわった男性や古典に登場する男性への言及によって、その好悪を素直に語っている。「女にしか入り込むことのできなかった内面を、女の内側から描いた」（野口裕子『円地文子の軌跡』和泉書院、'03・7・5）と評される円地だが、その確かな目がとらえていたのは「人間それ自体のはぎとりようのない裸の値うち」（本書、第一章「声の趣」）であり、男と女が織りなす日常で揺れ動く心の正体である。そうした円地の、透徹した人間観を知ることができる随筆集である。（小林美鈴）

男のほね（おとこのほね）

小説／「文芸春秋」昭31・7／『妖』文芸春秋新社、昭32・9・20／全集②

能の見所で「砧」を見ている中年の御巫《みかなぎ》志津子が厚板織の古風な帯を締めていた。祖母譲りのものだが、解いて芯を抜くと薄紙の手紙「千勢どの血文」があり、捨てられた女の身悶えが綴られ、股の血を絞り墨に溶き入れたとある。好色な祖父は美人芸者や女学者・人妻と艶聞が尽きなかった。さらに祖父には三十以上歳の離れた妾がいて、妻妾二人鬩ぎ合う地獄の火を身内にくすぶらせ、祖母は心一つに蔵って置ききれないような秘密を沢山抱えていた。その祖母が帯に一生縫い込んだ心根が底深く思われた。祖父らの死後、彼らの骨は隣り合って墓に納められ、祖父母らの墓近くには志津子が深く激しく愛した南の墓もあった。

代表作の『女坂』拾遺とも言えなくはないと「創作ノート　多磨霊園」（「文芸春秋」昭40所収『兎の挽歌』）に円地は記し、昭和三十一年に多磨霊園に眠る片岡鉄兵らの墓参りに訪れ、墓地の様変りに迷った体験から、作中にある「まるで落語の『お見立て』よ」は実感だった。後の『女坂』では、祖母律を倫、明治官吏祖父嵯峨根を白川、妾志賀を須賀と変えた。「血文」の話は母から聞かされ、忍ぶ恋に身を焼いた女の恋文も実際にあったという。『彩霧』（昭51、新潮社）にも血文字で秘と記した「賀茂斎院絵詞」がある。

中村真一郎が「今月の問題作五選」（「文学界」昭31・8）に「見事に古典的な枠入短篇小説のなかに、工芸品のように巧みに収められ」た「技巧的な処理」が「主題の妖しい光を一段と増すようにしている」と、恋文の扱いのうまさに感服する。「近頃の雑誌では滅多に出会うことがない。だから非常に嬉しかった」と絶賛している。（岸　睦子）

男の銘柄（おとこのめいがら）

小説／「週刊文春」昭36・3・20〜12・25／『男の銘柄』文芸春秋新社、昭37・2・20

主人公の志村里枝には結婚して四年になる教師の夫がいる。夫は物質的にも精神的にも吝嗇家で、愛情の出し惜しみをする男であり、里枝は中学で同窓の富永やデザイナーの花輪と浮気を重ねる。性的欲望の追求に貪欲な里枝は、花輪の導きによってサディズムとマゾヒズムの悦びに目覚めてゆく。花輪の弟子である小森を巻き込んで、情痴の限りが尽くされてゆき、やがて夫もかつての教え子香芽子と不倫の逢瀬を重ねるようになる。香芽子の頼みで企業乗っ取りのためのロボット株主になった志村は、そのことが原因で仕事を失い、さらにかつて患っていた結核が再発する。里枝を取り巻く花輪と小森も、互いへの憎しみから殺し合うこととなり、結果二人ともが命を落とす。奔放な痴態の日々を過ごしていた里枝は病の夫を介抱するべく家庭へと戻ってゆく。ベストセラーになった本作は、円地がもっとも多作であった時期のものである。「昭和三十年代……つまり五十代には、私は何でも頼まれるものは引きうけて書きまくった。書き過ぎると筆が暴《あ》れるという人もあったが、私は乱作することで駄目になるのも、自己を閉じて寡作で通すのも一人の作家にとって、プラスマイナスはないと思った。……随分、つまらないものも、この期間には書き散らしているが、そのために、自分の本質を見失ったとは私は思っていない」（『花信』）。全集未収録の本作を円地が「つまらないもの」と判断していたかどうかは不明ながら、SMの痴態が繰り広げられる内容は、河竹黙阿弥の描く濡れ場と責め場を彷彿とさせるもので、作者の残酷美の表現への志向の一端をうかがうことができる。小松伸六は、円地自身が「この小説で、私は悪女を書きたかったのです」と氏に語ったと書いており（集英社文庫版「解説」）、多く女を主人公に据えている円地作品のうち、悪女度の高さは上位に位置付けられよう。また、小松はベストセラーの要因として「放蕩の限りをつくす好色物語だから」とも書くが、同時に「この作品ほど作者の心の底にあった〈性〉にまつわる妖怪性がみえる作品はない」とも述べている。三島由紀夫は、本作について「円地さんのとんでもない一面があらはれてゐる」としており（『現代の文学20　円地文子集』「解説」）、その「とんでもない一面」が「草双紙趣味」で、「馬琴、京伝、京山、種彦などの、合巻物を偲ばせる」ものであると述べている。三島は「戦後の今日、こんなに草双紙趣味の作品が週刊誌に連載されたといふことは、作家といふものの、生ひ立ちと教養に対するわがままな執着の、大胆な社会化」、「作者自身の「エロティシズムの社会化」の試み」ともするが、本作が合巻物に及ばぬのは、「安っぽい既成道徳と、デスペレエトなユーモア」「既成道徳の利用と、男性的なユーモア」の欠落によるもので、しかしながら現代（当時）の道徳観念の緩んだ世相の中でそれを実現することは到底叶わぬのだという。無道徳の風潮に寛容になりつつある時代の流れに受け入れられた『男の銘柄』は、同時にそのために現代草双紙になり得なかったというわけである。円地が黙阿弥について、明治維新によって時代が変り「生世話の世界で、世紀末の頽廃美を表現してばかりいるわけにはいかなくなった」（『江戸文学問わず語り』）と評していることと同様の現象が作者自身にもおこっているということであろう。

（児玉喜恵子）

鬼（おに）

小説／「小説新潮」昭47・1／『花食い姥』講談社、昭49・5・24

熊野の旧家の出である雑誌の編集者土岐華子には結婚の機会が何度かあったが、それらはことごとくうまく行かない。表面上はともかく、華子の母宮子は娘が結婚することをゆめにも賛成していなかったのだ。最初は東北の地主の息子木辻、次は役所勤めで次男の某、そして役所勤めの小関である。が、役所の上司に随行して東南アジアへ出発した小関は、途中の飛行機事故で不慮の死を遂げてしまう。土岐家代々には娘が他人と結婚することを憎んでいる鬼が憑いていて、それが華子にいろいろな業を見せるのだ、と母は言う。そのためか華子は結婚の相手が出来ると必ず厭な苦しい夢を見るのである。華子には、小関を死なせた飛行機事故の中心にもふたりを引き裂く鬼が入り込んでいるように思われた。古くから熊野の家に奉公している老女沙々によれば、宮子自身が家の鬼で、娘の周囲に寄ってくる男は誰にしても寄せつけないと言っていたという。そして、宮子が亡くなった今では華子が鬼になる番だと沙々。その時から、もう結婚はするまいと決心した華子であるが、数年間の禁を破って役所の技官を勤める年下の浜名正志を愛しはじめる。浜名には意中の女性がいたが、華子の中の鬼が彼女の心に忍び入り、彼女は自殺。華子はアルゼンチンの研究所に志願した浜名と手を携えてアルゼンチンの僻地へ去って行ってしまった。円地の作品世界を貫く憑依現象や家霊の存在は、特定の異性をひたすら気遣う人間感情の純美な形を描き出していくための媒材である。『女面』の中に作中人物の研究論文「野々宮記」のかたちで示されたり『なまみこ物語』にも示されたりする六条御息所観、愛情の倫理化への円地の願望がそこにあろう。（傳馬義澄）

お増さんの人生（おますさんのじんせい）

小説／「別冊文芸春秋」昭40・9

「私」は母から黒川のお増さんの話をよく聞いていた。お増さんは「私」の母の従姉に当たる人だが、母や祖母は彼女に批判的であった。お増さんの家族はもともと熊本に住んでいたが、母の異父兄である豊田国滋を頼って上京する。母の久江は、娘である増の容色をたよりに「立身出世」しようと目論む。増は、二度結婚するが、久江の邪魔によりそのつど破局する。三度目の結婚は黒川という新聞記者が相手だった。増は三人の娘をもうけるが、上の二人の娘は若くして結核で死ぬ。そして、夫である黒川も癌で死ぬ。三番目の娘である立子に婿を迎えるが、立子は三人の子供を残し結核で死ぬ。戦争後、娘婿は再婚し大阪に転勤する。増は孤独のうちに、心臓発作で死ぬ。その死に顔は険しい皺を刻んでいた。

「私」が聞いた話という視点で作品は展開していく。作品から「私」が千鶴子の娘であることが推測できる。また、「花咲増」（はなさきます）という名前も示唆的である。（大塚　剛）

面がわり（おもがわり）

小説／『南支の女』古明地書店、昭18・6・15

放課後のテニス練習を終えて校舎に戻る山田さんと私は、美しい島田姿の五十嵐さんと再会した。二学年上の五十嵐さんは、美貌で成績も良く、静かで軟らかい人柄で人気があった。とくに山田さんは、その優しさに触れて姉のように慕っていた。卒業とともに北海道に帰っていた五十嵐さんは、大きな雑穀問屋の長男と結婚して朝鮮に渡るために、学校に挨拶に来たのだった。それは二年前の初夏のこと。翌年の卒業後も付き合いが続いている山田さんが外交官と結婚し、新婚旅行を東京駅で見送った私は、五十嵐さんと遭遇した。芸妓のように変貌し、人柄まで蓮っ葉になり、思い出話をする気にもなれなかった。去年は病院通いで暮らしたと言う五十嵐さんと別れ、ふと後姿に目をやるとひどい跛をひいていた。今の山田さんに書き知らせるのは不吉になろうか。

作品のポイントである五十嵐さんの跛の理由が省筆され、「病気なすったの」「どこもここも」という会話や「恐ろしいことだ」「忌まなければいけない不吉なたより」あたりから推測するしかないのは、執筆の時代との関連であろうか。

（安田義明）

終りの薔薇（おわりのばら）

小説／「婦人公論」昭30・12／『霧の中の花火』村山書店、昭32・3・29

三輪子は女性特有の病気で入院した。彼女の手術の担当医は、夫杉山の友人の弟秦である。彼は、杉山の放蕩について聞き知っていたので、杉山のつくった業因が三輪子の身体に復讐しているような気がしてならなかった。そして二人は二年近く触れ合ってもいないようで、正常な夫婦関係であれば、病気も二期になる前に見つけられたのではないかと考えていた。手術前に秦と三輪子は二人で病院外に食事に出る。三輪子は手術後の衰えた姿ではない自分を、秦の心の中にしっかりと印象づけたかったが、秦の医師としての理性が強いブレーキをかけ、二人は結ばれることはなかった。手術後、秦は三輪子の病状が思いのほか進んでいて助からない命であることが分かった。秦は三輪子の思いを適えなかったことを後悔した。女性機能を手術によって失ってしまうことの不安、さらに死の覚悟すらしている女性の心理と、彼女の結婚生活の不幸を思い、彼女の望みを知りつつも踏み止まってしまう男性の怯懦が描かれている。

なお初出誌には、タイトルの前に「オムニバス小説　失恋　第三話〈三十代〉」が付せられている。

（須田久美）

追われる（おわれる）

小説／「別冊小説新潮」昭31・7／『霧の中の花火』村山書店、昭32・3・29

民間放送局に勤める藤本照恵は家に縛られず職業と夫婦生活を両立させ、夫の弘は妻に優しく協力的だった。だが、二人の間借りする母屋の入り婿細川陽吉は穏やかではなかった。義母と同居する彼は気遣いのない夫婦生活に憧れ、妻も次第に母親離れを望むようになり、一家に地方への転勤が持ち上がる。娘一家と当然のように暮らす母親は別居など夢にも思わず、核家族化を求める急速な時代の流れに適応出来ずに苦しむ。

『霧の中の花火』に収載する十二編には、戦後の若者たちが家制度から脱却し恋愛から結婚へと自由を謳歌していく姿と、時代の狭間で苦しむ女達を的確に描いて見せている。

（岸　睦子）

恩給妻（おんきゅうづま）

小説／『オール読物』昭30・10／『霧の中の花火』村山書店、昭32・3・29／全集②

元華族の岩田明信に惚れて二十年、みきは岩田の死ぬ前に、借金の担保になっている扶助料を受けとる為に、岩田の戸籍に書き入れられ、生きている間は借金を払うことになる。

　三島由紀夫は『全集』②の「月報」で、円地の文学には「背景に日本の古典」が、また「末期的なデカダンス文学に対する偏愛」があるとしているが、みきには源氏物語の花散里が投影されているように思える。「『源氏物語』の花散里」（『本のなかの歳月』昭50・9、新潮社）で「花散里は特に、容貌が美しいというでもなく、眼に立つ才気や技能に恵まれているというのでもない。さりとて勿論愚かではなく」、「自己顕示のあくの強さを、自分で抑制して外に見せないのではなく、本能的にそういう性質を持っていない人なのである。」「花散里はいつでも自分の分をわきまえていて、それ以上にはなばなしい場所や重々しい場所に自分を押出そうなどとはゆめにも思わない。」と、「自己顕示」欲のない花散里の生き方は、みきが「死んだ岩田」が「自分に似ないもの」、またそれが「何百年もの間無数の人間犠牲の上に平然と坐り通して来た貴族の冷たさ」ということも知らず、ただ「慣れない恐ろしさ」で「身がすくみ」、ただ「蜘蛛のように指を曲げ夢中に自分の膝をかきむしって」いる姿などに通うものがある。

『全集』①の「月報」で、円地は永井荷風を好きな作家だと言っているが、岩田明信、息子の明也には、荷風の描く男性像と同様の雰囲気とにおいがある。

（鈴木文子）

女帯（おんなおび）

小説／「東京新聞」朝刊、昭36・5・17〜37・4・9／『女帯』角川書店、昭37・5・30／全集⑩

　江戸時代中期のいわゆる「絵島生島」事件に材をとった歴史小説。大伯父（生島）を流罪にかけた元幕府の奥女中絵島を一目みてやろうと若衆役者の市山京七は、興行を兼ねて、信州高遠までやってくるが、逆に還暦過ぎても気品ある絵島の魅力にほだされる。さらに機を得て江戸での芝居の有名女形の相手方（立ち役）として評判を受けていくという物語。役者たちの芸への執心が、実際の絵島と生島の〝恋〟物語が彼らの憑依された目標となっている点、単なる作り物語以上の、美への耽溺、迫真を打ち出しているといえよう。

　絵島事件とは、正徳四年（一七一四）、奥女中の絵島が法要の帰途、山村座で芝居見物をしたことに発する。絵島自身は高遠に流されたが、連座させられた者大勢で、絵島の恋の相手とされた生島新五郎も三宅島遠島となった。

　江戸で所帯を持った京七は、女形役で評判の瀬川菊之丞に見出され、そこで修行する。菊之丞の相手役、すなわち、立ち役となった京七との日毎の熱心な稽古は、妻のお汲みの妬むほどだった。物語の中心は二人のこの芸道の執心であるが、五十を超えた菊之丞の妖艶と若衆の京七との応酬はヒットを重ねて、京七の襲名披露興行のクライマックスとなる。

京七はそのうち、菊之丞に高遠で起こった面妖な出来事、すなわち毎夜絵島の閨から聞こえる声、探りに入った京七がその相手役になって、お汲みが気をもむほど二人が愛欲の権化となって睦んだことを話した。聴いている菊之丞には思い当たる節があった。その「逢瀬」の相手は昔の想い人、生島ではないか、それも、血縁の京七にかつての恋人の面影を見たのではないか、と思ったのだった。

京七改め瀬川花仙の三月興行はおこなわれた。しかしその出世を妬む輩はいた。そして舞台の最中ついに事件は起こる。が、瀬川花仙こと京七は危うく難を逃れ、犠牲に切り込まれたのは、その兄貴分で、常に京七を見守っていた別府為之助であった。犯人は役者くずれのならず者、菊次とその仲間とわかったが、重傷の為之助を親身に看病する糸路の姿がしおらしい。互いに幼馴染みだったが、美人で片意地の糸路は、為之助の思いをそでにしてきた。しかし主役の弟分を救うために犠牲になった姿にうたれ、本当の愛に目覚めたのであった。

作品は、恋人の夢幻的な（描写も現実か夢か微妙な表現となっている）愛執を、女形と立ち役、という歌舞伎の独自の世界の中で、妖艶耽美に描いたという点で、伝統的でもあり、かつ現代風なサスペンスにもなった独自な力作といえよう。

この事件は、明治には芝居の演目になり、昭和には多く映画にもなった。また、この円地文子作品の直前には、同じ東京新聞に舟橋聖一が小説「絵島生島」を連載して評判を得、また、当の歌舞伎の演目ともなり、大方の世間の知るところとなった。

（永野　悟）

女形一代—七世瀬川菊之丞伝—

（おんながたいちだい—しちせいせがわきくのじょうでん）

小説／「群像」昭60・1～8／『女形一代—七世瀬川菊之丞伝—』講談社、昭61・2・18

本作は、円地八十歳の作品。梗概は次のようなものである。主人公は、江戸時代に三代続けて瀬川菊之丞という名女形を出した瀬川家の次男で、幼名は栄子（えいし）。この栄子と幼馴染みで、栄子が幼少から習っていた日本舞踊の家元の娘が、栄子の死後、その思い出を語るというもの。先代菊之丞は、栄子が十三歳の年、彼に菊次郎という名を襲名させて瀬川家の跡目とする。ある日、売り出し前の花形女形となった菊次郎が失踪する。その相手は瀬川家の使用人である安さん。失踪先は北海道の大雪山に近い温泉場だった。この一件は、一時世間を騒がせたが、二ヶ月ほどして菊次郎は舞台に戻る。戦時下には、さすがの真女形も軍隊に招集され、軍服に牛蒡剣をつけるが、終戦と同時に軍務も解かれ、戦後の歌舞伎界は一斉に息を吹き返し、菊次郎も華やかな若女形となって活躍するようになる。その後も菊次郎は立役の中村藤蔵と浮き名を流したりするが、赤坂の料亭の娘と結婚。器量も良くおとなしい人柄の新妻と菊次郎とは仲睦まじく、菊次郎の女形としての存在感はいよいよ大きくなる。一方で、倒錯美への愛着を持つ新進画家沢木紀之を恋人にし、沢木の願望を聞き入れて、菊次郎は真女形から男っぽい役をこなすようになっていく。しかし、代々真女形の家という環境に育ってきた菊次郎は、沢木との葛藤に疲れ、二人の間は切れていく。その沢木も、数年後にフランスで心中する。菊次郎は、沢木のことがあっても何ら変わりなく、その芸にはいよいよ磨きがかけられていくようであった。ただ、この沢木との関係だけは、かつての関係とは趣の違う、「芸術と芸術が肉体を中にして直にせめぎ合うような凄じいものだった」。ある夏、菊次郎は四谷怪談のお岩を初役で勤めるが、その間に妻の照子が縊死する。その後、瀬川菊之丞を襲名した菊次郎は、真女形として当代の第一人者となる。彼は六十近くになっても一向に衰えを感じさせなかったが、その頃、菊之丞の家に事務員として住み込んでいた無骨で土臭い十八、九歳の春子を犯し、春子は菊之丞の子を宿す。それが、後に菊之丞の養子となった菊次郎である。七十歳を過ぎた菊之丞は、北海道へ巡業し、五十年ぶりに安さんを訪ねる。菊之丞の死後、その安さんも大雪山の麓に近い山林で縊死したという。語り手は、女形を貫いていく恐ろしい力が、沢木や安さんを取り殺していったとしても不思議ではない、と考える。女ではない女、男同士の愛、二つの性が交錯するところに屹立する女形。菊之丞の一生は、男を食い物にしながら自らを女にし、女形を演じながら本来の男性性を巧みに秘めていくのである。主人公菊之丞のモデルは六世歌右衛門。沢木のモデルは三島由紀夫。同じく六世歌右衛門をモデルにした作品に三島由紀夫『女方』もある。いずれも性が綯い交ぜられていく倒錯美、役者の自己陶酔や自己愛、芸への執着が巧緻に描出された異色作である。（眞有澄香）

女ことば（おんなことば）

随筆集／『女ことば』角川書店、昭33・2・5

「四季おりおり」「家のうちそと」「私の旅から」の三章からなり、全七十四編のエッセイを収録。初出誌一覧はなく、全集第十六巻の「年譜」で特定できるのは七編のみ。全編を通して日本文学についての言及が多く、万葉、源氏、枕草子、栄華物語、定家、徒然草、平家物語、蕪村、芭蕉、江戸狂歌、良寛、歌舞伎、謡曲などの古典から、露伴、子規、一葉、漱石、鷗外、逍遥、天心、晶子、利玄、吉井勇、里見弴、志賀直哉、谷崎潤一郎、芥川龍之介、宮沢賢治、岡本綺堂、野村胡堂、大田洋子などの近代作家まで幅広い。またシェリー、オスカー・ワイルド、イプセン、サルトル、カフカ、北欧神話、白楽天、孟子など古今東西の外国文学にも触れている。作者が、決して日本古典に偏らず文学全般にわたり受容していることが理会される。また歌麿・小林古径・上村松園・鏑木清方からマチス、ボチチェリーまで紹介され、絵画への関心の高さも感じられる。

「なんでもないことだと思つていることのつみ重なりで、主婦の一日はあわただしくくれて行つてしまう。その大部分は、夫も子供もろくに知らない場合が多い。」「(前略)男のエネルギーを、血なまぐさい闘争におしやらないようにするために、女は自分の中の産む力と育てる力をしつかり抱いて大切に守りつづけねばならない」「賢そうな女、強そうな女はいよいよ多くなつても、においやかな情ふかげな女の姿は町にも村にも見失われてしまつた。」「昔は知性を求めない人でも、それを求めるような顔だけつくつてみることが常識になつていたが、いまの青年はそれをまつしぐらに求めてゆく小數の外、知性と別れることに何の恥も苦痛も感じていない。」折に触れてこうした女性の立場から社会に対しての提言や感想がなされているが、半世紀を経た現在でも通用する普遍性があり、箴言と言ってもよいだろう。

今後の課題として、①書誌的には、各エッセイの出典を明らかにすること、②随筆の中で述べられた作者の考えが、小説作品にどのように反映されているかを考えることなどがあげられる。

（内海宏隆）

女　坂（おんなざか）

小説／「小説山脈」昭24・11、「小説新潮」昭27・11、28・2、11、29・4、30・7、31・10、「別冊小説新潮」昭32・1／『女坂』角川書店、昭32・3・5／全集⑥。

明治期の高級官吏の家庭を舞台に、「夫と家を大切に思う道徳」に縛られ、忍従の一生を強いられた妻の懊悩を克明に描いた円地文学の代表作。作者の祖母村上琴がモデル。福島県の大書記官白川行友の妻倫は、夫から妾を探すよう命ぜられ、上京する。倫は夫の非道を恨みながらも「お前の眼鏡で探して来てくれ」という「奇妙な信頼」を裏切れず、大金と引き換えに十五歳の美しい娘須賀を連れ帰る。妻妾同居の生活が始まったが、夫は若い小間使い由美にも手を出し妾とし、さらに息子の嫁美夜とも不倫の関係を結ぶに至る。倫はそのすべてを黙認し、決して逆らわないが、心中では夫に女として愛されたいという生身の欲望と女達への激しい嫉妬、さらにはその女達への憐れみなど複雑な感情に苛まれる。その一方で、白川家の支配人として実質的に家を支え、夫からも一族からも信頼されているという矜持が彼女の支えであったが、晩年まで息子や孫も含め男達の身勝手の後始末に奔走する一生で、「私が死んでも決してお葬式なんぞ出して下さいますな。死骸を品川の沖へ持って行って、海へざんぶり捨てて下されば沢山でございます」という烈しい呪詛のような遺言を夫に遺し、死んで行く。

『女坂』は昭和二十四年十一月から連作の形で断続的に発表され、完成まで八年の歳月を要し、昭和三十二年末、野間文芸賞を受賞した。同時代評としては、高見順が角川文庫版（昭34・2）「解説」で、「人生を見る作者の心は、いわば主観的な、あるいは女性的な愛や憎しみを超えた、さらに高い世界に位置している。」と賛美。江藤淳は新潮文庫版（昭36・2）「解説」で、「作者自身の眼が倫女とともに」「この専横好色の限りをつくす暴君に、エレクトラ・コンプレックス」を抱いていると指摘、倫の臨終の言葉は「『仮構への献身』の空虚さに対する自嘲である。」とした。近年はフェミニズム批評の立場から「男性中心的なイデオロギー的伝統」（小林富久子「『女坂』―反逆の構造」、江種満子・漆国和代編『女が読む日本近代文学―フェミニズム批評の試み』所収、平4・3、新曜社）への反逆の芽を読む論考が目立つ。菅聡子「円地文子「女坂」―支配と反逆」（『解釈と鑑賞』平20・4）も、「明治の家父長制度下における」「〈性〉支配の構造」の中にあって、倫は「解放と反逆の意志を自ら育んだ。」と読む。須浪敏子「『女坂』論」（『昭和文学研究30』平7・2）は、「西欧趣味と一夫一婦婚をスローガンとする公近代へのアンチテーゼ」を見、「円地は日本近代史の裏表を、この白川家の盛衰史に托して描」いたとした。また、物語に絢爛たる厚みを加えている古典の先行テクストに注目した論考に、『源氏物語』との関連については上坂信男「『女坂』断想」（『国文学研究』平2・6）と小笠原美子「円地文学の美意識―『女坂』をめぐって」（『解釈と鑑賞』平4・10）があり、『東海道四谷怪談』との関連については、下山嬢子「『女坂』憑霊―〈ざんぶりと〉考」（『日本文学研究』平13・2）がある。研究動向については倉田容子の「研究動向　円地文子」（『昭和文学研究57』平20・9）が参考になる。

『女坂』はこれまで主に、男性中心の封建道徳が支配する明治期の上流家庭を舞台に、支配する男と支配される女との闘いを描いた小説と捉えられてきた。主人公倫の視点でこの小説の物語を捉えると、確かにそう読めるが、登場人物達の綾なす物語のレベルに留まらず、語り手がこの物語をどう語っているかというレベルを読み込むと、かなり様相が異なってくる。家庭内で絶大な権力を振るう行友が、実は女性と対等に向き合えず、己の欲望を無際限に受け入れてくれる母を求める未熟な男でしかないこと、倫もまた真実の愛を求めながらついに夫に心を開けない不器用な女であることがそれぞれ語られていて、二人は互いに歪んだ形で依存し合っていることが見えてくる。そこには、普遍的な男女の愛の問題を見出せる。倫は初め、母の勧める浄土真宗の他力本願の教えを「子どもだましに嘘らしく感じ」ていたが、人間の抗い難い業に翻弄され、修羅を生きる過程で、「南無阿弥陀仏」を無心に称えるようになる。その姿は、作中、倫が西本願寺で聴く法話の「イダイケ夫人」にそのまま重なる。「イダイケ夫人」は自分の産んだ息子によって夫が虐殺されようとするのを諫止できず自らも幽閉され、「知恵や権力でどう解決しようのない人間の冥い業」を嘆き苦しみ、仏に救いを求め、他力本願の教えを授かる。倫は晩年、女坂を登りながら「自分の頑ななまでに守って来た人生に対する倫理」、「人工的な生き方の空しさ」を思い知り、「小さな幸福、つつましい調和」以上のものがあるかと気付く。倫の痛烈な最期の言葉は夫への渾身の報復であるが、語り手には登場人物達の恩讐を越えて、もっと大きな人間の宿業からの救済への希求が視野に入っていると言えよう。（田中　実）

女　坂（おんなざか）

随筆・評論集／『女坂』人文書院、昭14・2・1／全集①（抄録）

著者の最初の随筆・評論集。刊行前年までに書かれた随筆評論五十七編を集成し、以下のような章立てで編集されたもの。

群鷺図―群鷺図、深川見物、はまなすの花、廃園行、桃の思ひ出、藤袴、伐られた樹、夏の匂ひ、七夕、旅ゆくころ、旅を愛す、喰いしんぼう話

国文学覚え書き―尾崎紅葉の研究、和泉式部小論、和泉式部の歌、伊勢物語について、伊勢物語の女性（以上、全集収録）

芝居とラジオ―ラジオと舞台芸術、歌劇「白狐」のこと、戯曲偶感、腹ふくる、わざ、仁左衛門と梅幸（以上、全集収録）

女坂―母性解説、ある手紙、女優と生活、既婚者の言葉、良人の職業、交通整理

衣装―冬の着物、夏ごろも、関西夫人の風俗

父の追憶―父を語る、藤衣、家庭の父、思い出二三（以上、全集収録）、祖母のこと、私の家系（全集収録）

弔亡―寺田寅彦先生、十年の月日（以上、全集収録）、新愁、三宅由岐子氏の「春愁記」

課題―喜劇、ある知友のこと、懐疑的な目、事を好む、人生の現実、日記より、課題、「麦死なず」の自虐性、舞台の額縁、随筆について、猫一つだに（全集収録）、鬼に笑はれて、涙（全集収録）、忘れもの、愛称と幼児語（全集収録）、秋窓独語

以上、全八章、全五十七編の随筆・評論である。このうち二十編が全集に収録されている。

〈昭和十三年十月二十日　父の一周忌を前にして〉刊行された集だけあって、父上田萬年を語る「父の追憶」の章が本書の中心を成しており、〈自分の未成熟な生活の全部が父によって育まれ、際限なく庇われていた〉（「家庭の父」）ことが述べられ、〈父の家で育った為比較的早くから国文学の本には親しんで来たが、父に教えて貰うことなどは全くなかった。〉（「藤衣」）としつつも、〈現在私の中にある人間や社会に対する考え方は全くその素地を父の教育に養われて得たものと思っている。〉（「父を語る」）として、円地にとっての父の存在の大きさが語られている。集中の「随筆について」の中で〈随筆を書けと言はれる位、私にとつて苦手な註文はない。〉〈本当に、随筆、随想などと呼ぶ種類のものは私には辛い〉と書かれてはいるものの、全集に収録されたものだけでなく、巻頭の「群鷺図」の章の数編など、なかなか味わい深い随筆が多い。とりわけ「群鷺図」「深川見物」「はまなすの花」など、いずれも嘱目の現実に先立って文学や芸能、語感などによって作られていたある種のイメージとのズレの感覚を語っているところが、いかにも文学少女の延長に位置づけられる在りようを示していて興味深い。しかし何よりも注目すべきなのは、同じ表題を持つが故に紛らわしい著者の代表作である小説『女坂』との関係である。小説の中には表題に関わる言説を実は一言も見いだせない中で、本書初刊の「まへがき」には〈ある朝、七つになる女の子が、「お母様、お宮さんに行く段々には男と女とあるんですってね」という。「そうよ。正面にあって真っすぐで急な段々の方が男坂、横の方に曲ってついていて、だらだらと坂の長い方が女坂っていうの」と教えてやったら、「私、男坂の方がいいな」と女の子が言った。／恰度この随筆集を編むについて、題名に屈託している時だったので、長いこと口にしなかった女坂という言葉を子供に思い出させて貰った機縁にふと借りる気になった。〉と記されているのだ。そしてまた「私の家系」の中で、〈若い頃には母からこの祖母の家庭で果した様々の犠牲について聞かされると、封建的な婦人の地位に対する反抗が先に立って、感心するよりも莫迦莫迦しいように感じたものだが、今は矢張偉い人だったという気がする。〉として〈此処に細説は出来ないが、この祖母の生活は正しく叙述する価値のある女の一生であると思っている。〉と母方の祖母を紹介していたのであり、小説「女坂」の素材も表題も既に本書に胚胎していたのである。（原　善）

女三題（おんなさんだい）

小説／『女の冬』春陽堂書店、昭14・9・18／全集①

女性を扱った三つの話を並列した作品である。相互の関連はほとんど感じられない。強いて関連づけるとすれば、年齢こそ違え、それぞれが個性の強い女性を扱っているということくらいのものであろう。

　第一話の「早春」は、作者の少女時代を彷彿とさせる作品といってよいのかもしれない。尋常小学校三年生の主人公は、体は小さいながらも、「鋭すぎる神経」の持ち主であり、先生をさえも怖がらせるような可愛げのない生徒である。この「大人と子供を半々に持っている少女は、教師とも友達ともうまく折り合いをつけることができず、孤独な学校生活を送ることを余儀なくさせられている。しかしある時、先生に立てついて「――先生、落第させて下さい。」と言い出した主人公は、「――生意気な――自分が出来ると思って！　先生こんな奴、落第させておやりなさい！」と卒業生の男の子に言われながらも、「怒りの裏にある愛情を、動物のような敏感さで嗅ぎつけ」る。現在三十歳の主人公は、その日限り顔を見たこともないその少年を、死ぬまで続く「青い鳥」であるかもしれない、と思い出している。円地の特異な感受性を伺うことができる、貴重な作品である。

　第二話の「盛夏」では、桐生という「私」の同級生が扱われている。卒業して間もなく「映画の下っ端役者」と結婚した桐生は、二人で米国に渡り、映画会社の重役を初めとして、「次から次へと、男を踏み台にして」のし上がる。しかし、突然映画界から姿を消して、横浜のダンスパーティで知り合った米国のヨタモノ風の男に入れ上げて落ちぶれてしまう。「私」と、銀座で待ち合わせをしていたかつての同級生が、偶然にも桐生に別々に会う。桐生は同級生に次のように言ったという。「またはじめっから蒔き直しだわ。まだ私三十だものって笑ってたわ」と。そして同級生は続ける。「私、なんだか若くなったような気がしたわ。こんな元気、あんたと話してても貰えないわよ」。「私」が桐生の「エネルギッシュな性格」に脱帽する話である。

　第三話の「賢子」は息子の受験に向けて「獅子奮迅」する母親の話である。この母親は神戸でも有名な海産問屋の箱入娘で、苦労知らずながら、「よくああもかっちりなれたものだ」と屋敷に上った語り手が思うほどの凄腕である。長男の府立中学入学に際し、小学校の不祥事をつかんで、それを切り札として校長先生を思いのままにあやつり、まんまと長男を中学校に入学させてしまうのである。祝杯を上げて酔いつぶれてしまう母親を見る長男の「悲しそうな眼色」に気づく語り手は、普段は「人を人とも思わない」長男を「いじらしく」さえ思ってしまう、というところで小説は終る。

　「女三題」は、世間一般の枠を越えた女性達の物語である。作者は一方で批判的な目を向けながらも、そのエネルギーを「よし」ともしてもいるのである。円地文学の本音を伺うことができる作品群であると思う。

（澤田繁晴）

女詩人（おんなしじん）

戯曲／「文学界」昭32・7／全集⑭

中国唐代の伝奇小説「緑翹」（皇甫枚）をもとに森鷗外が書いた「魚玄機」（大4）に円地が想を得て書いた戯曲。一幕もの。ヒロイン魚玄機は晩唐に実在した女流詩人。『唐女郎魚玄機詩』一巻が今に伝わる。本作では鷗外の「魚玄機」の前半部分、玄機が道士として修業を始めるまでの部分が描かれている。なお、翌年には続編の戯曲「偽詩人」が発表されている（「文学界」三幕、昭35・2）。長安の娼家に生まれた玄機は、才色兼備の少女だった。彼女は詩の師匠である温と出会い、その才を伸ばす。三年後、十八歳になった玄機は温の友人の李億という富豪の息子の側室となるが、彼の愛を受け入れているにもかかわらず肉体を許すことを拒む。思い詰めた李億は玄機を殺そうとするが果たせず、結局プラトニックな関係を誓う。しかし、彼女の存在を嫌った李の妻の命令でかどわかされそうになった玄機は道教の師に助けられたことを機に、女道士となる道を選ぶ。並はずれた美貌と詩才の持ち主でありながら、男性の愛を受け入れることが出来ず、「男を相手に生きようとは思わない」「人間以上のものに仕えたい」と考えた結果、道士として生きる道を選ぶ玄機は、円地文子の描く女の業を背負ったヒロインの一人として数えられる。続編と合わせての考察が必要であろう。

（林　円）

女の秘密（おんなのひみつ）

随筆集／『女の秘密』新潮社、昭34・12・5／全集⑮

新潮社版の目次は一行空きに、「女の秘密」以下十四、「一葉の人気」以下十、「古典の男性」以下九、「三好十郎氏のこと」以下六、「自分の声」以下十四、「新年の退屈さ」以下八、「水の濁り」以下十二に区分され、七十三編が並ぶ。発表順でないので、円地のなんらかの編集意図があったと思われる。表題作「女の秘密」は日本の女の喜怒哀楽を、古代から源氏物語、能・歌舞伎、さらに近代文学の中で探ることにより、時代による表現のされ方、女性の変化を実に細く説きあかしている。女性が社会に顔をみせはじめた明治。働きはじめた大正・昭和。戦後、女性の生活は明るくなった。しかし、失ってはいけないもの、それが「女の秘密」である。円地文子は女性や小説を語るとき、『源氏物語』の例をたびたび挙げ、そのたびに、『源氏物語』の素晴らしさを熱弁している。

交流のあった女性作家の平林たい子や宮本百合子などを語る中で、当時の女性の在り方や考え方、女性作家の立場などが如実に表されている。また、様々な男性作家の死にも触れている。永井荷風の死により、過去の自分を振り返り、魅了された作品について次々と語り、作家の義務とは何かを説いていく。一方、芥川龍之介の死に感動し、その道程を推測し、芥川の文学に対する生き方を賞讃している。さらに当時の世相や風俗、社会情勢などを語り、過去に読んだ作品について語りながら、読書の方法を指南したり、踏みつけられ無抵抗に生きてきた女性の歴史を実例を挙げて示し、読者に訴えかけている。初め脚本を書き、芝居を観る中で一層傾倒していった歌舞伎の魅力から、感銘を受けた役者の死を哀惜している。四季折々の話の中で、日本の現状に触れ意見を述べたり、過去を回想する。旅での出来事や出会いを通して、日本の歴史や生活、文化についても語っている。書かれている内容は実に幅広く、思いのままに語られている。この作品の中に円地の人となりが凝縮されている。円地が何を考え、どのように生きたのか、どういう人物なのか、創作の秘密を知る最良の作品である。

（宝月亜希子）

女の淵（おんなのふち）

小説／「主婦と生活」昭38・7〜39・12／『女の淵』集英社、昭39・12・30

物語は、公団に住む一組の夫婦を中心に展開する。住人の一家心中から、人間模様が絡み合って現れる。話の中心になる英一・珠代夫婦は、珠代が再婚で年上である。珠代の前夫滝川保と瀬良よし江は宝石詐欺を繰り返し、落ちぶれた生活をしている。保の従弟静也は、宝石詐欺から珠代が友人を助けたことで、よし江から脅かされている珠代に、度々逢って相談にのる。珠代が、保とよし江の宝石詐欺を静也に相談したことで、夫との間に溝が生じ、夫婦各々の人間関係も複雑になっていく。静也によし江や住人の浅見とき子が心を寄せるが、それが最後に自殺・殺人事件にまで発展する。宝石詐欺から珠代を助けるために、静也が翡翠を保とよし江と密輸ブローカーの中国人に売ったことで、よし江たちに浅見とき子が殺される。逮捕されたよし江は留置所の中で青酸カリを飲んで自殺する。珠代は母の病気、宝石詐欺の経過を夫に話しそびれ、夫を不快にさせる。静也の見合相手は、静也の珠代への思いを察するが順調に結婚へ向う。珠代が流産と結核になったことで、夫は一時離れて行く。夫は珠代と別れて外の女性との結婚を望むが、女性は珠代が病気であることや、珠代の夫の友人夫婦の努力で、その女性と別れる。しかし珠代は、結婚相手が浅見とき子でなく、夫が幸せになれるのならと別れを承知する。だが、夫は友人の忠告もあって珠代のもとに戻り、珠代は安心して手術を受けることになる。宝石詐欺事件は二人の女性（とき子・よし江）の死によって終結する。作品の中心には、人は、極限まで行くと「相手が幸福になることが自分にも幸福なのだ」とする考えが、登場する女性で表現され、同時に、一方で悪魔のような心が奥底にあることも物語られている。女性の心に住む悪魔と誠心とを描いた作品といえる。

作品構成としては、物語の中心が珠代か静也かが、やや不鮮明である。また、表題ともかかわるが、登場する女性たちの各々の心の「淵」と関連して、幸福とは何かが問われている。「幸福」とは困難が解決した者たちだけが幸せであればいいのか、あるいは愛する男性のために死することも幸せと言えるのか、あるいは、個々人それぞれであると言いたいのか、明らかにされていない。「幸福とは一体何であろう。」という問いかけは、永遠の課題でもあろう。（山岸みどり）

女の冬（おんなのふゆ）

小説／「新潮」昭14・5／『女の冬』春陽堂書店、昭14・9・18／全集①

懐《ふところ》の浅いとは言えない小説である。花柳界を背景にした同じ地域内で、同じ藤間流の名取の看板を掲げていた二人の女性、それも従姉妹同士の葛藤の物語ではあるが、もちろんそれだけにはとどまらない。主人公の梨枝は、母親によって芸以外のことに煩わされることはない箱入り娘として育てられる。一方従姉の雪枝は、美貌で才気があり、生活上の必要もあって、「風変わりな出しものや豪華な衣裳」で人眼を奪い、弟子集めをしているという女性である。

そのような雪枝は三年前、若い相場師に入れ上げて、満州へと旅立ってしまう。その時、梨枝の家からも相当の金額を引き出して行った。ところが二年程して肺臓癌になって、男の連れもなく尾羽打ち枯らして帰って来てしまう。そうして、出立の時に梨枝の家で出した金を「雪枝を満州に遂払う交換条件だった」と近親の者を通じて言い触らす。ライバルとしての反発・嫉妬を理由としてこのように言いふらせば世間の人はそれを信じざるを得ない。実際は梨枝の方も、母が「娘の芸をあらびさせないように」との一心で無理をしていて、母の死後、家さえも抵当に入っていたことが判明する。梨枝はそのような境遇になりながら、できる範囲で雪枝に尽した。梨枝は雪枝のそのような仕打を理不尽に思いながらも、「自尊心が強く、華々しいことが好きだった」雪枝が「美貌も健康も才能も奪われ」て行く様を見て同情さえしていたのである。

このような中で、いよいよ経済的に行き詰まって来た梨枝は、芸にも生彩を欠き始めたことを自覚し、芸妓屋の女主人であり、母の妹分で、母の死後面倒を見てもらっていた「お国さん」のすすめるまま、お国さんとの関係が長く続いていた美座《みざ》という画家の妾になることを受け入れる。梨枝の変心を作者は次のように描写する。

趣味――恋愛も、芸も趣味の手箱に籠められていた過去を、梨枝は死んだ子のように恋しがりながら、また一方では烈しい憎悪に駆られて睨み据える――その眼は過去の雪枝が自分に対していた蛇のような執拗な瞳である。

梨枝は、お国さん本人のすすめとはいえ、世間の口さがない声にも耐えなくてはならないことも覚悟している。また美座に対しては、――「私、これからもっと現代風になりますわ」と宣言する。美座はもちろん、箱入娘のままのような梨枝を夢見ている。

この作品は、「生活か芸術か」ではなく、「生活も芸術も」という円地の強烈な覚悟さえ読み取れる「すさまじい」小説である、ように思う。

（澤田繁晴）

女の繭（おんなのまゆ）

小説／「日本経済新聞」昭36・9・16～37・6・18／『女の繭』講談社、昭37・9・10／全集⑨

円地の新聞連載小説としては、『秋のめざめ』（毎日新聞）、『私も燃えている』（東京新聞）、『愛情の系譜』（朝日新聞）、『女帯』（東京新聞）に続き、五作目の作品である。

銀座の「丸藤」という呉服店で和服デザイナーをしている菱川佳世には、戦争中特殊部隊の軍医として中国に渡ったあと消息が絶えた兄、豊喜がいた。豊喜は中国において生体解剖や人体への毒物実験を行っており、終戦間際にアメリカへ連行されていた。戦後十数年経って「燃えつきた人間」として帰国した兄は、佳世には気味悪く感じられる。しかし、かつて豊喜と恋仲であった菅野夫人三千子は、豊喜への情熱を再燃させる。

一方、佳世は、「丸藤」専務の藤木洋三に求婚されるが、大学時代の同級生である米良寿夫との友情が恋に発展し、結婚を約束するまでになった。しかし、京都の旧家に伝わる小袖を見るために洋三と佳世が弓家という家を訪問したとき、いわくのある「おゆら小袖」の飾ってある部屋で、佳世は洋三の関わる「怪我のような災難」に遭う。そこには、豊喜に深い恨みを抱く中国人の秘密結社に属し、復讐の機会を執拗に狙う王斯文がからんでいた。

毒物の知識を買われ、某国のクーデターに関わることになった豊喜は日本を出ることになるが、三千子はこれを機にすべてを捨てて、豊喜と出奔することを決意している。豊喜は、王斯文が佳世の次は三千子に危害を加えようとしているのを察知し、王を殺す。さらに結社から三千子を守るため、出発直前に薬を飲ませ、三千子が眠っている隙にひとり飛行機で出国し、機中で自らの命を絶つ。

作品評としては、角川文庫版に小松伸六の「解説」（昭42・3・30）がある。作品の中心的なテーマは、戦争の暴力及び、それによって絶望と虚無を担うことになった豊喜が三千子の愛によって人間性を回復していく再生のドラマにあるとしつつ、内部の荒廃した豊喜の持つ「悪の魅力」や「おゆら小袖」と佳世にまつわるエピソード、王斯文の復讐などによって「興趣の濃い怪異談」「独創的な現代のゴシック・ロマン」となっており、円地の新聞小説の中でもっとも面白くできているとする。

今後の読解には、三千子の執念にも似た愛のありようと、それによる豊喜の精神的回復の必然性を検証する必要があるだろう。さらに、旧家に伝わる古い小袖にまつわる女の念が、何百年経っても失われず現実に影響を及ぼすという円地独特の憑霊的モチーフが、新聞小説という枠の中で、どのような形で描かれ、いかなる効果をもたらしているかを明らかにしたいところである。そして、「女の繭」という題に込められた意図について、連載にあたっての円地の言（「日本経済新聞」昭36・9・8）も踏まえつつ、明確にすることが求められるだろう。

（田中　愛）

女ひとりの部屋（おんなひとりのへや）

小説／「小説新潮」昭46・4／『花食い姥』講談社、昭49・5・24

和服デザイナーの上槻則子は離婚後、母と二人暮らしであった。その母が亡くなり、遺品からドイツ語の手紙がみつかった。手紙を読んで、四十過ぎてはじめて自分に異父弟がいることを知った則子は、血のつながりのある弟に興味を持ち、行方を探し始める。未亡人であった母は、恋愛をして男児を出産。相手の男が引き取るが、男は戦死。男児は、その男の姉夫婦を両親として育ち、医者となっていた。則子は、母が自分に内緒で成長した弟に逢っていたかどうか知りたくなる。しかし、友人の仲介で会った弟は、何も知らない様子で、則子は姉だと言いたい気持ちを抑えるのであった。別れ間際、着物を見繕ってほしいと紹介された弟の妻を見て、則子は驚いた。その妻は若い頃の母に、よく似ていた。

血のつながりのある弟を探す則子の姿は、亡くなった母とのつながりを求めるようであり、娘の母恋物語と読むことができよう。なお、本作品は、日本文芸家協会編『1971年度前期代表作現代の小説』（昭46・9・15、三一書房）に収められた。

（土屋萌子）

女面（おんなめん）

小説／「群像」昭33・4〜6／『女面』講談社、昭33・10・15／全集⑥

短歌誌を主宰している栂尾三重子の息子秋生は、泰子との結婚後一年足らずで、雪崩事故で死亡した。その後も泰子は三重子の家に留まり、編集を手伝うとともに、秋生の憑霊研究も引き継ぎ、泰子を中心に栂尾家では憑霊研究の会も開催されていた。この会には秋生の先輩で国文学者の伊吹恒夫とその友人で精神科医の三瓶豊喜が参加し、二人は泰子に好意を寄せていた。能の宗家を訪問し「霊女」などの女面を見た京都からの帰途、伊吹は泰子と結ばれ、帰京後三重子が戦前に六条御息所を論じた「野々宮記」を入手する。三重子は泰子に、秋生と双子の妹で知的障害を持つ春女が、夫正継ではなく戦死した恋人との子供であると打ち明ける。一方、伊吹と三瓶の前に三重子の結婚生活の「不幸な破綻」も明らかになった。愛妾も同居している家に嫁いだ三重子は、正継の子を堕胎させられた妾あぐりによって、流産の憂き目に遭っていた。その後伊吹は、栂尾の家に招き入れられるものの、三重子の策略によって春女と関係させられていく。春女を伊吹のいる部屋に送った後、三重子は内地を離れる恋人から届いた手紙を読み返す。「野々宮記」は中国にいた恋人に読ませる目的で書かれた論文だったが、送付された時既に彼は戦病死していた。伊吹が栂尾の家に通う夜はしばらく続き、やがて春女の妊娠が判明する。春女は秋生に似た男児を産むが、産後の心臓衰弱により死亡する。ある秋の黄昏、その日京都の宗家から贈られた「深井」の女面を眺め、その面が二人の子供を失った「悲しみ」と、さらには内部に秘匿してきた「毒々しい女の企み」も知っているように感じていた三重子は、男児の泣き声を耳にし、面を取り落してしまう。

三島由紀夫から「文学史上の逸品」（「現代の文学20　円地文子集」解説、昭39・4、河出書房）との称賛が寄せられた「女面」だが、発表直後には古典を取り入れた手法について否定的な視線が向けられていた。掲載誌「群像」の「創作合評」（昭33・7）には「手のこんだ道具立て」（小田切秀雄）、「たいへん芝居気たっぷりな小説」（江藤淳）といった厳しい発言が再三見られ、高橋義孝の書評（「円地文子『女面』」「聲」昭33・10）でも「作者が自分の趣味や教養にややや椅りかかり気味な姿勢で能面を引き合ひに出し」たことが指摘されている。しかしその後は、奥野健男の「円地文子の文学」（「文学界」昭34・8）や、山本健吉の解説（「日本文学全集58　円地文子集」昭35・11）と、三重子の形象を軸に、古典摂取の成果を積極的に評価する論が相次いで発表され、「女面」を評価する視点として強く打ち出されてきた。冒頭の三島の批評も同様で、三島には先述の論以外にも「女面」に言及したまとまった論として「円地さんと日本古典」（「新選現代日本文学全集17　円地文子集」月報、昭34・11）もある。その後も「女面」の批評は、三重子の造型をめぐって展開され、田中美代子「文学における〈女性の逆説〉」（「季刊芸術」昭45・10）や佐伯彰一「原型の再生」（「文芸」昭47・9）、亀井秀雄「円地文子の世界」（『円地文子の世界』所収、昭56・9、創林社）等で、読みの可能性が拡げられてきた。亀井論以後は、研究者による「女面」論も続々と現れ、西田友美、廣尾理世子を始めとして、上坂信男、野口裕子、飯塚美穂、田中愛、辻本千鶴が古典受容や三重子像についての新鮮な論を発表してきた。また近年では須波敏子の

「女面」論（『円地文子論』所収、平10・9、おうふう）、小林富久子『円地文子』（平17・1、新典社）によってジェンダーの視点からの分析も提出されているように、古典受容の視点に加えて、フェミニズム批評も活用され成果を収めている。今後も作品論を充実させることで、新たな「女面」像の提出が期待されている。

（猪熊雄治）

女を生きる（おんなをいきる）

随筆集／「群像」昭35・1〜12／『女を生きる』講談社、昭36・6・20／全集⑮

円地文子の円熟期を示す代表的随想集の一つである。この中で円地は随筆の書きにくさについて触れ、その理由をこう語っている。「日記体、随想体の書き方によって自分の体験を物語る不自由さを、この文章に於いてほど、私は強く感じたことはない。」したがって、ここに書かれたことは裸の自分とは程遠く、「私という人間の表皮にすぎない」と言い切る。逆からいえば、小説の形で虚実織り交ぜて体験を語る方が、はるかに書きやすいということである。

しかし「表皮」とはいえ、ここには円地流の「ヰタ・セクスアリス」が語られていて、女性の性の秘められた官能をあばくエピソードも含まれている。現実の男女の「性交の実態」を耳にするよりも、男性のマゾヒズム、女性のサディズムを刺激する歌舞伎の舞台の演技に、少女の頃から、はるかに多くの性的興奮を覚えたという。そこに円地は、自分の「観念性と芸術的誇張を喜ぶ心情」とを読み取り、さらにこの二つの傾向は、劇作家として、あるいは小説家としての創作態度にも関わっていると説明するのである。

このように円地は性をめぐる体験を中心に、自らの人格の深層に分け入り、それらの傾向が谷崎潤一郎における男性のマゾヒズムなどといかに呼応し、自分の小説を織り上げる栄養分として役立ったかを語る。つまり、この随筆集は「ヰタ・セクスアリス」の枠組みで語られた円地文子の文学的出発の物語、ジェンダーによる桎梏をも創作の栄養分に変えた創作秘話ともいうべきものであろう。日常的身辺の些事をつづった随筆とは、明らかに異なり、むしろ明確にテーマを定めて論理的分析と鋭敏な感性とを結合したエッセイというべきである。

（小林裕子）

か　きくけこ

返された手紙（かえされたてがみ）

小説／「むらさき」昭11・8／『春寂寥』むらさき出版部、昭14・4・10

「返された手紙」は、作品の冒頭に引用した「若菜」巻の一文が示すように、光源氏と六条御息所の関係に想を得ている。物語は、余命一ヶ月の病床に伏す千賀子から香山のもとへ、以前彼女に宛てて送った手紙が束にして返されてくるところから始まる。昔、香山と千賀子は、彼女の弟の死をきっかけに急接近した。美貌と才気と富に恵まれた未亡人の千賀子は、世間知らずの学生にとって「姉のような母のような恋人」であった。しかし、ふたりの誰憚らぬ恋は周囲から度々非難を浴びる。不自然な関係が四年も続いた果てには、この激しい恋も香山にとっては煩わしい重荷と変わる。彼の心が離れていくのを知ると、自尊心の強い千賀子の心は荒み、遂には相場に手を出し莫大な財産を失う。「呪うような最後の手紙」を彼に送り、千賀子は一人娘とともに北海道へ去った。

それから七年。娘を使いに返して寄越した「手紙の束」を見た香山は、自分が捨てた不幸な千賀子を見舞おうと、嵐を衝いてタクシーを走らせる。物語は、その車中の香山の回想の形で進められることもあって、心理小説的様相を強く帯びる。贖罪がモチーフのひとつになっていると思われるが、「手紙の束」を返してきた千賀子の真情は謎のまま作品は閉じられている（上坂信男「円地文子と源氏物語―『むらさき』寄稿時代の作品」『早稲田大学大学院教育学研究科紀要』創刊号、一九九〇・一二）。

（赤尾勝子）

鏡の顔（かがみのかお）

小説／「朝日新聞」昭44・1・1

若い蔵人の少将が、美人と評判の按察使《あぜち》大納言の姫君に言い寄ろうと、その邸の女房たちを手なずける。ある秋の宵、若い女房こまの導きで、少将は姫の化粧の間と御簾《みす》を隔てた塗籠《ぬりごめ》に通され、紙燭の光の下、鏡面に映し出された〝美しい人〟を見る。少将はすべての分別を失って、足を化粧の間に踏み入れたとたん、灯っていた灯台の火がふっと吸われるように消えた……。ここまでは王朝の物語にありがちな設定といえるが、完璧といっていい筆運びが見られる。そして、作者は、「こまがあの夜の化粧の間の姫であったことだけは少将はいまだに知らないのである。」と最後に記す。こまの計らいで、すべてが完遂された趣だが、問題はその前の部分である。作者は、あの夜の冒険について、少将に感想を語らせている。「見かけが素晴らしいようでも思いのほかつまらない女もいる、そこへ行くと、こまのように云云」の部分だが、これは余計ではあるまいか。ときとして鼻をつく円地の説明癖が、物語を自ら解釈することで、作品の興を削いでいる。

（茅野信二）

柿の実（かきのみ）

小説／「群像」昭43・1／『菊車』新潮社、昭44・3・30／全集⑤

森戸家の主人が亡くなって、未亡人の須磨子は養子の聡と二人で暮らしていた。夫の残した資産を守るため、倹約的な生活を送る二人であったが、須磨子のそれは実生活に対する恐怖症といえるほどのものであった。ある日、須磨子は女行商の売る御所柿に目を奪われ購入するのであるが、そこで栄養失調による脳貧血で倒れてしまう。それがきっかけで足が自由に動かせなくなり、姪の伊勢に看護されるようになる。結婚して敷地内に夫婦の家を建てて暮らしていた聡は、財産の分配が少なくなるのではと疑心を持つが、須磨子が亡くなると財産は全て聡に相続されたのであった。

都市化していく武蔵野の風景の中で、七十歳を過ぎても「少女じみた情緒的な表情」を持ち、「現代の東京都××市の住民とは全く様子が違っている」須磨子の姿を、二項対立的に捉えることが重要であろう。

（西山一樹）

賭けるもの（かけるもの）

小説／「読売新聞」夕刊、昭39・7・20〜40・7・22／『賭けるもの』新潮社、昭40・10・15／全集⑪

父を失い孤児同様の身の上のファッションモデル千波は、場末の盛り場でバーを開く実母との軋轢から、自殺未遂事件を起こす。以前から相談を受けていた鉄道研究所の地質学技師藤代岳夫は、千波を救うため結婚を決意。ふたりの間に明日夫が生まれるが、奔放な千波はわが子を愛しみ育てることもしない。そのしなやかな肢体に惹きつけられた写真家に誘われて、外出を重ねる日々だった。一方、貝塚工業の総帥で老工学博士の弥彦は、病床で、容貌と才能に優れた孫娘美音に岳夫との交際を勧める。弥彦は、敗戦間近の一時期、岳夫の母苑子と秘かな恋愛関係を持ち、戦後も藤代家の後ろ盾となってきたのである。岳夫の父藤代秀道は貝塚弥彦の同学の後輩に当たり、軍の要請で南方に赴く途次、輸送船が攻撃され遭難死していた。頑固なほど強い意志を持つ岳夫は、美音との対面を拒むが、弥彦の葬儀をきっかけにふたりの交際が始まる。入院中の明日夫に付き添いさえしない千波を、岳夫は自分の人生を賭けるかのように愛した。しかし、千波がふたりめの子供を無断で妊娠中絶したことや、新設路線の工法をめぐる上司との対立が深刻化する悩みの中で、岳夫と美音は結ばれる。逆上した千波は美音を打擲し、家出を重ねた末に、明日夫を道連れに入水自殺を図る。母子が一命を取り留めた後、周囲の全部が千波との離婚を主張している時に、唯一人岳夫に千波との結婚生活をつづけるように勧めたのは美音であった。

昭和三十年から四十年代初めにかけての十年余りを「最も油の乗った作家活動を示しえた期間」と位置づける小林富久子が、円地の目新しい経験として「新聞小説の依頼を次々と受けた」（『円地文子』平17・1・27、新典社）事実を挙げている。「私は、長篇小説というのは息切れがして、書きにくい質である」（「物語と短篇」「群像」昭43・4）と告白する円地が、一年間に亘って連載した長編小説で、初版本の帯には「ひたむきな愛に人生を賭ける人間像に鮮かにうつし出す現代人の愛の深淵！」との惹句が記されていた。

しかし、連載終了後の「読売新聞」夕刊（昭40・7・23）に発表された「『賭けるもの』を終えて」で、円地自身が、岳夫に「現代青年らしいスマートな装飾を一切施さなかった」と言明し、美音を「現代の若い女性の常識を逸脱した頑固な女である」と規定したように、当代の恋愛を描いた風俗小説ではない。集英社文庫（昭55・11・25）の「解説」で磯田光一が説く「エロティシズムと社会常識との対立」や「エリートの誇り」の問題が本作の読みどころで、美音を「徐々に毅然たる〝意志の女〟に成長させてゆく」過程を追い、末尾で発せられる「人は他人の意志の拙い模倣者でしかない」という箴言めいた言葉の意味を探ることも大切だろう。

（田中励儀）

家常茶飯事（かじょうさはんじ）

小説／「文学時代」昭5・10

東京の市内の学校に勤める俊吉の郷里から預かっている姪の春子が、夕方突然友達の家へ行くと言い出した。そう言って一度泊りこんで来たことがあるため、俊吉から注意するよう頼まれている桂子は同意しかねた。しかし、相手を弱いものにして考えてしまう。どっちのためにもならない「人道主義的な感傷」から、許してしまった。帰宅した俊吉に春子が電車に乗るのを見たと言われ、疑いが桂子の頭をちらりと掠めた。しかし、そんな疑いを打ち消し、持ち前の変に片意地な人道主義から俊吉と言い争いになってしまう。結局、春子は帰らなかった。翌日、桂子は洗濯をしながら、何の苦労も伴わない生活というものを味わったことのなかった娘時代を思い出し、涙する。地に足のついた生活、堅実な一歩一歩を味わいたいと望み、ここに来たはずだった。そんな考えを巡らせていたとき、玄関に郵便が届いた。春子からの手紙があり、愛する人と一緒に行くと書いてあった。桂子は屈辱を感じた。同時に屈辱を感じる自分が嫌だった。しかし、他人の愛情や肉親の絆をふりきって生きる若さ、浅さに惹きつけられた。ブルジョア的な生活を送ってきた桂子は、俊吉との恋愛の中に、ものたりなさを満たすものを見い出し、同棲するようになった。しかし、仕様のないブルジョア根性は桂子の中にひそんでいた。春子の手紙により、それが浮き彫りになる。何にもとらわれない無鉄砲な春子と、小さなことをするにも、よく考えてからでなければ前へ踏み出せない臆病な、過去に呪縛された桂子。ひょっとしたら事件などに巻き込まれたかもしれない春子への現実的な不安にも、あまり気分を暗くしていない桂子は、恋をするなら十七八と口ずさめるほどには、大人になっていないのかもしれない。家常茶飯の生活の中に、人道主義の感傷とブルジョア根性の間隙をえぐった好短篇である。

（宝月亜希子）

花信（かしん）

随筆集／『花信』海竜社、昭55・3・20

「この随筆集は『四季の記憶』を一昨年上梓した後に、あちこちの雑誌や新聞に書いた随筆をまとめたもの」で、「四季折々の雑感や、観劇の感想、親しい方々の故人になられた後の印象など、その折々の心に残ったことを記した」、「花信という題は、私が花を愛す気持は老来いよいよ色濃くなっているため」と「あとがき」にある。「第一章　暦」には自伝的な回想が集められているが、例えば母の鶴という名前から鶴女房説話へと話を進め、山形県鶴岡出身の母が語り聞かせてくれた民話について、木下順二の「夕顔」にあるような「優雅さとは違い、偏《ひと》えに、雪と寒さに埋もれた民家の、家婦のあわれさが身にしみる」と記すなど、文学的な原風景が描き込まれてゆく。江戸後期の文学に幼少時代から親しみ、やがて「源氏物語」と懇意になる一方で、メレジコフスキー「背教者ジュリアン」に惹かれたという読書遍歴の回想も興味深い。「第二章　古典雑感」には「百人一首」や「源氏物語」、それに「ここ数年前坂東玉三郎という女形に珍しい魅力を発見」してからの観劇の感想を収録。「第三章　花信」は季節の花をめぐる随想で、「第四章　四季さまざま」の歌かるたやひなまつりなど年中行事に触れた随想に引き継がれてゆく。「第五章　縁」では車谷弘、大谷藤子の思い出などが語られ、「谷崎潤一郎の文学と女性」が最後に置かれる。第二章の「「源氏物語」歴程」「「源氏物語」の背景」「源氏物語」の魅力」はいずれも「源氏物語」現代語訳完成後に書かれた一般向けの短い解説文だが、同時期に谷崎を論じることになるのも必然であったろう。「「私小説」というジャンルはほとんどない」が「ほとんどの小説は遠いところで作者の生活と作品とは結びついている」谷崎文学と深く共振し、「吉野葛」の「母性憧憬をみごとに歌い上げたフィナーレ」を語ることで、母の回想に始まるこの随想集も結ばれるのである。

（吉田司雄）

風の如き言葉（かぜのごときことば）

小説／「文学界」昭13・4／『風の如き言葉』竹村書房、昭14・2・20／全集①

この小説は、一人の女性麻枝をめぐる二人の男性、嵯峨・二宮の間で遣り取りされた書簡によって構成されている。嵯峨と麻枝との出会いは少年時代にさかのぼる。嵯峨十五歳、麻枝十歳の頃、麻枝が病身の母親と鎌倉の海辺に暮らしていた頃である。この頃、嵯峨は父親とその鎌倉の家を訪ねることが多く、麻枝に仄かな恋心を抱くようになった。そんな時、麻枝の母親が亡くなり麻枝は嵯峨の家に引き取られることになり、嵯峨の異母妹となった。以来嵯峨は、十八歳で麻枝が職業婦人として独立し、嵯峨の家をあとにし、さらに友人である二宮との恋愛がはじまるまで、十年以上の年月を麻枝に対し肉親の妹としての愛情で接し続け、麻枝の危なっかしい行動をはらはらと見守り続ける。その後、麻枝と、嵯峨の友人である画家の二宮との恋愛がはじまる。嵯峨は、保護者としての役割から解放された思いでほっとした気持ちを持つ。

しかし、麻枝と二宮との関係は一年半で解消される。別れの原因は、二宮は麻枝を世俗にまみれた第一頁婦人（フロントページレディー）と非難し、逆に、麻枝は「豊富な物質に安住している」二宮を非難し、「悠々と自分の教養と知識に遊んでいる生活から、生きた芸術は生まれない」という、二人の生活感情の行き違いにあった。しかし、人間としての能力まで否定された麻枝の心の痛手は大きく、二宮と別れたのち自殺未遂を起こす。その危機を乗り越えた麻枝は「人間には稀に何かの表象となるような性格がある。その人はそれ自身一つの思想なり信念なりを守ることで一生を生き通す。そういう人格には『流転』の相はない。その人は高い山の雪のように厳しく美しい。しかし、私は今、表象の美しさから遠ざかろうと決心している。私は環境に伴って生々流転してゆく人間だ。」と自分を見つめ直し、新しい人生の旅立ちを決心し、支那へと向かう。

現実と観念の隔絶に苦しみきずつく主人公麻枝の疎外感をテーマとした作品。女性が職業婦人として自立することの困難さ、対社会的「憤り」等を麻枝の生きざまを通して表現している。

（佐野和子）

月愛三昧（がつあいさんまい）

小説／「婦人生活」昭37・6〜38・9／『月愛三昧』集英社、昭38・11・10

　新連載小説予告の「作者の言葉」（「婦人生活」昭37・5）には、「月愛三昧とは仏経《ママ》に説かれている極重悪人を救おうとする時、仏陀の中から放射した光明の意味」で、「静かな月の光がよく多くの花を湿おして咲かせるように、多くの苦しみに満ちた魂が清らかな女性の忍耐強い犠牲によって救われて行くこと」、「女性の悪とその対照となる善」を、女性の読者の多いこの雑誌に通俗な形でなく描いてみたいとあり、達也を献身的に愛する幹子が達也の妻の七重（女性遍歴を重ねる画家の梶に加えて義弟の信次とも不倫関係を続け、遂には梶を殺害）も救う構想だったかとも思われるが、作品末では「皆川達也の現代の珍《ママ》しい端正な愛情」に「月愛三昧」の名を冠らせてみたくなったと記されている。但し、作中には聖書からの引用もあり、札幌のカトリック病院が舞台となる終盤で、「片輪な足のコンプレックスと一緒にあれを閉じこめている暗い、光の届かない牢獄から」出してやりたいと話す達也に、病院長が「（あなたは）美徳と悪徳を同時に持っている人」としてその「魂の執着深さ」を指摘し、「やがては神の前に素直に額ずく人」と言っているのも注意される。

　円地の宗教観については、「私の読書遍歴」（昭39・12）に、最初に宗教に近づいたのは仏教であり、浄土真宗の信者だった母方の祖母が法話の話をしてくれたこと、十七、八から二十二、三ぐらいまで英会話の勉強でミス・ボサンケット先生からバイブルを読むよう指導され、その文学的表現はすばらしいと思ったこと、三十代の悩む時代には父と懇意だった仏教学者高楠順次郎に師事し、父の死後も通って大変勉強になったことなどが記されているのも参考になる。また「私の中の月」（昭44・7・21）では、子供の時から好きだった月への思いが綴られている。

　藤田佐和子「円地文子試論」（「金沢大学国語国文」昭63・3）は「性愛を成就し、死に値する報復を受けるもの」に本作を分類し、三二年の「秋のめざめ」頃から「若い魅力的な男性」が作品に登場することに注目、円地には幼い頃から男の中の頽廃を愛する気持ちがあったことを指摘した。また小松伸六が、「夫婦間の憎悪愛（ハスリーベ）という観念」を肉化するのが円地の小説作法（『日本短篇文学全集37』昭43・4・5、筑摩書房）とも、「悪の探求」が「円地文学全体の潜在的テーマ」（『女の繭』昭42・3・20、角川文庫）とも言っているのも、本作を考える手掛かりとなろう。

　なお、単行本収録の際、達也の叔母や信次の友人の名、一部の表現・表記等が改められているが、内容に大きく関わる改変はない。

（深澤晴美）

過渡期の凡婦（かときのぼんふ）

戯曲／「劇と評論」昭3・7、10、11

明治十八年春から、大正十五年十一月末まで、淑の生涯を、本人と娘早苗の視点で描いた物語。淑は論語を暗唱し英語のリーダーを読む程の教養を備えた女性であったが、漢学者の父と、その意見に従うばかりの母が共に望む結婚相手と不承不承結婚する。夫は陸軍軍人で大酒飲みの亭主関白であり、淑にとっては辛い結婚生活であった。そんな夫が出征地にて病死してしまい、淑は女手一人で息子の新一と娘の早苗を育てなければならなかった。書生時代に淑へ恋文を出した岸も現在は医者になり、妻帯し、淑の苦労人としての容貌を嘆く。成長した新一は上司の娘との結婚を決意し、早苗は夫の春海との離縁を決意する。

三従の教えを女性の常道として生きなければならなかった淑の姿を見ながら成長していく早苗は、旧道徳からの女性解放を述べつつ、母の愛情も感じている。最後の場面で淑の遺品の中からストリンドベリーの『ペリカン』を見つけた早苗は、母もまたジェンダーに目覚めていた事を知る。「ペリカン」は一九二〇年「白樺」に森鷗外訳にて掲載され、翌年善文社より脚本名著撰集第一編として刊行されている。女性が社会的に自立して生きていける時代への「過渡期」として当時を認識し、描いた作品である。（守屋貴嗣）

金のローマン性（かねのろーまんせい）

小説／「小説新潮」昭29・11／『明日の恋人』鱒書房（コバルト新書）、昭30・12・15

母校の同窓会が歌舞伎座で開かれることもあって、佐並桐子は久々の観劇に出かける。声を掛けてきたのは浜崎五百子、現在は洋裁学校を経営しながら一流デザイナーとしても活躍中である。彼女たちの女子高は有名なブルジョア学校だったので、戦後になって生活のどんでん返しを経験した者も多い。貧困な家庭で育った五百子は悪い級友たちから蔑まれていたが、二人は性格が正反対だったために馬が合った。突然「浅川さんの絵が、この二階にかけてあるの知ってる」と、以前に桐子が付き合っていた画家の名を出す。二人とも夫がありながらの秘めた恋を、こっそりと語り合っていたからだ。いままで金の無心などしたことのない五百子が、浅川さんにお金の都合をしてもらえるように頼みに来たことを、桐子は思い出す。浅川がこの件を造作なく引き受けてくれたことを、愛情の保証のように頼もしく感じたものだった。今は亡き浅川にとって、しかしそれは手切れ金でもあったということを、桐子は後から知るのである。

観賞する歌舞伎は「三人吉三」。金を中心に三人の吉三の人間模様が描かれるこの演目が、桐子たちのドラマを同時に映し出す効果になっている。

（葉名尻竜一）

かの子変相（かのこへんそう）

小説／「短歌」昭30・7／『東京の土』文芸春秋新社、昭34・7・20／全集②

歌人で小説家の岡本かの子との出会いややりとり、その時々の彼女の印象をつづり、かの子論にまで及びつつ、円地自身の戦中の立ち位置なども語った、回想記風の批評的作品。かの子の「美女扮装癖」、すなわち現実生活の上でも小説中でも自分を美女に「変化変形」して見せたがる性向を、繰り返し指摘する。一方「私」は、美女に変化するどころか容姿に全く自信が持てず、右翼にも左翼にも成れない蝙蝠のように、「中ぶらりんに是非なく生きている」のだった。初出誌「短歌」には「《小説》かの子変相」として掲載。

まずは、岡本かの子論として評価することができる。伝説多きかの子を語る際、必見の証言であろう。奥野健男「円地文子論」（「文学界」昭34・8）は、「かの子の本質をついている」とし、「自分と似たものへの嫌悪」を読み取る。また、瀬戸内晴美『かの子撩乱』（講談社、昭40・5）は、円地の文章に多くを負っているはずだが、容貌に関するかの子のコンプレックスの有無をめぐって、異論を述べる。もう一つには、これを小説と見なしたアプローチがある。河野多恵子「「かの子変相」のこと」（『円地文子全集』第十四巻「月報」十五、昭53・11、新潮社）は、「すぐれた短編小説」だと見て、宙吊り状態の地獄を表した「倒懸の獄」という作中の言葉に注目。「作者の全精神と全文学のエッセンスを抽出し得たかのような作品」と絶賛する。円地自身はこう言う。「純粋に小説とは呼べないものであるが、（中略）他を語ることは自分を語っていることである。その意味でこの短文には私自身の厭らしさが露わに出ている。」（「東京の土後記」『東京の土』昭34・7、文芸春秋社）。

人物像はもちろん、作品として抜群に面白い。河野の見方をより押し進めた形で、話の進め方、語り口、人物配置、引用の仕方、実名の効力等の諸点から、作品の精巧な出来映えを考え、味わいを深めたい。

（鈴木雄史）

彼女の地獄（かのじょのじごく）

戯曲／「文学時代」昭6・6／『惜春』岩波書店、昭10・4・5／全集①

女子高教員である光枝は教え子品子から、好きな男と同棲し、子どもを生むという決意を聞かされる。一方、自分はマルキストにもなれず、妻子ある講師の建一に対しても、「恋愛の情緒によっぱら」い、現実の行為にはふみこめずにいる。その光枝との恋愛に対して、建一は「個人主義的な、教育を受けた知識階級だけが、落ちこんでゆく地獄」

と別れを告げる。建一を残し、先に出ていく光枝には現実の「真剣な不幸」が待っていた。

昭和三年からこの作品が書かれた昭和六年までの円地は、プロレタリア文学の影響を受けたが運動へはふみきれず、不本意な結婚をし、神経衰弱になっている。全集第一巻解題の野上弥生子と小宮豊隆の書評が「彼女の地獄」についてふれている。小宮は円地の戯曲には〈二つの心の対立・抗争〉がみられ、これは常に〈自分の衷で経験した〉ものを取り上げているという点から、〈題材の攫み方〉が〈徹頭徹尾真面目〉であり、〈すべて文子さんの生活の「告白」なのである〉としている。

（須藤しのぶ）

歌舞伎のゆめ（かぶきのゆめ）

小説／「新潮」昭34・8／『恋妻』新潮社、昭35・6・25／全集③

とみよは、女学校の同窓会に出席するために北海道から出て来た三浦貞子と、銀座の喫茶店で昔話をするが、貞子は「みね叔母さん」のことを語りだす。みねは、病身のために結婚せず、貞子の母の家に同居していたが、「みねは頭が鋭く気が勝っているのに、病身で身体が思うように働けないじれったさを皆健康な姉にぶち当てて、その幸福にいつでも翳をささせて置かなければ気がすまなかった」。そして、「みねは、身近にいる人間の誰に対しても、素直な好意を持つことがないように見えた。肉親や知人ばかりではなく、世間で人気のあるものをみねはすべて、敵のように憎んだ」。しかし、下町の商家に育って歌舞伎好きであった「みねは子供芝居時代からの吉右衛門の贔屓で、この頬の痩せた淋しげな顔の人気役者が、盛綱や熊谷のような悲壮劇の主人公に扮して舞台一ぱいに慟哭の声の漲る情熱を惜しげなく放出するのを見るのが身も世もなく好きであった」。そして、みねは三月十日の大空襲で死んだのであったが、貞子は、「みね叔母さんが東京に残っていたのは、まだ吉右衛門の芝居に未練があったのかも知れない」と言う。とみよは、「都会育ちの女の心に巣食っている舞台の夢に憑かれた業の浅くないのを不気味に感じていた」。

山本健吉は、「読売新聞」（昭34・7・21）紙上において、次のように書いている。「円地文子の『歌舞伎のゆめ』も好短編である。一生花も実もなしに終わった女のおそろしい孤独の生涯であり、わずかに吉右衛門の姿への溺愛が、彼女の生涯の『花』だったという。そこに作者は、舞台の夢に憑かれた都会の女の『業』の深さを見ている。この作者の最近の作品によくある、はんらんする中年の『性』のイメージが適度に押えられていて、しかも不幸な一人の女性像をはっきり彫り上げて、鬼気を感じさせるものがある」。

（池田博昭）

髪（かみ）

小説／「中央公論」昭32・5／『二枚絵姿』講談社、昭33・4・25／全集③

東京は旧市内の場末で美容室を営む鶴見香代は、独立前のふたりの弟を支え、三十歳になる今年まで「男と縁のないような」生活を送ってきた。母親のいしと助手の春子を加えた三人で客に接しているが、母娘の間で言葉に出せない感情の行き違いもある。口の重い香代の唯一の息抜きは、三階席で観る歌舞伎芝居だった。たまたま劇場で出逢った上顧客《とくい》の志村らく子から、かつて香代の内弟子だった井汲友子が、パトロンを得て、あろうことか同じ町内に美容室を開くという噂を聞き、驚く。モダンを装ったオリオン美容室の開業後、客を奪われた香代は、筋向かいの交番へ、「営業を停止して下さい。一つ町内に二つ美粧院のあるのは違反です」と、繰り返し抗議に出向くなど、しだいに心を病んでいく。持病の腎臓から脳を冒され、半月ほど病院のベッドで正体のない日がつづいた後、大して苦しみもせずひっそり死んで行った。

「中央公論」臨時増刊〈文芸特集号〉に、今東光・井伏鱒二・曾野綾子らの諸作品とともに掲載され、標題作を含む十一作品が収録された短編集『二枚絵姿』では巻頭を飾るなど、作者が愛着を抱いた作品と推測される。女性の美の象徴とされることの多い「髪」を扱って、狂気に至る心理をていねいに描いた。贔屓の尾上左近の舞踊を観る時だけ、「みすぼらしい自分の存在がはなやかな舞台の中に溶けてゆくような、はれがましい錯覚に溺れた」と記される香代の心情が胸を打つ。「十三、四のころ（中略）すっかり左団次という役者に惚れ込んでしまった」（『うそ・まこと七十余年』昭59・2・10、日本経済新聞社）という観劇体験に始まる、歌舞伎好きの円地らしい趣向といえようか。

（田中励儀）

仮面世界（かめんせかい）

小説／「群像」昭38・11／『仮面世界』講談社、昭39・2・20／全集④

能楽師沼波千寿の芸や生活を、女弟子の私（今藤）が問われるままに語るという形をとっている。千寿は「撫子会」というのをつくり、女性ばかりに謡や仕舞を教えているが、女に能は舞えないという通説を覆したい、ということからで、良家の令嬢や若夫人や新橋赤坂の芸妓で三十前の若い女ばかりの会である。この作品では、千寿が若いときから修行している能楽の世界が紹介されるが、じつはそれは背景となっているだけで、主題となっているのは、千寿の女性関係である。というよりも、〈隠された一人の女性〉の存在が、完全犯罪的に語られるというところに主眼が置かれている。

千寿の芸は、戦後になってから芸風がぱっと明るくなり、「道成寺」「楊貴妃」「羽衣」というような華麗優艶な味わいがあでやかに現れるようになったが、それは千寿が献身的に奉仕しつづけてきた病弱な妻の死と、敗戦後の若い女性が肌もあらわにアメリカ兵と手を組むすがたに興味を持ち、ストリップ劇場へと足を運ぶという情熱からであろう、と周囲は見ていた。そして「撫子会」で若い女性数十人に囲まれるのも、女性の研究心からであり、それが〈芸の肥やし〉となっているともいわれていた。しかし、これらの女たちの存在は「只一人の姿を巧みに隠す為のあでやかな大衝立に過ぎなかった」ことがやがて明らかになる。〈一人の女性〉とは沢本紗綾で、千寿の世話をしていた姪の都留子も知らなかったが、千寿が入院したとき、妹という人が都留子のところへやってきて、七十四歳の千寿に十数年にわたって世話を受けていたことが明かされる。都留子の動揺と困惑……私の複雑な思い――千寿に尊敬だけではない女と男のあいだにある判りにくい感情が、湧き起こってきて、千寿が能を舞うときにつける〈仮面〉のように、現実世界でもうまく〈仮面〉をかむって、隠し欺いてきたことを思うと、「男と女の間というものは憎悪や愛執に煮つまって、逃げどころのないように見えるのと一緒に、又、結構、狐に化かされて田圃道を、〈深い、深い〉と着物を股までからげて歩いているような滑稽なところもあるものでございますね」と私は語るしかないのだった。

これについて山本健吉は、「亡くなった某老作家が、この作品のヒントになっていよう。（中略）千寿自身よりも彼を取り巻く女たちの起伏が、巧みをもって描かれている」（「東京新聞」昭38・10・27）としているが、モデルは室生犀星であることはすぐに察しがつく。晩年に犀星に愛顧を受けていた私は、犀星の生活が事実に近い形で描かれていることに感慨があった。なお、同時代の批評として、「安心して読める芸道物語であり、男女物語である。もちろん実体は後者で、前者は美しい仮面として用いられているにすぎないが、その仮面も本物であるから実体とのあいだにすき間がなく、だから安心して読める作品である」（林房雄「朝日新聞」昭38・10・31）があり、また、平野謙は「晩年の芸の力には、隠された女の存在があずかっていた、という話である。ただし、この作では、芸と愛情との関係を正面から追求しているのではなくて、完全犯罪的な隠し女の存在が主人公の死の直前にバクロされ、主人公の近しい女性たちに与えたショックや波紋のほうに作者のモチーフは存在したようだ」（「毎日新聞」昭38・16・30）といっている。（葉山修平）

かよわい母（かよわいはは）

小説／「小説新潮」昭49・1

主人公は、久美子という身寄りのない二十七歳の寡婦である。病気がちの幼児がいるため、働きに行くこともできず、生活保護を受け、縫い物をしてぎりぎりの生活をしている。けなげに生きる彼女に、縫い物の師匠と近所の男たちは同情し、なにかと久美子を助ける。しかし、生活保護を受けているのに、冷蔵庫を持つ彼女を嫉妬する近所の女たちは、厳しい視線や心ない言葉を投げかける。夫が生きているとき、一緒にこつこつ貯金して買った小さい冷蔵庫である。ある日、新しく生活保護を担当することになった役人が彼女の家を視察に来る。若い役人は、病気がちの幼児を持つ家庭に小さな冷蔵庫は贅沢ではないと思いながらも、規則だから、次の視察までに冷蔵庫を処分するようにと指示する。次の日、久美子が新一を道連れに心中したことを知って女たちは涙するという自然主義文学を思わせる短編である。

円地の語りは冷静に客観的事実を並べるような文体で、かえって久美子と幼児の心中の悲劇が読者の心に直接響く。近所の女たちの小さな嫉妬深い世界や若い役人の残酷な非人間的な態度を直接批判せず、親子心中の親の心を理解した若い役人が「急に三四年大人びたようであった」と終わる円地の語りが光る小品である。

（リース・モートン）

鴉戯談（からすぎだん）

短篇小説集／「海」昭52・8、昭53・1、7、昭54・4、7、昭55・1、7、昭56・1、6、10／『鴉戯談』中央公論社、昭56・12・20

「勘公とオバアサン」（原題「鴉」）、「新楢山節考」（原題「鴉戯談」）、「ライオン」「少年」「迷子」「人民寺院」「母親戦争」「お家騒動」「花見のあと」「荘子の夢」の十編から成り、続編に、『雪中群鳥図〈続鴉戯談〉』（中央公論、昭62・2）に収められた「雪中群鳥図」「新孝経」「行き倒れ」「鴉が笑うとき」「しぐれ鴉」「鴉心中」「帰ってきた鴉」の七編がある。

初刊の帯に〈社会を諷し、風俗を断じ、歴史・文学にも及ぶオバアサンと鴉との融通自在の人生談義。悠々として時空に遊ぶ著者の円熟と年輪が語る、奔放な浮世戯話十話。〉とあるように、〈この頃世間に頻繁する少年少女の自殺や、親殺し子殺しについて〉語り合う「少年」、ガイアナの人民寺院の騒動を語る「人民寺院」、受験をめぐる〈子供の戦争じゃなくて、母親の戦争〉を話題にする「母親戦争」、生け花の〈名跡と財産相続にからんだ紛擾《いざこざ》〉を噂し合う「お家騒動」、という具合に、オバアサンと鴉の勘公との小気味のいいやりとりを描いた短篇集。

小田島雄志が中公文庫の「解説」で〈エッセーふう小説または小説ふうエッセー〉と言うように、もっぱら諷刺的な社会批評に徹した作品は、連作全体としても物語としての起伏は殆どないが、そのぶん作者の社会への関心の幅や社会観のありのままが興味深く読めるようになっている。それは〈真剣の裏に滑稽さを、冗談の奥に切実さをひそませて、気っぷのいい切れ味で社会を諷し風俗を断じ、人生に及ぶ〉（文庫表紙のキャッチコピー）のだが、その時点での作者の社会観だけでなく、たとえば「お家騒動」での浜なすを浜木綿《はまゆう》と勘違いしていたという勘公のエピソードなどは、はるか昔の「はまなすの花」（昭13・3、随筆集『女坂』所収）に書かれた作者自身の北海道での体験そのままであるというように、円熟期の作者の、それまでの年輪を感じさせる様々な話題が盛り込まれている。

しかし〈エッセーふう小説〉という意味では、むしろ方法にこそ着目すべきだろう。人語を解しつつも苦沙見先生と会話をすることはなかった「吾輩は猫である」の猫に対して、勘公は、オバアサンと対話をする。〈この半盲で、足もとのよたよたしたお婆さんは、これでも勘公にとって、自分の言葉の通じる数少ない人間の一人なので〉（「お家騒動」）あり、そしてオバアサンの方でも〈勘公と話しているうちに、ようやく生気を取り戻した〉（「お家騒動」）りできるのだが、それはなぜか。〈私自身は御覧の通りの眼で調べる根気なんかありはしない〉（「人民寺院」）というオバアサンの代わりに、日本全国どころか世界中のニュースを集めてくるからだ。そして、〈「駄目駄目、そんな際物《きわもの》の記事なんかで、何が分るものかな。」〉と言って、〈「そりゃそうだろう。お前の話を傾聴するよ。」〉（「人民寺院」）と承服させるのは、勘公が〈「（…）お前さんなんざア、後で話をきいてのことだが、おいらは目の前で見ているんだぜ。つまり鳥瞰図だ。（…）」〉（「新楢山節考」）という、〈鳥瞰〉的目撃者であるからで、その〈鴉の眼は〉〈眼前の有様を修飾も誇張もなしに的確に捕える点では恵まれている〉（「母親戦争」）とされているからなのだが、それはもちろん、作者の現実に即すれば、現代的な事件に対して恣にした作者の空想を鴉の口から喋らせている、ということである。それは、苦沙見も猫も漱石の分身だと言えるように、ここでの〈鴉の勘公と口を併せて、手前勝手な放談をしているの〉（「ライオン」）はすべて作者の自己内対話だと言えるのである。その意味で〈そうだ、やっぱり鴉の同類だ〉と〈お婆さんが自分を鴉に定めて〉（「ライオン」）いるのは、なかなか興味深いことである。

（福田淳子）

からねこ姫（からねこひめ）

児童文学／『からねこ姫』潮出版社、昭44・12・13

千種姫の父左大臣藤原種弘の大叔母に当たる梅壺の女御が亡くなったのが五十年前、こがれ死にした堀川時男の怨霊が乗り移った金目銀目の唐猫の祟りだった。以来、左大臣家の入内候補の姫の早死が続いている。千種姫当人が同じ唐猫を抱くことでしかその呪いを解くことができない。

左大臣の命を受けた橘良光と、右大臣家堀川基道の間者で傀儡《くぐつ》のたまま小黒姉弟との間で、宋からやってきた金目銀目の唐猫と飼い主の美少女桃嬢の争奪戦が始まる。梅壺の女御の霊が桃嬢と千種姫の夢枕に立って二人を結びつけ、たびたび窮地を救う。良光と桃嬢との恋、いとこ同士とわかった千種姫と桃嬢、たままと小黒の千種姫への敬愛、右大臣家の木ノ花姫の純情や宋船の船長のしたたかさ、基道の手段をえらばぬ権勢欲、中宮の賢明さなどがもつれて絡み合う。それらを傀儡《くぐつ》たちの情報がつないでいっそう複雑にする。しかし、最後には呪いが解けて千種姫は無事入内、基道は反省、そして良光と桃嬢の恋は成就し、たままと小黒は新たな冒険を求めて旅立つ。

円地には、『近松物語』『かぐや姫物語・更級日記・宇津保物語』などの子供向け現代語訳がある。対象を「小学中級以上」とする創作としての本作は、王朝物語の雰囲気の中に、金目銀目の唐猫や天使の笛、怨霊のたたりと霊の導き、桃嬢の数奇な運命など魅力的なモチーフをちりばめている。書き出しから途中までの文学的拡がりは、傀儡《くぐつ》の活躍とかれらの自由な精神を機軸に、円地の筆の伸びやかさが伝わってくると共に、児童文学を超える作品としての期待を充分に抱かせるものである。良光と桃嬢の恋、基道の反省などの児童向け予定調和はさて置くとして、枚数の制約からであろうか尻つぼみに終える終盤の展開が惜しまれる。

なお、説話種に思われる金目銀目の唐猫だが、冨家素子『童女のごとく―母円地文子のあしあと』に、猫好きの円地はさまざまな猫を飼っており、素子氏が小学生の頃にいた雌の白猫が金目銀目であったと記されている。（安田義明）

川波抄（かわなみしょう）

小説／「群像」昭50・9／『川波抄』講談社、昭50・11・16／全集⑤

「私」は、自作が上演されている歌舞伎座のロビーで、「何十年も昔」に「お宅に御厄介になっていました」という下町育ちらしいこざっぱりした姿の女に声をかけられるが、思い出せない。記憶の中の女中たちは、今はもう老婆になっているはずだ。そして、菊という女中を思い出す。女道楽のある高槻という書生に幼い「私」がなついていたこともそれに絡めてよみがえる。菊は結婚後、夫婦で佃煮屋をしていた。関東大震災の後、「うらぶれた浴衣姿」で子ども連れて訪ねて来たことがあったが、その数年後、三十七八で病死した。葬儀の時見た夏富士に重ねて「勝気らしく濃い眉のせまった眼もとと苦味のある菊の笑顔が」「今も、ふと面影に立つ」のだった（夏富士）。

祖母から伝え聞いたこととして、父が恩恵を受けた本所の伯父近藤正澄にまつわる話を思い出す。また、母から聞いた話として、当時近くに住んでいた斎藤緑雨と父との交流も思い出す。祖母から聞かされる話や、絵図、歌舞伎の舞台、永井荷風の文章の影響で隅田川周辺に親しんでいたが、以前女中だったあきと友達のようになっていたある日、ポンポン蒸気に乗り百花園へ行く。そこであきから同性愛の告白を受け、初めて現実の「ねばっこい情緒」を知る。船遊びの約束をさせられたが、その年の関東大震災の混乱で、あきとはそれきりになる（百花園）。

菊やあきの思い出を辿るうちに、「私」は隅田川の近くを歩きたくなり、懇意な友達を誘って出かける。沿岸の風情が変わっても水が濁っていても、隅田川の流れは変わらない。百花園に行き、あきに言い寄られた辺りの石にこしかけ、年月の過ぎ去ったことを思う。佃島では、佃煮を買うのだが、もう一軒の佃煮屋から「佃煮の小さい包み」を持ち、「あせた色の浴衣に細い帯を結んだ女」が出て来る。「私」には、「歌舞伎座のロビイで親しげに声をかけられた相手のように思われる」。さらに、今は亡き「菊の面影」も感じるのだった（佃島）。

「すがすがしく、品が高く、ふっくらとして情緒に満ちた」文章（藤枝静夫「東京新聞」昭50・8・25）。「奥深いところで時への畏れを語ろうとした小説」「幻影とも実在ともさだかではない、歌舞伎座のロビーの下町女は、いわば円地氏の『旋律』である。」「淡々と語られてはいるが、一種の鬼気を秘めた作品で、鮮明な記憶とその記憶の輪郭が時の波に洗われて行くさまが心をゆり動かしてくれる」（江藤淳「毎日新聞」昭50・8・28）。「この風俗画三題は、「風俗」の厚みをあらためて実感させてくれる」（佐伯彰一「サンケイ新聞」昭50・8・26）。「妖しくなまめいた情趣」は「現在というわびしい枠の中で、ひときわ切実な過去の輝きとして印象されるかのようである。」（川村二郎「読売新聞」昭50・8・28）など、評価は高い。父方の祖母から伝え聞いた話が生かされているが、円地文学における「伝承」ということにも注目したい。

（高比良直美）

贋作事件（がんさくじけん）

戯曲／「新潮」昭10・8／全集①

一幕目。美術骨董鑑定家の第一人者龍介は、後添えのすみとの間の娘悦子の結婚を控えている。相手の商家の息子一夫をすみも悦子も好ましく思っているが、商家ではすみが日本橋の芸者であったことが気に入らず、仲人口のはつえを通し様々な難題を出してくる。娘に肩身の狭い思いをさせたくないすみの一心に、龍介は美術品を売るなど算段に苦渋する。そこへ美術骨董商の番頭坂田が子爵の遠縁と名乗る早坂と共に浮世絵の推薦文依頼にくる。一部を見て確信をした龍介は推薦文を書き、謝礼を受け取るが漠然とした「不快」が残る。二幕は悦子の結婚後。龍介が鑑定した浮世絵が別件から贋作と判明、新聞に詐欺容疑の報道が出る。絵を本物と思いたい潜在意識が芸術的感覚を鈍らせたことがあったかも知れないと語る龍介は、二度と鑑定をしないと決意する。官吏としての保身を案じていた先妻の子で長男の伸一が、心配してきた一夫と共に商家に謝りに行った後に、龍介の寂しい沈黙が残る。

龍介が自らの潜在意識について語る場で、伸一に「フロイトですね」と語らせている。フロイトはすでに日本でも紹介されていたが、主流はドイツの精神医学であった。当時としては伸一の台詞もレーゼドラマとしては必要なものであったのであろう。

（石附陽子）

間接照明（かんせつしょうめい）

小説／『高原抒情』雪華社、昭35・5・28

結婚なんてと諦めていたOLに、時が寿の幸せをもたらす話。父のいないたま代は、毎朝弟妹たちを起こして食事させ、会社に出勤する。婦人の投資相談を担当して九年の証券社員。心配の母は縁談を持つが取り合わない。将来は自分で株をまわしていけば定年まで喰えると算段している。たま代にもかつて「彼氏」がいた、何度か逢瀬を重ねた朝井友一郎。でも彼は数年前大阪支社へ転勤、そのうち結婚したとかいう。時折上京してもたま代を避けるふうでもあった。だが、本社へ配属命令。どうやら離婚したらしい。もとのように話しかける朝井。なじみの新橋のレストランでの逢瀬。間接照明のムードのなかで話がはずみ、二人は今度こその将来を誓うのであった。

（永野　悟）

閑中忙事（かんちゅうぼうじ）

小説／「文芸首都」昭11・6

「閑中忙事」は、有閑夫人のアバンチュールを題材にした作品である。主人公の八重子は、豪商の木綿問屋に嫁いで十三年、ふたりの子供もいるが、夫への愛情はない。結婚直後に夫と姑（夫の養母）との不義に気づいた八重子が離婚をしなかったのは、実家の経済的事情もあったが、何よりも彼女自身が「美しい肉体を贅沢な身なりで装うことを喜ぶ女」であったからである。彼女は、夫への不満や憂鬱を着物や芝居道楽で紛らわしている。数年前に店が倒産してからは、以前のような贅沢の出来ない八重子にとって、遊び仲間である百万長者の高浜夫人は有難いパトロンであった。その夫人の気まぐれから愛人の浅香画伯を紹介されたのを機に、八重子は彼と密会を重ねる。二人はむら気で高慢な夫人を出し抜くのを楽しんでいた。ある日、新調した高価な帯が原因で夫と言い争った後、八重子は浅香の家を訪ねる。彼は不在であったが、目にしたスケッチ・ブックから、「女を画くとあなたに似て困る」と言った彼の言葉が嘘だと気づく。その帰りに立ち寄った劇場で、浅香が高浜夫妻の紹介で見合いをしているのに出くわす。

「六十枚の力作」（掲載誌の「編集後記」）ながら、文中の三十ヶ所に及ぶ夥しい数の×印の表記は些か煩わしい。戯曲から小説に転じて間もない作者の、表現を求めて苦しむ様子が目に浮かぶようである。（赤尾勝子）

寒　流（かんりゅう）

小説／「人民文庫」昭11・5／『風の如き言葉』竹村書房、昭14・2・20／全集①

薫は小学校六年の男子である。母衣子は脊髄カリエスの悪化で入院中。薫の目に映る大人たちは寒流のように底が冷たい。父方の親族である菱沼男爵家と母方親族の代表の叔母（薫が付けた綽名「狐叔母さん」）との対立もうっとうしい。めったに見舞いにも来ない父と母の不和が、いつから始まったのか。父、行夫が夫らしい誠実を尽さなくなったのは、実家の菱沼家が当主の死を境に家運が傾いたことから始まる。銀行での立場も悪くなり、遊蕩に走ってゆく。こんな態度反対に衣子は毅然として、現実を受け止める。こんな態度を菱沼家の親族の女たちは、行夫が遊びに走るのは衣子が原因と思っている。衣子の入院から、両家の対立も夫婦の不和も露になり、薫は寄る辺ない。衣子は経済的な問題で退院する。行夫は衣子の苦痛を支えることができず家を脱けだし、遊びにはしる。やがて、衣子の死。遺影をめぐっての薫と祖母たちとの争いがある。祖母たちの勧める紋付を着た元気な頃の母親は、どうしても薫には本当の母の美しさから遠いと感じ、普段着の窶れ始めた母の写真にしてほしいと言い張る。しかし、願いは無視され、薫は周りのものすべてを憎悪してしまう。母の死後、父親は薫を気遣って早く帰って来るが、薫にとっては、かえって煩わしい。その中で、薫は家政婦との交流に救いを見出していたのだが、父は、家政婦をやめさせるという。ささいなことを咎める父に、薫は激し、持っていた皿を投げつけてしまう。

本作にはすでに円地の生涯のテーマである人間の業、夫婦のエゴからくる不和が示されている。表現としては「二項対立」が演劇的な類型で示される。ここで示される「夫婦不和」が、今後の作品の中で、どのように変化・円熟し、名作『女坂』を産んだかということも、それを追求することで、円地の「詩と真実」も明らかになるだろう。（土倉ヒロ子）

桔梗の花（ききょうのはな）

小説／「別冊小説新潮」昭31・10／『太陽に向いて―向日葵のように』東方社、昭32・1・1

瀬川流の「春霞」襲名披露の舞踊会が催された晩のこと、「私」は、先代春霞の下に出入りしていた清元の女師匠延豊の後姿を見かけた。しかし、延豊は先々月に既に亡くなっているはずだった。延豊は決して幸福とは言えない後半生の中で、先代春霞に恋心を抱き、春霞もそれを嬉しく思いながらも、二人は折り目正しく、決して浮ついた話のない間柄であった。「私」は延豊の後姿を思い浮かべつつ、先代春霞との心の交流が、延豊の心に太陽のような明るい光を宿したに違いないと思った。

　この小説は、収録された単行本『太陽に向いて』の中で、他作品がいずれも本能的な性欲を描いているのに比して、節度のある清潔な男女関係を描いて異彩を放っている。歌舞伎に精通し、劇作家として出発したこの作者が、芸人同士の男女関係を、愛欲でなく、慎ましやかな心の触れ合いとして描いたことは注目される。円地文子の芸人観が窺われる一作である。

（高木伸幸）

菊（きく）

小説／「群像」昭55・1／『砧』文芸春秋社、昭55・4・10
「牡丹や桜は……危っかしい弱々しさが撓いのある女の姿体のようになまめかしく……菊にはそういう危かしさのないのが、もの足りなかった」が、年齢とともに好みも変わると、晩年の作者は花を語り、花に托して女の容姿を語り人生を語り、自分を語る。女性というより円地ならではの旺盛な美意識で、同時代に生きて、花咲き散っていった二人の女の生き様について語っている。
　大正時代の大女優水谷八重子と、志賀直哉に五十年余も献身したという網野菊である。八重子には、頽廃的ななまめきがなかった。彼女は大輪の白菊の「はなやかさ、豪華さ、香り高さに終始していた」、網野さんは、若い頃「派手な顔だちの美少女で」「芸者としては売れな」かっただろうと、二人を「清楚で、強い」菊に喩えている。それにしても、どうして女性は女性の美について多くを語るのだろうか。男性が男性の美について語ったことはあるだろうか。
（取井　一）

菊車（きくぐるま）

小説／「群像」昭42・7／『菊車』新潮社、昭44・3・30／全集⑤
　作家である「私」はある日の夜、講演を終えて軽井沢に帰るために汽車に乗り込む。その汽車はある駅で停まり、そこで「私」は荷物として菊を積み込む菊作りの老夫婦の姿を見かける。同席した黒川という男に、彼らが市毛正利と梨枝という夫妻であること、精薄（作中の表現）である夫を妻が献身的に支えていることなどを教えられる。だが、「私」はかつてその夫婦の話をそれとは全く別の面から見ていた人々から聞いたことがあった。年頃になり性欲を持て余した市毛正利に、宛がわれるように結婚させられたのが梨枝だと聞いていたのである。その夫婦の夜の営みは、正利が梨枝に無法な暴力を加えないように若手の精神科医によって見張られていた。その精神科医の一人である樫村は、梨枝に求婚するが断られる。その当時の「私」にはそのような結婚を受け入れる梨枝の心が理解出来ず、その話をモチーフにした小説を書こうとしても書ききれずにいた。だが、現在正利と暮らす梨枝の姿を見て、「私」は自然にそれを受け入れることが出来た。

単独での先行研究は見受けられない。同時代評としては、単行本刊行後の「群像」（昭44・6）に、竹西寛子の「純粋への希求」がある。作中での「私」の梨枝に対する理解の変化を、「女坂」「なまみこ物語」などの円地の代表作にも通底し、単行本所収の作品にも見られる「純粋への希求」だとしているのである。今後の読解の課題としては、一つの出来事に対する複数の解釈・理解というテクストの構造に即した丁寧な読みが求められるだろう。また、精薄の夫に寄り添う妻に対する「私」の理解を、竹西のように「純粋への希求」として読み取っても良いのだろうか。性を通した女性の自意識の問題としてのアプローチが可能ではないだろうか。

（永井真平）

菊慈童（きくじどう）

小説／「新潮」昭57・1～58・12／『菊慈童』新潮社、昭59・6・15

七十七歳の作家である女主人公香月滋乃、滋乃の秘書梅本きつ子、家族とうまくいかず八十四歳で家を出た、滋乃の古くからの知り合い田之内せき、かつてせきの家に下宿をしていたことのある弁護士野島豊、せきの先生の先生である八十八歳の能楽師猿橋正蔵、その甥で能の世界から洋画そして日本画に移った四十男の画家泉亭修二、また、以前修二の能の師であり彼を寵愛もしていた名人中の名人とされる老能楽師桜内遊仙、元伯爵家の娘で「菊慈童」の面と衣装を秘蔵している画廊の女主人由比珠江などが主な登場人物であり、滋乃の奈良大野寺の磨崖仏見物とその後の幻想、せきの家出後の野島の接近と、せきの死後に孫が自分の父親を殺害する事件などが展開され、全体としては珠江の母と過去に関係のあった遊仙が、珠江や他の画廊の思惑がらみで持ち上がった「菊慈童」公演を、癌を患いつつ命をかけて実現する、そのいきさつを主要な軸とした内容となっている。

本作については、主に「老い」の問題を扱った作として早い時期から書評などに取りあげられてきている。菊田均「菊慈童　円地文子」（「すばる」昭59・9）では〈老人たちのエネルギー〉が指摘され、〈その中には、「性」も重要な要素として含まれている。老人たちもまた、一人の人間として生々しいものをさらしながら生きている〉という。また大河内昭爾「逃げようのない主題」（「文学界」昭59・9）は、〈老年問題〉および〈芸術と生命の問題〉を取りあげ、〈老いのいろどりの思いがけぬ深さ〉〈老いという逃げようのない主題をふまえて別次元を創ろうという作家の執念や、年老いてなおあくまで若いという菊慈童の面の下に、若やいでしかもまぎれもない老いのなまなましい肉体をこもらせてみせた〉とする。津島佑子「〝老い〟の問題を超えて」（「新潮」昭59・8）は老いの問題と芸術と生命の問題に触れつつ、〈老人を抱えた家族の問題〉として肉親との希薄な人間関係、孤独の問題にも触れている。なお、増田正造「近代文学と能3」（「観世」昭61・8）は、専門的な立場から本作の能に関する記述の中の誤謬を指摘している。

本作に関する本格的な論としては、宮内淳子「円地文子『菊慈童』論」（「人間文化研究年報」昭61・3）、高桑法子「円地文子「菊慈童」」（「国文学　解釈と教材の研究」昭61・5）がある。両者ともに、従来円地について多く言われてきた「女」という発想から、本作が逸脱または解放されていることを指摘していて興味深い。

宮内淳子は、磨崖仏、薬王丸、世阿弥、修二、紫若という中性的な存在の系譜と、それに憧れる石工の二郎、散楽の徒の二郎太、能楽師の遊仙という系譜を指摘する。従来の〈男に対峙する女の自我、或いは太母といった女性的なものが、ここでは中性的なものに取って替わられた〉とし、〈始原の完全性〉につながるような前者を希求する後者の系譜には、〈男女にかかわらぬ、どうにもならぬ欠落感、存在の餓え〉があり、これは滋乃にもあてはまる、とする。

高桑法子は、本作において老いるとは〈壊れた古道具〉になることであり、しかしそれは同時に〈実生活に役立たねばならないという要請によっておこる生存形態の呪縛〉からの解放でもあり、その結果男女という対概念の発想から逃れることともなる。そして性別以前の〈関係することへの深い飢え〉として、〈結合の全体を自己の内に所有しようとする〉滋乃のエロスの衝動が指摘されている。

本作は老いや性、芸術、家族、孤独、死などの様々な現代的な問題を豊かにはらんでおり、今後はそれらの有機的な関係に目配りをより利かせた論の深まりが期待される。（野呂芳信）

偽詩人（ぎしじん）

戯曲／「文学界」昭35・2／全集⑭

中国唐代の女流詩人魚玄機が主人公の戯曲で、「女詩人」（「文学界」昭32・7）の続篇である。「女詩人」では、十五の年に詩人の温飛卿と出会い、詩才と美貌に恵まれた魚玄機が、やがて富豪の李億の寵愛を受けながらも、肉体の交わりを拒み、道教の趙錬師に入門するまでが語られる。それを受け「偽詩人」では、道士となった魚玄機が、修行の中でむしろ女の情と欲を知り、嫉妬のあまり侍女の少女を殺害することになる。長安の京兆尹（長官）の李は玄機に死刑を宣告する。死刑の前夜、温飛卿は魚玄機と互いを慕い合う気持ちを語って抱擁するが、玄機はその直後、毒をあおって息絶える。

才と美を兼ね備えた女の内面の煩悶と孤独を描き、玄機に「私は偽詩人、偽道士です。」と語らせているところにモチーフがうかがわれよう。なお、「女詩人」の末尾には作者により、「森鷗外の魚玄機に想を得たものですが脚色ではありません」という「後記」が付されている。（山田吉郎）

狐と狸（きつねとたぬき）

小説／「文芸朝日」昭39・5／『都の女』集英社、昭50・6・30

遠山信介は、会社を退職したことで実家に帰った妻たか代から、別れ話をきり出されている。四十にならない信介が証券会社を退職した理由は、未亡人、静馬滝子との色恋沙汰のためであった。信介は次の仕事の面接に向かう途中、滝子を訪ねてよりを戻し、ホテルに再就職をした。信介のことを気にしているたか代は、滝子が家に出入りしているため、妻の座に危機感を覚える。ある日、たか代は滝子の息子に電話をし、その日の午後八時に母が現れるホテルの部屋を教える。たか代は午後七時、信介の勤めるホテルの喫茶室で、滝子に夫と別れるようにいう。八時五分前に、滝子はたか代の申し出を断り、信介との待ち合わせの部屋へと急ぐ。その部屋の前に、息子が来ていることを知った滝子は、たか代の罠に観念し、息子を裏切らないためにも二人でそこを去った。

たか代からの電話の件で滝子の息子は、「狐につままれたような」気持ちと顔つきになっており、狐がたか代と重ねられていることから、一方の狸が滝子であろうと想像されるのである。（中嶋展子）

狐火（きつねび）

小説／「群像」昭44・1／『遊魂』新潮社、昭46・10・20／全集⑤

女流作家の志緒には、結婚して四人の子供をもつ娘がいる。十年前に志緒は二十も年下の理学者速水と恋をした。娘婿である謙吾は速水の友人で、速水の紹介で娘を結婚させたという経緯がある。速水がアメリカから一時帰国をしていると謙吾から聞いた志緒は、会いたい気持ちを抑えて、会おうとはしなかった。半月ほどたって速水がアメリカに戻ったと謙吾から聞いて、はじめて「逢いたかったわ」と口に出していう。抑制された女の情念を、指輪のスターサファイヤに重ねて、「志緒は、深夜にひとり坐って、仄ぐらい中に水色の珠の浮かべる星を長い間見入っていると、その中に速水を封じこめたような錯覚に誘い入れられて行くことがあった」と表現し、また広重の版画の狐火に重ねて、「速水も謙吾も一様にその中では白い狐になって、月のない闇の中に撓やかにもつれあい素早く狂いながら、ぐるぐる果てのない輪舞をつづけていた」というように描いている。発表後、各新聞の月評に取り上げられて注目された。「相手がしばらくぶりに外国から帰ったのを知っても、ついに会わずじまいに通し、広重の「狐火」の版画を見つめながら、わが身の満たされぬ情熱の写し絵のような感慨にとらえられる。読者の側にも満たされぬものが残るというのは、もちろん女主人公の会わずじまいのためでなく、せっかくの主題が追いつめられないためである」（佐伯彰一「読売新聞」昭43・12・26）、「「群像」では円地文子の「狐火」が力作で読みごたえがありました。……この小説では、速水という主人公の情熱の対象になる理学者が全く陰の人物にされ、彼の気持が読者にはうかがい知れないのが、物たりぬ感じがします」（中村光夫「朝日新聞」昭43・12・27）。題材のよさを認められながら、追求が甘いといわれた。作者にも書きたりぬ思いがあったのか、一年後に「新潮」に同じ題材の続編ともいえる「遊魂」を発表している。この二作に「蛇の声」を加えた『遊魂』三部作により第四回日本文学大賞を受賞した。　（山之内朗子）

砧（きぬた）

小説／「新潮」昭52・1／『砧』文芸春秋社、昭55・4・10

〈私〉は持病の治療のため病院暮らしをしている。ある夜、壁の中から蟋蟀の声が聞こえてきた。秋の末である。〈私〉はその音が砧を打つ音に似ていると気がついた。中国の古詩では、遠征に徴発されて長い間帰らぬ夫を待ちわびる妻が砧を打っている。その連想から、〈私〉は藤木由美を思い出す。そのひとと〈私〉は三十数年前、軍隊の慰問旅行の一団員として南支へ行ったとき、偶然に知り合った。いわば一つ釜の飯を食べた仲だった。由美女は当時、古今楽団という和楽の新流派の中心であった。彼女のパトロンは有名な富豪で、放蕩児としても聞こえた有竹一郎であった。有竹は芸能面にも趣味が深く、和楽による楽団をつくり出したい夢を持ち、その中心に怜悧さをもった由美女を据えたのである。しかし由美女は戦後十年のころ、大劇場で新作を発表している最中に、脳卒中の発作に襲われて倒れた。命はとりとめたが、肝腎の声がほとんど出なくなった。有竹はさすがに由美女を捨てることはせず、仕送りはつづけていたが、パトロンと愛人という関係は、病気を境に絶たれてしまった。武蔵境に近い家に由美女は住んでいた。そのころ〈私〉は偶然、その家の前を通りかかり、懐かしさに彼女をたずねた。由美女は〈私〉の手をとってほろほろと泣いた。そして別れる最後に〈私〉の手の平に「き　ぬ　た」と指先で書いた。それは戦地を旅していたころ、能の「砧」を由美女が作曲し、〈私〉が作詩するという約束をした、そのことを指しているのだった。〈私〉

は、「きっと書きましょう」と約束したが、一年後に由美女は亡くなってしまった。今〈私〉は最後に逢った日の由美女を思い出し、彼女の打つ砧は、有田を慕う閨怨の音であったか、失われた声をとり戻し得ない怨みの響きのどちらであったろうかと、懐かしく思い出すのである。能の「砧」を主題とした、哀切な作品である。

（森本　穫）

樹のあわれ（きのあわれ）

小説／「中央公論」昭40・1／『樹のあわれ』中央公論社、昭41・1・7／全集④

幸崎武治は、一昨年妻を亡くして三男家族と同居し、日本橋のデパートの呉服部主任を勤めている。定年はとうに過ぎているが、多年の経験による目利きを買われてのことである。この頃、眼や指先の勘の衰えから退職を思わぬではないが、故郷を追い出されるような淋しい気持ちになる。今日のうちに駒田葉子に顧客対応について訓戒を与えるように上司から言われている。幸崎は、三十二で独り身の、陰口をきかれる葉子を不憫にも思う。出先の仕事を終えて葉子とようやく話をするが、逆に上司が幸崎の退職を考えていると彼女から知らされる。駅からの帰途、幸崎は高い欅の樹を見上げる習慣も忘れていた。

作者自身『樹のあわれ』の「あとがき」で、樹がよく保護されているヨーロッパからの帰国後、「東京の樹に対する哀感が一入強くなった。一つところを動けない受け身のあわれさがある種の人間の生活にも通うものがあって筆をとる気持ちになった」と執筆動機を記している。また、江藤淳は時評（「朝日新聞」昭39・12・23）で「小町変相」に見る「作家的な転機、あるいは危機の徴候」を取り上げた後、「これにくらべれば、（中略）深い喪失感そのものを、百貨店呉服売り場の老主任の、『新しい東京のなかで迷子になっている』ような心細さのなかに、印象的に定着し得ている」と評価している。人間の都合によって残されたり切り倒されたりする樹、駅への通り道で見る三本の大欅やお堀端の桜並木に対して「黙って耐えてるものの痛さ」を「身うちに感じ」る主人公。執筆動機にあるように古典的で単一な方法だからこそかもしれないが、見事な末尾の一文といい、短編小説の典型的な作品である。

（長谷川貴子）

昨日の顔（きのうのかお）

小説／「文芸」昭14・7／『女の冬』春陽堂書店、昭14・9・18／全集①

ピアニストで教師の独身女「私」と、「御室」との不倫関係は既に解消されていた。腎臓摘出の手術を余儀なくされた「私」は、入院前に彼との再会を望むが叶わない。代わりに足繁く見舞うのは、招かれざる「学監のピネ師」である。手術を無事終え回復した「私」は、知人の送別会で

「御室」と再会するが、無言のぎこちなさで終わる。だが暫くして「私」は、失恋の病が漸く完治したことに気付く。

先行研究は少ない。亀井秀雄・小笠原美子『円地文子の世界』（昭56・9、創林社）で論じられるように、本作品は片岡鉄兵との不倫と破局が一モチーフとなっている。また精緻で硬質な独白の文体は、円地が幼い頃より親炙した江戸芝居に負うものでなく、思春期以後出会った外国文学に影響をみるべきだろう。小林富久子『円地文子』（平17・1、新典社）で指摘されるように、当時円地は「自虐性に就いて」（「人民文庫」昭11・9）で、ジッドの告白小説から触発された旨を述べている。（川上真人）

木下長嘯子（きのしたちょうしょうし）

小説／「オール読物」昭34・9、12、35・5／全集⑭

豊臣秀吉の正夫人寧子は、聡明で活発な人らしい。秀吉の実甥の関白秀次が切腹、妻妾と遺児ことごとく斬首されてからは、自分の余生を守るため、豊臣家の外に出て傍観者の立場を取り、人生無常の相を見せた。慶長五年六月、家康は上杉景勝討伐のため会津へ軍を進めた。伏見城を鳥居彦右衛門と、寧子の実甥で若狭小浜九万石の木下勝俊が守備していた。勝俊の実弟が、筑前へ養子に入った小早川秀秋である。勝俊は文や和歌に長じ優雅な性情であり、鳥居に今次の戦後、武門を捨てる覚悟を伝え、京都の寧子邸の警護に就く。七月、石田三成らが挙兵、関が原の合戦の端緒となる。ある夜、秀秋が寧子邸を訪れ、徳川方に寝返る存念を明かす。寧子も賛成していると知り、勝俊は寧子が傍観の立場を逸したと感じた。合戦は、秀秋の裏切りのため一日で徳川方の圧勝と決した。これ以降、勝俊は長嘯子と号し、東山の一画に挙白堂など風雅な家を建て文学の道に生きた。寧子も挙白堂訪問を老境の楽しみとした。慶長十九年大坂冬の陣、翌元和元年夏の陣で豊太閤の社稷は絶えた。傍観の寧子も眠れない夜が続いた。元和二年家康死去、九年後寧子も生を終えた。その後長嘯子は娘を労咳で亡くし、妻にも先立たれ、八十の長命で没した。老荘の大虚脱に導かれた晩年であった。歴史小説「木下長嘯子」は、発表後単行本に入れられず、ようやく全集に収録された。管見では、研究者等による文献は見あたらない。円地文子における古典受容は、「古典借景」（亀井秀雄『円地文子の世界』昭56・9・25、創林社）の評言が示しているように、古典が現代と二重写しになる小説世界を形象した。

歴史小説であるから、寧子や長嘯子は現代に生きるわけではない。しかし、この小説の寧子は、円地によって描かれた古典から抜け出て現代に生きる女主人公たちと、悲劇性を共有している人物である。秀吉が側室淀君を迎え秀頼を生んだことを、心中では苦いものを味わいながら、子を産まなかった寧子は、座視しているしかなかった。寧子は秀次の事件以降、豊臣対徳川の抗争に傍観者の立場を意識的に採る。このことは、関が原の合戦から晩年にかけての勝俊（長嘯子）の豊臣徳川の興亡から離脱した境涯に通底するものが見られる。長嘯子は寧子の分身的人物として設定されている。秀頼を護るため、秀次の血筋を根絶やしにした秀吉は、結局豊臣の血統を絶やし滅亡する。一方、直面する現実に積極的に対峙しなかった二人が長命を生き延びた。二つの対照的な運命から深いアイロニーを読み取ることができる。最終的にはその二人の血統も断絶に等しい状況であり、この小説も子宮と乳房を喪失した円地の冷徹な筆致から免れてはいない。二人の後半生が殺戮や残忍な様相から遠いことがわずかな救いとなっている。（相馬明文）

貴婦人（きふじん）

小説／「オール読物」昭33・2／『二枚絵姿』講談社、昭33・4・25

表千家の女宗匠の茶会で知り合った外山多賀女から聞いた話である。呉服屋の娘の多賀女は実科女学校を卒業した後、大名華族大藤侯爵家に行儀見習として奉公に出る。大藤家の女主人陽子は、母が皇族から降下した人の一人娘であり、分家筋から養子を迎えて、芝白金の広大な邸宅で暮らしていた。多賀女はほとんど同性愛的な愛情をもって、献身的に仕える。陽子は歌舞伎役者水木辰之助を贔屓にしていたが、辰之助も陽子に好意を持っていた。それを知った辰之助の妻喜江は、不思議にもそれを歓迎し、多賀女との協力の下に、陽子と辰之助の逢瀬を実現させる。その結果として陽子は辰之助の子供を秘密裏に生む。喜江は、その子供を引き取り、後に養子縁組して当代辰之助として育てあげる。

円地の歌舞伎の趣味と江戸読本的脚色がうまく配合された作品。陽子と辰之助の沼津での逢瀬の場面なども浪漫的な雰囲気を出すことに成功している。（島崎市誠）

着　物（きもの）

小説／「毎日新聞」昭29・11・28／『二枚絵姿』講談社、昭33・4・25／全集③

類子はB画伯の送別会会場で、知人の宮津が身につけている着物を見て動揺する。紺色のほどよくこなれた薩摩絣は、かつて類子と不倫関係にあった作曲家日野二郎の遺品であった。日野の着物だと耳にした瞬間、「胸がドキリと鳴り」、周囲の様子も目に入らなくなる類子。「紺の匂いに和えた記憶」が蘇り、「巫子のような眼になって」幸福だった恋の時間にまなざしを向ける。その内袖には類子にとって忘れがたい「掛接ぎ」が残っているはずである。それは、類子との逢瀬の際に煙草の火で焦げて生じた小さな穴を、日野の妻が繕った痕跡であった。類子は日野の腕の中で「掛接ぎ」に触れる度に、妻が「すぐそばに座っているように」生々しくその存在を感じたものであった。送別会の後も着物と別れがたい類子は、飲み過ぎた宮津を介抱しながら、その木綿の手触りに涙ぐむのであった。

日野の着物は「類子の弾きたい音楽の音色を微妙に奏でる楽器」であり、過去と現在、空想と現実、彼岸と此岸の境界を曖昧にする装置として機能している。また、作中で「巫子のような眼」や視線の動きが繰り返し描出されているように、類子は時空間を超えて透視するいわゆる巫女的性格を帯びた人物である。しかしながらこうした「眼」の強調は、類子ひとりに限定されるものではない。「針の手さきや布に近よせた」妻の「眼」も鮮烈に描かれており、いわば類子と妻は嫉妬の情念に身を焼きながら、着物の焦げ跡を媒介として互いを凝視し合うかのように配置されている。遺品を身につけたまま酩酊した宮津が、弱々しく「死骸のように」「眼をつぶって」描かれているのとは対照的である。このように全編にちりばめられた女たちの「眼」や視線を、男たちのそれと比較・検討することも可能である。なお、初出紙面では「女流掌編」としてカテゴライズされ、佐野繁次郎のカットが添えられている。（佐山美佳）

競技の前（きょうぎのまえ）

小説／「人民文庫」昭12・1

省三は女遊びの金に困り、会社の金を使い込む。二、三日中に解雇が発表されると知った省三は、取締役の一人西野にとりなしを頼もうと考える。そのために、妻染子に「泣落としの一役」を買わせようという魂胆だった。染子は西野への説得を引き受けて以来、毒々しい美しさを放ち始め、省三は戸惑う。染子は「屈辱感と反抗の混じた殺気だつた雰囲気」を身に纏っていたが、一方で浮き浮きした気分にもなっている。自分の女性的魅力に賭けようとする染子にとって、西野の乗る汽車を待つ時間は、まさしく「競技の前」であった。

上田文子は昭和五年三月二十七日、円地與四松と結婚している。結婚を、家を出て自由を獲得する手段と考えていた文子は、逸早くその現実に躓くことになった。そして『競技の前』の染子もまた、主婦の生活に「苦しさとあじ気なさ」を感じ、刺激のない毎日に飽き飽きしている。染子の結婚生活に対する憂鬱感は、文子自身の体験が下敷きにされたと考えられる。（岸　規子）

京人形（きょうにんぎょう）

小説／「別冊週刊朝日」昭35・11／『小さい乳房』河出書房新社、昭37・12・15

瀬川祐吉は妻以外の女性と関係を持たないため、妻や娘の高子に尊敬されていた。しかし実際には、かつて祐吉の会社に勤めていた淡路とし江の娘徳子との間に関係があった。祐吉は出張した折、京都で半日徳子と過ごす。高子に約束した京人形を買う際に徳子にも違う人形を買う。出張から帰って二日後に脳溢血で倒れた祐吉は一命を取り留めるが、会えない徳子のことが気がかりだった。秘書の小川は病室に卓上電話を持ち込んだり、徳子の面会のお膳立てをする。祐吉は徳子が見舞った夜、再び倒れ死去する。初七日に手伝いに来た徳子を祐吉の部屋に連れて行った高子は、父は清潔な人だったと褒め、徳子も京人形に見入りながら「立派な方でいらっしゃいましたのね」と答える。

「京人形」について論じた文章はない。最後まで父を信じている娘高子と、年のさほど変わらない愛人徳子の、女としての立場の違いを淡々と描いている。　（砂澤雄一）

清姫（きよひめ）

戯曲／「むらさき」昭10・1

一幕二場。後書に「道成寺伝説〈今昔物語、道成寺縁起〉に取材せるも」「風俗を基とせるに止まる」とある。自分を棄てた僧安珍への慕情から川を渡り道成寺へ向かった清姫が、溺死した。姫の髪を携え、許嫁の太郎は供養のため、恋敵安珍を訪れる。しかし安珍は戦き、黒髪を放擲する。太郎が去った後、眼前に現れた清姫に安珍は、仏道を棄てることを誓う。だが姫はそれを拒み、闇を指さす。そこに現じた観音を見た安珍は、再び姫を突き放した。やがて我に返った安珍は熱心に念仏を唱えるのだった。

数多の翻案が存する道成寺伝説だが、本作は清姫が安珍を怨まず、かつ蛇体に変ずることもなく入水して果てる点で新趣向を成す。これに関して、上坂信男は「清姫」（「白」平4・6）で、自己犠牲を厭わぬ姫の愛に『源氏物語』の影響を指摘。なお〈不可解な死〉をも「跳躍」する姫の愛と共に本作の特色を成すのが、憤怒から蛇に変じ安珍を焼き殺す道成寺諸伝説以上に恐ろしい、死してなお安珍を慕い、血を流し、腕を蛇に絡まれた清姫の凄艶な姿である。　（渡部麻実）

霧に消えた人（きりにきえたひと）

小説／「週刊女性自身」昭36・9・11～12・25／『霧に消えた人』光文社カッパ・ノベルズ、昭37・5・20

朝吹岳志と末常友二は、今年春に大学を出た青年で丸の内の会社に勤めている。五年前、朝吹は、隣の清教学園の寮が火事になり、助けた女の子が藤崎美沙で、白馬にハイキングに行った時も出会う。彼女の実家は岩手県にあり、弟の公一は高校生で成績優秀、東京の大学に進学する予定だ。美沙に、呉服問屋の若旦那山科槙夫が結婚を申し込んできた。

友人の利倉岸子（愛称リバちゃん）が、行方不明と、母から知らされる。妻子ある四十男の宇品と肉体関係を持っていた。美沙は、宇品と会い事情を聞いたが、妻は冷たい女教師タイプの女で、養子である。妻の弟の縁談の相手が岸子で、何回か会ううちに恋愛関係になった。「しみじみとした感じ」で岸子が強く魅かれたのも無理からぬと思う。利子もまた実の母はなく継母がいるだけであった。美沙は上司の海部に自動車で拉致されそうになる。岳志は海部を殴る。美沙・津上由利子と××工業の末常・岳志と企画部員・タイピストの計九名が、那須旅行に行く。しかし、美沙は、三斗小屋に行く途中道に迷う。山に魅入られたといわれるが、岳志は、霧の中を捜し回り生気を失った美沙を見つけ、焚き火の傍らで人工呼吸をすると息を吹き返す。二人は見つめ合い愛を確かめる。美沙の父信行は、山科家に美沙の縁談を断りに行くが、何も言わぬうちに脳溢血で倒れ、看病してもらう。岳志のもとにも縁談が来るが断る。末常は、雅樹少年の叔母宮城悦子と親密な交際をしていた。

岸子が家出して四日たつと、継母が美沙のもとを訪ねる。岸子は実は宇品の子供を流産していた。宇品は、那須への出張を放擲して、岸子と那須へ逃避行を企てたのだ。美沙と岳志は那須に行き、二人の行方を追う。利子のマフラーを見つけるが、そこは、美沙が倒れていた所であった。二人はそこで結婚を誓う。

カッパ・ノベルズでは、他に長編小説『迷彩』を書いている。美沙と岸子という二人の若い女性の対照的な生き方を描いた、一種の青春小説である。類型的な人物設定・ストーリーで、平凡な作品である。

（野末　明）

霧の中の花火（きりのなかのはなび）

小説／「新女苑」昭30・10／『霧の中の花火』村山書店、昭32・3・29

東京から高原の別荘に今朝着いたばかりの「私」は、「ヴェランダの籐椅子に横になつて、煙草を手にしたま、ぼんやり庭を見てゐ」る。気だるい夏の朝の描写から始まるこの物語は、傍観者としての「私」の視点により、テンスを現在→過去→現在と交差させ、夏の回想録のような形をもって語られてゆく。「私」の姪にあたる夏緒――現在は離婚し、三つの女の子の母親――は、若い頃この地で会った一人の男性（松崎）に淡い恋心を抱く。が、夏緒の遊び仲間である高子も同時に松崎に思いを寄せていた。松崎は二人をともに愛しているようにも見え、しかしどちらの女性をも選ぶことはしなかった。翌年夏緒は結婚し、ある時「私」は、松崎が目の不自由な姉と新妻とともに世帯を持ったという話を聞く。松崎が二人のどちらをも選ばなかった理由や彼の人生観を知った「私」がそれを後に夏緒――既に結婚に破れていた――に話すと、「ある感動が夏緒の頬を微かにふるわせ」るのであった。テンスは現在に戻り、ある日、偶然松崎が「私」の別荘を訪ねて来、夏緒は松崎と再会する。彼の姉が他界したのを知った夏緒はそわそわし、晩食後三人でヴエランダに腰かけていると、夜霧の空に花火が上がる。霧のせいで、淡白く滲んで消えゆく花火を見ながら、夏緒は松崎もいつかの夏を思い出しているかと彼を見るが、霧が立ち巻き、松崎の顔は「たゞぼおつと白く霞んで見えた。」のであった。

「朱を奪う」「女坂」など、円地の代表作といわれる作品が発表されたのと同時期に書かれたこの作品は、女の業や欲望が綿々と書き綴られた前者の作風とは全く毛色が異なる。高原の別荘、美しい風景、自分を取り巻く中産階級の日常、理想の男性像など、円地独自から染み出て来るモチーフが散りばめられており、縷々とした筆致で描かれている。そのような中、松崎の人生観、物語の結び方などに、円地の「観念的な方法で歩んだ」（『円地文子の世界』1981、創林社）人生観や美徳が感じられる作品である。（茗荷　円）

霧の花（きりのはな）

小説／『明日の恋人』鱒書房（コバルト新書）、昭30・12・15

浅見綾子は、夫の友人である小幡専務のもとで秘書として働いている。夫はスマトラの戦地に赴いて消息不明。ある日、華奢な肢体と翳りのある横顔を持つ綾子の、その魅惑から逃れるようにして、小幡は一人軽井沢を訪れる。戦後に漂う虚脱感にあわせて、二人の関係の緊張感が緩み始めていたのだ。そこへ急用だと言って書類を抱えた綾子が現れる。その時、小幡の口から零れるはずの告白の言葉を、逆さにしてもなかなか流れ出さない壺の水のように、綾子は焦れったく見つめるのだった。代わりに小幡は、かつて、相手に気持ちさえ説くことの出来なかった、ままならぬ恋の話をする。「解ってくれませんか。」そのずるい態度に、こくりと頷きながらも、綾子の頬には涙がつたっていた。以前から脇腹の痛みを我慢していた綾子だったが、そのあと、病がもとで命を落としてしまう。

軽井沢や虫垂炎、夫をスマトラへ送りながら職業婦人として生きる女性のはかない心根の描き方等に、時代の色が強く出ていよう。（葉名尻竜一）

金盃の話（きんぱいのはなし）

小説／「小説朝日」昭27・4／『明日の恋人』鱒書房、昭30・12・15

官歴が長く皇室中心主義を標榜してきた老史学博士・木谷英吉の歿後、明治・大正・昭和初期に賜っていた三つの金盃は長男・長女・次男夫婦それぞれに配られた。博士生前の憂鬱の種であった盗癖のある未亡人の志賀子は子ども達にとっても厄介者であった。敗戦までの動乱の中で、金盃を長男は供出し、長女のものは空襲で失う。戦後痴呆じみてきた志賀子は、最も母を憎悪していた次男夫婦に引き取られるが、次男は自分でも不思議なくらい病床の母を親身に介護する。死期の迫った母の施療費の足しにと貴金属商に鑑定してもらった次男の金盃は金メッキと判明する。空襲で行方知らずになった長女の金盃にしても溶けてしまっていたのかも知れない。火葬された志賀子の棺に納められた金盃も、また影も形もなくなっていた。不変であると信じられていた価値の崩壊は、戦後の混乱を待つまでもなかったと同時に、親子の間の感情もまた移ろいゆくものであった。その営みの中でなにを大切なものとして守るべきかが問われた作品。（野寄美佳子）

銀の水指し（ぎんのみずさし）

小説／「別冊小説新潮」昭38・10

講演で小松と金沢を訪れた「私」は、調度等の収集で有名な料亭「花月楼」の主人、秋月を訪ね、昔の庶民芸術家が、已の「芸術上の喜びは満たされながら」も、酷い低賃金で働いていた事に思いを馳せる。そして、秋月自慢の「蒔絵の硯箱」の中の、「淀の水車」が彫られた「銀の水指し」の話を聞く。時は太平洋戦争の少し前。料理店組合費の集金係として、清さんという片目の見えない寡黙な老人がいた。或る日、秋月はその老人が、「銀の水指し」の作者清則だと知る。老人は、「淀の水車」を彫った時に片目を失い、彫金師を辞めたと語る。彼は、水指しを「一生の誇り」と言い、水指しは秋月宅の運を守ると話した。

「胡麻塩頭」の寡黙な清さんの内に秘められた、自作に対して強い「執心」を持ち、一眼を失ったことで彫金師を辞した清則の職人魂やプライドは、将校マントを愛用する姿と重なる。「私」が「水車の芯棒」に宿っていると感じた、「神か悪魔か」の分析は重要だろう。（井上二葉）

空華（くうげ）

小説／「小説現代」昭41・1（原題「はなやかな空華」）／『都の女』集英社、昭50・6・30

短歌誌『せゝらぎ』の歌人白浜佐保子は、昔、新橋の芸者であったが、今は小牧之延の妾である。その小牧との北海道旅行で、同人の女性眼科医で美しく、昔、共産党に関係していたという鳥羽敦子に出会う。あくる日佐保子は敦子の元患者井草栄子の見舞いに同行し、そこで医師と患者の関係を越えた同性愛の光景を目撃する。帰京後、佐保子は敦子と親密になり、夢中になっていくと、ついに佐保子は、「今のような生活から一本立ちしたい」と決心し、小牧と縁を切る。その後、建築家と結婚した佐保子に対して、敦子は「あの女は独り立ち出来る質じゃない。やっぱり男と一緒に暮らすのが自然なのさ」と言いながらも、佐保子を思い浮かべるのであった。

作品評として、小松伸六は（昭58・1、集英社文庫「解説」）「さび、あわれなどの老年芸術とは異質の、うす気味わるい華やかさ――円地文学の代表作「妖」の世界を描いている」と指摘している。　（奥野行伸）

潜（くぐり）

小説／「群像」昭45・7／『春の歌』講談社、昭46・5・24／全集⑤

倭文《しづ》は、茶事の教授をする老女。娘夫婦が、危篤状態になった婚家先の父親の見舞いに行き、その際置いて行った三人の孫の監督役を引き受けるため、夫の死後、娘夫婦に譲っていた元の自分の家に入り、生活していた。ある雨の夜、倭文は裏の潜の戸閉りが気になり、見に行こうと思うのだが、気が進まない。そのうち、階段を登って男が倭文の寝ている中二階の一室に侵入して来、すると辺りは蓮沼に変わり、そこでかつて九州の疎開先でそうされたように、その男に犯されるという幻想を見る。

いわゆる「老女もの」に位置づけることができる作品。夫に先立たれて閑居している老女の性への密かな欲求が、まだ小学生の孫たちとの生活の描写を伏線に、潜から男が侵入してきて若き日にそうされたように犯される幻想を抱くという形で描かれる。男に襲われる場面でも、倭文は「忍びこまれたような顔をして、男の中のものを盗み出して、空っぽにしてしまうのは女の方でしょう。」「私はやっぱり盗まれたいのよ。」と語っており、一方的に男の性欲に隷従するのではなく、むしろ積極性を持つものとして、老女の欲望が描き出されている。潜から男が侵入してくるシーンは、虚実綯い交ぜの巧みな筆捌きで描かれており、迫力がある。須浪敏子は『円地文子論』（平10・9・10、おうふう）で、作品中の「菖蒲の泥船」「生ぐささと水の腐れた臭いの蓮沼」に「混沌としたいのちの温床のイメージ」を見ている。当時の新しい風俗・社会状況について、倭文がどのように思っているかの、語り手による言及があったり、倭文自身も流行語を使って孫娘と会話したりするなど、作者円地文子自身のそれらに対する意識をうかがうことのできる小品でもある。他の「老女もの」や、「二世の縁拾遺」の終末部など、現実と幻想が入り交じる描写がなされている作品との比較・関連の中で更に読み進められたい作品である。　（小町谷　康）

雲井雁（くもいのかり）

戯曲／「むらさき」昭11・9／『春寂寥』むらさき出版部、昭14・4・10

「雲井雁」は、作品の冒頭に引用した「若菜」巻の一文が示すように、夕霧が落葉宮のもとに足繁く通う頃、嫉妬した正妻の雲居雁との間に繰り広げられた夫婦喧嘩の場面が下敷きにされる。舞台は中流のサラリーマン階級の住宅にとられている。時は、夜の十二時近く。子供たちが寝ている傍らで、秋子は夫の勝兄の遅い帰りを待っている。幼馴染で結ばれた二人であるが、勝兄には今想う人がいる。それは、亡友の妻の三千江である。嫉妬する秋子は帰宅した勝兄と激しく言い争う。泣きながら家を出て行くという彼女に、勝兄は三千江との関係について語り出す。彼の話によれば、友人には妻の他に好きな女がおり子供まであった。そのことを妻の三千江はすべて承知していた。友人の死後、その不幸な事実を知った勝兄は、同情から三千江への想いを深めるのだが、彼女は彼の愛を斥ける。勝兄に宛てた三千江の手紙には、「良人の情事にあれ程悩んだ私として、自分が逆な立場になって、同性の一人を苦しめることは、どうしてもゆるされません。情熱のない女とお笑い下さいますな。」と書かれていた。感銘を受けた秋子と勝兄は、夫婦として努力しようと誓う（幕）。若い夫婦の科白が精彩を放つ。一幕一場のホームドラマ（上坂信男「円地文子と源氏物語―『むらさき』寄稿時代の作品」『早稲田大学大学院教育学研究科紀要』創刊号、一九九〇・一二）。（赤尾勝子）

暗い四季（くらいしき）

小説／「小説新潮」昭34・11

明治二十年代、増岡とよは、夫で警視庁巡査の昭信と娘の春枝と、東京で幸せに暮らしていたが、夫が台湾に転任中に、若い下宿人峰岸専一と関係をもつ。それを知った夫は、東京を離れ、北海道で病死する。その後もとよと専一の関係は続き、二人は、専一の弟で海軍士官の新次郎と春枝とを強引に結婚させる。しかし、そのような結婚はうまくいくはずがなく、さらに春枝が不妊症であることがわかる。専一が六十を過ぎて腎臓病で死んだ後、とよの願いは春枝の死を見届けることだけであった。その三、四年後、春枝が肺炎をこじらせて死ぬと、新次郎は新妻のゆみ子を迎える。しかし、ゆみ子は年老いたとよの世話をよくみた。「とよは二年ばかりの後、脳溢血で倒れ、それから小一年半身不随の身体をゆみ子に看とられて、眠るように死んで行った」。全体が暗い作品世界のなかで、この結末だけには救いがある。なお、本作は「恋妻」の続編である。（池田博昭）

黝い紫陽花（くろいあじさい）

小説／「小説公園」昭29・10／『妻の書きおき』宝文館、昭32・4・5／全集②

「私」は上流家庭に育ったが、平等主義を信条とし、息子の一郎もそれに従って養育してきた。しかし日米戦争の戦局が悪化するにつれ、息子を夭折させたくないという思いが生じる。財力にまかせれば徴兵回避は可能だが、自分の信条を裏切ることになる。一郎もまた少年時代に田舎暮らしを経験し、農家の息子である欣二と固い友情を結んだことから、欣二同様に応召義務を果たしたいと望んでいる。しかし葛藤の末、「私」は母としての利己的な愛情に負け、一郎のもっとも嫌悪する裏工作によって徴兵を回避させる。一方、一郎は母の行為に絶望しながら、伯父が用意したポストに赴任するが、間もなく狂気の兆しを見せ始める。原因は脳にできた腫瘍にあるという。「私」には、数ヶ月前「紫陽花がくろく見える」と異様なことを口走っていた一郎の姿が思い出される。昂進する病勢によって「私」を悪魔と呼んで錯乱し、興奮を鎮めるための麻酔薬で次第に魂が抜けたようになっていく一郎。「私」はそんな息子を抱きかかえながら「この世に生れ出た生命のすべて」に愛情を感じるようになるが、その後、一郎は自ら命を絶ってしまう。

久保田正文は「解説」（『新選現代日本文学全集17　円地文子集』昭34・11・15、筑摩書房）の中で「戦争批判のかたちでアクチュアリティをもたせているが、エディプス・コムプレクスからのヴァリエーションとみることができる」と指摘している。しかし初出の副題に「一九四〇年代の一挿話」とあることから、四十年代における知識人の思想的苦悩および戦時下の狂気とは何なのかという、より時代情況を踏まえた問題をモチーフにしたとも思われる。「一九四〇年代」と戦後の円地がいかに向き合ったのか、丹念に解読する余地が残されている。なお、初収の「あと書き」には、円地自身の「出来栄えは何とも云《ママ》えないが、いろいろな意味で私には忘られない作品」という言葉がある。（佐山美佳）

くろい神（くろいかみ）

小説／「文芸春秋」昭31・2／『妖』文芸春秋新社、昭32・9・20／全集②

M大化学研究所に勤めている鴻巣高澄は、研究所の備品を盗み売っていた。彼は得た金で酒を飲んだり、博打に使ったりしていた。しかしとうとうそのことが知れた。高澄は、研究所の所長西条の計らいで病気を理由に辞表を出し、父の高則に連れられて郷里に帰っていった。西条は高澄とその妻美緒の媒酌人である。彼は二人の「式」だけの仲人ではあったが、高澄の若い妻美緒に同情的であった。美緒は東北の旧家でおっとりと育った。高澄とは三ヶ月前に結婚したばかりである。彼女は、高澄との結婚は恋愛からではなかったこともあって、同棲した後も愛していると問われたら返答に困るのであった。彼女は「この人は私の身体の中に自分を押し込んで来た。私はこの人と一つになってひしめいた。私の中にこの人の子供が生き始めている」という思いから、他人のように高澄のことを簡単に白黒を決められないと考え、夫婦の不思議を感じた。だが、離婚は既成の事実となって進められていった。そして美緒は妊娠するものの中絶のため産婦人科病院へ行った。けれども中絶手術寸前で、美緒は手術をよした。彼女は「盗癖のある男の子供を抱えて、さき長い生活を汚染だらけに生きてゆく女……そんな若い女を彼らの人生に疲労した眼は捕えたくはない」という「臆病な大人の善意」におされて産科病院まで行ったものの、自分のことを「楽な暮しよい生き方に逆ら」う「始末のつかないしぶとい女」と評するのであった。

「罪の意識から中絶を一歩手前で思いとどまった女を描いた」（亀井秀雄・小笠原美子『円地文子の世界』）作品との発言や、「『冥《くら》い争えない力に引きずられて余儀なく生き耐えて行かなければならぬ手のつけられぬ自分を暗澹と眺める』よりほかに仕方がない。女の目覚めた自我というよりは、有り難い女の生理」（窪田啓作「私の『今月の問題作五選』」「文学界」昭31・3）という発言もある。また「人を殺したり物を奪ったり出来る特権を長い世代持ち耐えて来た祖先の血が、鴻巣の中で倒錯した反抗をいどんでいる」との言もあって前近代的な制度批判をもしている。（須田久美）

京洛二日（けいらくふつか）

小説／「小説新潮」昭41・8／『生きものの行方』新潮社、昭42・7・10／全集④

妻に先立たれた中年の高杉は、岡山での学会の帰りに再婚の決まった相手と京都で落ち合う。若い美奈子にとって京都は修学旅行以来でどこも珍しい。二人は車で西山の方へ向かい苔寺（西芳寺）、竜安寺、高尾の神護寺へと名所巡り、そのうち心も打ち解け結婚の意志を確かめ合う。翌日高杉は、東京へ帰る美奈子を駅へ見送ったあと、友人の紹介で昔亡父に世話になったという関西の実業家に招待される。祇園の古風なお茶屋で若い芸奴が数人座敷をつとめ、年増の芸奴の二人は亡父の馴染みであったという。やがてかなり長い仲だったという高台寺のつくばねの老女将が現れる。脳溢血で倒れたという老女は手を引かれ、片方の足を引きながら入ってきた。父親にそっくりやといわれても眼もぼんやりしてはっきり見えない。「ほんまに失礼やけどそのお方のお手ちょっと取って見せてくれへんやろか」という。部屋が急に化け物屋敷に変わったようになり高杉は気味悪かったが呪縛されたように手を差しのべた。老女は手の中で急に記憶が甦り「ああやっぱり息子はんや、間違いなく息子はんや。」と狂気に近い動作になる。高杉は、二歳のとき亡くなった父の過去をはじめて知り、かつて若かった女の老いの現実を見る。

旅行の好きな円地は史跡の多い関西へもよく訪ねており、「見知らぬ土地の自然や風物に触れてくると、実際に見聞きしたその手応えを小説の舞台に生かしてみたくなる」（まえがき）という。また登場する老女は、能面の痩女を見るような老醜そのままを表現している。奥野健男は、「肉体の冷厳な現実を必ず踏まえ」、「老女の心情を描いて、不思議な美しさを漂わすのに成功している」と述べている。

（正本君子）

化性（けしょう）

小説／「群像」昭39・7／『樹のあわれ』中央公論社、昭41・1・7／全集④

歌舞伎役者の佐野川新車の末弟で人気花形役者の杜若が、自分で運転する自動車で事故を起こして死んだという知らせが入った。ベッドで電話を受けたのは新車の妻千紗だったが、千紗の動揺はただごとではなかった。杜若は三年前に結婚するまでは新車の家に住んでいたのだが、千紗と男女の関係が生じていたのを、新車の女番頭格の鳥巣きしから知らされるまで新車は知らなかった。結婚して新車の家を出てから、二人の中は消滅したものと思っていたが、鳥巣きしの話によると、新車が新聞社の新築落成したホールの舞台開きに行った留守にも、新車の寝室で二人が逢っているのを見たということだった。

杜若の葬儀の日、雪子という娘が訪れてきて、杜若の死顔を見せてくれといい、雪子のアパートへ出かける途中の事故だったことが分る。雪子はS劇場の売店の娘で、痩せがたなのに乳房がブラウスの下に盛り上がって不似合いな情感が杜若を惹きつけたらしい。新車は杜若の死顔を見せるのに、千紗をたち合わせることで、千紗を試したいと思ったが、雪子のことは妻の光子にも秘密でなければならなかった。千紗は雪子の手をとって死顔に触れさせ、自分も触れて、さあ、この冷たさを心に刻んでおきなさい、という。そのとき新車は杜若との共演を思い出していた。新車の〈熊谷〉に杜若は〈敦盛〉をつとめ、〈佐野次郎左衛門〉に〈八橋〉をつとめたが、杜若の〈死顔〉は、そのときのものと、いまのものと、どちらが本当なのか。妖しい化性の世界――現とも夢とも知れぬ化け物性の世界――の中に新車は迷ったが、「おれは五十になった役者だぜ」と千紗と雪子の前では死に顔に虔しみと慈しみの溢れた眼を凝らして見せ、千紗は、ああ、芸をしているな、と憎しみを持ってみるのだが、そのくせ千紗自身も雪子の手をとって触れさせる役割を演じこなしているのだ。この〈嘘〉を〈真実〉にしてのけなければ、二人のあいだは何もなかったのと同じだ。「虚空に咲き虚空に散る花のように掴みどころのない美しさが、千紗を恍惚とさせる…その幻の華麗さに較べれば眼の前の乳房の大きい小娘など何の曲者であろうか……こんな女と付合わせてみて、自分をあざけろうとしている夫の巧みの拙さを千紗は声を上げて笑いたかったが、顔は反対に殊勝らしくうなだれて、目頭の涙をぬぐっていた……」。こうして女は〈化性〉だというのだが、男と女の実生活と演技の駆け引きを描いた、心理小説といえるだろう。

同時代の批評として、河上徹太郎の「中年カブキ役者を主人公に、そのはるか年下の弟である青年の事故死から始まる。妻はこの義弟と密通しており、夫もその事実を知っていて、妻がこのショックに耐えて人前で本家の主婦の貫禄を見せる腹芸に対し、夫もそれを見透かしているのが彼の腹芸である」（「読売新聞」昭39・6・27）があり、また林房雄は、「歌舞伎の舞台のように美しい。歌舞伎に関係のある人物たちが登場してくるからではない。小説の中の衣裳、舞台装置、人物の演技、演出者としての作者の筆力に、あやしい美しさがある。（中略）描かれているのはいわゆる歌舞伎的なるものとはほとんど無縁な、女という〈化性〉すなわち化け物性である」（「朝日新聞」昭39・6・25）がある。さらに瀬沼茂樹は次のようにいう。「俳優の家庭生活が演技の世界と分かちがたく結びついていることは、しばしば芸術家生活の因果として語られ、人生演技説にも関係があり、別にめずらしくはない。この小説では、新車夫妻をとりあげて、その微妙な関係を奥深くつっこんで活々と描いたところに短篇的成功がある」（「東京新聞」昭39・6・30）。また、平野謙の評に「役者の妻は若手役者の異母弟につうじている。その異母弟が自動車事故で死ぬ。（中略）一篇のヤマは、異母弟の若い愛人があらわれて、妻が巧みにその愛人に永別させてやるところにある。いわば恋敵をどうさばくかに、良人は復讐的に眼をこらすのが妻は見事に良人のたくらみの裏をかいて恋敵に便乗しながら、最後の別れを公然と果たすのである。（中略）こうして女は化性というう作品のテーマは、たれにも明らかとなる」（「毎日新聞」昭39・6・29）がある。

（葉山修平）

結婚相談（けっこんそうだん）

小説／「オール読物」昭38・1〜12／『結婚相談』文芸春秋新社、昭38・12・20

友人の結婚披露を舞台にして、列席した女性たちの結婚や恋愛に対する心の動きをきっかけに男女の交流を描いている。なかでも、婚期を逃がした三十過ぎの島子を中心に、話は展開する。「結婚相談所」を訪れたことで島子は思いがけない男性たちと出逢い、売春行為の世界にまで入り込んでゆく。島子が「結婚相談所」を通さずに男性と関わったことで、罰として「結婚相談所」から奇妙な男性と関わらされる羽目になる。島子は、思いを寄せていた男性には心中され、そのショックで交通事故に遇う。また、心を寄せた不自然なほど年齢差のある男性とは、病気の為に死別する。島子の家族は島子の変貌と奇禍とに東奔西走させられ、世間への対面のためにも、地主の養子の男性との結婚を望むようになる。当の島子は自己嫌悪に落ち入り、自殺まで考え、旅に出てしまう。旅先で偶然出逢った元上司と縁が生じ、癒やされ、一ヶ月後に結婚してしまう。島子の家族はやっと安堵し、島子は水にでも流されるように「結婚」という場所に辿り着く。三十過ぎた女性とはいえ、結婚のために売春にまで手を染める勇気があるだろうか。相手をさまざま選んでいたにもかかわらず、結末は以外にも安易に結婚してしまう。島子に託されているのは、女性の心は自由でありながら自縛されてもおり、また不思議で魅惑的でもあるということだろうか。

複数の男性との交わりに麻痺しながらも、結婚に対する女性の心理を描き出すところに、作品の狙いはあるようだ。しかし、男性の収入・財産が、結婚や恋愛のバロメーターとなっていることや、三十過ぎということもあってか、結婚願望が強いといった島子像は、やや通俗的だが、しかし島子の心の動きは、川端康成の『山の音』の、不倫と知りつつ密会を続ける里子を思わせるところもあるし、また、男女の交わりには、谷崎潤一郎が性を描写する世界の巧妙さを感じさせられる。『結婚相談』は、昭和四十年、日活で映画化された。

（山岸みどり）

結婚の前（けっこんのまえ）

小説／「オール読物」昭41・4

実業界有力者、北野高行の次男の高宏を慕う異母兄妹のゆき子が織りなす兄妹愛から、限りなく男女の恋愛に近づく危うさが作品全体の主題となっている。ゆき子は母のさだ子が営む小間物屋で二十三歳になるまで店を手伝っている。高行が亡くなったあと、高宏は大学院生のころから母娘と親しくするようになり、美しく成長するゆき子に「引きされない絆」を感じ、助教授として京都の大学に移ってからも依然、独身を通している。高宏を慕い続けるゆき子も、婚期を迎えながら縁談には興味を示さなかったが、高宏の将来の幸せと母の心配を慮って一旦断った縁談を受けることを決意し、式を一ヶ月後に控えて気持ちを整理するため京都に一泊旅行をする。二人はその晩、祇園に遊び、酔ったゆき子を高宏が宿に連れ帰り床に入れる世話までして帰るラストシーンでは、男女間の緊張から解放され読者に安堵感を与えている。

母娘のモチーフで語られる他の作品を含め、昭和三十四年に結婚した一人娘、素子との関係がどう影響しているかが今後の読解の鍵といえる。

（小野憲男）

原罪（げんざい）

小説／『風の如き言葉』竹村書房、昭14・2・20／全集①

この作品は、あらかじめ雑誌に発表されることなく、『風の如き言葉』刊行に際し同書に収録され、初めて発表され、のち『女の冬』にも再収録された。

七重は夫に先立たれ、夫の実家で一人息子と義母との三人で暮らしている。幸いにも家には残された者の生活をつましく支えていくだけの遺産はあり、七重が語学を教えたり、翻訳をしたりして得た収入は小遣いにできるほどの余裕もあった。七重は息子を愛し、義母を大切にして極く平凡に暮らしていた。そんな七重が滝村に再会する。滝村はかつて七重が心惹かれた男性である。七重が再会した滝村は当時のインテリゲンチアの大部分が辿った定石の通り、実践運動からの検挙、長い未決生活、転向の経路を辿って、かつては否定した官吏となり生計を立てていた。再会した当初は七重も滝村の過去に対する無感動な態度に、何という軽薄な男だろうと反感をもった。しかし七重はそんな滝村に興味を持ち、徐々に惹かれていき、滝村を愛するようになる。だが、七重の愛は滝村を独占しようというものではなく、滝村の妻子のある生活も、自分の動きにくい位置も理解したものだった。

しかし、妊娠によって七重の心の均衡が崩れる。七重は自分を縛り付けている息子と義母を捨ててでも滝村の子どもを産みたいと切望するが、一方で自分をとりまいている現実の生活が、そのことを滝村にうち明けるのをためらわせる。思いあぐねた七重は従姉妹の篤子に妊娠をうち明ける。自分一人でこの問題を処理しようとしている七重の気持ちを知った篤子は、まず滝村に知らせるべきだと忠告する。篤子の計らいで滝村と会う事になったが、七重は滝村が堕胎を進めることは解っていた。しかし滝村は彼女の非常識を否定しようとはしなかった。滝村は「自分の経てきた解説を施し得ぬ歴史に――癒しがたい傷痕を止めている心に直に触れている女」は七重だけだと七重をしみじみと愛しく感じるのだった。滝村が自分の「夢」をいとおしんでくれることに七重は喜びと同時に責任も感じ始め、誰にも告げず一人家を出て自立の道を模索し始める。

妻のある男と未亡人との恋愛を描いたもので、相手と自分の立場を十分わきまえた節度ある恋愛が、ひとたび女に子どもができることによって男に強い執着を持つようになる女の悲しい性が描かれている。

（佐野和子）

源氏歌かるた（げんじうたかるた）

随筆（共著）／『源氏歌かるた』徳間書店、昭49・10・10

本の中心となるのは、清翠美術館蔵の貝源氏絵入歌かるたのカラー写真と、かるたに使用されている和歌を中心とした各帖の概要紹介である。円地は「源氏物語の和歌」という一文を冒頭に寄せており、他には犬養廉の「源氏歌かるたの筆跡」、および、解題として山口格太郎の「源氏歌かるたのできるまで」が収録されている。すでにこの時期、円地は『源氏物語』の現代語訳を完成させており、『源氏』という作品に対して語りうる多くのものがあったはずであるのはいうまでもない。しかしこの「源氏物語の和歌」では、かるた紹介の書であることを考慮したのか、『源氏』の中の和歌自身について触れながらも、それがどのように需要されてきたのかに重きが置かれている。そしてそれが王朝時代から現代までの社会における女のあり方と伝統とを関連づける形で述べられていく点に、円地ならではのまなざしを見て取ることが可能である。

（森本　平）

源氏物語　葵の巻（げんじものがたり あおいのまき）

歌舞伎台本／「海」昭50・5／全集⑭

円地による「前書き」によると、「敢えて、今昔物語や、種彦の田舎源氏を意識に入れて書いた」歌舞伎座台本。続けて「源氏物語のアダプテーションである」と断るように、六条御息所を中心に据えた、円地らしい作品。ここで六条御息所は「中世の能の演目に選まれて以来、御息所は女の執念、嫉妬の権化としてばかり扱われる」（「光源氏と六条の院」「読売新聞」昭47・10・7）存在とは異なるものとして描かれている。昭和五十年五月四日〜二十八日、歌舞伎座で「松竹八十周年記念大歌舞伎」として、夜の部『お俊伝兵衛近頃河原の達引』に続き、円地文子作・戌井市郎演出『源氏物語』葵の巻は上演された。光源氏に中村勘三郎、六条御息所に中村歌右衛門を配した豪華なものであった。「歌右衛門に合わせて書かれたヒロイン六条御息所」（『歌舞伎座百年史　資料篇』平7・4・8）が、葵の上をのろい殺すという筋。ここでいう歌右衛門とは、六代目中村歌右衛門で、円地は「女形の魅力・歌右衛門」（『旅よそい』昭39・11・20）という随筆を書くほど、彼に注目していたらしい。

（杉岡歩美）

源氏物語私見（げんじものがたりしけん）

随筆／「波」昭43〜47／『源氏物語私見』新潮社、昭49・2・20／全集⑯

かつて『源氏物語』の現代語訳をしていた頃に考えたことを綴った随筆。初収『源氏物語私見』には、他に「源氏物語紀行」（「源氏物語あれこれ」の題で昭和四十七年『朝日新聞』連載）、昭和四十七年の連続講演「源氏物語の魅力」を収める。

内容は人物中心に考察が進み、全般として「女性の位」にこだわる。ここで言う「位」は必ずしも身分のことではなく、尊敬したり理想化できる「見上げる位置」にあるかどうかのことである。円地いわく、絵に喩えられた作中女性の姿の大きさは、「恋人の位」を表す。もっとも、紫の上は、絵で言うと大きく描かれるべきなのに、そうではない。そのことから「常識の枠にはまり過ぎた優等生すぎて（略）永遠の女性にはなり得ない」のが、紫の上であるという。一般に『源氏物語』研究史では、女性の小ささが魅力を表すと捉えられているが、円地は、そうではなくて、大きさが「恋人の位」を表す、とするのである。ただし、大きさの件は、紫の上以外、言及がなく、「思ったままを書き記して置くのも何かの栞になるかも知れない」と冒頭に書いていることからも、覚え書きとして自ら捉えていたようである。

他にも、六条御息所だけに「憑霊の能力」が与えられていることから、彼女は光源氏にとって、「見上げる位置の女性」であり、藤壺と同様に「永遠の女性」でもあるとする。藤壺や六条御息所に次ぐ位高き恋人は、朝顔である。藤壺が亡くなり、六条御息所の死にも遭遇した後の光源氏は、これら二人の大女性に比べて、「自分を撓《たわ》めたり、おし沈めたりするような力のある高貴な恋人」に巡り会わなかったため、知らず知らずのうちに、自分と同じぐらいか、あるいは年上かもしれない朝顔の宮に対する求愛になった、と指摘する。中年と呼べる年齢にもなって朝顔に執心したのは、紫の上にはない「恋人の位」を求めたからだという。光源氏が朝顔に執心したのは、身分の高さにも関係があったと考えられるが、精神的に「見上げる位置」の女性かどうか、「恋人の位」「女性の位」といった観点から捉えた点に、独特の解釈がある。

六条御息所は重要人物として扱われる。小説『女面』作中の架空エッセイ『野々宮記』も、六条御息所に言及したもので、円地はその内容を「大体私自身の意見」であるとし、再度、引用する。出色の指摘は、なぜ光源氏が贖罪意識を感じなければならないほど、御息所と上手くなじめなかったか、の理由解明である。二人の関係には、恋愛感情や知的交流の他に「物質的な執着」があるという。当時の貴族女性は一般に、自分で財産管理する采配能力がなかったが、御息所にはそれがあり、廃太子となった夫の遺産を横領させることなく管理し、財力を使いこなした。そのことから、御息所は光源氏に他の女性が出来ない高価な贈り物を数々進呈し、邸内にも極端に自分自身で管理し切った美的調和を作り出していたと考えられ、これらの性格や行動が、光源氏には息苦しく感じられたのではないかという。つまり、完璧な雰囲気、御息所の強いコントロール力、過剰な贈り物から、執着心や圧迫感を受け取ったということだろう。

ただし、光源氏は御息所に操られる一方ではない。後に光源氏が建築した六条院は、御息所の旧邸地である。光源氏は御息所の遺言で、彼女の娘を入内させて冷泉帝中宮にするが（秋好中宮）、六条院の実際の女主人は紫の上でも、形式上は秋好中宮が紫の上の上に君臨している建前である。この関係バランスは、冷泉の在位中、光源氏の政治的立場を重々しく見せるため、有効に利用された。六条院の女性たちの地位関係をどのように読み解くかには、様々な異論があるが、円地はこのように読み、光源氏は御息所の財産を政治利用したと考えた。

この他、正編と宇治十帖が別人の作者によって書かれた、紫式部は一人ではなく作者の集合体であるかもしれない、しかし少なくとも女性によって書かれた、など、憶測・直感であると記した考えも多く披露されるため、今後の研究史的課題は、その解釈に整合性を見出せるかどうかや、円地の小説との連続性の有無の検討にある。「六条わたりの御忍び歩き」という書き出しで、御息所の身分を明らかにしない夕顔巻の方法を、高貴な身分である御息所や光源氏自身の立場に配慮して、秘密を保持しようとする語りの方法だとは見ず、物の怪に変貌する御息所と光源氏の間にある怪しい雰囲気の暗示と見るなど、語り手（作中には実体的な女性の語り手が設定されている）という視点が抜け落ちた箇所が散見される。紫式部を作者の集合体と見るのも、作中の複数の語り手をそのまま作者の数と結びつけたものかもしれず、語り手の存在を重く見ない立場は、「源氏物語私見」を読み解く上でも、円地の現代語訳を考える上でも見逃せない視座である。

なお「源氏物語私見拾遺」が『新潮』昭和四十八年十月と『群像』昭和五十七年七月に発表されている。（川勝麻里）

源氏物語の作者（げんじものがたりのさくしゃ）

随筆／「中央公論」文芸特集、昭27・1／『雪折れ』中央公論社、昭37・11・20／全集⑯

「日記」「家集」「源氏」などの記述から浮かび上がってくる紫式部の人物像。原題は「人間研究紫式部」。初出誌の特集「源氏物語」のうちの一編。『雪折れ』収録の際に改題。「（前略）源氏物語の作者だけは（中略）小説とは呼びにくい體裁のものである。これは（中略）池田龜鑑博士が私に紫式部のことを書くやうにすゝめて下さつたとかで、依頼されて書いた原稿であるが、私自身この文章には特種な愛着があつて、今まで随筆の集に入れずに來た。（中略）小説とは言ひがたいにしても、自個流の獨斷の多い點、研究者の書いた評傳とは趣きが違ふやうに思へるので、敢へてこの短篇集の終りに割込ませて貰つた」と、『雪折れ』の「後書き」で作者自ら解題している。（内海宏隆）

源氏物語の世界・京都（げんじものがたりのせかい・きょうと）

随筆／『紀行文集　源氏物語・京都』平凡社、昭49・5・27

架空の物語の舞台を現実の地名や建築に擬してみたいのは、読者心理として自然なものだろう。が、それも過ぎれば、白けたはなしになる。

「古典の旅」といった読みものの場合、私がいつも願うのはこれだけで満足してしまわないで、原作に、この場合源氏物語に、じかに触れてほしい……ということ。ただしこの物語、たとえ現代語訳であれ、なみの気向けでは読み切れない。長い。

長いにもかかわらず、じつは源氏物語ほど面白く創られた小説、けっして世界中にも数あるわけではない。現代の我々の暮しなどとは、あまりにかけ離れた絵空事かのように、読む前からかたくなに誤解し腰を引いているから読めなくなりがちなだけで、本当は、「人間」を、こうまで生き生きと深く観て、現代の男にも女にも、まざまざと多くを問いかけて来る物語は、世界文学にもそう多くない。それに紫式部はたいした取材記者でもあって、源氏物語の「準拠」という主題は最も興味深くまた奥行に富んだ沃野になっている。例えば夕顔のもののけに取られて死んだのが、通説のように旧河原院であったのか、あの夕顔には当時大顔と云われたモデルがあって……といった故角田博士の説なども忽ちに面白く思い出せる。下京の夕顔町にいまも伝わる夕顔の墓に訪れ寄ってみるのも懐かしい。

だが「古典の旅」とは、その古典に書かれているらしい場所をただ訪れてみる、そして何かを分った気になる……それしきの事では、あるまい。そんなことでは、かえって罪深い。この手の原稿を書く人も、原作に、この際は源氏物語に興味をひかれて思わず読みたくなるような藝を見せて欲しい。興味をもって読み出せば、なにほどの長さでもないのだ、私は、少なくももう二十度ちかく読んでいるが、いまもって、ふーン、ふーンと、初めて読むような発見や感動を新たにしつづけている。初めて知る例えば「京都」が立ち現れる。真実の古典とは、そういう読みの「旅」を楽しむに足る宝ものに相違ない。

（秦　恒平）

源氏物語のヒロインたち［対談］

（げんじものがたりのひろいんたち　たいだん）

対談集／「SOPHIA」昭59・7〜60・8／『源氏物語のヒロインたち［対談］』講談社、昭62・3・27

『源氏物語』と私＝円地文子（インタビュー）／藤壺・空蟬＝永井路子（対談者、以下同）／葵の上・夕顔＝杉本苑子／六条御息所＝竹西寛子／朧月夜・花散里・末摘花＝大庭みな子／紫の上＝清水好子／明石の上＝田中澄江／朝顔斎院・玉鬘＝尾崎左永子／女三の宮＝近藤富枝／大君・中の君＝津島佑子／浮舟＝富岡多恵子／光源氏をめぐる女たちの哀歓＝瀬戸内寂聴／男たち・女たちの群像＝田辺聖子。冒頭に、「『源氏物語』と私」と題する円地へのインタビューが置かれ、以下、円地との対談が続く。巻末には、『源氏物語』の輪郭（清水好子による各巻の梗概）」、円地および各対談者の略歴が添えられている。

『源氏物語』との出会いから『宇治十帖』までの主人公や女主人公、物語の魅力について、円地自身が語ることから始まり、光源氏と登場する主なヒロイン像をテーマに、円地と対談者が率直に対談している。さらに脇役の妙味、王朝貴族の背景や文化など、女性ならではの視点による多角的な意見を、受け手の円地が随所に自身の源氏論と交差させる展開となっている。

　円地は、物語の時代背景や制度、人情・風俗を考慮した上で、関係した女性を見捨てることのない恋愛スタイルをもつ源氏を理想的な男性像と位置づけ、当時の貴族には、藤壺や六条御息所を上品の人、紫の上などを中品の人、末摘花などを下品の人とする恋人の階級づけの必要性を指摘する。また、単なる恋愛や栄華の物語に終止せず、「須磨」「若菜」に見られる挫折や苦悩も織り交ぜることで、源氏の人間形成を描いた教養小説的な要素を指摘する一方で、『宇治十帖』の人物描写力は正編より劣るという見解を示す。タブーを犯した藤壺の禁欲や意識と無意識、情理と調和の分裂が現代人にも通じる問題を投げかける御息所、夕顔の娼婦性や朧月夜の挑発的な色気、希薄で純朴な花散里や頑なで滑稽味をもつ末摘花などをあげ、美しく聡明なだけに留まらないヒロインたちの個性的な描写は、紫式部の作家としての卓越さであり、物語をより深層にしていることなどが語られる。

　『円地文子訳源氏物語』完結から十年以上を経て、昇華された「円地源氏」の寛容な享受と呼応が、各対談者の発言を誘い出している。

（吉田憲恵）

現代好色一代女（げんだいこうしょく いちだいおんな）

小説／「週刊現代」昭37・4・8～12・30／『現代好色一代女』講談社、昭38・7・20

『現代好色一代女』の原点にはやはり井原西鶴の『好色一代女』があるだろう。

西鶴は出家した老婆が、自分の好色により身を落としたことを悔いて出家した人生話を、庵に迷い込んできた人に語り聞かせる形をとっている。それに対して、円地の『現代好色一代女』は主人公の娘のゆかりの離婚調停からいきなり始まる。その離婚が成立した足でゆかりは世話になっている萩野まきの所へ行き、母の若い時分のことを聞きに行く形で時間が過去へ移る。

　母、旧姓辻花よし乃は明治三十七年某の宮家の主治医の三女として産まれた。日露戦争の始まった年である。宮家にも姫宮が二人いて妹の方がよし乃と同じ年頃なので小さい時から相手をしていたが、よし乃は美しい器量から女王陛下と間違えられることもあった。そして佐渡を案内した衣笠義則に見染められて結婚した。それが暴行まがいの初夜となりそれが男性遍歴の始めとなった。

義則が肺結核をこじらせて死んだ翌年、ゆかりのためと衣笠家を守るために中学四年から浦和高校（旧制）に入学した農家の三男である秀才の狭間岳夫が姓は変えぬまま養子のような形で同居することになった。よし乃は三十七、八歳になっていた。ゆかり一年の時である。じきに岳夫とよし乃が結びつき、岳夫は少年から青年へと成長していく。よし乃はこの頃から岳夫のためなら誰にでも自身の体を交換条件にかなえていく女性になっていく。それがために殺人まで犯してしまう。娘のゆかりは岳夫の太平洋戦争出兵に合わせて、衣笠家というよりよし乃との繋がりを保たせるためにまだ十七歳の高校生のうちに結婚させられた。ゆかりは岳夫のことを兄のようにしか思っていなかったので恋愛感情は生じなかった。偶然知り合った篠田竜彦に恋をし、何もかも話す。岳夫はよし乃と組んで篠田を殺害しようとするも篠田の同僚の中里兵吾の気転で助かる。岳夫はギャングに命を狙われる身となり最後によし乃に会う。よし乃も岳夫の自死を察し後から行くことを約束する。そして岳夫は船室でピストル自殺、よし乃は川に入水して自死を遂げる。別々の場所で死ぬことで、残されるゆかりたちのために心中をしなかったのは、よし乃の母としての最後の愛情と罪ほろぼしであり、女としての業が一瞬とけたのだろう。

　この作品は小説ではあるが、円地の幼い頃からの祖母の語りや少女時代からの戯曲への憧れから戯曲と言ってもいいのではないだろうか。一章一章舞台が変わりそれぞれ見せ場を設けている。『好色一代女』をアイデアとしているのは間違いないと思うが、戦時中・戦後の厳しい生活の中、身分の上下関係、また、それをとり壊そうとする混乱した時代に女が性欲に溺れてでも生き残っていこうとするストーリーに、女の強さを見ることができる。

　また、四十一歳（昭31・11）で子宮癌の手術をした円地はやはり以後の文章に響いていると思われる。他の文章で子宮をとり空洞となったのを死口と何度も使用し、それに呼応するようにこの作品では女性としての弱さ、また、それに向かおうとする強さが出ているのではないだろうか。そうでなければ、これだけのかけひきに女というものを奪われたり与えたりすることはないと思う。

（川本　圭）

恋鷺（こいさぎ）

小説／「別冊小説新潮」昭33・1

喜多川千香は穂高で遭難した弟則光の遺骨と共に新宿駅に降り立った。出迎えの中に千香と日本舞踊の相弟子の喜多川富香（綾子）も混じっていた。則光は富香を姉のように慕い、富香も則光を弟のように思っていた。やがて富香は遺体の捜査に加わった則光の友人岸上順吉と相愛になる。則光から富香とよく似ていると聞かされていた喫茶店ルナの勝子に順吉と会いに行き、三人ともに則光の思い出に浸るのだった。富香の両親は、仲間内でも余り評判の芳しくない土地ブローカーを父に持つ順吉との交際を案じていた。富香は家元の発表会で「鷺娘」を踊った。先刻届いた順吉からの手紙には、温習会の後二人で東京から逃避行する誘いが書かれてあった。富香は穂高の見える温泉場で、順吉と結ばれることを思い描いていた。富香が鷺娘を踊る頃、順吉は一人穂高に向かう車中の人となっていた。則光から富香を置いて来たことを讃められそうで順吉は涙ぐむのであった。

（関根和行）

恋妻（こいづま）

小説／「小説新潮」昭33・11／『恋妻』新潮社、昭35・6・25

増岡昭信・とよ夫妻は熊本から東京に出てきて、本所に居を構えた。巡査となった昭信は善良な人柄で、愛情も濃やかだった。とよは美人ではないが、男好きのする女ぶりであった。台湾への転任を命じられた昭信は妻と一人娘の同行を望むが、とよは同意せず、東京に残る。夫が不在の間に、とよは下宿人と情交のある身となる。とよの生活を察した昭信は、失意のうちに病を得て死ぬ。とよは娘のようにあどけない魅力を活かし、商売によって生計を立てる。しかし情夫は職に就かず無為徒食のまま同居し、策略によって無理にまとめた娘の縁組は円満なものにはならなかった。情夫にも娘にも先立たれたとよは、それほど気落ちせず、晩年は義理の息子とその後妻と共に仲良く暮らし、生涯を閉じた。

人物の心情を内側から細かく表現することは控え、出来事に即して淡々と語る姿勢で貫かれている。情事の場面を敢えて描かないという手法により、作品全体に冷めた情緒が広がり、距離を置いて登場人物達を眺めているような感覚を読む側に生じさせる。熊本と東京本所との対比が効果的。とよを世話する古道具屋の妻の、「私は毒婦つて言ふのは凄いみたいな美人かと思つてゐたけれど、おとよさんのやうなのが本当の毒婦といふのかも知れないわ」という台詞に注目すべきであろう。抜きん出た特徴のない女であるが、憎めない女性的魅力を備えており、男を惹きつける。そして常に巧みに利己的な選択をし、男を破滅に導いてしまう。そのような毒婦の一代記として理解することができる。しかし結末の弱さが作品全体の印象を曖昧なものにしているのではないか。昭和三十五年には「恋妻」を作品集の題名に掲げているものの、昭和五十三年には自分の全集に収録しなかったこととの位相差を検討する必要があると思われる。

（阿部孝子）

高原行（こうげんこう）

小説／『南支の女』古明地書店、昭18・6・15

周三から沢木が時間に遅れると聞いた澄子は、強引にホームへ降りてしまった。二年前、一人息子の喜一を残して急死した夫、その弟の周三は、聡明で美しい澄子を愛しながらもどこか気後れを感じていた。そんな周三の思いを知っている物理教室の主任教授沢木は、二人を軽井沢の別荘に招待していた。澄子の方は周三をいとおしんではいるが、妻子ある沢木をひそかに愛していた。沢木を待って乗り込んだ車内は暑く、空いていた席には沢木と澄子が向かい合った。沢木は周三との縁談を勧める一方で、自らの澄子への愛を告げる。沢木の別荘に寄ったその晩、ホテルで月を眺めながら、澄子は周三に結婚の意思表示をする。そのとき澄子は、沢木に向って「こうして、自分で自分を縛らなくては危険なのですわ。あなたの奥様を見てしまってから」と、声のない言葉を語っていた。

妻子ある男に惹かれ、その妻を知ることでより強く惹かれる身の危険から、優しい義弟との結婚を決意する澄子、その「賢さ」と「勝気」が伏線として用意されているものの、展開には戦時下での恋愛話の限界があろう。（安田義明）

高原抒情（こうげんじょじょう）

小説／『高原抒情』雪華社、昭35・5・28／全集③

「Ⅰボア夫人」「Ⅱ圭子」「Ⅲ深夜・朝」「Ⅳ白い鶏と少年」「Ⅴゆめ」「Ⅵ血」「Ⅶ七兵衛」「Ⅷ文身」「Ⅸ童話」の九章からなる。「私」は、戦時中から東京を離れ軽井沢に疎開している。「私」には夫呉勘六と娘圭子がいるが、夫には全く愛情を持っていない。神経質で激昂しやすい圭子をもてあまし、時に殺したいと思うこともあるが屈折した愛情は持っている。「私」はかつて南皎介という詩人と関係があり、今でも愛しているのだが、戦死して帰らぬ人となっている。この地で闇屋として暗躍している七兵衛という男の妻の妹には滋美という息子がいた。七兵衛たちは滋美の父が戦犯となった真下中将だと宣伝している。「私」はこの少年を見て愛人だった南を思い浮かべ、夢まで見るのだが、やがて彼の本当の父が皎介の甥、正彦と知り、運命の糸を感じる。勘六は東京に一家で引っ越ししようと娘の学校や住む家の手配をしている。「私」はここを動きたくないものの、いずれは移らなくてはならないと諦めている。そのうちに滋美が真下中将の兄に引き取られ大阪に行くことが決まる。あと数日で東京に行くという時、「私」は滋美と離山に登る。そこで彼女は南への思いを童話にして滋美に話す。正直に愛してくれた南との思い出が自分を自暴自棄にさせずに支えているのだ、と。

昭和二十四、五年に書かれたこの書き下ろしの作品は発表の機会を得ず、この単行本ではじめて発表された。〈書いたのは「女坂」の連絡の最初の部分を書き出したのと同じ頃だったと覚えている。一人称を選んだのは王朝の女流日記の形式を取ってみた試みだったが私小説ではない。〉（「あと書き」）とあるように、「蜻蛉日記」などを意識した面も窺える。伊藤信吉は〈ヤミ屋にそだてられている少年と「私」のとの愛情の交流が、けわしい世相を抜き出て叙情的世界を作っている〉（「東京新聞」昭35・6・29）と評した。ボア夫人というフランス人の夫に先立たれた純粋で騙されてばかりいる日本女性が登場するが、「私」は彼女を女性の一つの理想形として捉えており、作品の重要なアクセントとなっている。

（砂澤雄一）

交配花（こうはいか）

小説／「小説新潮」昭45・7／『花食い姥』講談社、昭49・5・24

源氏物語の現代語訳をしている「私」は、冷泉院・薫の君が本当の父を知った苦しみを、ある会合で話した。すると、三十過ぎの艶かしい婦人が、貴族にとって父が違うのは当たり前のことであり、罪の意識を感じるのは、中流階級の倫理観だと反論した。その女性は、森脇商事の副社長森脇明郷の妻美鶴であった。森脇商事は、農家出身の森脇吉兵衛が戦争をきっかけに発展させた会社で、彼は貴族階級への憧れから、旧主人で宮家と縁戚関係の深い雪谷伯爵の息子を養子とする。それが明郷だが、実は雪谷の妻が浮気をして、生した子だった。男系の血統を入れたい吉兵衛は、雪谷が外で作った美鶴を明郷の妻とする。美鶴は、自身もまた夫以外の男性と関係を結び、子を生す。一方、美鶴に振り回され、自身の血統にも疑いを感じた明郷は、愛人である「私」の友人河内沙野の部屋で自殺を遂げた。

美鶴という妖婦を主軸として、女の情念としたたかさをまざまざと描いてみせた秀作。

（土屋萌子）

光明皇后の絵（こうみょうこうごうのえ）

小説／「小説新潮」昭26・10／『ひもじい月日』中央公論社、昭29・12・10／全集②

双生児のようによく似た姉妹、朝子と夕子の性質はまるで違っていた。器量のよくない自分に苦しみを感じ、絵を描くことの中にさびしさを溶け込ませる妹、夕子と、強く烈しい気性を持ち、冷酷に現実の生活を切りさばいていく姉、朝子。常に相手を鋭い言葉で突き刺す姉の残酷さに妹は反撥するが、ある男との生活を経て心身ともずたずたになった夕子がガス自殺を図ったとき、つききりで世話をしたのはほかならぬ朝子であった。回復し、繊細な感覚が萌え上がった夕子が描いた「光明皇后」の絵は帝展の特選を得る。ある日、なぜか突然その絵を譲ってほしいと申し出た姉をいぶかしんだ夕子だったが、「あの絵の中には姉も自分と一緒に入って生きているのだ」と思う。その後、姉が死に、知らせを聞いてかけつけた夕子は、戦災で焼けたと姉から聞かされていた「光明皇后」の絵が残っていたことを知る。拡げてみると、皇后の顔は姉妹の顔の戯画のように墨で醜く書き毀されていた。髪から簪を抜き取り恐ろしい早さで絵を切りはがした夕子は「姉さんは私に負けたんだわ」と上ずった声で言うのだった。

この作品について、高見順は「こうした無慙さが、円地さんの筆にかかると、すこしも醜怪感はなく、不思議と残酷の美しさとして人の心に迫るのである。」（「無慙の美」『新選現代日本文学全集17　円地文子集』筑摩書房、昭34・11）とし、常に新鮮な生命感に溢れる「無慙の美」が、作者の古典的教養を背景とした端正な文体によって支えられていると見る。また、紅野謙介の「それまで抑圧されていた女性のセクシュアリティがあらわに描き出され、その生理と心理の葛藤が貪欲な人間的関心のもとにとらえられていて、大いなる飛躍を予感させる。」（「解題」『戦後占領期短篇小説コレクション6　一九五一年』平19・10、藤原書店）とする評がある。

（景山倫子）

高野山（こうやさん）

小説／「文芸春秋」昭32・8（原題「僧房夢」）／『二枚絵姿』講談社、昭33・4・25／全集③

日本橋で芸者をしていた数江は、旦那と妾の関係だった坂田と籍を入れ、今ではすっかり堅気になっている。しかし、坂田とともに訪れた高野山で、数江は偶然に、まだ駆け出しの芸者だった頃の恋人、三輪と再会した。ほとんど会話も交わせない短い邂逅が、数江を大きく動揺させる。数江には高野山に立ち並ぶ墓が「極楽浄土に生を得る悟りなどとは全く反対の、地に執し肉に執しつづける人間の欲望」を表しているように感じられ、参道の乞食たちは芸者だった頃に自分が交わった男たちに見えてくる。宿坊に入ってからも、数江は性的暗示に満ちた夢にうなされ、坂田に「六根清浄どころじゃない」とからかわれる。

元来、女人禁制の聖地であったはずの高野山を舞台に、この作品が描くのは、聖地のイメージとは正反対の、そんな生臭い人間の情欲の世界である。このような作品世界を読み解く手がかりとして、ほぼ同時に発表された随筆「高野山に登るの記」（「婦人公論」昭32・8）がある。この中で円地は、高野山の女人禁制の風習について、「男が性の対象としての女を怖れた結果なのであろう」と推察している。高野山は、いわば男たちが女を疎外することで作り上げた聖地なのだ。

作品「高野山」は、そんな男たちの聖地を侵す数江という存在により、聖地が実は「地に執し肉に執しつづける人間の欲望」の地でしかないことを暴く。数江が属してきた廓は、男が性の対象としての女を囲った空間であった。一方、高野山は、男が性の対象としての女を怖れ遠ざけた空間である。俗と聖、まったく正反対に見えながら、男が一方的に性の対象として女を扱って線を引いた空間という意味では、どちらの空間も同質性をもっている。作品は、男たちのこうした一方的な囲い込み、あるいは疎外を浮き彫りにしながら、その中で、自身もまた「地に執し肉に執しつづける人間」でしかあり得ない女の孤独な姿を照射する。


（遠藤郁子）

虚空の赤んぼ（こくうのあかんぼ）

小説／「文学界」昭31・7／『妖』文芸春秋新社、昭32・9・20／全集②

日本舞踊今藤流舞踊研究所代表の紫緒が過労から狭心症の発作を起こして倒れたが、二十歳になる息子明光は中学を出た後も踊りを嫌い遊び暮らす。老齢の母への仕送りもあり、稽古場を新築した借財も残っている。紫緒は一番弟子朱緒のいうままに万一の用心に生命保険をかけ、遺言書を公証役場へ届けた。そこへ弟子の友緒が明光の子の妊娠を告げ、後継者を申し出る。小さい命に恵まれ、とりすがる手がかりをさぐり当てたような柔らかな喜びが浮かんだ。だが、赤ん坊は虚空に浮かぶ蜃気楼のようだった。

この作品を収載した作品集『妖』は、幸田文『おとうと』と曾野綾子『男狩り』『婚約式』などと出版が重なるが、これらの中で『妖』が最も読み応えのある作品と荒正人は高く評価（「女流の小説から」「東京新聞」昭32・10・16）し、平野謙は「生理上の嘆きをいわば芸術上のそれに転化する作業の強さ」（「毎日新聞」昭32・3・16）を指摘し、後年にさしかかる夕映えの女性の深い嘆きを掬い取る円地の旨さに感服した。

円地は昭和十三年に結核性乳腺炎、昭和二十一年十一月には子宮癌の手術を受け、死と間近に向き合った体験から、死が身の内に宿り、老いに迫る心境がここにも吐露されている。たとえ血を受け継いだ身内といえども長年積み上げてきた老練な芸を託す後継者になりきれるはずもなく、所詮虚空に浮かぶ危うげな存在でしかない。


（岸　睦子）

国文学貼りまぜ（こくぶんがくはりまぜ）

随筆集／『国文学貼りまぜ』講談社、昭58・11・20
本書は十五篇の随筆から構成されている。前十三篇の初出は「群像」に、後二篇は他誌に掲載された。目次にしたがい各篇ごとの内容を主に記す。「平家物語の前に」（「群像」昭57・1）は、前半の主人公を平清盛、後半のそれを建礼門院におき、大和言葉ではない武者言葉の文書化として捉える。「平家物語の男たち（その一）」（昭57・2）は、薩摩守忠度の武と風流を愛で、「花も実もある男」とみたり、熊谷次郎直実によって殺された美少年敦盛（平家の公達と坂東武者との対比）を論述。「平家物語の男たち（その二）」（昭57・3）は、「平家物語」は単なる戦記ではなく、前時代の宮廷文学とは違う名文の潜在を喚起する。「平家物語の男たち（その三）」（昭57・4）は、無名兵士花方の運命に触れる。「平家物語の女たち」（昭57・5）は、狂瀾怒涛の世界に翻弄された建礼門院などに言及する。「源氏物語私見拾遺」（昭57・7）は、「源氏物語」に関する語彙――たのし、うれし、かなし、さびし、そうぞうしくなどの解を説く。「能についてもの知らずの弁」（昭57・8）は、能の生成の歴史に触れ、その貴族化した古格と、一方民衆の対象化に重きをおいた歌舞伎との差異を論述する。「道行考」（昭57・9）は、近松の「鑓の権三重帷子」の道行を、特に傑作とみて、封建時代の中で自然に生きようとする人間の耐えきれない肉声の抵抗性に光をあてる。「名文」（昭57・10）は、名文とは日本文学が用いてきた歌言葉と漢文混合の七五調風のメリハリの利いた文章に多いという。例として「源氏物語」の須磨の巻、「枕草子」の冒頭文、特に「方丈記」の最初の件《くだり》と「平家物語」のはじめの部分との対比などを重視する。「お半長右衛門」（昭57・11）は、浄瑠璃の「桂川連理柵」から出た「お半長右衛門」（中年男と年の違う若い女との恋愛）などに関するドラマを、時代的社会環境内の現象として捉える。「色男（その一）」（昭58・1）は光源氏と世之介（西鶴「一代男」）の色男の成りたちのちがいを、時代性に照応させて論ずる。「色男（その二）」（昭58・2）は、為永春水の「梅暦」「春色恵の花」の主人公唐琴屋丹次郎や、明治時代の色男の代表、徳冨蘆花の「不如帰」の川島武男や、紅葉の「金色夜叉」の間貫一にまつわる悲劇を語る。「手紙」（昭58・5）は、父上田萬年が残した鷗外・漱石などの手紙のうち、一番多かった樗牛の話。別に文部省の高官でもあった萬年は、漱石の博士固辞に対して、余り好意を持っていなかった。上田敏の学位取得先行に、へそを曲げたのだと言っていたという。「上田秋成の墓」（「別冊婦人公論」（昭57・夏号）は、京都の西福寺にある上田秋成の墓参の折のまさに逸文である。また、本書や円地文子文学を読む上で不可欠な日本古典の愛読書、源氏物語、方丈記、平家物語、近松門左衛門の諸作、さらに雨月・春雨両物語を挙げている。「王朝人と浄土信仰」（「太陽・仏の美と心シリーズⅡ」（昭58・5）は、空也上人に発し、法然、親鸞にいたる浄土、浄土真宗の歴史過程を論述。

（伴　悦）

古典文学教室（こてんぶんがくきょうしつ）

講座／『古典文学教室』ポプラ社、昭26・10・5

学童向けの古典教養書。『現代文学教室』（神崎清）と共に「少年少女知識文庫」シリーズの一冊として刊行された。雨の続く夏の山荘で、無聊をかこって集まった子供たちに、語り手が十日間にわたって日本の代表的な古典のお話を語り聞かせるという設定となっている。第一話「古事記」に始まり、「日本の和歌（万葉集を中心に）」、「源氏物語」、「平家物語」、「枕草子（方丈記と徒然草）」、「謡曲と狂言」、「西鶴と近松」、「芭蕉・良寛」、「秋成と馬琴」、第十話「膝栗毛その他」へと続く。内容は、それぞれの作品や作者に関する文学史的な事項（時代・形式・生涯・位置づけ等）、作品の筋や主要なエピソードの紹介と解説である。各章末に「研究ノート」という補足記事も付されている。「『古典文学教室』のあとに」と題した後書きがあり、幼少期から青春期、戦時期を通しての自己の古典回帰体験が語られている。「序」・久松潜一。

（柳澤幹夫）

古典夜話　けり子とかも子の対談集（こてんやわ　けりことかもこのたいだんしゅう）

対談集／平凡社、昭50・12・15

白洲正子との対談集である。題が付けられた十章と、円地の「まえがき」、白洲の「あとがき」とからなる。〈「お水取り」と観音信仰〉では、東大寺二月堂の「お水取り」見物をした円地の感想から始め、白洲が「お水取り」の内容・背景や源流などを円地の質問に答えながら説明し、二月堂の本尊である十一面観音から観音信仰にまで話が及んでいる。〈「葵の上」の周辺〉では、円地が源氏物語の「葵の上」を歌舞伎にする依頼を受けていることが話され、次に歌舞伎や歌舞伎役者が話題になり、また「葵の上」をはじめ、「源氏物語」や「平家物語」関連の能に話が及んでいる。白洲は四歳から能を習い、能舞台にも立っている立場から、能が持つ宗教性などについて説明している。〈物の怪について〉は「道成寺」のことから、熊野・霊・神などに話が及ぶが、常に円地は文学から、白洲は能を中心に話を展開している。〈源氏物語拾遺一〉は、『源氏物語』の読み方から言葉・登場人物・作品評と話題は広く、白洲の問に円地が答える場面が多い。〈源氏物語拾遺二〉では、平安時代の衣装や布、食べ物が話題の中心である。〈世阿弥のこと〉は、能の題材、世阿弥の来歴、世阿弥作品について話し、さらに近松門左衛門や滝沢馬琴まで話は及んでいる。〈幽玄と変身〉は、世阿弥から話を起こし、幽玄の本質を論じ、『土佐日記』をきっかけに変身の話となり、『平家物語』を題材とした能へと話題が移っている。〈昔、男ありけり〉には〝貴種流離譚と日本人の旅〟と副題が付いている。在原業平から光源氏のモデル論、伊勢の斎宮、ヤマトタケル・義経・蟬丸などの貴種流離について、次いで、西行・遊行僧・木地師まで話は及び、信仰の問題にも触れている。〈戯曲というもの〉には〝「葵の巻」劇化について〟との副題がある。円地の脚本による「源氏物語　葵の巻」が歌舞伎座で上演され、それを見物した白洲の感想から始まり、劇化の経緯や演じた役者談義を経て、芝居と小説との違いにも言及している。〈作家について〉は、〝近松から谷崎潤一郎まで〟という副題どおりに近松門左衛門・泉鏡花・室生犀星・正宗白鳥・志賀直哉・永井荷風・谷崎潤一郎について話をしているが、それらの作家の演劇との関係が話の中心である。

　副題の「けり子とかも子の対談集」については、円地による「まえがき」に説明がある。式亭三馬の『浮世風呂』三編巻之下の「女中湯之遺漏」にある「物しづかに人がらよき婦人二人」「けり子かも子」が話している一節を引用し、三馬がこの二人をからかい、裸の女たちが集う女湯で語られるという設定に、「三馬の皮肉は滑稽なだけに痛烈」であると述べている。そして、円地自身は「この種のコンプレックスから抜け出せない」のだと打ち明けている。『浮世風呂』の話を聞いた白洲が「けり子・かも子対談」とすることを提案したが、読者に対して遊びが過ぎるので、円地がまえがきに書くことになったと、白洲が「あとがき」に書いている。対談では、円地がけり子、白洲がかも子の役となる。「あとがき」には、昭和五十年夏とあり、円地六十九歳、白洲六十五歳の時である。対談は五・六回だったが、中断もあって時間がかかった。この対談集から、円地が物の怪や憑きものに強い関心を持ち、調査して深い知識を得ていたことが改めてよくわかる。また、円地は『源氏物語』訳了まもなくであることから、話が『源氏物語』に結びついて行く傾向にあり、『源氏物語』に対する考えを知る上で貴重である。白洲が能から考えを述べる傾向にあるのは当然であるが、円地が歌舞伎の観客としての一面を保ちながら、劇の作家であると同時に演出家の目をもって見ていることがわかる。また、この対談集は、他の小説、特に晩年の小説を考えていく上で、円地の古典観・宗教観などが示されており、大きな意味を持つ作品である。

（野口裕子）

琴爪の箱（ことづめのはこ）

小説／「オール読物」昭31・12／『霧の中の花火』村山書店、昭32・3・29／全集②

　山の温泉場に来た〈私〉は降り続く雨のために閉じ込められていた。そんな退屈な時、女中の〈お美津〉から旦那を殺した生地問屋の〈年子〉の話を聞いた。〈年子〉は四年前の初夏、新婚旅行でこの温泉場を訪れた。部屋は

〈私〉が宿泊中の桔梗の間である。〈年子〉は旦那が寝ている時に、なぜか小さいフォークと箱根細工の琴爪入れを置いた卓を前に一人で泣いていたという。旦那には盗癖があり、これらは新婚旅行中に盗み歩いたものであった。一年後、〈年子〉は旦那の子を堕胎し、離婚の意思を手紙に残してこの宿に逃げて来たが、連れ戻されて行った。そして、去年の二月、〈お美津〉はある電車のホームで別人のように派手な服装の〈年子〉を見かけた。〈年子〉は店の若者と逢引きを重ねていた。〈お美津〉は〈私〉に、〈年子〉の弱々しそうに見える浴衣の下の肉体が〈肩から腕へかけて、堅太りの真白な肉が張りきって〉いたこと、それは〈年子〉の中にしまわれていた〈魔物〉だと思う、と語った。〈お美津〉の話を聞き終え、〈私〉は改めて桔梗の間を見まわした。

〈年子〉の物語、それを語る〈お美津〉、物語の聞き手であり作品全体の語り手である〈私〉、という明確な入れ子型の語りの構造を持つ短編である。〈年子〉は、例えば『女面』の〈栂尾三重子〉を彷彿とさせる女性である。生命を生み慈しむが、同時に奪いもする。女性の根源的な力を行使する地母神的な女性像は、巫女的、霊媒的な女性像と併せて円地作品におけるテーマと言える。しかし、『女面』の〈三重子〉と比較した時、〈年子〉の印象は軽やかである。意に副わない男性との結婚生活の抑圧から不倫を契機に自身を鮮やかに解放した。ここに、円地作品にしばしば指摘される「女の業」のどす黒さはない。〈私〉に〈年子〉の転身は新鮮に映る。〈私〉は、まだ未分化ながら〈お美津〉や自分に〈年子〉のような女性性を発見する。（藤枝史江）

断られた男（ことわられたおとこ）

小説／「婦人生活」昭32・4

浜子の姉、年子が死んでから足掛け三年目、ラッシュアワーの国電の中で年子の元夫、千倉晴一と浜子が二年振りに再会し、新宿の地下レストランで夕食を共にする。食事中、千倉と浜子は年子の死後、浜子を後妻にと母の生代に相談して〝断られた〟話や千倉の新しい妻、よし江の洋裁店の話、生代の胃癌の話になり、千倉は明日、生代の見舞いに行く約束をする。帰宅後も千倉は浜子が別れ際、兎の様に素早く去って行ったことや、二三年前よりも充実した女を感じさせるように成熟した姿を思い出していた。そして珍しく自分より先に帰っていたよし江の情緒的でない会話や、妻としての魅力に欠ける有様を実感しながら、明日、浜子に会うことを楽しみにしている。

本作品は、登場人物一人一人の個性と心理状態が丁寧に表現され、リアリティのある作品になっている。締め括りのよし江とマッサージ師との会話は、世間話でありながら、今後の展開を暗示させるのも興味深い。（鶴丸典子）

この酒盃を（このさかずきを）

小説／「産経新聞」昭37・7・21〜38・7・18／『この酒盃を』中央公論社、昭38・11・25

建築家江島陽一郎に従い、同じ建築事務所の神戸《かんべ》須賀子と共にホテル建設の打合せのためにハワイを訪れていた神戸種夫は、ワイキキの浜辺で柳橋の料亭秋月亭の若女将千倉里子を見かける。里子は婿養子として結婚した源三との離婚問題から逃れるため、養母である大女将の計らいでハワイに滞在していた。大女将が倒れたという知らせを受けて帰国した里子は、大女将亡き後の秋月屋の経営の実権を握ろうとする大女将の弟要之助の後妻朝乃や復縁を迫る源三に悩まされる。ホテルの建築に日本建築の美しさを生かしたいと考えた神戸は、帰国後京都に向かう。平等院鳳凰堂で、祖母のハワイでの再婚相手であり、ハワイで知り合っていたラインホルトと再会し、自分の叔母にあたる国行百合子が第二次大戦中に日本に戻っていたことを知る。源三によって里子は軟禁されそうになるが、偶然軟禁場所に居合わせた百合子によって救出される。里子に惹かれていく神戸に反発した須賀子は江島と結婚するが、同居する中で年齢の違いだけではない、様々な越えられないものを感じ、不満を覚える。須賀子のもとに、神戸の母に神戸と里子との仲を断つように頼まれた百合子が訪れ、江島の名を騙って神戸を箱根のホテルに呼ぶことを依頼する。ホテルで百合子に媚薬を飲まされた神戸は、百合子と入れ違いにベッドに入ってきた須賀子と関係を持ってしまう。裁判所での調停により里子と源三の離婚は成立するが、箱根での出来事を聞かされた里子は、神戸との結婚に以前程の熱意を感じなくなると共に、秋月亭の女将として生きる事を決意する。ハワイでホテルを完成させた後、神戸は自分の仕事のアイデアを求めて南太平洋の島々に向かう。

作品名は、神戸が里子に話した聖書の一節に依る。恋愛を経て、建築家と料亭の女将として自立していく神戸と里子の姿を描くが、西洋と日本、過去と現代の接点として、ハワイが作品の舞台に描かれている点も注目される。（矢野耕三）

小町変相（こまちへんそう）

小説／「群像」昭40・1／『小町変相』講談社、昭40・5・10／全集⑬

主人公後宮麗子は、すでに六十歳を超えているが、舞台では美しさの衰えない大女優である。麗子にはかつてその美貌ゆえに言い寄る男性も多かったが、舞台一筋で歩んできていた。三十数年前、ただ一人料亭出雲の息子で研究者だった出雲路正吾と恋愛関係になった。しかし、共に一歩が踏み出せないなか、同じ女優の梅乃に正吾を奪われていた。正吾は終戦直後に亡くなり、梅乃は息子夏彦と娘を育て、焼けた料亭出雲を建て直した。小説は、麗子の舞台が千秋楽を迎えた翌朝、お別れパーティを回想するところから始まる。その席で小野小町の一代記を麗子に演じさせてはという話が出、脚本を信楽高見に書いて貰ってはどうかという提案があった。信楽は国立大学の助教授であった三十年ほど前、麗子のために史劇を書き、麗子に熱中して恋文を出したことが明るみになり、戦争中に不謹慎だといわれ、北海道に左遷されていた。夏彦が信楽を知っていたことから、夏彦を介して信楽に小野小町の脚本を依頼することになる。信楽は劇作を引き受け、「小野小町についての私見」という論文を夏彦に渡す。この論文の著者は森成敦子となっているが、夏彦は信楽の変名ではないかと疑う。論文を麗子に講義するため夏彦は麗子の家にも出入りし、やがて肉体的関係を結ぶ。信楽は夏彦に供をさせ、日光の滝を巡る。滝めぐりによって劇の構想はできるが、信楽は足を滑らせて負傷する。信楽を病院に見舞った梅乃は、信楽の言葉から麗子と夏彦との関係を知り、麗子から夏彦を引き離すために、夏彦をアメリカに旅立たせる。信楽は退院したものの、心臓の不調を覚える。戯曲は書き続け、「小町変相」が完成する。また、麗子も体の変調に気づいていた。二度の出血をみた麗子は数年前に病んだ子宮癌の再発を疑い、札幌まで診察を受けに行く。治療をしなければ、最悪で一年の命と告げられるが、舞台を選ぶ決心をする。劇「小町変相」は好評を博し、その中日に近い日、信楽の死の報がもたらされる。それを聞いた麗子は、次に死ぬのは自分だと感じ、倒れるかもしれないと思いながら、舞台へと踏み出していく。

単行本では、初出に原稿四十枚が加筆された。それは、夏彦が麗子の所からの帰り、自分の状況を自覚する場面と、麗子が身体の変調を感じて札幌に行き、延命よりも舞台を選ぶ決心をするところである。共に、麗子・夏彦が自らの意志で進む方向を決めていくことを明確に示し、より完成されている。他に作中論文「小野小町についての私見」の筆者についての記述に加筆があり、単行本では、「まあ僕と妻の合作というほうが正しいだろうな。」となっている。この作中論文の著者を誰だと考えるかが、一つの問題点となる。須浪敏子は信楽の妻が書いたとする（『円地文子論』平10・9・20、おうふう）が、小林富久子は信楽が書いたものとし（『円地文子』平17・1・27、新典社）、筆者も麗子に読ませることが要求されていることから信楽だと考えている。作品全体について、佐伯彰一が『女面』『なまみこ物語』と並べ、「エロス的神秘主義の三幅対」と言い（「文芸」昭47・9）、磯田光一は「古典と現代との複合から」生まれた秀作で「広義の象徴小説」であるとしている（昭53・5、新潮文庫解説）。さらに佐伯は「小町像を重ね合せ、巫女的な原型を後景に浮かばせることによって、不思議な生動感をたたえた主人公の定着となった」とし、磯田は「麗子の〝生〟そのものが〝小町〟と一致しているようにさえみえる」と述べている。筆者も小町伝説が重ね合わされたことを評価したい（『円地文子の軌跡』平15・7、和泉書院）。須浪はジェンダーの立場から「男社会が決めた『芸術と実生活』の二律背反論や『永遠に女性なるもの』の美意識の紋切型にどっぷりと漬かっている」と厳しい目を向けている。ジェンダーの立場からの考察は今後進められるべきものである。

（野口裕子）

殺す（ころす）

小説／「婦人公論」昭30・10／『妖』文芸春秋新社、昭32・9・20／全集②

都心の書店に勤める最上清子は、医師の川北昭吾と同棲して一年以上、いずれ正式な結婚をと思ってはいるが、三十歳目前でもう若くないと実感もする。そんな折、昭吾の隠し事を知る。清子に黙って、新設病院への転職を決めていたのだ。そこの院長は才色兼備の女医二宮明子。昭吾との仲が疑われた。川開きの日、弟の修と見物していた清子は、昭吾と明子の睦まじい姿を川船の中に見かける。その二ヶ月ほど後、清子は駅のホームから転落して即死。昭吾との結婚の披露が目前だった。修は明子に手紙を書き、姉の死はあなたのせいだと詰るが、明子には理解できなかった。

主人公は都会の職業婦人、同棲相手は少壮の医師等、初出誌の読者を考慮した設定か。男の不実に悩んで破滅する、か弱い女を描き、末尾に手紙を配する点、同じ「婦人公論」掲載の「妻の書きおき」（昭32・3）と同工。危うい夫婦関係に翻弄される女のデッサンとして、他の円地作品との関係に興味がわく。

（鈴木雄史）

毀された鏡（こわされたかがみ）

小説／「小説新潮」昭29・12

志乃は、女学校時代の親友でありながら十四、五年前に絶交した北見恵子の死を知り、絶交の原因となった事件の顛末を回想する。恵子は志乃の仲介により彼女の夫である秦野要介の勤務先に就職したが、こともあろうに秦野から言い寄られる。婚期の遅れなどから志乃に対して複雑な心情を抱く恵子は憤り、秦野の破廉恥な態度を告発し、さらに秦野を排斥しようとする社内政争にも荷担する。そのため、志乃は妻としての矜持を傷つけられるが、愛娘の存在と、結婚して以来遠ざかっていた芸術活動への再起を胸に、離婚を決意する。

好色な夫に振り廻される妻という、円地文学に頻出するモチーフが用いられている。後にこれは、自伝三部作『朱を奪うもの』の第二部「傷ある翼」における宗像の不祥事へと変奏される。

「傷ある翼」第一回（「中央公論」昭35・1）の「後記」に、「後半の一部は「毀された鏡」という短篇で六、七年前扱った素材を再構成した」との記述がある。いかに再構成されたのか、「傷ある翼」との比較・検討が望まれる。（佐山美佳）

混血児（こんけつじ）

小説／「オール読物」昭36・1
敗戦直後の東京で、米兵相手の娼婦をしていた女性が、若くして自殺に至るまでの物語。原稿用紙三十枚弱の小編。焼け出された十八歳の品田梅子は娼婦となるが、売春婦を否定するメソジスト教徒の米兵と出会い結婚をし、米国に移住する。女の子を産み、ジュリーと名付け、幸福な結婚生活が続く。学歴のない夫は、娘に大学にまで行かせることを強く望むが、娘が三歳になった時、癌で死ぬ。遺産が多額に入った品子は、本国の母親と娘の将来のことを優先して帰国する。帰国した品子は、まわりが遺産目当てで近づいてくるという猜疑心を持ち、土地を買って、アパート経営と米国からの年金で独立した生計をたてる。品子は娘に、亡夫の願いであった高等教育を受けさせる。若い未亡人である品子に二人の男が近づいてくるが、拒否をする。品子の猜疑心は日ごとに募り、世を騒がせた小児誘拐殺害事件を知り、娘と財産に対する恐怖は一層増大する。そんな日の朝、娘と無理心中した品子の遺体が発見される。
単行本・全集ともに未収録の作品である。主題としては、戦後の問題、娘を思う母親、独り身を通す女の肉体の辛苦という三つが考えられる。この三つはそれぞれに追求はされているが、お互いの事象の関連性が希薄で、分散している感が否めない。最大の難点は、自殺の原因の不明瞭さである。結末部で、「ジュリーの生さて《ママ》ゆくさきにも不安が多すぎる……自分自身も生身の身体を男から保ってゆくことは苦しすぎる。」と記されているが、焦点が絞られていない。猜疑心と母親の問題に多く描写が費やされ、円地特有の女の肉体性を問題にした筆致は少ない。自殺の契機の一つとなった誘拐事件については「今年の春、小学生の男の子を誘拐して」という記述から、昭和三十五年の「雅樹ちゃん誘拐殺人事件」を指していると考えてよい。社会情勢に対する円地の敏感さが作品動機の一つになっている。冒頭部での、母親が「戦争前の生活のよかったことを念仏のように称えつづけている。」という描写は、戦後すべてが良くなったという通念に対して、一石を投ずる考え方を円地なりに示している点で、興味深い。（須藤宏明）

混色の花束（こんしょくのはなたば）

小説／『新女苑』昭31・1／『霧の中の花火』村山書店、昭32・3・29

英文科の学生である関本葵は、年の瀬に銀座のMデパートで偶然同級生の青木信介に出会う。贈答品売り場でアルバイトをしている青木は、盲腸で妹が入院した同級生の鶴井の代理で、アルバイトを引き受けた事情を話す。鶴井の窮状に同情する青木の態度に、葵は「鶴井の妹の須賀子を感激させやうとしてゐるのではないか」と感じ、嫉妬心が「蜘蛛の巣のやうに心に細く粘り」つくのを意識する。「鶴井の妹に、青木が惹かれてゐるのではないか」という疑いから須賀子を見舞いにいくことに罪悪感を覚えながらも、葵は翌日病院を訪れる。須賀子の担当医から話を聞くことで疑いは晴れ、クリスマスのダンスパーティーで葵は青木に自身の「嫉妬」を打ち明ける。

葵の意識した「同性に対ふ時の芯の凍るやうな冷たさ」を細やかに描写した短編小説。見舞いに持っていった「いろんな色の混つた花」は複雑な色を帯びる葵の心情の象徴でもあろう。

（小泉京美）

婚費稼ぎ（こんぴかせぎ）

小説／『太陽に向いて―向日葵のように』東方社、昭32・1・1

更科恍一と潮田三輪子は、S大の同級生で、互いのことを思いつつも、明るく気楽に語り合う関係であった。会社の重役である三輪子の父は、幾人もの妾を持ち、外に子供を産ませていた。恍一の母生代は、若い頃、著名な日本画家田中青湖と関係を結ばされ、彼との間に出来た子供が恍一であった。恍一は、青湖が死に瀕して自分に一目会いたいと言っていることを知り、一度は断ろうと考えた。しかし、三輪子から、青湖に会えば遺産の一部を得ることができると諭され、自分と三輪子との結婚資金稼ぎのアルバイトとして青湖に会うことにする。

この小説は、女癖の悪い男たちの下に産み落とされた男女を主人公に据えながら、彼らに同情的な視線を向けるのでなく、したたかに、逞しく生きる彼らの力強さを強調している。恍一と三輪子をそのように描くことで、男たちの性倫理が皮肉られ、作者の痛烈な批判精神を表すことに成功した小説である。

（高木伸幸）

さ

しすせそ

再会（さいかい）

小説／「小説現代」昭38・8／『ほくろの女』東方社、昭42・3・1

稲垣守之助は初老の劇評家である。妻の芳江は、夫の放蕩で苦しい生活を子供二人を抱えながら支えてきた。六月末のある日、守之助は若藤流の舞踊大会に招かれ、そこで一人の女と娘に眼を留める。女は守之助の元恋人とき子で、娘はその晩「累」を演じる富代であった。日華事変の頃、向島の芸者だったとき子は守之助の子を妊娠し、堕胎を勧められて北海道へ去った。その時の子が富代だと告げられた守之助は、有為転変の世を生きてきたとき子の後ろ姿を清々しい気持ちで見送り、家にいる妻芳江の姿をふと思い出す。大舞台に臨む富代の後ろ盾が婚約者だと聞いた守之助は、「とき子の長い人生に蔽い冠さっていた暗い影が今、梅雨晴れの空の晴れわたって行くように」感じる。

戦前から戦後にまたがり、男に忍従しつつ対照的に生きた二人の女性と、次世代の新しい女性の姿を、歌舞伎座の廊下での一瞬の再会のうちに鮮やかに描き出した好短篇。（戸塚　学）

才女物語（さいじょものがたり）

小説／「オール読物」昭36・7／『小さい乳房』河出書房新社、昭37・12・15

下平勘兵衛は幼少から利発で、若くして出世した中級武士だった。妹のさとも才女であったが、手代との色恋が発覚、御殿奉公に出された。里路の名で勤め、和漢の学に通じる才女の評判は御殿中に知れ渡った。妹を褒められた勘兵衛はうれしくもあり、同時に手代風情に操を許した女心に吐息をついた。

さとが御殿から戻った年の春、勘兵衛は日光参詣の一行に加わる栄誉を得た。陽明門の際で参詣の供待ちをした勘兵衛の目に、豪華絢爛な社殿が眩く映った。留守の屋敷では、仲間の宇兵衛が若党の土屋孫六と喧嘩をし、死なせる騒動が起こっていた。さとは二人と情事を結んでいた。この事件により勘兵衛は閉門、役職も召し上げられた。さとは髪を断ち尼寺に入った。勘兵衛の後妻に娘が生まれたと聞くと、「女は魔性になるから恐しい」と舌打ちした。祖母から聞いた物語ではあるが、学問に通じ、家事を取り仕切る才女さとには、祖母自身の姿も重ねられる。（石川浩平）

彩霧（さいむ）

小説／「新潮」昭50・1〜51・7／『彩霧』新潮社、昭51・9・30／全集⑬

「軽井沢」という題で「新潮」に連載されたが、上梓に当たって『彩霧』に改題された。「彩霧」は、六十九歳の作家堤紗乃が、軽井沢の別荘で、熊野の神官の家の女子一人に相伝された秘密の「賀茂斎院絵詞」の絵巻を、その継承者たる川原悠紀子から譲り受け、悠紀子は亡くなり、その邸も焼かれてしまうが、斎院に乗り移られそうになったところで、紗乃自ら、絵巻を焼いてしまうという話である。紗乃の秘書の山川克子、義理の甥の津田康夫、また川原悠紀子に仕える刈屋という男、その他にも数名の男女を登場させ、入り組んだ仕掛けで展開していく。その「賀茂斎院絵詞」の絵巻は、斎院と舎人との秘戯画が中心で、詞書が付いており、潔斎の場で失神した裸形の斎院に、舎人が必死に「男のいのちをそゝぎいれ」ることで蘇り、それ以降も、清めの時に仮死状態になる斎院を蘇生させる交合が続いた。その男女性交の描写を、リアルに描いてあるという、興を惹く設定となっている。そして、この構図は、悠紀子の従兄に当たる菅根老人の話、即ち、悠紀子が十二、三歳のときに、稲妻の青い光の中に裸身のまま立つ悠紀子の腰を抱きしめたという、絵巻の中の図柄との奇妙な一致にまで及ぶ。

こうして、〝斎院なるもの〟の相伝に、作品の主題があると言えるが、本編のような「巫女的なもの」の系譜として「妖」「二世の縁拾遺」「女面」「なまみこ物語」「遊魂」などがあり、この「彩霧」がその集大成とも見られよう。「彩霧」の中で、紗乃をして「巫女」は中国の「原妣、原母」の示す観念であって、「生命の根源」であり、「所詮男の勝つことの出来ないものではないか」という感想をいだかせる。この部分を引いて、竹盛天雄は「物語をかく女として宿命を生きてきた円地は、最後までその場所にありつづけながら、『巫女的なもの』の意味を問い、育て、ここまで深めてきたといえるだろう。」（「円地文子・人と作品」、『昭和文学全集』第12巻、昭62・10・1）と言う。かつて、「巫女」について「女面」で、円地は「一体巫女というものは霊媒的な存在から転じて売春婦でもあるのが普通で」あり、「神憑《かみがか》りの状態そのものが、官能を極限まで働かせる肉体的なもの」だから、「智的な労働が性欲を減退させるのとは反対に巫女の肉体は性それ自身に感じられるほどになる」と伊吹をして言わせているが、その意味では、「巫女なるもの」も進化したと見ることができよう。しかし、「巫女」が仮に中国の「原妣、原母」の観念や「生命の根源」と見なされるとしても、「彩霧」は、そこまで描いてはいないのではないか。「彩霧」は〝斎院なるもの〟の内的な相伝が主題といえるが、「巫女」そのものの作品を通しての格別な探求はなされていないと言うべきだろう。竹西寛子が言うように、作品の価値としては、「日本の文学は、斎宮と貴族の情事を『伊勢物語』の狩の使の段に」描いたが、「一千年を隔てたいま、「彩霧」によって、斎院は新たな文学的生命を吹き込まれた」(「解説」『新潮現代文学19』昭54・12・15)というところにあろう。

この〝物語性〟を抜きに「彩霧」を語ることはできまい。ところで、倉田容子は、〈ジェンダー〉と〈エイジング〉と〈身体〉をキーワードに「彩霧」を分析する(「一九七〇年代〈老いゆく身体〉―円地文子『彩霧』論」、「FIGENSジャーナル2」平4・9)。「彩霧」が「女性のエイジング体験そのものの不可視性と無関係ではない」という観点はよい。しかし、その「不可視性」を「解体」するというが、そのポストモダン的な解体作業に違和を覚える。つまり、〈女〉と〈老い〉というテーマを〈ジェンダー〉と〈エイジング〉というカテゴリーとして捉えるとき、物語性は瀕死の状態に置かれよう。やはり「彩霧」は、斎院を現代に蘇らせ、「斎院なるもの」の内的な相伝を扱った〝物語〟として読むことが中心でなくてはなるまい。まさに「現代の物語」は小説なのである。

(茅野信二)

サファイアの指輪(さふぁいあのゆびわ)

小説／「マドモアゼル」昭38・9／『ほくろの女』東方社、昭42・3・1

西門勇三には、二十数年来の愛人和子と娘清江がいる。常に「遠慮深」い「蔭の女」を貫いた和子は、癌を患い、余命幾許もない。勇三はそれを、「催促されない負債」と感じ、彼女の生前に、全ての秘密を公表しようと決意する。彼は清江に、誕生石のサファイアの指輪を贈る。喜ぶ母娘を見た彼は、「人生の幸福とはこうしたつつましい欲の少ない女たちの間に憩うている蝶のよう」だと感じるが、和子の病を思うと、それも「蝶の生命のようにはかなく」映った。その後、彼等は箱根へ行き、そこで清江は、彼女を恋する良家の男性、松島に遭遇し、プロポーズを受ける。

草月流の師である和子が、久々に勇三が来る日、「紫露草の花」を生ける行為は、花言葉〝淋しい思い出〟を想起させる。「星型」が滲む良質なサファイアの光は、清江に訪れた「恋の光」のようだ。作品の最後、清江と松島が父母の方を見た時、急な霧でその姿が消えた事は、陰の母と光の娘を表しているように思われる。

(井上二葉)

三角謎（さんかくなぞ）

戯曲／「新潮」昭4・2／『惜春』岩波書店、昭10・4・5／全集①

ある私立内科病院の院長である辻は、美貌の紳士で色男。四年前に逃げられた照子が辻のもとを訪ねてくる。かつての非礼を詫びる照子だったが、後日、芝居の幕あいに若い銀行員の山瀬と一緒にいるところを見かけ、結婚したことを知る。照子が辻を訪れたのは結婚前夜のことであった。芝居「世紀末の女」――男に弄ばれたが、結末はわかっていてもその男と居ることが幸福であったという姉と、恋より相応の男のもとで安定した生活の方が悧巧と姉を非難する妹が言い争い、狂人はどちらかを決めようと賽を投げると津波が起きる。結局残ったのは嬰児だけであった。――の閉幕後、照子は夫の外套の襟を直しながら辻の後影を見る。

本作には「クロスワード・パズルという遊びの流行った頃に」と副題が付されている。クロスワードの縦と横のキーによって織りなす人間関係の中心にいたのは、辻ではなくむしろ照子であり、さらに照子自身の葛藤そのものでもある。芝居中の姉妹は共に照子を暗示するものとしたい旨が明記され、姉は辻のもとを再訪した照子であり、妹は山瀬と結婚した照子の投影である。これらの縦と横の糸の構図は、晩年の「菊慈童」における複雑な人間模様へと発展するものであろう。

（竹内直人）

さんじょうばっから

小説／「群像」昭38・5／『仮面世界』講談社、昭39・2・20／全集④

妻子ある青島との情事のもつれから東京を逃げ出し冬枯れの高原に滞在している私は、近く青島が現代語に訳して出版する筈の近松浄瑠璃集の「心中天の網島」の下訳を受持っている。私は近松の心中物に魅せられ、娼婦と商人との制約の多い恋をいつしか自分と青島の上に置きかえて、やるせなさに身を焦がすことも度々であった。滞在先の家主与一は毎夜のように女のところへ出かけて行き、それに伴って妻のきわが私の部屋にやって来て内輪話をするようになった。与一の情婦は、亭主持ちの花屋の主婦で、今までに三人もの男の財産を絞り取っている悪い女だそうだ。それにしても、恋愛とか情事とか呼ばれるものの本質は一体何であろう、私は自問自答する。近松のような天才作家の手によりあでやかに描かれているが、現実の治兵衛やおさんも、案外与一や妻のきわなどに似た顔をしていたかもしれない。いや私自身も青島夫妻との三角関係の一辺としてやっぱり近松の浄瑠璃とも与一夫婦とも無縁ではありえないのだ。与一が切れたはずの女と一緒に自転車に相乗りして仄暗い夕闇の中へ走り去っていく。それを目撃した同じ青島の教え子である同級生の辻井と私は、思わず『天の網島』のはじめに出てくる意味不明の色町の流行歌を口ずさんでいた。「さんじょうばっからふんごろのっころ、ちょっころふんごろ……」

「心中天の網島」の下訳を中に取り込みながら、心中により浄化されていく「天の網島」と対比させて、現実問題としての浄化されることのない二組の恋愛沙汰を語ることにより、近松浄瑠璃という古典の魅力を浮かび上がらせている。

（市原礼子）

三世相（さんせそう）

小説／「むらさき」昭13・1

幼なじみの小鶴と千吉は相愛の仲だったが、二人の姉を難産で亡くした小鶴は生涯未婚を決意し、大名堀家に御殿奉公に上る。小鶴は千吉と共に習った常磐津「三世相」の稽古本に紅をつけて千吉に渡し、二人は結ばれずとも変わらぬ愛を誓った。しかし三年後、千吉が結婚したことを知った小鶴は、うらぎられた思いから自らも堀家の主君の愛妾となり男子を産む。正室に子がなかった堀家の家督を小鶴の息子が取る頃には時代は明治に変わり、堀家は爵位を与えられた。小鶴は根岸の下屋敷で穏やかな老の日を過ごしていた。ある日千吉の息子桂次郎がかつて千吉に渡した「三世相」の稽古本を持って訪れる。そして千吉の不幸な生涯と小鶴への変わらぬ愛を遺言として伝えた。桂次郎の語る「三世相」を聞きながら、小鶴はふと自らの死を思うのだった。

初恋に破れながらも幸せな人生を送ったはずの女の胸をうつ冷やかなものが、後年の円地文学へとつながるテーマであると思われる。

（川上純子）

散文恋愛（さんぶんれんあい）

小説／「人民文庫」昭11・8／『風の如き言葉』竹村書房、昭14・2・20／全集①

「寒流」等とならぶ、戯曲から小説へと転じた最初期の作品である。鴇子は社会的に一定の評価を受けた歌手である。夫礼二は鴇子を「フランス音楽の歌曲を歌いこなせる歌手」に引き上げるため尽力したが、本人には生活力が無く、父の死後は鴇子の出演料を生活の糧にするばかりか、博打や女遊びにうつつを抜かす有様である。それゆえ鴇子は生活苦を背負い、自分の芸術がすさんでいくことに苦悩していた。そんな時、結婚以前一度だけ関係を結んだ曽根と再会する。曽根は音楽学校時代の教師であったが、プロレタリア運動に参加し、放校処分、逮捕を経て、後に転向した。作品はこの曽根と鴇子との「恋愛」を軸に展開する。恋愛という語については作中で初期フェミニストであるアレクサンドル・コロンタイの「プロレタリア恋愛観」をあげ、個人の情熱であると同時に、きわめて社会的な概念として用いられている。女流芸術家の苦悩、プロレタリア運動に対する両義的な感覚、現実および「男性」という障壁といった、初期の円地が直面していたモチーフが全て盛り込まれ、それが鴇子視点、曽根視点、鴇子の日記・書簡といった重層する表現を通して描かれる意欲作であり、円地を論じる場合には避けて通ることのできない作品である。

この作品に対しては、平林たい子の「西欧的な意味でその名に値する高さの恋愛というものが若い女性作家の手ではじめて描き出された」という絶賛の他、丹羽文雄の「ひとに知られない内にがっちり根を張ってしまう作家」という好意的な評価、また高見順は当時はさほど注目しなかったものの、「女坂」発表後再度注目すべき作品としてあげている。（大野隆之）

シカゴのひと（しかごのひと）

小説／「群像」昭33・10／『欧米の旅』筑摩書房、昭34・11・15／全集⑮

旅先でアメリカ人に出会うたび、「私」はイギリスの作家グレアム・グリーンの小説『静かなアメリカ人』（昭30）を思い起こす。そしてシカゴで出会った弁護士ゲーンと共に、アメリカの夫婦関係について語り合う。一見、理想的と感じられる対等な男女関係だが、「私」には様々な問題点が感じられるのだった。『静かなアメリカ人』ではアメリカの政治的・国際的姿勢に対する批判が展開されていたが、それに通じる見方でアメリカ流夫婦関係の矛盾を指摘している。一連のアメリカ紀行文と同じように感じられる作品だが、末尾に「フィクションに拠る」とあるとおり、ゲーンは実在の人物ではない。『静かなアメリカ人』のファウラーに重ねて創作されたのであろう。当時、田中西二郎訳、邦題『おとなしいアメリカ人』（昭31・6、早川書房）が出版されていたが、映画『静かなアメリカ人』（昭33）が公開され、話題となっていたので、こちらの題名を用いたのであろう。（阿部孝子）

四季の記憶（しきのきおく）

随筆集／『四季の記憶』文芸春秋新社、昭53・10・25

随筆集と銘打たれた単行本『四季の記憶』は五つの章から構成されている。Ⅰが「冬の記憶」、Ⅱが「古き仏たち」や「源氏物語の舞台を訪ねて」など古の世界に対するエッセー、Ⅲが「芝居のセリフ」や「咲きさかるわが玉三郎」を含む芝居や戯曲に関するもの、Ⅳが「正宗白鳥」、「戦争中の平林たい子」など文壇の人物を中心にしてまとめられたエッセー、Ⅴは「和服と洋服」など身辺や季節感を綴ったものが集められている。Ⅳの人物評のところを読むと、おのずと円地自身の歩いて来た文学的道程をたどることができるのだが、一個のまとまった流れを作り出しているのは、やはり冒頭におかれた「冬の記憶」（昭52・6・23）である。これは「読売新聞」に二十回という連載枠で依頼されたものだが、『四季の記憶』に収められた（『自伝抄』昭52・12、読売新聞社）や他の文章がみな断片であるのに対し、「冬の記憶」は四十四ページあり、区切りのない長めの読み物となっている。内容は、父の母への愛情、軽井沢での終戦、昭和二十一年の子宮癌手術、平林たい子の見舞い、生活のために少女小説を書き飛ばしたこと、母との同居と「女坂」のモチーフ、女の人による国文学研究会「あかね会」の設立、宮本百合子・林芙美子・平林たい子の昭和二十三年頃の活躍の様子、宮本・林の昭和二十六年の相次ぐ死、「小説新潮」への執筆、「ひもじい月日」の高評価、母の死、谷崎・犀星作品の戯曲化、平林たい子との欧米旅行におけるトラブルなどである。基調にあるのは、母との付き合いであろう。亡くなった時の喪失感の大きさが〈駄々っ子のように声をあげて泣きつづけた〉と描かれている。「女坂」は、母と同じ寝室での語らいの場から生まれ、その母が最初の愛読者であったことが語られている。（山口政幸）

四季の夢（しきのゆめ）

小説／「主婦と生活」昭41・1～42・3／『四季の夢』作品社、昭55・8・30

日本橋横山町の京呉服の卸問屋千島屋を、二十人ほどの店員を使って切り盛りしているのは、姑の磯子と嫁の祥子である。祥子は、小二の朝子と年長組の克巳の母であるが、素顔の清潔な美しさには三十一、二歳に見えない若さがある。また、店員の小柴正吾の運転で出張販売を始めるなど、商売熱心で顧客の信頼も厚い。夫の仙三郎は、競馬にマージャンにと遊び歩いて店も家庭も顧みない。少年店員として住み込んで夜間高校を出た正吾は、頭も切れて誠実な二十六歳の美青年に成長し、縁談話もあるが祥子への思慕を心に秘めている。京都・丹後への仕入れの旅への同伴を機に、祥子と正吾の関係が進展、磯子や子供たちへの後ろめたさを共有しながら、遂にはホテルで月に一度の密会を重ねるようになる。一方、妊娠中の妹優子が、夫で心理学者の菅谷と末妹志賀子の関係に苦しんでいるのを見かねた祥子は、監視のために志賀子を千島屋に同居させる。仙三郎が同業仲間の視察団の一員としてヨーロッパ・アメリカに出掛けた留守中、祥子は、正吾との密会を種に、京橋の宝石店店主の五十男小橋に色と欲とで脅される。その窮地を救ったのは、菅谷とのことを反省し、男児を出産した優子と和解していた志賀子であった。恋人で新聞記者の相馬の協力を仰いでやくざの関与を匂わせる芝居を打ち、小橋に手を引かせたのである。しかし、祥子は、正吾との恋愛を磯子にも悟られていて再び窮地に立つ。そんなとき、仙三郎の死を知らせる国際電報が届く。戦争花嫁として渡米していた女性に同情し、その夫に殺害されたのであった。悲嘆にくれる磯子、開放感と罪障感に揺れ動く祥子と正吾。三十五日が過ぎたころ、かの女性が訪れて仙三郎のやさしさを伝え、朝子のピアノ発表会用に買っていたドレスを遺品として届ける。三月の末、志賀子と相馬の結婚式が挙げられた。

題名の由来は、祥子と正吾が、秋の陽の明るい光線の道路を有力な顧客の花島家に自動車を飛ばす冒頭場面から、季節の移ろいと共に進展する二人の真剣な恋愛関係そのもの、あるいは二人の結婚、であろうか。桜の満開の京都や丹後、夏の軽井沢など京呉服の絵柄にも通ずる季節感を背景に、美青年と美しい三姉妹が織りなすロマンスとも見えるが、仙三郎・菅谷の軽薄さ、小橋の欲呆けぶりなど、男性の人物設定はこの作者らしく辛辣である。雑誌連載後十数年「そのままになっていた」と単行本の「あとがき」で述べているが、その原因は、美しい人妻と美青年の恋愛が類型的であることや、卑劣な悪役の登場および夫の殺害事件の唐突さなどに漂う通俗性だと思われる。しかし、不倫という形にとらわれず、夫に対しては罪の意識を感じないと言い切る祥子は、この時代の新しい女に違いない。他方、祥子に対して、「趣味恋愛」の正当性をうそぶく志賀子は、アプレガールの洗礼を受けた世代であり、彼女が誠実な男との恋愛によって無軌道な過去を反省する経緯には、流行の新しい女への批判がうかがえる。なお、アメリカで不幸な生活を送る戦争花嫁の挿話は、「結びつきには戦争の余燼の巻き立てる特殊な環境があったに違いない」（『欧米の旅』）という「戦争花嫁」への関心の継続であろう。（安田義明）

鹿島綺譚（ししじまきたん）

小説／「文芸春秋」昭38・1〜8／『鹿島綺譚』文芸春秋新社、昭38・12・1／全集⑨

女子大学生の伏見英子と男二人の学徒が、鶴が降り立つという比留万を訪れ、広州正武という精神薄弱の鹿守りの青年を知る。正武はその昔、藩主の命で密貿易を行っていた広州一族の末裔で、広州一族には代々近親相姦の遺伝があるという。これを聞いた二人の学徒の間に広州一族の資料と、英子を廻る争いが起き、英子は二人の学徒両方と肉体関係を持つようになる。英子は正武の母・由香から「よか旦那様に添われ」るお守りとして鶴の羽を貰っていた。しかし二人の学徒のうち、一人は半身不随となり、一人は当分学界において屏息せざるを得なくなる。鶴の声に導かれるかのように再び英子が比留万を訪れると、正武は神の信託を伝える者として比留万の人々の信仰の対象となっていた。英子は正武の花嫁候補として迎えられ、正武の子を妊るが、以前から正武と関係のあった海女のてる子によって殺される。

作品の主題は近親相姦である。円地は、近親姦はナルシシズムに起因するのではなく、一種の選民意識によるものだという考えに基づいてこの作品を展開している。これは正武の母・由香の巫女的な力の展開と対になって、互いの説得力を増している。正武の能力の発覚によって由香は選民意識に確固たる自信を持ち、巫女的な能力を開花させ、また、巫女的な能力を開花させたことによって由香の内部にある選民意識が顕著になる。由香に表現されている巫女的な能力は、神託という霊的なものを利用して発揮される政治力である。瀬戸の渦潮の前で行をする姿の凄みや、英子の死、てる子の殺人行為を気に留めぬ冷酷さ、結末で示唆された新たな近親姦に対する静かな決意によって、由香の巫女性が組み立てられていく。物語の前半では二人の男の間の学界における権力争いと、英子をめぐる三角関係が描かれている。英子は結果的に三人の男の間を水母のように彷徨うことになるが、彼女が男性を選択しようとする時に核としているのは、愛情の大きさではなく、自分を生かすという考えである。英子の定まらない水母のような生き方は、女性の社会進出が進んだことで新たに浮上した問題を象徴している。選択肢は広がりをみせたが女性の社会における力は依然として弱いという状況からくる、行く先が定まらない漠然とした不安が描かれている。

表現で特筆すべきであるのは、英子が一糸も纏わない姿で海を泳いでいるところを、てる子が殺害する場面である。ここで円地は女体の秘所を流麗な文章でつづっている。この表現には、英子殺害に至るてる子の心情の流れを自然に納得させるためのほかに、別の目的があったと考えられる。一つは円地の、女性によって女性の肉体を美しく描くという新しい試みによって男性作家の目を剝かせてやろうという、他の男性作家に対する自己顕示欲の表れだと考えられる。もう一つは、女性が虐待される様子に自身を投影して嗜虐性の官能を味わう〈同性愛者でなくとも、同性の肉体に性的な興奮を得る〉という一現象を表現している。てる子によって海底に繋ぎ止められた英子の身体が水に揺らいで、翼を張って空を舞っている鶴のように見えたという表現は、それまでの鶴の伏線を見事に集約しており、結局のところ作者が一番描きたかったのはこの部分ではなかったかと思われる。

（細川知香）

猪の風呂（ししのふろ）

小説／「小説中央公論」昭36・10／『雪折れ』中央公論社、昭37・11・20／全集③

磯崎佳子が新興華道桃美流の家元桃華としてアメリカにまで出張教授に出掛け、東京に立派な稽古場を持ち、雑誌にも出すようになったという一種の成功譚だが、その経過が現実離れしている。海軍の軍医だった夫の戦死で、佳子は幼い一人息子と共に、医者の伯父が住む奥伊豆に疎開したが、戦後、生活のために、不自然として嫌っていた生け花を近所の娘達に教える。近くに出来た駐留軍のキャンプで働くメイドたちがまずやってくると、それに釣られて次第に農家の娘たちも来るようになった。彼女たちのおしゃべりを通して、階級打破の革命論を吹聴する共産党の友二の祖母が狐憑きだという矛盾が笑い話の種になる。行者が現れ、友二には祟りがある、彼を外国に出稼ぎに出せばこの家は富裕になると託宣した後、不吉な事が重なってこの家は崩壊する。山へ生花用の枝を採りに行って危うくおかしな水溜りに落ちそうになった佳子の前に行者が現れ、それは虫除け用の「猪の風呂」だと言い、あなたの人相は男運はないが華道で運が開けると告げる。ばからしく思ったがその通りになった。話としては面白いが主題が判然としない。

（渡邊澄子）

地震今昔話し（じしんこんじゃくばなし）

小説／「文芸春秋」昭54・2／『砧』文芸春秋新社、昭55・4・10

随筆風短編小説といって良いだろう。祖母の話では、地震そのものの恐さよりも、余震で家に入れなく竹藪の中に畳を敷いて寝ていた時、ある夜「ふっと眼をさますと、行燈の紙に何やら異形のものの影が映って」いた怖さを語っている。江戸末期、安政二年の事である。「私」は、大正十二年に関東大震災を経験しているが、家が上野不忍池の辺りで安全であった。「母はいっこう慌てず」「お蔭で子供の私たちも」動揺しないですんだようだ。結びに、過ぎた事は仮現で、生ぐさい自己だけが残るとあるが、十二分に首肯ける。


地震というアクテュアルなものを通して、「私」の体験と、祖母の話で記憶に残っているものが語られるのだが、そこには、おそらく浮び上がってくるだろう無数の記憶の断片に対して取捨選択が窺え、それによって「私」が客観視され、情緒に流れないお話となっている。

（取井　一）

下町の女（したまちのおんな）

小説／「小説新潮」昭37・6／『雪折れ』中央公論社、昭37・11・20

私がまだ幼い頃、梅が仲働きとして家にやってくる。梅は早くに両親を亡くしていたが、社交的で、情けに深く芯の強い下町の女であった。私の家に馴染む梅だったが、数年して吉原で貸席屋を営む家に嫁ぐ。私の家の者も祝福した結婚だったが、舅・姑に邪険にされ、夫真之助と共に家を出て佃煮屋を始める。甲斐々々しく働く梅の若女房ぶりが評判になって繁盛し始めた矢先、火事を出して店を失ってしまう。それでもめげず苦労を重ね、新しく出した店も何とか軌道に乗る。二人の子供もでき、親子四人で幸福な梅であったが、関東大震災で焼け出されてしまう。家族皆無事で店も建て直すことができたが、それから一年余りで肺を病み、梅は四十にならずに世を去るのだった。

　抑制の利いた筆致が、短篇ながら梅という登場人物の半生を奥行き深く描きだした作品。良妻賢母主義的な女性観を、古き良き下町の女としての梅にノスタルジックに投影した点は評価が分かれる。（石橋紀俊）

紙魚のゆめ（しみのゆめ）

小説／「小説新潮」昭28・8／『ひもじい月日』中央公論社、昭29・12・10

　一人娘初子の結婚式を終えた三千代は、「長い間娘に向って仮面を冠り通して来た緊張から解放されたあとの虚脱状態」を脱したあと、「何年か何十年かさきに自分の死んだあとで」読まれることを願い、娘に手紙を書き始める。

　東京のS専門学校で古典の教員だった稲沼喜一と出会い、のちに夫婦となったこと。結婚前は理想化していた稲沼が、学界に対する敵意ばかりを口にするような男であり、また、非常に吝嗇であったこと。鎌倉時代の作品「花のみや物語」の校本作業を手伝う過程で、自分を「写本の中に住む紙を食う小さい白い蛆」（紙魚）のように感じたこと。稲沼を師と仰ぐ片桐という青年と出会い、次第にお互いがひかれあってゆくこと。作業が進むにつれ、稲沼と片桐の間で見解の相違が生じて次第に争うようになるが、どうやらそこには稲沼の不正があるように思えること。稲沼の留守に尋ねて来た片桐から、学問の世界への夢を「根こそぎ失くし」たことと、稲沼の不正をただすのはやめて「紙魚の棲家を出て」国へ帰る決意を聞かされ、接吻を交わし、別れたこと。その翌年、信州に帰った片桐が事故で生命を落とし、稲沼も「花のみや物語」定本の出版を前に肺炎であっけなく死んだこと、などが綴られてゆく。三人称で淡々と語られる中で、父と同じ学者を相手に選んだ娘の結婚に反対した三千代の心情が浮かび上がり、三千代が片桐と「紙魚の棲家でゆめみた乾燥した清澄な世界」を失った哀しさが、読む者に迫ってくる。

　「文字とは何であろうか。（略）人間は真理と共にいかに多くの嘘を文字に書き残し、文字によって人を殺したり傷つけたりしながらいかに執念深く自己を主張しつづけて来たことか。文字はおそろしい。」これは手記には書かれない三千代の独白部分であるが、作者が顔をのぞかせているような、非常に印象深い言葉である。（坂井明彦）

社会記事（しゃかいきじ）

小説／「日暦」昭11・1／『風の如き言葉』竹村書房、昭14・2・20／全集①

水木慎蔵と珠枝は再婚同士で、六人の子供がいる。長男・長女は慎蔵の先妻の子である。子供たちは吝嗇で我執が強く激しやすい父親を嫌っている。珠枝は上の二人とも上手く生活している。慎蔵は言語学の権威で最後の台湾の大学を退職後、翻訳などで生計を立てている。台湾の大学勤務時代の不徳がもとで、事件が起きる。この時、珠枝は台湾への同行を拒み、生家の主従筋にあたる家の出戻りの、お信を世話係として行かせる。珠枝の内心は、慎蔵がいかがわしい女と関わるの恐れたからである。お信はお手伝い兼妾として、慎蔵にこき使われる。退職の一年前、二人の間に男子誕生。珠枝は養育費を送るという約束をし、お信をまるめ込み、二、三回送った後、ほってあった。これに目をつけた、お信の縁者の弁護士の高坂が、お信と生家の者をそそのかし、慎蔵夫妻に養育費・慰謝料など五千円を要求。実行しなければ告訴し、新聞にも情報を流すと脅してくる。珠枝は、慎蔵の性格を考え、自分が全て解決しようと動く。だが、手練手管を使って五百円で解決したつもりが、高坂弁護士を怒らせ、裁判沙汰になり、新聞にも載ってしまう。その結果、珠枝は子供たちからも非難され、支配していた家庭での居場所を失う。泣き崩れる珠枝を見て、慎蔵は幸福を感じる。

初出時は注目されなかった。昭和四十年五月「円地文子文庫」講談社・第二巻の解説に於いて、平野謙は、収録された初期短編小説六編について、次のように述べている。「今日の円熟した作者の筆勢からはほとんど想像できぬ様な生硬な作風が目につく。（中略）作者は前近代的な頽唐趣味を近代的なものにアウフヘーベンする手がかりをつかんだ、といえよう。」また、円地は「近松の心中物などの素材も、当時の社会記事であったろう」と述べていることから、小説作法を近松から学んでもいいよう。　（土倉ヒロ子）

写真の女（しゃしんのおんな）

小説／「別冊小説新潮」昭31・4／『霧の中の花火』村山書店、昭32・3・29／全集②

社長の巽正策が亡くなったが、会社も家族もそう萎んでいなかった。戦後に切り替えた輸出向きの商売が忙しいのも一つの理由だが、会社は正策ではなく、長男の達行がきりまわしていたからだ。正策には、何人も女があり、妻のいそ子は苦しめられてきた。正策が亡くなる前に、病床の様子を尋ねる女性からの電話があり、達行の末の妹の美香は、達行の嫁国子に、父の隠れ愛人ではないか、と話す。常々国子は達行に「私、お母さまの堕ちたような地獄ではとても生きていられないわ」と、達行の中にながれる正策の血を気にしていた。初七日の法事の後、会計顧問をしている長橋が、達行を呼び出し、正策の遺品の女たちの写真を見せた。その写真のなかに正体の知れないものがあり、女と映る子供が自分の幼顔に似ているのを見て、達行はぎょっとする。達行は「心の中で始終爪はじきしていた父親の女関係に母や自分達の知らない部分が隠されていることに気づ」くのだった。国子は、写真の女が美しいのに「写真の人との恋愛はあなたやお母さまをたしかにだしぬいているわ」と写真の女の美しさに心を奪われ、正策の死の間際に電話をかけてきた女ではないかと考える。達行は女よりも他に弟がいるかもしれない可能性が気になると、国子に話す。突然、国子は写真が誰なのかを確かめると言い出し、写真部に行くが、主人の記憶は曖昧で結局分からなかった。達行と国子の間には女の子が二人いるが、のちにその弟と娘の蓮子や幹子が恋愛や結婚をしたりすることがあるのではと、国子は心配する。国子は壁にかけた正策の写真を見上げて溜息をつき、達行はその温厚な紳士の顔に、写真の女の姿を感じるのだった。

　たった一枚の写真が、持ち主の死後も家族を苦しめていくことは、家族に愛されなかった正策の復讐のようではある。しかし、達行にとっては父を見なおす機会ともなりえており、写真は、それぞれの立場によってそれぞれの物語を生成するありかたを映し出している。

（高根沢紀子）

上海の敵（しゃんはいのかたき）

小説／「別冊小説新潮」昭27・9

　女流作家の北上圭子は、ゲストとして呼ばれたラジオのクイズ番組の収録スタジオで、出演者の中にいた元新聞記者の高木から「十年以上前の上海にいた北上兵吉というバカの奥さんが今日のお客さんです。」とスタジオ内の聴衆の前で言い立てられてしまう。上海在住当時、役人だった兵吉が高木に不愉快なことをしたことの意趣返しのつもりらしかった。不礼な高木を怒れないのは、圭子たち夫婦は子どもが小児麻痺のために別れていないだけで、今や同居離婚状態のせいであった。とはいえ、時の流れの中で、もはや愛情などではない哀感を、今は神経痛を患い跛行する夫に対して感じているともいえようか。男女の関係に、恋情だけでは説明のつかない感情をいつしかはぐくみもする、長い結婚生活の中で培われた、息の合わせ方というものの不可思議さが読み取れる。

（野寄美佳子）

しゅん

小説／「小説新潮」昭37・10／『雪折れ』中央公論社、37・11・20／全集④

　二十歳以上も年上の旦那高槻が妾宅のきぬに看取られて亡くなったのはつい二月前だ。彼は病身の老躯をおして大会社の経営に死の寸前まで采配を振るっていた人で、妾三人を「整理」した後きぬ一人を側において世話をさせていたのに、遺族から与えられた遺産は僅かだった。だが、家人に内緒で現金をきぬに遺してくれていた。長年の妾務めと看病疲れの癒しを兼ねて、軽井沢で料理屋を営んでいる、きぬが雛妓をしていた頃から引き回し役をしてくれた姐さんで付き合いも長く気の置けない菊野の家を訪れる。偶然、戸張に出会ったと菊野から聞かされる。戸張は、きぬが新橋時代、男盛りの秀才ぶりにぞっこん惚れ込み熱くなった男だった。もう二十年も前の事とつれなくかわしながら、好いた惚れたというわけでもなく引かされて、二十年一緒に暮らした高槻と戸張を心の中で比較し、苦味のある男ぶりが懐かしく思い出されて胸が高鳴る。戸張も伴侶を失ったと知った菊野は、きぬが昔の愛人と埋み火を燃え立たせて暖め合ったらいいのにと、仲介役を引き受ける気になる。

夕食の膳に鯉の洗いや山女の煮浸しが並ぶが、鮎がない。鮎好きのきぬのためにいい鮎をと念をおして板前にいいつけておいたのにと板前を呼びつけると、他の客には出したがおきぬ姐さんにはもう落ち鮎なので通らない、しゅんを外した鮎ではとてもという。一週間ほど滞在するつもりのきぬが散歩に出た折、店頭で何気なく見た自転車に戸張の名札が目に入る。妙なときめきを覚えて書かれていた住所を探してみる。麦藁帽をかぶった浴衣がけの男が乳母車を押して歩いてきたので声をかけると、「戸張は私の家ですが…」。きぬはその男の顔を見て後じさるほど驚く。「曽ての男らしい目鼻立ちのすべてが」「皺の中に皆畳みこまれ」て貧相に萎えていたのだ。魚にしゅんがあるように、男にも、自分の女にもしゅんがあることに気づき、愕然として淋しくなる。円地五十七歳時の作だが、人生の後半に踏み込んだ女の微妙で切実な心情が立ちのぼり心に沁みる作になっている。

（渡邊澄子）

春秋（しゅんじゅう）

小説／『春秋』博文館、昭18・9・10

作品は、主人公北枝の父定躬の五年祭から始まり、病床についた父親を巡る家族の人間模様が回想形式で語られている。まず、父の五年祭に出席した旧友たちの故人を偲ぶ話から、父定躬が、いかに偉大な生涯を送ったかが紹介される。同時に、そうした父を持つ三人の娘とその継母にとっても、定躬がどれほど大きな存在であったかが語られる。実の母を早くに亡くし、父を絶対の支柱としてきた北枝が、画家の修行中であり、父はそうした北枝に深い愛情を注ぐよき理解者ではあるが、北枝の娘である孫娘を一番大切に思っている。その後、父が不治の病に罹り、将来への不安を隠せない継母と姉多保子との確執が顕在化するなか、北枝は視野を広げるために、画家仲間と東北・北海道を旅する。ところが、その間、将来を嘱望されていた画家キン子の訃報に接し、冷めた家庭の空気と画家としての成長を切望する自我との狭間で思い悩む。いよいよ重体に陥った父定躬は家族に見守られながら息を引き取るが、父の三十日祭を済ませた頃には、父の遺志通りにそれぞれの家族が落ち着くところに落ち着いていく。そして、画家としても、一人の女性としても、迷いの多かった北枝は、父と引き替えのように、娘の存在の大きさに気づかされていく。

　円地三十八歳、円地文学の初期作品である。本作の「後記」には、「女主人公」が「屢々低回し、時に、後戻りしたり、暗い底へ滑り落ちたり」しながらも、その「人生が豊富にされ、醇化されてゆく希望を持ってこの作品を書いた」と記されている。主人公北枝は、いうまでもなく作者円地の分身である。実際、円地は夫との不仲に悩み、離婚まで考えながら、それでも小説家として生きていこうとしていた。国文学者として高名だった上田萬年を父に持つ円地は、父を取り巻く国文学関係の人々とは全く異なる新聞記者の円地與四松を夫に選んだ。冨家素子は「円地文子『春秋』の背景」（ゆまに書房）において、そうした「国文関係の人々とはまったく毛色の違う父をちょっと気にいったのが、母の不幸のもとであろう」と述べているが、女性が職業などを持つ時代ではなかったために、不仲にもかかわらず、同じ屋根の下に暮らさなければならなかった円地の苦衷が率直に吐露されている。また、冨家は「この小説には、母の言い訳、小訳が多すぎてくどい」とも記しているのだが、画家として葛藤する主人公北枝を通して、円地にとってどれほど父萬年が大事な存在であったか。また、子どもや自身の将来を案じながら、小説家として出発していく時期、円地が何を憂い、どのような心境で過ごしていたか。そうした円地文学の原点ともいうべき問題が散見できる作品といえよう。

（眞有澄香）

妾腹（しょうふく）

小説／「文芸」昭30・3／『妖』文芸春秋新社、昭32・9・20／全集②

　大正の半ば、第一次大戦終結前後から二十年ほどの間に進行する。天下の秀才が集う旧制第一高等学校の同級生三人、香月《こうづき》伊作《いさく》と関屋・藤井と、彼らのその後が語られるが、語り手の香月の妹斐子《あやこ》は物語の初めは女子大生で、兄伊作と一高のある向陵に近い千駄木町に下宿していた。この下宿に同級生二人が度々訪ねてくるが、斐子は兄に連れて行かれた一高の記念祭で彼らの母親たちに出会い、その美貌と挙止の優雅なことに驚く。伊作に、二人は財界の巨頭高瀬子爵と今は故人の鉱山王青山の芸者上がりの妾だと聞かされ、斐子はさらに驚いた。関屋と藤井が妾の子という立場に苦悩するさま、また財界の大立者の妾の生活が描かれ、学生生活を終えた後の三人の運命が語られる。子爵の子関屋は紆余曲折の末、藤井の妹ゆき子と結婚したが、やがて赤坂や吉原で大尽遊びをするようになった。一方、伊作は左翼思想にかぶれたため就職がままならず、弁護士事務所に拾われたが、三年後に交通事故で死んだ。藤井は学者になり、権謀術数に富む彼はやがて私大の学長に納まった。斐子は卒業後、労働問題の研究所に席を置き、学者となってドイツに留学する。斐子が藤井とベルリンで再会したとき、関屋の破産を知らされた。斐子の帰国後、関屋は虫垂炎をこじらせて急死したが、その関屋に妾に産ませた男の子がいると知って斐子は感慨に耽るのだった。

　非嫡子は世間から軽く見られ、相続の権利も制限されている。しかし現在は結婚によらず子を持つシングルマザーも珍しくない。「妾腹」の母親たちはしたたかだが、「旦那」が死ねば子供に頼る自立できない女性である。ゆき子も自立した女性ではないようだ。登場する女性のうちで自立しているのは、斐子と関屋の妾であった初子だけだが、この作品を女性論の立場から読み解くといかなることになるか興味深い。

（島本達夫）

食卓のない家（しょくたくのないいえ）

小説／「日本経済新聞」昭53・2・11〜12・6／『食卓のない家』（上・下）新潮社、昭54・4・20

　主人公の鬼道子《きどうじ》信之《のぶゆき》は五十代、電機関連会社のエンジニア。家族は妻・由美子。夫婦には大学生の乙彦《おつひこ》と大学浪人の修《おさむ》、それに婚期も決まっている娘の珠江《たまえ》の三人の子供がある。家は東横線沿線にあり、信之はそこから神奈川県の戸塚にある会社の技術研究所まで通勤している。時代は七十年安保のころで、乙彦は大学の消費センターに勤務する少女と親しくなるが、不意に彼女は退職し行方不明になる。乙彦の子供をみごもって、彼にも内緒で姿を消す。その衝撃もあって乙彦は「世界同時革命」の理念に共感し赤星軍派に入り、山梨県の山中で同志たちを総括（虐殺）し、その揚句、八ヶ岳山荘の番人を人質にし、警官隊と激戦におよぶが、遂に捕らえられ拘置所に収容される。これは、当時日本を震撼させた浅間山荘事件がモデルである。「赤星軍」は赤軍派であり、仲間を多数処刑した土地は群馬の山中であった。しかし、この事件はテレビや新聞で大大的に報じられ、世論はその家族を非難し、暴力的批判さえ起こった。赤軍派の学生の父親で自殺した者もいたし、多くの親は勤務をやめたりしたが、この小説の父親の信之はそれらの非難を一切無視して、自分の研究課題に熱中しエンジニアの生活を守りとおす。自宅に石を投げられ、窓ガラスは破壊され、会社でも同僚から辞職をほのめかされるが、彼はそれらに左右されない。信之の信念は父親と子供の関係は二十歳までで、息子が二十代になれば、その生き方は別々であり、親には責任がない。つまり法律どおりの考えであり、核家族主義なのだが、当時の日本の社会では家族主義的な人間観が普通なので、それらの非難が信之に集中する。そして、夫はそれを貫くとしても、先ず妻の由美子が精神異常をきたし、精神病院に入院し、その後自殺する。また、娘の珠江の縁談も乙彦の事件で相手方からの破談となる。鬼道子家は絶体絶命の境地にまで追い詰められる。

書き出しは紀州熊野の山中を信之が旅行するところから始まる。彼は息子への非難を無視して生きているが、内心に煩悶が広がっている。そのため休暇をもらって、自分の故郷の地をまわったが、新宮で占い婆さんに見てもらう。そしたらお婆は「そなたの背にも肩にも血だらけな死人がとりついているぞえ」と言われ、ショックを受け、婆さんから熊野めぐりをして供養することだといわれての旅だった。そこで彼は東京から山岳仏教の研究に来ている一人の若い女性の沢木香苗に会う。彼女は信之の学生時代の親友の教え子である。彼女の家は東京下町の「食卓のある家」、つまり一家団欒の家庭で育っている。これに反し鬼道子家にそのような団欒はない。つまりは題名の「食卓のない家」であった。この二人の出会いはこの長編の大きな伏線となっている。後半部では家族に関心を持てないでいた二男の修が次第に全体のまとめ役になっていく構成もよい。インドの空港で日本人客百余名が乗っている飛行機を赤星軍がハイジャックし、その代償として拘置所にいる同志の釈放を求めた。その中には乙彦もいた。政府の判断でついに乙彦たちはバングラデッシュのダッカ空港へ送られる。そのころ、信之は乙彦の昔の愛人（もと大学消費センター勤務）とその子に北海道へ会いに出かける。その親子と会った信之は幸せな気分なる。そこで小説は終わる。

この小説の主人公の鬼道子信之が現代版の光源氏である。作者は源氏物語の現代語訳も刊行した愛読者だ。信念の固い信之はさまざまな女性の愛情をさそう人物でもあるが、自分の内面は複雑で光源氏と同じである。作者が女性だから作中の女人はよく描けているのは当然としても、この男性像は素晴らしい。この人物によって全ての事件が生まれ、あるいは解消されていく。また、さらなる本作品の独自性は、古代日本の巫女の魅力を現代化した箇所などにも現れている。先ほどの占い婆さんもその一人だが、赤星軍の同志殺戮の女性リーダーや、親子二代にわたる金縛りの夢魔についての深層心理から沸き起こる苦悶の描写なども素晴らしい。

（松本鶴雄）

女盗（じょとう）

戯曲／「むらさき」昭10・5

一幕三場。都を騒がす盗賊団の首領に逃げ込まれた邸の主、中納言隆房は調査の末、かつての愛人小侍従が犯人だと知る。憤る隆房に小侍従は、「殿を余り恋しすぎ、あきらめる道を知らぬ愚かさ故」「鬼畜に堕ちた」と懺悔する。隆房はそれを聞いて悔やみ、「どんな犠をはらつても」「予の心のまことを示してやらねば」と、今自分に出来る唯一の餞として、召捕られた小侍従を斬り殺す。喜びに眼を輝かせ絶命した小侍従の屍に、隆房は出家を誓う。後書に、『古今著聞集』に取材し、これを「自由に脚色せる」とあるように、原話の大幅な改変が目立つ。これに関連して上坂信男は「円地文子と古典」（「早稲田大学大学院教育学研究科紀要」平4・12）で、隆房の公人としての自責の念が消され、「女性心理」が焦点化されていること、隆房と小侍従に「愛情の極み」として「心中に似た行動」を取らせていることを指摘。「思いやりを失った世間世俗に対する痛烈な皮肉を逆接的に表現した点」に原話を越えた「女盗」のモチーフが存すると評した。

（渡部麻実）

白梅の女（しらうめのおんな）

小説／「オール讀物」昭42・1／『都の女』集英社、昭50・6・30

夫が亡くなって一人しずかに鎌倉に暮らしていたたか子のもとに、桂井の死が伝えられた。学生時代英文科の学生であったたか子は、理学部の教授で著名な歌人でもあった桂井篤と道ならぬ恋に落ちた。しかし生まれた子を里子に出して、彼女は桂井のもとを去る。まもなく実業家の後妻に入ったたか子は、それなりに充実した人生を送ってきた。たまたま昔の知己を介して桂井と再会する機会を得たとき、たか子は相思の頃の二人が逃避行した偕楽園にちなんで、梅の花の咲き匂う自宅に桂井を迎えた。桂井はかつて自分の視界から突然姿を消したたか子が、その後亡夫のもとに美しい女性として完成したことを知る。それから桂井が何度か脳溢血で倒れたことを知らされていたたか子は、予期していたこととはいえ、今さらながらその死を感慨深く受けとめるのであった。葬儀への参列を遠慮したたか子に、後日桂井との間に生まれた息子が父の顔を見に来ていたことが伝えられる。

（後藤康二）

白い外套（しろいがいとう）

小説／「新女苑」昭30・10／『妻の書きおき』宝文館、昭32・4・5

苑子は父が教授をしている大学の卒業生で、つい最近まで附属病院で父の科の医局員をしていた佐伯との結婚が決まっていた。苑子に母はなく、父の沢井は「母親とは色合いの違う教養の深い男の濃やかさで」娘に接し、苑子もまた「父親でなかったら、自分は父に恋しているに違いない」と思う。「母親という緩衝帯なしに愛し合って暮らして来た」二人だったが、佐伯との結婚、アメリカ行きを機に、沢井は苑子と距離を置くようになっていく。

結婚を目前に控えた娘の微妙な心情と、あまりにも強く結びつきすぎた父への愛情とが交錯する本作は、「新女苑」

の姉妹雑誌である「少女の友」では描かれることのなかった、若い婦人の心の機微を描いている。雑誌掲載時に「つゞく」とされた本作に続きが書かれることはなかった。三人称をとりながらも、沢井よりの視点で描くことで「僕だって失恋しているんです」という沢井の呟きが効果を増している。

（山田昭子）

白い野梅（しろいのうめ）

小説／「群像」昭40・8／『樹のあわれ』中央公論社、昭41・1・7／全集④

由羅修平が群馬県高崎市山中の養老院で亡くなったという知らせを、彼の弟である真平から三谷宇女子は受け取った。由羅家は三谷家と親戚関係で、宇女子の父の姉が修平の母にあたる。しかし、修平の父の由羅数門は九州の小藩出の典医の家筋で出世街道から外れ、宇女子の父の三谷貫一郎は江戸時代からの生え抜きの東京人として法曹界でも鳴らす弁護士であるという関係から、両家の間には確執が生まれ、修平は三谷家への羨望と出世街道から外れた父への怨み、加えて持病の喘息など、複雑な心境を抱えたまま成長し、気性は激しいが何事をやっても大成しない人間となってしまった。弟の真平は兄とは対照的におとなしくきまじめで、順調に帝大まで進み繊維化学を専攻して私立大学の助教授となり、父の数門が遺した財産を蕩尽した兄修平を家へ引き取ることになる。修平と真平の仲は悪くなかったが、真平の嫁貞子は働きのない修平を一家の厄介者として蔑み、修平と貞子との衝突は年々激しくなって由羅の家の空気を暗くしていった。それでも、修平は三谷の未亡人康子とその娘宇女子には親切で、宇女子はなにくれと修平のために金銭の都合をつけてやったりしていたが、とうとう貞子に押し切られる形で修平は由羅家を追われ、高崎のカトリック養老院へ入ることとなったのであった。修平の葬式の際、彼の骨が墓へ収められるのを見守りながら、宇女子はついに妻子を持たなかった修平の波乱含みの一生が、たとえ不幸に満ちたものであったとしても、榛名の山に咲く白い野梅のイメージと重なって存外に爽やかなものとして感じられた。

夫婦の間に起こる愛憎劇を描くのを得意とした作家にとって、この作品は独身者の生涯を淡々と追ったものであるため珍しい位置にあると言えるかもしれない。「思いの外爽やかに感じられた」という一文が、鮮やかな価値転換の像を作品に刻み込んだ。

（小松史生子）

新うたかたの記（しんうたかたのき）

小説／「文芸春秋」昭50・1／『川波抄』講談社、昭50・11・16／全集⑤

昭和四十九年八月、約二十日間ヨーロッパの古城をめぐり、帰国後に書いた作品。ノイシュヴァンシュタイン城とそれを造ったバイエルン国王、ルードヴィヒ二世に魅了された円地は、同行者（恐らく徳川元子か徳川宗賢）から森鷗外が王の死を素材として「うたかたの記」を書いたと聞かされ、城の売店でルードヴィヒ二世の小伝を購入したという（円地「「新うたかたの記」とルードヴィヒ」「キネマ旬報」昭55・11・1）。その時の体験を下に、円地独自の解釈を施して創作したのがこの作品である。旅行者である「私」はノイシュヴァンシュタイン城近くの町で一人の老医師に出会う。彼はルードヴィヒ二世と共に湖に沈んだ医師の孫であり、日独ハーフであった。彼の導きで城に行った「私」は王に会い、死の真相について聞く。作者は「私」を王に引き合わせるために、様々な仕掛けを施している。すなわち、日本の能やワーグナーの「ローエングリン」といった、日本とドイツの古典の言葉と音とを織り込み混ぜ合わせる（円地の言葉を用いれば「貼りまぜ」る）ことによって、現実と幻想、現在と過去、日本とドイツの境目を融合させ、「私」を徐々に異界へと移行させるように構成している。また、「私」を、王と共鳴しやすい、狂気の素質と自殺願望を持った人物として設定している。初出誌の段階では同時代評はなく、単行本収録後、木村敏雄と佐伯彰一の書評が出た。木村「《新著月報》回顧と幻想」（「群像」昭51・4）は全集第五巻の解題に再録、佐伯「微妙な語り手の位置　円地文子『川波抄』」（「海」昭51・3）では、「作った跡ばかりが目立ちすぎ」る、と否定的評価が下されている。また、須永朝彦は『日本幻想文学集成　円地文子』（平6・6・10、国書刊行会）の解説で「記述に誤りが目立ち、完成度は高くない」と述べている。なお、『旅の小説集』（昭59・9、平凡社）にも収録されているが、解説はない。（戸塚麻子）

心中の話（しんじゅうのはなし）

小説／「小説新潮」昭41・10／『生きものの行方』新潮社、昭42・7・10／全集④

娘を二人持つ秋野という寡婦の女ばかりの家に、終戦後、久良部しげという、戦災で焼け出されて行きどころのない老女が六ヶ月ほど身を寄せていた。しげは、「襟元のゆったりした味のある身体つき」の薄い痘痕のある女である。素性はわからないが、茶道を教えていた秋野をよく手伝ってくれるので重宝していた。しげは、秋野を相手に吉原の郭の話をよくした。しげも、秋野も吉原の特殊な言葉や習慣をよく知っていることがわかる。秋野の叔父は、市部清次郎といって警部だったが、妻子があるにもかかわらず、警察の仕事関係であてがわれた吉原のお女郎の此君と相思相愛の恋仲になった。しかし、二人は死ぬより他に道はなく、刀で鮮やかに心中を遂げたと、秋野は聞かされている。しげは、秋野に、女郎は着物にも腰巻きにも紐をつけない、その理由は、無理心中をしかけられて、客に着物をつかまれても、するっと着物からすべり出て逃れる、それでも追って来て腰巻きをつかまれたら、やはりするっと素っ裸になって逃げられるように、紐を使わないのだ、という。秋野は素っ裸で逃げるお女郎の姿を想像する。秋野は家を畳むことになり、しげとの同居も終わるが、秋野は、此君というお女郎がしげではなかったか、叔父の清次郎が無理心中をしかけたとき、紐のない腰巻きをしていてとっさに逃げたのではないか、という思いを持ってしまう。しかし、ある茶会で会った昔の妓楼の老女将に、その心中事件のあった妓楼について話を聞いたが、此君に薄い痘痕がなかったかを訊ねることはできなかった。

円地は、この物語で郭の謎を読者に説明しようという意図が見える。しげと秋野との関係は、作者の関心の的ではなく、遊女の悲劇的な人生、吉原の複雑な浮き世の商売というものが読者の共感をひく。吉原のさまざまなエピソードで、閉ざされた郭の中の情報が提供され、読者の好奇心をそそる。しかし、ストーリーにあるべきサスペンスやクライマックス、つまり推理小説のように謎が解ける場面、言い換えれば、しげが心中の相手であったのかどうかが明かされる場面はない。一種のリアリズムを創作するというのが作者の意図であったろうが、結果としては、物語が平坦になってしまい、読者には不満が残り、不完全な作品といえる。

（リース・モートン）

すきありき

ラジオ・ドラマ／「劇と評論」昭2・12／『惜春』岩波書店、昭10・4・5／全集①

「この一篇、材を源氏物語、帚木の巻に得て作る」と付記されているように、『源氏物語』の帚木の雨夜の品定めで、左馬の頭が語った経験談がもとになっている。時は平安時代、中秋の名月の夜、左近衛の大将が月見の宴を脱け出して馬で女のもとへ向かっていると、車で行く宰相をみかける。同じ五條に行くという宰相の勧めで宰相の車に乗せてもらう。行き着いてみると、宰相の行く先は大将と同じ女のところであった。宰相の吹く笛に合わせて女が琴を弾くのを外で聴きながら、大将はしおらしげな女に二人ともだまされていたことを知る。

題名の「すきありき」は、色事を求めて歩くという意味で、『源氏物語』などにみられる言葉である。円地文子は『源氏物語』の他に、『枕草子』、『伊勢物語』などに材を採った戯曲をいくつか書いている。これはラジオ・ドラマであるので、虫の音、馬の蹄の音、琴・笛などの音響効果にも心が配られている。王朝物で優雅なようであるが、内容はかなり辛口の喜劇である。

（山之内朗子）

雀（すずめ）

小説／「別冊小説新潮」昭29・4（原題「水ぬるむ」）／『ひもじい月日』中央公論社、昭29・12・10／全集②

民間放送に勤める夫の実と、出版社に勤める妻の楊子は共稼ぎである。実が出張でいないこともあって、楊子はのんびりしながら、女の職業と家庭生活は両立しないのではと思ったりする。楊子の両親は不仲であった。母の伊都子は、育ちもよし、性質も素直である。つき合う人は、綺麗で賢そうで気取らない、いい人だとというが、人生に甘ったれている。一方、父恒太は、私立大学で考古学の教授をしていて、変人である。楊子は両親を眺めて、自分たちの結婚はうまくいくのだろうかと心配になる。不仲の両親の家を久しぶりに訪ねる。父は胃の調子が悪く、粥を作っていた。母は留守であった。近所の細君らと人形作りをしていた。母が家に帰ってくると父と母は同じような軟らかな目で猫のミミをみていた。その姿は何十年も仲よく暮らして来た夫婦のようにみえた。母は楊子に子供は出来ないのかと尋ねる。楊子はつくらないと答える。母は父と一緒に暮らし、一生、夫婦喧嘩をしていくという。楊子は、実家に泊まる。朝になると、父がひろってきた雀を両親が心配そうにみていた。雀を暖めてやる。雀は死んでしまうが、母は猫にくわえられたりしなくてよかったという。楊子は、自分がいなくなったあと、父と母の間に変化が起こっていることをあらためて知る。

楊子は、両親は不仲とばかり思っていたが、〈猫〉や〈雀〉を通して両親の変化に気付く。自分が家庭を持って、はじめて父と母の夫婦関係を眺めてみると、そこには穏やかな関係が成立していることを認識する。若い頃の衝突しあう夫婦ではなく、夫婦として両親が成熟したことを知る。子が親の成長を知るということは、子も成長したから、親の姿が理解できるようになったといえるであろう。楊子は、プロタゴニストとして両親を見守り、父と母はいわば、ラウンドキャラクターとして登場する。

（熊谷信子）

墨絵美人（すみえびじん）

小説／「群像」昭56・10

墨絵美人とは、作中にも登場している日本画家の小村雪岱が、白と黒による流麗な描写で表現した美人画のことである。「雪岱調《せったいちょう》」と呼ばれる独自の女性表現を確立し、当時、際立った冴えを見せていた。昔、柳橋で活躍した染葉の立ち姿を描いているというのである。

物語は、病院の待合室での思わぬ光景から始まっている。佐々教授の特定の患者で、順番をイラ〳〵しながら待っている戸坂老人と、由緒ありげな老人たちのその中に眼の不自由な老婦人がいた。その岸本という老婦人が染葉であり、質の悪い白内障を患っていた。二人が六十年前、心中騒ぎを起こしたことを、佐々教授は父親から聞いて知っていた。教授に促されて、診察室で入れ違っても、戸坂老人は岸本婦人に声をかけなかった。今更という思いを抱いたからである。しかし、染葉は年老いても背筋を伸ばし、若き日の名に恥じぬ面影を失ってはいなかった。

（早野喜久江）

墨絵牡丹（すみえぼたん）

小説／「群像」昭41・6／『生きものの行方』新潮社、昭42・7・10／全集④

宮藤流名取の島江は、大師匠の延斎の命令で、絶えたと思われていた長唄の秘曲「根元石橋《こんげんしゃくきょう》」を父親から伝授されていた市山紫扇のもとに習いにゆく。紫扇は「根元石橋」の説明をすると、撥さばきも鮮やかに男めいた艶で唄う。その声音に、島江は体中に感じたことのない動揺を覚える。紫扇の指導は厳しく、島江の「一挙手一投足」に「罵詈讒謗」が飛んだが、島江にはそれが快く「愛情の変形」に思われた。一ヶ月ほどしている内に、愛着して朝夕眺めていた鉢植えの牡丹も散ってしまう。稽古の後、酔いつぶれて寝入ってしまった紫扇の姿に、島江は「女の生《なま》身《み》」を見せつけられる。島江は稽古が仕上がったので挨拶にゆくと、喪服の紫扇は、牡丹を毎年届けていた植友の友三が亡くなったという。そして、「根元石橋が一段上」がったから、これからは用があっても「来てはいけない」と島江にいうのである。

作品の魅力は、作品の末尾近くで老女紫扇が独白する「人の女房にもならず、子供も生まない私は女の化物だ、ああ化物で結構…同じ化けるんなら、牡丹の花にでも化けたいものだ」というところにある。牡丹の花には、年下の三人の男と同棲したこともある紫扇の誘いに、「玩具にされるのは厭だ」と断った友三が象徴されている。江藤淳が「悲恋を画いた話」（朝日新聞夕刊、昭41・5・31）とするのも、そのあたりにある。しかし、作品の核は、悲恋話ではなく、この「化物」ということと、島江が紫扇の寝姿から感じた「女の生身」とは、「装い、飾り、何もかもが嘘でかためていなければ美しくみえないものか」ということにあろう。つまり、紫扇の舞踊家としての「化物」と、女としての「生身」という生き方、それは「他目からは不羈奔放」と見えながら「明治という時代の持つストイックな矜持」をもつ生き方であるが、恐れずにいえば、それは円地自身の問題としてもあったのではないか。単なる秘曲の伝授談として終わらない、〈芸〉と〈化物〉と〈生身〉という課題が、そこにはある。牡丹がでてくる能の「石橋」との関係も検討すべき余地がある。

（馬渡憲三郎）

清少納言と大進生昌（せいしょうなごんとだいじんなりまさ）

戯曲／「女人芸術」昭4・3（原題「清少と生昌」）／『惜春』岩波書店、昭10・4・5／全集①

時代は一条天皇の御宇の長徳年間で、場所は京師、中宮大進平生昌の邸。登場人物は藤原定子（関白藤原道隆の女、一条帝の中宮）、大納言藤原伊周（定子の兄）、三位中将藤原隆家（定子の弟）、中宮大進平生昌、右近内侍、大輔命婦（定子の乳人）、清少納言（中宮附の女房）、中務（中宮附の女房）、小宰相（中宮附の女房）、左京大夫（中宮附の女房）、辨の尼、その他、女房、女童、随身、雑色ら、それぞれ数名である。

大進平生昌の邸にやってきた、定子の女房たちが、北の門が小さくて、車が入れず、筵道を歩かなければならなかった。生昌は、家と身の程にあわせて小さな門をつくったという。清少は、門だけを大きくして住んだ人もいると于定国の故事の話をする。伊周は、定子に、清少が書いた下の句が見事なので、ふさわしい上の句を皆がつくれないという話を聞かせた。深夜、清少のもとに生昌がやってくる。清少の冷たい態度に加え、辨がいることに気付き、敗亡して去る。隆家は、生昌が清少に恥をかかされているという。しかし、清少も生昌の気遣いを知り、扇に下の句を書いたものを生昌に贈る。隆家は、その句に墨を塗り、清少に返す。生昌は困り果てる。

『枕草子』「大進生昌が家に」を原典にして書かれている。原典では、生昌が清少にやり込められる話になっている。円地文子の「清少納言と大進生昌」では、清少をとりまく人間関係を複雑にし、生昌の歴史的人物像を逆手にとって、善良な人間として描いている。

（熊谷信子）

雪中群烏図〈続鴉戯談〉（せっちゅうぐんうず〈ぞくからすぎだん〉）

小説／『雪中群烏図』＊、『新孝経』、『行き倒れ』、『鴉が笑うとき』、『しぐれ鴉』、『鴉心中』、『帰ってきた鴉』（ここまでが「鴉戯談」の続編、以下は随筆・小品）、『上田秋成の墓』、『散り花』、『秋の笛』、『文化勲章前後』、『祖母に聞いた話』＊、『指輪』＊（＊…「群像」昭58・4、昭61・3、昭61・10、＊なし…「別冊婦人公論」昭58・7、昭59・4、昭59・7、昭60・1、昭60・4、昭61・4、昭55・10、昭56・7、昭59・10、昭61・1）／『雪中群烏図〈続鴉戯談〉』中央公論社、昭和62・2・25

出版案内（「別冊婦人公論」昭62・4）には「晩年の円熟・洒脱の作家活動を示す作品を収める遺作集」「カラスの勘公とお婆さんが人生の機微を軽妙に語る『鴉戯談』の続編に珠玉の小品・随筆を付す」とある。物語の展開形式は正編（「鴉戯談」）と変わらないが、作家自身の心身の衰えを反映してか、お婆さんの衰弱する様子が描き込まれている。

主な同時代評としては、①無署名『物語作家の遺言？』

(「毎日新聞」昭62・3・24) ②古屋健三『荒廃した世相、厳しく批判』(「日本経済新聞」昭62・3・29) ③高橋英夫『文芸季評〈下〉』(「読売新聞」昭62・4・10夕刊) ④無署名『新刊紹介』(「週刊読売」昭62・4・12) ⑤田中澄江『一人二役の独白劇』(「群像」昭62・5) などがある。①では「遺作集であるために、ちょっと無理をした構成になっている」と難ずるも、全体としては「円地文子という物語作家の背骨が全篇にうかがえる」と評価。作品としては『帰ってきた鴉』『行き倒れ』などを認める。特に『指輪』では、その結語を「物語作家の遺言とも読める一節」とする。②では「いずれも老いと死と性とをきびしくみつめていて、深い闇をたたえた、濃やかな作品ばかり」と高評。各作品中に「人間のはかなさとあくどさ」「魔的なもの」「異形のもの」などを見出す。③④は簡単な紹介。⑤では「これらの連作ほど、生の円地さんの心情を伝え、生の環境を彷彿とさせる作品はかつてなかった」「しかも、鳥というしゃれた媒体を用意して、十分に私小説的素材に客観の眼をゆきとどかせている」と評する。この連作はチエホフの『白鳥の歌』や『煙草の害について』を聯想させ、「この構成そのままに、一人二役の独白劇ができる」と指摘、「小説家円地文子は、これらの作品によって劇作家としての幕を引いたのではないか」と述べる。

「雪中群鳥図」というより連作全体に対する評価だが、永井路子は「(円地)先生の『実』には楽しいしかけがある。(中略)その楽しさを味わせてくれるのが、晩年の『鴉戯談』ではないだろうか。思うままにずばずばと素肌を覗かせながら、そこには巧みに『虚』の世界も塗りこめられて、傑作の一つ、とひそかに敬意を表している」と、積極的に評価する(「虚と実の間《あわい》」「婦人公論」昭62・1)。作家の死により連作が途絶えたため未完の印象が強いからか、続編まで視野に入れた作品論は未見。「虚と実の間」の「しかけ」をより明確なものとし、晩年の円地がこの連作で形象化したかったものは何か、この後の展開まで予測した上で、作品世界をしっかり捉えることが今後の課題となろう。「勘公の飛来」→「オバアサンとの対話」→「勘公の退場」という極めてシンプルな構成は、なにゆえ採用されたのか。動物が人語を理解して喋る(人間社会を批判する)という形式は、漱石の「猫」等を連想させる。それらの比較検討によって見えてくるものは何か。それぞれの作品の素材となった時事問題を明らかにし、どのように作品に取り込まれているかを検証する…。様々なアプローチの仕方が考えられるが、いずれにせよ正続二編を貫いた本格的な作品論の書かれることが望まれる。

(内海宏隆)

千姫春秋記(せんひめしゅんじゅうき)

小説/「小説現代」昭39・1〜40・6/『千姫春秋記』講

談社、昭41・1・10／全集⑩

大阪城落城に際し、坂崎成正の手で城外に運び出され、夫の豊臣秀頼と運命を共にできなかった千姫は、本多忠刻に再嫁し姫路城で暮らしていた。そこへ、かつて秀頼の小姓として忠実に仕え、浪人後は女歌舞伎の用心棒を務める長三郎が現れる。長三郎は千姫の行状を憎むとともにその美しさに惹かれ、秘かに身体の関係を重ねるようになった。一方、秀頼の乳母を母に持つ長三郎の妹のみづきは、縁あって千姫に仕えていたが、千姫の書写山参籠中に忠刻の手が着く。千姫とみづきは時を同じくして出産。忠刻の母の熊姫の暗躍で子が取り替えられる。姫路本多家に嫁いで十一年目、夫や姑を見送った千姫は、弟将軍家光の好意もあって江戸に戻った。鎌倉東慶寺で尼僧として暮らす秀頼の遺児千代姫を懐胎させ、豊臣家の血統を残そうと目論むが、千代姫の固い拒絶に遭い果たせない。江戸城内では、家光の弟で不遇をかこつ忠長が、千姫の身持ちを諷する世評をあげつらう。そんな噂は、豊臣家に向けた徳川の非道な処置に対する、世間の批難を逸らせるために流されたものであり、その代償として安穏な竹橋御殿での生活が与えられていると、千姫は自らの立場を語った。

「美姫の心をひたす孤独な愛のすがたを描いた幽艶の長編力作」（初版本の帯文）と謳われた『千姫春秋記』から、進藤純孝は「上から下への一方通行の権力体制の、頂点にある女性が、相互通交という庶民の喜悦を知ったしあわせ」（昭44・9・5、角川文庫「解説」）を読み取り、上坂信男は平岩弓枝『千姫様』（平2・9・30、角川書店）と比較しつつ、「秀頼への思慕追懐の念で統一していること」（『円地文子―その「源氏物語」返照』平5・4・15、右文書院）に円地作品の特徴を見出す。

昭和五十二年六月四日〜二十八日、円地自身の脚色、今日出海の演出、千姫＝坂東玉三郎、長三郎＝片岡孝夫ほかの若手豪華キャストを擁して、新橋演舞場で劇化上演された。プログラムに寄せた「『千姫春秋記』について」で、円地が「小説の劇化というより、新に戯曲として書いたという方が正しいかも知れない」とするように、淀君の霊に取り憑かれた千姫の惑乱や、千姫に懸想する腹違いの弟の家光の姿が描かれるといった、別作の趣がある。たとえば、小説では噂に過ぎなかった乱行が、戯曲では、淀君の霊に「蛇体蛇心の怨念をそのままわが身に注ぎ入れ」られた千姫の実際の所業とされるように、劇的な展開が目立つ。戯曲の公刊は確認できないが、台本（無刊記）の「前書き」で、円地は「戦国末の動乱期に生きた一人の女性の悲劇をドラマチックに盛り上げることが主眼であって、そのために史実を無視している点も少くない」と述べ、時代考証にこだわらない姿勢を明らかにしている。

（田中励儀）

繊流（せんりゅう）

小説／『南支の女』古明地書店、昭18・6・15

高原を見降ろす山の宿は、緩やかな流れを庭に巡らせていた。頼子は、二週間ほど前に娘の三枝と女中を連れ、夫と別れる決意で父の滞在するこの宿に来た。父は夫に手紙を書き、夫から訪ねる旨の返事はあった。家出について兄弟や親類らも非難がましくなり、父の態度も当座とは変わり始めている。今、頼子が開いている手紙は親交のある会社の上役からのもので、佐伯は女よりあなたを愛しており、反省もしているのだから許してやってほしい、といった内容であった。妻の心のあわれさこそ察してほしいと思っていると、突然夫が来訪した。父が先に話を聞き、後で同席することになると、頼子には話の結果が想像でき、三枝が投げ与えた大きな麩に群がる鯉の争いに嫌な感じを強いた。「もう一度戻ってくれ。三枝がかわいそうだ」と父は眼をうるませた。遣り水が、泣いている三人の心を和ませるように静かに流れていた。

小林富久子が『円地文子』で言及しているように、円地自身の箱根千石原での離婚話が下敷きになっていると見てよい。妻の立場の弱さを暗示する題名と共に、後年の作風とは距離感を感じさせる抒情的作品である。（安田義明）

喪家の犬（そうかのいぬ）

小説／「中央公論」昭35・7

主人公の五歳になる飼い犬のペックが行方不明になる。ペックは子犬の時に、重いジステンバーにかかり、命を絶ってやろうとまで考えたが、手伝いのS子の手厚い看病とペックの生命を感じさせる眼にいとおしさを感じ、生かしてやりたいと思うようになる。そのペックは神経を冒され癇癪の発作をおこす何かと手のかかる犬でありながら、共に生活をする中で主人公にとっては「善良さとあわれさがおろかを超えて」、「怖れをることを知らない濁りのない眼をみてゐると、神が近くにあるやうなやすらぎを心に感じることが出来た」のである。

現実の表象の中で生きる「人に分けられぬ淋しさ」を持つ主人公にしてみれば、ただひたすら従順する純粋な眼をしているペックの存在はいとおしさを超え、やすらぎを与えてくれる存在であった。生命の尊さを感じさせてくれる大切なものを喪失した主人公の寂寥と空虚感と、帰る家を見失ったペックの哀れさが重層化され、『墓の話』（「群像」昭48・6）で作者自身が「人間は誰にしても孤独なのだ」と示唆するように、そこに中国の故事を取り込んで、共に孤独を実感することを描いた小品と言える。（五十嵐伸治）

その日から始まったこと（そのひからはじまったこと）

小説／「別冊文芸春秋」昭33・10／『東京の土』文芸春秋社、昭34・7・20／全集③

夫は文部省勤務を経て高校の校長を務め、妻の「私」は女学校の歴史教師をやめ、三人の子供を育てていた。長男徹は幼い頃から粗暴で、無理難題を両親に要求して思い通りにならないと暴れた。また、学校にも行かず高価なものを買い続け、家庭は経済的にも困窮した。夫婦は相談機関や精神科医に相談するが、どうにもならない。ある日、妹の咽喉を絞める徹を見た「私」は、思わずアイロンコードで徹の首を絞め、殺してしまう。警察での取り調べが終わり保釈になった「私」は、優しく迎えてくれる家族に違和感を覚える。徹のいないことを喜んでいるような夫の様子、またさして傷ついていない様子が神経にさわり、「私」は自分の中に得体の知れない憤りがこみ上げてくるのを感じた。骨壷の中の徹の骨片を噛み砕き、喉へ押しやると、徹が自分の中に帰って来たような不思議な安らぎを感じた。夫に保釈期間延長申請を断ってもらおうと考え、立ち上がった「私」だが、それを見上げた娘の眼は、「私」の中に徹が住んでいることを知っているようなおびえた眼であった。

暴力に走る若者自身の内面を描くのではなく、それに悩まされる母親を取り上げた点に特徴がある。息子に苦しめられ、遂に我が子を手にかける母親を描くことにより、家族という共同体の姿、そして簡単には解決されない愛憎の問題を浮かび上がらせる。突出した存在を殺すことで遺された者達は幸福になるのかというと、それほど簡単にはいかない。我が子の抱えていた暴力のエネルギーがそのまま引き継がれたかのように、家庭を破壊してしまいたい衝動を母親が内に抱え込み、次の破壊者となる未来が暗示されて終わる。愛ゆえに自ら相手を殺害する心理、さらに愛ゆえに息子を忘れることができず、目の前の幸福を捨て、破壊へと突き進む心理が、切れ味よく表現されている。家庭内暴力の問題を通して、人間関係の暗部に切り込んだ意欲作と捉えることができる。

（阿部孝子）

た　ちつてと

太陽に向いて—向日葵のように
（たいようにむいて—ひまわりのように）

小説／『太陽に向いて—向日葵のように』東方社、昭32・1・1

川本ゆき子は、山陰出雲の陰鬱な風土に育ちつつも、明るく素直な女子学生であった。ある日、親友の内藤辰代から、東京の紡績会社の女子工員の採用試験を一緒に受けようと誘われる。ゆき子には、傴僂病の弟友太郎がおり、母津奈は祖父母から辛く当たられていた。東京へ出ることは不安もあったが、給料を貰いながら高校へ進学できる好条件には魅力があった。ゆき子は辰代と試験を受け、担任教師湯山の協力もあって無事採用される。東京へ出てからのゆき子は、誰もが認める真面目な働きぶりであった。彼女の送金によって、弟友太郎は竹細工師として立てる目処がつき、津奈に対する祖父母の態度も次第に和らいでいった。一方、辰代は、東京の自由な暮らしの中で、質の悪い男たちと付き合い、身を持ち崩しつつあった。ゆき子は辰代を心配するが、辰代は聞く耳をもたない。そんな折、湯山が東京の学校に転勤し、二人の前に現れる。湯山は辰代を立ち直らせるために尽力しつつ、彼女も自分も、互いに愛情を抱いていることに気付く。そして辰代を真人間にするためにも彼女との結婚を決意する。ゆき子は、自分も湯山に恋情を抱いていたため、心の底では二人の結婚に寂しさも感じた。しかし、他人の幸福を自分の中に生かし、母や弟に太陽のように光を送れる自分の生き方に満足を覚えた。

以上のあらすじとタイトルから窺われるように、この小説のモチーフは、ひたすら前向きに生きるゆき子の向日的な人生への姿勢といえよう。封建的な山陰を抜け出し進歩的な東京を目指す物語の前半では、そのゆき子の決意と努力を通して、暗い日陰に芽生えた若芽が明るい太陽を求めて伸びていくイメージを想起させられる。後半では、自由な東京においてなお、故郷の母や弟を気遣い、堕落した辰代にも献身的に尽くすゆき子の生真面目さが、暗がりを照らす太陽の光のごとく表されている。そのようなゆき子像は、模範的な優等生の趣が強すぎる嫌いもあり、それは辰代が東京でただちに堕落していく姿と極端なまでに対照的である。従って、いささか類型性を帯びた人物造型であることは否定できない。また物語の展開にも、湯山の東京転勤など、偶然性に頼った通俗的な気配が色濃く認められる。

しかし、この小説を刊行当時の昭和三十二年に置いて捉え直せば、通俗的な中にも、作者の社会的な視点が存しているのが見えてこよう。当時は、女性の社会的地位が徐々に向上しつつあったが、しかし依然として女性の社会進出には否定的な意見が広く存していた。そうした新旧の価値観の相違は、都市と地方の文化的、あるいは経済的な落差が、今日とは比べものにならないくらい大きかったこととも関わっている。ゆき子の向日的な姿勢は、ただなるヒロインの個性にとどまらず、女性の生き方をめぐる都市と地方の文化的な対立や経済問題等を内包していることを見逃してはならない。

（高木伸幸）

太陽を厭うひと（たいようをいとうひと）

小説／「別冊週刊サンケイ」昭33・5

北野奈尾子は、大正から昭和にかけて英語の個人教授を受けていた、三村友之助について「私」に語る。彼は、生家が品川の吾妻楼という女郎屋の次男で、「前科者のように自分の素性を隠そう」としていたが、就職先の専門学校の忘年会で同僚よりその事実を暴露され、一夜で髪が白く変わり、退職してしまう。その後、三村はヨーロッパへ二年留学したが、帰国後、「何が彼の傷き易い心を刺激した」のか「剃刀で咽喉部を切って自殺を企て」、「生命はとりとめたものの」声を失う。奈尾子は「陽あたりよくは生きられない質の人」であった三村が今も生きていればいいと思うが、それは「売春禁止《ママ》法の実施」により、彼が「憑きものの落ちたような気」になるに違いないと思うからであった。

掲載誌は「春のめざめ」と題して、性に関する特集を組む。雑誌末尾に「才女三人集」として、円地（福田新生画）、有吉佐和子（「ほむら」）、生方たつゑ（「封書の抗議」）の短編小説を掲載。売春防止法は昭和三十三年四月一日施行。

（石田和之）

他生の縁（たしょうのえん）

小説／『南支の女』古明地書店、昭18・6・15

その頃の私は内心傷だらけで、新約聖書を読むことを日課にするほどだった。勤め先の公衆衛生所のK博士から、台湾で会社を経営する古い友人の娘二人をM女学校に編入させる世話を依頼された。面倒な交渉ごとを後悔しながらも、M女学校で教えている同級生の吉井さんを訪ねた。吉井さんの承諾に安堵して博士に報告。すると、先方の坂田親子が一月後にいきなり上京した。吉井さんの私への嫌味もさることながら、坂田たちの態度は尊大だった。案の定、教頭のA女史は色良い返事をしなかったようだ。再び吉井さんに頭を下げて、二学期初めの受験を頼み込んだ。ずっと後になって、坂田の娘二人が九月に入学したことを博士から聞いた。私は、右の頬を打たれて左の頬を出す、では追いつかない悪因縁があることを肯定した。

戦時成金の尊大で身勝手な態度と、傷つきやすく不器用な「私」が対照的であるが、批判にもユーモアにも徹し切れていないのが、作品の弱さであろうか。なお、円地は女学校退学後から数年間に亘り、聖書の個人教授を受けている。（安田義明）

他生の縁（たしょうのえん）

小説／「群像」昭51・1

幼い時に見かけた二人の男が、老年の「私」の記憶に鮮明に蘇る。それを他生の縁（前世からの因縁）として回想する小説である。「私」は網膜剥離のため、読み書きが不自由になった。身動きもできぬ入院中は、記憶の中の義太夫節をひそかに語って孤独の夜をまぎらした。ところが、そうした特別な状況でもないのに忘れられない人間像がある。いずれも、通学時の電車の中で見かけた。一人は大工の棟梁か鳶の頭のような初老の大柄の男で、耳たぶに大きな二銭銅貨をはさんでいた。一人は乳飲み子を背負って、和綴じの漢文に読みふける三十前後の男で、静かな気品が感じられた。彼を初老の男の娘婿と設定して小説化を試みたが、結局まとまらなかった。今では何の作為も加えずに、あるがままに二人を死ぬまで自分の内に棲ませておこうと考えている。老いの深まりを描く身辺雑記的な小説といえよう。（渡辺善雄）

旅よそい（たびよそい）

随筆集／『旅よそい』三月書房、昭39・11・20／全集⑮

早くは昭和二十八年頃から三十八、九年前後、「中央公論」、「婦人公論」、「サンデー毎日」、「朝日ジャーナル」などの雑誌、朝日・毎日・産経等の新聞に載せられた随筆や随想類の集成、I、II、あとがきよりなる。題名は、「旅についての文が多く、私自身もこの上なく旅を愛す気持の表現である」（「あとがき」）とある。Iに、季節、世相、流行などへの言及六十編、IIに、歌舞伎、文学、父や母などに触れた三十五編が収められ、「枕草子」ばりの円地文子の感性、精神ワールドの開示がある。

内容を大略辿るなら、Iは大きく四つに分けられよう。一つは、四季、季節感を記したもの。初夏、上野公園大欅や諏訪で見た若葉の美しさ、夏、氷やレモン好き、ほおずき市の美しさ、鈴虫好き、台風で倒れた楓から出た返り新芽、銀杏の木などの秋の風物、楽しかった正月風景の今昔、紅梅の凛々しさ、そして雛人形の静かな勁さなど、日本の四季、風物の美しさと変容などを記す。二つには、当代の世情や人事に触れ、男と女、才女論、安保改定に絡むデモの歴史、日本・世界における距離感の変化、変わりゆく社会や政治への関心、殺人や白鳥撲殺のニュース等に見る世の乱れなど。三つに、変わりゆく社会や伝統について、髪型や衣装の流行、とりわけ、和服は明治よりも今の方が美しいとも論じる。最後に、女人禁制が解かれた高野山、坂口安吾、河井継之助などに言及した新潟などへの旅、隅田川の美の今昔を記した東京名所記、ハワイ、沖縄の旅などが収められている。

IIには、四つの世界がある。一つは、歌舞伎論群で、代々の市川団十郎を語り、海老蔵の淋しさ、梅幸のはなやかさ、歌舞伎における型、真女形論、中村歌右衛門の美しさなどを記して止まるところがない。二つは、仏閣、仏像、芸術美についてで、京都曼珠院の美、宇治鳳凰堂と中尊寺金色堂との美の対比、俵屋宗達他の琳派の美しさ、江島弁財天の美しさなどを語る。三つは、これまでに出会った文学者言及群で、とりわけ、武者小路実篤、中村地平、中山義秀などとの奔放な恋に生きた真杉静枝の「愛情行路」は秀逸。文学の先達であり、良き理解者であった故久保田万太郎や故室生犀星への限りない哀惜の情、尾崎一雄の文学と人となり、丹羽文雄の母への思いなどを記す。第四は、家族や自己の文学論開示で、はじめ噂されることへの倦厭、そして認容、誇りにさえ思うようになった父上田万年のこと、母が持っていたお茶やお花の素養、祖母から聞いた物語、フランス文学や耽美の文学の濫読、そして、女学校中退、自らの文学的出発などなどを記す。

円地文学の原点や基底、更には、人生の旅の集成で、昭和二十八年頃から三十九年、円地四十八歳頃から五十九歳までの約十年間の思想や感性の断層的吐出と見ると面白い。II部の多くは、のち、自伝『うそ・まこと七十余年』（昭59・2・10、日本経済新聞社）などに纏められていく。円地作品との呼応を考え、内容を摘記したが、対応には、亀井秀雄・小笠原美子『円地文子の世界』（昭56・9・25、創林社）などが便利である。

（槇林滉二）

ダブル・ダブル

小説／「週刊文春」昭37・3・5

雑誌編集者の羽田敏郎は妻帯者だが、女に手が早く、妻以外にも「二人っきりになれる女が居ないと物足りない習性」の男性。恋人であるバーのマダムの珠江を職場で待っていたところに、ふいにかつての恋人の由紀子が会いに来る。由紀子は元商事会社の事務員で、今は結婚して団地住まい。しかし単調な団地生活と「ねっからのお坊ちゃん」のような夫に退屈し、羽田を誘いに来たのである。そんな由紀子を羽田は「結婚しても充分に羽ばたく翼を持っている頼もしい彩鳥」だと感じ、ホテルで由紀子の「よく跳ねる細みの川魚のような弾力のある身体」を愛した。だが、翌朝由紀子は同じホテル内で、同じように浮気をしていた夫と隣戸の主婦にでくわしてしまう。夫の浮気に怒る姿に、羽田は女の「本心」を見る。

結婚という制度におさまらない男女の性的欲望と、団地生活に退屈する主婦の性的な不満を描く点で、「団地夫人」（昭37・2）と共通する問題を取り上げている。（石田仁志）

多保子の出世（たほこのしゅっせ）

小説／「婦人サロン」昭7・3／『春寂寥』むらさき出版部、昭14・4・10

日本画の勉強をしている多保子は二年連続でN展覧会に出品したが落選する。その帰り道自暴自棄になった多保子は行きずりの男と関係を持つ。売春婦に堕ちたと自嘲する多保子の手に残された金と名刺。その名刺がN展の日本画審査委員のものであったことから、多保子の出世の門は開かれた。

美しい容貌と賢さを以て、男を利用し、出世をする多保子は、昭和十年代の女性像としては特異なものであっただろう。読者をして「有福《ママ》な未亡人」である叔母を持つという、決して下層とは思われない階級への憧れ・妬み、二十六歳で独身という境遇への同情・優越感を煽動するに十分である。吉田精一の「円地文子の文学を貫くものはたしかに執念である。それは多くは男に対する復讐の執念でもあり、時に芸に対する執念でもあるが、それが同時に生命感であり、生きることの意味を構成しているのだ。」（「円地文子と執念の文学（二）」『国文学解釈と鑑賞』昭36・2）という円地文学の特質が凝縮されている短編といえよう。（須藤しのぶ）

玉鬘（たまかずら）

小説／「むらさき」昭11・6／『春寂寥』むらさき出版部、昭14・4・10

「玉鬘」は、作者が「序にかえて」（初出誌）で述べているように、「源氏物語」の中の女の性格を写したいという意図のもとに創作された。本作では、冒頭に引用した「藤袴」巻の一文が示すように、光源氏に引き取られて育つ夕顔の遺児、玉鬘の人物像が主人公の瑠璃江に重ねられる。瑠璃江は、舞踊の会に出演した折に、亡き母の愛人であった財閥の首班の藤井克己に見出され、彼の厚い庇護のもとで舞踊に磨きをかけることになる。それから四年、瑠璃江は母に優る美貌と才気を具えた女性へと成長し、舞踊家の花形と言われるまでになった。藤井は、表向き後援者として振る舞うものの、かつて彼女の母に対して燃やした情火が甦り、胸の内は揺れる。母の形見として愛されることに満足していた瑠璃江も、次第にこの端整で深い教養を身につけた紳士に、母と同じように心から愛されたらどんなに幸せかと心を悩ませるようになる。そんな折、瑠璃江の実父から縁談が持ち込まれる。相手は趣味も教養もない四十男で離婚歴のある子持ちの事業家。それまで芸を盾に結婚を拒んでいた瑠璃江が、何故かこの話をすんなり受け入れる。初出誌では、実父の苗字に「池島」と「水田」という二つの異なる表記が見られたが、『春寂寥』に収録の際に「水田」に統一された（上坂信男「円地文子と源氏物語―『むらさき』寄稿時代の作品」『早稲田大学大学院教育学研究科紀要』創刊号、一九九〇・一二）。

（赤尾勝子）

単身赴任（たんしんふにん）

小説／「小説新潮」昭54・1／『砧』文芸春秋社、昭55・4・10

女にもてる色男と結婚した女の話である。書き出しに江戸時代の色男（丹次郎等）についての蘊蓄があり、後の物語全体に広がりと深味を感じさせる薬味となっている。

「能なしでやさしいだけが取り柄の男は、ある種の女の母性本能をくすぐる」が、「この物語の中の丹次郎は、しかし、決して能なしのひも的存在ばかりではない」四十過ぎの働き盛りの男が転勤する。「女だって働けば」何とかなるという時代、妻は教育ママで、子供に夢中であった。ある日突然、妻の所へ一人の女から電話がかかって来る。「あんた、いったい何て人よ。自分の旦那がよその女と夫婦みたいに暮しているのに黙っているって法はないでしょう」と。出刃庖丁を買った直情的な女の生々しさが描写されるが、危機は回避される。男にはほとんど生なセリフがない。もう一歩踏み込んで、男のうろたえるさまが描写されていれば、別な物語になっただろうか。

（取井　一）

団地夫人（だんちふじん）

小説／「オール読物」昭37・2

桜戸はるみと瑛一は新婚六ヵ月で、東京郊外の丘陵地帯の団地に転居してくる。団地での甘い新生活を期待するも、瑛一は転居するなり、「妻が自分の留守の間、身体をもて余して」いるのではと嫉妬深くなり、はるみは閉口する。困って隣戸の未亡人の花園やす女に相談すると、ＡＹクラブという会に誘われる。それは夫婦円満と性的欲求不満解消のために、「夫以外の男性と性交する」という主婦たちの秘密会であった。はるみは一人の青年を紹介されて関係を持ち、瑛一もクラブの別の主婦に誘惑されて浮気をするようになる。夫婦それぞれが性の対象を拡げることで二人の関係は好転していく。だが、その調和は半年後、やす女が自宅玄関で何者かに絞殺されることで突然に終わる。

主婦たちの性的な秘密会という設定は如何にも男性の物

語的な妄想をなぞったものだが、主婦たちが性の自由を獲得することで夫からの解放感を味わっている点は、円地文学における「性」を考える上では興味ある作品。（石田仁志）

小さい乳房（ちいさいちぶさ）

小説／「文芸」昭37・4～8／『小さい乳房』河出書房新社、昭37・12・15／全集④

雑誌記者の笹村吉朗は、母りつ子の実の子供ではなかった。吉朗は父茂雄と芸者との間にできた子供だったが、りつ子が子供の産めない体であったために実子として引き取られたのだった。大人になるまでそれを知らなかった吉朗だったが、幼少の記憶には、添い寝するりつ子の小さい乳房をまさぐった感触がありありと残っている。小学校に上がった頃、疎開先で胃痙攣の発作に苦しむりつ子の背中を押す吉朗は、はだけた浴衣からのぞく母の乳房に顔を擦りつけ、思わず小豆粒のような乳首を吸う。お手伝いのたけに引き離され、中学生の英之助の手を借りてりつ子の発作はおさまるが、吉朗は英之助に強い嫉妬を覚える。戦争が終わり東京に戻った母子は戦後の荒波を生き抜くが、りつ子は吉朗が大人になるにつれて、吉朗に性愛を交えた恋愛感情を抱くようになっていく。りつ子はその感情を決して表に出すことなく内に押しとどめるが、吉朗の結婚式が終わった夜、一人家に帰り、吉朗の結婚に夜通しのたうち回って苦しむのだった。それも一晩限りとして、再びりつ子は理想的な姑を演じる。一年余り経って吉朗夫婦に子供ができる。そのことに平静を保つりつ子だったが、狭心症を抱え養生の必要な体になっていたにもかかわらず友達と旅行に出て、孫の顔を見ないまま旅先で発作を起こしこの世を去る。吉朗には、それがりつ子の自殺だったように思えるのだった。

この作品は吉朗の回想を聞いた女性作家Aの聞き書きとして書かれているが、平野謙は母を語る吉朗に人間的な軽さを指摘する（「毎日新聞」昭37・7・28）。河上徹太郎は賢母におさまるりつ子に物足りなさを指摘しているが（「読売新聞」昭37・7・30）、普段乱れることのないその身だしなみがりつ子の規範性を示している。その内に隠された小さい乳房は、母であると同時に女であるりつ子の欲望を象徴し、作品中で、子供を産んだ女の浅黒く重たい袋のような乳房と対照をなしている。（石橋紀俊）

散り花（ちりばな）

小説／「別冊婦人公論」夏号、昭56・7／『雪中群鳥図〈続鴉戯談〉』中央公論社、昭62・2・25

この作品のテーマ「花は散り際のいさぎよからんこそ、おかしけれ」と前置きがある。花への憧れは幼少の頃よりあったというが、とりわけ野の花の美しさを知ったのは榛名山へ登った時であったと、作者は回想している。今はゴルフ場に化しているが、戦前の軽井沢での花狩りの情景は郷愁をそそられる。この物語は軽井沢で遇った娘三人、なかでも秋の温習会で道成寺を舞うという背の高く美しい顔立ちの梢という娘の話題を中心に展開している。梢の楚々とした姿に、朝露に首を垂れている撫子や松虫草を想い浮かべている。ぜひ梢の道成寺の花子を見たいと思っていた。水上げしない花のようではあるが、舞台で舞う梢は幻の妖姫になったように見えた。彼女の舞い姿に魅了されたが、その後、梢は結婚し幸福に暮らしているという。この作品の意図していることは、花も女性（梢）も潔いのが心憎いと言わんばかりである。（早野喜久江）

終の棲家（ついのすみか）

小説／「群像」昭37・1〜8／『終の棲家』講談社、昭37・10・20／全集⑥

単行本にする際、後半部にかなりの加筆訂正が加えられた。「遠州流」の生花の師匠豊中美須は、文化会館で外国人の弟子二十人ばかりを教えている。その大半はアメリカ軍関係の夫人たちであるが、このことで相当の社会的名誉と収入を得ている。美須は六十歳に近く、戦争中に乳癌を患って、左の胸から脇の下にかけてごっそり切りとられてしまった。癌は完治したが、左胸に特製のパットを当てている。また美須には、心臓の持病がある。夫の廉平は七つ八つ年上だが、胃潰瘍の持病があって老人くさく老いこんでいる。彼は役人・会社重役のあと、豊中法律事務所をひらいているが、ほとんど仕事はない。夫婦としての肉体関係はすでになく、同じ家に棲みながら、ふたりの心は乖離しているが、離婚するほどではない。この家は、美須が生まれて以来ほとんどずっと棲みつづけている家で、美須はその重みを感じつづけている。息子の隆一はSRテレビに勤めているが、人気女優の鷹取町子と同棲し、妻ともめている。ところがその鷹取町子は、二十数年前、廉平が先輩の妻勝子と情事におちいった、その時にできた娘である可能性があった。もしそうならば、隆一と町子は近親姦ということになる。一方、廉平の大学以来の友人の日向義則が離婚の調停を依頼しに訪ねてくる。日向は、講師をしている大学の若い女事務員宮川ゆか子と恋愛し、アパートに同棲しているのだが、ゆか子の強い求めで、妻と離婚したいというのだ。ある午後、美須が文化会館で仕事をしていると、き、知り合いの婦人記者が、「遠州流」の稽古中の写真を雑誌に載せたいと、ハンサムなカメラマンの伊能高也を連れてきた。伊能は、かつて美須が真剣に愛しあった洋画家の玉木貢一の実の息子であった。玉木もその妻もすでに亡くなっているが、二十数年前の甘い情事を、美須は忘れてはいなかった。伊能は先日の写真をとどけに美須の家を訪れ、いきなり美須の肩を引き寄せて抱こうとする。狼狽と当惑のなかでも、美須は自分の胸の窪みを忘れないで難をのがれた。後日、伊能はフランスで個展をひらくので、美須があの家にいる姿を撮影したいと申し入れてきた。美須はそれに応じ、その日は何事もなく撮影が行われ、伊能は帰っていった。美須の家屋敷を買い取りたいという話がSRテレビから来た。有利な条件に、廉平は心を動かしたが、狭心症の発作を起こして、かろうじて助かった美須は、「誰が何といっても私の生命はこの屋根の下で終わるのだ」とつよく思った。

家の重い重圧と、内心にうごめく奔放なエロティシズムの両面を描いた作品である。同時代評として「群像」（昭37・9）の埴谷雄高・寺田透・平林たい子による「創作合評」がある。また集英社文庫「終の棲家」（昭56・12・25）に、磯田光一のすぐれた解説がある。

（森本　穫）

躑躅屋敷（つつじやしき）

小説／「週刊読売」昭38・5・5、12／『ほくろの女』東方社、昭42・3・1

前編「夜の騎士たち」、後編「皆去り行きぬ」。武蔵野の丘陵地帯に立つ長曽根家は、躑躅の燃え立つ広い庭にちなんで躑躅屋敷と呼ばれている。大地主だった長曽根家も、当主亡き後は、未亡人富世と室内装飾デザイナー志望の一人娘美佐が土地を切り売りして生活してきた。男嫌いと噂される美佐に、富世は医師手島欣一との見合いを勧める。実は富世は、欣一の父の日本画家悠石とかつて愛し合った仲だった。ある夜痴漢に襲われた美佐は、隣の独身アパートに住む宗近匡一と津崎進に助けられる。宗近らを疑う欣一に反発した美佐は縁談を破談にするが、富世が亡くなると、母の恋愛を許せない深層心理が働いたかと反省する。やがて美佐と欣一の結婚が決まり、宗近らはアパートを去る。屋敷には買い手がつき、庭の躑躅は掘り返される。あとには公団住宅が建つという。

親の代の恋愛が子の代で実るという古風な筋立てを、戦後の風俗の中に点描する短編。

（中村ともえ）

爪くれない（つまくれない）

小説／「新女苑」昭12・1／『春寂寥』むらさき出版部、昭14・4・10

大部屋女優の留女《るめ》は、ブルジョアの息子久富に生活の面倒を見てもらっているが、一方で、妻子ある外科医須永との逢瀬に初恋以来の恋心を抱き情熱を傾けている。鈍感で冴えない久富が留女の指に丁寧に赤いマニキュアを塗ってくれた。須永に逢い心躍らせてその赤い爪を見せると、トルコ人の花売り女の「爪くれなゐの木」で染めた爪の赤色の方がもっときれいだと思い出を語る。留女は久富の純朴な心まで侮辱されたようで自尊心が傷つく。

円地には到底叶うことの無い憧れの自由恋愛である。二人の男への打算の駆け引きこそ恋愛の醍醐味であり、耽美的な魅力に満ちている。享楽の愛を求めて世界を漂白するトルコの女のように、男への飽くなき執念は手放すことができない。追い求める情熱に生きる価値を見出すのだ。残酷な美しさを持つ爪紅の強烈な赤には、享楽の果ての破滅を予感させる切ない哀しさが込められている。女の気負いと意地に輝く鮮やかさである。たとえ色が薄くても女心を支える純朴で野暮な愛が切ない。爪を赤く塗ると気持ちも高揚するのは女としての優越感であろうか。マニキュアは当時としては珍しいハイカラものである。（阿部綾乃）

妻の書きおき（つまのかきおき）

小説／「婦人公論」昭32・3／『妻の書きおき』宝文館、昭32・4・5／全集②

木部とりは、夫友二や四人の子供とともに三軒長屋に暮らしている。夫の友二は鋳物工場で働いているが、生活は貧しく楽ではない。ある冬の早朝、とりが朝飯の用意をしていると隣人のみちよから友二に女がいるようだと告げられる。みちよは工場街の飲み屋に雇われているが、友二の勤める相馬工場から今朝女が出てくるのをみた、というのである。とりは、みちよにいわれたことを気にするが、直に友二には聞けない。その後、上の子供のとし江が、お父ちゃんは女の人と遊んでいると、とりに知らせる。とりは、努めて平静を装うが気が気でない。そのうち、友二はとりに言い訳をして日当を渡さなくなるが、おとなしいとりは、夫に対して何もいえない。やがて、みちよが鋳物工場の賄い夫婦から女の正体を聞きだして、とりに伝える。女は小池勝代という戦争未亡人だった。このことは、工場主の相馬の耳にも入り、相馬は友二と勝代に説諭し、二人の関係は終わる。だが、安心したとりのもとへ勝代が会いに来て、不幸な身の上を話す。とりは勝代の話を聞き、彼女にいたく同情する。娘のとし江は母の甘い対応に不満をもつが、とりは何もいえない。すると、二ヶ月と立たないうちに友二と勝代はよりを戻してしまう。困り果てたとりは勝代に直談判するが、けんもほろろで相手にされない。その夜、とりは勝代を呼び出し殺そうとする。気絶した勝代が死んだものと思ったとりは、後追い自殺しようとするが、結局自首する。刑事が捜索に訪れた長屋で、とし江はとりの書き置きをみせる。そこには、小池のおばさんと一緒にあの世にいくこと、お父さんのいうことをよくきくことなどが記されてあった。

とりとみちよと勝代という三人の女性を通して、「聖」と「俗」というモチーフが描かれている。ただし、結末部分でとりが自首したり、「遺書」を和夫の鞄に入れたりす

ることからも分かるように、彼女はいわゆる聖女ではなく、したたかな女性としての一面を持っている。（大塚　剛）

妻は知っていた（つまはしっていた）

小説／「婦人倶楽部」昭32・11〜33・12／『妻は知っていた』講談社、昭34・5・30

千束多緒子は二十代後半の主婦。夫の菊雄は二十九歳で菱井デパートに勤務する室内装飾家で、赤ん坊の秀子と三人で義姉・津奈子の家に間借りしている。津奈子は多緒子の兄と結婚して三人の子をもうけるが、夫に先立たれたあと夫が経営していた火災保険の代理店を引き継いで働いている。留守の昼間、三人の子の世話を多緒子にみてもらう条件で多緒子の家族を住まわせている。多緒子は十五、六のとき母を亡くした。父は借金取りから身を隠し行方不明である。ある日、多緒子の父磯村友太郎が菊雄の職場を訪れ、五千円の金がないと詐欺罪で刑務所に入れられると言う。菊雄は金を渡すが妻には話さない。

早乙女潮子は貿易会社の社長令嬢。カソリックの女子学院を卒業してアメリカの大学で建築美術を学び三十歳で帰国した。潮子は菊雄のデザインが気に入り、室内装飾の新会社設立に菊雄を協力させるため食事やダンスホールに誘う。多緒子は夫の服から香水の匂いがするのに気づくが問いただせないでいる。隣の町工場の娘勝江が多緒子に、夜おそく菊雄が女の運転する高級外車から降りるのを見たと告げる。菊雄は潮子の申し出を妻に言いだせないまま日が過ぎる。磯村友太郎は生活に困窮して安宿で暮らしているが宿代が払えず追い出されかかっているとき、同宿の男から「轢かれ屋」になれば金が入るとそそのかされて実行する。その車に乗っていたのは潮子の父・早乙女俊策の愛人で料理屋を営む山下浅茅であった。浅茅は友太郎を入院させ、身元調べから取引のある津奈子を呼び出し、治療費は持つので多緒子に菊雄が潮子の新会社に協力するよう説得してほしいと説得する。早乙女俊策は娘のために菊雄を海外視察に誘いヨーロッパやアメリカを三ヶ月にわたって同道させる。帰途ハワイに寄った菊雄が宿泊するホテルに潮子が現れ二人は男女関係になる。潮子と菊雄が新会社を立ち上げた夜、浅茅の料亭にやくざが現れ菊雄の妻からの依頼だと言って騒ぎを起すが浅茅が仲に入って一旦は納める。菊雄は妻に不信感をもつが言い出せないまま夫婦の仲が気まずくなる。友太郎が死に津奈子と多緒子は内密に父を葬る。やくざを使ったのは潮子と菊雄を結婚させようとした浅茅の仕業だったことを勝江から聞いた多緒子は離婚を覚悟する。一方、潮子は菊雄が多緒子を深く愛していることを知り、外国旅行で頭を冷やそうと飛びたつが航空機事故で死ぬ。

この作品の持つ意義は、良妻賢母型の多緒子と、キャリアウーマンの草分けともいうべき才色兼備の潮子を対照させたところにある。

（神谷忠孝）

鉄橋の下で（てっきょうのしたで）

小説／「別冊文芸春秋」昭31・6／『妻の書きおき』宝文館、昭32・4・5

失業中の曾次と、今度住み込みの勤めに出る杉枝の夫婦を主人公に立て、鉄橋での鉄道事故を視覚的・立体的に描写している。立体的とは、鉄橋の上と下とにある相容れない現実層を指している。具体的には、川から舟に引き上げられた少年の、「頭から額へかけて血だらけ」が、すぐに橋の上からは、「血の色も絵の具のように見えた」に変換される、その現実の二相によく現れている。

さらに作品は立体的な様相に深めて終わる。目に見える橋の上と下が、今度は目に見えないものとして現されるのだ。「曾次は道夫を手離した杉枝の身体に思いがけなく若々しいなまめきの噴いているのに気づいてぎょっとした」は、曾次と杉枝の夫婦の将来が、まさに「鉄橋の下で」あることに気づく。異なる現実層を描写することによって、そこを客観と主観とに捉えた、優れた掌編になっている。

（遠矢徹彦）

てるてる坊主（てるてるぼうず）

小説／「新潮」昭15・1／『南支の女』古明地書店、昭18・6・15

娘の遠足用の菓子を買った「私」は、「ブールジエの『死』」を求めた書店で、亡夫のいた療養所で知己となった彫刻家「杉」に会う。未だ結核病みの彼と、病弱の「私」は、終始死について語り別れる。駅近くで千人針を縫うが、出征兵士の顔が「杉」のそれと重なる。帰宅後、娘のためにてるてる坊主を玄関先に結ぶ。晩の雨から一転して翌朝は晴れて、無邪気に喜ぶ娘を見て「昨夜からの死神は靄をぬいた太陽の光の中へ白く消えこんでゆくやうだつた」。

戦時の円地の文学的立場については、今後更なる考察を要する。小林富久子は『円地文子』（平17・1、新典社）で、「出征兵士の見送り風景をやや感傷的に扱う」本作品に「戦争ないし政府批判といった姿勢は一切感じられない」と指摘し、その理由を「解説」（『南支の女』平14・5、ゆまに書房）で、「朱を奪うもの」の「滋子」（＝円地）の回想たる「明治の教育」や「日本の国土拡張の歴史」に「不信を感じ」なかったことに見ている。

（川上真人）

纏足物語（てんそくものがたり）

小説／「新潮」昭60・1

円地文子自身を思わせる一人称「私」が、女性の足を小さく変形させることで行動を束縛する、纏足という中国の古い風習から想起された様々な事柄について語った文章である。老年に入り、身体が不自由になってきた「私」は、纏足の女性の一生に思いを馳せ、「纏足という特殊な肉体を持っているということは、かなり特異な性格を形づくったに違いない」と考える。そして、頭の中に、ある纏足の女性を主人公にした波乱の物語を構想する。

作中において、失明しても書き続けた馬琴や秋成、足が不自由になっても舞台に立ち続けた役者の歌右衛門などを引き合いに出し、「おそらく頭がおかしくならない限り盲になってもこの仕事だけは続けるだろう」と「私」の創作への執着が語られるように、ここに読み取れるのは「私」のますます旺盛な創作意欲である。小説家の創作過程の一端が知れる文章でもある。その意味では、小説というより、小説についての文章として読むことができる作品といえる。

（遠藤郁子）

天の幸・地の幸（てんのさち・ちのさち）

小説／「むらさき」昭14・5〜15・6／『天の幸・地の幸』むらさき出版部、昭15・7・1

笹野敏樹の次女直枝は、時おり家を訪れる女が父が昔手をつけた女であることと、その女の産んだ異母兄の存在を知ることになり、父の〈貧しい女の愛情を玩んで、その子を認知もせず捨て去つてしまつた行為〉に対して反発し、異母兄の〈自分の志望の為に、実父の援助をきつぱり断つてしまつた弾性のある態度〉への関心を深めているなか、親友鮎澤杏子から打ち明けられた恋の相手が他ならぬその異母兄浅沼鶏二であることを知る。杏子は従姉の門木環の家で、弟の家庭教師に住み込んでいる鶏二を知ったのだった。環の家で対面した直枝と鶏二は階級を超えた共感を互いに持つことになる。一方、鶏二は自分に思いを寄せる杏子と環とのいずれも選ぶことができないでいたが、結局は裕福で美しい環より一途で健康的な杏子を選ぶことになる。驕慢な環は自殺をしようとするが、いくつかの偶然が重なり無事に家に戻った環は父としばらく大陸に渡ることになる。

以上の梗概をたどってもわかるように、直枝の成長物語が恋の鞘当ての物語に捻れていく展開や、その三角関係の紋切り型のところや、自殺を回避させるためのご都合主義的な展開等、初期の習作としての瑕疵は否めない。〈習作の常としてここにも円熟期の円地を思わせる幾多の要素が存在しており、それが発展途上の作家としての円地の未だ旧弊的な部分とせめぎ合っている点が注目される〉と本作に対する「解説」（『〈近代女性作家精選集20〉天の幸、地の幸』平11・12・15、ゆまに書房）では肯定的に評価した小林富久子も、他の作品を「解説」する際には、〈『天の幸・地の幸』

や『日本の山』等の初期長編は、後の円地を思わせる持味をある程度示しつつも、全体としては、妻と妾の三角関係や異なる階級の娘間の恋の鞘当てなど、風俗小説の筋立てにとどまっているのだ〉（小林富久子「円地文子『南支の女』解説」『〈戦時下〉の女性文学 13 南支の女』平14・5・23、ゆまに書房）として評価は否定の方に傾いている。〈不徹底ながらも、階級よりジェンダーの問題を社会的不公正さの一因として追求する姿勢を示している点は、フェミニズム的視点から見た場合、注目に値する〉とする前者での高い評価はうなずけるものではあるが、（あくまで鶏二の言葉ではあるが）〈女は矢張り母型か娼婦型か二つの型でわけられる〉として杏子と環を〈真昼の女〉と〈夜の女性〉とに分ける、その類型的なところなども顕著な〈不徹底〉なものとしてとらえなければなるまい。（福田淳子）

東京の土（とうきょうのつち）

小説／「中央公論」昭33・4／『東京の土』文芸春秋新社、昭34・7・20／全集③

デパートの仕入部を定年退職した吉本佐平と妻の数江は、戦後、長年住んだ古い貸家を現金が要るという家主から譲り受け、「東京のまん中に、地附きの家を持つ」。しかし、隣接する高台の墓地を地主の慈光寺住職が手放し、その墓地は地上げされコンクリートで固められることになる。数江は家が穴倉みたいになると顔色を変える。生花指導で千葉に赴く数江であるが、神経痛の持病で休んでいた日、佐平に呼び立てられ墓地が掘り返される現場に立ち会う。その夜、数江は死人が自分の体にのしかかる夢を見、眼を覚ますと、佐平の目には「男の欲を湛えた光」がゆれていた。半月程の工事の後、地盛りは完成するが、数江は「あの下にはまだ掘り残した骨があるわよ」と言う。翌春、高台には洋裁学校の寄宿舎が出来、数江の留守に訪れたその学校の教師は、生徒への生花教授を数江にお願いしたい旨、佐平へ伝える。佐平は「地上げも満更悪いことばかり」ではなかったと妻に話せることを喜び、「執念だの憎悪だの」を肩から降ろして貰いたいと思う。

「『妖』のような鬼気はすでになくなり、ゆきくれた老夫婦の平凡なたたずまいがさりげなく描かれてある。」（平野謙「毎日新聞」昭33・3・18）、「よく東京の小市民生活の不安感をとらえている。」（臼井吉見「朝日新聞」昭33・3・18）といった発表直後の時評がある一方、奥野健男（「文学界」昭34・8）は『東京の土』（「家のいのち」「妖」も含む）に関して、「家や土地に執着する女の心を、そこに住む生霊のようなものを描いている」とし、円地作品に「共通するライト・モチーフは女の業」「執念」「自らもどうすることもできない潜在的な本能」で、「描かれているのは」「強さ」「怖ろしさ」だと指摘する。「東京の土」の家や坂の設定は「妖」の延長上にあろう。作品は、数江が懇意でもない二人の自殺者の経緯を思い起こすところから語り始められており、その点にも着目したい。初出誌のカットは小磯良平。（石田和之）

年上の女（としうえのおんな）

小説／「小説新潮」昭45・2／『春の歌』講談社、昭46・5・24

「私」は幼い頃、祖母の語りから江戸の戯作や歌舞伎の面白さを知った。祖母いねの兄佐藤正之進は、御家人で絵を描くことを副職としていた。兄は美にうるさく、細面の年増女の姿を好んで描いていたが、いねと正之進が通っていた常盤津の師匠のところに、その絵のように美しいお品という女がいた。お品は正之進より六つ年上で、以前はさる旗本の妾だったが、その美貌に惚れた正之進は結婚を決める。家族親戚の大反対にあうが、正之進は薄笑いを浮かべたお品そっくりの顔の生首を描くほど思いつめ、とうとう結婚を許される。しかしお品は美しいだけで家事はまるでできず、その美貌も病身で早くに失われた。正之進は、自らを「親不孝もの」と言っていた、といねは「私」に話した。いねが話すと、そうした話も翳りなく聞くことができた。いねは、そういう江戸人気質の快活な人だった。

文芸の魅力を教えてくれた祖母のことから、祖母の兄の恋愛も織り交ぜた自伝的小説。（土屋萌子）

土蔵の中（どぞうのなか）

小説／「小説新潮」昭42・5／『生きものの行方』新潮社、昭42・7・10／全集④

主人公は七十を過ぎた老人で、現役から退き今は悠々自適の暮らしだが、友人の死をきっかけに自らの死を見つめ、身辺整理を思い立つ。その手伝いに、昔会社で秘書のように使っていた女を家によぶ。女は未亡人となり夫の末弟と暮していたが、ある日土蔵の中に仕舞ってあった春本を見せて欲しいと願い出る。それを義弟と一緒に見るという女に対し、「久しく消えていた男の欲がほのかに甦って来る」のを感じて終わる短篇である。

作品中には、老いていく悲しみ、死を見つめる男の心情が「半分折れかけたままの枯れた小枝が木の間に引っかかっているのは見た眼の悪いばかりでなく、いかにも死にかかった老人が生命の燃えたつ若者の間に交っているような不快な違和感に襲われる」という言葉により表現されている。この枯枝は「人間の骨」を想像させ、「枝と白い骨灰」が重なって感じられる。だが、その枯枝を見つけてとる行為そのものが、老いや死への抵抗であり、女を意識することも性＝生への執着となって表されている。他の作品と同様に、老いと死、性と生、男と女、どれもが根底に流れる一貫したモチーフとなっている。しかし同様のモチーフでありながら、この作品はどこか明るい。「馬鹿馬鹿しい、私は共犯者になるのは御免だよ」との最後の男の呟きには、皮肉とユーモアが感じられる。円地は「私のものなんか、よく女の執念とかいうふうにいわれるでしょう。結局、形からいえばそういうことになっているけれども、人間の持っているものでなかなか外へ出せないものを描こうとしているという気が自分ではするのです」（『女流文学者会・記録』「座談会・女流作家、佐多稲子・円地文子・曾野綾子・平林たい子」平19・9、中央公論新社）と語っている。「外へ出せないもの」が、この短篇では男の隠された性に対する欲求であり、女の持つ意外な一面でもある。それが「土蔵の中」の「春本」と二重写しとなって描かれていて面白い。代表作「女坂」「妖」に描かれた女の情念や怨恨、妖しい幻覚とは別の円地文子という作家の特性について、今後の研究が待たれる。　（南雲弘子）

土地の行方（とちのゆくえ）

小説／「展望」昭42・4／『生きものの行方』新潮社、昭42・7・10／全集④

学者だった梶子の父に資産らしいものはなかったが、子供たちにはいくつかの土地を遺していった。一つは銚子にあった兄と梶子名義の土地で、二人ともほとんど所有者の自覚のないまま、戦後のどさくさの中で権利を放棄してしまった。もう一つは我孫子の手賀沼に面した土地で、子供のころ家族みんなで見に出かけ、船遊びをした覚えがある。父が亡くなって姉と梶子が相続したが、結核にかかった姉の娘の療養費に充てるためにそれは二束三文で手放すことになった。船遊びの楽しい思い出だけが残った。第三の土地は湯島にあった。兄弟と梶子の三人が相続したが、年々地価が高騰するため長く住んでいた借地人に安く売ってしまった。ところで、父母から譲り受けた土地とは別に、梶子は結婚してから軽井沢に自分たちの土地を買った。ささやかだが別荘も建てて家具も自ら買いそろえ、毎年家族で夏を過ごしに行くのが楽しみだった。戦災で焼け出されたときもここに疎開し、娘も近くの中学に通った。戦後はその娘が結婚して、孫をつれて遊びに来るようになった。ところが、四年ほど前、道路の拡張を理由に土地の一部を削り取られる話が持ち上がり、町内に反対運動が起こった。一年にほんの僅かしか住んでいない梶子が、抗議のために直接行動をすることはなかったが、何度か腹立たしい思いもし、知事へ長い手紙を書いたこともあった。たまたま他の地域で強い反対運動が起きて計画は中止されたが、このような経験のなかで、梶子はダム建設などで立ち退きを強いられた農民たちのことを思い、人間には金で買えない土地への愛着や執心のあることをあらためて実感するのだった。「土地の行方」には、同じ年に発表された「谷中清水町」

とともに、土地とそこに住まう人間の執心が作家自身の経験から語られている。なお、軽井沢を一部舞台にした小説に『彩霧』があり、冨家素子の『母・円地文子』はこの地での作家の日常を伝えている。（後藤康二）

友達（ともだち）

小説／「新潮」昭53・1／『砧』文芸春秋社、昭55・4・10

同業の女性作家が肺癌で亡くなる。自分よりも三、四歳年長であったので衝撃を受け、生前の交情を思い出す。詩碑や歌碑などのことを語り、生前建立計画があった文学碑のことを話題にした。何より煙草が好きで、多くの人の面倒を見た女性であった。友人の生涯の出来ごとを類歴し、自分とは正反対の人との友情を語り、人間の「生」と「縁」について不思議なものがあると語る。後半は晩年の梅原龍三郎の近作展覧会の様子が描かれる。九十歳の老画家が描いた作品に異和感を覚える。裸婦の絵を特意とする梅原の絵に「内から湧いて来る充実感を覚え、展覧会の醍醐味を味わっていたのに、今度の展覧会では老画家の野放図な逞しさに嫌悪感を覚えたのであった。そこで「逞しい活力を持った人間ほど性への執着感も強い」とする。自身が昭和二十一年に子宮癌を摘出した経験とその後の恐怖や「生への執着」と女性の心理と生理を描いた作品。（中田雅敏）

酉の市（とりのいち）

小説／NHK放送、昭30・11・23／『妻の書きおき』昭32・4・5／全集②

NHKラジオ第一放送のために書下ろされ、昭和三十年十一月二十三日、語り手は山本安英氏によって放送された。のち『妻の書きおき』に収録されて、初めて印刷された。

シェフトフは帝政ロシア時代の裕福な商人の息子で大正の初め頃に日本に遊学していたが、革命以降にフランスへ亡命し、日本文学の研究を基とする東洋学の学者として二十年ぶりに日本を訪れることになる。清元や保名《やすな》などを得手とする通人のシェストフにとって、青春時代の数年を過ごした東京の町は単なる旅行者としては行き過ぎ難く、震災と二つの戦災を経験した町の変貌に思いを馳せる。かつてシェストフはお園のという女性に夢中になったが、彼女との関係は悲しい結末を迎える。別れの際、お園は日本髪に結うための長い髪を自らの手で切り落とし、シェフトフへの餞別として手渡した。黒髪に託された園の想いは蒔絵の箱に入れられシェフトフの故国へと渡る。

江藤淳は円地の「女を生きる」（昭和三十五年一月から十二月「群像」に連載）という随想文に対して「過去の香り」を指摘した。「江戸」でもなく国際都市「トウキョウ」でもない、明治と共に興り敗戦と共に滅びた「東京」がそこには息づいていると言う。「酉の市」にもその「過去の香り」が存分に感じられる。シェフトフが愛した東京は、八反の衿かけの着物を踊りっ子らしく裾短かに着て島田くずしやきれ天神などに結った雛妓の容姿や、鷲神社の御前に熊手を買いに行く人込みのざわめきの中にあった。

また、円地には女の髪が男女を繋ぐモチーフが多い。「酉の市」と同時代の「妖」（「中央公論」昭31・9）では、中年を迎えた夫婦の性的欲望を髪が暗示し、「髪」（「中央公論」昭32・5）では恋愛に華々しい夢をみるものの生活のために働き詰めの不幸な娘に美容師の仕事を付与している。

単純なプロットの掌編ではあるが、放送用に書下ろされたという珍しい経緯を持つ作品である。

（赤在翔子）

問わず語り（とわずがたり）

小説／「群像」昭51・10／『砧』文芸春秋社、昭55・4・10

大寒のある夜、満月の光が空になった死者のベッドを浮かび上らせた。曽根久枝が臨終した。病室には、四十過ぎの佐山菅子と死を間近に控えた老女の中沢きよが残された。夜半、きよが「面白いお話をしましょうか」と語り始めた。それは、きよが十四の時遭遇した火事のため、一晩身をよせた小母の家での出来事だった。同じ部屋で眠る書生の井関が夜中にきよに覆い被さり、彼女の下腹から股へかけ「なま暖かい糊のようなもの」を残したのだという。彼は、その後も真面目にきよを気にかけ、嫁にほしいと言った。その話は立ち消えたが、貧しい家の彼女が嫁ぐ時に、井関は自分の妻の菊と梅の花模様が美しい黒の留袖を着せる。余り幸福とは言えなかったらしいきよの生涯にそのような男が存在したことを、菅子は祝福したい気になった。時評に川村二郎（「読売新聞」（夕刊、昭51・9・25）、奥野健男（「サンケイ」夕刊、昭51・9・28）、田久保英夫（「東京新聞」夕刊、昭51・9・30）がある。

（堀内　京）

遁走（とんそう）

戯曲／『女の冬』春陽堂書店、昭14・9・18／全集①

一幕目、船乗りの真二は相手方に原因のある海難事故で会社を馘首され、妻富子は園丁の野添と共に薔薇と苺を栽培している。二人には東京の学校に在学中の息子小二郎と、病弱で気立てのやさしい、母に批判的な娘光代がいる。真二の実家は旧家で陶芸の窯元であるが長年不振で、兄の宗一は借金を頼みに来ている。富子が農園を始めて女丈夫に変わっていったのは、兄の重なる無心の為であった。総領の宗一だけを殊更大事にする実家を飛び出して船乗りとなった真二だが、兄の無心を断れない。富子は真二の唯一の財産である商船株を宗一に渡すよう強要する。二幕目、真二が船長時代の部下東が来る。事故時の真二の船長としての態度に惚れた東は、船に帰るよう勧め、四方山話で場を盛り上げて帰る。真二は故郷や肉親が執拗に感情に纏わりつくのは自分の中に実家を恃む気持があったこと、また、疲れて帰っても休む家庭があると思っていたのは莫迦な夢であったと富子に心情を吐露し、夜中密かに家を出る。酔って帰った野添は真二の姿を見かけたことを富子に話すが、先の真二の話同様、酔っ払った野添の話に富子は取り合わない。陸に安住する場のないことを悟った真二は、再び海に戻って行く。

小山内薫のリアリズム演劇の薫陶を受けた円地は、戯曲は生活感がなければならないと述べているが、この作品は、登場人物のそれぞれの台詞にリアリテイがあり、戯曲として読む作品である。

（石附陽子）

な

にねの

長い髪の女（ながいかみのおんな）

小説／「主婦と生活」昭31・2（原題「黒髪変化」）／『妻の書きおき』宝文館、昭32・4・5

水島敦夫は見合いをし、縁談がまとまるが、相川蓮子との関係を切れずに結婚式の日を迎える。結婚式当日、杯に酌をする巫女の顔を見ると、なんと蓮子であった。式が済み、新婚旅行に向かう列車に蓮子が現れ、列車のデッキで水島と口論になる。その時、半開きのドアから蓮子が落ちかけ、しがみついてきた蓮子を水島はつき返し、蓮子は闇の中に消える。妻のいる席に戻った水島はせめて今日だけは事件が発覚しないことを願う。

この作品は後に東京創元社刊行の『日本怪奇小説傑作集』に収録されるが、この作品の怖さは、男の冷酷で身勝手な姿と、偶然か意図的か結婚式場で蓮子と鉢合わせする場面にあるといえる。物語の展開で最も重要な装置は、半開きになったドアである。仮に水島の妻・恵美子がこのドアを開けておいたと考えると、この作品の怪奇性はより一層濃くなり、当初「黒髪変化」と題されていたことも納得できる。

（細川知香）

鉈（なた）

小説／「オール読物」昭43・1（原題「明治の女」）／『春の歌』講談社、昭46・5・24

佐野丹兵衛は、内務省の局長をしている中野家に出入りし、雑用や手紙の代筆などをしていた。中野の主人が丹兵衛に役所の仕事を紹介しようとするが、丹兵衛の酒癖の悪さが原因で話は流れてしまう。その後、丹兵衛は「菊寿庵」という菓子屋に住み込みで働くようになるが、三、四年経っても酒は飲まず一人前の商人らしくなっていた。丹兵衛は「菊寿庵」の娘である初の養子に望まれるのではと思っていたが、初の養子が別に決まってしまうと、丹兵衛の主人に対する態度は一変した。そのことで解雇された丹兵衛は、「菊寿庵」の主人夫婦、初、店員、女中らを薪割鉈で殺すのであった。

鋭をキーワードに挿話的に物語は語られるが、祖母が母に物語った話を、伝え聞いた「私」が語るという作品スタイルには注目が必要であろう。小説冒頭の「映し出す側の意図によってメカニズムが現実を編集し、整理し、一つの方向を与える」という言説からもこの小説の意図が窺えるのではないか。

（西山一樹）

夏の花・冬の花（なつのはな・ふゆのはな）

小説／『太陽に向いて―向日葵のように』東方社、昭32・1・1

今春高校を卒業した潮子は、血のつながらぬ母冬子の下で育てられ、四つ年上の兄健蔵は、冬子の先立たれた夫の先妻の子だった。冬子は亡き夫とよく似た健蔵に恋情を抱き始めた故に、健蔵と仲の良い潮子を邪険に扱う。潮子は冬子の下を飛び出し、ある薬局に住み込みで働き始めるが、そこでは主人の東一から処女を奪われた上に、東一が薬剤師の菊江と謀って妻の幾子を殺害した事件に巻き込まれる。身も心も傷ついた潮子の前に健蔵が現れ、二人は結婚の誓いを交わした。

この小説から見えてくるのは、親子や夫婦の間における愛情の問題であり、また理性的な愛情と本能的な性欲のどちらが優先されるべきか（あるいは勝るか）といった作者の問いかけであろう。さらに処女を奪われた潮子が自らを「けがれた女」と思い悩む姿から、当時の女性の貞操観を考えることもできる。円地文子の恋愛観や性倫理を窺わせる一作といえる。

（高木伸幸）

なまみこ物語（なまみこものがたり）

小説／「聲」（季刊）第一号（昭34・1）〜第十号（昭36・1）連載（以後、「聲」休刊により中断）に書き下ろしにて加筆／『なまみこ物語』中央公論社、昭40・7・25／全集⑬

作家としての円熟期ともいうべき五十歳台初頭に起筆され、連載・書き下ろしを合わせて成った、自家薬籠中の王朝を舞台にした歴史物語。作品名は、円地が作り上げた架空の古典作品『生神子物語』に拠っている。

『なまみこ物語』全体は、序章と、第一章から六章までとの合計七章から成るが、その序章において、語り手の「私」が『生神子物語』と巡り遇うことになった事情と、その書誌的・解題的な紹介、および、その後四十年を経て『生神子物語』を復元することを思い立った経緯などを、記憶を辿りながら以下のように述懐している。

「私」は少女期より、国語学者の父自身の蔵書と、父の恩師で英国出身の言語学者バジル・ホール・チャンバレン博士の「王堂蔵書」とを合わせた、文字通り万巻の書物に囲まれて育ったこともあって、小学校高学年の頃には古典がどうにか読めるようになっており、『生神子物語』はそういうなかで眼に留まった一冊であった。それは、紺色の表紙の和本で、題簽には万葉仮名で行成流により「奈万美古毛乃可太里」と認められ、扉には「生神子物語」、傍題として「栄華物語拾遺」と記されてあったと記憶している。

その記憶を頼りに、四十年後の今となっては所在不明の『生神子物語』を復元しようと意図したのは、最近の外遊の折にスイスのジュネーブで、チャンバレン博士が晩年そこに隠棲していたことを聞き知る青年に出遇ったのがきっかけであった。博士の「蔵書のなかの一冊であったかも知れない」「あの物語の記憶と『栄華物語』をもう一度引き合わせてみて、私の『なまみこ物語』を作り上げてみたいという意志を私は持った」と、序章は締め括られている。

第一章からは『生神子物語』の実質的な内容に入り、まさに古典の現代語による意訳の形で語り進められる。時には、作品の原文（古文）を挿んだり、『栄華物語』や『枕草子』の一部を援用したり、更には「私」が顔を出す草子地のごとき記述を交えたりするなど、いささか手の込んだ趣向を凝らしている。物語は、一条帝の御代、娘の中宮定子を擁する藤原道隆一族の栄華・衰退から、弟の道長家の擡頭へという歴史の流れに沿って、『栄華物語』に記述されたほぼ史実通りに展開している。ただし、道長の権勢掌握という野望実現のために、母である三輪のとよ女の念願に反して巫女の生業を継ぐことになった娘のあやめ・くれはの姉妹と、とよ女の情人の臼城義則、くれはの恋人で検非違使の橘行国らを登場させたところなどが作者の創作であり、傍題に「栄華物語拾遺」と銘打った所以でもあろう。

道長は、娘の彰子を入内させてしまうと、次には、皇子を儲けさせて、やがては天皇の外祖父としての地位を確たるものにするべく、その企ての一環として、巫女の姉妹を手なずけて偽招人に仕立てた演出を二度も画策する。一度は姉のあやめに、二度目は妹のくれはに、いずれも定子の宮の生霊を演じさせて、帝と定子との間の乖離を謀ったものであったが、二度目は道長の目論見通りにはならず、定子の本物の生霊の出現によって、かえって定子の変わらぬ愛情が帝に伝わる結果となった。したがって、この作品の主題は、定子の実家ともいうべき中の関白家自体の衰頽に加えて、その間に仕組まれた度重なる謀略や災禍に遭遇しても、いや遭遇すればするほどなおさらに、帝の成長に応じての慈愛や恋慕の情をひたすら捧げ通した定子の高潔一途の姿ということになろう。定子の生霊を演じた巫女の姉妹も、結果的には定子の引き立て役を務めたことになる。

作品名も、この巫女の姉妹の生きざまに由来するものであろうが、「なま」（生）のもつ意味については、いま少し分析・検討してみる必要があろう。なお、この作品については、大方の評者より、円地終生の代表作の一つと位置づけられている一方で、終章第六章において、定子の生霊を演じる偽招人が変心して道長の思惑に背くに至るあたりの描写について、筆を急ぎ過ぎているなどの指摘があり、円地も第五回女流文学賞受賞に際して、「完結を急いで早書きになったことを」反省しているが、これをもって作品の瑕疵とするには当たらないと考えられる。（高野良知）

南支の女（なんしのおんな）

小説／『南支の女』古明地書店、昭18・6・15

土俗学視察の佐治博士一行は、中支・南支から海南島に渡るためにKにある部隊に一泊する。その地で、博士の姪で秘書代わりの露木峰子は、S女子大学のクラスメイト林姜英と再会する。抗日的だったはずの姜英が日語学校で働き軍の通訳をしていた。その本意を疑う峰子に、姜英は心変わりの理由を語り始めた。――事変の直後に広東に戻ってまもなく、母が奸漢として処刑された。三番目の夫人でありながら、父に最も愛されている母に嫉妬して妾の一人が密告したと後で知った。日本人というだけの理由で母が殺されたことによって、私は排日理論の空虚さを感じた。密告者である妾を殺した私は、奸漢として駆り立てられて暮らすうち、日支混血児のなすべき使命を知り、父と絶縁して今の仕事をしている。――翌朝、峰子は姜英が日本語を教える教室をのぞき、支那の子供たちの明るく熱心な態度に姜英の本心を見て、安心して立ち去れる気持ちになった。

短編集上梓の経緯は不詳ながら、本作品が収録十三編の表題作として巻頭に置かれた意味が、戦時という刊行時期に深く関わると見られる。収録作品の多くが戦時を背景として描かれているものの、それらは作品の根幹を左右するものではない。唯一この「南支の女」だけが、南支を舞台に日支混血女性の抗日から親日への変化を描き、その理由を排日理論の空虚さに置き、支那の子供たちが話す美しい日本語で締めくくっているなど、時代の傾向が色濃く反映している。『南支の女』を復刻した「〈戦時下〉の女性文学13」（ゆまに書房）の「解説」で、小林富久子は、昭和十六年の「海軍文芸慰問団として一ヵ月余り華南及び海南島に旅した時に取材した」作品で、「植民地主義への批判的視点を得た現代の読者にとっては、問題含みといわねばならない」と述べた上で、『朱を奪うもの』から「日本人の領土拡張の歴史を知らず知らず信じている甘さがあった」を引用して、円地の思いを代弁している。（安田義明）

南枝の春（なんしのはる）

紀行・随筆集／『南枝の春』萬里閣、昭16・12・12／全集①

『女坂』（昭14・2）につづく、著者の第二冊目の随筆集。

Ｉ　「海南島の記」「広東の印象」「南支断片」（「蛋民の船」「広東の文化事業」「船旅」「海南島の顔」「島の街」「南支の花」）、

「黄埔の一夜」（以上、全集収録）

II　「源氏私語」「「帚木」小感」「「にごりえ」と「たけくらべ」」「常盤と静」（以上、全集収録）、「国文学から学んだもの」「翻訳と文章のことなど」「小説についての感想」「生きる力としての文学」「来しかた」「この頃」「女の居る場所」「手紙」

III　「長谷川時雨女史の思ひ出」（「甘茶の花」「南支の旅など」）、「父の思ひ出」（「書斎」「妻になる日」）、「左団次の風格」「女形と女心」（以上、全集収録）

IV　「夏虫」「椎若葉」「花の名」「姓名」、「音・匂・唄」（全集収録）、「桃の雪」（全集収録）、「犬」（全集収録）、「仕事机」（全集収録）、「芦ノ湖」、「苺」（全集収録）、「四月の夜」「三月日記」「絵を見た後で」

V　「誠実な感情」「和服について」「女の着物」「女中難」「この頃の謎」「男の言葉」「国定教科書の文章」

VI　「女の生活」「母親のような眼」「堀辰雄氏の「かげろふの日記」」「作品の肌」「「河明り」について」「「中城さうし」を読んで」

の全六章立て全五十三編から成る。このうち二十四編が著者自ら選んだものとして全集に収録されている。

内容的には〈はりまぜのように題目の雑多なのも〉（『女坂』「まえがき」）前著とまったく同じで、古典から現代までの文学をめぐる評論的なものから、身辺雑記まで、著者の関心の幅の広さを示している。しかし「あとがき」に〈今年の正月、南支へ慰問旅行へ向ふ途中、台湾に上陸した。基隆から台北へゆく汽車の窓から、初めて眼にふれる南国の風物をもの珍しく眺めてゐる時、名もしらぬ小さい駅のはづれに、桃の若木が一本、紅の花を枝頭に綻ばせてゐるのを見つけて、南方の春の早さに思はず旅情を暖められたことがあつた。／今も記憶に鮮かなその花の一枝をこの随想の集の名に挿頭《かざし》して、南方の旅の記念にしたいと思ふ。〉とあるような、海軍文芸慰問団としての〈南支〉の旅に取材し、表題ともなった第一部が本書の中心を成す。〈この新しい土地の発展に力を注いでほしいと願わずにはいられなかった。現在の日本人は過去の狭い愛郷心を離れて、もっと大きい、汎い意味の郷土愛に生きねばならぬのではあるまいか。〉（「海南島の記」）といった当時の著者の意識を、植民地主義を批判できる現代の視点からただ責めることは意味を持たないが、それを正確に跡づけるには大事な資料となろう。とりわけ、『南支の女』（昭18・6）所収の表題作で〈K〉とされている土地での見聞を描いた「黄埔の一夜」は、かなりの部分がそのまま作品に使われており、「南支の女」を読む際の資料となる。その他、谷崎源氏に対する反応が随所に漏らされており、後に自ら現代語訳に挑むことを思う時、その否定的な評価はなかなかに興味深い。

（原　善）

二重奏（にじゅうそう）

小説／「新女苑」昭31・5／『霧の中の花火』村山書店、昭32・3・29

両親の離婚調停のために家庭裁判所へ通う主人公の清美は、母に付き添いながらも「母の斑だらけの愛憎」に悩まされた父に同情し、「わがまゝでヒステリーをつのらせると半狂人になる母」よりも、愛人の「蔦子」の方が「父の生活を幸福に出来る」と感じ、「父の申出の通ることを望んで」いる。そんな時に家庭裁判所で恩師小泉と出会う。学生時代に思いを寄せた小泉も離婚調停のために家庭裁判所へ通っていると聞き、清美は、再び小泉に惹かれていく。小泉の妻は、結婚して子を産むと豹変し、「ヒステリー」を起こすようになった。子どものために離婚を決意した小泉に対して、清美は「私、父を見てゐるから解りすぎるほどよ……それから、さういふお母さまを持つたお子さんの眼に、大きくなつてゆくに従つて見えて来る動物の生きてゐないやうな荒寥とした景色も」と理解を示す。

母と妻に翻弄された男女の互いを見つめ合うまなざしが「二重奏」として美しく提示されている。（小泉京美）

二世の縁　拾遺（にせいのえん　しゅうい）

小説／「文学界」昭32・1／『妖』新潮社、昭32・9・20／全集②

書律に勤める私は、病床にある旧師布川先生の「雨月物語」「春雨物語」の口語訳出版のため、口述筆記役で度々家を訪ねている。「春雨」も、この日は第五話の「二世の縁」。先生は仰臥したまま低くゆるやかに語りはじめた。「山城の豪農の庭から掘り出された男は乾鮭《ほしざけ》のように乾固まっていた。百年以上前に入定した上人としてねんごろに世話をするが、男は正気づいても愚鈍そのものであった」。先生は中断して、女中のみね子に小用のカテーテルを頼む。かつて、女子大生だった私は先生にたびたび無遠慮にいどまれた。当時婚約中の夫が結婚後一年余で内地の軍港で爆死して十年、幼子を抱えて戦争未亡人として生きた今は、世の男の性の攻勢も憂いをわかつような眼で見られる。「入定の定助と名づけた男は五年ほど召使われていたが、貧しく少し足りない婿の夫となった。主人は仏への信心も薄れ、人々は『今一度生まれ変わったのは男女の交わりを果たしたい執念であったか』と噂した」。筆記を終え、小雨の中を帰途に着いた私は、雑木林の暗い道を歩きながら、定助のことを生々しく思い浮かべていた。秋成の老耄した性欲の怪しさを暗示しているのではないか、先生とみね子も定助と後家の関係に似ている。私は夫との最後の抱擁をふと思い出して二三歩よろけ、男に抱きかかえられる。中老らしい男の手は女のように軟らかい。男の両腕に抱えこまれ、その冷たい舌とからみ合う舌が犬歯に触れた。夫の犬歯に違いないが、手も身体つきも違う。先生の部屋の病人の臭いを思い出し、一目散に走っていた。改札口を出る黒い外套の男たちの中に、定助が生きているのを私はたしかめた。

山本健吉が「ある戦争未亡人の、妖怪談じみた性体験を描いたもの」で、「人間の『業』」という主題と原話が「二重写しになって効果を上げ」「独特の華麗な世界を創り出している」と時評でいち早く取り上げ、発表翌月「群像」の「創作合評」では「子宮がどきりと鳴った」の一文が話題になった。その後、奥野健男が「女性の永遠の本質を造型」「作者の教養と官能とが、古典と近代小説とが、短編小説の形式と沸出する情念とが、最高の緊張状態で均衡している」「円地文学の最高傑作」（『円地文子論』）、江藤淳「散文の域を遠く離脱して、複雑な技巧をこらした抒情詩の世界に近づいている」（新潮文庫『妖』「解説」）、吉田精一「作者はまさに女秋成」（『現代文学と古典』）三島由紀夫「古典文学を媒ちにした、官能性と神秘性との一致」（「円地さんと日本文学」）と続いて、作品の高い評価が定まったと言える。本格的な作品論は、亀井秀雄の『円地文子の世界』からで、作中の口語訳と原文との差異から、布川先生と「私」の「憑き憑かれる」関係に言及した。野口裕子も詳細な比較検討の上、作者円地を含めた「『妄執』の入れ子」の「多重」構造（『円地文子の軌跡』）を指摘、また、須浪敏子の「受容の連鎖譚」であるが、「布川先生の人物造型と秋成の原話に対する作者の配慮の無さは、作品の大きな傷」（『円地文子論』）という視点も見過ごせない。（安田義明）

日本の山（にほんのやま）

小説／『日本の山』（新作長篇叢書・第二篇）中央公論社、昭15・12・15

作品の梗概は、次のようなものである。植民地政策の調査を行っている研究所の主事である菅野の妾菊江が主人公。菅野と歪んだ家庭を持つ菊江は、菅野との間に二人の子どもがいる。菅野の正妻である弓子は、二つの家庭を持つ菅野に、半ばあきらめのような気持ちを抱きながら、菊江と菅野との関係について殊更荒立てるようなことはしない。とはいえ、今年三十四歳になる菊江は、菅野から格別な愛情を注がれながら、妾という不安定な立場に不安を感じ始めている。菅野への愛情はとうに薄れていた菊江ではあるが、菅野と別れ、子どのたちを抱えて生きていく自信はない。菊江の生活が二つの家庭を持つ菅野一人に依存している現実を思うと、将来の不安は増していくばかりである。その頃、菊江は戯曲家として多少なりとも世間に名を知られるようになっていたが、生活や子どものために、菅野とは別れられない身を持て余していた。そうした中、菅野の新しい上司である津田に思いを寄せ、菅野と津田との間で恋に身を焦がす。結局、津田の満州行きで二人は離別するが、心の均衡を失った菊江は、すべてから逃げ出すような思いで修善寺へと旅立つ。その小さなホテルから見えた富士山が菊江の心を解きほぐしていくのだった。このように、「わが身を噛む」ような女の「業」を繰り返して生きている菊江の生活を歯がゆく思う、菊江の一番古い友人である閨秀画家克子が、戯曲家として、一人の女として、もがきながら生きる菊江の心の歴史を客観的に語るという手法で、この作品は綴られている。

円地自身が本作の「後記」に記しているように、主人公である菊江の心の歴史は「女の生活や愛情のあり方、求め方」を描くことで、「この女の尋ねさまよい、飢え求めているものが人間性への稚純な信頼と愛情である」ことを提示した作品である。一人の男だけを頼りに生きなければならない弱い立場に身を置く菊江が、戯曲家としての才能を秘めながらも、子どもへの愛着と生活への不安から自分に正直に生きられないもどかしさが、切々と書かれている。また、本作は、円地が戯曲から小説家へと転じていく時期に執筆されたものであり、「後記」には「これを書かないでは決して踏みこえられなかった多くのものを今、私はようやく適宜な間隔を置いて眺められるようになった」という。小林富久子「『日本の山』―戦争直前に書かれた男女関係に関する習作」（ゆまに書房）が指摘しているように、「後の円地作品の多くでみられる入り組んだ男女関係の前触れ」であり、戯曲家から小説家として転身していくなかで、「独自の題材や方法論を模索した円地の試行錯誤の過程をよく示す」、のちの円熟期の萌芽として位置づけられる作品である。

（眞有澄香）

二枚絵姿（にまいえすがた）

小説／「文芸春秋」／昭32・11／『二枚絵姿』講談社、昭33・4・25／全集③

槙野家は三千石の旗本で、おみのさんはその一人娘だった。気立てがやさしくて評判の美人、早くから習った遊芸も踊りの筋のいいのを師匠の中村鶴次が、貧乏人の娘だったらさしずめ芸者に出ればさぞ売れっ子になると、惜しむほどだった。それでいて派手好みでなく、習字をしたり絵を描いたり、机に向かう風流の嗜《たしなみ》もあった。遠縁の伊藤という小身な家の息子に慶次郎という若侍があった。幼少から絵が好きで、一勇斎国芳の弟子になって浮世絵風の肉筆が内職になるほどの腕前、絵の他は道楽の少ない真面目な青年で槙野の夫婦も眼をかけ、おみのも慕っていた。そこに慶次郎が吉原へ通っているという噂が聞こえてきた。そんな噂を知らない様子で、秋の晴れた日の午後、慶次郎は仕上げたばかりという絵をひろげた。「美しい花魁《おいらん》ですこと」おみのが一番に言った。それは八朔の白無垢の遊女の立ち姿で、さる籬《まがき》の遊女に絵を教えに行って大文字屋という名題の大店の紫君という女を摸したと、かくす様子もなく語る。実はそのおっとりした色白のやさしい眼鼻立ちがおみのによく似ているのがなつかしく、「文金の高島田に立矢ノ字の武家娘と裲襠《うちかけ》姿のしどけない遊女」とでは梅と桜ほどの違いだが、姉妹といっても疑えない。その翌年の春、おみのに縁が決まった。同じ旗本の家格の高い家の次男戸田貞之助との婚礼披露の宴で、「恋の手習いつい見習いて……」と、おみのは「白縮緬の浴衣に緋鹿ノ子の帯を太鼓にしめた町娘」に変わって踊った。「お嬢さまはあなたへの心意気に踊っていらっしゃるんですよ。せめて絵にでもかいてお上げなさいましよ」と、声は鶴次だった。その年の秋、慶次郎は描き上げた町娘の絵を紫君の前にひろげる。「まあ、何て綺麗な娘さん」「その娘さんはお師匠さんを慕っていなさんしたでありんすよ」「私《わちき》にしても……こんな流れの身におちていても」と恋をもらしながらも、蔵前の札差しの抱えに引かれていくことを告げる。

維新の変動後、慶次郎は陸軍の画学の教官になって本所の二葉町に邸を構え妻子と暮らしている。おみのの夫は大変な道楽もので家禄を召し上げられ卒中で死に、今は鶴次の代稽古をつけているおみののやつれた姿に眼をうるませる慶次郎に、鶴次は「何とかおみのさんの後見をして上げて下さいませんか」とたのむ。おみのは慶次郎の家の近くに住んで、表向きは針仕事などをして一人息子を育て、身体の弱い正妻の代わりに女中がしらのように家内の始末をするが、艶めいた様子を見せたことはなかった。あるとき二人は、亀戸の天神の梅見の帰りに西洋人の夫婦にであった。それは陸軍の顧問ボザンケというフランス人とラシャメンのような日本人の女で、それは札差しが破産した後に愛妾となった紫君だった。「人の運なんてどう変るか解らない。わけて女の運は」、慶次郎はおみのをふりかえった。

子母沢寛の「父子鷹」の愛読を披露しその小旗本・御家人階級の言葉から、祖母から聞いた槙野さんのおみのさんという人の話を語る。末尾に「慶次郎というのは私の祖母の兄の一人である」と付記を作品内に取りこんだ人情話、美しい二枚絵姿の由来である。円地の好んだ芥川龍之介の別様の「お富の貞操」として鑑賞できる。（竹内清己）

女人風土記（にょにんふどき）

随筆集／「太陽」昭43・9〜45・9／『女人風土記』平凡社、昭47・1・12／全集⑭

『女人風土記』は、雑誌太陽に一月置きに連載して、三年がかりで、やっと十五編になった。その間に私が病気したりして、休載したこともあったが、兎も角、書く前には目的地に取材に行き、その地方のいろいろな方に逢ったり、風習、歴史を調べたりした」とは、初版「あとがき」冒頭にある。この取材に、同書に挿絵を描いている堀文子が同行していた。次はその十五編。丸括弧内は取り扱っている主作品や人物・事柄。鉤括弧は県名。いずれも目次にない解説である。

一、飛鳥の女帝、(持統天皇の歌)「奈良県」。二、むさし野の女、(万葉集、防人の妻)「東京都」。三、伊勢の斎宮、(源氏物語)「三重県」。四、吉野静、(義経記、静御前)「奈良県」。五、曽我物語の女、(歌舞伎、虎御前、尾崎一雄)「神奈川県」。六、大和の尼寺、(文智女王)「奈良県」。七、公家の女、京、(冷泉家、新古今集、俊成、定家)「京都」。八、下田の女、唐人お吉、(お吉の小説、十一谷義三郎、山本有三、真山青果の戯曲)「神奈川県」。九、琴糸をつくる女たち、(源氏物語、琵琶湖)「滋賀県」。十、ちりめん織、丹後、(山椒大夫、謡曲・隅田川)「京都府」。十一、安曇川の扇骨つくり、(源氏物語、往生要集)「滋賀県」。十二、京、上七軒界隈、(北野天神)「京都」。十三、柳橋の女、(成島柳北・柳橋新誌)「東京」。十四、北の新地、(近松門左衛門の心中もの)「大阪市」。十五、ホノルルの女医、(毛利石子、日米開戦)「ハワイ」。

このように女性中心の風土記であるが、地域が近畿と南関東に集中している。北日本は入っていない。時代は古代から現代までで、日本で活躍した女性か、女性中心の企業が描かれている随想集。全体はほぼ三つに分類されよう。

その一つがそれぞれの時代に生きた代表的人物で、持統天皇、静御前、文智女王、唐人お吉や戦前にハワイに渡って女医だった毛利石子の日米開戦やその後のアメリカ本土での収容所生活、そして戦後のハワイでの中心的存在になる生涯などである。二つ目は古典、特に源氏物語や歌舞伎などでの女性紹介。そして三つ目が女性独特の仕事世界、例えば琴の糸を作り続けたり、ちりめん織の作業の歴史や、扇の骨作りの風土など、それら全ては昔からの伝統的な女性集団の熱意ある労働の歴史であった。それらを現地取材の体験をもとに、その土地の風物や自然観などをていねいに紹介している。

また本書は歴史認識にも独特の魅力と特徴がある。例えば「大和の尼寺」の書き出しに西洋の尼寺、すなわちカトリック修道院と比較し日本の尼寺は尼僧志願者が現代ではかなり減少していることを挙げて、西洋と比較して江戸時代から鷹揚な雰囲気だったとしている。その結果、江戸時代には「色比丘尼」、つまり尼姿の売春婦もたくさん活躍したことなどを史的に分析している。その背景に文化の爛熟頽廃現象をあげ、南北の「女清玄」、黙阿弥の「十六夜清心」などを例にして当時の「特殊なエロチシズム」を分析する。このように、本書は日本の文化史が全ての面で背景として使われて、その解釈が独特であり、強い説得性を持っている。

(松本鶴雄)

鶏（にわとり）

小説／「海」昭50・1／『砧』文芸春秋社、昭55・4・10

主人公の「私」は、「愛」という言葉の出現は、日本文学では鴨長明の「方丈記」あたりからだと思っている。そこでは「極限状態に於いての人間の愛情」を写実に描いていて「宗教的でも単なる性愛」でもなくひどく即物的で、その後、いつの時代にも通用する普遍性をもっていると理解している。浄瑠璃や読本などを経て、明治時代のキリスト教の影響を受けながら、今の時代の「愛」へと発展していったと考えられる。第一次、第二次世界大戦時代には、「愛」は「性愛」と同義語としての印象が強かった。

「私」は、日本文学や歴史的変遷による「愛」についての考え方と自分自身の戦時下の体験を融合しながら、愛の真意を探っていく。戦争という特殊な状況下での「私」に対する母親の行為とその内面心理を推察しながら、「愛」のテーマと結びつけていく。最後に鶏を登場させ、戦時下という状況で、プライドを捨ててでも家族を守るために生き抜く母親の姿を優しく見守るという子供の視線で描写して終わる。作者は「女性」として、また「子供」としての特有の感覚で「愛」を描き出している。

（李　蕊）

人形姉妹（にんぎょうしまい）

小説／「マドモアゼル」昭39・4〜40・6／『人形姉妹』集英社、昭40・9・15

初出誌「マドモアゼル」では、「新連載のお知らせ」（昭39・3）として「滅びゆくものの美しさ、その中に芽ぶく若いいのちのすばらしさを、日本古来の伝統の中に求めた佳品」と紹介し、同誌への連載は初めてだが、「人形を造る家に生れた姉妹のたどる人生」を描きたい、雛人形や武者人形の技術の伝統の中には「過去の日本の歴史」も織り込まれており、母や祖母の時代の川筋をたどり、「現代の大河に流れ入る女の生活史の一端」も描きたいという「作者のことば」を掲載、毎号円地の近況報告を付し、初版本刊行時に小松伸六の書評（昭40・9「姉妹で一人の男を愛した骨肉の争いを「人形にまつわる運命悲劇」として描いた作）や広告（同・10「美しい姉妹がたどった激しい愛の遍歴！」「和解と死！新旧の対比も鮮やかに女を描ききった意欲作」）も載せている。フジテレビでは、山田信夫脚本、三田佳子主演で、ドラマ化もされた（「水曜劇場」昭41・1・19〜2・9、22時〜22時45分）。

初収や、集英社のコンパクト・ブックス（昭50・1・20）、文庫（昭57・5・25）に、収録の都度加筆訂正がされ、殊に年立に関しては、コンパクト・ブックス収録の際に、「昭和三年生まれの姉とは五つ違いの三十二歳」の郷子が「大正末年生まれの姉とは七つ違いの三十一歳」と改められ、疎開時に小学校高学年だったのが女学校低学年となり、「私」と知り合った時の年齢も二十四、五歳が一歳引き上げられ、「二年ほど」後の再会は文庫版で「一年ほど」後に、祖母の死から三年後の祖父の死は五年後になった。また、律子が祖母の世話にかかり切りだった年齢・年数は二度改められ、律子に対する母の言葉遣いも、文庫本で少し隔てのあるものに書き換えられるなどした。

小松は文庫解説で、不吉や死への親近性、古風な物語性と近代性との融和、枠小説の形式等を、須永朝彦（『日本幻想文学集成26』平6・6・10、国書刊行会）は濃厚な伝記性を指摘。「律子は原型で郷子は律子の模造品」とも言われるような姉妹の確執は、「廃園」（昭21・6）、「光明皇后の絵」（昭26・10）以来しばしば書かれたテーマで、能の「松風」と関連づけた「松風ばかり」（昭30・7）や「夜半の寝覚」を題材とする「やさしき夜の物語」（昭35・1～12）もある。また「雛への思い」については、「源氏物語」や「地獄変」、文楽に触れた「人形雑記」（昭51・11）や「ひなまつり」（『女ことば』昭33・2・5、角川書店）の他、『旅よそい』（昭39・11・20、三月書房。雛人形の静かな美しさに、日本の女の「能動性を全部抑制した女性美」の怖さ・たくましさを指摘）、冨家素子『童女のごとく』（平元・12・10、海竜社）にも言及がある。

（深澤晴美）

人間の道（にんげんのみち）

小説／「群像」昭42・1／『川波抄』講談社、昭50・11・16

女流小説家の土岐宗子は夫専三とは形だけの夫婦で、その専三が網膜剝離で入院したことから深刻な離婚問題が再燃する。病院内での若い看護婦への性的な嫌がらせが、専三との永年にわたる不快な記憶を一気に呼び起こすことになったのである。これまで宗子は専三の執拗で強引な性格に根負けする形で離婚できなかったが、さすがに今度の一件はどうしても許せない恥辱であった。宗子から見る専三は虫唾の走るほど嫌いな夫であったが、実の姉や姪からすると、宗子が主張するような負の側面ばかりの人間ではなかった。むしろ、妻やひとり娘と同じ屋根の下に暮らしながら、どちらからも他人のように冷たくあしらわれている専三は可哀相な兄であり伯父であった。妻である宗子が退院して帰った夫の面倒を一切見ず、他人行儀に暮らすことが果たして「人間の道」に適うものだろうか。

専三の介護に来た妹が宗子に書き残した言葉は、この小説の書かれた昭和四十二年をはるかに超えて、現代の読み手における夫婦や家族、さらには老人介護の問題にまで広がる射程を持っている。

（古閑　章）

寝顔（ねがお）

小説／「別冊新潮」昭31・1／『妻の書きおき』宝文館、昭32・4・5

女優藤宮雪枝は、小学校一年の息子喜一の担任教師福島に呼び出されて学校に行く。新劇の公演のため大阪・京都にいて一ヶ月たっぷり家を空けていた雪枝は、二学期に入ってから喜一の学校にいる時の様子を見に来る暇がなかった。学校では、ちょうど喜一たち一年生が運動場で体育の授業をしていた。そこにはあまりにも調子はずれな動作でだらしない喜一の姿があった。雪枝は身の置き場のない恥ずかしさを感じた。喜一は、山ノ手で外科病院と私立大学を経営している大須賀信夫との間にできた子であった。雪枝と大須賀とは、彼女が終戦後に夫の良衛《よしえ》の骨壺を抱えて朝鮮から引き揚げて来て生活に困窮している時に、偶然再会した。そして半年以上大須賀の経営する病院の療養所にいて、その間に妊娠したのである。雪枝は、大須賀を愛してもいないのに身体を許し、生活を支えられて子供を産んだ自分の不純さに腹を立てつつも、子供の寝顔を見てしっかりと生きていこうと決意するのであった。（須田久美）

猫の視界（ねこのしかい）

小説／「別冊文芸春秋」昭34・2／『東京の土』文芸春秋新社、昭34・7・20／全集③

「猫は色盲なんですって」と二十代前半の浜野骨董商の主人初枝に対して言った秦野信吉の言葉で、この話は始まる。初枝の五歳年下の信吉との仲は、初枝が結婚までを視野に入れて交際していると周囲が思う程である。何かと女との浮いた噂の多い信吉に周囲は警戒するが、初枝は「信吉と話していると、絶えず何かを毀されてゆくような苛だたしさに煮られ」、「自分の中にある芯のもろい石のようなものを金槌でコツコツ端から欠いて行かれるような理不尽さを感じ」ながら惹かれている。この二人の仲に浜野骨董商の番頭の兵二郎をはじめ分家の鳥子夫婦が共に危惧を感じ、信吉の身辺を探り割り込もうとするが、初枝は一向に汲み取ろうとはしない。「古風な感覚」を持ちながら「フランス好みの垢ぬけた洋装」を通す新旧の混在する「粋」な感性が初枝にあり、信吉の「信じることが大儀なんです」という一種のニヒリズムに惹かれる初枝の感覚が、新鮮な女の価値観として描かれる。

作者は『女を生きる』（昭36・6、講談社）の中で「社会とか環境とか人生それ自体とかに対する反発や矛盾が一人の人間の中で絶えず問ひをかけつゞけてゐることから生じる悩みといふもの」を持つ「陰鬱なニヒリズムの雰囲気」を持つ男に魅力を感じることを述べている。自己と社会基準に距離を置き、依存することのない信吉の話に初枝の一般的な価値認識が変容する様相は『朱を奪うもの』（昭31・5、河出書房）の主人公宗方滋子に通じるものがある。再び『女を生きる』で「男の側からは女が謎に見え、女の側からは男が謎に見える。その謎々の眼に見えない、糸の微妙な引合ひが人生を多彩にも混迷にも彩つてゐるので、男女の間に謎々の存在しなくなる世界は既に人間の世界ではないし、従つて小説といふやうな人間生活を根にした重畳する塔《パゴダ》も存在しやうがないわけである」と作者は述べる。この作品のように、一般に男社会によって相対的に基準化され、平板だった女の視座や認識や価値基準が、登場する男を媒体にしながら変容してゆく切れ味のよさは、円地文学の特質とも言える。

（五十嵐伸治）

猫の草子（ねこのそうし）

小説／「群像」昭49・8／『川波抄』講談社、昭50・11・16／全集⑤

女性画家志乃女は、白内障の手術の失敗によって職を失い、息子夫婦や孫から疎まれ家庭内でも居場所をなくしてしまう。彼女はついに自ら命を断つが、直前まで「猫の草子」を書き綴っていた。同様に視力を失いつつある作家「私」は、知人から「猫の草子」の存在を聞き、強い関心を抱く。円地の一連の老女ものの系列に属しているが、猫と人間が混ざり合ったような不思議な画集「猫の草子」の設定によって、独特のエロスと不気味さがにじみ出ている。

同時代評としては江藤淳、川村二郎、佐伯彰一、立原正秋、丸谷才一の書評があり、また単行本『川波抄』刊行後、木村敏雄が「《新著月報》回顧と幻想」で取り上げている。以上は全て全集第五巻の解題に再録されているので書誌詳細は割愛する。その他では、上田三四二「創作合評「社会」「世間」「世の中」」（「群像」昭49・9）、佐伯・川村・上田・磯田光一出席の座談会「'74年文学の状況―創作合評的考察」（「群像」昭49・12）がある。以上の同時代評では概ね好評であり、「私」と志乃女との二重写し構造を指摘し、私小説とフィクションの問題に絡めて論じるものが多い。構造としての破綻についても指摘されているが、それゆえにこそ作者の強い孤独感が表れ深い感動を与えるとして肯定的な評価が下されている。その後の先行研究は極めて少ないが、須永朝彦『日本幻想文学集成　円地文子』（平6・6、国書刊行会）、高橋英夫『妖・花食い姥』（平9・1、講談社文芸文庫）に、それぞれ解説がある。近年では、倉田容子「自死する老女たち―家族・ジェンダー・エイジング」（『女性作家《現在》』「国文学解釈と鑑賞」別冊、平16・3、至文堂）がある。「家族を世話する側から世話される側への転換期に命を絶った」としながら、「家族からの疎外と芸術による救い」というテーマに、後の「彩霧」「菊慈童」へ連なる「ポジティヴ・エイジング」の萌芽を読み込んでいる。

（戸塚麻子）

残された女（のこされたおんな）

小説／「オール読物」昭39・2／『ほくろの女』東方社、昭42・3・1

山陰線の上り列車で、「私」の隣に座った佐渡川峰子は、夫が妹と情死したという不幸に見舞われていた。その後「私」は、峰子の同級生で列車にも偶然同乗していた殿村から、峰子の境遇について教えられる。峰子の職場では、男性を凝視する仕草が取り沙汰され、災いを招く女性との噂も流れていた。峰子は殿村が働くテレビ局担当に異動させられるが、「私」には殿村との結婚が予感され、心の中で峰子に励ましの言葉を送っていく。峰子が不幸さだけではなく、男性に妖美さを印象付け、また恐れさせる女性としても描かれるように、峰子には円地が造型してきた女性像が受け継がれている。一方で、殿村との間に新たな愛情が発生する展開からは、それまで追求されてきた女性形象との距離も感じられ、明るい方向への収束が注目される。また、人物設定などで、同年に連載を開始する「人形姉妹」（昭39・4〜40・6）と重なる部分もあり、長編で展開されるモチーフの一端が浮上した短編ともなっている。（猪熊雄治）

信康賜死（のぶやすしし）

戯曲／「劇と評論」昭3・12

信康は徳川家康の嫡子、妻の徳子は織田信長の娘。夫の信康の自分に対する愛が信じられない徳子は、信長に「夫が武田家と組んで織田家に謀反の疑いあり」との手紙をしたためる。信長は怒り家康に当否を問いただす。織田家との安定関係を第一とするためか、事態は信康切腹にまで発展してしまう。謀反などを企んだことはない信康は、疑いを晴らすべく家来の七之助と共に家康に面会しようとする。妻よりも父への信義を重んじようとする信康に対して、徳子は夫への愛の表現として短刀を自らに突き刺して自害する。信康も妻の自分に対する本当の愛をそこで確認するが、家康の命として自害するしかない運命を悟るのであった。

大久保彦左衛門『三河物語』や『松平記』『三河後風土記』などが底本にある。永禄五年に信長と家康による清洲同盟が成立し、信康と徳姫は共に九歳で結婚するが、政略結婚であったことが物語の前提となっている。徳姫が信長に記した十二箇条の手紙には、夫と不仲であること、継母の築山殿は武田勝頼と内通したと記されていたとされる。御家第一である武家社会を背景に、夫婦間の愛を描こうとした作品。（守屋貴嗣）

ノラの行方（のらのゆくえ）

小説／「小説新潮」昭39・9

前川早苗は新劇女優として、一時は鳴らしたことのあるヴェテラン。五十歳を大分過ぎており、二三年前に患った後は専ら後進者の指導に当たり、舞台に立つことも殆どなくなっている。二ヶ月前、二十歳近くも年下の秦野と別れ、自殺まで考えたが〈鏡の呪文〉によって救われる。このたび演劇関係の国際会議に出席するため（個人的には過去の清算のため）ノルウェーのオスローに来た。世話役の手違いで一行と分かれて「鏡のない部屋」に一人で泊まることになる。彼女は部屋から逃れるようにオスローの町を彷徨い、公園の広場に立つイプセンの銅像を見上げながら、ふと彼の描いた女主人公たち——ノラや「海の夫人」やヘッダガブラーたちは一体どこへ行ってしまったのだろうと考える。早苗は、男の求める永遠の女性であると同時に女にもそうありたいと願う一つの原型の抽象化——ソルベージュの存在に思い至り、今後の活路を見出すのであった。

題材となったイプセンの戯曲の理解が作品読解の第一歩となろう。また昭和三十九年六～七月オスローで開かれた国際ペン・クラブ大会への出席体験が、本作に投影していることが推測される。

（内海宏隆）

は　ひふへほ

廃園（はいえん）

小説／「新人」昭21・6／『ひもじい月日』中央公論社、昭29・12・10／全集②

江馬周二は能の鑑賞中、嘗てフランス語を教えに行った、戸叶博士の令嬢笹川幹子と再会し、その姉の美子の近況を窺う。哲学や宗教、芸術において造詣の深い美子だったが、結婚生活は二度にわたり失敗。東中野の戸叶邸に戻った美子は、空襲の激しくなる中、ます〳〵芸文の世界に身を埋めていく。窮乏する戦中戦後にあって、幹子は「美子のような女がだんだん生きて行く権利を剝奪され、そういう他の感情が露骨な言葉で表現されるようになったこと」を嘆く。

『うそ・まこと七十余年』によれば、「日暦」同人で「新人」の編集長となった荒木巍から短編を勧められ、発表当時は反響に恵まれなかったという。漸く昭和四十年になって『円地文子文庫』の第八巻解説で伊藤整が、「生きるということの本質のようなものが、この作品の背後に輝くように浮き上る」と初めて好意的に紹介した。小林富久子は『円地文子』の中で、この作品を「光明皇后の絵」とともに円地復活の基となる「ひもじい年月」『女坂』の「前段階ないしは過渡的作品」と位置づける。更にフェミニズム批評の観点から「円地はこの作品で、よき母・家庭人としての実用的な存在となることを拒み、美や哲学といった形而上学的世界にのめりこむ美子のような女性を造型し、加えてそんな美子の価値を認める幹子や江馬のような変わり種的人物を配しもしたのではないか」と評している。作者の芸術観も窺える作品である。

尚、美子と幹子については『円地文子　妖の文学』の古屋照子のように、森鷗外令嬢の茉莉と小堀杏奴姉妹をモデルとする見方もある。島内裕子も作中の美子像について、「廃園の茉莉」（『文芸別冊―森茉莉』）の中で、「……後年の茉莉の特異な文学的開花を文学史の上で正当に位置づけるのに必須な、きわめて重要なヒントを与えている」と、森茉莉研究の視点からも重視している。

（山本直人）

墓の話（はかのはなし）

小説／「群像」昭48・6／『花食い姥』講談社、昭49・5・24／全集⑤

原稿用紙三十枚程の分量が、俳人内藤丈草の句から三島由紀夫の切腹と対比して芥川龍之介の「点鬼簿」を評価する章（便宜的に一とする。以下同）、少女の頃の墓への恐怖を語る章（二）、墓への恐怖感が死への抵抗であることと小説家と死の関係を思う章（三）、自身の最も死に隣接した戦後のひもじい時代の闘病期の記憶の章（四）、近年の墓事情と夏目漱石とその夫人の墓についての章（五）、三十年来交際のあった平林たい子と親友Tを回想する章（六）、夫の死が自身にもたらしたものの文学化を示唆するものとなるフランソワ・モーリヤック「蝮のからみ合い」の読後感を述べた章（七）、祖母・母・父の死と自身の骨の行方を思う章（八）、これら八つの章で構成されている。

地味ながら円地の文学観や創作態度を垣間見ることのできる一編といえる。（一）では、芥川が〈文学を完成させる最後の手段〉に自殺を選んだとし、彼の「点鬼簿」の〈特異な面白さ〉を〈墓の下に寝る血族の血を骨を彫り起し、骸骨に着物を着せて歩かせている〉とする。引用された丈草の句〈かげろうや塚より外に住むばかり〉に〈生に着するゆえに死を選む、文学者の愛執の深さ〉を嗅ぎ取っている。（三）では、〈全能《オールマイティ》の権威《プロビデンス》を人間以外に信じたい脆さ、弱さはいつも内にありながら、そのことが逆に、権威に拝跪することを拒む矛盾を孕み、拒むことが、よくも悪くも自分の書くという仕事につながって、この二律背反の道を辿って来た〉と自身の文学者としての態度を分析している。（五）で、漱石夫人の夫との墓への態度を〈先きに死んでしまえば、残ったものの意志が後事を始末する〉と考察している。これは『女坂』で、夫よりも先に死ぬ妻倫の「負けましたよ」の言葉に通うものがある。（六）では、平林の「秘密」を評価し、〈閉じこめられていた深く暗い孤独の淵からの声を、言葉に乗せてもっと語って貰いたかった〉とし、その作品は〈読む人の心を凍りつかせ〈その凍傷を越えて、猶何か私たちを知らない所へまで連れて行ってくれたに違いない〉と文学の可能性を述べた。（七）ではモーリヤック「蝮のからみ合い」読後感に残るものを〈描写力の精巧さを忘れさせてしまう何ものか〉とし、それは〈作曲家が、音で表現するものを言葉の組合せで表現して行く行きどまりがその「何物」か〉としてしか表現のできないものであり、円地はその「何物か」の解明を亡夫に授けられた宿題としている。（八）は、仮に自分が長命であれば願わないかもしれないが、自身の遺骨の扱われ方に小説家と矛盾しない程度の娑婆っ気や稚気のある目論見があることを結びとしてる。

（百瀬　久）

白昼の良人（はくちゅうのおっと）

戯曲／「文芸」昭9・2／『惜春』岩波書店、昭10・4・5／全集①

著名な女流歌人那美子は昆虫学者長岡俊一の妻である。そこに、「恋愛結婚の可否」という特集を企画した女性雑誌の記者が訪れる。舞台設定には「趣味と教養のゆきとどいたインテリゲンチャの住居」とあるとおり、那美子夫婦は世間から幸福で進歩的な夫婦の代表と見られていた。だが取材の夜、賊の侵入を受け、夫婦関係は一変する。那美子の機転により事なきをえたものの、賊に対する恐怖から妻を助けようともしない夫に那美子は大きく失望する。

作品途中に富裕な夫の道楽に苦しめられる友人の挿話があるものの、この作品においては、この時期の円地がモチーフとしていた社会性や、芸術と生活との葛藤といった深刻な問題意識はあまり見られず、理想的にみえる進歩的な夫婦生活がいかにもろいものか、というシニカルなモチーフを中心とした軽い仕上がりになっている。（大野隆之）

薄明のひと（はくめいのひと）

小説／「服装」昭33・1～12／『薄明のひと』角川書店、昭34・1・10

ある年の暮れ、国文科三年の曽我要三は、同級の築島香枝が突然、戸沢教授の仲人で四年の横倉喜作と学生結婚したことを知って驚き、失望する。香枝は源氏物語の「夕顔」のような容貌と性格から男性ファンが多い。相手の横倉は劇作家志望で、その作品が懸賞脚本に当選、上演もされて好評を博し、将来を有望視されている。香枝の母道子は、若く美しく才気のある未亡人で、茶の湯の宗匠である。香枝の結婚は、横倉と母の熱心さに押し切られた形のものであった。野心の多い横倉にとって、香枝の教養や裕福な家庭は結婚の条件に合うものだったが、香枝の性的な欲望の少なさに違和を感じ、また、その体質の脆弱さは思いがけない誤算であった。彼は結婚前から、若く美しい日本舞踊家西川粂子と深い関係を持っていた。後ろ楯のない粂子は横倉の才に頼り、自分の舞踊台本を書いてもらう約束を迫って、横倉の結婚後も関係が続いているのだった。実家で病床にある香枝は、自分の結婚が「流されるまま」のものだったと気づく。曽我は香枝を見舞った帰りに、同じ下宿の背景画家の前川きつ子と出会い、親交があるという西川粂子を紹介される。粂子の話から、曽我は彼女と横倉との知己以上の関係を悟った。香枝の妊娠がわかり、横倉は体力不足と学業続行を理由に中絶をすすめるが、香枝は生むことを主張する。道子は香枝の今後を考え、思い迷う。香枝は子供が身体の中にいると思った瞬間、この結婚が偽りだったと感じる。これまで香枝をとらえていた「薄明のように滲んだ光」が消え、物の理非が鮮明に見えてきたのだ。曽我を訪ねた香枝は「自分の中に芽生えたものを殺したくない」という本心を打ち明けた。曽我は驚くが、理屈では割り切れないその気持ちを支持する。粂子はきつ子から、香枝が休学し、子を生むことを知らされる。結婚もできず、横倉との子を二度も中絶しているだけに、粂子は香枝への羨望と嫉妬に苛まれていく。四月、曽我は戸沢教授に横倉の話の真偽を質される。それは曽我と香枝には以前から肉体関係があり、妊娠した子も曽我の子ではないかという疑いだった。曽我はこの話の証人とされているきつ子に粂子宅で会う。話を立ち聞いた粂子は家を飛び出し、横倉に会おうと乗ったタクシーの事故で大怪我を負う。粂子がついた嘘が横倉の言いがかりのもとになったのだ。香枝は横倉と離婚し、九月初め、無事女児の母になった。心身ともに傷ついた粂子は横倉と別れ、芸の精進を誓って香枝に詫びを伝えてきた。曽我は香枝と将来を約束し、この半年の自分の心の軌跡を辿るのだった。

作品は、自我が少なく、「薄明」のような光に包まれて「漠然と歩いてきた」主人公が、妊娠を機に自分の意志で道を見出していく姿を通して、女性が身を以って受け止めねばならない妊娠・中絶・出産のもつ意味や深さを、女性の自立の問題も絡めて問いかけている。（長門新子）

葉桜の翳（はざくらのかげ）

小説／「オール読物」昭32・5／『二枚絵姿』講談社、昭33・4・25

主人公の一重は三十歳、自立した優秀な服飾デザイナーである。ボーイッシュな容姿であるが「既に若いとは言えない女の悲哀を感じ」ながら二歳年下の男性を密かに思っていた。が、その彼は一重のてきぱきした様子に尻ごみし、家庭的なイメージの若い女性と結婚する。一重は二人に結婚式の段取りを頼まれ、新婚旅行先の旅館まで手配する。しかし、その旅館には桜の老木があり、そこから這い出る無数の毛虫がいることを知ってのことであった。悪意は流産して終るのだが、テンポよく朗らかに喋る会話と裏腹に「女心」が隠されていることが良く解る構造の小説である。「言わない」「議論を好まない」という日本文化の是非についても考えさせられる。

葉桜とは、花が散って若葉が出始めた桜であるが、さかりを過ぎ、婚期の遅れた女性の喩えでもあった。また、一九五〇年代後半、日本が好景気に驀進していく当時、自立して働く女性のことを「職業婦人」と言っていた。（取井　一）

初　釜（はつがま）

小説／「オール読物」昭41・8／『生きものの行方』新潮

社、昭42・7・10
　終戦後数年たったころ、主人公の「私」は、焼け残ったタンスの中に亡き母の手蹟で小裂《こぎれ》類と書かれた手箱を発見する。戦災で焼けてしまった着物の小裂をみて思い出が蘇る。時代を反映して地味な柄が多いなかに、四季の花模様がぼかしに染め出してある華やかな小裂があった。思い出は、「私」が昔、母から聞いた話へとさかのぼっていく。母が娘のころ、その美しい着物を着て初釜で点前をしたとき、女性ばかりの客のなかに、ひとり神戸という若い紳士がいた。若い母は、彼が気になりながらも冷静に点前をしたが、後日、茶の師匠から、神戸は結婚の相手として母を見に来たのだ、と知らされる。しかし彼からは結婚の申し込みはなく、そのまま月日は過ぎ、数十年後に神戸という会社社長が破産したあげく自殺したという新聞記事を見た母は、祖母に事情を聞く。祖母は、神戸から母へ結婚の申し込みが来たが、彼の身辺、とくに女関係が複雑なようなので、祖父とけんかしてまで反対し、意見を通して、母には何もいわなかった、と語る。私は、母、祖母、そして母の姿に見入っていた若い男へのあわれを感じる。
　この短編小説は、女性の世界の完璧な縮図と言えよう。主なテーマが二つある。一つは着物と茶道であり、もう一つは過去と現在の意識の錯綜である。主人公の語りは祖母の語りになり、母の語りになり、三代の女性たちの記憶が混じり合って現在という感受性を作成する。また、主人公の自意識が記憶の間の橋渡しとなり、過去の現実がより強く意識の中で復活される。一人の女性の主人公の語りで、個人の心理や意識の範囲が描写される優れた作品である。
（リース・モートン）

『八犬伝』の作者（はっけんでんのさくしゃ）

随筆／「群像」昭36・10／『雪折れ』中央公論社、昭37・11・20／全集⑯
　滝沢馬琴と馬琴に魅せられた自らについて述べる。「馬琴の読本と秋成の『雨月』『春雨』」とを比較すると、現代の「純文学と大衆小説」ほどの「境界」があるが、馬琴は秋成を尊敬していたという。馬琴は「博覧強記」ではあったが、「思想家」ではなかったので、「安心して封建道徳の鼓吹」を文学で実行できたので、その読本の面白さは「本当の人間性」とは違う「善玉悪玉に吹き分けられた単純な人形どもが波瀾重畳する小説の筋の経緯の間に」織り上げられていく「巧緻なタピストリー」にある。祖母の「朗読口調」の『八犬伝』は、幼い円地に「鮮明な色彩と音響と匂い」を伴って「情景を展開」させる力があったが、「生意気盛り」になると、そうしたことに「爪弾きして故意に背後を向く感情」も生まれた。再び馬琴と向き合ったのは、真山青果の『随筆滝沢馬琴』を読み、「馬琴の人間としての体臭を嗅ぎ出せた」からである。傲慢不遜の馬琴が失明後、「息子の後家のお路」に口述筆記させるところを書いた「回外剰筆」は「読む度に感動を覚える文章」である。円地は、「馬琴の封建倫理偏重」と、それと「矛盾した性情の厭らしさと、人間くささに躊躇《ためら》わず握手を求める」とする。

本随筆以外に、円地が馬琴や『八犬伝』について書いたものに、「『八犬伝』の代筆者」（『本のなかの歳月』所収）や「馬琴雑記」（『江戸文学問わず語り』所収）などがあり、その愛着のほどもわかる。内容的にはいずれも大差はないが、最も詳しいのは「馬琴雑記」である。

「『八犬伝』の作者」が、短編集『雪折れ』に「源氏物語の作者」とともに収録されたのは、興味をひく。誤解を恐れずにいえば、この二編の随筆が自らの文学の核たる部分を語りうると考えたことにあるのではないかと思われる。ちなみに、「巧緻なタピストリー」に象徴されるものといい、馬琴を「奇っ怪な芸術家」として肯定するところといい、そこには十分に円地文学と通底するものがある。円地文学における古典の受容の一端は、馬琴の読本の検証なしには不可欠である。

（馬渡憲三郎）

初恋の行方（はつこいのゆくえ）

小説／「婦人画報」昭35・2／『高原抒情』雪華社、昭35・5・28

銀座のバーで働いている那美子は四年前に渡米した初恋の相手である穂積と再会する。当時想い合っていた二人だが、プラトニックのまま別れてしまった。穂積と別れた後、証券会社の重役で妻子ある赤城誠二郎が那美子のパトロンとなり、那美子は「女性らしく」なる。赤城は愛人としての気持ちと父性的な気持ちを持ち、那美子にいずれは「尋常な結婚」をして堅気になること望んでいた。再会した穂積は、清純な雰囲気を持っていた那美子が「濃い情緒に染められてねばつこく」見え、また「赤城の匂」がしみついているように感じられて、那美子への思いが白々と醒めてゆく。今まで別れ際に穂積が言わなかった「さよなら」という言葉を那美子は初めて聞き、一人、部屋で泣き乱れた。

東京の高層マンションが「三百万円」であることや証券会社重役のパトロンになるなど、短編でありながら昭和三十年頃の世相がよく反映された作品である。また銀座のバーで働く女性と、客である男性の女性観・結婚観は「婦人画報」の読者層を強く意識して書かれている。なお、この作品にたいしての評価はほとんどなされていない。（池田正美）

花　渦（はなうず）

小説／「週刊現代」昭38・2・28／『ほくろの女』東方社、昭42・3・1

鎌倉に住む水木とし子は、ある日鎌倉彫の稽古場で富豪の津上未亡人操と知り合い、自宅に招かれる。そこには操に飽きられた女だという四十代、三十代、二十代の三人の美貌の女中がいた。操と入浴したとし子は、蓮の蕾のような乳房を持つ操の見事な裸身に「曾て夫との生活で覚えたことのない妖しい蠢きが腰から股《もも》に伝って来るのを感じた」。操に可愛がられた女が体を悪くして死ぬと聞いた夫は操との交際を禁止するが、とし子は操の京都の別荘へ出奔する。やがて桜の散る千鳥ヶ淵の岸辺にとし子の死体が打ち上げられる。解剖の結果、催眠剤を飲んで身を投げたと診断されたが、どのみち十二ヶ月の命であったという。

官能に溺れる「鎌倉夫人」の行き着く先を描いた短篇。表題の「花渦」は、津上家でくりひろげられる女たちの官能の世界を指すが、円地訳『源氏物語』でも空蝉と源氏との関係に同じ言葉が用いられている。（中村ともえ）

花方（はなかた）

小説／「文芸」昭17・5／『東京の土』文芸春秋新社、昭34・7・20／全集⑭

平重衡は院宣の使いに平重国、院宣を捧持する役目に召次の花方を選ぶ。花方は容姿のさっぱりした忠実な男で、高位の人達からも寵愛を受けていた。院宣を拒否した平時忠は、都へ帰る花方の両頬へ焼金で「波方」という焼印を押すという暴挙に出る。火傷に苦しむ花方は、船の中でのたうち回るが、八日目の朝、腫れも引き、焼印だけが鮮やかに線を張って残る。「おれはこんな顔になったぞ」と怒鳴りながら家に戻った花方は、妻の冷静な反応に拍子抜けする。そういう妻を花方はなじるが、妻はもっと恐ろしいものを幼い時から見ているから、別に驚くにあたらないのだという言い分で、それでも花方の妻への悪罵や暴力は止まない。院中の奉公だけは懈怠なく勤めるが、以前の人懐っこさは消え、厳しい気配が漂う。不思議と時忠への復讐心は湧かない花方であるが、京中で無残な殺戮が行われ、そういう場面に遭遇した夜から何か無気力な疲労した表情に変わる。そんな花方が、水際で佇んでいた狂女に出会い、背負って歩いていると、女は上機嫌に話をしたり、歌を唄ったりする。この女も無残な殺戮で我が子を殺された、平氏ゆかりの哀れな女か、そして自分を光明赫奕たる世界へ連れて行く菩薩の化身ではないかと思うが、女は花方の背中で安らかな寝息を立てて寝ていた。

小林富久子は『円地文子―ジェンダーで読む作家の生と作品』（平17・1・27、新典社）において、この頃の円地が戦争体制に向かう時代的流れから歴史小説に転換してゆき、この作品はその「目覚ましい結実」と評価する。また、「見所は、花方の醜さが彼自身にもたらす、地上のすべてから隔絶されつつ、同時に宇宙の生きとし生けるものすべてと合一しているような、詩的境地を描く部分である。今一つ、興味をそそるのは、花方の苦悩に深い洞察力を示す若い妻の描き方である。醜さないしは異形の者といった烙印を押された者がそれゆえに辿り着きうる境地を扱っている点で、後の円地の代表作とテーマ的に繋がることが指摘されよう。」と述べる。花方の「詩的境地」は最後の狂女を背負っている部分に関してのコメントで同感するが、妻の「深い洞察力」にはやや疑問がある。この妻の発想にはあまりにも悲惨なものを見過ぎてきたという、世の中に対するニヒリズムが感じられ、それが花方には厭わしい形で妻への反応に現れてしまった、という解釈が正しかろう。（佐藤隆之）

花桐（はなぎり）

小説／「むらさき」昭12・7／『春寂寥』むらさき出版部、昭14・4・10

　未亡人の母と大学生の従兄壮吉と共に暮らす澄子は、明るく快活な少女である。今日は四つ年上で元女中の杉子が家を訪ねてきた。澄子と楽しげに語らいながら、杉子は留守の壮吉をさりげなく気にしていた。二人の少女は壮吉の部屋の窓からとった一枝の桐の花を押花として分けあう。その時杉子は、壮吉愛用の字引に密かに桐の花片を挿むのだった。その後、杉子は他家に嫁ぎ、次第に来訪も間遠になる。最後の手紙には、無沙汰をわびながら、夫の病気療養のため婚家の郷里である中国に渡ること、末子を亡くしたことなどが書かれていた。数年後、壮吉と結婚した澄子はかつて壮吉が杉子を愛していたことを知り、同時に杉子の壮吉への思いを理解する。しかし杉子に宛てた手紙は附箋を貼られて澄子の元へ返ってくるのだった。

　題名でもある桐の花が、その強い香りとしなやかな枝の力によって強く印象づけられ、杉子の恋に肉体的な力を与えている。（川上純子）

花食い姥（はなくいうば）

小説／「新潮」昭49・1／『花食い姥』講談社、昭49・5・24／全集⑤

　老いて夏以来眼病で視界がたどたどしい私が、以前は手放さなかった本を読まないまま半年を嘆いて過ごしていた晩秋の午後に、頭髪は真白だが、顔色は艶やかで、瞳に童女のようないぶかしげなまぶしさを宿した同病の老女と出会う。老女は眼前で蟹蘭の赤い花を食べて見せ、私の隠れた欲求を暴く。老女に促されるように、私は女学生時代の淡い交際相手に送った手紙が、数年前のその男の死後、未亡人から返送されたこと、それは手箱に蔵い二度と見ないつもりでありながら、心ならずも深夜に手に取ったことを告げる。私を公園に連れ出した老女は私に曾ての青年の幻を見せるのだった。青年が歩み去り、残された私は老女を探し、菊のある花園の方に、もしやその姿が見えるかと、小暗くなった足もとに気を配りながら、その方へと歩きはじめた。
「花食い姥」たる「老女」とは何か。老女は花を食べて、私に〈生きものをそのまま口に入れるような異様な、気味悪さ〉を与え、私に〈花をむしって、食べたくて、むずむずしている癖に、思い切って、やりたいように出来ない〉と〈内心を見ぬく〉存在として描かれる。老女はまた私に〈あなたのなかに住んでいる、いろいろな化物〉が横行すると言い、聞いた私も〈自分のうちに住む魑魅魍魎の類い〉が活発に動き出し、その現実生活への影響を感じている。〈私の内なる〉〈心内の〉魑魅魍魎は私の本心を裏切り、私の意識下にあるものを容赦なくひきずり出すのだから、老女こそが私の心内の魑魅魍魎であり化物である。作品は、最後に私は心内の魑魅魍魎たる老女によってつけられた道を「その方へ歩きはじめ」ることで閉じられる。つまり、私は恥と感じる私の、美しいと思うと見ているだけでは我慢ができず、食べないまでも、触らなければ満足できない執こい癖から自己を解き放つことが宣言されるのである。〈眼が見えなくなって来たようだから、それだけ、あなたのなかに住んでいる、いろいろな化物は、横行し出す筈〉と老女が語るとき魑魅魍魎を生むのは老いによる眼疾とわかる。色褪せているのはわたしがかつての青年に送った押花だけで、わたしの視覚は蟹蘭の葉の濃緑や花の紅の濃淡、金銅の色の銀杏、若い男女のスウェーターやスラックスの赤や黄と豊かな色彩を描いていく。この作品では眼疾が衰えに導くのは健康や生きることではない。過去をまさぐって将来の生を求める気持ちを抑圧する思慮や良識が衰えさせられているのである。高橋英夫は、本作は「視力の衰えた老女ふたりの対話を点綴し」、「老境エッセイとして簡潔にまとめられているのが印象深い」としている（「解説」『講談社文芸文庫　妖・花食い姥』）。

（百瀬　久）

花咲爺（はなさかじじい）

小説／「新潮」昭54・1／『砧』文芸春秋社、昭55・4・10
円地文子の日常生活を描いたような作品である。何げなく淡々と描かれているが、滋味深く味わいある作品である。私は長い間の座業のために立ち居がきかなくなり平地も歩くのにままならなくなる。そんなある日鍼医を紹介してくれる人があって、鷺宮までハイヤーで通うようになる。そのハイヤーの運転手に三、四年の間、鍼灸師のもとに連れて行って貰うことになる。老運転手は運転が上手なことは勿論であるが、取っ附きは悪いが、調子づくとかなり話をする人物で小出勇吉といった。ここからタクシーの中での珍事や、老運転手の身の上話、特に新聞やラジオを聞いていないらしい事や、一人暮らしであることが語られる。ある日草花の話しになると俄かに饒舌になり、「花はいいよなあ」と語り出す。しばらく依頼しなかったが、ある日小出に鍼灸院通いを頼むと、心不全を起こし九死に一生を得たとのこと。そんな話をしながら車に乗ると、小出は窓から手を出して桜並木の下に何か豆粒のようなものを撒き散らした。ある日、小出はあっけなく再発作で亡くなってしまった。翌年また通院すると、小出の撒いたイタリア芙蓉が咲いていた。

円地文子は『花散里』(昭32・8〜35・12)を書くが、これ以後の作品はまさに「老いの文学」「老年の作家」と言える。日本が長寿社会を迎えるに到って、円地文学も老いの様相を強くするようになる。高桑法子は「円地文子『菊慈童』」(「国文学」昭61・5)において「円地文学では老年は女に夢想の自由と豊饒を与える。なぜなら老年は雌雄という対概念から女を解放するからである」と述べている。本作も、私と小出勇吉という老孤独男女がふと知り合い、心を通わせる作品で、花咲爺が恋人ともなり、部下ともなり、友人ともなり、花を咲かせるのである。晩年の作品独特の幻想性も感じられるが、この作品には円地文子の持つ自己凝視と現実凝視のリアリズムもはっきり残存している。

円地文子が心不全で昭和六十一年に亡くなるのもこの作品には暗示されている。死の七年前の作品であるので、題名の「花咲爺」には殊の外惹かれる情緒がある。昭和四十九年の『花食い姥論』に見られる、円地と運転手小出勇吉の共有する戦争の傷跡を持ちながら生き続ける人間の共同体のようなものが通底しているのである。老運転手がしょぼくれた人物に見えていたのに、ある日円地を乗せてハイヤーの窓から何かの種を撒き散らしている日は、顔色が白く眼鼻立ちがくっきりして見えたのである。そこで「私はこの人昔は案外いい男だったのかも知れない」と思うのは、男の死後に素性が明らかになる伏線ではあるが、平野謙が『ひもじい月日』(昭32・8、角川文庫)の解説で、「セックスを中心とする視点が円地文学の女性の生命力のままに透視するリアリズムの作品」と評した点を残しつつも、「老いの心境」や「幻想的な静寂」へと向かってゆく語りの構造をみることができる。一種の詩的な情調を漂わしているのも晩年に共通する円熟の境でもある。

(中田雅敏)

花散里(はなちるさと)

小説/「花散里」—「別冊文芸春秋」昭32・8、「四季妻」(後に「ニューヨークだより」と改題)—「文学界」昭34・5、「銀河」—「文学界」昭34・8、「秋日銀杏」—「別冊文芸春秋」昭34・9、「秋灯」(後に「返り花」と改題)—「別冊文芸春秋」昭35・9、「冬至」—「別冊文芸春秋」昭35・12/『花散里』昭35・9、文芸春秋新社、昭36・4・20/全集⑥

源氏物語の巻から題名をとった作品である。女学校の同窓生三人が五十歳前後になっている。「花散」という言葉に女の夕映えを象徴させている。実業家の由利朔郎は天性の女好きで正妻のほかに三人を囲っている。「幾人もの女をわがものにして、その一人一人にある調和と幸福を保証している点で、彼はドン・ジュアンであるより光源氏的な大パトロン性を持った男なのであろう」と書いている。由利が二十年来愛人としている舞踊家の鹿野艶子は、二度中絶した過去がある。由利は艶子の将来を考え、赤坂の芸者に生ませた慧という少年を艶子の養子にするつもりで艶子の家に住まわせている。ある日、中学の担任教諭から、慧が作文で養母に異性としての関心をもちはじめていることを指摘され、艶子は慧を挑発している自分の「女」を自覚するようになる。

朝吹頼子は犬用の薬品を扱うペット・ファーマシィを職業とする実業家。夫と死別して三人の子供を育てているが子宮摘出手術の過去がある。頼子は子供の家庭教師である大学生の蘆野の世話に積極的で、いつしか男女の仲になる。娘の三重子と蘆野を結婚させ、自分との関係を一生切れないものにしようと図る。蘆野は三重子とも関係をもちながらスキャンダルの中心になることをおそれ出入りしなくなって、他の女と結婚する。

立川喜和は、俳人で元大学教授の伊作とは家庭内別居の状態である。良一という息子は二十五歳になるが精神を病み入院している。三人は互いの悩みを打ち明け合い京都の寺院めぐりをするのを楽しみにしている。

由利が北米の工業地帯を視察してニューヨークに立ち寄ったとき長井美津子という美しい女性があらわれ、自分の母が芸者だったとき由利に失恋したこと、仕方なく長井の愛人になったが生涯愛したのは由利だったことを伝えてほしいと娘に言い残して死んだことを聞かされる。由利は美津子の部屋に誘われ関係を持つ。翌日情夫があらわれて慰謝料を請求され、美人局だったことが判明するが要求額を払って帰国する。

艶子は慧に養母の立場を踏み外すような愛情を感じはじめるが、自分を抑制するために舞踊に打ち込み舞踊界に復帰を果たす。頼子は去って行った蘆野への未練をひきずって子供にも見放され肝硬変を悪化させて死ぬ。頼子が死んだとき、艶子が「女の中には魔物が住んでいるのよ、いつ狂い出すかは自分にもわかりはしないわ」と言ったところにこの作品の主題がありそうだ。喜和の息子良一も三十歳で亡くなる。

江藤淳は「新潮日本文学・円地文子集」解説（昭46・6）で、モチーフについて、「つまりこれは、日常世界を律する倫理の枠が崩れ去ったところにあらわれる秘めやかな、また豊かに熟した性の世界である。それが由利と艶子、それに慧という三者の共犯関係によって維持されて行こうとしているところに、『花散里』に一貫しているある調和の雰囲気がある。頼子に対する批判を隠そうとはしない作者の視線は、このような艶子の奥深い秘密の世界に対しては、静かな容認の光を投げている」とし、艶子に「秘すれば花」のイメージを託していると述べている。管見では、作中の由利朔郎は藤原道長を連想させているように思える。艶子と慧との関係は、桐壺更衣と光源氏を連想させるところがある。（神谷忠孝）

花のある庭（はなのあるにわ）

小説／「別冊小説新潮」昭32・4／『二枚絵姿』講談社、昭33・4・25

古手の技師で役所を早期退職する予定の佐伯修作は、七十を間近にして定年後の妻増子との生活に金銭的な不安はないが、老夫婦二人きりでは堪えられないと感じていた。二十数年前に建てた家は上等の普請ではないが、大分修繕し、庭は修作の趣味で大正時代の資産家の家のようになっているので、三人の子の何れかと同居することを提案する。相談の結果、長男の新一が住むことになるが、長女の克子は家の相続を諦めてはいない。退職して同居後の修作の生活は、草月流の名取りで好人物の嫁須磨子との会話に老人気分を楽しみ充実している。一方、増子は、須磨子と修作の仲に割り切れない気持ちを抱き、克子に相談する。克子は、相続の為には母に梃を入れる必要があると思案するのだった。

本作は、花のある家を媒介として、その相続を目論む長男長女と、嫁に対する姑・小姑の感情をダイアローグ的なアプローチで描き、円地文学の特色を出している。（鶴丸典子）

花の下枝（はなのしずえ）

小説／「オール読物」昭42・6／『都の女』集英社、昭50・6・30

パリを舞台に、老洋画家が偶然一緒になったデザイナーの女に過去の恋愛について語る話である。「結婚を前に控えた娘」＝「禁断の花」に手を出さずにいられない男の性分が描かれている。女の産んだ子供が誰の子かわからない状況を「気味のわるい感じ」「こういう気味悪さは男だけの味わうもの」といい、「神とか仏とか人間以上の権威《オールマイティ》を人間が考えなければいられない」と男に語らせている。円地という女の側からの作品が有名だが、男の側から描かれている点が興味深い。他の作品に度々表現される血の繋がりに対する畏怖がここでも示されている。「風車」が象徴するもの、題名とも重なりあう冒頭の句「山吹や折らですぎ憂き枝のなり」の解釈など、細かい分析も必要である。また初出の「オール讀物」では、「セックスに絡む人生の哀歓を描く新風俗小説」として掲載されている所も注意したい。時代の推移とともに、円地文学の評価の変遷についての考察も求められる。

（南雲弘子）

花の下もと（はなのしたもと）

小説／「小説新潮」昭50・1

初出誌「小説新潮」では「'75年劈頭を飾る傑作集」と銘打ち、目次のトップに置かれている。他の執筆者には丹羽文雄・今東光ら、当時の大物作家が並ぶ。しかし中間小説誌であるため同時代評もなく、全集未収録のために先行研究も見られない。いわゆる老女ものの系列に属する作品で、語り手である小説家が、知人を介してある老女「お勢」の物語を聞く、という形式をとっている。作者はお勢を旧時代の女性の一つの典型、華やかな世界を支えた陰の女性として描こうとしている。お勢は有名な歌舞伎俳優の美男に惚れこみ、女中となり結婚もせず、俳優が死んだ後は息子に仕え、女としての喜びをまったく知らないまま生涯を終える。だが、その死は語り手によって桜の咲き満ちている根本にうずくまる姿として幻想され、不幸ではなくある意味で本望であったと解釈されるのである。円地の老女ものの中では構成も結末も単純であり、あまり優れた作品とはいえない。

（戸塚麻子）

花光物語（はなみつものがたり）

小説／「別冊小説新潮」昭29・1（原題「白蛇物語」）／『東京の土』文芸春秋新社、昭34・7・20／全集⑭

足利幕府の頃、播磨の守護赤松家の家臣、岡部兵衛には花光という男子がいたが、妻子を残し大番で京に出向いた折、そこで知り合った女も男の子を産み月光と名付けた。三年後、母子を伴って帰り別屋に住まわせる。岡部は十歳になった花光を連れて書写山の円教寺に参拝する。別当の勧めで美童の花光は寺に預けられる。続いて月光も書写山の稚児となる。父は遠征で留守が多く、花光の母は財政の一切を取り計らう。それが月光の母の怨念をかい、噂では毒を盛られたのか死んでしまう。本妻になった月光の母が家の中を支配するようになる。花光は別当の鍾愛に苦悩し、継母の策謀で差別を受け窮地に陥る。花光は自分も継母に殺されるのではないかと思うようになり、密かに弟を殺してくれと侍従に頼む。ある日、弟に誘われ桜を見に行く。月光が見事な枝を見つけ大きな枝を折った途端、重たいものが落ちかかる気配がした。「月光の首に、白い蛇の細かい紋が光って、ゆるくまとった鎌首が頬の横にあった」。花光に殺意がよぎったが咄嗟に蛇の首が飛び、自分の懐剣の刃や着物に蛇の返り血が散った。侍従との約束の夜、戸口に立っていたのは月光ではなく花光だった。

円地は「お伽草子」の「花光」を「口語訳ではなく、私の作為による小説」とした。幻想的な情景や登場人物の容貌・衣装は歌舞伎役者を見るような描写だが怨霊や憑霊が織り込まれている。「この人は倫理的なものと背徳的なものとが同居している。それがどういふ風に発展してゆくか興味がある」（三島由紀夫）。また巳年の円地は蛇に興味があるという。例えば「蛇」（「ぬらりと生きものの光を帯びて」）、「女坂」（寝ている「夫の肩に黒い紐のようなものがぬらり」）、「千姫春秋記」（「千姫が寝入ろうとした床の上に長々と」）、「女帯」（「胸には気味のわるい白蛇」）などがあげられる。（正本君子）

はなやかな落丁（はなやかならくちょう）

小説／「小説新潮」昭43・1／『都の女』集英社、昭50・6・30

科学者である津賀は、四十六年ぶりに小学校の同窓会に訪れた。そこでかつて憧れた秋元弘子と会うことを楽しみにしていたのだが、彼女は既に他界していた。秋元弘子の娘由紀が小雪という名で芸妓をしていると知り、津賀は小学時代の同級生たちと小雪に会いに行く。小雪を見て、弘子の成熟した女の姿を感じた津賀は、眼の裏が熱くなるのを抑えることが出来なかった。同行した旧友、鳥飼と花島も同様の感慨だったらしく、その後二人は小雪に近寄っていく。ある時、小雪を連れて蔵王山に出かけた鳥飼は突然心筋梗塞で亡くなってしまう。津賀は「男には誰でも妖精に玩ばれてみたい欲望がある」といいながらも、もう「小雪の幻は浮かんで来なかった」のである。

小松伸六は「男たちが普通の女性を妖精だと思いちがいをするというところには、作者の男性に対するイロニィ（皮肉）があるかもしれない」（『都の女』「解説」昭58・1・25、集英社文庫）と述べている。今後、「落丁」を埋める存在としての小雪についての考察が必要であろう。（西山一樹）

母（はは）

戯曲／「文芸春秋」昭4・12／『惜春』岩波書店、昭10・4・5／全集①

時代は現代で、場所は関東地方の農村。登場人物は、母、きく（その娘）、安吉（その婿）、庄介（その甥）、橋本、下男、近所の女の子である。

古い大きな農村。母のところに庄介が訪ねてくる。母は癌を患っていた。庄介は、昨年の争議で小作側に立ち、母と激しく戦った。母は、きくが安吉に邪険に扱われ、安吉が町に女を囲っていると、庄介に話す。母は、庄介にきくをみてもらえないかと頼む。しかし、庄介は、百姓をするほかに、働くものが権利を得るための仕事があり、責任を持ってきくを預かることはできないという。きくが盲目になることを知った母は、娘を絞め殺し、母も発作をおこし死ぬ。橋本は庄介に、母性愛はエゴの延長だと話していた。二人は、死体を発見して驚く。

大宅壮一は「母」について「女性文芸人批判」の中で、「動物的エゴイズムにすぎないことを暴露したもので、テーマは面白いが、全体的にまだ現実的な迫力がたりない」（「中央公論」昭5・1月号）と述べている。

この戯曲は最愛の娘に将来がないことを知った母にとって、子どもを救う方法が死しかないと考えた究極のエゴイズムであり、農村の問題点をあげながら書かれたものである。（熊谷信子）

母の就職（ははのしゅうしょく）

小説／「オール読物」昭34・1／『小さい乳房』河出書房新社、昭37・12・15

俊也は三年前に結婚して、妻と幼い子と三人で社宅に住んでいたが、最近、俊也の両親が同居するようになって、妻と母の間のいざこざの板ばさみになって苦労していた。その苦労を会社の女子社員に訴えると、彼女は母のために家裁の調停委員という職を紹介してくれた。この女子社員は、俊也と大変気が合っていて、俊也の結婚前は二人が結婚するのではないかと周囲から思われていたのに、俊也が一人息子であることにこだわり、女の方で退いたという経緯がある。職を得た母は若返り、職業柄、他人の家の家庭内の話を聞くことによって、自分の家庭をも客観的にみられるようになり、嫁との折り合いもよくなって、万事めでたく収まった。俊也の母がそのお礼の気持ちとして女子社員に縁談の世話をしようと申し出ると、女子社員がそれを断るという落ちがつく。

中間小説らしい軽やかなタッチだが、最後にこの作者らしいひねりがある。また、この時代の風俗がよく出ている。（山之内朗子）

母娘（ははむすめ）

小説／「むらさき」昭12・1／『春寂寥』むらさき出版部、昭14・4・10

倭文江《しずえ》の父は、妻子を捨て愛人と同棲を始めた。残された母娘は屈辱の生活を強いられ、倭文江は母のために一生独身でいようと職業婦人になる。ところが、妻のいる男と恋愛関係になり、これ以上母に悲嘆させまいと無理に恋愛を終息させたが、この苦悩が母に理解されず倭文江は母に絶望する。しかし父の愛を奪った愛人龍子は倭文江の憔悴した心を深く受け止め、二人は次第に心を許す仲になっていく。父と龍子の反道徳的な生活の中に凝縮された愛情を見て、倭文江は元恋人との恋愛に全てをかけ愛人として生きていこうと決心をする。

円地は当時プロレタリア文学の影響を受け、職業婦人を社会に進出させる思いがあった。家庭から解放された女性は社会の中で恋愛も自由に選択できる喜びを知る。憧れの自由恋愛である。たとえ愛がもつれて破滅が来ようとも、そこには激しく燃える情熱がある。結婚という制度の中では味わえない享楽である。生活費を貰う屈辱感が母の心を荒廃させる。妻という座にしがみつく母と秩序から外れた愛の渦に身を投じていく娘。円地の夢見る自由奔放な女の自立である。（阿部綾乃）

浜木綿（はまゆう）

小説／「別冊小説新潮」昭28・9／『ひもじい月日』中央公論社、昭29・12・10／全集②

結婚して三ヶ月、現在の夫と旅行で三重県志摩へやって来た「私」は、奔放な広葉をひろげ茎太く咲いている浜木綿に目を留める。貿易商の夫にとっては、南方の亜熱帯植物としか感じられない浜木綿が、「私」にとっては結婚前の「あなた」との恋愛を思い出させる契機となる。夫が商用で二日間、大阪へ帰ることになった晩、一人残された「私」は、「あなた」への激情のうねりに襲われる。こうした思いの中でかつての交際を「あなた」宛ての手紙風に回顧する。既に戦争未亡人であった「私」と「戦争の犠牲者」である「あなた」は、古典を愛する心と「同じ生きにくさ」を持つ者同士として接近していった。しかし、「あなた」の心深く巣くう戦争の傷跡は「あなた」をとらえて放さず、「私」の思いに反して唇をただ一度合わせることもなしに別れることとなった。「あなた」との過去を思いかえしながら、「私」はさっきロビーで見た海女の映画を思い浮かべる。錨を抱いて深海に飛びこむ海女と、その生命綱を握る夫。そこに見たのは「男と女の生命が一本の棕櫚綱に強靱に結びつけられて、迷わずに疑わずに一筋に飛びこみ、一筋にひき上げられる単純な強い親和力」であった。夫との「不調和な調和」がこの映画の海女の夫婦ほど緊密なものになったら、「恐らくあなたは美しいと讃めて下さるでしょう。」と思うころ、夜は白みはじめる。

「浜木綿」は「ひもじい月日」の陰に隠れて、これまであまり論じられてこなかった。しかし、「生命の燃焼」、「持ち重りのする抒情」、夫と「あなた」への異なる愛、海女の「磯なげき」への共鳴など、多くの論点を挙げることができる。また、語ることで高揚し語ることで整理されていく女性の心理描写や、過去を取り込むことで存在する現在を巧みに描いている点にも注目したい。（小林美鈴）

春寂寥（はるせきりょう）

小説／「婦人の友」昭12・4〜6／『春寂寥』むらさき出版部、昭14・4・10

元司法官の娘美尾は妻のいる有坂と交際していたが、見合いをすることになった。美尾は有坂を病身の妻から奪うほどの勇気も無く有坂も美尾を手放せず、二人は別れる決断に悩んでいた。美尾の父は妻と長男を早くに亡くし、その上、若いころ社会運動で投獄されて、私生児とともに家に戻ってきた長女がいる。これ以上父に心配かけたくないと苦悩の末、美尾はようやく結婚を決意する。有坂の愛を胸の二重底に仕舞い込み、打算的な結婚生活を始めたが、アメリカ帰りの建築技師菅野は金銭的で物質主義の性格、お互い合理的に気の合うものとなっていった。父や姉を新居に招待した翌日父は急死する。その後、有坂は美尾の妊娠を知りようやく独占欲から開放され、一生信頼しあえる友人として生きようと誓い合った。

円地の自伝に近い作品と推測できる。この作品が発表された昭和初期には自由恋愛や女性解放、プロレタリア運動が盛んになってきたが、円地は厳格な家庭から一歩を踏み出す勇気が無かった。当時女性は親の勧める見合い結婚をして、男社会の中で養われ安住していくという封建制の残る時代であった。しかし社会主義運動に影響を受けた円地はブルジョアのお嬢様生活を嫌い、反秩序的な生き方にこそ情熱にあふれた輝かしい人生があるという思いに燃えた。少女時代に培われた歌舞伎や浄瑠璃などの劇的な人生や、命を燃やす激しい恋に情熱を求めていたのだ。愛情にもいろいろな種別があっていいはずと、結婚という社会的秩序にとらわれるのを嫌っていた。この作品でも、しかし夢想と現実は対立したままで、破天荒な青春を送ってきた自由奔放な姉の生き方にあこがれ、行動を起こす勇気の無い美尾に実生活の円地を見ることができる。冷酷な理性は純愛をも燃焼しきれず燻り続けたまま心の内に仕舞いこみ、新たに打算の結婚生活を始めていくという男への執念。単調な日常生活のなかで円地は理性の仮面の下に自由恋愛への熱い思いが渦を巻いていたのだ。しかしまだ社会経験の少ない奥様であり幼児の母親でもあるこの時期、内に秘めた情熱を劇的な物語にして発散せねばいられなかった。生活体験の中から構成され、耽美的な創作作品として生まれた円地文学。ブルジョアの優雅な生活風景の中のいわゆるまだ生活臭の無い作品である。この作品全体に美尾の無表情で冷淡な横顔が流れている。教養と品格の令嬢気質とでもいおうか、理性が勝りすぎた寂しい青春の翳りである。結婚という型枠の中で振り返る恋人への情念。早春の浜辺に吹き渡る潮風を受けて、未練にゆれる女心が切ない。円地はまだまだ女盛りのころである。

（阿部綾乃）

春の歌（はるのうた）

小説／「群像」昭46・1／『春の歌』講談社、昭46・5・24／全集⑤

冒頭に童謡「春が来た」（高野辰之作詞）を歌いながら小

川の縁で戯れる女の子の姿が描かれ、次に津留子とその義弟清行の妻であった律子との会話が置かれる。律子は十八年前に清行に事故で先立たれたが、その後再婚してこの家を出た。清行と律子との間の子・健が津留子の夫（清行の兄）である朋巳の勤める大学の大学院を受験するため、健とともに上京してきていたのだった。会話の中で、清行の死に関する不審点と、朋巳・津留子と同居している姑の嵯峨の不気味さが語られる。次に朋巳と健との会話が続き、その中でも清行の死についてと、清行の独身時代の勉強部屋に寝かされた健が、少女の歌声を聞いたという話がされる。次に嵯峨とマッサージ師の会話が置かれ、嵯峨が金沢生まれで、春を特別の感慨を持って迎えていたことが明らかにされる。その後は朋巳が、春の歌を本当に嵯峨が歌っているのか確かめるために早朝裏庭を散歩する場面で、清行の死に関する事実が明らかにされる。春の歌は朋巳には聞こえないが、若い健には聞こえるらしい。終末部も冒頭と同じく、「春が来た」を歌い、野を駆けていく少女の姿で締めくくられる。

　単行本化する際には八つの短編の冒頭に置かれ、その書名にもなった作品。冒頭の童謡と少女の描写から、一見関係のないような筋の展開を見せ、徐々に謎が解けていくという、ミステリー色の強い作品である。「春が来た」を冒頭、及び作中で使用したことについては、「現実描写とは趣の異なる唱歌を歌ふ少女の条を首尾に付したのは、この作者としては実験的に映る。大らかで他愛もないやうな唱歌の引用が、不思議と示唆的で、エロティックなものを漂はせることに成功してゐる。」（須永朝彦「悖徳の彩」『日本幻想文学集成26　円地文子』平6・6・20、国書刊行会の解題）、「『春がきた　春がきた　どこにきた……』という子供の歌によって、かえって成人の世界が相対化される。」（磯田光一「解説」『川波抄・春の歌』昭52・12・15、講談社文庫）との評がある。清行の死の真相は、若い継母である嵯峨の魅力に引きつけられて、「誰にも自殺とは思われないような死の選み方をした」ところにあるようだが、そのことは嵯峨の言葉としては語られていない。前出の須永は「継子に中る兄弟の嫁たちの会話に筋を売らせて、あやかしの姿はほんの少々描くにとどめてゐるところなど、いかにも手練の作者」（「悖徳の彩」）と評している。さらに「罌粟は鴉片を含んでいるからこそこの世のものでない美しさに花咲く。鴉片に酔って恍惚の境に導かれ、さめて輾転反側するのは喫うものの罪で罌粟の花の罪ではない。」という語り、「春の歌」が若い健にだけは聞こえるという事実が、嵯峨の「妖しさ」を引き立てている。表だって出てきてはいないが、義弟たちを虜にし、七十になる今も義理の孫の大学生に対し心を動かす「嵯峨」に焦点を当てて描かれた作品で、いわゆる「老女もの」に分類することができ、その関連の中で更に研究が進められたい。

（小町谷　康）

春は昔に（はるはむかしに）

戯曲／『惜春』岩波書店、昭10・4・5／全集①

生活に破れ東京を出る事になった女流画家香代子の、転居前日。ちょうどその日に旧知の光子が訪問する。光子は上流階級の生まれだったが、プロレタリア解放運動の活動家と恋に落ち出奔した。だが今やその男に捨てられ絶望の淵にいる。以下、香代子をめぐる芸術と生活との間の苦悩、光子をめぐる思想と恋愛との苦悩が、両者の対話の中で明らかになっていく。円地初期作品にしばしば見られる、女流芸術家という人物設定を通しての、芸術と生活および男性（社会）との葛藤、一方理念としての左翼思想に対する憧憬と失望、といった要素が小品の中にコンパクトに現れている。どのような絶望的な状況においても「生」を志向する香代子と、絶望に破れ「死」を選ぼうとする光子は、この時期の円地の二面性を示していると思われる。なお、発表誌は未詳である。

（大野隆之）

晩春騒夜（ばんしゅんそうや）

戯曲／「女人芸術」昭3・10／『惜春』岩波書店、昭10・4・5／全集①

一幕二場。貧しげな二階の二室が舞台。十年来喘息を患っている譲の病室と、妹で日本画家の香代子のアトリエ。描きかけの画布と花を挿した花瓶がある。晩春の一夜、香代子は同門の友人光子を伴って帰ってくる。光子は左派の経済学者清水と結婚すると告げる。親に勘当され、画も捨て、貧しい者の覚醒に手を貸して生きる覚悟である。今までの自分の画は有閑階級のためのものであり、自分は虚栄心を満すために筆の遊戯に耽ってきたのだという。そして香代子に、保守的・因襲的な画風に安住せず健全な生き方をしてほしいという。香代子は、自分は虚栄でも遊びでもない筆にかじりついて道を拓こうと努めてきたのだ、あなたとは違う道を歩くわと言って光子を送り出す。香代子は不機嫌な感情を弟子の静子に向け、静子は慌てて花瓶をひっくり返して画を濡らしてしまう。おどおどと泣く静子、画につっぷして泣く香代子。譲は友の結婚が面白くないのだろうと香代子を非難し、香代子は光子に好意をもつ譲にあからさまな言葉を投げつける。折から春荒れの雨の中、光子が戻って来て清水が検束された、どんなことがあっても自分は負けないといい、失神する。警察へ行くという光子を送り、深夜香代子は上って来て自分の画をしみじみ見、兄に許しを乞う。香代子は改めて光子の情熱がどれほどの認識によるものか疑い、自分の道について思いをめぐらす。二人は和解して互いに苦しみを背負ってゆこうと誓い合う。

円地は後年『小山内薫』の中で、作品は「生硬な恥ずかしい」ものだが、徳田秋声はじめ多くの人から誉められたという。秋声は「近頃の芸術が総て浮足に外面的に大雑把」の中で「可なり内省的」（解題全集二）といい、小山内薫は「思想は書けているが生活が書けていない」（「おもかげ」「劇と評論」昭4・3）と評したという。続篇『春は昔に』を読むと主題がはっきりする。藤木宏幸「円地文子氏の初期戯曲―『晩春騒夜』のことなど」（「悲劇喜劇」35巻1号）は戯曲・劇評・検閲台本などに触れた好論である。（菊地　弘）

半世紀（はんせいき）

小説／「群像」昭43・6／『春の歌』講談社、昭46・5・24／全集⑤

「女坂」は、母方の祖母、琴をモデルとして描いた作品である。「半世紀」はその琴と思われる祖母の五十年の法要を営むので出席してほしい、という電話がかかってくるところからはじまり、叔母を回想しながら、ままならぬ夫婦生活を送っていた自分の運命とそれを重ね合わせ、「女坂」の成立過程を振り返る、というのが、大筋である。

祖母の人生と自分の結婚生活をかさねながら「長い自己の小説家としての道程を顧みたもの。（中略）女流にとっては家庭とは何かを語っている」（上田三四二「週刊読書人」昭43・6・3）作品であることは確かであろう。ただ、その奥深い所に作家円地文子は存在するのである。平野謙は「円地文子もその祖母も、意にそまぬ結婚生活を十数年つづけながら、ついに最後までそれを破りすてることはかなわなかった。そのつきせぬ恨みが円地文子の制作力の一源泉をなしていることは疑えない」（「毎日新聞」昭43・5・29）といい、小島信夫は「琴のうえに思いをいたして『女坂』を書いたころの文壇的にめぐまれなかったうらみが、琴の恨みとまたもや重なってくる。こうして倫と琴と作者が重なりあって、うらみを呼びおこし同時に鎮魂しようとしている」（「朝日新聞」昭43・5・28）と述べ、作品の根底に様々な「恨み」を読み取っている。また、小林福久子は「『女坂』誕生秘話の形で、過去の多くの日本女性たちとも重なる自身の半生を振り返りつつ、一人の女性芸術家誕生の物語をも語った「半世紀」自体、小規模ながら、自伝文学の傑作に数えうるのである」（『作家の自伝72』「解説」平11・4・25）と述べ、やはり作者と、その時代に生きた女性を重ね合わせ論じている。つまり、祖母を語りながらも、円地自身の生涯・時代が投影されている作品と読むべきであろう。（小林敏一）

パンドラの手匣（ぱんどらのてばこ）

小説／「別冊文芸春秋」昭33・2／『東京の土』文芸春秋新社、昭34・7・20／全集③

劇団の演出助手である堤京一は、ある女優の出演する映画を何度も見ていた。劇団の女優小谷郷子が扮する女屑屋の場面に夢中になっていたからである。劇団仲間は、その役の中に色気があると指摘する。しかし、小谷郷子はもともと意志的な強い役もこなせるベテラン女優で、若手の間では「璽光尊」と呼ばれている。彼女が新興宗教の教祖のように呼ばれるのは、浮世離れしているところがあるからである。郷子には、聡という息子がいるが、「脳病院」に入っている。若手女優の梓はるみはそのことと関連させ、郷子を「モノメニア」だと批判する。ある時、京一は自作の戯曲を郷子に批評してもらうが、全否定される。だが、京一は、郷子との距離が縮まったと感じる。京一が郷子に惹かれるきっかけとなったのは、彼女の演じたマクベス夫人だった。それから、京一は役から離れた現実の彼女に強く惹きつけられていく。相手は母親というような年齢であったが、京一は欲望を感じるようになる。郷子も京一が自分に好意をもっていることをうすうす感じる。ある晩、郷子は京一を自宅へ招く。そこで、郷子は入院している息子聡のことや自分の演劇に対する思いなどを話す。京一は、郷子に対して自分の気持ちを告白するが、郷子はそれをいなしつつ、秘密のノートを手渡す。京一は、不満を感じながら自宅に戻るが、そこには梓はるみが帰りを待っていた。京一は、ノートを見ることもできず、はるみと酒を飲む。そして、酔った弾みにガス漏れ事故を起こし、二人は死ぬ。劇団仲間の井手は後始末に訪れた京一の部屋で、偶然郷子のノートを垣間見る。そこには、郷子と息子の聡が近親相姦の関係であることが記されていた。

舞台上で男性を魅了する郷子は「アイドル」でもあるが、男性を拒絶する生身の彼女は、女性性を喪失した存在でもある。「璽光尊」と呼ばれるような神性の獲得はそれを象徴している。ある意味で、郷子は現実と非現実の境界にいる巫女のような二面性を持っている。郷子自身、自分のことを「霊媒」と表現している。したがって、「パンドラの手匣」を開けた京一やはるみが災厄を受けてしまうのも必然であった。

（大塚　剛）

火（ひ）

戯曲／「女人芸術」昭4・5／『惜春』岩波書店、昭10・4・5／全集①

時代は現代で、場所は都会の住宅地。登場人物は、主人、息子、娘、妾、小間使、書生、泥棒A・Bである。泥棒A・Bが家に忍び込む。二人はまだ家に灯がついていることを確認する。屋内では、書生と娘が話をはじめる。娘は書生と結婚したいと思っている。父（主人）と妾が認めないなら、家に火をつけるという。息子は、学校で資本家の伜と思われながらも、プロレタリアの味方をしていたが、仲間たちがみな退学処分になる。私立学校のため、父（主人）が寄付していたことから、退学処分を免れていた。息子は、金がなくなればよい、家なんか燃えてしまえばいいのだと、父（主人）にいう。物置で、泥棒A・Bがバケツに火をおこし、あたりながら、火事場かせぎの話をしている。破産しかかっている主人が、家に火をつけるといいだす。妾が説得してやめさせる。泥棒A・Bが火を消して帰っていく。

〈火〉をキーワードに、火と金が絡まるように、家中の混乱が、揺れ動くように描かれている。

（熊谷信子）

ひかげの花美しく（ひかげのはなうつくしく）

小説／「婦人之友」昭39・2／『ほくろの女』東方社、昭42・3・1

夫志村高志が急死した翌日、高志が世話していた坂口喜代が子供の敏夫を連れて突然訪れた。夫との間に秘密はないと信じていた禎子は友人で小説家のM子に、動揺する気持ちを書き送る。思い切って喜代のアパートを訪ねた禎子は、話を交わす中に喜代の控えめな性格が好ましく思えてきた。二人を引き取り、敏夫を志村家の子供として迎えることを決意した禎子は、夫の遺影に心境を語りかけ、M子への第二信にその経過を書き綴っていく。成功者の死と愛人の出現という構図は、この作品の少し前に発表された「仮面世界」（昭38・11）にも見られる。愛人からの献身的な愛情が、男性の活動を支えていたという設定も「仮面世界」と共通し、二作には「男の中に自分を溶解し切る」「男が永遠に愛しつづける女性」（「女面」）の姿が描かれている。「ひかげの花美しく」は、「仮面世界」の愛人像をさらに掘り下げ、その好感を与える姿を焦点化した作品だと思われる。

（猪熊雄治）

秘筐（ひきょう）

小説／『春寂寥』むらさき出版部、昭14・4・10

この作品の題名「秘筐」は、主人公の折枝が「君の一番大切なものは」と問われて答えた言葉に表されている。「女には、きっとそういう鍵のかかった箱が心の底に蔵ってあるものだと思うの。それが今玉手函みたいになってしまったんですもの」と述べているように、女の心の底には筐があるという意味でつけられている。同じ題名で、昭和四十一年一月号「小説新潮」に小説を発表しているが、内容は別のものである。円地には同じ題名が使われる作品が多いように思われる。例えば「朱を奪う」「女坂」なども ある。この「秘筐」という作品のテーマは、今後も円地文学に繰り返し扱われているテーマの一つであろう。

あらすじは単純である。折枝は、津川が神戸から連れてきてバーをまかせる女である。折枝は、一見「なあんだ、これかい」と津川の友人久須美に言わせるほどの田舎じみた女である。が、いい常連客もつき、久須美も折枝に惹かれていく。小説は、折枝がこれまでの苦労を久須美に打ち明けながら、久須美によりかかっていくという場面で終わる。

　この作品には、お膳立てはそろっているが、人物造形がはっきり描かれていない。折枝の魅力はまったく伝わってこないし、女の秘密の筐についてもただの説明で終わっていて、作品中での必然性が見えてこない。　（川口秀子）

秘筐（ひきょう）

小説／「小説新潮」昭41・1／『菊車』新潮社、昭44・3・30／全集④
　柳子は四十半ば近い未亡人、北陸のK市の織物工場で女工の監督と三人の子育てに張りをもっていた。経営者で舅の徳丸儀一は今年七十二歳、妻の死と妾の背信にあったが、働くことと女と遊ぶことが人生の支柱であった。柳子は突然、土蔵でスカートの下の足の膝のあたりを儀一に抱きかかえられ心が動揺する。子供に家の財産を全部譲る代りに、女房の役を悟られないように勤めて貰いたいと、儀一は柳子に頼む。儀一には五十過ぎの常信院の姪の竜子が、柳子には中年でM造船の有能な技師の須坂明郎との縁談があったが、雪の夜を境に一冬中、二人の情事は誰にも知られず続く。その年の梅雨時に儀一は脳血栓で倒れ、翌年の三月に亡くなった。柳子は半身不随の舅を一人で看護し、死の床で男の哀れさを知ることは女の業だと悟る。一生涯、女への執着が消えないのが男の業《ごう》、男のあわれさを知りわけることが女の業であることが、老年の男と中年の女の秘密の情事を通して描かれている。円地の男性観・老年観を知る手がかりになる作品。　（森　晴雄）

秘境（ひきょう）

小説／「芸苑」昭23・12
　結核を患う妻の従姉妹である勝美と秘密の関係を続けている俊作が南方視察のために乗った船は、敵潜水艦に沈められた。二十年間公認されなくとも、自分の生命の全部を賭けて守り育てた秘境を失った勝美は、孤独をまぎらそうと、かつて俊作との間に生まれ密かに養女に出していた珠子の消息を尋ねる。器量もよくピアノの天分もあったという娘は女学校に入った二年前に病没していた。しかもそれを俊作は承知していたことも知る。思えばここ二年、勝美が珠子の話をすると、俊作はいやそうな顔をして話題を逸らしたし、最後を過ごした温泉でも「珠子のことは死んだものと思え」と言い残したのは、勝美を痛々しく思っていたためと気づく。自分の中の俊作とともに生きることを決意した勝美は今、敗戦後の社会で、悪に染まりそうな珠子と同世代の少年少女の指導に身も心も捧げ尽くしている。愛人・娘の死に直面してなおかつ前向きに生き抜こうとする力強い女性の姿が描かれる。　（野寄美佳子）

美少女（びしょうじょ）

小説／「文芸春秋」昭37・2／『小さい乳房』河出書房新社、昭37・12・15

年金受給者である勘三と特許収入がある妻、共働きの息子夫婦とその一人娘で構成された松木家に、女中として十七歳の美少女由美子が雇われる。由美子は半年ほどで一家を去るが、残された家族は、由美子が家内から多くの金品を盗み出していた事実を知り、大きく動揺する。無軌道な由美子に脅える母と嫁を、息子正己は「経済能力があろうと無かろうと男や家に庇護されている可愛らしい生きもの」だと思う。そこに垣間見えるのは、女を経済的には支配しきれなくなっても精神的には支配し続けたいという男の欲望だろう。しかしこの作品には、そんな男の欲望をすり抜ける女たちのしなやかさも描かれる。まったく悪びれない由美子だけでなく、結末において、そんな由美子を自身の内に取り込む寛容さをイメージさせる母和子もまた、鷹揚な生命力を持つ。

作品は、一人の少女にも簡単に脅かされてしまう脆弱な家庭という空間で、このようにすれ違う男と女の意識を描くことで、家庭幻想を暴き出す。

（遠藤郁子）

美少年（びしょうねん）

小説／「別冊文芸春秋」昭42・9／『都の女』集英社、昭50・6・30

女子大を出て繊維会社の秘書課に勤めている木本祥子《さちこ》は、従兄の高校教師勝沼の紹介でS大工学部助教授佐伯信行と見合いをした。互いによい印象を抱き、二人は日曜や休日に誘い合って出かけたり、お互いの家を訪ね合ったりするようになる。三ヶ月が過ぎ、結婚の日取りなどを話し合うようになるが、佐伯の態度がいまひとつはっきりしない。そんな折、佐伯と結婚すると不幸になると書かれた差し出し人不明の葉書が届く。その後、金沢の学会に行っていたはずの佐伯が、岩槻の郊外の宿で殺されていたとの報が入る。それは、佐伯が十四歳で事故死した弟を忘れられず、佐伯の家に出入りしていた職人の子で、弟によく似た美少年を可愛がっており、その少年が嫉妬のあまり殺したのであった。

この小説は、亡き弟への思慕と甘美への耽溺が人生を呪縛する力を有つことを、提示している。

（小林幸夫）

ひとりの女（ひとりのおんな）

小説／「婦人文庫」昭22・2／『妻の書きおき』宝文館、昭32・4・5

戦争末期の東京下町。十歳の関節炎以来、跛で左足を引きずる「いと」は、三十路過ぎで独身の清元の師匠。戦時下、音曲の自粛に気力・体力を奪われ寝たきりになった父の没後、跛を押して参加する防空演習での道化ぶりは近所の失笑を買っている。いとは生きたまま殺された心持ちで、自分らしくない生き方を続けていた。徴用先から寄った従弟の三郎に、じきに戦争に敗けて、また三味線が弾ける時が来ると言われ、捨て鉢になっていた気持ちに光明を見出す。配給も豆ばかりになり、胃弱な「いと」は、体力の衰えから、敗戦前の死を予感していた矢先、胃痙攣の中で聴いた玉音放送に、陛下を身近に感じ思わず落涙。ともかくも生きること、その苦しみに耐えることが観念された。戦時下の、よるべなき女の独居の困苦が描かれた、芸道ものの変種といえよう。その場が戦後も継続する日常だけに、戦地のそれとは異なる息苦しさが忖度される。（野寄　勉）

ひもじい月日（ひもじいつきひ）

小説／「中央公論」昭28・12／『ひもじい月日』中央公論社、昭29・12・10／全集②

背中に赤あざがあるさくは、それが引け目で婚期を逸したが、見合いでようやく女学校教員の直吉と結婚する。しかし、夫は再婚で女癖の悪い吝嗇家だった。不遇の生活に何度も別れようと思うさく。子供が三人生まれてからも、いつかはきっと別れられると思い、その時だけは生き生きする。やがて終戦になり、さくが小間物屋で幾ばくかの収入を得るようになると、さくは自分が出て行く代わりに直吉が出ていくことを夢想するようになる。そんなある日、直吉は教壇で倒れ半身不随になる。貧乏はもとより介護の苦しさにも耐え、ひもじい月日を送るさくであったが、無垢の精神を持っていると思っていた息子の幸一から、夫を殺したらと勧められ愕然とする。以後、「直吉の生命を庇うのは自分より外に誰もない」との思いで働き続ける中、風呂場で直吉の浴衣を洗っている最中に倒れ、さくの一生は終わる。

円地文子はこの作品で第六回女流文学賞を受賞し、作家活動が世に認められることとなった。発表当初、平野謙は『女の一生』を描いた短編として、ほとんど完璧」「このような境涯にある女性は死によってしかその自由も保証されないことが私にもよく納得できた」（「日本読書新聞」昭28・11・30）と絶賛した。当時の評は、男性が冷酷にみすぼらしく描き出されていることや、さくの救いのない人生を中心に展開される傾向があった。しかし、小説の終盤におけるさくの心境の変化と、死の直前に見た色彩の輝く夢の意味を読み込めば、円地が意図した「好悪を絶した彼岸の微かに顕現するさま」が見事に描かれていると言ってよい。そうした終盤の意味については、竹西寛子（『日本文学全集26』「解説」昭43・9・30、河出書房新社）、小笠原美子（『円地文子の世界』'81・9・25、創林社）、小林富久子（『円地文子』'05・1・27、新典社）が指摘しているが、まだまだ論じ尽くされてはいない。

（小林美鈴）

雹（ひょう）

小説／「文学者」昭14・7／『女の冬』春陽堂書店、昭14・9・18／全集①

この小説には、漢口陥落の翌年の正月元旦の夜の海辺にあるAホテルの情景と、ホテルのロビーに出入りする数人の人物の動静が描かれている。以前、このホテルはサロンの役割を果たす「新調の春着をみせあうのに格好の場所」であった。支那事変の始まった年の秋には客足が急に悪くなり、翌年の正月には、前年の十一月に南京が陥落すると例年の倍の人出があり、今年はそれよりもずっと多い人の出入りがあるといった具合で、時代の動静に敏感である。客種もそれまでとは違ってきていて軍需景気の影響があらわである。常連の奥さん達は「――私もう来年は参りませんわ。ここへは……」という会話を交している。

ホテルのロビーを動き回る新顔と言える人の中には、「黒い支那服に真紅の短いジャケットをはおった断髪の女――奥さん達が支那人なのか日本人なのかと値踏みをしている」満州日刊新報婦人部長の杵川幹子がいる。彼女は、日満××会社社長の笠間専造のインターヴューをとるためにここに来ているのである。その他にも、以前幹子達と詩の同人雑誌をやっていて、今は満州の綜合雑誌に「一風《ひとふう》ある」評論を書いている三国壮吉、前出の「背の小さい五分刈の」笠間専造、また三国と同郷で四、五年先輩、大学の先生をしながら「日本民族精神論」という本を出版している沢木健五などがいる。彼らは程度の差こそあれ、新しい満州に未来を託そうと思っているのである。またこの場に姿を見せてはいないが、「零下三十度の酷寒に耐えて、北満の曠野に少年達の父となり、師となって」働いている佐久間という依拉哈《イラハ》の訓練所の教士の姿が話題に登ったりしている。この教士は一時気管支肺炎になり、それでも、「帰るものか……帰るものか……死ぬものか、死んでたまるか……」と声をしぼって叫んでいたような人物である。

小説の末尾では、小説の冒頭で小さい妹にピアノを教えていたサロンの常連の奥さんの令嬢が、突然、犬を連れたまま芝生からホテルに飛び込んで来て叫ぶ。

「――雹が降って来たわ。雹が！」

この叫び声に、作者は満州の未来を予兆させたかに思える。それ以下でも、それ以上でもない作品であるように思う。

（澤田繁晴）

平林たい子徒然草（ひらばやしたいこつれづれぐさ）

小説／「新潮」昭56・1

対話形式で綴る。相手は平林たい子。女人芸術発会式の模様、「私」が平林を救う援助金を集めていたとき菊池寛から投銭されたことなどが記される。たい子が死去したのは、昭和四十七年（一九七二）二月。それから長い歳月が経過して、円地は自分の思いを語り、「相手」も自分の立場を語る。無論、円地は平林の思いを推測して代弁しているのだが、三か月間一緒に外国旅行をしたあと、「相手」は「旅は友情の墓場」という文を発表する。そのあと「相手」は「御免なさい」だけで、けろりとしている。円地は絶交もできず、また二人は五、六年後にオスローに出かける。「諏訪の没落地主」の娘である「相手」（平林）と「東京の学者の娘」である円地が「縄のようにより合されて半世紀を生きた」のを「縁」だと記す。円地の平林への思い、慈しみが行間に滲み出る。（志村有弘）

昼さがり（ひるさがり）

小説／「週刊朝日」昭48・5・18

珠子の近所で、自身の小学生の子の同級生一家が心中する。卒業後の謝恩会では、主婦同士、その話題が交わされる。その家庭の母親は、時折死にたいとこぼしていたものの、やはり父親が無理心中を迫った。若しくは騙して決行したのだろうと噂しあう。「男は怖い」ものだ、と。その思いが夫（良平）を世話していても頭をよぎる。良平は真面目が取り柄の人物で、出世も遅れている。今回も後輩に先を越された。良平としてはそれを受けて、ふと家族を慰安旅行へ連れ出そうと、常にない果断さで珠子に話した。一方、珠子にはその果断さが、先日の一家心中の件での「男は怖い」という念と相俟って、「まさか一家心中に連出すんじゃないでしょうね」という冗談も、口に出せずいるのだった。

一対の男女が共生するというシステムのなかで生ずる不安感が心中事件を契機として頭をもたげる。その一景を扱った作品である。（坪内健二）

灯を恋う（ひをこう）

随筆集／『灯を恋う』講談社、昭43・12・4／全集⑯

本書は随想集であり、全六十四編の随筆が収められている。本書その他について、収録の全集第十六巻の解題では〈著者の還暦以降の文章が中心となっている。この時期は、著者が「源氏物語」の現代語訳に全力を集注していた時でもあるので、おのずと源氏や古典文学に関する文章が多く執筆されており、読書雑記、観劇記など、いずれも古典の世界に多く材をとっている文章が、纏められている〉とする（なお全集では、本書の中の「高見さんの文章」「スペインの印象」が十五巻に収録されているため、省略されている）。著者の「あとがき」には本書の成立について〈三年ほど前、「旅よそい」という随筆集を出してあと、いろいろのところへ書いた短い文章をまとめて、この集が出来た〉とある。

内容は全体で三部に分かれ、「Ⅰ」は、「先生と呼ぶ名の故人」での岡本綺堂、小山内薫、長谷川時雨など、また他に谷崎潤一郎、高見順などの敬愛する故人に関する随筆と、「私と文学の間」「古典とともに」「私の小説作法」などの、古典から近代、また西洋の文学にわたる広い読書体験をもとに自らと文学との関わりを述べる随筆とでまとめられており、円地文学を理解する上で重要な発言も少なくない。また「「女坂」の舞台」では代表作「女坂」について興味深い言及もある。「Ⅱ」では子供の時分から芝居を見ていた著者の、歌舞伎俳優の印象記の類と、「悪人というもの」「気になること」「蛇」「庭」その他の、様々な傾向の随筆とで成り立っている。「六代目　尾上菊五郎」には〈悪というものの美しさ〉を見せられたことが書かれ、「悪人というもの」では歌舞伎やシェークスピア劇の悪人に関する考察が見られる。「Ⅲ」は主に京都や奈良など、またヨーロッパ旅行に関する随筆がまとめられている。「竹生島の桃山美術」では〈こういう建築や家具、調度などを漠然と眺めていると、そういうものと慣れて暮していた女の人の生活などが、なんとなく身近に感じられてきて、小説を書く時の頼りになることが多い〉〈古美術品……殊に家に附随した工芸品などは、私には過去を呼び起す霊媒の役に立つ〉などの部分があり、円地の旅と文学に関しての興味深い発言といえよう。また「ヨーロッパの木」は比較文化論的な内容となっている。

本書の「あとがき」に、〈表題の「灯を恋う」は特に目次にはないけれども、季節感からも心境からも選びたかったので、つけて見た〉とタイトルについて微妙な内容の発言があるが、読書の世界における故郷としての日本文学の古典（「古典とともに」）、日本文化の故郷としての京都（「京の旅」）など、心を和ませ憩わせてくれるものについて書かれた部分もあり、全体として円地文子の深いところに住みつく基本的なものについて語られているものと思われる。

（野呂芳信）

夫婦（ふうふ）

小説／「群像」昭37・10／『雪折れ』中央公論社、昭37・11・20／全集④

長年連れ添った夫婦のある日の一こまが描かれた短編小説。旧制中学の校長を勤め上げた富森嘉一は明治の亭主気質を頑固に守りぬいてきた人物で、数日後に教え子たちが催してくれる古希の祝いを楽しみにしている。妻の幾代は、そんな夫のいたわりのない態度にひもじい思いを感じているが、その思いは持病のように心身に食い込んでいる。

九月の初め二人は夜遅く東京駅に降りる。名古屋の嘉一の兄の葬儀からの帰りである。昭和三十年代まだ新幹線は開通していない。幾代は気疲れと暑気あたりから気分が悪くなり、二人はタクシーに乗って帰るが、車中で幾代は嘔吐する。

その晩、医者の往診を受けて初めて幾代は入歯がないことに気づく。ハンカチにくるみタクシーの窓から捨てた吐しゃ物の中に入歯が入っていたのである。入歯なしでは祝いの席には出られないという幾代に嘉一はうろたえる。早朝、嘉一は入歯を探しに再びタクシーに乗り込む。

映画の数コマを見るような描写によって、口から歯が飛び出すという事態が巧みに描かれている。歯は生を支えるものであり、失くした義歯を取り戻すことは、近親の死という死の圏域からの帰還を示すといえようか。中上健次は物語作家としての円地文子の稟質を「演劇的知」として捉えている（「円地文子」『中上健次エッセイ選集「文学・芸能編」』恒文社21、２００２）。演劇的知とは事件（日常）に潜む演劇＝物語的要素を引きだす力のことであるが、本編は劇的なるものの発生する瞬間を見事に捉えた作品といえる。

円地文子には歯に対するこだわりがあり、自伝的三部作『朱を奪うもの』は主人公滋子の抜歯の場面から始まり、その喪失感が語られている。また「妖」では、「共に歯《よわい》せず」という言葉をめぐって入れ歯談義が展開され、義歯による食の嗜好の変化が、心の離れた夫婦を近づけるということがアイロニカルに語られている。円地はそれを老いによる自我の摩滅とする。

（板垣　悟）

不思議な夏の旅（ふしぎなっつのたび）

小説／「別冊小説新潮」昭30・7
中山信次はある夏の日、死んだ妻宇女の亡骸を引き取りに行く車中で彼女の一生に思いを馳せる。戦前は平凡な妻であった宇女は、信次が戦争に行っている間に、旅興業の一座のアコーディオン弾きとなり、家には戻らない生活をする女に変貌していた。宇女は、娘には「台所で糠味噌をかきまわし暮すんなら死んだ方がいゝ」と言い、自由な生き方を求めて家を捨てた形になっている。しかし実際は、慰問団への参加中、南鮮で敗戦を迎え、生き延びるために売春を行ったことが彼女に自ら家を去らせたのであった。
心の底では娘や夫を想い、変名でアコーディオン弾きとして生きた宇女とは対照的に、信次は、彼女の変貌を彼女個人の問題と捉えようとし、家出も形だけ引き止め、彼女の亡骸を引き取りに行くのにも、自らの社会的地位を慮り、夫であることを隠して変名を名乗るのである。
戦争が人間の生き方に残した傷跡を描くと同時に、戦後、男女平等が法的に認められていくなかでも、依然として家父長的な価値観から逃れられぬ女の生を描いた小説といえよう。（鈴木美穂）

双面（ふたおもて）

小説／「群像」昭34・7／『恋妻』新潮社、昭35・6・25／全集③

歌舞伎の女方として名声をあげてきた瀬川仙女は入院中に老齢による容色の衰えに気づき、「女方としての美しさを他人の眼に毀すまい」と骨を折る。主治医はその様な仙女を「高貴な娼婦のように媚めかしく」感じる。箱根で静養している仙女のもとへ「女方の歴史」を卒業論文にするという女子大生笹川藍子が訪ねてくる。実は、彼女は仙女が唯一人女相手の恋愛をした梅沢とよ子の姪であった。仙女は舞台で演じる女とは全く異質の、若竹のような藍子に何十年来眠り続けてきた自身の男性性が目覚めるのを感じる。彼女との触れ合いは「自分の中に別の男と別の女が抱き合って燃え立っている幻覚」を見させるのだった。仙女が「玉手御前」を演じる初日の前日に藍子は北海道へ飛び立つ。仙女はかつて感じたことのない烈しい水流のような力を自身の中に感じ、観客は仙女に瑞々しい艶が加わったことを感じる。だが、仙女は舞台後、深い寂寥と「自分の中にある諧調の毀れる音」に気づくのだった。

この作品は歌舞伎「双面水照月」で演じられる破戒僧法界坊と野分姫が合体した怨霊をモチーフとしている。男性である仙女の心理には、男性性と女性性の両者が存在しており、精神的両性具有である。それに対し女性である藍子は男性性を帯びている。身体的性別と心理的性別を交差させることで、性差を際立たせた作品である。また、同時に他作品でもテーマの一つとして書かれている女性の「老年の性」が書かれている。ただし、書き手の女性としての意識が、男性の視線に置き換えられた上で、女性の視線に戻るという過程を経て書かれており、書き手と語り手の性が一致している他作品と比較しやすい。それにより書き手の意図とテクストとの間の、「語り」という観点から論じていくこともできるであろう。この作品を論じているものとして、奥野健男の「円地文子論―永遠に怖れられる女」（『日本文学大系71』付録、昭56・10、筑摩書房）、古屋照子の『円地文子　妖の文学』（平8・8、沖積舎）に書かれた「仮面世界」がある。（池田正美）

二つの結婚（ふたつのけっこん）

小説／「東京」昭27・8／『明日の恋人』鱒書房、昭30・12・15

篠田は、部屋を借りていた家の長女の水枝に好意を抱いていた。暗い表情の水枝を呼び止めた篠田は、水枝から彼女が勤め先の重役と結婚することを告げられ、強い衝撃を受ける。二人が他人になるのは嫌だから、妹の珠枝と結婚してほしいと水枝に頼まれるが、水枝が家族のために自らを犠牲にしているのを知っていた篠田は、沙羅の花に寄せて自らの思いを伝えることしかできない。結婚式の夜、水枝がいない淋しさに目を泣き腫らす珠枝母子の姿を見た篠田は、何か女の心に隠されている情緒に触れ、それが自分の心に注ぎ込まれているように感じる。水枝の結婚から二年後、篠田は珠枝と結婚することになったが、まだ水枝の気持ちを理解できずにいた。新婚旅行へ向かう列車の窓から水枝の目を見た時、水枝がここでも自分を犠牲にしているのに気付き、珠枝のよい夫にならねばと考える。『自己犠牲』という名の女の情念に振り回された男の物語と読むことができる。

（矢野耕三）

物慾（ぶつよく）

戯曲／「日本評論」昭11・9／『南文の女』古明地書店、昭18・6・15

国子は夫に死なれ、伯母甲斐子のもとに身を寄せた。しかし、妹の瑛子は冷淡であり、伯母からも条件の悪い再婚を勧められる。瑛子は渋る国子をボート遊びに誘い出すが、夫克己との仲を疑い、挙句に姉から贈られた指輪を海に落としてしまう。海に入った瑛子は指輪をみつけるが、足に痙攣を起こす。国子は妹を助けず、見殺しにする。克己は国子を庇い、瑛子は事故死ということになった。一年半後、克己が社長を務める小柳銀行が強引な貸金の取り立てを行い、銀行の連鎖倒産を引き起こす。全ての元凶と憎まれるようになった克己は覚悟を決め、国子も小柳家の財産も全て自分のものにする決意をする。

この戯曲は、国子や克己のせりふを通して、テーマが露な形で語られる。さらに「指輪」が「物慾」を象徴して描かれるため、国子や克己の欲望もやや観念的なものとなっている。ただし結末を読むと、当時の不安定な社会状況とテーマを結び付け、問題を掘り下げようという努力がみられるのは事実である。一時とはいえ、社会主義思想に惹かれた影響をここにみることができるか。

（岸　規子）

文反古（ふみほご）

小説／「小説新潮」昭53・2／『砧』文芸春秋新社、昭55・4・10

土崎いそのは、吉住派長唄の世界で格の高い名取りであるが、実業家香山の愛人になった。香山が死に、自分も交通事故で右手が不自由になったことから、熱海の老人ホームに入った。住人から杵屋三栄が死去したことを聞いた。いそのは三栄と密かに愛し合った過去があった。三栄の葬儀に参列したあと、三栄の番頭格であった杵屋宗次と出会う。宗次がいそのと三栄の恋文を持ってきた。いそのは金欲しさのゆすりかと思っていたが、やがて宗次は縊死して果てた。いそのは宗次が何の報酬も求めずに、せめてもの志を置き土産として手紙を持って訪ねてきたのだと思う。老愁と寂寥感の漂う作品。いそのが関わった香山も三栄も見事な男であった。悪い噂があったとはいえ、宗次も最後に男気を示して死んでいった。そうした男たちは次々とこの世を去ってしまった。作者と人の世の寂寥感とが重ね合わさるのを感じる。

（志村有弘）

冬の死（ふゆのし）

小説／「別冊文芸春秋」、昭41・3／『生きものの行方』新潮社、昭42・7・10

主人公の「私」は京都を旅した時、そこに住む女友達で若い画家阿賀鳥子と市内を散策する。いつも明るい顔をしている鳥子から、突然「私の近親には自殺者があるので、私はこれまで幾度か、その誘惑と闘って来ました。」と告白される。彼女が終始、家常茶飯事を語るように淡々と話す様子から「私」は彼女が何か自信を得たのではないかと思う。この話を聞いて、「私」は自分の近親に狂人が存在することを思い出す。精神病の従兄は近親者に見放され、生活保護を受けながら都立の病院で亡くなる。その知らせを聞いた「私」は鳥子と同じような心境へと到るのであった。作品では、医学に関する予備知識の欠如や昔からの迷信による「狂疾の遺伝」という観念がまだ世の中に蔓延る時代に、「私」は精神病の従兄を見下す性格を増長させてきた。が、彼の死を契機として、みずからの人間不信を反省すると共に、新しい境地を求める心情が端的に描かれている。

（奥野行伸）

冬の旅（ふゆのたび）

小説／「新潮」昭46・11／『花食い姥』講談社、昭49・5・24／全集⑤

「私」が書庫で探しものをしていると、「死者との対話」が始まる。切腹し生命を絶ったM――勿論、三島由紀夫をさす――は書き放しにしてあった「私」の原稿を読み始めた。そこにはMへの感懐が綴られている。「私」はMとの縁は歌舞伎にあると感じる。歌舞伎に於ける「惨酷」が、畢竟、切腹という行為に至ったのだ、と。それを読んだMは「知性を全部ぬきとって嗜好だけで肥大させたものとして見ればこんなことになる」と評する。「私」はMに歌舞伎の舞台の様な死ではなく、それ迄のMらしくない、よごれ役を勤めて欲しかったと言い、続きの原稿を読ませた。京都の一老女。花柳界の美人であった。というのは彼女の外見であって、その実、全てを受入れ、のみ込んできた自然の女である。その百ちかい生命に、四十五で切腹した生命ものみ込まれてしまう様に思う。と、原稿が終った時、Mの姿も消えていた。

佐伯彰一は以下のように評している。「三島由紀夫氏の一周忌が近づいて（中略）歌舞伎や馬琴など趣味、教養の相通ずる作家の手になるだけに（中略）理解と共感が行きとどきながら、鋭く切りこみ、にがりの利いている所がい い（中略）冷たく批評的で同時に暖かいレクイエムなのだ」（「読売新聞」昭46・10・30）。収録本表題作「花食い姥」同様、円地の「生死」や「老い」に対する視点をうかがう事が出来る。三島の切腹から一年という時期もあり、その生命と共に、自身の生命を思う作品になっている。作中にあるように、三島は楽屋を持たない役者として生命を絶った。同じ嗜好を持つ円地としては理解出来ぬわけではないが、その生命の終え方に受入れられぬものがあり、かつ、三島とは異なる性、「女」である事を思う。京都の百ちかい老女の話は、三島の生命に対する「女」円地としての答えであると言えよう。

（坪内健二）

冬の月（ふゆのつき）

小説／「別冊文芸春秋」昭32・10／『二枚絵姿』講談社、昭33・4・25

忠臣蔵外伝「重太郎出立の段」の芝居の幕間に劇場を出た立子は、溝口に「いやな芝居ね。」と言い、夫ある女が家計を助けるために街娼に出て、苦しみ自殺をするというストーリーにムキになる。溝口の「結構男に幸福にして貰つてる癖に」という言葉に子供じみて笑う立子に、溝口は怪談噺をする。

一週間ばかり前の夜、酔って道を歩いていると、男娼かとも思われるほど肌が荒れ、やせた街娼に出会う。話すうちにその街娼はかつて同じ新聞社に勤めていた美保子であると気付く。右足が少し短かったが、美人と評判であった。美保子は水野と結婚したが、溝口が東京へ移って一年にもならないうちに別れたと聞いていた。しかし、今はその水野と同棲をしているという。美保子の話によれば、一昨年、水野と再会したが、水野は肺を病んでいた。水野が手術を受け寝たきりとなってからは、生活のために街娼となった。そのうちに水野ではない人と寝ても、水野が喜んでくれたときの気持ちが甦ってくる。溝口は、ただの一度も幸福と感じたことがないという美保子の唇を噛み取るように吸う。溝口は部屋を出ると何度も往来へつばを吐くが、初恋の女と接吻したときとそっくりな気持ちになっていた。

生活苦のため娼婦になる女性を描いた悲劇を否定する立子に対し、報われなくても男に尽くすという美保子の話を溝口は語る。溝口の一人称「僕」としての語りは、中程から三人称の語りと同化していく。これにより物語の視座は溝口を離れ、客観化を果たす。この語り手の視座の変容は、

溝口の語りで閉じる構成とも連動している。（竹内直人）

冬紅葉（ふゆもみじ）

小説／「文学界」昭34・1／『東京の土』文芸春秋新社、昭34・7・20／全集③

ヴェテラン俳優の璎子が「私は恋をしている……」とつぶやくところから物語が始まる。彼女の恋の相手は、三、四年前に大学を出たI造船技師の立花という青年だった。「私は恋をしている」という言葉は、テレビドラマで璎子が次に演じる未亡人役のセリフだったが、一人娘の恋愛から影響を受け、性的欲求に目覚める明治生まれのその女性のセリフは、立花に対する璎子の感情にまさに等しいものだった。最初、住む世界の違う立花を、璎子は姪の仮名子の相手にと思い、二人を会わせ、二人の仲をとりもっていたのだったが、ロマン性を感じる立花に自分の方が激しくひかれるようになってゆく。そして、その想いは彼女に幻覚を見させるほどであった。しかし、古い俳優仲間の男性藤木に呼び出された璎子は、彼の浮気話の相談に乗るうちに、藤木と彼の若い愛人との関係と自分と立花との関係が似ていながら、決定的に異なることを実感する。藤木は相手の若い女性を妊娠させていたからだ。立花が、藤木にとっての若い愛人と異なり、自分のなかで勝手につくりあげた「若きダヴィデの像」であったことを悟った璎子は、急速に情熱の冷めるのを感じる。

現実社会においては抑圧されやすく、また、表現の上でも男性中心主義的な描かれ方をされやすい女性のセクシュアリティが、女性作家によって掬い上げられている点が重要だが、その際、女性のセクシュアリティや生殖能力が男性のそれらと比較され、女性の恋愛や年齢に関する意識に大きな影響を与えている点にこそ注意したい。また、家族とジェンダーの問題の描かれ方も見逃せない。妻がありながら、新しい家族を形成しようとする藤木と、未亡人でありながらセクシュアリティを抑圧し、孤独を生きる璎子の対比は、生と性のジェンダー差を巧みに提示しているが、その乗り越えは示されていない。（天野知幸）

ふるさと

戯曲／「歌舞伎」大15・10／『惜春』岩波書店、昭10・4・5／全集①

文化七年五月のある日、俳諧師一茶・弥太郎は故郷懐かしさに江戸から故里の信濃柏原に帰ってくるが、継母おたつと異母弟仙六に快く思われず口論となり、仙六の妻おとらに「故郷やよるもさわるも茨の花」を置き土産に家を出て行く。おとらが置き忘れた旅日記を持って追いかけると、一茶は土橋の所で、蛙合戦を見て「痩蛙負けるな一茶ここにあり」と大声をかけ、喧嘩に負けそうな青蛙を助けて涙ぐんでいる。おとらは爪を剝がした一茶を見て、家に塗り薬をとりにいって手当する。おとらの親切に「帰ってきた甲斐があるような気がする」といって、一茶はにこにこするのである。

全集の「解題」によると、「歌舞伎」が大正十四年四月号で公募した「時代喜劇脚本」の懸賞に上田富美子の名で応募し、当選して活字化された最初の作品。選者は、岡本綺堂と小山内薫。岡本は「纏っている」ことと俳諧を「巧みに取り合わせて」の「喜劇」であると、小山内は「気品」が他の作品より「高いところ」にあると、それぞれ選評している。一茶の自伝などで指摘される「継子一茶」を踏まえた作品。

（馬渡憲三郎）

噴　水（ふんすい）

小説／「小説中央公論」昭38・8／『仮面世界』講談社、昭39・2・20／全集④

ある日の午後、幼い孫娘K子を連れて散歩に出た「私」は、五十年の歳月を隔てて同じ道を祖母に手を引かれて歩いたことを思い出す。五十年といえば、半世紀の歴史がその中に籠められている。東京の旧市街は大正十二年の関東大震災と昭和二十年前半の米軍空襲との二度の大火災によって変貌したが、「私」の今住んでいる動物園裏から、芸術大学の塀に向かい合った上野桜木町の大半はこれを免れている。「私」は幼少の頃から二十歳前後までをこの土地で過ごしたのである。「私」の記憶は自分と孫の姿に、昔の祖母と幼い自分の姿を重ねて、時空を倒錯した感慨にふけっている。上野公園へ向かう道には、美術学校、図書館があり過ぎ去った昔を思い出す。「私」は絵を描くことが好きで、日本画の絵描きになりたい希望を持っていた。絵に対する興味は家に多くあった江戸末期の錦絵や草双紙の挿絵などから植えつけられたもので、この解説者も祖母であった。がいつしか「私」は芝居を見ることに熱中し始め、戯曲を書きたいと思うようになり、外国の戯曲を読むために図書館通いをしたものだった。間もなく噴水のある広場に「私」とK子はたどりつく。「私」の幼時には噴水の数はかなり多かった。噴水の水を噴き上げている力の中に「私」は何となく明るい安らぎを感じ、K子の手を握ったまま、何となく切ないきもちで、高く低く噴き上げ、噴き下る優美な流線を眺めているのだった。

明らかに作者の分身と思われる「私」の幼時の知性を育んでくれた祖母との思い出にひたりながら、孫娘をつれて噴水のある公園へと散歩に出た「私」は、今度は自分から幼いK子へと託されていくものを、噴き上がる噴水の水の力の中に感じるのだった。

（市原礼子）

別荘あらし（べっそうあらし）

小説／「週刊新潮」昭32・9／『一枚絵姿』講談社、昭33・4・25／全集③

夏になると都会からの別荘族で、人口が普段の四倍近い五、六万人に膨れるその高原は、九月になると急に寂しくなる。その頃になると、別荘開きの一時期に草刈や庭掃除に雇われていた、近在のお上さんたちが、そこへ薪とりに出かけるようになる。それはその高原ではごく日常的なことであった。ところが、結婚したばかりの佐太郎・とめ夫婦は、その貧しさもあって、薪とりではなく、盗みに入ろうとする。妻のとめは、一ヶ月前にゴルフ場の球拾いをしていたが窃盗事件を起こし、解雇されていた。それでも新婚用に食台が欲しいとめは、あまり気乗りのしない夫の佐太郎を連れて、離山の裾野にある一軒の別荘に行く。その別荘は千坪ほどで、庭も秋以降は手入れされていなかった。それに目をつけたとめは、偵察に行き、人影がないことを確認していた。ところが、なぜか盗みに入ろうとする日に人影が見える。臆する佐太郎だったが、とめの鋭い目に射すくめられて、仕方なく家の中に入る。「御免なさい」と何度か声をかけながら別荘の中をうかがっていると、若い女性が出て来て二人を驚かす。驚く二人とは反対に、彼女は何事もないかのようにこの泥棒夫婦に食事をさせ、テーブルも含めて、欲しいものを与えるのであった。翌日、とめはその時の女が別荘の大学生の息子と無理心中をしたことを聞き、気味悪がって、もらったテーブルを隅においてしまう。佐太郎は、それをとめから聞くが、まったく気にもせずにテーブルを前に出し、逆にとめを感心させる。

別荘という華やかな場所とそこに暮らす人々を、季節はずれの時期をつかって、照らし出して見せている。そこには苦しい生活もあり、悲しい事件も起きるが、そうした人間達とは関係なく、高原の早い秋の自然が、読者の前に広がるように描かれている。著者の場面設定の妙が生きている作品。

（島崎市誠）

蛇の声（へびのこえ）

小説／「海」昭45・4／『遊魂』新潮社、昭46・10・20／全集⑤

円地、六十五歳の作品。「狐火」、「遊魂」とともに『遊魂』三部作とし、円地の新しい作品世界を鮮やかに示したものと評され、昭和四十七年第四回日本文学大賞を受賞した。三部作の主人公は、いずれも「ものを書く業をよくも悪くも身につけて生きている女」である。老いと死の孤独感とが三部作以降の円地作品の重要なテーマであり、作品世界のリアリティを支える柱でもあると解される。『蛇の声』は、主人公の老女作家志賀の意識で描く作品世界から始まる。一家心中がおこり、彼らのおこした交通事故の被害者と、一家の遺族との抗争がくりひろげられる。これらの光景は時と所を越え、仮視の光景として志賀の中で動きはじめて、新聞記事を読むうちにするするとのり移り同化してしまう。一人娘を自動車事故で不具にされ、加害者の一家は補償金を苦に心中し、結局すべての重荷は、不具の娘をかかえた母親にのしかかる。志賀の意識はこの母親と重なり合い、老女の切ないあがきが「半ば霊媒化した呪術」と化して誘い入れられ、若い男と交わるのである。円地における執念はひたすら性に集中し、ついで「八十二歳の母と五十八歳の娘が生活保護を拒んでガス心中」とある記事にのり移る際にも「他の性を媒体とする必要があった」。結末にウィリアム・ブレークの「無染の歌」の一節が口ずさまれる。また時空を超えて突然あらわれる若く清らかな母だったころの主人公の記憶は、性の地獄図絵に対する救いと解されよう（江藤淳・佐伯彰一、作品評引用。『円地文子全集』第五巻　新潮社、昭53・7）。田中澄江は「作者としては、一番会心の作ではないだろうか」と評している。

（高橋和子）

縁（へり）

小説／「群像」昭36・1／『雪折れ』中央公論社、昭37・11・20／全集③

大学時代に同じ研究室にいた友人の文化勲章受章の祝賀会後、会に出席していた別の旧友二人と社用車で馴染みの料理屋に向い、やがて帰宅し、自宅の離れでピアノを弾く長女を訪ねる物語。主人公荻生嘉七郎は政商の父とその妾である母の間に生まれ、若い頃に兄と妹が相次いで発狂。その因縁に抗って野心を持ち、理系の研究畑から大会社の社長に転身。大正天皇崩御の年に結婚。翌年、長女弓子、その四年後には長男が誕生。現在は社の相談役になった荻生だが、狂気の縁からの緊張の緩みによって、娘よりも若い芸者たね子との間に二年前に誕生した篤夫の存在はまだ公にしていないという秘密を抱えている。料理屋での三人の会話の中で、縁談に興味を示さないピアニストの長女が話題にのぼる。その影には話題にはのぼらない長男が知的障害者であるという情報を、荻生の元部下で彼に恨みを持つ片田から得ており、そのため荻生の兄と妹に関する境遇を知る旧友二人は荻生のキャリアに劣等感を感じながらも、自らの平穏な人生に一種の満足感を抱いている。また、中座した際、連絡役の女中頭から篤夫が発熱したと聞いた荻生は、小児麻痺を懸念してたね子に電話。やがて電車で帰る二人を駅まで送った後、車の中で、妻が退職金を独り占めにするために運転手や長女と共謀して自分を抹殺するのではないかという妄想にかられるが無事帰宅。妻は留守で、邸内に流れるピアノの調べに誘われて離れに向かい、彼女の奏でるムソルグスキーの曲『展覧会の絵』に精神のバランスをようやく保つ。

人間関係の機微を追った心理的ドラマで、結末に芸術に身を捧げる巫女である長女を登場させることにより、ゴシックホラー的雰囲気の余韻を残す。題名の「縁」という言葉を読み替え、繰り返しモチーフに用いる趣向で、精巧な構成を成す作者自身の抑制を効かせた衒学的作品。作品の隠れたテーマの一つとして、畳の縁《へり》を踏んではいけないという禁忌に触れるという意味が含まれている。また、萩生の発狂した兄は将来の、息子には過去の自身を見る鏡の役割をさせている。新しく生れた萩生の希望である篤夫も、狂気の連鎖の中にあることを暗示。作品の現在である昭和三十五年は、円地の娘素子の結婚の翌年に当たり、これらの自伝的要素や『蜻蛉日記』の見立が、登場人物達の年齢をずらしたり、性別を転化させる等といった手法によって作品に見え隠れする。

（岩見幸恵）

変　化（へんか）

小説／「小説新潮」昭40・1／『樹のあわれ』中央公論社、昭41・1・7
ある日、喜三郎といよの夫婦は、先日看取ったいよの母の形見分けに親戚の家を訪ねる。喜三郎はいよの母と折り合いが悪く、そのせいもあって夫婦の仲は長年の間にすっかり冷め切ってしまった。母が他界してからもその関係は変わらなかったが、二人きりの外出により、夫婦のわだかまりに変化の兆しが現れる。いよは親の言いつけに背くことのない、一見、従順な女性に見える。しかしそれは、「従順といふのではなしに自分を抑へる為により烈しい力を内に保つてゐる」と喜三郎が批評するように、抑えなければ暴れ出しかねない旺盛な力を内に秘めた女性であることとの裏返しだ。跡取り娘であるいよは、自分を抑え続けることと引き換えに一家を支えてきた。そんないよにとって、母の死は家の呪縛からの解放を意味し得る。家から出る〈外出〉という行為は、いよにとっては、意識の上での家からの解放を象徴的に表すものだ。
女性が家の呪縛から解放されたとき、いったい何が訪れるのかをこの小説は問いかけている。
（遠藤郁子）

変化女房（へんげにょうぼう）

戯曲／「オール讀物」昭33・4／全集⑭
元禄時代、大坂曽根崎新地廓内の誰ヶ袖の遊女龍田は天満屋の喜之助と深い仲であった。誰ヶ袖の女房おしゅんは、龍田に惚れる蓮華寺の住持道念を見受け先として一度廓を身ぬけさせ、喜之助と一緒になる法を提案、龍田は蓮華寺へ身を寄せる（第一幕）。しかし、龍田を寺に長く住ませるわけにいかぬ道念は、龍田を姪の菊、車屋小左衛門の女房と称し、檀家の八助のもとで預かってもらうことにする（第二幕）。七日後、八助のもとに「女房を引きとりに参った」と喜之助が訪れたところに、寺に落ち着いていられぬ道念も現れ、龍田に「どこへ行くのじゃ」と詰め寄る。龍田は、私は「姪の菊」「車屋小左衛門の女房」ではないかと言い、道念は「この男をお菊がまことの夫と思うてか」と騙されたことに気付く。全ての事態を察した八助は道念を納得させ、龍田と喜之助を追い出す（第三幕）。

作品末尾に（この一篇西鶴「昼夜用心記」に想を得て作る。作者）とあるが、詐欺談を中心とした「昼夜用心記」は、西鶴一番弟子北条団水の作品。初出誌は、荒川十女子画。（石田和之）

放課後（ほうかご）

小説／『南支の女』古明地書店、昭18・6・15

南枝子は、欣一の担任から呼び出しを受けて放課後の小学校を訪ねた。ちょうど一年生が整列練習をしているところで、南枝子が探し出した欣一は、姿勢の悪さと集中力のなさで他の子供とは全く違っていた。南枝子は羞恥心と怒りで身体が燃えるようだったが、誇りの感じられない欣一の姿は、大須賀のような男の世話になりながら女優を職業とする自分の矛盾した生活と重なった。師範出の若い先生は「教室でもあれです」と一つだけ飛び出した欣一の机を示し、神経質でわがままな態度は環境によると言った。南枝子は家庭事情のあらましを正直に話したが、欣一への影響については自身の女優業を強調した。帰り道、「妾」の生活を清算しようと思う南枝子の眼前に、大須賀の顔が浮かんだ。

執筆時期の特定はできないが、大須賀にも、その大須賀の世話を受けている自分にも嫌悪感を抱く女優南枝子の人物設定には、小説への転身を図りながら戯曲以上の評価が得られず、家庭生活にも違和感を深める円地の不如意な自画像が映し出される。欣一への「ひもじげ」「誇りを持っていない」という、唐突にも見える南枝子の厳しい表現は、そうした視点で理解すべきであろう。（安田義明）

宝　石（ほうせき）

小説／「新潮」昭46・1／『春の歌』講談社、昭46・5・24／全集⑤

零落した老女の宝石に対する執着を描いた作品。「昨日今日と思っている間に、それを話した相手のK氏ももう物故して六、七年になっている。」という書き出しで始まり、以前「私」が「松坂藤子」について「K氏」達と語り合ったこと、「私」の「松坂藤子」についての記憶、また「松坂家」の内部事情についての語りが入り交じる形で展開されていく。松坂藤子は紅葉館の女中をしていたが、その美貌を見初められ、富商であった松坂弥吉の妻として迎えられた。しかし、太平洋戦争や、松坂商会の没落に伴い、自分の所蔵していた貴金属類を手放さなくてはならない事態になっていった。しかし、藤子はそれらに執着をし、宝石だけは供出しようとしなかった。昭和二十四、五年頃の十二月初めの午後、「私」は、警察で警官ともみ合いになり、懐に隠していた宝石を床にぶちまけ、それらをむしょうにかき集めるという醜態をさらす藤子の姿を目撃する。その宝石類は親族がすり替えた贋物であったようだが、「私」はそれらの中に真物が混じっていることを祈るのだった。

「老女」の欲望が描かれるという意味では一連の「老女もの」の流れの中にあるが、性欲ではなく物欲が表に出ている点がやや異色である。また、先に述べたように、時制、語り手が入り組んだ複雑な物語の構造を持っている。藤子についても自分の心情が描かれている部分もあるが、「私」など他の人物からの視線によって語られる部分の方が多い。太平洋戦争前後で境遇の変わってしまった過去の女性の哀れな姿をできるだけ客観的に描き出す形で表現するとともに、そのような「藤子」の姿への「私」の同情的なまなざしも仕掛けるという意図が感じられる。「佐々木信綱博士」「竹柏園」「森律子」「紅葉館」などの実在の人物・事物を引用しながらも物語自体はフィクションで、主要登場人物も架空であるようだ。しかし、モデルの存在も考えられ、その方向からの研究も待たれる。

（小町谷　康）

暴風雨の贈りもの（ぼうふううのおくりもの）

小説／「週刊新潮」昭33・11・10

男女の十年ぶりの再会と別れを描いた短編。商事会社渉外部長岡崎則弥は、東京発特急「はと」で大阪での仕事に向かっていたが、暴風雨のため、熱海で足止めされてしまう。則弥は、一晩、Aホテルに宿泊することを余儀なくされるが、そこで学生時代に結婚まで考えながら別れた妙子と偶然再会する。妙子の実家には複雑な事情があり、それが結婚を阻んだのであった。Aホテルに一人で滞在していた妙子と則弥は、再会の夜、関係を持つ。大阪での仕事を済ませた則弥は、東京への帰途、再び妙子に会うためにAホテルを訪れる。しかし、彼を待っていたのは、妙子の死の知らせであった。通俗小説としての趣を持っているが、それゆえに、新婚旅行先としての熱海の人気や、翌年から始まる東海道新幹線の建設との関連などが窺われる。戦後のツーリズムや鉄道敷設との接点を考察することが可能だろう。

（天野知幸）

ほくろの女（ほくろのおんな）

小説／「文芸朝日」昭37・9／『小さい乳房』河出書房新社、昭37・12・15

新聞記者の三上は、高原のホテルに避暑に来ていたが、偶然二人の子供を連れた祥子を見かける。三上は十年前に祥子と結婚したが、母親と共に祥子を疎んじ、結婚二ヶ月目には祥子を追い出してしまった。離婚後三上は再婚し、祥子も今の夫に愛されて幸せに暮らしている。三上の知る祥子は貧相でやせ細っていたが、十年ぶりに再会した祥子は、ふっくらと肉付き、胸は母親らしく柔和にふくらんでいた。その夜、子供を寝かし付けた祥子の部屋を訪れた三上は、自分の母親が祥子に詫びてほしいと遺言を残して死んだこと、母親が生前祥子の生霊に出会っていたことを告げる。それほどに恨んでいなかった祥子は三上の話に驚く。祥子は腰のふくらみにほくろを持っていたが、祥子を愛する夫に嫉妬する三上は、結婚当時嫌でならなかったほくろに今なら接吻すると言う。接吻させてもいいと言う祥子だったが、翌朝また会う約束をして、その夜は何事もなく別れた。翌朝約束の場所になかなか来ない祥子を待つ三上に、老ボーイが祥子からの手紙を渡す。手紙には子狐温泉のこなやという宿で会う旨が記されていた。祥子よりも先に宿に着いた三上は、近くの神社に散歩に出る。三上が神社の狛犬に見入っていると、和服姿の祥子がやって来る。祥子は山奥へと歩いていき、どのくらい歩いたか、崖っぷちまで来ると、ほくろを見せると言って着物を脱ぎ捨てる。祥子の腰を抱きほくろに接吻する三上だったが、その瞬間、崖から足を踏み外し転落死する。その日祥子は前夜のことが馬鹿らしくなり、朝早くホテルを引き払っていた。祥子の手紙を渡した老ボーイもどこにもいない。三上を知る者は、事故とも自殺ともつかない三上の死を不思議がった。

この作品では、三上という男の自己中心的な感性や欲望が徹底的に打擲される。祥子のほくろに集約されるエロティシズム、平穏な幸福を手に入れた祥子と、生霊となる祥子、三上を死へ誘う幻想的な祥子との対比が巧みである。

（石橋紀俊）

菩薩来迎（ぼさつらいごう）

戯曲／「火の鳥」昭4・3／『惜春』岩波書店、昭10・4・5／全集①

晩春、少将と家臣が孔雀という遊女を求めて都に近い深山を歩いている。孔雀は少将の移り気を恨んで山に入ったのだった。道で会った猟師にまだ尼の庵にいると聞き、安心する。小将らが庵に着くと、孔雀は捨てた浮世を懐かしく思っていたところ、三日前に老尼の引接《いんじょう》の傍ら自分の煩悩を取り払いに来た観音菩薩の来迎を拝したと言い、庵に入る。どうしても信じられない少将は、孔雀をやると先の猟師を騙し、孔雀に憑いた観音を射るよう仕向ける。真夜中、観音菩薩の姿に猟師が矢を放つ。その正体は狐だと判明するが、孔雀は自分のために菩薩を射た猟師に付いていくと言う。夜明け、少将らの後を見送る孔雀は、憎しみのため弓を引こうとするが、矢ははね返って自分の胸に刺さり、猟師は少将らを射殺す。

『宇治拾遺物語』の「猟師、仏を射る事」――無智な聖は化かされ、ただの猟師が普賢菩薩に化けた狸を射殺して正体を暴くと思慮の重要性を説く――を題材にしているが、本作は女の怨念をモチーフとする。（竹内直人）

牡丹（ぼたん）

小説／「別冊小説新潮」昭29・7／『妻の書きおき』宝文館、昭32・4・5

牡丹を見に鎌倉の東慶寺（縁切寺）へ向かった「私」は、日本画家の結城瓜子とともに寺を訪れ、「咲きみちている」「紅白の牡丹」と出会い、「牡丹の色香よりも、そこにいた不幸な女の顔」を眼前に浮かべる。帰途の電車で、新聞社の文化部長と再会した「私」は、夫ではない師への愛に溺れて画壇からも叩かれた、瓜子の過去を知る。そして、瓜子の描いた牡丹の絵には、自殺した夫と、瓜子から離れた師が共に「入っている」と聞き、「縁切寺の駈込み女と結城さんをつなぐ一線はないのだろうか」と思うのである。

「夫婦というものの外に女の生き方のなかった時代に、夫から逃げ出さなければ生きて行けないはめに追いこまれた女の眼で見たら、（中略）牡丹にこの世の悪が象徴されて見えたかもしれない」「牡丹の中だけに極楽と地獄が描けるような気がする」など、牡丹の鮮烈なイメージが人の心と重なっていく、印象的な小品。（坂井明彦）

牡丹の芽（ぼたんのめ）

小説／『二枚絵姿』講談社、昭33・4・25

頻々と空襲攻撃を受ける戦時下の東京で、富子は夫と姑と共に暮らしている。正月明けのある朝、新聞に目を通した富子は、そこに嘗ての恋人、南の死亡記事を見付け狼狽する。一人になって南のことを考えようと近所の墓地へ行った富子は消失の思いに占められた己に気付き、二ヶ月前に南と会った文学の会のことなどに思いを巡らせる。翌日、B29が遠く飛ぶ空の下、牡丹の芽に息づく勁い生命を見た富子の目に涙が溢れるのだった。「故郷に近い南国の海辺で息をひきとつた」という南から片岡鉄兵が連想される。南が死んだ時どうしていたか考えた富子は、「恰度、そのころ警報のサイレンに醒されて、雨戸を繰りあけてゐる自分がはつきり浮んで来た」。円地が瀬戸内晴美との対談（「別冊 婦人公論」昭55・夏）で、片岡鉄兵との恋愛について語っている中に、「（片岡の死んだ時について）その朝早くB29が来たんですよね。雨戸あけて……やさしげな響きをあげて行ったじゃない、B29が……。その時分にきっと死んだんじゃないですかね。紀州の田辺で死んだ。」とある。

表題にある牡丹は円地作品のタイトルに多く使われる花。「長谷寺の牡丹」には「私は元来、花の内で一番と言っていいほど牡丹が好きで」と記している（『花信』）。（児玉喜恵子）

焰の盗人（ほのおのぬすびと）

小説／「週刊サンケイ」昭39・1・6〜9・21／ポケット文春『焰の盗人』文芸春秋新社、昭39・11・20

結婚を間近に控えた岸上明良は、クリスマスの翌日に、交通事故に巻き込まれた二人の男女と不思議な縁を持つ。男は無類の女たらしの神保俊郎、女は神保に愛想を尽かしてその後すぐに自殺する玉城宮子であった。それをきっかけに岸上の運命は大きく変わるのであった。それは新婚旅行から始まる。旅行先のホテルで岸上は新妻の品子が処女でないことを知り、彼女に不信感を持つ。不信感を持つ岸上に品子も気づく。そんなところへ神保が現れる。岸上は神保を避けようとし、品子は惹かれていく。

ある日、浅草のキャバレーで、岸上は宮子の妹照代に出会う。照代はダンサーのほかに風俗嬢の仕事もしていたが、二人は次第に惹かれあう。一方、新婚生活の退屈さに飽きていた品子は、岸上と照代のことを教えに来た神保と関係を持つ。岸上と照代、品子と神保との関係は深まっていく。しかしあまりに女性を傷つけてきたために、神保は命を狙われ、逃げ回らねばならなくなる。岸上も品子に照代との関係を指摘され社会的にも追い込まれるが、品子が交通事故で死んでしまうことで、騙されていたのが岸上であったことが判明する。それでも岸上は夫として品子の葬儀をし、交通事故から生き残った赤ん坊を照代と育てることにする。

「焰」とは男女の交情であり、神保はその「盗人」である。話の展開は、江戸読本そのままで、偶然が偶然を呼ぶ構成になっているが、それを承知のうえで読まないと、この小説の面白さが見えてこない。様々な筋の構成に作者の趣向が生きている。当時の風俗や車が増えたことによる交通事故などを効果的に使った設定も見逃すことは出来ない。ところで、当然といえば当然であるが、作家の筆致はけして神保や品子に対して冷たくない。品子の奔放さなどは魅力的でさえある。彼らは、歌舞伎に登場する愛すべき悪党の姿を髣髴させる。（島崎市誠）

本のなかの歳月（ほんのなかのさいげつ）

随筆集／『本のなかの歳月』新潮社、昭50・9・30／全集⑯

郡司勝義の『全集』の解題には次のようにある。「昭和二十六年より昭和五十年に至る、かなり長い間書きためられてきた読書雑記を中心に、人と文学を論じ、また自己と文学とのかかわりの秘奥をそれとなく漏らした文章など六十三篇を集めて（うち一篇は十二巻「解題」に、二篇は十五巻に収録しているので除いた）三部に分けて編み、次の「あとがき」を附して昭和五十年九月三十日に新潮社より刊行された。

《この本は最近の随筆集というより可成り年月の間に主に文学について書きためてあったものを、括めてみた。時折々求められるままに書いたものも多いし、作品の解説で、自分として独立してよめると思ったものも挿入した。

言わばよろずの文反古であるが、読んで下さる方があれば幸いである。

昭和五十年夏》

全集における具体的な移動としては、「谷崎潤一郎賞を受けて」が十二巻の解題、「私の読書遍歴」と「平林たい子断想」が十五巻に収録されている。各部の構成は、第一部が広く文学全般、第二部は古典、第三部が近現代の文学をテーマとした文章を集めた形になっている。

全体を通じ、経験と深い造詣とに裏打ちされた味わい深い随筆集といえる。だが、この随筆集の一番の価値は、ひとつひとつの文章の魅力自体もさることながら、比較的長期にわたる文学に関わる文章が集められたことによって、円地文学を読み解くための参考となるものが多く見て取れることにある。例えば、平林たい子との係わりについても、巻の移った「平林たい子断想」以外にも、「林芙美子と平林たい子の作品」、「平林たい子の『愛情旅行』について」、『『作家のとじ糸』』、「平林たい子追悼Ｉ」「平林たい子追悼II」、「平林さんの偉きさ」と平林の生前から没後までの六本の文章をまとめて読むことが出来、円地にとっての平林を考える上での参考となる。

また、円地文学の土壌として、『源氏物語』はむろんのこと、谷崎潤一郎からの流れとしての近代文学、ヨーロッパ文学、文化文政期を中心とした江戸の文学・文芸など、幅広く指摘しうるが、そうしたものへの思いが（ある程度は三部構成によって整理されているものの）一冊の中でさまざまに語られているのも興味深い。例えば、網膜剥離の経験を綴った「古典と私」では、『源氏』などとともに漢籍について語られ、更に英文と東洋の言葉の違いに話は及び、円地らしい次のような文で閉じられている。

「私が一月近い盲目状態の間に、暗い世界に見たものは古典と関係のない極めて抽象的な幻想であったし、覚めた夜の記憶に甦って来るものは悉くといっていいほど、東洋の伝統の中に育ち生きつづけたさまざまの文学であり語りものであった。私はこの二つの中に自分に課せられている橋のあることを朧げに感じることが出来るような気がしている。」

（森本　平）

ま　みむめも

巻直し（まきなおし）

小説／「オール読物」昭31・6／『霧の中の花火』村山書店、昭32・3・29

「たばこ屋」を営む五十過ぎた後家のきんのもとには、女たちがよくおしゃべりにくる。小さい化粧品会社の社長倉持良介の妻、品子も常連の一人だ。品子は、倉持の後妻であることを気にしているが、いまでは先妻よりも芸者やバーの女達の方が敵になっていた。倉持は、芸者が自分の顔相を見たところ、巻直し（結婚が二度目）であることを当て、更に「もう一度巻直」すことが顔に出ていると言った、と品子に話した。品子からそれを聞いたきんは、品子を元気づけるが、倉持が世話をしている若い女、みね子を偶然知っていた。みね子は、倉持の先妻の姪だった。きんは、品子を悪く言うみね子に、年に相応しくない気味悪さを感じ、比べて品子は毒のない可愛らしい女に思われるのだった。二週間ばかりして、品子が婦人系の癌で入院したことを知り、みね子のなかに先妻を感じる。亡くなった先妻が巻き直しをしたかのような、女性の怨念を感じさせる作品。きんの語りとしたところが、この話を因縁話として成立させている。

（髙根沢紀子）

ますらお

小説／「日本」昭33・2／『恋妻』新潮社、昭35・6・25／全集⑭

文化三年四月十七日、東照宮の祭りが行われ、ふるまいの席に七十二歳の上田秋成も加わっていた。門人の大沢春朔から渡辺源太を紹介される。明和四年十二月三十一日、源太は婚礼衣装の妹つやの首を斬り落とすという事件をおこした。その原因は、つやは従兄弟の渡辺右内と相愛であったが、右内の家は裕福であり源太の家は貧しいため、右内の父団次は二人の婚姻を承知しなかった。右内の他家との婚礼の朝源太はつやに花嫁姿に盛装させ、団次の玄関先で花嫁を引き渡した旨を告げ、妹つやを斬殺した。建部綾足はこの経緯《いきさつ》を「西山物語」に仕立てた。「雨月物語」を完成させ独自の境地をひらいた秋成には、生ぬるい文章で綴られた「西山物語」にはかなりの憤りを感じていた。しかし源太の「ますらを」振りには仁俠哀憐の情と共に、好感と興味と感動を抱いていた。秋成は、妹を斬り殺した時の悲愁が源太から離れず、いまだに独身でいて欲しいという気持を抱いていた。酒宴が終わった頃雨が降り出してきた。寺の境内で若く美しい女が源太に傘をかざした。それはかなり年の違う源太の妻であった。秋成は三十余年前のこの物語の主人公は、源太ではなく死んだつやであることを認識する。父の命令で変心した臆病な右内もたとい事実とは違っていても愛を貫く精神力を維持した男でなければ、つやの死は純粋な美にまで高められないと考えていた。秋成は再び起床して机に向かい、明方まで書き続けるのだった。登場人物名を始め、秋成なりの脚色や構成を思考し、題名は「死首の笑顔」（全集⑭と「歴史小説の世紀」では「死首の笑顔」、ほか三書では「死骨の笑顔」）と名付けた。兄に斬殺された死首が笑みを含んでいる凄艶な幻覚は、秋成をしばし恍惚感から放さなかった。

円地の「ますらを」と秋成の「ますらを物語」「死首の咲顔」（『春雨物語』）、綾足の「西山物語」との読み比べや比較検討は、更に作品理解を深めることとなろう。（関根和行）

またしても男物語（またしてもおとこものがたり）

随筆集／『またしても男物語』サンケイ新聞社出版局、昭42・3・25

全十四講の構成、西鶴の「又しても女物語」を真似た（第一講）と言うが、前出の随想集『男というもの』（昭35・3・10、講談社）を受けてのものであろう。足早に辿ると、「雨月物語」の「吉備津の釜」の磯良などを論じた、男と女における「加害者、被害者」（第一講）に始まり、気取りを貫いた男や女の褒貶論「おしゃれ哲学」（第二講）、粋や意気が一種の「寂び」を生んだとして、元禄期以後の美に触れた「艶隠者」（第三講）、生涯、善良を通した男の退屈などより、相対的な退屈と絶対的な退屈を講ずる「退屈な夫と妻」（第四講）、甲高い声だった菊池寛、土佐人の声の良さなどを例示しつつ、声と言葉が人間の値打ちを伝えると記す「声」（第五講）、母を追い求めた光源氏、西洋童話の継母伝説、森鷗外の妻などを論じた「母、妻、娘」（第六講）、心中の生き残りの男に惚れる女、お夏清十郎、切られ与三、そして太宰治等に触れた「傷のある男」（第七講）、男性を描く作家、男の女性化などを講じ、自らの内なる「男」を語る「男の中の女、女の中の男」（第八講）、ケチンボ、しみったれ、キザな男の嫌みを記す「ケチとキザ」（第九講）、上田万年の娘としてのレッテル拒否から、認容、そして畏敬を語る「父のこと」(第十講)、笑顔を見せなかったり、生涯何もしないで過ごした伯父たちを論じた「おじさん」(第十一講)、日本武尊、中納言隆家、薩摩守忠度など円地好みの系譜論「歴史上の男」(第十二講)、老いてますます美しく演じた歌舞伎の名優達を語った「男の顔」(第十三講)、時に残忍に堕する男と女の内なる悪を記す「男の悪、女の悪」(第十四講)などなど、男女の複相を論じ、円地文子の描く人間とその原型が多出。自ら「女の執念、女の業」などに「書きたいモチーフ」がある(第一講)などと記すように女性に言及多く、全編、男性観というより、男女観、更には人間観によって彩られている。円地特有の妖気や鋭い才知の表出もあるが、思いの外、男女を相対的に見るバランス感覚の感じられる論群である。

(槇林滉二)

松風ばかり(まつかぜばかり)

小説/「オール読物」昭30・7/『霧の中の花火』村山書店、昭32・3・29/全集②

標題の〈松風ばかり〉は謡曲「松風」に由来する。謡曲「松風」は、在原行平が須磨に滞在したおりに、行平の寵愛を得た汐汲み女の松風・村雨姉妹が亡霊となって、行平の寵愛を忘れかねて待ち続けるが、旅僧の回向を得て成仏する。「松風ばかり」の姉の花乃は将来性のある建築技師の佐山と結婚し、長男にも恵まれる。家事手伝いのために同居した妹の雪乃は、雪乃のほうから佐山を誘い、不倫関係を持ち妊娠する。花乃は精神を患い幻覚を見るようになる。雪乃は密かに出産して、子どもを人知れず里子に出し、花乃と佐山はもとの鞘におさまり、二人目の女の子どもまで生まれる。ところが、雪乃と佐山の不倫は続き、それを知った花乃はほんとうの狂人になってしまった。佐山は軍の要求で南方へ派遣される途中、撃沈されて死亡する。雪乃は仮葬式に「佐山の妻の妹」としてとりしきる。雪乃は狂人となった花乃を精神病院に入院させ、甥や姪の学資を出して生活の面倒をみる。一人前の絵描きとして世に認められるようになった雪乃は、フランスへ遊学する。そのフランス遊学のほんとうの理由は、「私はね、甥に恋しはじめたのよ。佐山の息子の悦一に……ね、これだけ言えばわかるでしょう。私が日本を逃げ出したわけが」「困ったのは悦一の方でも私を愛していることなの……苦しかったわ、この絆から抜け出すのは……私はともかく勝ったの……自分へのはじめての勝利だったわ」と親友の「私」に告白する。「性愛」はいかなるタブーをも打ち破ってはてしなく増殖して行く。姉の夫を奪った雪乃は、佐山の子どもである甥にまで手を伸ばそうとしている。「性愛の連鎖」は留まることなく進んで行く。フランス遊学に対する「私はともかく勝ったの……自分へのはじめての勝利だったわ」というコメントからすると、いったんは「性愛の連鎖」を断ち切ることができたかに見えるが、また日本へ帰国したらどうなるのか、その保証のかぎりはない。性愛の妄執の無限連鎖を描いた「愛妾二代」「妾腹」「二世の縁」などの作品群の一つである。

（大森盛和）

幻源氏（まぼろしげんじ）

舞踊劇／「むらさき」昭10・11

『源氏物語』を脚色した謡曲風の小品。前段では、明石の中宮付の老女冷泉が中宮の命を受け、紫の上を亡くした失意の光源氏を見舞う。舞台に据えられた寝殿には御簾が全て降ろされ、中からは読経の声と鈴の音のみ漏れ聞こえ、源氏の悲懐を演出する。明石の中宮入内の折、故紫の上が手ずからあわせて贈った香が薫かれ、立ち上る煙の行方に紫の上の魂の行方が重ねられる。後段は前段から遡ること二十余年。光源氏が幼い紫の上の髪削ぎをする睦まじい場面から始まる。葵祭の勅使に立つ源氏を見送った紫の上は、自ら源氏役を演じ、童女らとの遊戯に興ずる。そして源氏の帰りを心待ちにする幼い紫の上の姿で幕となる。

紫の上の死を嘆く源氏が「幻源氏」一編の一貫した主体と成り得ていない点が、むしろ本作の勘所であろう。上坂信男は「円地文子と源氏物語」（「早稲田大学大学院教育学研究科紀要」平2・12）で、「祭見物の人たちの噂の形で、源氏の女性関係を歌い上げつつ、紫の君の舞で納める部分に「舞振劇」の骨頂を見る」と述べる。

（渡部麻実）

幻の島（まぼろしのしま）

小説／「小説新潮」昭42・1／『生きものの行方』新潮社、昭42・7・10／全集④

長唄・三味線の家元・杵屋千歳と養子の千次郎は竹生島を訪ねる。竹生島は琵琶湖北部に浮かぶ小さな島で、千歳は三十数年前恋人の歌舞伎俳優とこの島で一夜の逢瀬を楽しんだ。その男もこの秋の初めに亡くなり、千歳は「生と死を限る曖昧な境界線が浮び上って来るように感じられ」てならなかった。二年前、盲腸炎の術後にこじらせた腹膜炎で半年ほど寝込んでからの千歳はめっきり体力や気力が衰えた。周囲からは東京下町育ちに特有な「おろし金で相手の急所を引っこするようなことを平気で言ってのける」女と見られていたし、夫婦養子の千次郎・富子にとってもいささか持て余し気味の師匠であった。とりわけ、千次郎にとっては富子には語れぬ千歳の思われ人の過去があるようで、今度のふたり旅には、男を介在させての恋心を確認する気味がないでもなかった。千歳と千次郎を乗せた船は竹生島に着く。桟橋に降り立った千歳は「どうもおかしい。昔来たところと違ふところへ来たよう」に感じずにいられなかった。男が千歳を待っていた三十数年前の船着き場から竹生島神社の拝殿にいたる石段や観音堂・弁天堂の様子などもちぐはぐであった。千歳は一晩ゆっくり男との想い出に浸りながらかつての古寺に泊る予定であったが、一方ではこのまま帰ってしまいたい侘しさも募った。千次郎はそういう千歳の華やいだ過去に軽い嫉妬を感じつつ、男と逢瀬を楽しんだ頃とは異なる老醜――すなわち、石段を登る千歳の「妙に老人じみた足の踏み開き方の、常にない老人じみた色気のなさ」をも目の当たりにせざるをえなかった。夜、千歳は千次郎とふたりで古寺に泊って男との経緯を物語った。千次郎はそれを聞きながら、今さら千歳を慰める術もないことに気づく。千歳は老いの孤独に耐えねばならぬと気を張るしかなかった。

能や謡曲の「竹生島」、狂言「竹生島詣」などが背景に潜められており、芥川龍之介「秋山図」（「改造」大10・1）や「幻滅の錯覚」（外山滋比古『修辞的残像』昭36・3・15、垂水書房）なども透き見える作品である。（古閑　章）

水草色の壁（みぐさいろのかべ）

小説／「文学界」昭30・5／『妖』文芸春秋新社、昭32・9・20／全集②

水草色の壁は、語り手の「私」が臥せる病室の壁である。右手を伸ばせば緑のペンキの色褪せたその肌を撫でることが出来、ちょうど指の腹の触れるあたりに爪で掻いたような三本の斜めの傷があった。

敗戦から一年ばかり経った頃、「私」は子宮癌の手術を受けたが、経過が悪く二度死の瀬戸際まで行った。「私」に死は恐ろしいものではなかったが、子宮を失い女でなくなったことが悲しかった。「私」は回復期に入ってもベッドの上で身動きならず、三十歳前後の付添婦瀬田の世話を受けている。小説は「私」の闘病生活と瀬田の身の上話、瀬田を介して知った隣室の患者浜崎夫人の話からなる。瀬田は、一度は幸福な結婚をしたが芸者上がりの妾に夫を取られ、いまだに別れた夫を絞め殺す夢を見てうなされる。一方、浜崎夫人は景気のいい会社の社長夫人だが、やはり「二号」さんから直った人で、今は末期の子宮癌に苦しんでいる。彼女は夫婦の交わりを夫を繋ぎとめる唯一の手段としたため癌の発見が遅れ、手遅れになった。そんな彼女に瀬田は、自分が先に死んだら前の亭主と亭主を奪った女に取り付いて苦しめてやると話す。それを聞いた浜崎夫人は、自分の病気は離縁されて死んだ先妻の幽霊が取り付いて自分を夫と交わることの出来ない身体にしてしまったのだと思い込み、今まで以上に苦しむことになった。

小説は、〈私の手は知らぬ間に又壁にのびて、あの三筋の傷あとを点字でも読むように撫でさすっていた。エリ、エリ、レマ、サバクタニ……キリストの臨終の言葉を壁の傷は叫んでいるようであった。〉と終わる。全集に収録された書評に、この一節は「大ゲサだ」と評されている（八木義徳「ためしぎり」、「文芸」昭30・6）が、この言葉は「女の性」という十字架を背負った女性たちの臨終の言葉として相応しいのではなかろうか。

（島本達夫）

短夜（みじかよ）

小説／「婦人朝日」昭31・9／『太陽に向いて』東方社、昭32・1・1

短編小説ともなると、よくよく人物を立て、その生のひとコマを小説にすることができる。本作はそうした典型だろう。継母と継娘、多津子と佐用子の時代を超えた「女」を描いて、鋭い。目を引くのは、弥富の存在だ。

一般に小説は、読者に対して対称性の構図を持っている。その対称性とは、書かれた作品を読者が読むということだ。ところが、弥富には読まれるべき「人間」はない。それでは弥富とは何なのかといえば、弥富は読者そのものに指示された視線なのではあるまいか。小説を単に読ませるのではなく、書かれた作品に参加させ体験させるための技法なのだろう。読者が読者の目で作品を読むのではなく、弥富の視線から作品の内側を見るとき、そこには立体化された世界が現れ、小説が現実よりもより真実となる。そこに危ういけれどしたたかな女を描いた作品である。

（遠矢徹彦）

水の影（みずのかげ）

小説／『南支の女』古明地書店、昭18・6・15

未亡人の杉枝は、銀座の舗道で曾根とすれ違ったが、振り返りもしなかった。別れた後も妻子のある余儀ない事情を曾根に見い出していた杉枝だが、盲腸炎をこじらせて生死の境をさまよってからは、そんな自分がやりきれなくなっていた。そして曾根が「どうしてそう跡を追うのだろう」と、第三者に語った話を聞いて、悪夢から醒めたように身震いした。金を払われない売笑婦の自分を見たのだ。曾根とすれ違って二、三ヶ月後、杉枝は、一人娘が結婚して海南島に住むという友人の愚痴を聞いていた。「他の事に真面目なら、女に対してだってきっと真面目よ」と、曽根の絵のけばけばしい色彩と器用な構成を思い浮かべながら、杉枝は烈しい語調で言った。

作品を作家の私生活に安易に結びつけることに疑問はあるが、「散文恋愛」同様に、片岡鉄兵との関係が二重写しに見える作品である。円地が結婚前と結婚数年後の二度に亘って片岡と接近したこと、片岡が女性に対して発展家であったことなど、照応する点が多い。

（安田義明）

南の肌（みなみのはだ）

小説／「小説新潮」昭36・1〜12／『南の肌』新潮社、昭

36・12・25／全集⑧
全二十三章。「刺青師の家」、「津蟹」（第一回　＊雑誌連載時の回数。以下同じ）、「密偵」、「口之津」（第二回）、「ダンブロ」、「珍客」（第三回）、「ある契約」、「香港」（第四回）、「女選り」、「待つ人」（第五回）、「高価な商品」、「狩猟」（第六回）、「昼の娼家」、「美しい女主人」（第七回）、「三人唱」、「野火山火」（第八回）、「故郷の歌」、「紫陽花暮るる」（第九回）、「燦雨」、「再会」（第一〇回）、「魔女乱舞」（第一一回）、「復活」、「国籍を越えるもの」（最終回）。

雑誌連載中、第三回（昭和三十六年三月号）からは、前月までの「あらすじ」が毎号載せられた。単行本では、巻頭に「目次」が載せられた。なお、同名の文庫本が、奥野健男の「解説―円地文子の人と作品」が付され、潮出版社より昭和四十六（一九七一）年十一月二十日に刊行された。連載時挿画＝土井栄。

初出誌では漢字を新字とし、仮名は現代仮名遣いであったが、単行本では漢字は正字・旧字に、仮名は歴史的仮名遣いに改められた。また、第七回（七月号）に掲載された「昼の娼家」の章では、勝沼の台詞中「おはんらも日本婦人なら、髪の珊瑚玉一つ、指輪一つとっても献金して、一挺の鉄砲、一台の戦車を作って貰うよう、お国にお頼みせんならん」とあった「戦車」を、単行本刊行の際に「大砲」に改めた。この改稿は、翌月号（八月号）巻末の「読者の声」に載せられた「日露戦争当時には未だ戦車は発明されてはおらず」を含む幾通かの指摘に従ったことによる。また、この一文の直後にある「天皇陛下も、恐れ多くも広島まで行幸遊ばされて大本営で寝起き遊ばされて、御苦労遊ばされちょる」が、「天皇陛下も、昼夜軍服も脱がせられずて、御苦労遊ばされちょる」と改稿されたことも、同じ理由による。

明治中期、長崎の商家に奉公に出されていた天草生まれの浜崎おていは、女衒の勝沼貫太郎の手下に騙され、従姉の油田きんとともに「からゆきさん」の一人として、イギリス船に乗せられ、香港へと売られて行った。途中、密航婦の調査のために乗船していたイギリスの諜報部員エグモンドに、おていは口止めのために差し出されるが、二週間の航海の中で二人の間には真実の愛が芽生える。しかしながら、香港に着いた直後にエグモンドは本国に送還されてしまい、二人は離ればなれとなる。おていは、その後に多くの苦難を乗り越え、シンガポールで商売に成功し、エグモンドとも再会を果たして幸せな日々を送っているが、「からゆきさん」の実態を知るおていは、売春婦救済事業を起ち上げることを決心し、多くの悲しい女たちの救済を行った。第二次世界大戦の終戦の間際に、おていは緑内障を患い盲目に近い姿になった夫を伴って天草へと帰郷する。おていの故郷で終戦を迎えた二人は、周囲の温かな視線に見守られ、平穏な日々を送るのであった。

作中では作者と称する「私」が登場し、作品世界に対する、或いは登場人物に対する作者の認識や態度を明確なものとして読者に示す箇所が複数回ある。例えばそれは、「この小説の作者は自分も女である立場から、若い時であったら、勝沼貫太郎の人身売買や女性蔑視に共に天を戴かないほどの憤激を与えたに違いない」（「津蟹」）などの叙述である。このことは、本作の叙述の特徴として良いだろう。昭和三十三（一九五八）年には売春防止法が完全施行され、一方で赤線（売春）復活論さえ出ていた世相の中で、「からゆきさん」の実態を歴史的な文脈の中で描こうとした作者が自らの立つ位置を明確にするための、或いは作者自身が叙情的に流されることを留めるための方途であったと考えられる。

ところで、本作は昭和三十八（一九六三）年に劇団芸術劇場によって舞台化された（十二月四〜八日、俳優座、脚色＝三条三輪、演出＝小林和樹）。公演パンフレットには、「『南の肌』について」と題して、「芸術劇場で私の『南の肌』を脚色上演されることになつた。あの作品には可成りな愛着を持つてゐるので、劇としても成功してくれゝばよいと祈つてゐる」との一文が寄せられた。また、年代は未詳だが、熊井啓・池田太郎の脚本、熊井啓の監督で映画化の企画も進められたが実現には至らなかった。ちなみに熊井は、「サンダカン八番娼館　望郷」（昭39、山崎朋子原作）でメガフォンをとり、本作と同じ「からゆきさん」を主人公とした映画を撮った監督である。（庄司達也）

耳瓔珞（みみようらく）

小説／「群像」昭32・4／『妖』文芸春秋新社、昭32・9・20／全集②

戦後十数年を経た正月元旦、夫と炬燵で向き合っていた滝子は初詣と墓参に向かう。年賀状が高梨から届いていた。滝子は問屋町の丸伊の家つき娘で四十五歳になり「丸伊の中興の祖」と呼ばれるようになっていた。丸伊は明治初年創業の老舗男性洋品専門店だったが、戦後に滝子が女性物の装身雑貨の問屋に転向させたのだった。その過程で、滝子は三十をいくつも出ない若さで病気になり、女の生理を根こそぎ抉り取ってしまった。手術の後に出来る空洞を「死口」ということを主治医から聞き、子供が産めないという実感はないが、病気が化物じみた恐怖で滝子をとらえ、目に見えない敵として男性とも接触は考えられない。夫の泰治には、一時店の店員で、神楽坂で美容室をやらせている品子に女の子が一人いる。また、足の悪い女中のてる子とも関係があるらしい。滝子は術後「だけどあなたはもう私に触ろうとしない方がいいわ。私だって男の人とどうかなるのいやだもの……私はもう女でもないし男でもないし変な化物よ。」と言い接触を断っていた。その後Mデパートの原田の紹介で、仕事上、西洋帰りの洋画家、高梨史朗と知り合い、彼の言葉や態度の中に自分がまだ女であることの証拠があるように思われ、落としものが返って来たような思いがけなさにそわそわするのであった。高梨の饒舌と荒っぽい愛撫は、滝子の中にコケットリーを眼醒めさせるのに十分成功したが、彼女は病気を恐れて拒んでしまう。高梨が離れて行った後、滝子には淫蕩な季節が訪れ、誘惑に堪え切れなくなった居職の餝屋である、男やもめの次郎さんを自殺に追い込んでしまう。高梨の無法に眼を醒まして行った滝子の空しい女が、次郎さんを対象にして妖魔じみた乱舞を足踏みつづけていたことを、滝子はその時になってやっと気づいたのであった。その後、滝子は悪夢から醒めたように商売一本に打ち込む、色気のない女に変わってゆく。墓参の帰り、滝子は自分が父と次郎さんの墓前に供えたアマリリスとカーネーションの赤い花束を、黄ばんだ顔の小さい女の子が抱えていくのを目撃する。死者の花が小さい女の子の明日の糧に変わると感懐し、また仕事のアクセサリーの意匠を西空に思い見るのであった。

　同時代評としては、正宗白鳥が「外面描写と心理描写とが融和しているところ、及び難い思いをさせされた。」（「読売新聞」昭32・4・19）、平野謙が今月の佳作として推薦し、「近年の円地文子は忘失の嘆き一般を文学上のモティーフの強さに転化するのによく成功していると思う。」（「毎日新聞」昭32・3・16）と評価している。伝記的にみると、円地自身が昭和二十一年十一月に子宮癌の手術を受け死の恐怖に苛まれており、実体験を通して主人公の性の喪失と心情を密接に表現し、三島由紀夫のいうように「一種心境小説のような味わいのある作品」（『現代の文学20　円地文子集』昭39・4、河出書房新社）である。

（鶴丸典子）

都の女（みやこのおんな）

小説／「小説新潮」昭40・2／『樹のあわれ』中央公論社、昭41・1・7

　京都の西陣織物問屋の主人、鶴菱新蔵のヨーロッパ旅行中の急死をめぐる、東京と京都の女たちの反応を描く。女たちに、京都本家の新蔵の妻の香子、新蔵が東京赤坂の一ツ木で袋物屋を出させている町子、そして新蔵の弟要次郎の娘の幹子の三人がいる。京都での遺産相続会議に東京から赴く町子と幹子の企みは、要次郎と町子に相当の遺産を確保することである。意外にも香子の寛大なる裁量によって企みは落着するが、やがて町子が新蔵の死の真相に抱く疑念によって、香子の知られざる一面が浮き彫りにされる。物語のおわり、新蔵の死後一年が経過し、今や同居している要次郎と町子が京都の浄瑠璃寺を訪れる。偶然吉祥天に見入る香子を見受けるが、森田という男と連れ立っていることに町子が気づく。森田は新蔵のヨーロッパ旅行に同行した医師で、京都での新蔵の葬式にも駆けつけていた。しかしミステリー風の筋立てながら、新蔵の死が果たして森田と香子の策略によるものかどうかは、町子の推測の域を出ない。むしろ物語の中心は、町子と香子という新蔵の二人の女のどちらが「毒婦」かであろう。京都と東京、男と女のそれぞれの側からの意見はさまざまであるが、物語は、往年の色好みとして京都で名高かった要次郎の感慨で閉じられる（「町子の方に狐でも憑りうつつてゐるやうに無気味に感じられるのであつた」）。

「都の女」については、わずかに集英社文庫版の解説に小松伸六のコメントがあるのみである（「フランス文学でいう〈黒い小説〉であり、犯罪小説に近い悪女物語」）。この小説が作者二度目のヨーロッパ旅行の直後に書かれたことは、新蔵が惹かれ香子も新蔵の死後訪れることになる、イタリーのカプリ島のモチーフの重要性を喚起する。また、さまざまな登場人物の錯綜する心理描写には外国文学からの影響のみならず、要次郎の視点からは、王朝文学のプロットが現代に見立てられているといえるであろう。

（安原義博）

麦穂に出でぬ（むぎほにいでぬ）

小説／「新女苑」昭31・1

「六月の小品その三」として発表。挿絵は嶺田弘。ミッションスクールに通う千恵は、寄宿舎で同室の上級生近子に可愛がられている。近子は、美しくないながらも「何か憚られるやうな尊敬を生徒の間に植ゑつけてゐ」る少女である。その近子と始終首席を争っていた須磨子は、近子の千恵に対する烈しい情熱に反感を持つ者の一人であり、「男装の麗人にあくがれる下級生の間で無数の憧憬者を造り出」すような少女である。「美少年めいた美貌と才気」を持つ須磨子は、千恵を誘惑することで近子の心を乱そうとし、それを拒もうとしない千恵に対し、近子は嫉妬にかられる。

寄宿舎、ミッションスクール、三人の少女の絡み合ったエス関係は、少女小説そのものである。嫉妬のあまり千恵の目の前で無言のうちに須磨子の傘を窓外に投げ捨てる近子の烈しい嫉妬心、内に秘めた熱い情熱は読者に迫り、その様を茫然と眺める千恵の視点で物語は閉じられていく。

（山田昭子）

娘の戸籍（むすめのこせき）

小説／「新女苑」昭32・4

看護師として官立病院に勤める水島悦子は、同じ病院に勤めていた内科医師佐川国彦との結婚を控えている。しかし佐川とその母がどんなに理解を示しても、悦子の心を重くするのは、酒に酔っては離婚した母に金の無心に来る

「ニコヨン」をしている父の存在であった。代々医者の家系で「神さまのように思っている人もある」佐川の家に嫁ぐことに、「親から子へ、子から孫へつながってゆく血の流れ」や、「そこから生れる愛や憎しみ、歓びや悲しみの深さ」を知る悦子は「後退りせずには居られない」。同じことで心を痛めていた悦子の母絹代は、とうとう娘の戸籍を父の籍からぬこうと決意する。

　形式上のことと割り切っていながら、幸福な結婚の目前でふみきれないでいる娘を思いやる女親と、長年連れ添った妻と血を分けた娘に、「父であることを冷酷に抹消」されようとしている父に対して涙を流す娘の細やかな感情が抒情的に綴られている。

（小泉京美）

娘の日記（むすめのにっき）

小説／『南支の女』古明地書店、昭18・6・15

五月×日、今日は「私」の誕生日。でも、「私」はなんだか楽しめない。花瓶に飾った山吹の花をめちゃめちゃにしてしまいそうな、そんな気分である。S大使の秘書を務める、「ママ」の女学校時代の友人である嶺さんが、ふいに訪れる。この頃の「パパ」は、嶺さんを他の女のお客様と同じように、何でもなく感じているのだという風を装って、わざと白々しい顔を見せる。

「こんないい御主人とこんないい奥さんが並んでいる家なんて、本当に珍しいわ」と語る峰さん。明るい声の裏で、「私」には、もう一つの言葉が話されているような気がしてならない。「ああ、あなたは何という窮屈な生活をしていらっしゃるのでしょう」と。

　庭には、「私」が幼い頃に足を滑らせて落ちた池がある。「私」は気分が沈むと、この縁にやってくる。いつもだったら、無邪気な頃の自分の姿が頭に浮かんでくるのだけど、今日は一向にその気配がない。その代わりに、パパと嶺さんの声のない会話の続きが繰り出されてくる。「危くってよ、パパ。そんな方へいらっしゃると池へ落ちてしまってよ。」「私」もまた、声にならない言葉でもって、パパに呼びかけているのだ。

　一人称の日記形式の文体で、当時の女学生の自意識が表現されている。

（葉名尻竜一）

娘ひとり（むすめひとり）

小説／『明日の恋人』鱒書房（コバルト新書）、昭30・12・15

亡くなった父の兄の梶要三が、縁談話をもって度々やってくる。フランス巻きにパーマネントをあてた辻本幹子は二十二歳。まだ娘の雰囲気を漂わせた母の品子との二人暮らし。雑貨店経営が右上がりの青木青年は、そんな辻本家の縁談話を調べるのに躍起になっている。デパートの手袋売り場で幹子に声をかけてきた課長の由井も、妻に死なれて結婚相手を探している最中。私立大学を出て会社勤めを始めたばかりの花島も、梶から断りの連絡をもらいながら、有楽町の駅で幹子の帰りを待っているのだ。品子の狭心症の発作を機に男三人は出会い、落語の素人鰻のようにどこまでいっても掴みきれない幹子の心を、求婚者たちは詮索するのだった。

　雨戸をサッと開けると、湿った落ち葉と一緒に「ぎんなん」の匂いが鼻をつく。「枕の草子」にも源氏の「野分」にもないけれど、「つれづれ草」にはある銀杏の匂い。古典との往還をさりげなく台詞に残しながら、景と心の機微を描くところに、俗臭を消す効果があろう。（葉名尻竜一）

紫獅子（むらさきじし）

小説／「小説新潮」昭43・5／『菊車』新潮社、昭44・3・30／全集⑤

　紡績会社の研究所に勤める梁瀬匡が、資産家の老婦人安積笙子の家に間借りをするところから話が始まる。匡には、親戚の娘で結婚をと周囲も考える三沢千佳子がいる。二人の関係は進まないが、千佳子に会った母親の和子は、「娘っぽさが失せてすっかり一人前の女になっ」て「婚期の迫っているのを催促され」たように感じる。そして結婚に積極的ではなかった匡だが、千佳子の直接の言葉に、彼は「千佳子の呪文のような言葉のなかに自分がのみ込まれて行くのを意識し」、二人は結婚の方向へと進んでいく。そして、二人はそのまま笙子の家に新居を構える。

　一方、笙子の家には枯れたようにみえる牡丹があり、匡はそれを大切に育てる。紫獅子という種類で、笙子の夫が新潟に行った時のみやげであった。その花がさかりであった一ヶ月後、笙子は脳溢血で倒れる。花盛りの時、匡が笙子の手を花びらとともに握るが、彼女にはそれを握り返す力がないと泣く。その理由を「年を取って醜くなっているのに、あなたには奥様もおありになる。何ぼ、ありのままのことの好きな私でも、自分で自分のおもうように出来ないのが辛くて泣いたのです」と打ち明ける。匡も安積夫人に対して「他人からはおかしな話だと笑われるかもしれないけれども、（略）時々一つになりたい欲望を感じたことも事実です。唯、この気持ちを妻には一生話さないつもりです。（略）安積夫人と千佳子とは永遠に平行線を行く女なのですね」という言葉で締めくくる。

　全般的に女の生理に密着した執念を描きつつ、結局のところ、円地の中心にある性の妄執を、若い女性を対極に置き、年老いても止まない女の業を静かに表している作品である。（小林敏一）

室生寺（むろうじ）

写真と随筆／平凡社、昭49・9・5

「平凡社ギャラリー」の二十五巻として刊行されたもので、七頁の円地の随筆、一頁の図版解説、十六頁の入江泰吉による写真という構成になっている。随筆と写真とを切り離すのではなく、全体をもってひとつの作品として考えるべき書物だろう。円地の随筆は「女人高野再訪」。前半は「室生寺」（『灯を恋う』収録）の再録であり、後半はこの書物の刊行にあたってあらためて室生寺を訪れての感慨を記している。「ここにこうして立っている自分が、現代の人間であっても、遠い昔、高野山の結界に入り得ない罪深い女人たちが、さまざまの悲願をこめて、一心に辿り歩いて来た山路の果ての姿であってもいいような気がする」という、過去と現在の女のありようを繋ぐかのごとき興味深い一節もあるものの、本の性格が考慮されてか、「室生寺」においてはほとんど触れられていなかった寺の、仏たちに接しての印象が中心として描かれている。（森本　平）

迷　彩（めいさい）

小説／「婦人画報」昭35・7〜36・4／『迷彩』光文社、昭36・11・10

『迷彩』の「あとがき」に、

　「迷彩」は一九六〇年七月号から今年の四月号まで十ヶ月「婦人画報」に連載した小説です。この作品は、前に書いた「高原抒情」の続編のような形で書きました。

とある。また、作者はテーマを意図することばとして、

　現代は迷彩に満ちている。女から見ると、現代の男はすべてが迷彩の中にいるようだ。彼らに犯罪性がつきまとい、犯罪性の中に女が魅力を見いだす奇妙なデフォルメが、私にこの作品を書かせた。

とある。タイトルの「迷彩」とは、辞典では「敵の眼をごまかすための偽装の一つ」（『日本国語大辞典』）とあり、「カムフラージュ」ともいうとある。この作品では複雑な環境、人間模様の複雑さ、ある時は主人公に対して用いられ、その心模様を指してはいるが、物語の最後も欺瞞に満ちている。

まず、前作とする「高原抒情」とはどのようなものか簡単にみることにする。この作品は一九六〇年（昭35）五月二十八日、雪華社より刊行されたものであり、その「あとがき」に、

　「高原抒情」は昭和二十四、五年頃に書き上げ百八十枚の中篇である。（中略）一人称を選んだのは王朝の女流日記文学の形式を取ってみた試みだったが私小説ではないことは私の身辺を知っている人なら解ってくれる筈である。終戦後一冬軽井沢に過した間に、得た発想であることだけが事実である。

と付している。

軽井沢の別荘が隣という評論家・板垣直子は「円地文

子」の中で、

> 実生活に現われた彼女の性格が、彼女の文学を理解するのに役立つばかりでなく、彼女の文学の質と傾向をも、おのずから規定している。

と、円地文学の特徴を語っている。

「高原抒情」は終戦間もない頃の軽井沢での物語であり、「迷彩」と登場人物もほぼ同じ設定であるが、前作から長い年月の経過が読み取れる。

さて「迷彩」は、大阪・東京・軽井沢・京都・奈良を舞台に展開している。女流作家の峰えり子は十四年ぶりに加賀滋美に大阪で再会した。終戦後、軽井沢で別れた時以来であった。孤児めいた理由ありの繊弱い滋美少年は、頼もしい青年に成長していた。滋美の父の従兄の南耿介を彷彿とさせる面影は峰の心をときめかした。一流大学を卒業し、大阪の貿易会社に勤めているが、娘の圭子より一つ下だから三十歳を迎えるはずであるがまだ独身であった。現在は養子の形をとり、真下姓を名のっているという。心斎橋のバーに案内され時間が経つのも忘れるほど語り、そこで滋美の交友関係を知ることができた。滋美に愛情を寄せているマダムの早苗、帰り際会った滋美に好意をもつ眼の大きな珠江という従妹と、珠江に好意を抱く佐川製薬の行彦である。ある日、滋美のことで探偵事務所の高沢貞時が訪ねて来た。真下の遺族からの依頼という。軽井沢でのボア夫人の変死、女中のハナ殺し事件と血なまぐさい事件が起こる。滋美と何らかの関係があるのか嫌疑がかかる。ボア夫人の甥のユロと早苗との関係、テレビのスタジオで圭子の身代わりに連れ去られた若藤みどりの死。滋美にブラジル行きの話があり、峰は「過去の迷彩なんぞに捕われないで、自分のしたい仕事を一生懸命やることで、自分を太らせていかなければいけない」と、ブラジル行きを喜んで賛成する。峰の滋美に対する愛情表現は最後まで、抑制的で控えめである。二重殺人事件のそれらしき犯人は海外へ、殺人事件は未解決のまま物語は閉じる。前作の「高原抒情」を編み出してから十年後に、私小説風な作品「迷彩」は生まれた。それが社会派ミステリーを名のる「カッパ・ノベルス」の一冊として刊行されたのである。　（早野喜久江）

明治の終りの夏（めいじのおわりのなつ）

小説／「文芸春秋」昭52・1／『砧』文芸春秋社、昭55・4・10

明治四十五年夏の明治天皇の崩御と乃木希典の殉死にふれた自伝的な小説であり、『うそ・まこと七十余年』の「小学校入学」に関連記事がある。作者を思わせる「私」は上野池之端で育ち、戦後再び池之端に戻ったのに、芸術院の会合で精養軒を探しあぐねて老いを感じる。洋食が珍しかった明治の終わりの夏、幼い「私」は精養軒で一人黙々と食事をとる乃木大将を見かけた。前かがみで何となく病んでいる人のように感じられた。天皇崩御の日、美しい従姉が庭で蝶を放して、葬儀に伴う「放鳥会よ」と得意そうにいったことが印象深い。乃木の殉死に明治という時代の終わりを見たのは夏目漱石であり、森鷗外も「阿部一族」を描いた。「将軍」で乃木を批判した芥川龍之介は、所詮戦争の恐怖を知らない大正時代の青年であった。老年の「私」は殉死に悲壮劇を見、乃木将軍を通して明治という時代に対する懐古的ななつかしさを覚える。（渡辺善雄）

めくら鬼（めくらおに）

小説／「小説中央公論」昭37・12／『仮面世界』講談社、昭39・2・20／全集④

京都に住む市子が出かけたまま帰宅しないという電話によって小説は始まる。市子は話者「私」の腹違いの妹で今は京都の住職の内妻となっている。政治家の父が芸者に生ませた子である。

あでやかな市子は女学校時代に兄の友人と駆け落ち事件を起こし、父の死後、実母の家に帰される。その後、芸者となり画商の二号におさまるが、戦後まもなくして画商が死ぬとその仕事を引き継ぎ、女画商として手腕を発揮する。だがそれもつかの間、突然店をたたみ、「世の中のことって、殊に男と女のことって、めくら鬼をしているようなものだ」と謎めいた言葉を残して京都へ引っ込んでしまう。

数年後、母の供養に高野山に行く私に同行した市子は、自殺した画家剣持とのいきさつを語る。画商として目をかけた若い剣持と恋に落ちた市子は、市子に野心を抱く彼の師高取との三角関係に苦しみ、剣持の将来を思って身を引く。しかし、そのことが彼を死に追い込んでしまう。新境地を求めてヒマラヤ登攀隊に同行したはずの剣持の死体が蔵王山中で発見されるのである。住職の息子からの電話で市子の自殺が伝えられ結末となるが、私の脳裏に「めくら鬼」の言葉が浮かぶ。

円地文子が描く人が人に及ぼす影響力の世界を亀井秀雄は「感染」として捉え、新興宗教のかみがかりの言説と比較し、その表現構造を解き明かしている（『円地文子の世界』1981、創林社）。憑依・憑霊、もののけなど、人のこころによりつくものの諸相を円地文子はさまざまに描いているが、本編では、「めくら鬼」という子ども遊びにからめてその原初的な姿を捉えている。また、本編は登場人物の死によって終結するが、晩年の傑作「菊慈童」では、この運命的な力と格闘するさまざまな人間模様が描かれている。能楽師桜内遊仙の巨大な影響力から逃れ出た泉亭修二が、ヨーロッパを遍歴の後、画家として帰還していることが、本編との関連で注目される。（板垣　悟）

木犀（もくせい）

小説／『南支の女』古明地書店、昭18・6・15

大きな姿見の前で、古代更紗の帯を結んでいるお俊の立姿は、水際立って美しい。格子が開いて、夏弥が入ってきた。お俊や夏弥ら三、四の芸妓を、橋本が支那料理に呼んでいた。橋本は、銀行関係の付き合いでこの土地に遊んで二十年近く、馴染みを作らない綺麗な客筋であった。お俊に、木犀が甘ずっぱく匂う秋の初めの夜、橋本と座敷を抜け出して四谷見付の土手を行きつ戻りつした昔が浮かび上がった。その時以来、二人ぎりで会ったことはない。――その夕方、橋本の居間では、妻がお俊への褒め言葉を口にしていた。橋本は「あれは立派な女なんだよ」といいながら、床の間の木犀に気づいた。「あなたがこの匂いお好きだから」と応ずる妻の顔の童女のようなのどかさを見て、あの時の話をして妻が本当に喜んでくれるのはもう十年先かもしれないと思った。

客と芸妓が心の裡に、若き日の夢のような初恋を大切に温めている、けなげでロマンチックな短編。木犀の使い方が効果的である。

（安田義明）

や
ゆよ

やさしき夜の物語（やさしきよるのものがたり）

小説／「婦人之友」昭35・1〜12／『やさしき夜の物語』集英社、昭37・11・20

入道前の関白政道は姉妹の姫の反目を知り、妹姫を退隠先に引きとる。姉妹には品格が具わり、とりわけ妹姫は容姿、心ばえに優れ、楽才にも秀でていた。母に早く死なれて以来、姉妹は仲睦まじく暮していた。ところが、妹姫の身に思いもかけない出来事がふりかかる。妹姫は姉の婚約者と、その人とは知らずに結ばれ、子をも妊ったのである。相手の左大臣家の長男、大納言宗平は一夜の契りの女が忘れられず、姉姫と結婚後、妻の妹と知って運命を嘆く。妹姫も姉に恥じる思いに苛まれるが、人知れず出産、生まれた女児は左大臣家で養育される。やがて姉姫も夫と妹の関係に気づき、深く恨み苦しむのだった。姉妹の間の親しみは消え、憎しみが生まれる。折から、父入道に妹姫を尚侍にとの帝の所望が伝えられ、また老関白高峰も妹姫を後妻にと申し入れてくる。高峰は垣間見た姫の美しさ、清らかさに打たれ、宗平との間を知ってもなお、自らの揺るぎない愛を確信していた。妹姫は姉の心を安らかにしたい思いから、年齢差のある関白の許に輿入れする。しかし、姉姫と宗平の夫婦仲はその後もしっくりとしない。ほどなく妹姫は懐妊し、高峰は姫の次兄に、懐妊したのは宗平の子であるが、自分の子として育て、このことで姫への愛情は損なわれないと語る。宗平は高峰の姫への深い愛と寛容さを知り、自らを省みて恥じ入るのだった。高峰の依頼に応じて宗平は姫の出産に付き添い、無事男児が生まれる。一方、姉姫にはさらに煩悶が続いていた。夫宗平に女一ノ宮が降嫁してきたのである。病気勝ちの姉を妹姫は見舞いに行き、その琴の音は姉の心を解きほぐすが、翌朝姉姫は急に息絶えてしまう。妹姫は、自分と宗平との関わりが女一ノ宮の母后の嫉妬を受け、さらに我が子にも及ぶことを恐れる。高峰の慈愛の袖に包まれて、姫の心に夫への愛情が生まれ、物事への自覚も育っていた。妹姫は宗平との秘事を断ち、母として子を守り通そうと決意する。姫は、折々救いを求めてきた経巻を高峰に手渡し、高峰が自分の「心の主人」であり、ほかに愛を分けないと誓う。しかし宗平は、姫への愛着にとらわれて苦しい寝覚めが続いていた。七年後、高峰の長女が尚侍として入内し、付き添う妹姫に帝の執心が強まっていく。高峰もそれに気づき、姫の行末を案じるのだった。やがて重病に罹った高峰は関白を辞し、宗平に妻と子の後見を託す。姫に看取られ、高峰は安らかに浄土への眠りに着いた。

作者は、物語「夜半の寝覚」が全巻そろって世に伝わらなかった不遇さを惜しみ、長年欠巻部分に当たる女主人公の生活を再創作したい思いを抱いていた。本作はその部分を小説にしたもので、作者はかねて関心のあった夫、老関白の敬虔で父性的な愛情のあり方に光を当て、神に近い寛容さと妻への崇拝を濃やかに描き尽くし、女主人公の心の成長と生の自覚を導き出している。　（長門新子）

谷中清水町―失われた町名への挽歌として
（やなかしみずちょう―うしなわれたちょうめいへのばんかとして）

小説／「季刊芸術」昭42・4／『春の歌』講談社、昭46・5・24／全集④

東京都台東区谷中清水町は、昭和四十二年から池之端×丁目という町名に変わった。不忍池から上野動物園の裏手に沿ったゆるい坂になっている一帯で、少女時代も含めると「私」はここに三十五年住んでいることになる。古い町名を残す運動などもあるが、「私」自身はそれほど熱心ではない。江戸時代から数えれば消えていった町名は意外に多く、名前だけ残っていても実態に合わない地名はよく見かける。戦後の東京の急激な変化も、やがては時の流れのなかで慣れていくのだろう。とはいえ、長くこの土地に住んできた人間の一人として、失われた町名の挽歌の意味も込めて、谷中清水町を語ってみたい気がする。

このようなモチーフのもとに、以下清水町とそこで出会った人や出来事が語られていく。動物園の裏にあった自宅や「くらやみ坂」のこと、家の敷地内に借家があって、かつてそこに住んでいた人が、関東大震災で火の手が迫ってきたときに、「私」たちを避難させるために、わざわざ田端から迎えに来てくれた話、あるいは町内の道路や区画の変遷、動物園から抜け出した像が八百屋のバナナを食べたエピソードや、その八百屋からよく猫を譲り受けた思い出などが綴られていく。また、父は自宅の敷地内で『大日本国語辞典』の編纂を行っていたが、その後、著作権をめぐるトラブルが起きたことなどにも触れている。円地文子の物語世界で土地や地形の意味はとくに重要で、自らも「昔から知っていない土地を書くことが出来なかった」（『本の中の歳月』）と書いている。谷中清水町はこの作家の最も愛着のある居住空間であり、物語はしばしばここを原点に立ち上がっている。「妖」冒頭の坂に面した家とそれを取り巻く地形への言及などはその一例であろう。作品は、同年発表された「土地の行方」とともに、円地文子がそれまで経験してきた土地の記憶を具体的にたどった思い出の世界である。

（後藤康二）

八尋白鳥（やひろしらとり）

戯曲／「東をどり」（昭36・4）のための書き下ろし舞踊劇・新橋演舞場にて上演／全集⑭

五場からなる倭建《やまとたける》の東国十二道のあらぶる賊を平定するための征旅とその死とをモチーフとしている。題名の「八尋白鳥」は、建の死後の魂を表現したもの。出典は『古事記』『日本書紀』の景行天皇の条。人口に膾炙した倭建の伝承を活用しながら、内容は、舞踊劇に相応しく作者の独自な科白や歌謡に作りかえてある。出典の記紀とこの作品との落差が作品の評価となろう。作品は、きわめて上品な質のよいものに仕上がっていて、原典を巧みに換骨奪胎して、作者の独自な世界を作りあげている。テーマは、倭建の征旅と死とを語ることで大和への望郷の念を詠っている。典雅ではなやかな作品となっていることは、注目される美質で、舞踊の台本として高く評価されていい点である。

なお、東踊りは、大正十四年（一九二五）東京新橋の花街の芸妓たちが始めた舞踊である。

（石内　徹）

鑓の権三（やりのごんざ）

小説／「小説新潮」昭30・5

美男の誉れ高い笹野権三はお雪と婚約中だが、晴れの場での茶道役を江戸勤め中の師浅香市之進に代わって務めるべく、秘伝「真の台子」伝授のために師の妻おさいにお雪との婚約を隠し、その娘お菊との縁談を承諾。台子伝授の場でお雪とのことをおさいから責められているところ、同門の伴之丞により、不義密通を言い逃れられぬ状況に陥り、おさいと駈落ちする。市之進は二人を討つべく帰国し、心中複雑ながらも出立、伏見の京橋で出会ったふたりに止めを刺す。おさいは先に斬られた権三の上に蔽いかぶさった姿で市之進に斬られるのであった。

本小説の基となっている近松門左衛門「鑓の権三重帷子」では従来、おさいの権三に対する気持ちをどのように解釈するかで意見が分かれてきたが、円地のおさいは、権三への恋心が夫に対してよりも勝るものとして描かれている。円地版はおさいに焦点をあてた構造により、封建制の中で、本能に導かれ、自分の求める恋に生きた女性の悲劇となっている。

（鈴木美穂）

遊　魂（ゆうこん）

小説／「新潮」昭45・1／『遊魂』新潮社、昭46・10・

20／全集⑤
　円地が晩年近くに執筆した、老女の性を主題にした作品。小説の中で語られるのは、娘の夫に父親を感じ、また娘を通じて男を意識する母親の話である。冨家素子が『母・円地文子』（平元・5、新潮社）の文中でも語っているが、娘の相手となる二人の男性。一人は娘婿となり、一人は既に婚約者のある男に対して、母親の方が惹かれて、ままならない肉体を離れた心だけが浮遊して男と通い合うという、現実と幻想を交錯させた大胆な恋愛夢譚で、魂が相手に移るさまなどあり得べからざることを、生々しく入念に描写している。作中、母親にはかつて、娘婿の友人に心をよせた一時期があった。その婿の友人がアメリカから一時帰国した場面で、敢えて自分の心にさからって激しい思いを断ち切ってしまう。二度目には胸が震える思いでありながら、結果は意外なほど白けたものであった。夢とも幻ともつかない世界が円地文子の文学の官能美であり、老いの孤独と結びついて、老女ものともいえる不思議な世界が、以降の作品で展開されてゆくのである。まさに『遊魂』の女にあるのは死を目前にした深い孤独感であろう。この時期を境に円地は幻想と現実とが自在に交錯する文学空間を構築したと評されるが、奥野健男は、円地の性は「はじめから現実のそれとは無縁であり、幻想の世界に生きていた」と解し、そこから「神秘的な閉ざされた自我の持主」たる独自の女性像が生まれたと論じている。円地の作品世界は「巫女的女性」の世界を表現して、霊そのものが住んでいるような神秘の世界を表現しようとさえしているとも評される。小林富久子は「巫女的ともみられる妖しい超自然性をもったヒロインを多数創造することで、女性の創造的エネルギーに対する畏敬の念をおこさせようとしていたと考えられよう」とも論じている。
　本作品は、昭和四十四年一月発表の「狐火」、翌年一月の「遊魂」、同四月の「蛇の声」を連作三編として扱い、『遊魂』三部作と称しており、円地の新しい作品世界を築いたといわれる。この『遊魂』により第四回日本文学大賞を受賞した。「あとがき」で、円地は「実存主義も神秘主義も理念としてわかっていないが、現実の自分の肉体の占めている時空とは別の境に存在する別の自分があり別の相手があるという仮想は私のうちにここ数年来、自然に芽生え育っている」と記しており、そうした想念をモチーフとした三つの作品群である。円地文子の作品は、女の本性を全力をあげて追求している文学であると解することができよう。
（高橋和子）

夕陽の中の母（ゆうひのなかのはは）

小説／『霧の中の花火』村山書店、昭32・3・29
とよは、四畳と二畳しかない長屋建ての家に、長女千枝、次女登志子、二男の正吾と四人で住んでいる。長男の亮一は、勤務先の家具会社で知り合った妻を貰い、実家から離れて郊外の社宅に別に所帯を持っている。亮一夫婦は、大して仕送りもせず、自分達だけサラリーマン並みのよい暮しをしている。それが婚期をすぎて働いている千枝にはおもしろくなく、その非難は同居する母に向けられているが、とよは、その非難をやりすごす明るさ・辛抱強さを持っていた。亮一の嫁楊子は父親が「官吏」というのを鼻にかけ、貧しい夫の家族を世話する気はなく、友人の前では、とよを「母」とは決して呼ばなかった。亮一もそれをなんともできないでいる。家に来た母を見送る亮一は、夕陽の光に染まる母の後姿がふっと横道に隠れたのに、もう二度と姿が見られないような迫った声で「お母さん」と言うのだった。沈む夕日には、とよに象徴される古きよき時代の終わりと、その先にある新しい時代の訪れを感じさせる。作品は、戦後の新しい家族や子育ての在り方を映し出している。

（髙根沢紀子）

浴衣妻（ゆかたづま）

小説／「女性ライフ」昭23・11／『明日の恋人』鱒書房、昭30・12・15

浜町の袋物屋の娘である「私」は、母の知人の紹介で大学の理学部の研究室の事務の職を得る。同僚の女性たちは、学部始まって以来の秀才で三十を過ぎたばかりの梶の存在を強く意識しているが、私には梶の姿を思い出すことすらできない。家で生爪を剝がして靴が履けなくなり、紺のちぢみの浴衣姿で出勤した日、梶を紹介された私は、浴衣姿に驚く梶がまるで三つ四つの綺麗な男の子のように稚く見えた。浴衣で研究室通いを続ける間に清元を習っていたことを知られた私は、研究室の慰労会で唄うことになる。慰労会の日、私は梶から求婚され、受け入れる。帰京後、梶は母に結婚の意志を伝えるが承知されず、私も母の許しを得られない。秋の近い頃、研究室に中年の女性が訪れ、私に梶と「秘密の結婚」をするように勧める。女性は梶の生母で、新橋の林屋という芸者家の養女だった。妾として生きる道を選ぶことによって、愛を成就させた女の物語といえる。

（矢野耕三）

雪折れ（ゆきおれ）

小説／「中央公論」昭36・5／『雪折れ』中央公論社、昭37・11・20／全集③

浦辺友之助は登記所で台帳を見て、土地家屋が自分名義になっているかを確かめるのが、一年以上前からの習慣になっていた。昨日は養子の紀一夫婦と喧嘩をし、二人が名義を書き換えて自分の家を横領するのではないかと心配になって、登記所に足を運んだのだった。帰り道、友之助は見覚えのない老女に声をかけられた。昔浅草「もみじ」の待合で芸者をしていた春奴だった。今は崎津きみの名で上野に独り住み、生花を教える身分であった。友之助は蟻沢陶器に勤めていた時分、殿田という庶務部長と浅草で遊んだ。殿田は会社の金を使い込んで春奴に入れあげて会社に摘発され、首を吊って自殺した。必死に自分の身をかばった友之助は、殿田の亡霊に祟られて生きているようなものだった。白内障で霞のかかった左目できみを見ると、若い頃の面影が残る中年女の艶を感じた。きみの家を訪ねると、殿田の孫にあたる佳子が住んでいた。殿田の娘ゆき子から頼まれて預かり育てたのだという。きみは殿田へのせめてもの罪ほろぼしと考えて佳子の面倒を見ることにしたらしい。殿田の妄執におびえて生きてきた友之助にとって、優しいきみの言葉は救いだった。その後頻繁にきみの家を訪ね、思い出話に花を咲かせるうちに、いつしか老いた体に陰気な熱がくすぶるのだった。三月十日近くに珍しく東京に大雪が降り、庭木の太い枝が折れた。それを見ていた友之助のもとにきみの訃報が届き、座りこんでしまった。きみの死を受け入れられないまま、雪折れの枝から新芽が吹く頃、友之助は農薬を飲んで自殺した。

河上徹太郎は「鬼気を帯びた色気」(「読売新聞」昭36・4・28)と評価、進藤純孝は友之助を「人間は弁解する存在」(「読売新聞」昭38・1・17)とした。円地文学には珍しい、男性の老境を描いたもので、今後の研究が期待される。(石川浩平)

雪の大原(ゆきのおおはら)

小説/「小説現代」昭42・5/『生きものの行方』新潮社、昭42・7・10/全集④

男は職場で長年染織品の鑑定に優れた眼を持つ人間文化財的立場にあった。商用で訪れた京都で、昔恋仲だった祇園の女と四十数年ぶりに再会する。その姿に「昔若い情熱を燃え立たせた時とは違った埋み火のようなほの暖かさが心に湧」き、時々会うようになる。数年後、男は老年による眼の病気で退職を決める中、昔二人で訪れた大原の三千院へ女とともに金色の本尊を見に行く。その時の様子を描いた短篇である。白内障の進んだ目では、「仏顔は眼も鼻も明らかでな」く、またその事を女に「語ることがどうしても出来」ずにいる男の悲哀が描かれている。男の視点で書かれ、登場する女は控え目で理想的な様子に映る。しかし、この作品でも円地独自の秘めた女の強さ、逞しさが窺える。再会してから男をずっと「あわれ」な存在として見ていた女が、ラストでは自分より優位な存在となり、男と女の立場が逆転する。そこに円地文学の本質がみえる。

本作品は『円地文子紀行文集』第三巻「旅の小説集」(昭59、平凡社)にも収録され、その「まえがき」に「私は旅行が好きなので、折を見てよく出掛けるが、見知らぬ土地の自然や風物に触れてくると、実際に見聞したその手応えを小説の舞台に生かしてみたくなる」との記述がある。また、「絵は別としても、仏像をみるのが私の趣味の一つ」と言い、好きな仏像の一つとして「三千院の弥陀三尊」(『うそ・まこと七十余年』「旅行好き」昭59、日本経済新聞社)が挙げられている。実際に仏像を見る時の気持ちを「信仰の対象というにはあまりに造形美に心をとらわれているようだし」、「単に形が美しいとか、気高いとかいう感じだけで仏像に対しているといえばこれも嘘になるような気がする」(『名文で巡る国宝の阿弥陀如来』「金色の仏を目の前に見る明るさ」平19・7、青草書房)と表現している。作品に描かれる仏像への思いにも注目したい。また、阿弥陀如来は極楽浄土の救主で、浄土宗や浄土真宗の本尊としても広く信仰されているが、姿形の美しさだけでなく、その思想が「女坂」などの作中人物にも大きく影響を及ぼしている点も興味深い。円地文学と宗教という観点からの検証も重要といえる。

（南雲弘子）

雪燃え（ゆきもえ）

小説／「小説新潮」昭38・1〜39・2／『雪燃え』新潮社、昭39・2・29／全集⑨

茶道綾小路流派の法要大茶会のあと若宗匠の湛一と父親の元愛人柳元悠紀子、骨董商の主人脇坂藤五郎、金沢の師範野中やす子らで、山中温泉の立田屋に宿をとる。湛一が湯から上がると大きなタオルを持ち待機している若い女がいた。後に知る萩乃である。萩乃の父と悠紀子は元愛人関係にあった。湛一は悠紀子と愛欲の一夜を過ごす。やす子は萩乃を内弟子に獲得する。萩乃はやす子の世渡りの機構《からくり》を見破るという野望を抱いていた。品川彦四郎は青井戸の茶碗に執着しており、脇坂とやす子は青井戸の茶碗を所有する井手家へいかに萩乃を入り込ませるかを画策する。萩乃の貞操が井手家の放蕩息子槙男に犯されることなど問題ではなかった。萩乃自身も処女犠牲を無慈悲とも感じず、優位な立場に身をおくことを考えていた。萩乃の湛一への思慕を知る悠紀子は萩乃を湛一の寝所に送り込む。萩乃は計画実現後は槙男から身を隠し、渡米する湛一と行動を共にしたいと脇坂に訴える。青井戸茶碗を落手した脇坂は品川に持参する。品川は脇坂から話を聞き萩乃を自分の邸宅にひき受ける。槙男はロスアンゼルスへの手続きに外務省を訪れた萩乃を脅し警察に逮捕される。綾小路茶道のロスへの進出には当地の有力者中関絃子の両親の後援が必要であった。やがて絃子は湛一と結婚する。萩乃はロスで果樹園や農場を営むセザールと知り合う。セザール、品川、占い師の相馬とも男女の関係にあったが、いずれも愛の対象ではなかった。萩乃は家元から宗秋の名を得たが既に流派を取り仕切る立場にあった。湛一と絃子に女児が誕生するが、紘子は肺切除の悪化から二十六歳の生涯を閉じ、赤子の面倒は萩乃が引き受けた。やがて湛一に再婚話が持ち上がる。相手は札幌で農場や牧場の経営者の娘下館美鶴。出張教授の帰途湛一と萩乃は山中温泉の立田屋に一泊する。萩乃は母親の供養に立寄った寺で槙男の妻澄子の訪問をうける。槙男は肝臓癌で月内の命故、会って欲しいと懇願され病院に駆けつける。槙男の死はそれから十日程後であった。澄子は萩乃を頼り赤子を抱いて上京する。萩乃は赤子を自分の手で育てることを約す。美鶴は若夫人の権威を持つ立場だが茶道についての一切は萩乃に任せていた。取引のため来日したセザールは萩乃に結婚を迫る。結婚を承諾しなければ殺し屋に湛一を射殺させると告げるが、萩乃は拒絶する。半月後京都での大茶会で湛一を狙うピストルを萩乃は目撃した。瞬間萩乃は湛一の前に飛び出し心臓を撃ち抜かれる。湛一に抱えられた萩乃の顔には十七歳の頃の羞じらいの微笑がうかんでいるようであった。

小松伸六は『女の繭』（昭42・3・20、角川文庫）の解説で、「悪の探求といったものが円地文学全体の潜在的テーマであるかもしれない。」と記している。「雪燃え」もこの系列に属する作品といえ、官能的描出のなかにも女のしたたかさ、逞しさ、男女の業《カルマ》を追求している。

（関根和行）

指（ゆび）

小説／「群像」昭45・1／『春の歌』講談社、昭46・5・24／全集⑤

「私」は数年前から懇意になった江口たつ女と、室生川を隔てた古い宿で、一月ばかり前に亡くなった舞踊家の生島秋霞のことについて話している。秋霞には溝口という後援者がいたが、終戦と殆ど同時に溝口は身代をつぶしてしまう。妻子に捨てられた溝口は秋霞を頼ってくる。これまでの義理で秋霞は溝口を家に住まわせるが、秋霞は溝口の顔を見るのも嫌といった様子であった。ある時、胃を悪くしていた溝口は検査で飲んだバリウムが胃の中で固まり、トイレの前で倒れ喘いでいた。駆けつけた秋霞は、自らの指で溝口の肛門から固まった排泄物を取り出した。それから数時間後に、秋霞は今まで持っていた宝石の殆どを売って購入した翡翠の指輪を「白い長い指」にはめて、弟子の結婚披露宴に出掛けていったのである。

小説結末部の「たつ女も何も言わない。この人もきっと溝口さんについて考えているのであろう」という言説からは、「私」の溝口に対する同情のような気持ちが読み取れる。ここには江戸気質を「底の冷たいものに執着して歯を食いしばっている」と捉える「私」の、「江戸っ子風」の秋霞に対する人物批評が現れているであろう。しかしながら、「あれだけ指使いの綺麗な踊手はもうほかにはいないのではありませんかしら」と江口に語られ、自らも「五十になっても、節の目立たない」指を自慢に思っていたにも関わらず、溝口の排泄物を「何の躊躇もなく」素手で取り出すという行為からは、当然ながら零落した溝口を引き取った理由が、弟子たちが考えるようなかつての義理だけではないことを示している。翡翠の指輪が「自然の贈物のような新鮮さに輝いていた」ことも、秋霞の溝口への想いの暗喩として捉えることが出来るのではないか。（西山一樹）

指輪（ゆびわ）

小説／「群像」昭61・10／『雪中群烏図〈続鴉戯談〉』中央公論社、昭62・2・25

「私の右の薬指に嵌まっている指輪」の来歴と因縁、運命が語られる。「文子」は母方の祖父が生前の形見分けとしてくれた「相当の金」で、指輪を買うことにし、父の知人に連れられて銀座の「伊勢善」で翡翠を選ぶ。この翡翠は祖父と懇ろであった芸者がある実業家に引かされた折に送って来たもので、芸者は間もなく自殺したので、祖父はそれを手放していたのだった。祖父は文子が買い求めた宝石がそれであることを知っていたらしい。大名の側室が珍重した根掛けが柳橋の芸者の持ち物になり、祖父を介して文子の指輪となり、五十年以上になる。死を予感している「私」は、新しい持ち主と指輪の運命に思いを馳せる。

熟練の技の冴える作品である。ここに語られる母方の祖父母は、「女坂」を始めいくつかの作品のモチーフに重なる。作者の最晩年の心境がうかがえる。（高比良直美）

夢うつつの記（ゆめうつつのき）

随筆／『夢うつつの記』文芸春秋、昭62・3・25

エピローグと19の章から成る。父の上田萬年を軸に、彼と同時代に生きた作家・学者・役者などの追想、「私」の恋愛と満ち足りぬ結婚生活などが率直に語られている。明治末から大正にかけての東京の風俗が随所に織り込まれており、当時の知識階級がどのような生活を営んでいたかが窺える。①無署名『新刊紹介』（「週刊読売」昭62・4・26）②種村季弘『文芸時評〈上〉』（「朝日新聞」昭62・4・23夕刊）③満谷マーガレット『父親像への回帰』（「文學界」昭62・6）④〈綱〉『ブックファイル』（「すばる」昭62・6）など。

①では「慶応三年に生まれた上田万年と、その娘である著者との固いきずなを描いた中編私小説」と捉えるが、果してこれは「私小説」なのか。主人公を「娘」「女の子」＝三人称で表している書き出しのみ小説的だが、その後は最後まで「私」＝一人称が採られ、随筆のような趣を呈している。同じ自伝的な要素を持つ他の作品に較べても虚構性は高くない。まずは作品のカテゴリーをきちんと措

定したい。②～④は、本作を六十余年にわたる円地の創作活動の末尾として総括的に捉えようとしている点では共通しているが、作品に対する評価はまちまちである。「促成近代化都市東京」の「明治中期ごろ」に「自己形成した父・上田萬年の『東京人特有の滑稽文学の要素』のある肖像を」「書いて、作者最後の変貌を暗示している」とした②は肯定的だが、「円地文学の主題とされている女の妄執、女の業とはうらはらに、彼女の出発点、そして終着点は父上田萬年であったということを、『夢うつつの記』は見事に証言している」とした③はいささか予定調和的、「いかにも恵まれた環境に育った作者の、無防備なほどの良家の子女ぶりが大らかに表出されていて、思わず微苦笑させられる。／野上彌生子氏は若き円地氏の作品を、いかに人生で甘やかされてきたかを教えるようなものだと評したそうだ。（中略）野上氏の評はここでも的を射た峻厳なものに思える」とした④は若干手厳しい。とはいえ、いずれも寸評程度のものなので今後の本格的な研究が期待される。「朱を奪うもの」のベースとなった部分を読み解くことで、あるいは「うそ・まことと七十余年」や子女・冨家素子の「母・円地文子」「童女のごとく」との比較検討などで、作家を形成している〈核〉となっている部分が見えてくることだろう。

（内海宏隆）

夢の浮橋（ゆめのうきはし）

小説／「婦人公論」昭29・10

志乃の情人であった洋画家の南信次が逝って十年になる。南との恋愛は不倫の後ろめたさを感じさせぬほど「甘美な、匂ひみちた世界」であり、死後の三、四年間は頻繁に南の夢を見た。しかし、最近、志乃の絵やプロフィールを紹介する企画が立ち上がり、その恋愛を公にしてもいいかと訊ねられた時、「愕然と驚き覚める」思いを味わった。子供達が知れば動揺を招くことだろう。今もなお生活に影響を与える南のことを、志乃は「別のやり方」で処理すべきだと考える。

恋愛関係にあった片岡鉄兵の死が念頭に置かれた作品。「身体の中からふくれ上って来るもの」を表現するために、「言葉の不完全さ」と「豊饒な孤独」とを感じつつ、円地がその「思ひ」をいかに虚構化しているかが注目される。恋の夢や記憶に対置されている、末尾の現実的な「言葉」の問題から、円地の虚構や同時代ジャーナリズムに対する意識を一考すべきであろう。

（佐山美佳）

夢の中の言葉（ゆめのなかのことば）

小説／「文芸」昭39・4／『樹のあわれ』中央公論社、昭41・1・7

舞踊家の登枝は、弟子の玉枝の離婚騒動に直面している。登枝もまた十五、六年前別れようとしていた前夫、荻原から追いつめられたことがあった。秋谷にある今の夫の家を訪れた時、一昨日、登枝を尋ねてきた人があったと聞き、それは荻原ではないかと思う。その日の夜、夫の嘉門とバーで話をするうちに、いつの間にかそれが荻原の化けた夫になっており、嘉門が倒れているという夢をみる。もがく登枝を起こした夫は、未だに離婚に悩まされる妻の宿世をいとおしく思う。嘉門の胸に顔を埋めた登枝は、荻原との夢の中での会話を一生、嘉門に語るまいと誓う。翌朝、尋ねて来たのは荻原ではなかったと知る。

平野謙は「今月の小説(下)」(「毎日新聞」夕刊、昭39・3・28)で、「夢の中の言葉」について、作者の筆力を褒めながらも、現代小説として「安定のなかの停滞」にあることを指摘した。山本健吉は「文芸時評」(「東京新聞」夕刊、昭39・3・29〜31)で、「さすがに短編の名手らしく、最後のオチで、さえのほどを示しているのは、さすがであった」と評している。夢の中の「嘉門と僕は同じもの」という荻原の言葉が印象深い。登枝の夢の中でしか登場しない荻原をみていくことは、登枝の心の奥底を考えるのに有効であり、また「最後のオチ」の解釈にも関わってこよう。(中嶋展子)

夢みぬ女(ゆめみぬおんな)

小説/「小説新潮」昭28・9/『明日の恋人』鱒書房、昭30・12・15

父を亡くしたが、木綿屋を営む母千勢の箱入り娘として育ち、悲哀や苦悩という重い感情を抱いても心から沈鬱する性質をもたない絹子は、母の決めるまま家柄も相手も申し分ないと言われる木島家に嫁ぐ。だが木島家の財政状態は危機に瀕しており、夫泰三と裁判沙汰を起こした前妻夏子の恐喝に遭う。また、貞女と噂された未亡人の母が、店を破産させた支配人で妻子ある父の従弟と身を隠し、さらに千勢が実母でないことを知り、茫然とする。以来、絹子は没落した木島家や冷めた夫婦関係の中で体面を取り繕いながら生きている。体裁のよい裏側は嘘でかたまっている世の中だと思うと、真の人間関係は築けず、愛想のよい対応で周囲に好感をもたれていればいいと思うようになる。

絹子は、晩年は幸せではなかったと聞く夏子の華々しい葬儀に参列し、死に顔が意外にも端麗で、夫田村の悲嘆する様子に改めて驚く。その帰途、久々に再会した千勢は、嫁いだ絹子に無心してきた頃よりさらに零落していた。絹子はこの二人の女性の世俗に反した奔放な生き方に、羨望はおろかうんざりしたことが、自分の人生を大きく左右したと振り返る。流れるままに漂い、ぱっとしない脇役のような自分のつまらない生き方を、娘の和枝も軽蔑している と思う絹子だが、この先、主役になることへの執着もない。自身の「個」を探索する意義は持てず、体裁で淡々と生きられる女性を描くことに留まった試作的な作品ともいえる。

（吉田憲恵）

妖（よう）

小説／「中央公論」昭31・9／『妖』文芸春秋新社、昭32・9・20／全集②

嫁がせた娘を米国へ見送った後、初老の千賀子はもともとしっくりしなかった自分たち夫婦だけが家に取り残された感じがする。いったい夫は骨董の趣味に身を入れ、戦後もぐりの商いもしたのであるが、折からの金づまりから、彼女はいやいやながらも夫を介しての米人の需めに応じて春本の英訳をしたきっかけで、それまで女の幸福になる瞬間を実生活で知らされなかった恨みを夫に向ける。続いて伊勢物語を英訳する中、在原業平を翻弄する「つくも髪」の老女の肉感的な幻想に触発され、自分も「よまいごと」を書こうと思い立つ。伊勢物語の翻訳を手伝ってくれる国文学者・遠野との対話で千賀子は、「色んなことや色んな人間がとても生き生き動き出して来て困るの……自分の身体は年とつた猫みたいにぐなりとしているのに、心の働きが自由すぎて気味が悪いの」と言う。こうした対話が介在して、自分の中に漠然と凝《しこ》っていたものが溶け始めた彼女は、老いの意識も作用して、以前よりも濃い化粧で家の裏の坂に出るようになる。そして自作の物語中、若い人妻として音楽学生と恋をし、夜々《よるよる》坂の入口から忍び込ませるのであるが、彼に渡そうとする夫秘蔵の花瓶が抱擁の際男の手から落ちて割れるという表現により、別居同然の現実の夫に復讐する。そうした夢と現実とを織り交ぜた筆によって「妖しい笑い」を眼に溜めて坂の音に耳を傾ける。彼女にとって坂は、来し方とのかかわりで、現実と夢、現在と過去との境界の役割を果たす場所にほかならなかった。ある夜雨の音の中ベルに目を覚まされる。誰か、と起きて夫と確かめると、門に寄りかかってキスをする恋人たちの背中がベルを押したのであった。逃げて行く二人を見て、寝巻き姿の夫婦は、坂道の真ん中で顔を見合わせて奇妙な笑いを、すぼんだ口のあたりに浮かべるのである。

作中の坂や家の間取りに関する円地の言葉、伊勢物語の「つくも髪の女」とのつながりについては野口裕子『円地文子の軌跡』（平15、和泉書院）が考察し、作品を〈巫女的女性〉の世界として論じたものに亀井秀雄・小笠原美子『円地文子の世界』（昭56、創林社）があり、そこに生命力を取り戻そうとする心事を見ようとする。古屋照子著『円地文子—妖の文学』（平8、沖積舎）は〈妖〉の字義や、上田萬年の字典に「女の媚《こび》を呈してなまめかしき事。転じてワザワイ、バケモノの意」とあることをおさえて、この妖なるものが円地作品のなかには「作全体を蔽うもやのような陰影を形づくって漂い流れている」として関係作を挙げ、「抑圧された女の欲望、怨恨、自我が現実の吐け口を見いだせず、内へこもって底知れない潜在意識をつくり、それが外に現れたもの」と解する。そういう〈妖〉のモチーフの発生の由来について、特に古屋の著書と、フェミニズムあるいはジェンダーから照射する小林富久子の『円地文子』（平17、新典社）とが詳しく探り、また後者では「妖」に関しての平林たい子の評言に注目する。こうした小説のリアリズムの特質に平野謙は言及しており（全集②所収の批評）、須浪敏子『円地文子論』（平10、おうふう）は、作品の構造、おもしろさに留意し、また社会の動向をも視野に入れて論を展開。「妖」は円地代表作の一つとして他作品解釈への射程も長く、本作に「解説」などの形で触れた論は奥野健男・江藤淳・竹西寛子ほか多いが、義歯その他肉体と別のものを身につけて「猶若く見せたい美しくありたいと渇くほど願う自分は、一体何ものなのであろう。」と問う主人公を見逃してはなるまい。

（清田文武）

吉原の話（よしわらのはなし）

小説／「別冊小説新潮」昭28・5／『ひもじい月日』中央公論社、昭29・12・10／全集②

女の物書き仲間が雑誌社の企画で遊覧バスに乗り東京見物をした折に、吉原を回り、座談会の後に居合わせた俳人の多佳女に「面白いお話をきかせて上げますよ。やっぱり吉原のこと」と家に誘われる。多佳女は、法曹界に名を馳せた弁護士米沢泰三の末子である。菊村という食客の書生がいて、幼い多佳女を尋常でなく可愛がる。彼は「恐ろしく才のまわる男」であり、米沢家に来る前から女道楽は激しく、女中たちを口汚く罵ったりするが、好意をもたれてもいる。その菊村は夫人の理加に恋していた。その思いが多佳女を可愛がることになり、理加にそっくりな吉原の花魁千種に向かわせる。ある一日、菊村は実家に行くと嘘をつき、幼い多佳女を吉原に連れて行って一晩泊まってくる。その後菊村は千種に通いつめて、米沢の邸には帰れなくなった。大人になった多佳女は恋を繰り返し、真実の愛を求めているのに、脇道に逸れてしまう自分を、「これはきっと菊村が私の体に呪文をかけて行ったのよ。菊村にどこか似た男に必ず私は誘われるんです」と言う。

円地文子は『女を生きる』（昭36・6・20、講談社）の中で、「私が生まれた頃、家には執事を兼ねたようなTという書生がいた。Tのことを私は『吉原の話』という小説の中でまことと空ごとうちまぜて書いたことがあるが」とあり、Tは書生菊村その人である。そして「幼少の折、Tのような男に無自覚なまま可愛がられたということは、私の内に、父と違う男の感覚を植えつけているかも知れない。」とある。円地文子は女流文学者において学のある作家として通っている。それは彼女が国文学の大家だった上田万年博士を父にもったからである。一方、吉原という特殊な世界の男女の官能や情を書く小説家としての素地は、幼い頃よりの父母の芝居好きが大きく影響しているというのは周知のことであるが、幼いころに無自覚に愛される耽美な経験から作られたものかもしれないとも思う。

（栗原直子）

夜（よる）

小説／「文学者」昭15・5

電力節約のため、街灯さえも暗い東京の夜である。立派な体格で押し出しのよい代議士蒔田は、タクシーの運転手に乗車を断られ殴ってしまう。自らの強引さに対しあくまで冷静な運転手の態度に自尊心を傷つけられたためだった。その後、不快な気持ちのまま偶然出会った若い二人の兵士を二重橋へ案内することになる。出征前に宮城を拝むため上京したこの東北出身の若者たちに鮨をおごった蒔田は、彼らの感謝と純粋な敬意のこもった視線に満足するが、田舎から息子を送り出した素朴な父親の話を聞き、落ち着かない不安な感情に襲われる。最後に乗ったタクシーのなかで、自分が殴った運転手も帰還兵だったかもしれないと考え、針で突き刺されたような痛みを感じた蒔田は、逃げ場のない暗い思いに、追われるように横丁の闇に消えていくのだった。

ある男の心の動きを描いた、昭和十五年発表のこの作品には、行く先の見えない時代の暗さと不安定な空気が滲み出ている。

（景山倫子）

夜の花苑（よるのはなぞの）

小説／「南日本新聞」「河北新報」他に二八五回にわたり連載／『夜の花苑』講談社、昭43・5・20

森下美穂は、母と二人暮らし。母澄子は、公卿華族の名門鬼頭家の末娘として生まれるが、正妻の子ではなかったため、実母は女中として仕えさせられたという生い立ちを持ち、華族でありながら左翼演劇の演出家だった押小路俊丸と大恋愛し、その死まで行動を共にした過去を持つ。押小路の死後、澄子は美穂の父・森下の変わらぬ愛によって初めて平穏な幸せを得た。森下の亡き後、静かに暮らしてきた二人のもとへ、澄子の昔の花婿候補の瀬良が突如訪れ、美穂の縁談話が持ちあがる。同時期、美穂は大学の先輩・仁科周三から求婚されたが、母に言えずにいた。一方美穂の縁談相手の長谷達也が押小路の妹の子で、押小路と風貌が似ていた為、澄子は昔の恋の情熱を重ね、縁談を進める。やがて長谷と美穂は肉体で深く結ばれ、美穂は妖艶な魔性を開花させる。が、長谷が夢中になるほど、美穂の心は仁科の愛を求めた。葛藤の末肝炎で倒れた美穂は、病床で心を決め、退院と同時に仁科と奈良へ旅立つ。恋に狂った長谷は、短銃を忍ばせ二人を追う。修羅場を迎えるが死傷沙汰は免れ、美穂は仁科と結婚。長谷は一時失踪するものの、姉の死や、美穂の親友の萱子の説得により改心し、萱子と共に南米へ旅立つ。

本作は現代（昭和）が舞台だが、〈明治〉がもう一つの重要な舞台でもある。美穂の祖母お久の不遇や澄子の情熱的な恋愛など、明治の封建・階級社会の中で抑圧された女たちの性がまず底流にあり、一方自由恋愛の現代において、美穂や萱子、竹越頼子などの若い世代が各々個性的な女の〈性〉を開花させ、その魔力で男たちを翻弄し、動かし、自分の手で人生を切り拓くさまが、物語の本流をなす。彼女たちの姿は、現代における女たちの〈性〉の発露とも、男たちへの逆襲ともいえるかもしれない。展開や結末に強引さはあるものの、時代を超えて繰り返される物語――人を動かし狂わせもする男と女の不思議な引力、女たちの〈性〉の奥深さを考えさせる作品である。

（沼田真里）

夜の道（よるのみち）

戯曲／「劇と評論」昭2・10

黒ずくめで「帽子から靴の先まで」身を包み、襟巻きを巻いて立っていた娘は、通りすがりの遊び人風の青年に淫売婦と判断され、強引に連れ去られそうになる。そこに巡査が通りかかり、青年は娘を置いて逃げ出すが、巡査もまた娘の服装から職務質問の必要性を述べ本署に連行しようとする。その場を偶然目撃した通りすがりの老教員が巡査を取りなそうとする。娘はそんな身なりではあったが、実は大学の夜講を毎週聴講している、夜の一人歩きなどしたこともない「箱入り娘」であり、車夫の到着を待っていただけであった。

黒ずくめの洋装で夕刻に立っていると「淫売婦」とまで言われてしまう、女性に対する偏見に溢れている社会の一齣を描いた作品。娘は巡査に対し「logique」「socialiste」との単語を交え、モダンガールとして振る舞う一面も併せ持っているが、洋服を着ていても「結局漢詩をよんで人力車に乗って歩く、時代遅れのおとなしい娘」であり、心の内は「洋服を脱いでしまおうか、車を飛び降りてしまおうか」と、いつも苦悩を抱えた人物として描かれている。女性を近代と前近代の不調和を体現している存在として描き出している。

（守屋貴嗣）

ら　りるれろ

落　胤（らくいん）

小説／「小説新潮」昭35・3

ソ連の抑留地から帰還した医学生甲斐鶴夫は、年齢のかけ離れた従兄の牧島理一の医院に身を寄せていた。ある晩、地方廻りのダリヤ劇団の団員菅原藤枝が急患で運ばれてくる。藤枝は肝臓癌の末期で、娘寿子の出生の秘密を書き記したノートを鶴夫に遺し、やがて亡くなる。藤枝は狩野の宮の愛妾で、寿子は宮の子供であったが、宮が亡くなり、戦後の混乱の中でダリヤ劇団に身を置いたのだった。その後、鶴夫に引き取られた寿子は、「霞の奥にあったような」性格から鮮明な個性を示し、踊りも上達していく。そして数年後に二人は結婚して、鶴夫は寿子に藤枝のノートや手紙を見せるのだった。

宮家の血筋の者が劇団員として地方を廻り、後に幸福を掴むという設定には古典の影響が濃く表れ、現代版の貴種流離譚であると言えるだろう。しかし作品末尾の「皆、日本人の顔は少々似ているし、少々違っていますよ。」という鶴夫の台詞によって、戦後の民主化が表され、戦後色の強い作品となっている。

（池田正美）

離　情（りじょう）

小説／「婦人公論」昭33・11～34・12／『離情』中央公論社、昭35・7・20

早坂茉莉子は、アメリカのS財団の奨学資金を受け、レークサイド大学に留学している。アメリカに来て甲状腺の手術をしたことを除けば、健康的に見えた。三ヶ月後の六月には修士号を授与される予定である。両親、特に母親の節子は、帰国を心待ちにしている。目下の関心事が娘の結婚である。兄の精一夫妻は、友人の曽根が妹の結婚相手に相応しいことを節子と話題にしていた。卒業を前にして茉莉子は、美術評論家の守屋義介夫妻のアメリカ視察の通訳を引き受けることになった。ドクターコースのスカーレンは茉莉子に愛情を抱き、帰国を知って激情にかられ求婚する。黒人学生のベスも茉莉子に慕情を寄せ、彼も告白する。

茉莉子は、国際結婚が日米の懸け橋となり、援助をしてくれた財団への恩返しになると思いつつも、父母や肉親を考えるとアメリカ人との結婚に踏み切れず、守屋夫妻の同行途上迷っているのだった。茉莉子との結婚を決意した曽根が、アメリカの学会に出席し茉莉子と会った。曽根は、スカーレンに求婚された経緯を打ち明けられ、結婚を急ぐ。茉莉子も葛藤を振り切り曽根との結婚を決意した。折りしも検診で甲状腺癌の再発がわかった。二人は結ばれ、曽根はいっそう茉莉子の伴侶としての意を強くした。帰国の空港でスカーレン、ベスと最後の別れをする茉莉子であった。

この作品のモチーフは、昭和三十三年四月からの平林たい子と同道した三ヶ月間の欧米の旅といわれる。不思議なことに、「離情」は長編であるが全集に収録されず、評価や言及がほとんどない。

昭和二十九年三月「ひもじい月日」が第六回女流文学者会賞を受賞し、三十三年十二月に完結した「女坂」で野間文芸賞受賞、代表作「朱を奪うもの」が三十年三十一年と書き継がれ、昭和三十二年最初の新聞小説「秋のめざめ」が連載された。この時期の文子は「第一線級の流行作家」（平野謙『日本の文学50　円地文子　幸田文』解説　中央公論社、昭41・6・5）として活躍を見せ、この後約十年間は「最も油の乗った作家活動」（小林富久子『円地文子』平17・1・27、新典社）を展開した。「離情」はその充実を見せた時期の長編であるのに言及が見当たらない。小松伸六は「離情」には「文子によく言われる〈憎〉〈妄執〉〈妖〉」がなく「軽快、平明な作品」（集英社文庫　解説　昭59・2・25）と評している。確かに「離情」には、怨念や復讐を持つ女性登場人物は描かれなかった。研究史上取り上げられてこなかった要因も、この点にあるのではないか。先の小林富久子は「「人間の生き方に平等を求める理想主義」者としての側面」から見直す必要性を説いている（前掲書）が、同書では「離情」は触れられていないし、年譜に掲げられてもいない。しかし、指摘に最も近い位置にある小説といえるはずで、今後の分析が急務である。

（相馬明文）

霖雨（りんう）

戯曲／『女の冬』春陽堂書店、昭14・9・18／全集①

一幕物。父の迪夫は猫嫌いであるが、母の許しを得て、雨の中を娘の光子は母の友人初枝と共に、友達の家の猫を貰いに行く。元外交官の迪夫は胃潰瘍で静養中である。その為に妻の藍子は、迪夫の友人林の世話で役所で英訳の仕事をしている。藍子は迪夫の病的な神経に耐えられず、相談していた林と深い関係になる。二人はスキャンダルで生活が破綻しないよう工作をする。藍子が離婚する術として、迪夫に就職と結婚をさせ、林は単純な妻との生活を保ちつつ藍子との関係を続けるという計画である。その為に藍子は迪夫に惹かれている離婚歴のある初枝を呼び家事手伝いを頼む。二人の目論見通り迪夫と初枝は関係をもつが、迪夫は単純な初枝を愛していない。二人の企みに気付いた迪夫は、光子を盾に藍子を責めるが、一方で、冷え切った夫婦の先の生活は霖雨のようなものとしか捉えられない。そこへ役所で具合の悪くなった藍子を見舞いにきた林は、迪夫の就職先の話をして、計画に同意するよう説得する。迪夫は抗いつつも就職して、新生活を始めてから相談しよう言い、光子が貰ってきた猫を撫でつつ生きものは面倒だと静かに淋しく笑う。

　林の力を得て自立しようとする藍子と、家長としてのプライドや体裁にとらわれる迪夫の逡巡。この作品には、円地自身の私生活の揺れが、迪夫にも藍子にも色濃く投影されているようである。（石附陽子）

瑠璃光寺炎上（るりこうじえんじょう）

小説／「小説新潮」昭29・1

　主人公の菅野正は海軍大将の妾の子として幼少期を過ごし、父が戦犯として処刑されると、母方の伯父に引き取られ、詐欺のような仕事を手伝いながら糧を得る生活を送っていた。しかし父の兄の手引きで、父の軍人時代の部下であり證券会社の顧問をしている関屋に引き取られることになった。正は真面目に生きようとするが、事務員である三輪あさみによって、関屋が部下を売るようにして戦犯としての追及から逃れ、帰国した途端に進駐軍に連絡をつけて商売を始めたことを知らされる。さらに関屋が正の実の父ではないかという疑惑が生じる。正は自分が詐欺を働いているという罪悪感に苛まれ、心のよすがであった善良な関屋の妻美子との瑠璃光寺詣りをやめ、遊び歩くようになる。美子が死んでしまうと、正は瑠璃光寺の弥勒菩薩の堂に火をつけた。

　正の「復讐」に至るまでの葛藤を描いた作品に、円地文子の敗戦体験が反映されていることは明瞭であろう。（小泉京美）

レコード

小説／「日暦」復刊第一号、昭26・9／『ひもじい月日』中央公論社、昭29・12・10／全集②

　大学生由幾子は、脈うつようなひどい齲歯の痛みに耐えながら、レコード吹込所で長唄の師匠杵屋某をもう三時間も待っている。寄宿先である曽我部の叔母に、杵屋が吹き込んだ長唄の新曲のレコードを持ち帰るよういいつかったのだ。曽我部の娘房子が踊の稽古に使うためである。苦学している由幾子は、ぜいたくでくだらない道楽のためにアルバイトの予定を狂わされたいらだちと、はげしい歯の痛みの中で猛々しい気持ちになっていく。その怒りは、スタジオで今録音されている少女のたどたどしい歌声にも向けられた。叔母のような莫迦な親が娘の声をレコードに映して喜ぶのだとしたら、何という時間と物質の浪費だろう、と。ところが防音扉が開いて出てきたのは痩せた盲目の少女と、決して豊かには見えない、その子の父親だった。父親はユリコというその少女の声を録音し聴かせようとしていたのだ。「パパ、これユリコの声？」「そう、ユリコの声！　ユリコの声の鏡…」視覚のない娘に自分自身を「視る」感覚を教えようとした父親の表情は「柔和で疑問がない」。由幾子はゆりさまされたような深い烈しい思いに捕らえられていた……。

作品の前半、生理的な痛みの感覚とないまぜになった若い女性の鋭い怒りが描かれているが、その長く続く描写は、最後に、娘と懸命に生きようと揺るぎない静かな信念の中に在る父親と出会い、衝撃とともに自分の思いから解放された主人公の心を、効果的に浮き出させている。（景山倫子）

歴史（れきし）

小説／「文芸春秋」昭48・1（原題「海と老人の対話」）／『花食い姥』講談社、昭49・5・24／全集⑤

明治の元老清閑寺桂樹公爵の名代であった八十五歳になる老人は、今は初島を臨む伊豆山中腹のこじんまりした家にひとり住んでいる。老人の長男は夭折し、養子に出した次男夫婦が月々の生活費を送って来る。身の回りの世話をするのは昔女中だった六十過ぎのきんである。老人は、かつて陸軍青年将校の一団が東京で蹶起し、政府の要人たちを襲って暗殺を決行した二・二六事件のことを回想した――公爵の身を案じて沼津で隠棲する清閑寺のもとへ駆けつけた老人に、公爵は、秩序をつくるのもそれを無法に毀してしまうのも人間であると言い、叛乱軍の青年将校の情熱を、若さに対する憧憬と無慈悲な冷酷さの入り混じった言葉で批評した。四十年近い昔のことである。老人の回想は更に続く。何ヵ月前のことだったか、警視庁公安課の男が訪ねてきて高木草子《そう》との関係を訊ね出した。草子は次男夫婦の間に出来た娘である。彼女は世界革命グループと称するゲリラ団の有力メンバーで、エル・サバクタの空港でピストルを乱射して無差別殺人を犯した事件にも関係があるという。次男の妻須美子は混乱して取り乱すばかりである。が、老人は世間を騒がせた数々の大事件を想起しつつ、現実でないスペクタクルを見るような奇妙な錯覚を感じていた。〈人間は限りなくやさしいように、限りなく残忍にもなり得る性質をもっているのだ〉と。作柄はそれぞれ異なってはいるものの『花食い姥』『猫の草子』『川波抄』などと共に、老年文学とも評すべき独特な感触を放っている作品。昭和十一年の二・二六事件や連合赤軍によるよど号のハイジャック事件、浅間山荘事件、テルアビブ空港における乱射事件など極めて現代的で非常な事件を題材として取り込みつつ、長い歴史を生きてきた老人の静謐な心境をくっきりと描き出している。なお、本作品の主題は、のちに改めて掘り下げられる長編小説『食卓のない家』として、いっそう多様多彩な世界が展開されることになる。（傳馬義澄）

煉獄の霊（れんごくのれい）

小説／「中央公論」昭和13・11／『風の如き言葉』竹村書房、昭14・2・20／全集①

朝刊の広告欄で関さんの患者のボイド婦人が亡くなったのを知った。関さんは私が以前入院したときの看護婦で、若いに似合わずいきとどいた心遣いと肌温かい態度で多くの患者に好感を持たれていた。ナイチンゲールと渾名されるほどS病院の花形だった彼女が、看護士が長く居つかないというボイド夫人の家庭看護婦に突然なったことが腑に落ちないでいた。これで関さんも悪臭とヒステリーの檻から解放されたとほっとし、私はねぎらいの手紙を書いた。思ったより遅い返事には、ボイド氏から亡き夫人の遺志として多額な現金贈与の申し出があるが、それを受け取る資格がなく辞退したいという旨のことが綿々と書かれていた。私は関さんに電話をし、会うことを約したが、関さんからは訪ねて来るかわりに厚い手紙が届いた。「私は看護婦を天職と信じて選んだが、全身の重みでもたれかかってくる病人に対して、義務と責任を誠実に果たそうとしている間に、自然のままの愛情の姿を見失ってしまいました。初恋の相手、S病院の医員、柘植さんから『君は愛情のない女で、僕を愛していない』と別れを告げられました。しばらくして私は柘植のこの言葉の意味を悟りました。自分が今まで誇りをもって信じていた病人への「愛情」は、自分の精神の潔癖を喜ばせる媒介物に過ぎなかったのであり、患者への愛情を演じていただけの自分に気づき、愛情のない女だといって去った柘植の気持ちも理解できたのです。私は『舞台の芸』を演じていたのです」と。柘植の出征の日に訪ねてきた関さんとは入れ違いで会えなかったが、その三、四日後に手紙が届く。「私はお宅の近郊を憑かれたように当てなしに歩きました。帰途の省線でずっと目を閉じている七つばかりの、血色の悪い黄色くむくんだ顔の男の子に気づき、本能的に憐憫を覚えそうになったその時、車内の編隊飛行だ！という叫び声に素早く反応し、車窓から編隊飛行に見惚れる男の子の明るい顔に気づいた。私は突然自分を不必要に虐げることをやめようと思いました。『芸』がいつか私の血肉に変わり得ることを信じようとしております。」とあった。

その晩の夕刊に、亡き夫人の遺志として遺産の一部を送ったボイド氏の記事と、晴れやかな関さんの写真が出ていた。

完璧なナースであろうとするほど、自然の愛情を見失ってしまった、若い女性の苦しみを宗教的な題名に託すとともに、語りと書簡という人称の二重構造によって若い女性の内面の苦悩を効果的に表現している。

（佐野和子）

老人たち（ろうじんたち）

小説／「群像」昭46・10／『花食い姥』講談社、昭49・5・24／全集⑤

「私」は病院の待合で順を待っていた。そこで二人の女性の会話に耳をとられる。一方は中年女性、もう一方は品のない口調の若い女。目前の足のおぼつかぬ老人が孫の為に薬を取りに来させられているという。その老人の家の嫁の話から、若い女の姑への心遣いを感じさせる話に移る。「私」にはその美談の主人公めいた若い女が奇妙にうつる。病院の老人から、「私」は娘の勤め先に居た老人を思い起こした。老人は好人物であったが、妻や娘には大切にされていなかった。事故で足を失った後、どのような扱いを受けているのか。その時死んでしまった方が幸せであったろう、そう「私」は思う。朝、一件の記事が目に入る。寒気厳しい一月、屑拾いをしていた老人が、リヤカーの上で凍死していたという。寒さや飢えを老いた身に滲ませての最後ではあったろう。だが、その臨終の際の彼の魂は、前出の老人たちに比べて、決して地獄にはいなかったろうと「私」は思うのであった。

佐伯彰一は以下のように評している。「一見老人に親切らしいこの女性の内側を思い描くといった細部が、じつに効果的だけれど、そうした意識的な技巧のくり返しがいくらか鼻につく所が難である」（「読売新聞」昭46・9・29）。作品内では三人の老人の話が取りあげられている。うち二人は、残り少ない生命を他人に委ねざるを得ない、そういった人生を送る。最後の屑拾いの老人だけが、孤独・飢えといったものを身に受けながらも、他人に左右されず生命に幕を下ろした。「地獄にはいなかったろう」とは、それを示していると思われる。収録本表題作「花食い姥」においても老人とその死を扱っているが、本作も同様である。発表当時、六十六歳。老境にさしかかった円地の死に対する視点がうかがえる一作といえよう。

（坪内健二）

ローマの罌粟（ローマのけし）

小説／「サンデー毎日特別号」昭33・12／『高原抒情』雪華社、昭35・5・28

新橋演舞場で秋の「東踊り」が催された折、曽川流家元の養子曽川勝弥と画家大導寺由美子が三年ぶりに再会するところから物語が始まる。曽川家の内弟子だった勝弥と日舞の稽古に通っていた由美子は若い頃からの知り合いであった。三年前のヨーロッパの公演旅行の折、由美子とローマで会ったのが久々の再会で、その日、二人は野外オペラに出かけ、帰りに由美子は勝弥をアパートに誘っていた。別れの日、由美子に自殺未遂の過去のあることを勝弥は人づてに聞くが、会うことなく帰国する。帰国後、勝弥は仕事も任され、次期家元としての道を着実に歩んでいた。新橋演舞場で再会した二人は箱根へ出かけ、勝弥は自ら由美子を誘う。一ヶ月間二人は逢瀬を重ねるが、勝弥は彼女の魅力が踊りのアイデアへと転換され、情熱が醒めるのを感じる。家庭を持たない由美子がいくぶん娼婦的に描かれ、勝弥の妻と対照をなしている点を、あらためてジェンダーの観点から意味づける必要があるだろう。（天野知幸）

驢馬の耳（ろばのみみ）

小説／「中央公論」昭34・7／『恋妻』新潮社、昭35・6・25／全集③

東京の富田屋旅館の女将志乃は、「思いがけぬ成行きで歌子という天涯孤独な女から、重大な秘密を二つまで委ねられる運命」を負うことになった。それは女中の歌子の母親が狂疾で癲狂院で死んだことであり、女として結婚へ願望を持ちながらも母親の遺伝に畏怖の念を抱き、結婚に踏み切れない不運な自己を嘆く告白であった。もう一つは、歌子が甲状腺腫瘍ではなく癌に冒されていたということである。母親が狂疾で死んだことは歌子と約束をした共有する誰にも言えない秘密であり、歌子の癌疾病は、医師にも堅く口止めされてしまった歌子にも言えない秘密である。二つの秘密を知った志乃は、「イソップ物語」の床屋が王様の耳は驢馬の耳だと秘密を知ってしまった苦悶と同様であり、他者に言うことのできない、呪縛され閉塞された陰鬱な心境に陥る。

作品は、この二つの秘密が歌子と経師屋の息子亮吉との縁談問題と相絡まって展開し、志乃が雇主として結婚を契機に歌子に幸せな人生を送って欲しいと願いながらも捌け口のない懊悩に陥り、一方、雇人の歌子は志乃に対して邪推は持つまいとしながらも、疑念と不快な感情の揺れが描かれる。二人の心の旋律が崩れはじめ、心理が微妙に交叉する中、咽喉癌に冒された経師屋の職人の今井によって、歌子の知らないうちに亮吉との縁談が持ち込まれ、破談になった経緯を知った歌子の心理が微妙に動く。そんな中、志乃の叔母の恒子が歌子と同じ境遇の男との新しい縁談を持ち込んだことで物語は急転直下する。自分の運命を自覚し、人生に悲観した歌子と今井が情交の後、心中することで終結を迎える。

正宗白鳥が「面白かった」と評価してくれたことを「あとがき」で筆者自身が述べている。作品は「女と生まれた甲斐には私だって誰かと一緒になって、所帯らしいものも持ってみたいし、男と女の間のまだ知らない秘密にも触れてみたい」と思う薄幸な歌子の思いが背景にあり、その問題に悩む志乃と歌子の関係は卵巣に出来た腫瘍のように微妙な心理描写を交えて、作者は同性として鋭く抉りとって描いている。女として人生を考える上で結婚が基軸となっており、女としての幸福や社会的な自立が結婚にあるという慣習が個人の存在を支えるものと考えられていた時代の女のかなしさと作者の心情がこの作品に描かれている。

（五十嵐伸治）

わ

私の愛情論（わたしのあいじょうろん）

随筆集／『私の愛情論』主婦と生活社、昭55・12・21「1　父親の愛情」「II　男の愛情の裏表」「III　男の眼、女の眼」「IV　夫婦の愛情」「V　本物のフェミニスト」の五部立てとして、「1」に七篇、「II」に十三編、「III」に十二編、「IV」に五編、「V」に三編の計四十編を収める。数編を除き、各編ともB6判で五頁前後の割と短い文章である。「あとがき」で、『私の愛情論』は『男というもの』（昭35・3）を「潤色した随筆集」としている。『男というもの』が部立て無しの三十八編（章）が収められているのに対し、『私の愛情論』は「潤色」した上で主題別に配列され、新たな随筆も加えて構成されている。両随筆集の刊行時期には、二十年間の開きがあるが、円地はその内容が「あながち現代にも通じないものではないらしい」（「あとがき」）と、断定を避けながら本随筆集の刊行意図を示している。

　内容的な傾向は、「男女の関係について主に書いているが、日本の古典や文学作品中の人物に自然に筆が及んでいる」（「あとがき」）と述べているあたりに、ほぼ尽くされている。各編の展開は、観念的ではなく、作品を例示しながら具体的で平易な記述によっている。引用されている「古典」は、「古事記」、「源氏物語」、「雨月物語」、「四谷怪談」などであり、言及されている「文学作品中の人物」は、林芙美子、太宰治、尾崎紅葉、夏目漱石、森鷗外、永井荷風、島崎藤村、志賀直哉、岡本かの子などの作品からである。そこには円地独自の読みの面白さがあって、作品評ともなっている。また、面識のあった作家も取り上げられていて、人物論としても読める。それ以外に、ほぼ全編で、とりあげている主題にふさわしい人物が、匿名で登場するのも特色である。「キザな男」のK氏、「憎めない男」のM氏などはその一例である。

　書くべき主題が先にあったのか、それともその主題にふさわしい人物が円地の目に留まったのが先か、あるいは主題に即しての創造か——そんなことも考えたくなるほどの、いかにも円地らしい巧みな話術の随筆で、短編小説といってもよいほどである。

なお、円地の『男というもの』と同じ題名、同じ刊行年月の随筆集が「現代女性講座４」として角川書店から刊行されている。執筆者は二十四名（内、女性二名）の作家や評論家であるが、これらの刊行はたまたまの偶然だろうか。内容的に見て、この時代の〈男〉への社会的風潮が考えさせられる。（馬渡憲三郎）

私も燃えている（わたしももえている）

小説／「東京新聞」昭34・1・13〜12・6／『私も燃えている』中央公論社、昭35・1・30／全集⑧
圧倒される作品である。読んでいて一種ドストエフスキーのような、あるいは『源氏物語』を読んでいるような錯覚を起こさせる。しかもなお、円地文子であることに優れていると言わなければならない。作品の概要は市島病院の家族、主として千晶と宇女子に繰り広げられる恋愛模様にある。千晶と宇津木、千晶と香取、千晶と宇津木というように、千晶の物語が現実を保全する形に結ばれる舞台、宇女子と香取との恋の破局が展開されて、この作品に奥行きをもたせている。ページが進むにつれ、テーマは抜き差しならぬものとなる。そもそも、作品は三人称で書かれている。それなのにタイトルは一人称である。この非対称さになみなみならぬ意味があるのだろう。唯心論と唯物論、そのせめぎあいが、作中にも多用された「錬金術」のごとく織り成して、まだ起こってはいない次の瞬間に向かって、「私も燃えている」と宣言しているのではないか。有体にいえば、唯心論は作家である宇女子に該当する。唯物論は、物理学者の香取である。作家であることと、物理学者であることを、その先端まで追及することによって、そこに唯心論と唯物論の相互に融合した世界を試みる。それは小説家としての作者の想像力だ。円地文子のような客観の目を持った女流文学者を知らない。叙述の細部まで客観なのである。表現した言葉の一つ一つを物質化するのだという執拗な意志を感じる。しかも、客観的に表現し、存在化しえた言葉の世界は紛れもなく「人間の主観そのもの」なのだから、驚きだ。
円地文子は、なぜこうまで女の性を書いたのだろうか。通説に従うと、「だから女流文学はつまらない」となる。でも、円地文子を読むと、それが偏見にすぎないことが直ちにわかる。作家がいて、それが女性であるがゆえに、自身の女を書いた。ただそれだけなのである。しかも、その女は、多くの男性作家が、その文学世界から、または思想世界から、無意識のうちに排除してきた「女」なのだ。その後、円地文子の「女」に対抗しうる「男」を描いた作家がいただろうか、と考えると、はなはだ疑問に思う。（遠矢徹彦）

事項

池・沼・湖（いけ・ぬま・みずうみ）

随筆「水の濁り」（『女の秘密』昭34・12、新潮社）に、「都心の水の濁りの悲しさと美しさを知っているのは、都会を故郷にするものの外にはいないような気がする」という円地は、都会に生きる女の悲哀を水の光景を織りなして幾編も描いている。

「幻の島」（昭42・11）は、かつて肉体関係を持っていたが今は養女の女婿となっている弟子を伴って、琵琶湖に浮かぶ竹生島を訪れる老年の域に達した謡の女家元千歳の心模様を描いた作品である。竹生島は千歳にとって、若い日の恋の思い出に繋がる場所であった。その若い日の恋を語り聞かせた時の女婿の反発を、一人宿坊の一室で寄せる水音を聞きながら思い起こして、「恐怖とも寂寥とも形容の出来ぬ思い」を抱いて聞いている千歳は東京の下町育ちの女であった。

作者自身をモデルとして造形されたとも考えられる主人公梶子の、私有地にまつわる思いが描かれた作品として「土地の行方」（昭42・11）がある。軽井沢の別荘に対する梶子の思い入れの他、手放した三箇所の土地にまつわる物語で構成されている中に、我孫子の手賀沼を見下ろす高台の土地の購入から手放すまでの梶子の生活模様が描かれている。そこに描写されるのは、「沼というものを見たのもはじめて、釣船に乗ったのもはじめての梶子」も「東京の下町に育った梶子の父親には我孫子のようなおびやかす感じのない閑静な風景を愛す気分はあったが、そこに別荘を作るなどということは一種の夢であって、何物をも押しのけて実行するような情熱は伴わないのであった」という父娘の姿である。戦後の混乱のなかその土地を二束三文で手放す梶子は、手賀沼に船で遊んだ記憶だけしか残らなかったと締め括るが、ここにも「都会を故郷にするもの」の悲哀が漂っている。

同じく土地にまつわる「東京の土」（昭33・4）では、主人公数江が大きい池のある遊園地を廻って帰宅する冒頭場面に不忍池が描かれている。作者は「谷中清水町の坂」（「東京新聞」昭37・6・24）に、終戦後「東京の土」などの作品に「くわしく知っている土地を小説の舞台に意識して使うようになった」と記しているが、都会人の人生模様は作者の思い出深い土地や水の光景と相俟って描かれていることが窺われる。

（田邊裕史）

伊勢物語（いせものがたり）

平安時代の歌物語。円地の伊勢受容については、「伊勢物語について」（「国文学解釈と鑑賞」昭12・8）のなかに「私は「伊勢」は昔一度読んだきりで殆ど忘れてしまっている」とあるように、再読する機会を得たのは、昭和十年代に入ってからのことだった。この随筆のなかで、伊勢の特徴を平安「中期以後の文学が宮廷と貴族生活の描写に終始しているのに較べて、地方の生活や庶民の生活がところ〴〵に伺われる点」とし、また「物語の主人公の多情多感な情痴の生活を貫いて、終始変らないようにみえる一つの恋愛」に、源氏の作者は「藤壺と源氏との関係のモデルを恐らくここに得ているのではないかと思う」と感想を述べている。「伊勢物語の女性」（『国文学解釈と鑑賞』昭13・4）では、描かれた女性について「そう云えば「伊勢」の中に見える女性は大方情熱的で好感の持てる女が多い。「芥川」の二条の后にしても「井筒」の女にしても、前に書いた三角関係の女にしても、この九十九髪の老女にしても少しの悪意のない、文字通りの憎めない性格である。」と述べ、その要因を「この物語の主格が男性で、その眼を透して女性を描いている為であろう。」と分析している。この他の言及したものに「女の内證ばなし―女流作家の色エンピツ―」（『文芸春秋』昭30・1）、「情念の絵巻を彩る」（『波』昭51・9）などがある。

題材を得た作品としては「伊勢物語―歌のふるさと―」（『文芸』昭28・7）がある。物語の展開に一部の改変はあるものの、和歌はそのまま引用されている。作中に伊勢物語が引用されている小説には、「妖」や「なまみこ物語」がある。「妖」では、主人公の千賀子が伊勢物語を英文に翻訳している。彼女と翻訳のアシスタントである遠野滋之との会話のなかには、第六十三段から「むかし世心づける女いかで心なさけあらむ男にあひてしがなと思へどいひでむもたよりなさに、まことならぬ夢語りす、子を三人呼びて語りけり、二人の子はなさけなくいらへてやみぬ、三郎なりける子なむ『よき御男ぞいで来む』とあはするにこの女けしきいとよし」と「男見えざりければ女、男の家に行きてかいまみけるを男仄かに見て、百年に一歳たらぬつくも髪われを恋ふらしおもかげに見ゆ」が引用されている。「なまみこ物語」では、第一章のなかで、巫女が「神前の他には男との情交を公認されるとまでは行かないでも、黙認される形になっていたのではないか」と考えられる根拠として第六十九段の内容が示され、「きみや来しわれやゆきけむおもほえず／夢かうつつか寝てかさめてか」の歌が引用されている。

円地は、女性の生を描く際に伊勢を織り込むことで、伊勢を現代の物語のなかに再生した。

〔参考〕野口裕子「『伊勢物語』九十九髪の女の力―『妖』の構造と手法」（『円地文子の軌跡』平15・7・5、和泉書院）（堀内　京）

いのち（生・老・病・死）

いのち（生・老・病・死）を人生苦悩の根本原因とされる四苦と観ずるかどうかは別にして、そうしたいのちのありようをわれわれは円地文学にまざまざと感得する。生涯最大のフィクショナルな自伝『朱を奪うもの―三部作―』（昭45）の表題でいえば、「朱を奪うもの」をひっさげ、「傷ある翼」で天空と地上に「虹と修羅」をひるがえしたのが円地文学だった。円地の「生」は明治三十八年十月東京市浅草区向柳原町に誕生し、「死」は昭和六十一年十一月台東区池之端の自宅でとじられた。全集「年譜」に従えば、東京高等師範学校附属小学校に「からだか弱かったので、欠席することが多かった」とあるいのちは、やがて文学者として孜々として作品を産み、数々の文学賞に輝き文化勲章を受章して八十一年の歳月を閲した。その間に、昭和七年に長女素子の「生」を産し、また三十五年に初孫の誕生をみた。円地文学の「生」は、性（セックス）と不可分において女性の生と性を圧倒的筆力で描いた。しかしそれは過激な変容をとげた濃密な呪縛性とそれとうらはらな開放性を示して特徴的である。ひるがえって男性の生と性の嗜好の偏向をもうかがわせる。それは生い立ちと自らの「病」に負うところが大きい。「病」を列挙すれば、昭和十三年三十三歳、結核性乳腺炎で入院、手術。二十一年四十一歳、子宮癌で入院、手術、その後肺炎を併発し五ヶ月入院。四十四年六十四歳、右眼網膜剝離。四十八年六十八歳、左眼網膜剝離、両眼弱視。五十一年七十一歳、心臓、体調不良で入院、静養。六十年八十歳、左眼白内障、脳梗塞で入院。六十一年九ヶ月で退院し自宅療養に入るも、急性心不全で死去した。

そうした「生」と「病」の絨毯から、『女坂』（昭32）の「倫の口もとにはやっぱり女面《おんなめん》のようなほのかな笑いが漂っていた」とある「女面」は、『女面』（昭33）の「霊女」となり、「十寸髪《ますがみ》」の面を被って巫女性を顕し、「かの子変相」（昭30・7）の「化身とか、変化《へんげ》とかいう言葉が、かの子のイリュージョンには離れない」という岡本かの子像は、『小町変相』（昭40）に行きつく。江藤淳評の「永遠の娘役といわれる老名女優が、ガンのために子宮を喪った肉体をかきたてて老いにかとうと自己愛の秘術をつく」すことになる。続く『なまみこ物語』（昭40）は神憑りして定子中宮の生霊に変じる。その間の「双面《ふたおもて》」（昭34・7）や「仮面世界」（昭38・11）、「化性」（昭39・4）も同様である。これに「老」が加われば、さらに「蛇の声」（昭45・4）の「半ば霊媒化した呪詛」をほしいままにし、「猫の草子」（昭49・8）の人獣混交した幻想に老女の性を開放した。さらに五十年代に入って、一連の鴉の勘公とお婆さんの『鴉戯談』（昭56）の世界を編み出している。その続編の諸作は没後『雪中群鳥図〈続鴉戯談〉』（昭62）として刊行された。その一篇「鴉が笑うとき」ではお婆さんに「灰になるまで女の性欲は続いているんだ」と本居夏子という歌人について語らせている。「死」は、たいていは「老」や「病」に伴われて結果する。円地は幼少期母方の祖母村上琴、父方の祖母上田いねの「死」に出合い、作家としての出発期に、昭和二年の芥川龍之介の自殺、三年には敬愛する小山内薫の狭心症による急逝に遭遇する。しかもそれは初演された「晩春騒夜」の千秋楽を祝う上田家の招宴の席だった。十二年父萬年、十六年長谷川時雨、十八年には不倫の愛を交わした片岡鉄兵の「死」に遭遇する。第一随筆集『女坂』（昭14）には「父の追憶」として「父を語る」「祖母のこと」など、「弔亡」として「寺田寅彦先生」「十年の月日」などを収録している。戦後は、宮本百合子、林芙美子、母鶴子の「死」、続いて永井荷風、室生犀星、谷崎潤一郎、高見順、三島由紀夫、川端康成、平林たい子、夫与四松の「死」に遭遇している。自伝『うそ・まこと七十余年』（昭59）に「同年配の親しかった方のこの世から消えていくのは老年になるほど、淋しさの身に沁みるもの」と記した。それらの死者たちは円地作品にことごとく書かれ描かれた。『女の秘密』（昭30）の死者たち、『灯を恋う』（昭43）の死者たち。『本のなかの歳月』（昭50）に追悼集が綴じられている。

（竹内清己）

衣　服（いふく）

残された円地の写真を見ても明らかなように、その衣服はほとんどが和服である。「この頃（七十歳頃）洋服を着はじめて、図々しくパンタロンなど穿き外出するようになった」（「朝日新聞」昭50・5・10／『四季の記憶』昭53・10・25、文芸春秋）とある。『彩霧』には「服装が自由になったということは気持ちをも自由にすることだ。」との記述があり、洋服を評価している。和服については「衣紋棹にかけてあっても、下において畳む時でも」「しなやかな線の流れがあって、色や形から生まれてくる雰囲気がまことに美しい」と述べ、古代女性が用いた襲の色目が紅梅・蘇芳など花の名で、季節に合わせて用いたことに注目し、「日本の着物ほど絵画的な構図をそのまま、取り入れ、自然美をそのまま模様にして女の身体にまとわせているものは少ないのではないか。」（昭49記『兎の挽歌』昭51・4・23、平凡社）と言っている。円地は、衣服は、「ある時代の人間の嗜好の一つの方向を知るよすが」（『女人風土記』昭47・1・12）であったとしている。小説に、『女の帯』『女の繭』という衣服に関連した題名のものもあるが、『四季の夢』（「主婦と生活」昭41・1〜42・3／昭55・8・25、作品社）は、京呉服の卸問屋の嫁が主人公である。広げられた和服を「はなやかな染色に縫、箔、絞結などが交り合った訪問着や附下げの色もの、豪華な織物の袋帯などの間に藍大島や塩沢絣などの渋い地質が谷間の美しい苔のように敷かれている様子は、絢爛な渦の中に巻きこまれたようで」と描写している。『女坂』には妾の須賀の着物選びの場面があり、主人公の倫と娘の悦子が洋装をして鹿鳴館に行くところもあって、洋装について書いている。『賭けるもの』ではファッションショーでカクテルドレスが披露されている。男の衣服では、小山内薫が「ビロードの洋服や毛布のマントを羽織って」いておしゃれだったと記されている（『うそ・まこと七十余年』昭59・2・10、日本経済新聞社）。

（野口裕子）

色（いろ）

円地文子の作品世界を「色」で象徴すると、先ず、浮かんでくる色は「紫」である。続いて「朱」、「臙脂」などもイメージできる。最初の「紫」について云えば、「紫」は赤と青の混合で赤紫から青紫まで七色に変化する。円地の自伝的長編の一部として発表された「朱を奪うもの」の第一章の最終行に「朱を奪う」という表題に関して、次のような文章がある。

　紫の朱を奪うように滋子の生命はその黎明から人工の光線に染められていた。

これは、「論語」巻第九・陽貨第十七からとられた題で「間色である紫が正色である赤を奪うのを悪《にく》む」という意味である。陽貨編は政治的色合いの濃い内容になっているが、円地の表題は三部作全体を象徴し、また「朱を奪うもの」の各章は「紫」「朱」色の象徴するモチーフを描きわけてもいる。第一章の「紫」は幼児期に祖母から聞かされた馬琴の「南総里見八犬伝」や黙阿弥歌舞伎の責め場などの嗜虐的な世界を表し、「朱」は本然としての生命と性であろう。日本では紫は高貴な色とされているので「論語」的解釈だけでない意味合いも隠されていそうだ。特に、古代紫（黒味がかった紫）は、歌舞伎の「助六」などでも使われ、円地も魅了された色ではないか。これらのことから「朱を奪うもの」三部作を見てみると、円地のこの総表題にこめた思いが深いことがわかる。前述の「人工の光線」の中には円地が惑溺した江戸稗史小説、上田秋成、近松などの読書体験も入るだろう。円地は本作の自伝的解釈を嫌っていたが、全作品を照らす光源として大事な作品である。

竹西寛子は『彩霧・遊魂』の解説において、円地の小説を四つの系統に分けて論じている。第一は「女坂」「ひもじい月日」、第二は「妖」「二世の縁・拾遺」「なまみこ物語」「遊魂」「花食い姥」「彩霧」第三に「愛情の系譜」や「食卓のない家」、第四に「朱を奪うもの」「傷ある翼」「虹と修羅」など。

この分類を援用し「色」のテーマで考えてみよう。第一と第二系統は古い倫理観に縛られた主人公の屈折した自我を「朱」で表し、「源氏物語」や「春雨物語」などの古典を作品中に生かすことで「紫」の存在を憎しみから「美」に高めている。第三系統は流行作家として多作していた時期で、中間小説的な作品が多く、二つの色彩の鬩ぎ合いは顕著ではない。第四の「紫」と「朱」の関係を、さらに「朱を奪うもの」でみてゆこう。本作は大正・昭和を生きた「女の一生」としても読めるが、一人の女性が、いかにして小説家になっていったかを「紫」と「朱」の葛藤から見ていった方が楽しみが倍加しよう。夫との不和も、決着のつかない恋も、あえて、主人公が「紫」的苦悩を選んでいるのは何故か。家庭内の地獄が創造の原動力であり、相次ぐ病魔との戦いも嗜虐的な美の実験場だったかもしれない。そう考えると、円地にとっての紫は彼岸的な美を希求する芸術家の祈りの象徴とも考えられる。

三島由紀夫は円地の作品を評して「この人には倫理的なものと背徳的なものとが同居している。それがどういう風に発展していくか興味がある。」と云ったことがあったと円地は述べている（「私の履歴書」「日本経済新聞」エッセイ、昭58・5・6）。

代表作の一つである『女坂』の主人公倫にしても現代では信じられない封建的抑圧を耐えている。その生き方は嗜虐性と誇りが一体となっている。「朱を奪うもの」の中にこれらを証明する美学が書かれている。

武士道的倫理観も嗜虐性の文学も根元においては自然な生命を閉め出した冷たい孤独な心の美化なのである。

これこそ円地小説の真髄であり、醍醐味もここにあろう。

（土倉ヒロ子）

飲食（いんしょく）

『うそ・まこと七十余年』（昭59・2・10、日本経済新聞社）には「食いしん坊」と題した項があり、食べ物には熱心で「中華料理でも洋食でも和食でも、一切選り嫌いはしない。」と言い、「グールメ（美食家）ではなくて、グールマン（大食漢）の類なのであろうか。」と書いているが、『兎の挽歌』（昭51・4・23、平凡社）では、戦中の耐乏生活の中で食べた「白米の御飯の光るように美しかった有難さ」を思い出し、「恋しくてたまらなくなる」と言っている。『彩霧』には、主人公が戦中のもののない時代に軽井沢で、知人に連れられて行った店でコーヒーを味わったことが書かれている。また、「今の食べ物で、何といっても、もの足りなく感じるのは、季節感の失われたことではないだろうか。」（『兎の挽歌』）とあり、「はしりもの」を珍重した思い出を記している。作品の中には、季節感豊かな飲食についてのこだわりをうかがい知ることができる。『小町変相』では周山の鮎の匂いを褒め、楽しみ、『食卓のない家』でも、清滝で生簀の鮎を賞味している話がある。清滝は京都嵐山の奥、周山の手前に位置している。鮎は『彩霧』にも「塩名田の鮎」として登場する。「この頃東京の料理屋じゃ、十月になっても堂々と養殖の鮎が出て来る」との主人公の批判もあり、旬のある鮎を好んでいる。また、『食卓のない家』では「鱸がね、めっぽう生のいいのが入っているよ。しゅんのものだからね。」と店の主人に勧められているところもある。『彩霧』には川原夫人の死後、その別荘に招待され、フォアグラや生ハムと共に葡萄酒やコニャックが供される場面がある。『女坂』にも「白葡萄酒」が登場しており、『妖』ではイタリーの上物のヴェルモット」を主人公の夫が買ってくる場面があるなど、作品では洋酒の記述が目立っている。『灯を恋う』（昭43・12・4、講談社）には、ヨーロッパで味わったみずみずしいメロンや桜桃のおいしさを記している。

（野口裕子）

映画（えいが）

円地文子は、随想集『女の秘密』（新潮社、昭34・12・5）に収録の『女の映画好き』において、〈女性が映画好きである心理には「小説好き」と「芝居好き」の二つの要素がからみあっている〉と、女性を〈若い女性〉と〈中年の主婦〉に大きく二つに分けて述べている。〈若い女性〉の映画好きについて、〈若い女性の中には普遍性から除外されたくない欲望が常に動いている〉ことを指摘し、〈彼女たちが映画を見ているということは、流行の着物を着たり、流行の小説を手に持っていたりするのと同じ、文化的アクセサリーの一つでもある〉と。また〈中年の主婦〉の映画好きについては、〈暇のない実生活から一時の休憩を映画に求めている感じで、若い女性の映画好きよりもはるかに深刻な印象を受ける。くらい中で映画を見ながら、知らず知らず居眠りしていることもあって、それでも結構娯楽なのである〉と述べている。円地は、〈若い女性〉にも〈中年の主婦〉にも、男性に比べ〈物語性の中に心身を没してしまう〉傾向を指摘する。〈一つ映画を見た帰りの彼女が、見ない前の彼女とまるで変っていたりする〉という指摘は、様々な恋愛などの経験が内面に潜む本能的な女性性を覚醒させる、円地作品における女性像に直接的に関わる女性観の現れとも考えられる。このことの派生が『仮面世界』に見られる。老年の能楽師〈沼波千寿〉は自宅からほど近い若い愛人宅へ通う際、必ず映画館に入る。この映画館の通過は、〈沼波千寿〉にとって世間の目からのカモフラージュであると同時に、妾宅へ通うための一種の儀式と捉えることも出来よう。〈生きた女〉と同様に、映画館は〈老いた能楽の名人〉が芸に艶を加えるための装置として機能しているのである。なお、映画化された円地作品には、『女舞』（一九六一、監督：大庭秀雄）、『木乃伊の恋』（一九七〇、監督：鈴木清順）、『食卓のない家』（一九八五、監督：小林正樹）がある。

（藤枝史江）

江戸文学（えどぶんがく）

円地文子は第一随筆集『女坂』（昭14）に「国文学覚え書

き」として「尾崎紅葉の研究」「和泉式部小論」「和泉式部の歌」「伊勢物語について」「伊勢物語の女性」を収録している。その「尾崎紅葉の研究」は自己に先行する明治文学の愛好を、紅葉から樋口一葉に及び、泉鏡花、永井荷風、谷崎潤一郎の反自然主義の系譜に見出したものだが、その中で、「伽羅枕」について「全篇が春日和のように駘蕩たる気分に満ちている点紅葉は西鶴から内容的には血をひいてないという説も肯定されるし、江戸後期の軟文学（春水など）の影響が強いと見るのも正しい」と記しているのは、すでに自己の文学の生成を自認したものとして注目される。「一枚絵姿」（昭32・11）に「祖母は私を床へ入れて、さまざまなお話をしてくれた。お話の中には馬琴の「八犬伝」や「弓張月」もあれば、浄瑠璃の筋もあり、昔の役者の話もある」と記す文学のルーツは生涯語ることをやめなかった。西鶴の好色物を下敷きに『現代好色一代女』（昭38）を書き、『国文学貼りまぜ』（昭58）の「上田秋成の墓」に「私の愛読書を言うとすれば、源氏物語、方丈記、平家物語、近松門左衛門の諸作と共に、雨月物語、春雨物語を挙げずにはいられません」と源氏物語を第一にあげる円地だが、『江戸文学問わず語り』（昭53）に「源氏物語より先きに（中略）江戸文学、それも、後期に属する文化文政以後の読本《よみほん》や草双子、滑稽本、狂歌、川柳など（中略）、歌舞伎、浄瑠璃、浮世絵、市井の雑事」であって、「近松や西鶴、芭蕉は後のこと」で「自然発生的な江戸後期の因果もののいたデカダンスを多分に含んだ文学や演劇から」這入ったことを自認している。源氏にしても種彦の「偽紫田舎源氏」から這入ったのだった。つまり「自分の生れ故郷のような、江戸後期の文学」ということになる。そうして「ももんがあ」から、川柳の「ふるさとは廻《まは》る六部の気の弱り」の六十六部の廻国巡礼の行脚僧のふるさと回帰を、「生れた土地を生涯離れないで生きて来ると、故郷の概念は持てませんし、旅に出た帰りなど列車が東京に近づくと、なつかしさに心が弾むどころか、新たな荷でも背負わされたような何とも重たい気分」と回顧して、江戸言葉の「得体の知れない化物」をいう魑魅魍魎というより「ももんがあ」の実感を述べ、「ある時代、それらの避けがたいものと縁を切ろうと、矛盾した努力を続けたこと」を近代の文学者となる脱皮として告白している。

しかし、演劇志望はまぎれもなく歌舞伎の黙阿弥・南北を引く岡本綺堂から、その変革者小山内薫からの出発であった。出世作『女坂』（昭32）にしても、「浅草花川戸の隅田川を背にした久須美の家では」と「助六」のトポスから、小間使いとして選んだのは「石町《こくちょう》の竹の皮屋の娘」で、名は須賀だった。『江戸文学問わず語り』でも「ももんがあ」から馬琴・一九・三馬・川柳、さらに南北・黙阿弥・源内から秋成・門左衛門にいたっており、「結び―俳句のことなど」でも芭蕉・蕪村から、一茶にいたって「父の終焉日記」に「父ありて明ぼの見たし青田原」と六十年近い前に読んだ「朝の青田原の光景」を、眼に浮かべているのは、むしろ感動する。処女作品戯曲「ふるさと」（大15・10）が小林一茶の望まれてない帰郷（信濃柏原）の話であったことに符合する。その「太陽はいよいよ白く豊かに耀き、蛙の歌もつづく。それに交って野卑な民謡が閑かに聞える」のフェイドアウトの詞書きは、後の長編自伝における自然の「朱を奪う」都会の娘の「傷ある翼」の予兆であって、しかしそれは大正末年にはまだ東京のそこらに残っていた「田舎源氏」の野卑な自然でもあった。（竹内清己）

音楽（おんがく）

円地文学作品には、日本の歌劇・小学唱歌・童謡等から西洋のクラシックまで、実に多くの音楽作品が見出せる。特に、西洋音楽の各作品が表す思想は、作中人物の心情と通じ合っている。また、作品に登場する楽器に、ピアノが最も多い事も興味深い。

『女坂』（昭14・2、人文書院）には、「ベートーヴェンのシンフォニー」を、「『これこそ西洋の東洋に勝る唯一の芸術だ』と豪語した」岡倉天心の歌劇台本『白狐』が、西洋で認められない事に対する嘆きが書かれている。『風の如き言葉』（「文学界」昭13・4）では、麻枝の声が「ピアニッシモ」か「フォルテ」かによって、その真意を読みとるとか、「僕の芸術の音階を狂わすもの―調律を乱す小さい悪魔を僕の楽器へしのび込ませたもの」という表現、ショパンの「マズルカ」とベートーヴェンの「九十番以後」の「ソナタ」の名がある。「ソナタ」は、「僕」が「制作に疲れると」かける曲で、「極めて暗い魂の呻吟に、不思議な歓喜や嘲笑が蝙蝠のように飛び交うあれだ。それを聴くと僕は一層疲労する。」とある。『白昼の良人』（「文芸」昭9・2）では、「苛々」した俊一が、その心情と通じ合う、リストの「ハンガリアン・ラプソディ」をピアノで弾いている。『浅間彩色』（「小説新潮」昭44・1）で、「ショパンのバラード」を弾く佐江子の指は、「黒く光る楽器の厳しさ」に「反発するように（中略）強く、美しい音色を相手の白い歯から誘い出して行った」とある。『狐火』（「群像」昭44・1）の志緒は、ショパンの愛人ジョルジュ・サンドと対比されている。『冬の旅』（「新潮」昭46・11）の「私」の前に現れた死者の男は、彼女が書き放した原稿の文字を浮び出させ、「『冬の旅』ですか、シューベルトだな。」と言う。『新うたかたの記』（「文芸春秋」昭50・1）の「私」は、フュッセンという町のホテルで、夜、邯鄲の音色が管弦楽に変わり、それが「ワーグナーのローエングリーン序曲」であることに気付く。ホテルの庭へ出た「私」は、老紳士と出会い、先の音楽を奏したのは、庭で「一番古い樹」だと聞く。そして翌日、彼と共に、ワーグナーの音楽を愛した「ルドイッヒ二世」所縁の城へ行き、亡き彼に会う。『縁』（『群像』昭36・1）の荻生と娘でピアノ教師の弓子は、家族に「狂人」がいることで、自らもそうなるのを恐れながら生きている。だが、弓子は、「恐怖や狂気をそのまま美しさに変形させる魔術が巧まれている」「古典音楽」により、救われている。被害妄想の酷い荻生は、弓子の弾くムソルグスキーの「展覧会の絵」を聞き、「化物の歩いていそうな音色」と言う。『女面』（昭33・10、講談社）の「霊媒術の実験」では、「霊が憑」るまでの間、電気蓄音機でヨハン・シュトラウスの円舞曲「美しき青きドナウ」のメロディが流される。『花散里』（昭36・4、文芸春秋新社）には、「モーツァルトのソナタ」がある。『愛情の系譜』（昭36・5、新潮社）では、立花と藍子の情事を「双舞の踊り手」の「肉体の奏でる音楽」と書き、ウェーバーの「舞踏への招待」と照応させている他、ブラームスの「揺籃歌」も出てくる。（井上二葉）

女の旅（おんなのたび）

円地作品において女としての旅には三つの視点が見られる。一つは職業婦人、もう一つは一人の女性、そして家族（妻・母・娘）としての円地である。『南枝の春』で、海南島を訪れた円地は「何か新しいもの、未開のものに対して抱く稚拙な歓びの感情は（中略）島を去ってゆく時にも少しも損なわれていなかった」と、女性作家特有の好奇心と豊かな感受性により訪れた地の感動を表現している。また、『船旅』では船を題材として文学論展開を行っている。

二つ目は女性の視点である。円地は旅先で感情を興奮と冷静さ、時には刹那的な視点で風景を見つめている。例えば『島の街』では水をくむ人々の様子に異国文化を感じ、またある時は何気ない生活風景に目を見張り想像を巡らせる。『船旅』では「お婆さんの顔つきに」と現地と日本の女性の比較を行い、『黄埔の一夜』では博打風景で生活習慣による比較を行っている。

円地の女性視点は海外のみでなく国内でも発揮されている。『瀬戸内の寺　尾道』で「塔の水煙を斜め横から見る位置の坂道に立って（中略）美しさにうっとりとさせられた」と美しいものに目を奪われ、また『長谷寺の牡丹』では「美しいものを見て気が狂うということがあれば（中略）狂気するのは決して不幸ではないという気さえした」と、沸き起こる刹那的な女性の内心を表現している。そして最後は家族としての女性である。『京、上七軒界隈』において「男は、家や職場で飽き飽きしている日常のパン臭さ（中略）つまり、郷愁なのだ」と、花街の中に日常の中に潜む脅威を、妻としての視点から感じとる一方で、『京都と奈良』では同じ京を「私の父が旅行好きで（中略）父の好きだった旅行の趣味は私の中にも間違いなく伝わっているのを感じるのである」と、娘としての視点で見つめている。

このように様々な女性の視点を作品に反映し、その視点を織り込むことにより他者に興味を持たせる写実的な描写によって旅行記を構成しているのである。なお、『円地文子紀行文集』（全三巻）の「第一巻」には同題の『女の旅』（平凡社）がある。（松山綾子）

家庭（かてい）

円地文学がフェミニズムの視点から論じられるのは、〈家庭〉が強い磁場として存在するからである。これは、①実家②不倫③結婚④性⑤子供⑥古典の観点からアプローチし得る。

まず①で注目すべきは、東京帝大国語学教授で文部省高官たる上田萬年を父に持つゆえの素養、文化的環境で喚起された読書癖である。また父方祖母いねが導いた江戸稗史文学と芝居・浄瑠璃の古典世界は、谷崎・荷風の耽美的文学愛好や、円地の劇作家出発に繋がった。次に②、恵まれた境遇の裏返しで一時マルキシズムにかぶれた円地は、左翼作家片岡鉄兵と不倫関係に陥る（昭3、23歳頃）。だが生来お嬢様育ちで、思想への埋没に危惧した円地は、③打算で東京日日新聞記者円地與四松と見合い結婚する（昭5、25歳）。性格の不一致、度重なる夫の女性問題が、円地を夫から遠ざけた。ここから真骨頂たる家庭、特に暗い夫婦生活（ここに一般家庭の構成員でない愛人・妾も加わる）や、「妖」的女性を執拗に描く小説が量産される。ここには、④円地伝説の基ともなる子宮と乳房の喪失が、女性の妄執として影を落とす。小林富久子「解説」（『円地文子』平10・4、日本図書センター）によれば、女性特有の疾で性を奪われ、またペン（＝ペニス）を持つ越境者円地は、両性具有の真の創造者として、辛辣に男女を描く視点を獲得したという。⑤は二点、「女坂」「朱を奪うもの」に見られる、夫婦の自己処罰の現われとして登場する性格破綻の子供の存在、他に「遊魂」での、円地と思しき老女が抱く娘婿への過剰な近親愛である。⑥家庭を描く円地文学には、その傍らに常に王朝や近世古典への傾倒がある。「女坂」の、家父長制文化の権化たる白川行友も、今様光源氏と読める。前掲小林の「『女坂』―反逆の構造」（江種満子・漆田和代編『女が読む日本近代文学』平4・3、新曜社）では、男性の公的書き物に見られる父権的伝統に代わり、女性のための伝統確立を意図する円地文学の意義が論じられる。（川上真人）

歌舞伎（かぶき）

円地文子は自身と歌舞伎の関係について、「お腹の中から歌舞伎を見ていた」（「私と文学の間」「週刊読書人」昭41・5）という表現を多用する。父親が明治歌舞伎の九代目団十郎、母親が五代目菊五郎を「崇拝」（「歌舞伎世界」「群像」昭35・3）し、江戸の武家の生まれで芝居や浄瑠璃に詳しい祖母から文学の薫陶を受けたため幼い頃から歌舞伎を見ていたが、大正七年八月に『名月八幡祭』の縮屋新助を演じる二代目市川左団次に「初恋の感情」と「異常な関心を持」つ。「劇作家になりたいと望むようになったのも、間接には彼の影響」（前出「歌舞伎世界」）と語るほどで、〈作家・円地文子〉を誕生させたのも、歌舞伎への愛情だとして過言ではないだろう。

円地の作家人生は、大正十五年に歌舞伎座の機関誌「歌舞伎」に、戯曲「ふるさと」が当選したことに始まる。昭和六年までは小山内薫の同人誌「劇と評論」、また「女人芸術」などに戯曲のみを発表。その後、結婚、出産によるブランクを経た後は小説を発表してきたが、松竹の高橋歳雄常務（当時）からの依頼（「室生犀星先生の手紙」「中央公論」昭37・6）で歌舞伎の脚色をするようになる。初めての歌舞伎脚本は、昭和三十年六月初演の谷崎潤一郎原作「武州公秘話」（歌舞伎座）。円地は「谷崎先生の作品の愛読者だといふ自信だけ」でこの仕事を引き受け、「少年」など谷崎の初期作品の要素を取り入れたこと（「『武州公秘話』の脚色」「歌舞伎座プログラム」昭30・6）、谷崎に「どう変えてもいい」と言われ、「原作を離れ」「お芝居らしく結んだ」こと（「脚色者の言葉」「演劇界」昭30・7）など、自らの谷崎文学観・戯曲観を投影した内容であると記している。自身は「毀誉褒貶まちまちだった」としているが、久しぶりの戯曲の仕事に「ひどくきらびやか」な「娯し」（「芝居と小説」『女の秘密』昭34・12、新潮社）さを与えられた。「この原作の内容や味をそのまま舞台に移すことは初めから不可能」「脚色者は負担の重さに苦しんだことが察せられる」（久住良三「異常心理を扱った二つの作品」「演劇界」昭30・7）と企画自体の問題が指摘されたものの脚色は評価されたのか、円地の「娯しさ」（前出「芝居と小説」）からか、以後、室生犀星原作「舌を噛み切った女」（昭31・6）、志賀直哉原作「赤西蠣太」（昭32・1）、舟橋聖一原作「新・忠臣蔵　安宅丸」（昭32・6）、芥川龍之介原作「奉教人の死」（昭32・8）を次々と脚色（いずれも歌舞伎座の初演）した。森鷗外の「魚玄樹」に着想を得た「女詩人」（昭32・9、歌舞伎座初演）は六代目中村歌右衛門の主演であったが、円地は主として菊五郎劇団に作品を提供。三十三年三月の菊五郎劇団十周年の記念公演プログラムでは、「新作歌舞伎の上演」を「特色」とする菊五郎劇団が、「円地さんをまるで専属作家のようにして、書いて貰っているのは強み」（舟橋聖一「菊劇団と私」「歌舞伎座プログラム」昭33・3）、「数種の脚色作を書き何れも材料を的確に生かすと同時に筆者自身の実力の確実さを見せている」（無署名「菊劇団と新作」「同」）と、円地脚色の舞台が高い評価を受けているのが分かる。その際に上演された「変化女房」について、円地は「梅幸さんと松緑さんのために、純世話の狂言をと前から頼まれて」（「『変化女房』について」「同」）いたと、菊五郎劇団待望の円地のオリジナル歌舞伎であったことを明らかにした。以後も室生犀星原作「山吹」（昭33・10、歌舞伎座初演）、上田秋成『雨月物語』に拠った「浅茅ヶ宿」（昭34・8、同）、室生犀星原作「かげろふの日記遺文」（昭35・3、同）などの脚色、さらに円地作品の歌舞伎化である「なまみこ物語」（昭41・9、同）、「源氏物語・葵の巻」（昭50・5、同）を発表。片岡孝夫（現十五代目片岡仁左衛門）と五代目坂東玉三郎という当時人気の絶頂だった孝玉コンビの主演「千姫春秋記」（昭52・6、新橋演舞場初演）が、「再演を重ね、みがきをかけるに値する作品」（円地「再演を重ねたい新作」「朝日新聞」夕刊、昭52・6・21）とされるなど、戦後の新作歌舞伎の作家として功績を残した。また三島由紀夫や江藤淳が小説「女坂」を歌舞伎と結びつけて評価するなど、歌舞伎的な色彩が指摘される円地文学は枚挙にいとまがない。

他に、円地が、その歌舞伎観を披露する機会が多かったのが、昭和三十年八月から始まった「銀座百点」での演劇合評会「銀座サロン」であろう。同年十月から円地も参加。合評会からゲストに関わりのあるテーマの座談会に変化したが、メンバーが久保田万太郎や戸板康二、利倉幸一、小田島雄志などであったため、ほとんど毎回のように歌舞伎に言及されている。

円地が歌舞伎や江戸期の文学を自身の「教養のふるさと」（「私と歌舞伎」『古典日本文学全集26　歌舞伎名作集』昭42・1、筑摩書房）としているように、新作歌舞伎の作者、脚色者、小説家、批評家、評論家と、〈作家・円地文子〉の活動のすべてで歌舞伎と深く関わっていたと言える。初代吉右衛門に夢中だった女性を描いた短篇小説「歌舞伎のゆめ」（「新潮」昭34・8）の「都会育ちの女の心に巣食っている舞台の夢に憑かれた業の浅くないのを不気味に感じていた」という末尾は、自らに向けられた語とも考えられるだろう。

（木谷真紀子）

鎌倉（かまくら）

明治三十八（一九〇五）年、東京市浅草区柳原町に生まれた円地は、その成長にともなって、麹町区（現・千代田区）富士見町、下谷区谷中清水町（現・台東区池之端）、小石川区大塚（現・文京区大塚）、小石川区駕籠町（現・文京区千石）と転居をくりかえしたが、昭和五（一九三〇）年三月、新聞研究所所長・小野秀雄夫妻の媒酌で、当時、調査課長の職階にあった、東京日日新聞記者・円地與四松（三十四歳）と結婚し、鎌倉に居を構えた。

有史以来、相州の一漁村であった「鎌倉」が、日本の歴史の表舞台に登場したのは、顧みれば、治承四（一一八〇）

年、源頼朝が鎌倉大倉郷に邸を定め、幕府の統治機構たる侍所を設置して、武家政権の実質を磐石なものにしたことに始まるが、一方、鎌倉の〈近代〉の成立は、明治二十二（一八八九）年、鉄道横須賀線が開通し、保養・別荘地として脚光を浴びるようになってからのことであった。昭和の初期になると、多くの文学者の移住がみられ、彼らは「鎌倉文士」と総称されるようになった。「鎌倉文士」は、里見弴・川端康成・大仏次郎・永井龍男らを嚆矢とするが、円地もその一人ということになる。

新婚生活が営まれた住宅には、父上田萬年が借りていた「材木座《ざいもくざ》」の別荘があてられた。夏季をこの別荘で過ごすことは、円地の幼少期からの慣例でもあった。材木座とは、鎌倉の東南地区一帯の名称。地名のいわれは、鎌倉時代の同業組合「（七）座」に由来する。「材木座」のほか、「絹座」「炭座」「米座」「檜物座」「塩座」「魚座」などがあった。

円地とおなじ材木座の町に在住した、いわば隣組の文士には、右の大仏次郎のほか、荻原井泉水・久保田万太郎・竹山道雄・西尾正・林不忘・久生十蘭らがいた。円地は鎌倉に、昭和五年三月から十一月まで在住した。十二月、小石川区表町へ転出、戦中には、中野区江古田の家が空襲で罹災し、軽井沢に疎開、さらに、昭和二十一年には、台東区谷中清水町のもとの実家に移った。転々とするそのような暮らしとは対照的であったためであろうか、幼少期の夏の記憶や、新婚時代の思い出に、特別の感懐があったのか、作品には鎌倉の地が折々に登場してくる。以下、抄録する。

①『女を生きる』（講談社、昭36・6）の「押入れの中」の章に、いまも「印象に残っている」思い出として、「幼少の折」、「家のTという書生が」、「鎌倉の海で私を抱いて大きい波を上手に越しては機嫌をとってくれたこと」を回顧するくだりがある。②『朱を奪うもの』（昭31・5、河出書房）の一節。「滋子は傷を負っているような力のない足取りで海のほうへ歩いて行った」。「鎌倉の知人の別荘」で、滋子が初潮をみた或る朝の描写である。「滋子は父が自分の身体の変化についてまるで気づいていないのが悲しくなった」。③『花食い姥』（昭49・5、講談社）には、かつて女学生時代に、顔見知りの青年に、手紙に忍ばせて、「鎌倉から押花を入れて送った」という、セピア色の過去を振り返る場面がある。④『旅よそい』（昭39・11、三月書房）の、「めくらさぐり」の章に、「鎌倉にいて、『晩春騒夜』という一幕物の処女作を書き上げ」た、若かりし頃を回顧する文章がある。⑤「藤衣」（『女坂』昭14、人文書院）に、「私が結婚して間もなく」の頃のこととして、「鎌倉の家の近所で、犬にかみつかれ、父にそのことを話すと、注射をして貰えと言ってきかな」かった、という懐かしいかつての実話が語られる。父が、「あれ程私の身体を心配していてくれたのかと思うと今更すまないような気がする」。⑥

随筆「悪」（『女の秘密』昭34、新潮社）に、「一日、所用もあったのをかけて北鎌倉まで出かけた。一昨年亡くなった真杉静枝さんのお墓が東慶寺に出来たので、お花でも手向けようと思ったのである」とあり、その小さな旅の模様が描かれている。⑦前出『旅よそい』にはさらに、鎌倉近郊の景勝地江ノ島についての随想「江島弁財天」が収められ、また、『女の秘密』所収の随想「真知子岩」にも、鎌倉の近隣逗子の名所として名高い、徳富蘆花『不如帰』にゆかりの、「浪子不動《なみこふどう》」についての記述がある。（河野基樹）

軽井沢（かるいざわ）

軽井沢を愛した作家として知られる円地と、同地との深いつながりは、円地が軽井沢に別荘を新築した昭和十四年秋に始まる。軽井沢の駅からほど近いこの別荘については円地の『浅間彩色』（「小説新潮」昭44・1）に、「別荘などと言えば仰々しいが（略）軽井沢に売地を世話する人があって、そこに形ばかりの小屋を建てたのが縁になって、戦災の年にも東京を焼け出されたしょう事なさにその家へ逃げ込んで、敗戦後の一冬を（略）過ごしてしまった。／そんな格別の馴染み方もあって、夏になれば、欠かさず軽井沢へ出かけて行く」と記されている。また、円地が親しく交際した正宗白鳥・室生犀星らとの出会いと交流の舞台も、軽井沢であった。

円地は、『高原抒情』（『高原抒情』昭35・5、雪華社）、『浅間彩色』（前出）、『彩霧』（「新潮」昭51・1〜51・7、原題「軽井沢」）等の中長編から、『別荘あらし』（「週間新潮」昭32・9）等の小品に至るまで、度々舞台を軽井沢に設定した。『高原抒情』については単行本の後書で、「終戦後一冬軽井沢に過した間に、得た発想」であると述べられている。「氷室のような高原の凛冽に澄みとおった空気」「空は四季を通して美しいが、冬は地上の木や草が枯色になるためか、青の色が一層うるみを帯びて冴々と見える」といった高原の冴えた風景が、戦後の人々や都市の荒廃と鮮やかな対蹠を成している。また、『彩霧』の中心人物の一人堤紗乃は、軽井沢に別荘を持つ六十九歳の女性作家だが、彼女が四十年近く前に、軽井沢駅から近い、浅間山が見えない野原に別荘を建てたこと、「敗戦の年、東京の家が空襲で焼けて、逃げこんで来た時」にこの地で「十ヶ月を暮した」ことなど、紗乃と軽井沢との関係は、円地と軽井沢とのそれに、少なからず合致する。ゆえに、『彩霧』における「軽井沢は東京に亜ぐ親しい土地である。殊に思い出の多い終戦後の一冬を（略）この寒冷地で過した記憶は、逆に軽井沢を唯の避暑地としては押し離せない絆で紗乃の心にからみつかせている。ある意味では、紗乃には軽井沢は、肉親じみてやりきれない絆のまつわりすぎている東京という土地よりも、血のつながりのないことが相手を爽やかに思わせる友人のような感じの場所かも知れなかった」といった一節から、円地の軽井沢観を推察することも可能だろう。

なお円地の軽井沢好きについて、小島千加子は「座談会（中村真一郎、室生朝子、竹西寛子、小島先加子）円地文子」（『高原文庫』平3・7）で、「一つは、与四松氏（文子の夫…引用者注）がそれほど軽井沢にいらっしゃらないということもあったと思うんです。軽井沢では、自分が本当の主人公で、女王様でいられるわけですよね。一人で好きなようにしていらっしゃれるでしょう。それで、軽井沢をすごく大事に思ってらっしゃる所がおありになった」とも述べている。

（渡部麻実）

川・海・山（かわ・うみ・やま）

随筆「浅草隅田川」（『女の秘密』昭34・12、新潮社）の中で、「東京以外に住んだ記憶と言えば、戦災の年、空襲に中野の家を焼かれて、軽井沢の茅屋に一冬を過ごしただけで、又東京へ舞戻って来たのであるから、私の生活の全部は東京の町を背景として過ごされて来たと言ってよい」という円地にとって、川といえば隅田川、山といえば軽井沢の山、海といえば東京湾あたりとなろう。

同随筆には、二十前後の永井荷風に心酔していた頃、友人と二人で隅田川をポンポン船で百花園まで行った思い出も記されている。この体験は「川波抄」（昭50・9）にも描かれており、円地にとって隅田川は思い出深い川であった。隅田川はまた、作品の背景としても重要に作用している。「ひもじい月日」（昭28・12）では、主人公さくが死の直前に見る「綺麗」な夢が「隅田川のような広い川」での水鳥が孔雀とも鳳凰ともつかないあでやかな鳥に変身する夢であった。「女坂」（昭32・3）では、白川倫が夫の妾の斡旋を久須美きんに依頼する冒頭場面が隅田川を背景として描かれている。

同じ「女坂」では、死にゆく倫が自分の死骸は「品川の沖へ持って行って、海へざんぶりと捨ててくだされば沢山でございます」と、女としての最後の意地を通す場面で終わる。「私の命なんか、この山や海に較べれば塵芥のようにはかないものですからね」と「菊慈童」に語らせる円地にとっての海は、風景としてのそれではなく、川の行き着く果てであり、女の思いをすべて呑み込むところであったと言える。

一方、三笠山などが優雅であっても、奈良周辺が「日本の芸術、文化の母体であることを考えなければ、その美しさは平凡なものになる」（「奈良の仏たち」『女の秘密』）という円地においては、「菊慈童」（昭59・6）に大野寺の弥勒磨崖仏が背景として描かれているのに見るように、山そのものよりも山に類するイメージのものが、古典的世界を醸成する役割を担っていると言えよう。

（田邊裕史）

紀行文（きこうぶん）

旅好きの円地文子は旅した体験を遍く文章化した。それは旅を取材的に記憶し記録した勤勉の結果だった。海外の紀行文としては、昭和十六年の海軍省派遣慰問団の旅が「海南島の記」「南船記」に記され、十八年の朝鮮総督府の招きによる日本文学報国会の一員としての北朝鮮の旅が「朝鮮女性点描」となる。戦後の三十三年のアジア文化財団の招きによる平林たい子との欧米の旅が「アメリカだより」「ヨーロッパの印象」となり、『欧米の旅』（昭34）として出版された。この旅は「戦争花嫁」「シカゴのひと」の小説ばかりでなく、「四季妻」（のち「ニューヨークだより」）が長篇『花散里』（昭36）の第二章を形成するなど、紀行小説のジャンルを形成している。その後も三十七年「この酒盃を」のためのハワイが「ハワイの旅から」に、三十九年オスローのペン・クラブ大会出席が「オスローの川端さん」「ヨーロッパの木」などに、四十九年徳川元子・宗賢とのパリ、フィレンツェなどの旅が「シヨンの囚人」「ヨーロッパの花」などの紀行文となっている。

国内の旅は昭和三十八年の「婦人公論」の講演の中国地方の旅が「濃春の旅で」に、沖縄旅行のそれが「沖縄日記」となるように、ことごとくが紀行文となりあるいは小説に生かされている。晩年の紀行文集の第三巻に『旅の小説集』がある所以である。その小説集はフイクションの形をとりながらも、巻頭の「幻の島」の「竹生島行きの一日一回の定期観光船」と琵琶湖から発し、「京洛二日」が「岡山から京都に着くと、高杉朋男はタクシーを拾って」と、「雪の大原」が「大阪で取引き先との商用を一応片づけると、鵜崎留次郎は京都まで来て」と書き出され、「あだし野」で奥嵯峨野の念仏寺に至る配置をなしている。継ぎ手に「菊車」「浅間彩色」の軽井沢を経て、「冬の旅」で「死者との対話」を夢中の三島由紀夫と交わし、三島の切腹のニュースから琵琶湖の堅田の浮御堂に至って「吉原の話」の東京に帰着し、さらに「新うたかたの記」のドイツ、オーストリアの古城めぐりに森鷗外の「うたかたの記」を重ねている。これはまさに円地文学における紀行文の構図そのものといえる。また随筆集においても『女ことば』（昭39）は生活誌そのものが旅、『灯を恋う』（昭43）のⅢは紀行の章、『女人風土記』（昭47）はすべて紀行というべく、『源氏物語私見』（昭49）に「源氏物語紀行」があり、『兎の挽歌』（昭33）に「私の旅から」の章があり、『旅のよそい』（昭51）に「旅」の章があるといった具合で、晩年の紀行文集全三巻まで、紀行文は円地文学において一ジャンルを形成している。

（竹内清己）

気　象（きしょう）

古典に通暁し、演劇作家から出発した円地文子にとって、季節と同様、気象は小説を構成する重要な舞台装置である。古典文学においては、雨や嵐、雲といった気象の状況は、行き先定まらぬ男女の間において大事な予兆あるいは暗示となるものであり、恋の成就や愛の行方に心悩ませる登場人物にとって重大な意味を持つことさえある。円地は小説の舞台を構成するときに、気象を極めて効果的に取り込んでいる。それはことさらなものではなく、登場人物の心境や関係性をそれとなく暗示させるような形で、地の文にさらりと置かれているが、逆にそうしたそれとなさが、小説に奥行きと陰影を与えている。円地がしばしば頼るものに「雨」がある。雨あるいは雷（驟雨）は、小説の舞台転換に重要な役割を果たしながら、男女の仲を取り持つ重要なきっかけとなっている。たとえば『私も燃えている』（昭35・1、中央公論社）の中では、香取と千晶の邂逅の場面にゆくりなく春雷を配して、二人がタクシーに同乗しなければならない状況を演出し、突然の雨が香取と千晶の間を近付ける装置になっているし、『賭けるもの』（昭40・10、新潮社）においても、美音と岳夫をやはり秋の雨がタクシーに同乗させている。

「あの家」（「別冊小説新潮」昭28・1）では、主人公の舞踊家佳代と能役者西川が神楽坂の「あの家」に向かうときも雨を降らした。「車を坂の途中で捨てると、丁度花時の気まぐれな卯の花くたしの雨が降りかかって来た。傘を持たない二人は狭い石畳の道をもつれ合いながらひっそりと薄ぐらいあの家の格子前へ辿りついた」。また「浜木綿」（「別冊小説新潮」昭28・9）では、「わたし」と「あなた」との出会いも雨の中であった。「妖」（「中央公論」昭31・9）においても「細かい雨の粒が一つ二つ額に落ちた。千賀子はその湿りをたのしむようにやっぱりぼんやり立ったまま、坂の下の方を見ていると、ひょっくり一人の男が曲りに姿を現わした。（中略）千賀子にはそれが自分のところへ来る遠野滋之だとすぐ解った」し、「遊魂」（「新潮」昭45・1）においては、作中に雨の状況が幾度となく用意される。いずれの場合でも雨は男女の接近を促す装置として機能している。円地は、雨を自在に繰る作家ということもできよう。

「雪」については少し深刻である。円地がみずからの生の過酷さを暗示して、あるいは脱皮すべきものの象徴として意識されている。「冬」という季節と共に用いられる雪は小説そのものの舞台装置にはあまり使われない。それは円地の舞台が北国以外に設定されているからであろう。むしろ「冬」と同じように作品や単行本の表題に、たとえば「雪折れ」「雪燃え」のように使用され、象徴的な意味を担わされていることが多い。

（松本博明）

季節（きせつ）

戸板康二は円地文子と北海道旅行に同行した際、ホテルの窓から外の雪を見て交わした言葉を、次のように記している。

私が「きれいですねえ、これを見ただけでも、北海道に来たかいがある」といったら円地さんが、「そうねえ、でもこの雪を降らせている屋上の人も大変ね」といったので、私は困ってしまった。（「円地文子のごひいき」『あの人この人』平5・6、文芸春秋）

この逸話は、円地が作品構想の中で春夏秋冬をどのように認識していたかを知る手がかりになる。

中上健次が指摘するように、円地は幼いときから演劇に接し、いわゆる演劇知というものを身に着けていた。円地の季節感には、こうした「芝居味」あるいは古典的教養からくる一種の「仕掛け」のようなものが張り付いているように思われる。戯曲や小説の表題の付け方や、自伝的エッセイの構成においても、人生の苦難や幸福を四季に見立てる傾向を示しているといえる。たとえばそれまで書き続けてきた戯曲を収録した初めての戯曲集に『惜春』（昭10・4、岩波書店）と名づけた意味は、青春との惜別の思いがこめられていたであろう。片岡鉄兵との恋愛を清算し、プロレタリア文学にも十分な共鳴を覚えることのできなかった円地が選んだ結婚という選択、その道に踏み入った彼女を待っていた現実は、プロレタリア運動のいう階級社会の「悪などという観念的な判断など、働く余地のない、人間自体の体臭のあくどさ、強さに圧倒され、ほとんど窒息しかけた」（『朱を奪うもの』昭31・5、河出書房）という主人公滋子の述懐と同じであったろう。「人間に対して不信になれない甘さ、嬰児のような素直さと弱弱しさ」を持った世間知らずの女性が、生の現実に次々に躓いた青春の記録として『惜春』はある。続く『女の冬』（昭14・9、春陽堂書店）は、「女の冬」「昨日の顔」「雹」「原罪」「女三題（早春、盛夏、賢母）」「遁走」「霖雨」の順で作品が配されている。四季をその表題に採りいれることで、成長・変転する作者の心の現実が投影されている。後記には「外部から与えられる影響によって、時々刻々変化してゆく自分の精神上の脱皮を私は殆ど唖然として眺めておりました」とある。主人公の脱皮と心の成長の奇跡こそ冬から春そして夏、秋へと移る季節のあり様に重ねあわされているのである。「冬」を表題に使うもう一つの作品「冬の旅」（「新潮」昭46・11）は、同行の士三島由紀夫の死を心より追悼した作品で、三島の生と死の実質に、自らの生を投影したものである。三島に横溢する悲劇的ロマンチシズムの愉悦に、ぎりぎりのところで踏みとどまった自己の生を重ねあわせ、その一面を改めて自覚し、そこからの離脱を宣言する。老境に立つ作者が改めて老境に生きる覚悟を自らに課す、それは「冬の旅」の象徴にふさわしい。

「季節」は円地作品の生成と変転、葛藤と脱皮を象徴するものであり、その苦難と希望のないまぜになったものとして、冬と春がしばしば選ばれているのである。それは磯田光一が言うように「自己否定を通じた〝死と復活の祭儀〟」(「円地文学論—美学ユートピアンの宿命」「群像」昭45・8)という円地文学の性格を示しているといえるだろう。(松本博明)

脚色(きゃくしょく)

昭和三十年代はまさに円地にとって脚色の最盛期である。菊五郎劇団や新派のために谷崎潤一郎、室生犀星、森鷗外らの小説を脚色・劇化するとともに、晩唐の女流詩人魚玄機を扱った連作戯曲『女詩人』『偽詩人』、西鶴による『変化女房』など数編の戯曲が発表され、上演を見ている。

円地は自身の脚色について、「脚色と原作—演劇合評会—」(『銀座百点』昭32・5・25、木村荘八・池田弥三郎・久保田万太郎との対談)の中で、「私はモチーフは頂くけれども、脚色する場合はやっぱりドラマを作るということが先でしょうね。だからダイジェストじゃつまらない」と語り、池田の「単に原作の名前が売れているから舞台へかけようということではいけないんですね」という言葉を受け、「三島さんの「金閣寺」は芝居にしたら原作の観念的な面白さがなくなっちゃうんじゃないんですか」と述べ、一事を掘り下げる姿勢を窺わせる。

昭和三十年六月の歌舞伎座で谷崎潤一郎「武州公秘話」(三幕九場)の脚色を担当(久保田万太郎演出)。これは昭和三年に円地自身の「晩春騒夜」の築地小劇場上演以来、二十七年ぶりに舞台上演に関わったものである。同年十月、森鷗外「雁」(五幕八場)を脚色し、久保田万太郎演出、水谷八重子らにより初演。

昭和三十一年五月には、室生犀星「舌を噛み切った女」(福田恆存演出)の脚色を担当。加賀山直三によって、「円地女史もその点、手際のいい脚色をしてもいい、健康さと常識性を失わず、後口のいい書き方をして、この一座に嵌まつてもいる。原作の感じを生かすには、矢ツ張り新劇仕立てにし、女優を使わなければ無理にきまつているが、しかし、これはこれなりにハッキリとした骨組みはあり、格調も具わつているので、風変わりな歌舞伎新作として相当の興味を以て見通すことはできた」(「『千本桜』三段目と『舌を噛み切った女』」『幕間』昭31・6)との劇評を受けている。また、犀星も「僕が十二、三の時に見に行つたときの、しばゐ見る嬉しさをかなでてくれました。所は金沢、母と一緒なやうでした」と所感を円地に送っている。九月に泉鏡花「湯島詣」(四幕五場)を脚色、久保田万太郎演出、新橋演舞場で初演。翌三十二年歌舞伎座一月公演での志賀直哉「赤西蠣太」（五幕七場）の脚色を担当。公演期間中、谷崎・志賀と鼎談。谷崎は「脚色の成功だが、あの庭の場面で小さなお姫様が通り過ぎる場面なんてよかった」と一定の評価をし、志賀も「僕は結局のところ、この芝居は戦前に作られた映画よりもいいと思う」と述べている。円地自身は「谷崎先生もおっしゃったように、とてもシャレた作品なので脚色がとてもむずかしかったのです。船の場面は書き上げるまでに大層手こずりました」と述べている（「新橋演舞場の「赤西蠣太」を見て」『産経時事』昭32・1・18・夕）。六月、舟橋聖一「新忠臣蔵安宅丸」（五幕六場）を脚色し、今日出海演出で菊五郎劇団により歌舞伎座で初演。翌月は、芥川龍之介「奉教人の死」（四幕）を脚色、岡倉士朗演出で菊五郎劇団により歌舞伎座で初演。

以後、昭和三十三年十月、室生犀星「山吹」（岡倉士朗演出）。三十四年八月、上田秋成『雨月物語』から脚色した「浅茅ヶ宿」を松浦竹夫演出で菊五郎劇団により歌舞伎座にて初演。三十五年三月、室生犀星「かげろふの日記遺文」を脚色。テレビにおいても、イプセン「人形の死」（KRテレビ、昭35・2・17）、芥川龍之介「奉教人の死」（日本教育テレビ、昭36・1・29）、泉鏡花「白鷺」（毎日放送テレビ、昭43・7・2）などの脚色を担当している。

なお、初期の脚色に関しては、「芝居の脚色」（『うそ・まこと七十余年』昭59・2）に詳しい。

（竹内直人）

京都（きょうと）

円地文子と京都といえば、すぐに『源氏物語』が思い起こされるだろう。十歳の頃に有朋堂文庫で『源氏物語』を読み始めたという円地は、昭和四十二年七月より『源氏物語』の現代語訳に取り掛かっている。途中、四十四年一月に右目の網膜剥離手術のため中断しながらも、五年の歳月を経て四十七年に『源氏物語』第一巻を刊行、翌年、全十巻の『源氏物語』現代語訳を完成させている。その間、取材として幾度も京都に赴いており、その経験をもとに『源氏物語の世界・京都』（昭49・5・27、平凡社）を出版している。この書籍は巻末に京都の宿紹介が載せられるなど京都案内の色が強いものである。ただ、『源氏物語』の現代語訳に携わったことが京都との関わりを深めたのではなく、円地にとって京都は、幼いころから度々行っていた場所であった。円地は京都に関する随筆を数多く残している。寂光院を訪れた円地の随筆に、「小じんまりした本堂や庭の佇まいを見ながら、忘れていた『平家物語』の文章を思い出してみるほど静かな雰囲気にひたることが出来た」（『旅よそい』昭39・11・20、三月書房）という文章がある。京都が古典を思い起こさせる場であったことが、円地に京都を好きにさせた理由の一つではあっただろう。

旅行好きとして知られている円地が刊行した『円地文子

紀行文集』（全3巻、昭59・5・15〜9・14、平凡社）に収録された紀行文の多くが京都関連であったことも京都への愛着の深さを窺わせるものである。「まえがき」には「京都や奈良の近くは、一番、好みに合っているとみえて、行く度に新しい発見をして楽しむのが常であった。」とある。また、円地の作品に京都を舞台にしたものが見受けられるのも、頻繁に京都に赴いた経験があったからだといえる。たとえば『花散里』（昭36・4・20、文芸春秋）について「女三人が京都で西本願寺へ能を見に行ったり、嵐山で船遊びをしたりする場面があるが、こうした背景を使えたのは、その年の五月に大阪の相愛女子短大の講演会に行った帰り、そこの先生の三谷さんが一緒で、亀井勝一郎さんと三人で、能を見たあと、苔寺から嵐山へ行き、船に乗って大堰川を上り下りした折りの感興がものをいったのである。」と、実際の見聞が作品の背景に繋がったと語っている（「作品の背景」「東京新聞」昭43・5・10）。「苔寺の池の周囲の道はいい工合に昨日一昨日としめじめ降りつづいた雨の後で、充分水気を吸いとった苔の緑がふうわり膨らんでいた。光琳風のやさしげに茎の細いあやめの濃紫や、山つつじの淡い紫が緑の中に色彩を点じている。」（『花散里』）というような色彩豊かな文章は実際に京都に行ったからこそ出来たものだろう。ほかに京都を舞台にした作品として『京洛二日』（「新潮」昭41・8）、『あだし野』（「文芸春秋」昭36・1）などがある。

（杉岡歩美）

源氏物語（げんじものがたり）

円地文子は、祖母に『偐紫田舎源氏』を読み聞かせられて関心を持ち、小学生の頃には有朋堂文庫で『源氏物語』を読み始めた。昭和十年代から「幻源氏」（昭10・11）、「玉鬘」（昭11・6）、「雲井雁」（昭11・9）などの戯曲を源氏愛好者の雑誌である「むらさき」に発表し始める。終戦時には『湖月抄』でも『源氏物語』を読んでいた（『源氏物語私見』）。その後は『源氏物語』に影響を受けた小説を幾つも書いた。

「花散里」（昭和三十一年から「別冊文藝春秋」などに断続的発表）の鹿野艶子の人物造型には、『源氏物語』の花散里の性格が一部、投影されている。ただし、外に愛妾を持つ由利朔郎が、他の女に生ませた子供を養子として引き取らせようとしたときそれを拒むなど、光源氏が夕顔との間にもうけた夕霧を養子として育て上げた花散里とは、異なる面も持っている。艶子は、自我や自己主張という言葉とは無縁で穏やかな花散里と比べて、自我を持つようになっていく。そのような意味では、「花散里」という『源氏物語』中の巻名を冠している以外、『源氏物語』が深く投影されているとは言えない。

「女面《おんなめん》」（昭33）の中には、栂尾三重子『野々宮記』なる虚構の書物が出てくる。この書物の考察に、円地は自身の六条御息所に対する捉え方を投影したという（『源氏物語私見』）。野々宮は斎宮になる未婚の皇女が潔斎するためにこもる場所で、京都の嵯峨野にある。『野々宮記』では『源氏物語』で斎宮に選ばれた娘を持つ六条御息所の描写がメインとなっており、御息所の人物造型には古代の巫女（憑霊する女）の伝統が息づいていると考察されている。三重子の死んだ息子（秋生）の妻泰子にアドバイスするため、自らも物《もの》の怪《け》について研究する助教授伊吹恒夫は、三重子はこの本を借りて自分の巫女的性格を語っているのではないかと考える。三重子は死んだ夫以外にも愛した男性があり、彼女の双生児秋生と春女は、その男性の子である。この本には、御息所と光源氏の恋愛がかりそめのものではないことにかこつけて、愛した男性への情念が綴られている。伊吹は泰子に恋しており、二度ほど関係を持つが、おぼろな意識の中で泰子は春女と入れ替わっていたのではないかと思う。この入れ替わりは、実は三重子の示唆によるものだが、泰子か春女か、どちらとも分からない二人の女の姿は、葵の上に取り憑いた六条御息所の物の怪を読者に想像させるものである。

　昭和四十二年からは、『源氏物語』現代語訳を椿山荘近くの目白台のアパート（仕事場）にこもって書き始め、『源氏物語私見』（昭49）も刊行した。さらに、『今昔物語』や『偐紫田舎源氏』を意識して取り入れた戯曲「源氏物語　葵の巻」（「海」昭50・5）などを書いた。『源氏物語』に対する理解については、以前から数種類の現代語訳や脚本を執筆していた舟橋聖一と、光源氏の朧月夜との密通をどのように理解するかで議論になったことがある（詳しくは「舟橋聖一」の項参照）。「源氏物語　葵の巻」の前書きで円地は、「源氏物語は王朝貴族の生活を描いているもので、当時の生活状態、例えば女が御簾几帳などを隔ててしか男と話さないというようなことを、そのまま劇化することは不可能である。源氏を劇化したものでは、（略）歌舞伎には田舎源氏の劇化以外は殆どない」と書いている。『偐紫田舎源氏』の歌舞伎化はあっても、原典の歌舞伎化がないかのように読める言葉だが、原典の初の歌舞伎化をすでに舟橋が行って大ブームとなっていた。円地源氏の特徴は、語り手を実体的なものでなくしたことや、「気難しくない言葉」を使い、「古典という重苦しい衣裳を取り捨てて並みの小説を読むような気持ち」で読ませることにある（円地文子訳『源氏物語』巻一、新潮社）。

（川勝麻里）

現代語訳（げんだいごやく）

「現代語訳」とは、古典語によって書き表された文章を現代語による文章に改めることの謂である。嘗て「口語訳」とも「口訳」ともいわれ、円地自身も「口語訳」と称しているが、「口語」とは「文語」に対する語であって必ずしも「現代語」と同義とはいえないので、厳密には「口語訳」とは区別されるべきである。

　その現代語訳は、一語一句の語義や文法機能に忠実に訳する逐語訳と、語義や文法に拘らずに文意から訳出する意訳とに大別される。もちろん、逐語訳といえども、読むに堪えるものにするためには相応の語句を補ったりする手当ては為されねばならないが、一般に、専門の学者の手に成る注釈書や古典全集が概ね逐語訳であるのに対して、文士や作家によるものには意訳が多い。特に後者の場合、例えば、日本の代表的な長編古典である『源氏物語』についていえば、夙に多くの作家たちがその全訳を試みてきており、千年紀を過ぎた今日でもその試みは続けられている。数あるなかでもよく知られているのが与謝野晶子訳と谷崎潤一郎訳とであり、円地文子訳はこれらに続くものとして位置づけられる。ただ、これらは紫式部作『源氏物語』の現代語訳というよりも、「源氏物語」という大古典を題材として成った、与謝野・谷崎・円地それぞれ固有の「源氏物語」というべきであって、極言すれば、与謝野晶子作とか谷崎潤一郎版などという冠辞を付するに相応しいほどのものである。

　例えば、与謝野訳においては、原文にはない主語が補われたりする一方で、逆に、原文に存在する語句が訳文には反映されていない箇所が少なくなく、また、敬語の使用が皇族中心に限られたりするなど、独自の意訳の度が強い。加えて、明治期における日本語の特徴ともいえる漢語・字音語が多用された硬質な文体で、あの流麗な詠みぶりの短歌とは対照的である。他方、谷崎訳においては逆に、平安朝の気分を損ねないように訳出には意を用いており、主語の補足や敬語の省略なども行わないかわりに、原文にある語句に該当する部分は訳文においてもそれと判るような文体になっている。更に、昭和期の終戦前後における再度の改訳のなかでは、転換期の日本語にも配慮するとともに、「です・ます」調に改めたりもしている。

　円地は、それから降ること約二十年後の昭和四十二年に自ら現代語訳に着手して、全巻完訳までに五年半の歳月を費やし、昭和四十七年九月に『円地文子訳源氏物語』（全十巻）の第一巻が刊行された。円地の作家人生における畢生の創作活動といってよい。そもそも円地においては、生まれ育った家庭環境によって人生体験よりも文学体験の方が先行することになり、日本古典などは少女時代からおのずから身に着いたものであって、なかでも『源氏物語』は繰り返し読んだと、自身も振り返っている。

　『円地文子訳源氏物語』第一巻所収の「序」に、円地は「自分の心で読みとった『源氏物語』を現代の読者に出来るだけ気難しくない言葉で語りかけたい願望が私にはあった」と述べている。そしてその願望は、「『源氏』を読んでいる間に、それらの部分（注＝前出「本文では美しい紗膜のうちに朧ろに霧りかすんでいる部分」）に来ると、いつも憑かれたように自分のうちに湧き立ち、溢れたぎり、やがて静かに原文の中に吸収されてゆく情感をそのままことばに移して溶かし入れなければいられないままにそうしたのである」という形で実現された。

要するに、原文（古文）は円地の自在な想像力によって存分に膨らまされ、それが現代語の文章によって表されているのである。したがって、原文の一行が現代語訳では数行にも及ぶということも稀ではなく、その意味で、限りなく創作に近い「円地源氏」といえる。（高野良知）

国学（こくがく）

国学は江戸期の、記紀万葉からの古典文学に基づき、儒教や仏教渡来以前からの日本固有の生活文化を明らかにしようとする学問であり、江戸中期の、本居宣長において成熟した。近代文学者としての円地文子はむろん国学を脱し西洋文学を摂取した国文学に連なり『国文学貼りまぜ』（昭58）を刊行している。しかし、江戸後期文学をふるさとにした円地文学は、国文学から国学に遡行する傾きを強くみせている。没後刊行された『夢うつつの記』（昭62）で「父は国語学を専攻したので、本居宣長などを尊敬したところから原始神道的な考えをかなり持っていたようだが」と記し、『有縁の人々と〈対談集〉』（昭61）に収録された中上健次との「物語りについて」（昭54・10）で、「確かに宣長は『古事記伝』とか『源氏物語玉の小櫛』で自身の哲学を述べたわけですが、秋成以外の古文系の人は、物語り作家としては、やはり二流ですよね」と発言している。また、すでに『女面』（昭33）では憑霊研究の「野々宮記」という架空の論文を設定して「本居宣長がそのことを惜しんで、後の巻々の叙述から類推して、源氏が御息所の愛情を求めて恋を得るまでを描いた「手枕《たまくら》」という文章を書いているのは、宣長らしい御息所への愛情の表現だ」と記している。また『源氏物語私見』（昭49）の「六條御息所考」でも宣長の「手枕」に言及している。すなわち「手枕（本居宣長自筆本）」の「前坊と聞えしは。うへの御はらからにて。大方の御おぼえはさる物にて。内内の御ありさまもいとあはれに。やんごとなくおもほしかはし給ひ。世の人も。」と書き出される恋愛の事始めの補足だった。秋成への円地の愛も「秋成は国学を学び、漢籍にも長じていた」ことに関わる。『彩夢』（昭51）においても、老女の性を国学から生みだしたような川原悠紀子にたくして女流作家堤紗乃の欲望を果たしている。『女を生きる』（昭36）で「日本人には貴種流離を愛する」こころがあって、日本武尊、業平、義経に系譜すると論じ、『女人風土記』（昭47）でも「飛鳥の女帝」「むさし野の女」「伊勢の斎宮」と並び「吉野静」で「貴種流離譚の系譜が古くから日本民族の間にあって、そのジャンルの主人公が民衆に愛されてる」と記している。貴種流離譚とは、折口信夫が日本文学の遡源にもとめた物語文学の原型だった。

先の対談「物語りについて」で中上健次は、「円地さんの作品の中には、江戸的なものと京都的というか近畿、つまり秋成的なものの二つの要素」があり、「「物」そのもの、これは「霊」と言いかえてもいい」として、「折口信夫さんではないですが、いわゆる魂《たま》にならないものという部分」と指摘している。そうして円地没後、中上は「物語の系譜」を「佐藤春夫」「谷崎潤一郎」「上田秋成」「折口信夫」と論じ、折口の『死者の書』を「折口は古層の語り部のように書く」とし、「ここまで来たなら、音の人折口信夫の関心事であった演劇をわが事として出発した日本近代文学にあらわれた唯一の女性物語作者円地文子へは一歩の距離である」として「円地文子」（昭59・4〜60・6）に入り、円地の演劇的知として、「菊慈童」「鴉戯談」「二世の縁　拾遺」をたどった後、「次回には、絵巻物構造と深く結びついた霊能力の発生、「なまみこ物語」について書く」としながらも、未完で終わっている。（竹内清己）

国文学者（こくぶんがくしゃ）

円地の日本古典に対する造詣の深さは、三島由紀夫などの作家から文学研究者にいたるまで広く認められてきた。それは幼少期の祖母の寝物語りや読書体験から血肉化したものとして、感覚や感性によるとされることが多い。しかし、「専門の国文学者にも匹敵するに近い」（吉田精一「円地さんのこと」全集⑯解題）ものとしても認められている。

円地の作家としての道程には、常に主体的な国文学研究への取り組みがあった。戯曲から小説を志すようになった頃、円地は古典文学の読み直しを行ったようであるが、昭和九年、東大国文学教授藤村作や池田亀鑑を中心とする紫式部学会が創刊した古典雑誌「むらさき」に、和泉式部論などを載せている。その後、池田亀鑑の口利きで、東大での平安朝文学の公開講演を行ったり、紫式部の評伝を雑誌に掲載したりなどしている。

戦後になると、台東区谷中の自宅に「谷中サロン」と称する文学者の集まりを持って、吉田精一や河野多麻などと、古典文学や外国の小説理論を学んでいた。昭和二十六年には、国文学者関みさを等とともに、女性の文学研究会「あかね会」を立ち上げ、これもまた円地の自宅において、日本文学や歴史学の研究者たちと十数年の間研究会を重ねている。昭和四十年に刊行された『全講和泉式部日記』鈴木一雄との共著、昭40・4・25、至文堂）は、こうした取り組みの学術的な成果のひとつとしてあげられるであろう。

昭和四十二年より『源氏物語』を口語訳するにあたっては、『源氏物語評釈』の玉上琢彌の指導を仰ぎつつ、犬養廉や竹西寛子・清水好子ら国文学者たちとの研究会を、目白台のアパートで行った。清水は、源氏に独自の読み方を持っているであろう円地に印象批評的なところはなく、論理的であり、数多くの注釈書や主だった論文を読破していたと振り返っている。「王朝文学のディレッタント」と自称する円地だが、専門の研究者も認める学問的な知識と論理性を持っていた。

（田中　愛）

昆　虫（こんちゅう）

円地文学において、昆虫は雪と羽虫のような単純な比喩を除けば、その群体としての性質と変態する性質とが注目されているようである。例えば、前者は群れることをしない人物の形容として用いられる。「遊魂」（「新潮」昭45・1）では「一人で生きているのが怖い」という「現代の習性」を、坂という人物が「昆虫」と評している。また、後者は特に女性の変化というモチーフとして印象的に用いられる。その中でも最も特徴をなすのが、日本経済新聞の朝刊紙上に連載された「女の繭」（昭36・9・16～37・6・18）においてである。円地は連載前の九月八日の同紙朝刊に「作者のことば」を寄せており、その中で「私は女だから若い女のつくる繭を書いて見たい。あるいはその中には自分の繭を食い破って蛾となる短い命を喜ぶ女もいるかも知れない」と書き、作中でも最後の場面で登場人物の菅野三千子に「女はいろいろな糸を吐き出して自分の繭をつくって行くけれども、私の繭は戦争という毒虫に食い破られてしまったのよ」と言わせている。

「女の繭」は、西陣織などの女性の着物を重要な作品の舞台立てとしており、ここでいう「繭」は女性の身にまとう絹のイメージともつながっているが、何よりも蚕から蛾への変態が少女から成熟した女性への変化の象徴として機能しているのである。加えて、その変化の要因が「蚕」としての女性が自ら吐き出した糸で作る繭であることが重要であり、そのような内発的で自然な成熟を阻害した外的要因としての戦争が「毒虫」に喩えられているのが注目される。すなわち、身を装うことも含めた女性の生涯全体が「昆虫」の幼虫から蛹、成虫へと姿を変える生態に擬えられているのである。

（永井真平）

坂・道（さか・みち）

自伝的小説「半世紀」（「群像」昭43・6）のなかで、「宗子」は品川の「電車通りから島川の家へ通う細い坂道」を訪ねる。そこは、「宗子が琴の生涯を書いた小説の終りの方で、死病を抱えた女主人公が雪の中で行きなやみ、自分の生き方に意味のない絶望を感じる場面」の舞台であった。細雪降るなか、『女坂』(角川小説新書、昭32・3)の「倫」は重苦しい身と心を引きずるように家路に就く。「倫」は「一歩一歩地面に吸いつくような重い足をゆるゆる動かして緩い傾斜の坂道を登り始め」ると、「何十年の間行友という手に負えぬ夫に生活の鍵を預けたまま、その制限の範囲一ぱいに自分の力で苦しみ、努め、かち得て来たあらゆるもの……それは一言に言えば、家という名で統一されるものであった」非情な固い取りつき端のない壁に囲まれた世界であった」という「意味のない絶望」に苛まれる。「その世界を自分は確かに足を踏みこたえてはっきり生きて来た」と振り返る「倫」の歩みは、「一足一足、往来に下駄の歯が吸いつくかとおもうほど足が重」い、身体の有り様と重ねて描かれている。「坂」とはまさしく、苦渋に満ちた人生行路そのものなのだった。「絶望してはいけない、歩かなければいけない。登らなければ、登りつづけなければ、決して坂の上へは出られないのだ……」と自らに言い聞かせることが、登りつづけてきた「坂」の忌まわしい実相を浮き上がらせ、身体の衰えとともに、「坂の上」にあるはずの「明るい世界」はいよいよ手の届かぬものとなる。

一方、『妖』(「中央公論」昭31・9)に描かれる「坂」は、倦み疲れた現実から逃走できる異界の入り口としてあった。「坂に面した中二階」に「千賀子」は自分だけの世界を作り上げる。子どもたちが、坂とは反対側にある「低地の町に向いた横町の門」から巣立っていったあと、「千賀子」は夫との気心が通わぬ日々に加え、自らの老いを自覚しはじめる。「千賀子が坂と親しくなったのは、こういう生活の埒を夫との間にどっかり据えてからであった」。「千賀子」にとって、「小さい門を潜って坂へ出」ることは、「この坂を上り降りするように自由に過去と現在の間を行き通うような錯覚」と「無限に甘美なゆめを授け」る幻想への冒険にほかならない。境界的空間としての「坂」が往還自在な時間をも現出させるのである。円地文子の「作品にしばしばあらわれる坂は、彼女の内部世界を象徴している」(「永遠に怖れられる女—円地文子の文学」「文學界」昭34・8)と奥野健男は述べる。ほぼ同時期に書き上げられた『女坂』、『妖』という優れた文芸作品において、円地文子は「坂」にそれぞれ別様の意味を与えていた。それは、「坂」の消滅を感慨とともに綴った「谷中清水町—失われた町名への挽歌として」(「季刊芸術」昭42・4)と連接する、円地文学の核を形成しているものと考えられる。

(舘下徹志)

ジェンダー

劇作家に要求されることは劇的展開を持った筋と台詞を作り出すことである。人物造形や舞台のディテールは俳優や美術監督・演出家の仕事であり、劇作家から小説家に転じた円地の、このようなドラマツルギーを優先したディテールに対する関心の希薄さ、読者に委ねる鷹揚さは、この点に起因すると思われる。歌舞伎が出雲のお国より発し、社会制度の変遷の中で、男性へと転化していった歴史があるのと同様に、円地の堅固な文学的自負は、日本文学を牽引してきたのは男性ではなく女性だという歴史的事実によるものである。主として平安時代の女流文学やそのパロディーである歌舞伎や能狂言といった、幼少期より慣れ親しみ、彼女が最も得意とする古典芸能を創作の源にしている。

これら幽玄の世界観を理想とする日本の古典芸能では演者の両性具有的な振舞いは基本である。また実録物も有効な創作手段である。演劇的世界観を援用した円地の創作の手順は、必然的に演劇の持つジェンダー的要素を作品に組み込むこととなり、世界的なフェミニズムの流れの中で斬新なジェンダーアプローチを実践した理想的な作品として海外でも高い評価を得るようになった。能において旅の僧侶が出会う煩悩によって怨霊、あるいは人知を超えたものと化する女性というパターンは円地作品の重要な要素となり、子宮のない女性、乳房を切除した女性、醜女、巫女、両性具有等、ジェンダーを超越した人物が繰り返し登場する。作品は表面的には男性の側から描かれているが、フェミニズム的一種の深読みによって作品の持つ真の意味が明らかになり、女性の側の自己主張を発見することが出来る。また円地作品の常套的、障害者の子供を持つという設定は、産む性である女性が抱く不安、薬物中毒や飲酒、喫煙等についての危惧を象徴する。これに対して男性はこのような意識が薄く、妻の妊娠中に浮気する。この障害者という発想は、スターンの『トリストラム・シャンディ』的作品である、ロシアの劇作家アンドレーエフの『星の世界へ』から得たとされるが、『蜻蛉日記』の見立でもある。

代表作の『女坂』はジェンダー的に最も世評の高い作品である。おおよその内容は主人公倫《とも》の夫、白川が二人の妾を家に引き入れたことによる、主人公の嫉妬と葛藤を描いた物語。文子の母、鶴子から聞いた実話で母方の村上家の祖母を主人公にしたノンフィクション的傾向が強い作品で、長男には知的障害があり、祖父はその嫁も妾のように扱ったという。主人公は死に際に自身の葬式を拒否することで反乱をおこすという結末。二人の妾が素人女性であるという点は、円地文子の夫が素人の女性と浮気していたという事実と重なる。

また「男のほね」は『女坂』と同旨の作品であり、母方の村上家に対して「盂蘭盆」は父方の上田家の聞き語りである。明治政府の役人となった貧しい藩士が財を成し、豪勢な暮らしをするといった例は数多くあったが、円地の祖父の上司はこの種の官僚として有名で、祖父の引退もこの上司の突然の死と時期を一にしており、祖父は上司の歓心を得るために、上司と同様な行為をしたものと思われる。パール・バックの『大地』は貧しい小作から大地主に成り上がる中国人の物語で、妻と妾を同居させる。またバック自身も障害者の子供を持ち、『大地』の中にも障害者の子供が登場。

夫が倫を無視する行動はパワーハラスメント（いじめ）的行為であり、加害者は被害者が職や地位を失うことを恐れて何ら抵抗しないと踏んでいる。この場合、イプセンの『人形の家』の主人公ノラのように家を出る事が最も有効な対処法である。家を出る、会社等を辞める行動は、被害者に精神の安定と人間の尊厳を取り戻し、前後策を考えることを可能とする。また夫や上司の周辺に噂（スキャンダル）が立ち上り、上司は降格し夫は体面を失う。倫は精神の安定を失わなかった。つまり上司のいじめを夫は倫へのいじめにより回避し、倫は誰かをいじめて連鎖を断ち切れないで居る。そして円地は倫を怨念の中で怨霊と化すことで物語を先へ進めている。

〔参考〕小林富久子『円地文子―ジェンダーで読む作家の生と作品』（平17、新典社）、同「『女坂』妻妾同居という心理的拷問」（『ジェンダーで読む愛・性・家族』平18、東京堂出版）。（岩見幸恵）

蛇類（じゃるい）

円地文学の中では、蛇や爬虫類はそれそのものの描写というより、冷血さや気味の悪さといったイメージを伴って人間の心理を象徴するもの、または性欲を象徴するものとして用いられることが多い。そういった蛇に対するイメージ自体は、日本の中で流通する至極常識的なものであり、初期作品においてはその範疇からはみ出すような使われ方は見られない。そのイメージに従いつつも、作品の中で印象的な用いられ方をするのは中期以降である。たとえば日本経済新聞の朝刊紙上に連載された「女の繭」（昭36・9・16〜37・6・18）では、戦時中軍医として、七三一部隊を連想させる部隊で人体実験を行っていた主人公菱川豊喜は、その暗く沈んだ冷たい性質を、その他の登場人物に「大蜥蜴とか、蛇の化けた人間」、「爬虫類」などと認識され、その子供は「蝮の子」などと形容されている。また、同作では豊喜の妹佳世が麻薬で意識朦朧とした中でレイプされ、その場に相手の男の蛇皮のバンドが残されていたり、それを蛇でもつかんだかのように放り投げたりしており、嫌悪すべきイメージと性的なイメージが重ねあわされてもいる。

一方、「蛇の声」（「海」昭45・4）では、表題以外に蛇に関わる描写は一切ない。しかし「蛇の声」は、円地を思わせる老作家の志賀が二つの新聞記事からイマジネーションを働かせ、老女の性にまつわる物語を自らの境遇に重ね合わせながら作るという構成をもっており、「蛇」イコール「性」という関係性は描写を超えて主題として機能していることが分かる。老女のグロテスクとさえいえる「性」の発露がすなわち「蛇の声」なのである。このように、嫌悪すべき対象としての「蛇」と、「性」としての「蛇」というイメージは、円地文学の中では独立したものではなく互いに複雑に絡み合って象徴性を持って機能している。（永井真平）

少女小説（しょうじょしょうせつ）

①円地文学における位置、先行文献

最初の少女小説は戦前に矢田津世子に頼まれて雑誌に連載し、偕成社から刊行したと、瀬戸内晴美との対談で明かし（「別冊婦人公論」昭55夏季号）、「冬の記憶」（昭52・6・23～7・15）には、戦前の作品は再版しないつもりだったが、子宮癌で入院中の昭和二十二年に「少女小説なら」と思って再版を承諾し、三月末の退院以降は頼まれるままに書いたと記している。「おとなの世界だ、少女の世界だという区別をしない」厳しさやドラマがあってよく売れたとは、当時同社で編集を担当した小川正治の言（「日本児童文学」昭56・3）で、「生活のために」書いた「子供むきの大衆小説」だが「その折々で力一杯書いてきた」、「女たちの様々な生き方が、私を背後から支えてくれた」と円地自身語ったこともある（「週刊文春」昭57・10・21）が、「少女小説を書いて悪いというわけではないが、自分がそれしか書けない作家だと他人に印象されているのが身に沁みて辛ら《ママ》かった」（「冬の記憶」）等の回想や、小説中でも「彼女のうちに波うち、たぎる修羅は到底それを童話や少女小説の中に溶かし込めるものではなかった。」（「菊慈童」昭57・1～58・12）と否定的な言及が目立ち、全集には収録されず、各種の年譜類にも作品名の記載がない。亀井秀雄・小笠原美子『円地文子の世界』（昭56・9・25、創林社）所収の「著作目録」、陸川享子「円地文子と少女小説」（「書誌調査1993」平5・9）の他、根本正義『占領下の文壇作家と児童文学』（平17・7・11、高文堂出版社）等の書誌が参考になる。

②著作目録

『朝の花々』（「小学六年生」昭14・5～15・3。偕成社、昭17・10・10。昭22・5・10再版。昭24・1・30の2版は「母の面影」併録）

『麗はしき母』（「日本少女」廃刊のため中絶した「富士のある窓」昭18・10～19・1を改稿。偕成社、昭22・12・30。昭24・2・15の版は「えみ子の秘密」併録。昭26・12・30の版は「朝の花々」併録）

『三色菫』（昭23・7・20、偕成社。異装本『三色すみれ』昭24・4。昭26・12・20の版は「母いまさば」併録）

『谷間の灯』（昭23・12・25、偕成社）

『帰らぬ母』（昭24・1・15、金の星社。ポプラ社の『母月夜』（昭26・11・15）の表題作は同作の改題、「秋夕夢」併録）
『真珠貝』（昭24・5・25、偕成社。昭29・8・15の版には「少女白菊」併録）
『白鳥のふるさと』（昭24・9・20、ポプラ社。同社の『母呼鳥』（昭28・6・30）の表題作は同作の改題、「花くらべ」「あほうどり」「母の日のプレゼント」併録）
『雪割草』（昭24・12・20、大泉書店。ポプラ社版（昭28・8・15）は「花束は雨にぬれて」併録）
『母いまさば』（昭24・12・30、偕成社）
『スペードの女王』（昭25・4・3、ポプラ社。同社の『涙の明星』（昭30・3・1）の表題作は同作の改題、「幹子のねがい」併録）
『荒野の虹』（「少女サロン」創刊号（昭25・6）から連載。昭26・6・5、偕成社）
『あの星この花』（昭28・4・15、偕成社。「母のおもかげ」「えみ子の秘密」併録）
『白ゆりの塔』（昭29・12・15、偕成社）
『春待つ花』（昭30・4・1、ポプラ社。「かがやける日」併録）
『からねこ姫』（昭44・12・13、潮出版）

③今後の研究課題
まずは、より正確詳細な目録作成が必要。「いずれも吉屋信子ばりの類型的な催涙小説」（槳田英隆『日本児童文学大事典』平5・10・31、大日本図書）とされたが、ソプラノ歌手として生きるために家を出る母が描かれ（「麗はしき母」）、歌舞伎（「真珠貝」）や能（「白鳥のふるさと」）の家が取り上げられるなど円地らしさも感じられ、「あほうどり」の挿話が「信天翁」（昭32・10）で生かされているといった一般作との関連や、引揚邦人（「荒野の虹」）、戦地での癩感染（「あの星この花」）、混血児（「春待つ花」）などの戦後の社会問題が生々しく扱われていることも注目される。（深澤晴美）

浄瑠璃（じょうるり）

円地文子は、浄瑠璃狂言としての〈浄瑠璃〉と、歌舞伎の下座音楽としての〈浄瑠璃〉の両方の意味で〈浄瑠璃〉という語を用いている。円地は父方の祖母から浄瑠璃や歌舞伎の文句や内容、江戸の稗史小説などの知識を得たことを繰り返し述べている（「私と文学の間」「週刊読書人」昭41・5）が、母も「義太夫さわり集」を持ち、「いろんな」作品を歌っていたため（山川静夫、円地文子、池田弥三郎、車谷弘、座談会「銀座サロン　綱太夫四季」「銀座百店」昭50・4）、家庭で当たり前のように浄瑠璃に触れていた。

初めての観劇体験は「先の雁次郎《ママ》が新富座で『河庄』を出した時」（久保田万太郎、戸松康二、池田弥三郎、円地文子、渋沢秀雄、座談会「銀座サロン　歌右衛門の反逆」「銀座百店」昭31・1）であるが、このことを「近松の浄瑠璃」（「展望」昭40・

1）という題の評論で、「子供の時分から近松の芝居をみて育った」としている。その中で、「年をとるに従って、近松の浄瑠璃が好きになり、内容、構成、文章がすべて見事な完成を示しているのに感動させられる」と述べ、「源氏、方丈記、雨月、春雨」とともに、「近松の浄瑠璃」を「私の愛する日本の古典」に挙げた。その理由を、「一時代の制約の中に素直に心を休めているように見える優婉な文章の中に」「恐ろしいほど鋭く人間の本質を掴み出してい、而も人間に対して尽きない愛情が、滾々と行間に湧き流れているから」と記し、近松の浄瑠璃の「ベスト・ファイヴ」を「『心中天網島』のほか『博多小女郎波枕』『心中宵庚申』『鑓権三重帷子』『女殺油地獄』」とした。〈芝居〉ではない〈浄瑠璃〉についても「昔は文楽が素浄瑠璃で来ましたね」「十二月で、わたしの好きな三代目越路太夫がいつでも『合邦』を語るんです」「けつこう素浄瑠璃でも席が埋まつて」（網野菊、円地文子、戸板康二、車谷弘、座談会「銀座サロン　邦楽のたのしみ」「銀座百店」昭39・12）と豊富な鑑賞経験を持つのが分かる。

　また円地は歌舞伎における〈浄瑠璃〉を「俳優の演技をより抒情的に表現」できる「様式」として、「強い魅力」（「女形の魅力・歌右衛門」『旅よそい』昭39・11、三月書房）を感じていた。さらに「封建道徳を金科玉条として、主君に忠義、親には孝行をモットーとして義理人情」など「今日ではほとんど縁のないようなテーマを持つ」「歌舞伎の大部分」が、「義太夫節その他の浄瑠璃を使って、演じられる場合、存外、現代の私どもにアッピールしてくる」（「私と歌舞伎」『古典日本文学全集26　歌舞伎名作集』昭42・1、筑摩書房）と述べるなど、円地が「教養のふるさと」（「同」）とする歌舞伎が、その世界を構築するために、〈浄瑠璃〉が不可欠な存在であると捉えていたのが分かる。（木谷真紀子）

震災（しんさい）

　大正十二年、この頃既に、家族には内緒で戯曲を執筆し始めた十七歳の富美であるが、「谷中清水町」（「季刊芸術」昭42）の回想によると、関東大震災が起こった九月一日は、渡欧していた父の帰国を出迎えるため、兄ら男手が出払っていた。午後に外出をしようと茶の間で髪を結っていると激しい上下動に見舞われ、二、三年前に死んだ祖母が安政の大地震の体験からの助言を思い出し、すなわち、落ちてくる瓦を避けるための座布団を被って、母と姉と外へ走り出た。くらやみ坂の上の護国院の境内で夜を明かしたのち、戻った自宅には、下町方面で罹災した知人たちが休み場所にと訪ねてきた。見舞いに来たかつての隣人の小田に促され、罹災者たちに留守宅を任せ、その頃飼っていた白い子猫のリリィを入れたバスケットを抱え、母・姉、父の姉家族と日暮里の小田宅で二晩過ごす。焼け残った清水町に帰ってみると、家財が一つもなくなっていないことに、のちの敗戦時の人心の動乱が引き比べられる。

震災に触れた作品には「東京の土」（「中央公論」昭33）などがある。「小さな乳首」（「文芸」昭37）における語り手の母の回想では「大正十二年の震災の時、私はまだ十七、八だったけれども…」と、語り手である文子と富美の実年齢とが照合される。「噴水」（「小説中央公論」昭38）では、現在住んでいる家は明治の終わりから大正末年まで父が住んだ家の隣地に当たり、数え年六歳から二十歳前後まで過ごしたこの土地、動物園裏から芸術大学の塀に向かい合った上野桜木町の大半、根津、団子坂方面は震災と昭和二十年の空襲両度の大火災から免れたので、旧態を残す家屋が少なくないと、指摘されている。「あざやかな女」（「小説新潮」昭40）は思ったより早かった花柳界の復興を描出し、「傷ある翼」（「中央公論」昭35）では東京市民による朝鮮人虐殺は、日本人の差別感や嫌悪に根づいていたものと、十八歳の滋子が知ったとされている。

（野寄　勉）

身体（しんたい）

人間は己の身体をもっていのちを全うする。心身のこころ（ハート）がいかに身（ボディ）に左右されているか、円地が女身であること病がちであったことは、それを痛切にあらわした。室生犀星は『黄金の針　女流評伝』（昭36）の第一に「円地文子」を掲げ、『女坂』（昭32）から「衣紋つきのよい撫肩の胸」「照りのいい黄味がかつた顔色の額」「厚肉の形のよい鼻を中心に眼も口もゆつくり間隔をとつて」「はねた眼瞼の下におされたやうに細く見ひらかれてゐる眼」「その眼瞼を蔽ひにしていろいろな流出を、食ひとめてゐるやうな一種のもどかしさ」といった細描を引き、「倫といふ明治風な女性の表情が心憎いまでに現はされてゐる」と評している。後年円地は『遊魂』（昭46）の「あとがき」に「現実の自分の肉体の占めている時空とは別の境に存在する別の自分があり別の相手があるという仮想」を見出すと記した。「眼」に着目して江藤淳評が「視力が弱い（中略）能舞台を観てでもいるような、奥深いものを感じさせる佳作」とした「花喰い姥」（昭49・1）、「『いっぱいに見開かれて、何を見ているとも知れない虚しさに滲んでいる」老女の描いた猫の眼の、その「虚しさ」の重みが、読む者にずしりと伝わって来る」とした「猫の草子」（昭49・8）があり、「雪中群鳥図」（昭58・4）の「眼というのは恐いもので、単に視力だけでなく心身に与える影響が意外に大きい」のお婆さんの弁にいたる。さらに、「鴉戯談」の最終章「帰ってきた鴉」（昭61・4）の「お婆さんのなんとか梗塞の方が心配だよ。何とか癒ってくれよ」の鴉の勘公の弁、これに答える「おまえはいいよ。鳥だからどこへでも飛んでいけるもの」の弁が痛々しい。かつて自らを

「傷ある翼」と称した円地だった。

　「乳房」は女の身体を代表するものとして「小さい乳房」（昭37・4〜8）に描かれた。『鹿島綺譚』（昭38）では水中の「英子の乳房は水に押し上げられて盛上ったふくらみを縮めていたが、大きく波打つ腹には臍の窪みが小さく可愛らしいえくぼを作っていた。そうしてその下に赤みを帯びて藻のようにそよいでいる柔毛《にこげ》、その間には美しい貝の肉を思わせる唇が両股の強い動きに合せて綻びたり閉じたりしているではないか」と同性の照子の恍惚と嫉妬が描かれている。それは円地に欠如したおのれの「性」そのものだった。「老桜」（昭34・12）で、八十歳を迎える前年に肝臓の病気と老衰で死ぬ母の遺体を浄めるが、「拭き潔めた両股をそっと合せて両足を真直ぐにのばすと、下腹部に微かなふくらみがあった、細い線の窪みが一筋今にも消えそうに見えた。それは何とも言えず可憐なやさしさで邦子の眼を瞠らせた。私はここからうまれたのだと邦子は思った。老いた母の身体の、女である美しさを邦子は幸福に感じた」と描いた絶唱も、女の「性」の癒しだろう。また、「髪」は女身の武器として「黒髪変化」（昭31・12）、「髪」（昭32・5）となり、「指」は「指」（昭45・1）の「あれだけ指使いの綺麗な踊手はもうほかにはないのではありませんかしら」から書き出された、祖母から伝わった「指」のアクセサリーの「指輪」（昭61・10）が円地の最終作となった。（竹内清己）

性（セクシュアリティー）

セクシュアリティー（sexuality）とは、基本的には「性別」「性欲」などを指す言葉であるが、ここでは〈自己の性自認〉〈性意識〉〈性的欲求〉を意味するものとして考える。そして、「性」に対するあらゆる意識・表現は人間にとってア・プリオリなものではなく、歴史的・社会的・文化的に構築されてきたものである。では、円地文子の文学も含めて、なぜ「性」ということが問題になるのかといえば、それは「性」が人間に、自己を同定するための基盤を与えてくれるものであるからに他ならない。

　円地文学に於ける「性」を考えるには、まずは「ひもじい月日」「妖」「女坂」「二世の縁　拾遺」など、夫婦間の「性」を扱ったテクストを取り上げる必要があろう。「ひもじい月日」の場合、さく自身の背中の痣という身体的な負い目から「性」に対して劣等感を抱え込み、それが夫との冷え切った関係を作り上げてしまう。そして、その感情が父親に対する息子の殺意へと形を変えたことを知り、彼女の態度は夫に献身的に尽くすものへと変わる。その変化の根底にあるものは、女性としての自己の「性」への執着が自身の人生を「ひもじい」ものへと作り上げてしまったという事実に他ならない。風呂場であっけなく死んでしまうさくの憐れさは、男たちには理解されない女性の「性」の孤独を表現している。「女坂」の場合は、男女の「性」が複雑に絡み合う。白川倫は「夫と家とを大切に思う道徳できびしく自分を縛って」、それが「いっぱいの愛情と知恵」がつまった生活だと信じてきた。典型的な近代家族制度の中で倫の性意識は当初は「夫と家」という枠組の中にしかなかった。しかし、夫の行友は次々と妾や息子の嫁に「性」の対象を広げていき、倫は「女」であることを捨て、家を守る「家霊」のように生きていかざるを得なくなる。彼女の「性」は放恣ともいえる夫の性欲の犠牲となったが、須賀や由美といった愛妾たちもそれは同じこと。女性の「性」が男性によって支配されていることを「女坂」は照らし出している。しかし同時に、倫自身が自らの道徳観と行友への愛情に執着したことが、夫の「性」の犠牲者を生み出したことも事実であり、円地が捉える「性」は必ずしも男性が支配、女性が被支配といった固定的な二項対立ではない。倫が手にすることの出来なかった「調和のある小さい、可愛らしい幸福」とは明治の近代家族制度の中で女性に与えられた最小限の「幸福」の形だったのではなかろうか。その点では倫は男性中心の異性愛体制の中の被支配的な立場にいる。しかし一方で、自分の遺体を品川の海へ「ざんぶりと」捨ててくれと言い残す言葉の背後には、そうした非対称的な「性」のあり方に異を唱える主体的な「性」を獲得せんとする強さと、自らの存在基盤を奪われた者の虚無感が広がっている。円地文学における「性」は、むろん「女坂」のみに総てが集約されているわけではない。従来の研究では取り上げられていない戦後の大衆小説（たとえば「団地夫人」「ダブル・ダブル」など）では、観念的である点は否めないが、婚姻による「性」の束縛という問題を取り上げてもいる。あるいは『なまみこ物語』や『源氏物語』現代語訳などで、古典に材を採った恋愛感情を、円地がどう描いているかということも考える必要があろう。

また、円地の人生における「性」の問題も、彼女の文学を考える上では抜きには出来ない。彼女は小山内薫に対する恋愛感情や与四松との結婚に対する打算と失望、あるいは片岡鉄兵との性体験などを、小説『朱を奪うもの』やエッセイで描いている。そこでは円地は「性」に対してつねに揺れ動き続けている。そして、昭和十三年の乳房切除、同二十一年の子宮癌による子宮の摘出といった病気の経験が、彼女の文学にどのような影響を与えたかということも短絡的な意味づけはすべきではないが、考えなければならない問題である。

（石田仁志）

西欧文学（せいおうぶんがく）

円地文子と西欧文学との関係は、その時々に影響下にあった師友や日本文学と深く関わる。

西欧文学との出会いは、父・上田万年の蔵する翻訳書や洋書に身近に触れたことに遡る（「私の読書遍歴」）。大正七年、日本女子大学附属高等女学校に入学すると、流行の白樺派や人道主義に背を向けて谷崎潤一郎・永井荷風に熱中し、そこから派生的にワイルド、ポー、ボードレール、ダンヌンツィオといった世紀末文学に親しんだ（「来し方」「女を生きる」「永井荷風の死」）。一方、上野の帝国図書館に通い、明治末の新劇ブームで刊行された翻訳戯曲を読み漁った。後年、『近代劇全集』（昭2～5）や『世界戯曲全集』（昭2～6）でも翻訳戯曲を読んだという（「築地小劇場附近」）。この時読んだのはイプセン、ストリンドベリ、ビョルンソン、ショー、ゴールズワージー、ハウプトマン、ゴーゴリ、ゴーリキー、チェーホフ、アンドレーエフ、ヴェーデキント、メーテルリンク、メレジコフスキーなどで（「私と文学の間」「小説に就いての感想」）、トルストイやゲーテも戯曲から小説へと進んだ。特に影響を受けたとされるのがストリンドベリで、円地はその著『稲妻』を、「近代劇中の傑作」（「私と文学の間」）とまで呼ぶ。また、メレジコフスキーの歴史小説『背教者ジュリアン』も、「一時恋人のように愛した」（「私と文学の間」）書と回想される。これら翻訳戯曲の濫読は、小山内薫の指導下でマンツィウス『世界演劇史』を読んだことも含めて（「先生と呼ぶ名の故人」）、戯曲作家の円地文子の出発と密接に関わる。高等女学校退学後は、家庭教師による語学教育を通して、ロセッティの詩（「古典と私」）、ギッシング『ヘンリー・ライクロフトの手記』、スティーヴンスン『宝島』、ペイター『ルネサンス』、キーツ、シェリー、ワーズワースら桂冠詩人、ドライデン、ポープら古典主義詩人の作品を原文で読んだ（『夢うつつの記』）。この時身につけた英文学の素養は、後年のエッセイや対談の中で発揮されている。

また、円地が小説を書き始めた時期に、フランス現代文学を読んでいることが注目される。平林たい子との交際を深めていた昭和八、九年頃は、平林の導きでモーパッサン、スタンダール、メリメなど十九世紀小説を読み（『うそ・まこと七十余年』）、昭和十年前後にはジッドを読んでいる。江口恵「円地文子とジイド」（「阪大比較文学」２００６・12）は、小説『散文恋愛』（「人民文庫」昭11・8）に『贋金つくり』の影響を指摘している。随筆集『女坂』（昭14・2・1、人文書院）に収められた昭和十年前後のエッセイや日記には、『贋金つくり』、『一粒の麦もし死なずば』や、『ユリシーズ』、ウルフの小説への言及が見られる。円地もまた、当時文壇で流行した実験的な現代小説に関心を持っていたのである。戦後になると、まとまった読書傾向はたどれないが、『女坂』執筆の頃、バック『母の肖像』を読み、またモーリャックの小説論に傾倒したことが回想される（『うそ・まこと七十余年』）。他に、コレット、Ｅ・ブロンテ、モーロア、Ｊ・グリーンの作品についての解説的なエッセイがあり、晩年はドストエフスキーの作品に打ち込んでいる（「ドストエフスキーと私」）。

このように、従来は日本古典との関係が強調されてきた円地文子だが、西欧文学との関係も見過ごすことができない。日本古典と西欧文学との引き合いの中で、円地作品がどのように生み出されたのかを、実作の記述分析を通じて解明する必要がある。

（戸塚　学）

戦争（せんそう）

『女人芸術』を主宰していた長谷川時雨の呼びかけによって発足した「輝ク部隊」の活動に、他の多くの女流作家と同様、文子も加わり、また文学報国会の活動にも筆を染めた。渡邊澄子は、「戦時下の円地文子―『輝ク』時代を中心に―」（平21）で、文子は狂信的ともいえる戦争協力に挺身する時雨との関係を断つことができなかったとする。それまでの観念的左翼主義を捨て国家主義に転向したというよりの、当時の女性では得難い海外渡航などの機会を執筆に活かしたいという職業的願望が働いていた印象が強いと、小林富久子の『円地文子　ジェンダーで詠む作家の生と作品』（平17、新典社）は、昭和十六年の南支と十八年の朝鮮への慰問旅行体験に対して指摘している。また戦争前夜・戦時中の執筆である随筆集『南支の春』と短編集『南支の女』、そして二つの長編小説『天の幸、地の幸』『日本の山』（ともに昭和15）をあげ、文学的価値は高くはないが、非常時でありながらも試行錯誤を重ねていた証左としている。そんな中にあって戦後の円地文学の基盤とも言える「女の冬」（昭14）、「花方」（昭17）を戦後の円地文学の基盤ともいえる作品と位置づける。昭和二十年五月二十五日、文子と与四松・素子がいた中野の自宅は、隣家に落ちた焼夷弾が延焼、持ち出すことができたヤカンと釜と薄い布団以外は全て失った。その後、練馬、母が避難していた二宮、鎌倉と知人宅を転々と間借り暮らしをするが、七月に五年前与四松が購入していた軽井沢の別荘に落ち着く。彼の地で敗戦の報に触れたばかりか、焼けなかった谷中の実家は人に貸していたので、母鶴子とともにその冬を過ごし、谷中に戻ったのは母の家が明け渡された昭和二十一年四月になってからのことであった。この軽井沢での〝越冬〟体験は多くの作品に反映されることになる。

各作品中には戦争が様々な諸相で登場する。満州事変時の「転向」に触れた、「散文恋愛」（昭11）から東中野の罹災を記す「廃園」（昭21）、「光明皇后の絵」（昭26）では戦渦に多くの造形芸術作品が失われることに、「殺す」（昭30）では原水爆から世界滅亡論が言及されるなど、枚挙に暇がないが、戦争そのものが前景化されるということはなかった。

（野寄　勉）

建物・寺社（たてもの・じしゃ）

家屋。家居という言葉がある。レルフの『場所の現象学』（平3）に、「人間的存在としての根源的中心として住まいの場所」とあり、住まいには「愛着と離反」の裏腹のセンスがあるとあるが、円地はまさに生まれ育った家居においてその裏腹なセンスに引き裂かれた。『江戸文学問わず語り』（昭53）に「生れた土地を生涯離れないで生きて来ると、故郷の概念は持てませんし、旅に出た帰りなど列車が東京に近づくと、なつかしさに心が弾むどころか、新たな荷でも背負わされたような何とも重たい気分に誘いこまれます」と記すように、軽井沢に別荘を持つものの生涯東京を離れることはなかった。離れると旅だった。「家のいのち」（昭31・9）を吉田健一は「題が示す通り、これは一軒の家が戦時中から戦後に掛けて辿る歴史を扱ったもの」とし、「「妖」（中央公論）も佳作だと思ったが、どちらかとなればこの方を取る」と評した。生まれた浅草区から育った麹町区・下谷区・小石川区への家移り、結婚して家移りした中野区江古田の家は戦災で全焼した。先の思いはそうした円地の家居の遍歴からの実在感のあらわれだった。また、『朱を奪うもの』（昭31）に示された武家屋敷とか足洗い屋敷とか屋敷への特殊な興味は、「銀杏屋敷の猫」（昭27・1）、「鞦韆屋敷」（昭38・5）の怪談趣味のあらわれで、『終の棲家』（昭37）は一茶の「是がまあつひの栖か雪五尺」をエピグラフとする「屋根の重み」にはじまる家付き娘の窮屈さを描いている。劇場。芝居という言葉がある。芝生に居ることから芝居小屋、芝居を興行する劇場。劇場は円地が生涯好んだ建物であり、歌舞伎座や新橋演舞場、ことに築地小劇場は師事した小山内薫の創立した劇場で、円地の「晩春騒夜」が初演された。さらに水道橋の能楽堂などの能舞台は円地作品に頻出する。病院。これもまた病のデパートを自認する円地作品の主舞台。とくに東大病院。「水草色の壁」（昭30・5）は「厚い壁である。古い病院の古い建物と一緒に年老いて、いく度か上塗りされたペンキの面が水草色《みづぐさいろ》にあせてゐた」と書き出される。墓。円地は「墓の話」（昭48・6）に「私はよく墓のことを書く。私は墓が好きなのか、いや、幼い頃、私にとって墓場ほど恐ろしいところはなかった」と書くが、「上田秋成の墓」（昭57・夏）の西福寺採訪は『雨月物語』の「白峰」から崇徳院、『吾輩は猫である』の猫の死骸の「この下に稲妻起る宵あらむ」から漱石の墓に及ぶ。

寺社は円地のまさに魂の供養所だった。「平等院の鳳凰堂」「平安神宮の紅枝垂」「光源氏と六條院」「石山詣」「源氏の野宮」「瑠璃光寺炎上」「修学院離宮」「女人高野室生寺」「長谷寺の牡丹」「浄瑠璃寺の吉祥天女」と、題名だけでも枚挙に暇がない。『女の冬』の表題作「女の冬」（昭

14・5)は「初七日の読経がすむと」と書き出されて、読経の声がしめやかに聞こえてくる。

(竹内清己)

旅(たび)

晩年の昭和五十九年、紀行文集全三巻を出し、その第一巻『女の旅』の「まえがき」に「私は旅行が好きで、旅といえばどこへ行っても損をしたような気がしたことはない」と回顧した円地文子は、事実、第一随筆集『女坂』(昭14)で「旅ゆくこころ」「旅を愛す」を記して以来、旅を愛好し旅から多くの収穫を創出した作家だった。しかしそれは、日本文学の一水脈を代表する松尾芭蕉の「月日は百代の過客にして行きかふ年も旅人なり」に行きつくような漂泊流浪の旅ではなく、また、罪せられて配所の月を見る式の流竄の旅や亡命の旅では無論なく、もっと日常的な、円地文学の生成でいえば、江戸の歌舞伎見や物見遊山から行きついた現在のいわば観光旅行に近いものだった。しかしその旅の通俗性は先駆的で豊かな達成を示している。それは第一巻が「女の」と形容がつき、第二巻が『古典の旅』であって、第三巻の『旅の小説集』の「まえがき」の「実際に見聞したその手応えを小説の舞台に生かし」「登場人物の旅行体験や思い出の土地の出来事などを取り入れて作品を構成する」趣向において際立つ。全集「年譜」をたどれば、少女期の父上田萬年の二度の欧米視察旅行や支那への視察旅行の「視察」と「帰朝」に倣う、また父母が好んで伴った京都への家族旅行などを原型とするものだった。最初の海外旅行の、昭和十六年「一月三日より二月十一日まで海軍省派遣慰問団の一員として、長谷川時雨、尾崎一雄ら一行十人とともに、南支那及び海南島を旅行」は、十二年に父を亡くし、十三年に結核性乳腺炎で入院手術をした後のことだった。その「南船記」の冒頭部で「一体私は家族連れでない旅の経験と言へば、四五年前北海道へ旅行したのと、去年一週間程伊豆へ行つたぐらゐのものであるから、今度の旅行はほんの一月ばかりと言つても私にとつては始めての大旅行なのである」と記している。その四、五年前の初旅も、昭和十二年七月の「支那事変勃発直後、読売新聞主催の講演会のため、平林たい子、美川きよ、河崎なつ、神近市子らと北海道へ旅行。帰途東北の中尊寺、仙台を巡る」もので、これもいわば公的旅行だった。戦中のもう一つ、十八年十月に「朝鮮総督府の招きにより、日本文学報国会の一員として、戸川貞雄、深田久弥、湯浅克衛らとともに約二週間、北朝鮮の重工業を視察旅行」したのも「視察」という公務だった。

戦後の初旅は、『ひもじい月日』で女流文学賞を受賞した二十九年十月の「サンデー毎日」の講演会のための岡山・尾道・呉・広島・山口への旅だった。海外旅行は『女坂』で野間文芸賞を受賞し『女面』連載中の、翌三十三年

「四月十五日より七月二十四日までアジア文化財団の招きにより、平林たい子とともに、アメリカ各地を視察旅行。その後ヨーロッパをめぐる」もので、この二人旅は、円地にとって最大かつ最重要な旅となった。口述筆記となった「絶筆」（未完）が、「私はヨーロッパとアメリカへ何度か行っているが、その初めての時の連れは亡くなった平林たい子さんであった」と書き出されることでもそれは頷ける。円地はその後の海外旅行を、三十七年産経新聞連載の「この酒盃を」のためハワイ、三十九年オスロのペン・クラブ大会出席を兼ねた平林たい子とのヨーロッパ、四十五年ハワイ大学の夏期講座をやり果し、四十九年徳川元子・宗賢とパリ、フィレンツェ、ジュネーブ、南ドイツ、オーストリア、さらに五十二年パリ、スペイン、ローマ、フィレンツェ、スイスに遊んでいる。公的国内旅行は、三十五年「文芸春秋」の講演会で北海道、三十七年「文芸春秋」のそれで九州、三十八年「婦人公論」のそれで中国、「文芸春秋」で東海、「婦人公論」で沖縄に行き、三十九年「文芸春秋」で酒田・弘前など、「婦人公論」で熊本・福岡など、四十年「文芸春秋」で四日市・大阪など、「婦人公論」で札幌・小樽など、この時期最盛期を迎えている。また五十三年「食卓のない家」のため紀州に取材旅行をしている。

　私的な旅は略したが旅先は京都を中心とし、関西と東京間から外延を拡げている。（竹内清己）

月・日・星（つき・ひ・ほし）

東京下町育ちの円地は物干し台の上にかかる月を愛で、気取った都会風流趣味かと自嘲するが、「欠けたり満ちたりする変化にも、自分の思いが自由に運ばれて行くのだから、美しい妖精としての月は私の心にいつになっても死ぬことはないだろう」（『本のなかの歳月』「私の中の月」昭50、新潮社）と、その美しさを書き留める。能役者西川昌三の死後、舞踊の師匠香代が見る月は「あの家」（「別冊小説新潮」昭27・8）にあり、「目黒の月」は歌舞伎の世界を描いた『女帯』（昭37、角川書店）に、京都仕舞屋の屋根越しの月は「雪の大原」（「小説現代」昭42・5）にある。また戦火の東京を避けた軽井沢の越冬では『高原抒情』（昭35、雪華社）に「空には氷の欠片《かけら》のような月があって、燻し銀のような光が、庭の落葉松の梢や道の向うの空地の根雪を灰色に照らしている」と哀しみを月に託した。さらに「お月さまを見ていると、気ちがいになるの」と、「狐火」（「群像」昭44・1）では恋の危うい妖気に最晩年の広重「名所江戸百景」「王子装束ゑの木、大晦の狐火」を重ねた。

　豊潤な言語を手繰る円地だが、なかでも「いい工合に、高曇りの空には水母《くらげ》のような漂わしい太陽の円が滲んでいて、雨の気配はなさそうだった」（「京洛二日」）と、太陽にまとわりつく不思議な陰が一筋縄でおさまらぬ恋の来し方を暗示させ、人生の哀惜を託す。

先代から受け継いだ豊かな教養を絢爛に花咲かせ、根底にある命の不可思議を讃歌する円地は、『花散里』(昭36、文芸春秋新社)に収載した「銀河」(「文学界」昭34・8)では、花火見物の場席を「星逢」にし、分裂症の息子を案じる立川夫妻が見上げた東京の濁った空にも星のきらめく天の川が広がる。自然に人の心を写し取り、色彩豊かに描き出す円地の筆は、苦悩を道連れにして市井の中で逡巡して老いる老女に優しい。

(岸　睦子)

庭　園(ていえん)

庭園は建築と一体になって、生活の空間、人生の舞台となり、円地文学の重要な情景を演出している。人工的であるが故、そこに住む人たちの状況や心境を反映して、華やぎも寂れも荒れもする。「廃園」(「新人」昭21・6)では、時代に取り残された美しい女の住む荒廃した庭に藤の花房が趣を添え、「源氏物語」の「蓬生」を思わせる。「女坂」など多くの作品において、庭園の季節の草花や樹木は、登場人物に花を添え、背景に彩りを与えている。「源氏物語」のような、王朝風の趣を感じさせる。また、例えば「川波抄」で、下町娘から同性愛の告白を受ける場となる向島の百花園は江戸情緒を、「花食い姥」の上野公園の噴水のある庭園は現代的な雰囲気を醸し出している。

随筆に「庭」「庭の今昔」(『灯を恋う』所収。昭43・11、講談社)がある。日本の「庭園という観念」は平安朝時代に始まり、「源氏物語」に見られるように、寝殿造りを中心として、四季の山里を模した庭をつくっている。「しかし、庭園の結構が著しく技巧的に整備され、芸術化したのは、何と言っても室町期以降であろう。」(同前)と、京都に残っている庭を讃えている。東京に残る江戸時代につくられた庭園や、造園技術では日本の庭に劣るとしながらも新宿御苑など西洋の庭園の美しさにも心ひかれている。

「散り花」(『別冊婦人公論』昭56・7)にもあるように、花を好み、軽井沢の野の花に夢中になっていた時期もあったようだが、「自然のままの山や野の景色も美しいけれど、年を取るにつれて、人間の知恵が自然を案配してつくった庭園の美しさにも、捨てがたい趣きのあるのに私はしみじみ感じ入るのである。」(同前)と述べている。技術を尽くした庭園への好みの深まりは、人生の洞察と、円熟に向かう作風を思わせて興味深い。

(高比良直美)

テレビドラマ

円地の作品を原作とするテレビドラマは三十本余りある。その初めは、昭和三十二年十月から翌年四月にかけて、前年十二月開局した大阪テレビでの、木曜日夕方六時から十五分間の連続ドラマ「母の肖像」であり、少女小説「朝の花々」が原作である。以降、「あかね」（34・1・2、日本テレビ）、「妻は知っていた」（34・12・16、日本テレビ）、「白い外套」（35・2・14、関西テレビ）、「琴爪の箱」（36・12・20、NHK）、「雪折れ」（37・1・28、TBS東芝日曜劇場）と、短編小説を原作とする一時間ドラマがおよそ一年に一本のペースで続く。長編小説を原作とする連続ものは、共に三十分十二回連続の「女の繭」（金曜日夜、TBS）と「愛情の系譜」（火曜日昼、フジ）が、三十八年一月から三月にかけてほぼ同時並行している。さらに三十九年には、月曜日から土曜日の午後一時十五分から三十分までの「この酒盃を」（4・20〜8・22、90回、日本テレビ）に、月曜日から金曜日の一時三十分から四十五分までの「雪燃え」（5・4〜7・31、52回、フジ）が続くこともあった。三、四十年代は視聴者の動向に沿って放映形態を変えながら、円地作品を原作とするドラマが単発・連続合わせて二十七本に及んでいる。

こうした状況からは、テレビジョンの加速度的な普及の時期と円地の作家的地位の確立の時期が重なるという以上に、円地のテレビドラマへの積極的関与が認められる。また、他作家の作品を舞台上演のために脚本化しているのと同様に、三十三年のNHK芸術祭参加ドラマ「桔梗の夢」（上田秋成「浅茅が宿」他）を手初めに「人形の家」（イプセン）、「奉教人の死」（芥川龍之介）、「白鷺」（泉鏡花）など、テレビドラマを脚色していることも、この新しい媒体に向ける円地の関心を裏付けている。一方、「虚空の赤ん坊」→「孤独な罠」（39・4・11、フジ）、「賭けるもの」→「悪妻なれど」（43・1・8〜8・1、日本テレビ）、「松風ばかり」→「愛」（44・6・15、TBS）、「女の繭」→「女の繭」→「断愛」（45・11・24〜46・2・16、NET）、「女の繭」→「霧の影」（49・4・19、TBS）などの題名変更にも留意したい。中でも「二世の縁拾遺」→「木乃伊の恋」（「恐怖劇場アンバランス」の第一回、48・1・8、フジ）の許諾となると、円地文学の萌芽が祖母口移しの「江戸後期のごった煮のような文章や話」（「灯を思う」）であったことが思い合わされる。当時のテレビが持つ猥雑さへの親炙と見るのはうがち過ぎになろうか。

（安田義明）

東京（とうきょう）

円地文子は、東京に生まれ、その一生のほとんどを東京で暮らした。生地は現在台東区浅草橋となっている向柳原町、二歳の時現千代田区富士見町に転居し、六歳から二十一歳まで現台東区池之端に住んだ。その後現文京区千石に二年余り住み、結婚とともに居を移して八ケ月ほど鎌倉材木座に住んだが、東京に戻って現文京区表町の伝通院裏に一年ほど住んだ後、二十七歳（昭和七年）から四十歳（昭和二十年）まで中野区江古田に住した。戦後は池之端の母の家に住み、途中六十二歳から六十八歳まで『源氏物語』の現代語訳のため文京区目白台のアパートで暮らすこともあったが、昭和六十一年に八十一歳で亡くなるまでこの池之端の家に住した。

下町に生まれ、下町に育ち、下町に暮らした、と言ってよい。この、東京下町は円地に何をもたらしたか。その第一は、芝居への親炙である。「二代目左団次」によれば、「芝居は子供の時からみせられつけていたし、十三、四のころ二代目市川左団次の初演した『明月八幡祭』（池田大伍作）の芝居で、（中略）すっかり左団次という役者に惚れ込んでしまった」と言う。芝居、しかも一流の役者を見て育つことは地方ではできない大都市東京ならではの特質である。円地がその文学を戯曲から開始したのも、いわば東京下町の文化のしからしめるところであった。

その第二は、東京下町の人たち――近親や知人から、自らの生きてきた話を聞いたことである。『女坂』について円地自身が、「老女（円地の母方の祖母村上琴―小林注）の口から流れ出る問わず語りのそれこれが本来のモチーフに枝葉を繁らせて、つまりはあの作品となったのである」（「小説『女坂』」、『うそ・まこと七十年』）と述べているように、東京下町に生きた祖母から、いわば〈女が生きるということ〉の具体を提供されたのである。また、正宗白鳥の激賞によって文壇復帰を決定的なものにした「ひもじい月日」も、人から聞いた身上話が基になっている。話したのは、円地が病院で知り合った庶民の女だと言う。

さて、円地が東京を舞台にして小説を書くことにおいては、ひとつの考えがあった。「小説『女坂』」で「ひもじい月日」執筆のころを回想し、次のように述べている。

私はそのころモーリヤックの小説論に傾倒していて、主人公やテーマは自由に扱っていいが、環境や副人物はなるべく自分のよく知っているものを使うべきだという考えに同調していた。この作品でも自分の住んでいる上野の近くの根津あたりの町をシチュエーションに選んだ。知らない土地を調べて書くより、長い間知っている所を、舞台に選ぶと、それほど筆数を使わないでも、自然に行間からリアリティーがにじみ出るように思えたからである。

ここには、モーリヤックから学んだ円地の小説方法論がある。小説の要素を主人公とテーマ、副人物と舞台に分け、前者は自由に書き、後者は熟知のものを使って書く、というものである。そして、その後者の効果を小説における現実感の形成に見ている。つまり、主人公とテーマの人工性と、副人物と舞台の現実性を融合した小説空間の創成を目指しているのである。しかも注目すべきは、副人物や舞台を知悉なものを以てすると「自然に行間からリアリティーがにじみ出るように思えた」と言っていることである。と言うのも、この方法論で書かれた「ひもじい月日」を見ると、舞台に選んだという「根津」は一度も出てこないからだ。作品には「旧市内の場末」とだけある。よく知っている場所を使いながらも、具体的な地名は出さない。にもかかわらず、東京下町の情景が確かに「にじみ出」ている。これは〈燻し銀の手法〉である。派手ではないが、底力のある洗練されたリアリティー。円地の生まれ、育ち、暮らした東京は、このような形で小説の地金として輝いている。

（小林幸夫）

童話（どうわ）

①円地文学における位置、先行文献

少女小説と同様に、不遇時代に経済的な理由から書かれたものが多いようで、全集には収録されず、特に愛着のあった『おとぎ草紙物語』『古典文学教室』以外は、全集の主要著書一覧にも載せられていない。亀井秀雄・小笠原美子『円地文子の世界』（昭56・9・25、創林社）所収の「著作目録」、陸川享子「円地文子と少女小説」（「書誌調査1993」平5・9）が参考になる。

②著作目録

［創作童話］

「背くらべ」（『よみうりどうわ3』昭42・5・10、盛光社）。初出は未詳だが、同書「はじめに」によれば、読売新聞が童話を載せ始めたのは昭和十六年頃からで、以後十年以上も続けられた。

［少年少女向け翻訳・翻案等の著作］

『おとぎ草子物語』（少国民日本文学3）』（昭18・12・25、小学館）。「おとぎ草子」から「梵天国」「かくれ里」「花世の姫」、「舞の本」から「百合若」「元服曽我」「烏帽子折」収録。小学館『同（少国民シリーズ）』（昭22・3・10）では「舞の本」は「烏帽子折」のみ収録、ポプラ社『おとぎ草子（世界名作物語21）』（昭27・7・20）では「おとぎ草子」の「木幡ぎつね」「蛤草子」「唐糸草子」「俵藤太」「花みつ」「雛鶴の草子」を加筆。

『ウィリアム・テル（世界名作文庫21）』（昭26・2・5、偕成社）

『古典文学教室』（昭26・10・10、ポプラ社）。鏡物の形式に模し、「古事記」「日本の和歌（万葉集を中心に）」「源氏物語」「平家物語」「枕草子（方丈記と徒然草）」「謡曲と狂言」「西鶴と近松」「芭蕉・良寛」「秋声と馬琴」「膝栗毛その他」の十話から成る。後に『古典文学入門（入門百科19）』（昭40・1・15）として再刊。

『歌舞伎物語（世界名作文庫36）』（昭28・4・15、偕成社）。「菅原伝授手習鑑」「義経千本桜」「妹背山」「伽羅千代萩」「歌舞伎十八番」「弁天小僧」「筆屋幸兵衛」を収録。

『竹取物語（世界名作物語36）』（昭29・11・10、ポプラ社）。「宇津保物語」琴の巻・忠こその巻併録。弘文堂『かぐや姫、更級日記、宇津保物語（日本少年少女古典文学全集2)』(昭32・5・25)は「更級日記」を加筆、岩崎書店『かぐや姫物語(少年少女日本古典物語全集4)』(昭39・9・20)、『同(私たちの日本古典文学選4)』(昭41・5・30)、『同(日本の古典物語4)』(昭61・3・20)は弘文堂版から「宇津保物語」忠こその巻を削除、『かぐやひめ(ものがたり絵本5)』(昭42・11・30、平14・4復刊)は幼児向けに改稿。

『今昔物語(世界名作全集146)』(昭25・6、講談社。未見、昭31・8・25)

『雨月物語(少年少女日本名作物語全集17)』(昭33・5・25、講談社)

『うらしまたろう(光文社の動く絵本)』・『ももたろう(同)』(昭33)。後記の内容から前者は10月以降、後者は11月以降刊行と推定できる。

『近松物語(日本少年少女古典文学全集19)』(昭33・11・30、弘文堂)。「国姓爺合戦」「曽我会稽山」「出世景清」「万年草」を収録。岩崎書店の『同(少年少女古典物語全集22)』(昭39・9・20)、『同(日本の古典物語21)』(昭61・3・20)も同内容。『国姓爺合戦　近松物語(平凡社名作文庫8)』(昭55・1・18)は、全面改稿した「国姓爺合戦」の他、「ひちりめん卯月の紅葉」「卯月の潤色」の三編を収録。

[雑誌掲載の翻案]

「お伽草紙」(「少女倶楽部」昭19・7)

「菊花のちぎり―雨月物語中より―」(「少女倶楽部」昭19・11)

「紫式部」(「女学生の友」昭28・5)

「若むらさきのひめ君―源氏物語より―」(「六年の学習」昭29・10)

③今後の研究課題

少女小説と同様、まずは、正確詳細な目録作成が必要。但し、後年の『集英社のゴールデンブック　白雪ひめ』(昭35・5・15)の指導と解説、集英社の『世界名作絵ものがたり』全二十四巻(昭58・3～12)の監修、「たけくらべ」の訳(『少年少女日本文学館1』昭61・12・14、講談社)などについては、②掲載分も含め、実際にどの程度関わったかは疑問。

『古典文学教室』の後記に「文学のうえではっきり故郷といえるものを日本文学の古典に感じる」と記し、「愛読した」アンデルセンやグリムより、祖母から聞かされた「日本の古い物語」の方が「記憶に残っている」と後年も語っている(『私の愛情論』昭55・12・21)ように、翻訳は日本の古典に集中しており、円地の名で記された各書の解説類は、疑問の残るものもあるが、その古典観を知る手掛かりとなろう。また、全訳との関連(『雨月物語』の「はじめに」には、前年全訳を発表した後なので楽しく書けたとある)のみならず、「二世の縁　拾遺」(昭30・1)、「猫の草子」(昭49・8)

等の創作との関連（『東京の土』（昭34・7・20）の後記にも、「「お伽草紙」を児童向きの読みものにする仕事」で「花光」の物語に興味を惹かれて書いてみる気になった」とある）の考察も重要。童話「驢馬の耳」が円地の「驢馬の耳」（昭34・7）、「鹿島綺譚」（昭38・1〜8）で、「人魚姫」「小公子」が「食卓のない家」（昭53・2・11〜12・6）で、「醜いあひるの子」が「菊慈童」（昭57・1〜58・12）で言及されてもおり、幼少時の文学体験の影響ももっと検討されていい。（深澤晴美）

日記・手紙（にっき・てがみ）

日記や手紙は、もともと極めて私的なもので、それだけに公表するとなれば、プライバシーへの配慮はもちろんのこと、作品とは違った配慮が必要である。そんなこともあってか、現在のところ日記や手紙に関しては、まとまったかたちで公表されてはいない。

日記としては、『全集』⑯に収められている『女の秘密』（昭34・12、新潮社）のなかの「宮本百合子さんの思い出」で引用されているものと、『旅よそい』（昭39・11、三月書房）のなかの「沖縄日記」がある。前者は、円地自らの「昭和二十六年一月二十六日の日記」として、「夜、宮本百合子氏の訃報に接す」を書き出しで引用し、以下、「万葉集」巻十三の三二四九番の歌をひき、「作家としては病点ありしも」としながらも、「現代の日本に只一人の女性」であったと、最大級の讃辞をもってその死を惜しんでいる。文語体の日記部分の引用に続いて、宮本百合子を回想している。ちなみに、宮本の死は、昭和二十六年一月二十一日である。『沖縄日記』は、昭和三十八年十一月十日から十四日まで、「婦人公論」の講演会のために、石原慎太郎や石井好子らと沖縄を訪れたときのもので、その感想は「米軍基地として沖縄県人の置かれた特殊な地位と、長い歴史」であるとしている。

手紙としては、「アメリカ・ヨーロッパ紀行　書翰集」（『欧米の旅』（昭34・11、筑摩書房）や「室生犀星先生の手紙」（『旅よそい』）、「父と手紙」（同）などが『全集』⑯にあり、その一端をかいま見ることができる。「アメリカ・ヨーロッパ紀行　書翰集」（以下、「書簡集」と略す）は、旅先から発信されたもので、「室生犀星先生の手紙」は来信、また、「父と手紙」は上田萬年と齋藤緑雨、あるいは菊池寛とに関わるエッセである。「書翰集」は、昭和三十三年四月十五日から同年七月二十四日まで、アジア文化財団の招きでアメリカ各地を視察し、その後ヨーロッパを巡ったおりのもので、四月十五日を皮切りに七月十五日までの三十八通（論者注、同日日付で複数のものは、それぞれ別に算えた）である。『旅よそい』の「あとがき」で、「筆不精な私」としているが、手紙を「日記がわりですから、そのつもりで保存して下さい」（「五月八日」）としているところをみると、旅行記としての備忘録だったと思われる。見聞内容は、景観と異文化への率直な感想である。際だっているのは、くり返し書かれている愛犬「ベック」と長女「素子」への愛着で、写真を持参しなかったことを悔いたりしていて円地の素顔の一端が感じられる。「室生犀星先生の手紙」は、犀星から円地宛の手紙（昭和二十六年から同三十六年までの九通で、内容は作品評が多い）を基にしての犀星の「おもかげ」を述べたものである。しかし、『室生犀星全集　別巻二』（昭43・1、新潮社）には、大正二年から昭和三十六年までの、犀星から発信された書翰五五〇通が収録されているが、そこには円地宛の書翰は一通も収められていない。

ところで、こうして見ると先の「日記」や「手紙」は、いずれも公表することが憚られるような内容ではない。むしろ、日記や手紙という形式を借りた見聞記や回想記として読むべきものとなっている。したがって、肉声としての日記や手紙の公表は今後をまつ以外にはなく、そのことによって研究にどんな新しさが加えられるかも、現在では未知数といえる。

（馬渡憲三郎）

人形（にんぎょう）

円地が人形について直接語っているものとしては、「太陽」（昭51・11）の「特集　人形遊び―江戸から昭和へ」の巻頭言として掲載された「人形雑記」がある（のち『四季の記憶』所収、昭53・10・25、文芸春秋）。日本における人形のおおまかな歴史について語りつつ、源氏や更科等の中に出てくる「人形」や「雛」などを紹介し、江戸時代の人形綺譚などにも触れている。その他、「男子中心」の江戸時代に「見事な雛を飾り、雛道具に善美を尽くして、雛祭を祝うこと」も「その家の繁栄の象徴でもあったのであろう」とみなしたり、内裏雛の女雛男雛を「幸福な夫婦の象徴であるよりも、何となく綾羅にまとわれた淋しげな男女の印象が感じられる。封建時代の貴族の夫婦とは恐らくこんなものであったのだろう」とするなど、華やかな人形にも女性の満たされなさをみる円地らしい洞察がなされている。

人形を「幼児の遊びの対象」とし、また飾って賞玩する他に、円地は「人間には人形を恐れる気持ちがある」とする。それは、人形が魂を宿しているように思える、その不気味さによるのであろう。円地の自宅で戦火に焼かれた女雛が、芥川龍之介の『地獄変』の、生きたまま焼かれる良秀の娘の苦しみ悶える姿に重なるというのも、人形を魂のこもったものとしてとらえる感性によるのである。その恐れの感覚を作品化したと言えるものに『人形姉妹』（昭40・9・15、集英社）がある。ここには持ち主に狂気と不幸をもたらすといわれる一対の美しい内裏雛が登場し、「人形にまつわる運命の物語」が展開される。人の念や霊といったものが人間やものに依り憑いて現実を動かすというのは円地の得意とするモチーフであるが、ここでは、人形の持つ超越的な力は、怪奇・宿命・神秘といったゴシック的な要素となるにとどまっている。

（田中 愛）

猫・犬（ねこ・いぬ）

猫と犬、それは円地文学においては「居つかないもの」「去られるもの」の象徴である。

「猫一つだに」（『女坂』所収、昭14・2、人文書院）では、主婦でありながら、社会に触れ、文学につながっていたいという夢が自らを縛っているために、夫や女中に気兼ねして猫一つ飼うことのできない自らの立場を振り返る。しかし「生きものの行方」（「群像」、昭41・1、『生きものの行方』所収、新潮社）では「猫」「犬」は共に「去るもの」として描かれる。飼い家火事をきっかけに、作者の分身とおぼしき主人公梶子の家で飼われるようになった又五郎という猫、最初は拒んでいた母園子が次第に愛情を注いでいく。その園子の死を境に猫は突然姿を消す。猫一匹胸に抱きとってやることのできなかった自分の内に「頑なに冷たいもの」を自覚する。孫娘に又五郎のことを物語るうちに、三十年の間に梶子の家で生を全うした飼い犬飼い猫はわずか一匹しかいないことに気づき、自分が去られる女、愛想尽かしをされる女であることを悟るという筋書きである。「梶子自身の内にひそんでいる非情な等閑癖の所為であろうか、（中略）梶子自身が家を失ってさまよっている人間とも言われるかもしれない。（中略）梶子のうちに蔵われている意欲はいつも不敵で、家の屋組の内に静かにひそまってはいなかった。謀叛を常々に企てようとしながら、その成功しないことを知って余儀なく家の中に自分を居据わらせて来たのが梶子の執拗で陰険な生き方」なのであった。犬猫は梶子のそうした放浪欲を見抜くように去ってしまう。愛情を真に注ぐことのできない主人公、それは円地そのものでもあるが、そこからいつもさまよい出てしまう犬猫。家に安住することのできない作者の姿が投影されているといっていい。

犬については「人間に対する愛情の表現などが、余り野生で、曲がないので魅力を感じない」（「犬」『南枝の春』所収、昭16・12、萬里閣）と述べているが、その犬も同じように家に居つこうとしない。それどころか、牛乳屋の後についてきた雌犬に誘かれて婿入りのようになって、あちらで子供まで作って、その世話までしているという飼い犬に、作者は温かいまなざしを注ぐ。放浪癖のある犬はやはり好きなのだ。

「猫の草子」（『川波抄』所収、昭50・11、講談社）では、居ついてしまった二匹の猫に愛情を注いで、ついには猫と同化してしまう老女の姿が描かれる。「私は結構、生きる頼りにしているのよ、この無力な小さい生きものを」「猫のふんしの世話をすることは自分を生かす仕事であるように思われて来た」と、去られる女から一転して猫がその孤独をいやす存在として描かれる。しかし「時々お祖母ちゃん、猫みたいに見える」と孫に言われるように、また盛りのついた猫の交尾の様子を喜々として語る老女は、すでに猫そのものに取り付かれた存在である。猫によって回復した青春、老女が書く草子が春画風になっていく過程、老女の中に猫が住み着いて、自分が猫なのか人間なのか分からない境をさまよう老女のふるまいは、猫をその放浪癖そのままに自分に取り込んでしまった姿であろう。そしてそれは『菊慈童』（昭59・10、新潮社）の最後に野良猫を抱く老女を自分の姿と知った、滋乃の感懐にもつながる。（松本博明）

能楽（のうがく）

円地文子における能楽は、幼少期より親しんだ歌舞伎とは異なり、自ら〈ずぶの素人〉（『国文学貼りまぜ』１９８３・11・20、講談社）と言っているように、名人の至芸に感動する瞬間まで〈退屈な時間を辛抱しなければならない〉体のものであった。鑑賞については、特に野上弥生子との交流による恩恵を受けており、野上豊一郎・弥生子夫妻発案による年二回の水道橋での鑑賞会に通ったりした。就中、梅若万三郎の『熊野』『羽衣』、桜間弓川（当時の金太郎）の『道成寺』、喜多六平太の『善知鳥《うとう》』には感銘を受けたようで、それらが円地作品に大きく影響していることは言うまでもない。

さて、能を取り入れた作品には、『廃園』『あの家』『松風ばかり』『女面』『私も燃えている』『仮面世界』『菊慈童』『砧』などが挙げられる。〈円地文子は能を描いて比類のない作家のひとりである〉（増田正造「円地文子と能」『能と近代文学』１９９０・11・30、平凡社）と位置付けられるように、特に『女面』は能楽を戦略的に利用しており、全章に女面の名称が付されている。円地は『女面』（１９６０・7・10、講談社ミリオン・ブックス）の「著者の言葉」で、〈能の「女面」の一見無表情な裡に包まれている夥しい女の喜怒哀楽の諸相を通して、女の悪を描いて見たかった〉と述懐している。

西田友美は「円地文子『女面』論」（「方位」１９９０・8）で、能の一般的な形式である〈面が替えられてもその裏に存在する人物は一人であるというしくみ〉が用いられ、〈増女・霊女・十寸髪・深井の女面は、三重子のある情念をときに、せめてもの表情として凝らせたかのような暗示を与えつづけている〉と指摘している。また、野口裕子は「円地文子『女面』論」（「日本文芸研究」１９９５・3）で、〈三重子が女面に喩えられた時、すでに常識人を超えた力を持つ〉とし、これを受けて田中愛は「円地文子『女面』論」（「信州豊南女子短期大学紀要」１９９９・3）で〈三重子〉の力について、〈能で描かれるように仏教的な見地から「悪」の力とされる〉とした。〈三重子〉の本性は、「野々宮記」より〈六条御息所〉に重ねられていることがわかる。円地は〈六条御息所〉に強い関心を持ち、それは能の『葵上』にも繋がる。『源氏物語私見』（1974・2・20、新潮社）所収の『六条御息所考』で〈由来『源氏物語』の解説者は、六条御息所を後妻打《うわなりうち》めいた嫉妬の権化のように取り扱うことが多いが、ああした見解の固定化したのは能の『葵の上』に六条御息所の生霊が劇として表現されて以来ではあるまいか〉との創見を示している。

この他『葵上』への関心では、美人画家上村松園作『焔《ほのお》』で〈能の「葵上」のシテに使う「泥眼《でいがん》」という女面〉が参考にされた（「上村松園」『人物日本の女性史　第九巻』1977・11・25、平凡社）との紹介がある。また一九八〇年四月十日刊行の創作集に『砧』がある。（藤枝史江）

乗物（のりもの）

人間はやがて空間移動に乗物を使うことを知った。旅をすることが好きな円地はよく乗物に乗ったし、作品にも使った。最初の海外旅行は船だった。「はしがき」で「海軍省派遣第三回文芸慰問団の一員として、正月から一月余、台湾、厦門、汕頭、広東、海南島を廻つた」と書き出される「南船記」（昭16・5〜6）に、その模様がつぶさに写し取られている。飛行機は、昭和三十三年の平林たい子とのアジア文化財団による視察旅行の折の「アメリカだより」に、サンフランシスコに着いてからの「汽車と飛行機で山というものを見ないままに膨大な大陸を東西南北しているうちに、自然に心に沈殿して来たいくつかのことは、この旅の土産話として語ってもいいだろう」と語り出される。飛行機は数度の外国旅行、国内の北海道や沖縄の講演旅行などで体験した円地である。「閑中忙事」（昭11・6）を「Mデパートの入口で円タクを捨てると、八重子は階下の売場をそわ〳〵横ぎつてエレベーターに乗り込んだ」と自動車から書き出す都会っ子の円地は、「鉄橋の下で」（昭31・6）を「大きい川の上で走つてゐた汽車が重く揺れて止まつた」、「残された女」（39・2）を「私がその女……佐渡川峰子にはじめて逢《あ》ったのは山陰線の上り列車の車中であった」と、汽車や列車や電車で書き出す。たとえば長篇『秋のめざめ』（昭33）は「下段のひと」の「大きい花束を抱えたハイヒールの髪の長い女がデッキに立ってホームの見送り人と早口に喋っている」と寝台車から書き出され、車中の劇を経て東京駅で降り、あるいはタクシーによる高輪南町への車の動揺につれて「閉じた眼瞼の裏に船室《キャビン》の丸窓が見え」と「戦争中南支へ慰問旅行に行く船旅」が想起され、さらにまた蒲田の駅からタクシーを飛ばして羽田空港の国際線の送迎デッキが描かれ、乗物の総合化が作品の構造そのものを形作っている。駕籠という面白い古物もある。没後出版された『夢うつつの記』（昭62）に、比叡山行での「父と私が駕籠に乗り、同行の吉沢さんが洋服の上着を腕に掛け」た話や、「箱根でも大湧谷に行くのに途中まで駕籠に乗った記憶がある」と語られている。（竹内清己）

花・木（はな・き）

最も長く住んだ谷中清水町十七番地（池之端4丁目16番32号）は近くに上野公園があり、孤独なたくましい巨木の銀杏が幼少の頃から心に残る。「谷中清水町」には、縁日の草花や盆栽を置き、葭竹に朝顔を這い登らせ、瑠璃色や赤の花の咲くのを楽しみにする下町風の暮らしがある。年を重ねてからも自然の織りなす美に惹かれ、春になると庭の椎に散らずに残るさびた古い葉に添うように萌え出す若葉との対照を「老葉新葉」と称し「若葉の子供の手のような美しさ」を讃美した。自邸の古木の松と楓を取りのけなければならなくなると、反対を押して植木屋に頼んで移植した。物言わず年輪を重ねた木に捨てがたい趣を読み取り、新たな命を吹き込む。こうした思いはヨーロッパ各都市のよく保護された樹を見て、排気ガスや手入れの悪さに痩せて枯れる東京の樹への哀感から『樹のあわれ』（昭41、中央公論社）が生まれた。デパートに勤務する老年の幸崎武治や古参の女店員駒田葉子らの時代の激流に乗り切れず苦悩する姿が、切り倒された三番町の堀端の桜に重なった。

また、花が好きな円地は女の一代記である『あざやかな女』（昭40・12、新潮社）の「紫の一本ゆえに」のなかに、壺に投げ入れた桔梗を側に置き、『源氏物語』に三味線で歌をつけていく場面が描かれている。女三宮が柏木と密通し、最愛の紫の上に死なれ、深い悲哀に閉ざされた光源氏の衝撃を、沈痛ななかに艶冶な趣を歌にのせる。「紫の一本ゆえに／武蔵野の／花はみながらあわれなる」と詠い、紫の花に深い気品と孤独を漂わせた。

円地の代表作『女坂』では、冒頭に倫が訪ねる浅草花川戸の久須美家の床の間に白い鉄仙の蔓花を生ける。後に「男の器量に随って動かされる妻の位置は蔓草のようにはかないもの」と記し、夫白川に差し出した妾須賀が、堅いつぼみを開き大輪の牡丹のように色と匂いを増していく。妻と妾の花の対比により息苦しいほどに妻倫の哀しみを誘う。更に、花を題にして主要な役を担わせた「浜木綿」や「おとこ女郎花」、「老桜」、「菊車」、大好きな牡丹を描いた「墨絵牡丹」、「紫獅子」など多数あり、心情を花に重ね色彩豊かに描き分けた。

江戸時代の歌舞伎世界を描いた『女帯』（昭37、角川書店）では、梅見に亀戸天神の臥竜梅など名所風俗を折り込む。凛々しさと妖艶な美をもつ梅には深い関心を寄せ、蕩尽した男の一生を綴った短編「白い野梅」や「白梅の女」など多数ある。上野の桜は「雪折れ」にあり、『終の棲家』（文芸春秋新社）では活躍する生花教授を登場させた。（岸　睦子）

パリ

円地文子は昭和三十三年四月から七月までアジア文化財団の招きにより、平林たい子とともに欧米各地を視察し、パリには七月六日から十日間滞在した。この旅の印象記が『欧米の旅』（昭34・11、筑摩書房）だが、パリに関する記述は少ない。昭和三十九年、昭和四十九年、昭和五十二年にも短期間渡欧し、パリにも訪れている。パリに憧れた若き永井荷風や高村光太郎、夫寛をパリに訪ねた与謝野晶子、異郷の恋に燃えた林芙美子など、戦前の文学者たちのパリ体験は情熱的である。長い船旅やシベリア鉄道で行く遥かな異都に対する憧憬の念が強い。戦後の円地の旅は飛行機であり、五十三歳でもあったためか、強烈な感激は見られない。しかし、アメリカの大自然と物質文明を見た後だけに、ヨーロッパの歴史と伝統を実感した。「ヨーロッパの都市の重厚さ典雅さに較べられる美しさは」古都京都しかない、と述べている（「母にきいた話」）。パリに着いて家族に、「ノートル・ダムやセーヌ河畔を散歩しました。やっぱりローマともロンドンとも違うフランスがどこにも感じられて面白かった。」と書き送っている。「パリならパリのそれ自身の持つ体臭のような濃い独自性」が、「名もないレストランや町角、道を歩いている老若さまざまな人達の物腰眼色」に現れている。都市の個性が長い歴史を背景にした荘重・優美な「古い建築の陰影多い襞を背景にして、生々しく同時にユニークに生きて感じられた」と回想している（「ヨーロッパの印象」）。特に注目したのは、「ドームやゴシックその他色々な様式の古風な屋根に飾られた」優雅さである（「屋根」）。また、ギリシャ神話の「水神やニンフの像などをあしらった」公園の噴水の美しさである（「噴水」）。アメリカのデパートでは見かけなかったが、「パリでもベルリンでも、年頃の娘さんが母親らしい人と一緒に大きい買物包など持って歩いているのを、屢々見かけた」と、さりげない街角の情景にも心をとめている（「郊外・子供・母娘」）。家族に「パリはやっぱりいいですね」と書き送る円地は、青春時代に荷風に心酔してフランス語を習った。スタンダール、バルザック、モーパッサン、ジードなどを読み、「知的に圧搾されたフランスの作家のものが好きであった」という（「私の読書遍歴」）。戦後はモーリヤックの小説論に傾倒し、環境や副人物はなるべく自分のよく知っているものを使うべきだと知り、『ひもじい月日』に応用したという（『女坂』）。フランスの文学や文化に対する思い入れや、西洋は歴史臭いところだという荷風の影響も、円地のパリ体験に作用していたのであろう。

（渡辺善雄）

美意識（びいしき）

江戸稗史小説に、西洋の小説に、ごく若い時から親しんだ円地文子の小説の特徴として、地の文のなかで自然に漢詩や英詩そして特殊な語彙が使われていることがあげられるのはいうまでもない。しかしそれ以上に円地の小説には、読者に対してある強制力が働いていることが注目されなければならない。登場人物が次々と現れ、会話もそれに合わせて始まり、そうした形で筋が進められていくのが小説であるとすれば、読者はそのなかで、いろいろな反応を登場人物たちに起こすわけだが、円地の小説にかぎっては、読者が登場人物に感情移入して、共感したり、批判したりしながら読むというような現象は起こりにくい。読者はあくまでも客席にいて、舞台でおきているドラマを見ている状況がそれに近いといってよい。そうした形を楽しむことが求められている。一人の人物の心理や思想にじっくり付き合って読むという明治自然主義以後の小説とは一線を画しているといってよい。初期戯曲の頃から『女坂』を過ぎて後期の小説まで眺めても、思いのほかこの小説と読者とのスタンスは崩れていない。それを基準にしてみると、円地個人の美意識はともかくとして、小説から浮かび上がってくる作家の美意識というようなものは、小説中にちりばめられている豊富な語句や教養にではなく、その構成自体に求められるべきであろう。円地は江戸読本を愛した。それは、幕府批判に繋がるものや、報道的なもの以外は、タブーのほとんど見られない世界である。それだけに興味深い人間模様がひたすらに描かれていなければ当時の読者は喜ばなかった。いろいろな筋を知っている読者に向けて、趣向としてそれまでにないもの、或いは以前あったものをいかに上手く昇華して新しいものに仕立てるかが重要であった。円地の小説にもそうした美意識が働いている。自らも「小説はお化粧をして書くべきものと思っている」と述べていた（「平林さんの偉きさ」『平林たい子追悼文集』昭48・9、平林たい子記念文学会）。当然のこととして、円地は『大菩薩峠』や『宮本武蔵』にはあまり感心しない。それはすでに『八犬伝』等の読本では書き尽くされてきた性質のものだからである（「小説の世界」「新潮」昭35・11）。その意味では、読者にも、そうした江戸読本的な素養がないと、円地の小説は、ただ変わった世界を見せられるばかりの筋書き小説になってしまう。筋書きに下手な心理描写を入れないことに、作家の美意識が強く働いていることは間違いない。

円地の小説では、それゆえ女性はけして美しく描かれず、もちろん必要以上に醜くもなく、男性も、その欲望への無自覚さ自体も含めて思いのほか淡々と描かれている。それがまたやりきれない男の鈍感さや女の図太さを炙り出すこともあるが、そこには作家の悪意のようなものは見受けられない。作家には、そんなことは小説の世界では当然であるという確信があるからである。江戸の読本においては、考えうる人間関係の劇はほとんど描かれており、円地が今さらそれを大層めいて描くことは出来なかったに違いない。当然ながら、男と女にまつわる交情の部分もタブーのような描き方はされていない。後年になってからの老人の性の描き方に何の遠慮も無い点が注目されるが、ありうることはすべて書かれてしかるべきものと考えていた円地には、それらは素材以上のものではなかったと思われる。通常の男と女の出会う場面も、会社で上司と部下が一緒に仕事をする場面も、彼女の小説では等価のような印象を持つ。あるのは様々な立場の人間同士のぶつかりあいである。それをどう描いているかに興味を持たないと、円地の小説の魅力は、ひいては円地の小説に対する美意識を見落とすことになる。

なお、小説作法上ではなく、円地個人の美意識の全体については、随筆集『灯を恋う』、『本のなかの歳月』、『源氏物語私見』などが参考になる。特に『源氏物語私見』においては、円地の文章観・恋愛観がよく窺われて、興味深い。

（島崎市誠）

美術（びじゅつ）

円地の美術への関心は主に絵画に対してみとめられる。幼少期より祖母から浮世絵を含めた江戸文化の素養を受け継いだのに加え、小学校時代からは父に連れられ、文展（のち、帝展）や院展を鑑賞する機会に恵まれた。中でも、「鏑木清方の「黒髪」や「試さる、日」、上村松園の「炎」「月蝕の宵」のような美人画を見て、その優雅さに心酔したし、院展で横山大観の「生ゝ流転」や下村観山の「弱法師」を見たときにも美人画とは違う種類の強い感動を受けた」（『兎の挽歌』昭51・4、平凡社）と言う。とりわけ美人画への心酔から女学校時代には、鏑木清方に弟子入りしたいという希望も持っていたものの、家族の反対にあって断念。画家への夢はかなわなかったが、女学校を中退後には東京美術学校での松岡映丘による絵巻物に関する講演を聴講し、日本美術の知識を深めた。また西洋絵画についても、五十代にして初めての欧米旅行（昭33）で美術館を熱心に回り、本物から得られる圧倒的な感動を覚えたという。

こうした絵画への関心は小説の中で活かされる。「女坂」（昭32）では、主人公倫の夫行友をめぐる女性の姿について、須賀は「小林清親の色彩の濃い美人画のように」、美夜は「笑い絵の女」などと表現、その性格に合致した容貌を提示するものとして絵画が機能している。また、六十代を迎えた志緒の疑似恋愛物語ともいえる「狐火」（昭44）では、円地が自ら所有し、「妖気を含んだ絵」（『うそ・まこと七十年』昭59・2、日本経済新聞社）と評していた、歌川広重晩年の作「名所江戸百景」の「王子装束ゑの木　大晦の狐火」を、志緒の生への執着、「波立ち逆巻く」情念に重ねる重要なモチーフとしている。その他、対照的な姉妹朝子と夕子の生き方を描いた「光明皇后の絵」（昭26）では、夕子の描く「光明皇后の絵」が女と容貌の問題の克服の証、「彩霧」（昭51）では、絵巻「加茂斎院絵詞」が老いの忍び寄る紗乃の性、生命力を掻き立てるものとされるなど、架空のものではあるが、絵画が作品を支えるモチーフとして効果的に用いられている。（鈴木美穂）

文学賞・文化勲章（ぶんがくしょう・ぶんかくんしょう）

円地の各文学賞受賞それぞれに、受賞作についての一選考委員の評言と、円地の所感を抜粋して添え、続いて文化勲章に及ぶ。

昭和二十八年十二月、「ひもじい月日」を「中央公論」に発表。翌二十九年三月、これにより第六回女流文学者賞を受賞。／「『女の一生』を描いた短篇として、ほとんど完璧である。わけてもアッと思う間もなく女主人公を死なせた最後の結びにはカンシンした」（平野謙）／「一人の女の不如意極まる人生の果てに、好悪を絶した彼岸の微かに顕現するさまを私は描きたかった」（『ひもじい月日』など）

昭和三十二年三月、『女坂』を角川小説新書として刊行。同年十一月、これにより第十回野間文芸賞を受賞。／「円地さんはまさに油がのって来たと形容すべきであろう。円地さんほどの年齢になると、技術が上まわって、内容が枯れてくるのが多いのだが、（中略）小説が肥って来ている」（丹羽文雄）／「過去に生きた数人の女の霊が私をそそのかして筆をとらせ、この物語を終りまで書き綴らせた幻覚を私は今も持ちつづけています」（「受賞の言葉」）

昭和四十年七月、『なまみこ物語』を中央公論社より刊行。翌四十一年三月、これにより第五回女流文学賞を受賞。円地自身も選考委員の一人だった。／「（前略）道長の野心が背景となり、帝に対する中宮の遮っても遮り切れない愛情に、みことといった中世的な幻想を絡ました非常に構図の大きな小説だし、文章もはつらつとしています」（平林たい子）／「この作品を書き上げるのには前後七年かかって居りますが、それでもおしまいの方は完結を急いで早書きになったことをはずかしく思います」（「受賞の言葉」）

昭和四十四年九月、長編三部作（『朱を奪うもの』『傷ある翼』『虹と修羅』）により、第五回谷崎潤一郎賞を受賞。翌四十五年二月、『朱を奪うもの―三部作―』として新潮社より刊行。／「円地さんの三部作（注＝作品名は省略）は、谷崎賞に値いし、又谷崎賞にふさわしい作品であって、本年度にこのような受賞作を得たことはまことに喜ばしい」（三島由紀夫）／「私は谷崎賞を頂いたことは、大変うれしいし、世間でも、ふさわしいなどと云って下さる向きもあるが、作品それ自体は、決して谷崎先生好みのものではない」（「谷崎潤一郎賞を受けて」）

昭和四十六年十月、『遊魂』（三部作「狐火」「遊魂」「蛇の声」を収録）を新潮社より刊行。翌四十七年三月、これにより第四回日本文学大賞を受賞。／「老年の性を描いて、谷崎潤一郎の『鍵』にも比較すべきなまぐさい人間関係を設定しながら、それを玄妙な境地に昇華している作者の筆力に感服した」（平野謙）／「あの作品は三つとも書くのに骨の折れたものなので、（中略）ああいう眼立たない作品を認めて下さったことを心からうれしく思うのと一緒に、何となく相すまないような気持ちのするのが実感である」（「受賞のことば」）

この間、昭和四十七年九月に『円地文子訳源氏物語』（全十巻）を新潮社より刊行開始（翌四十八年六月完結）、次いで、同五十二年九月に『円地文子全集』（全十六巻）を新潮社より刊行開始（翌五十三年十二月完結）などの業績と相俟って、同四十五年十一月には日本芸術院会員に選ばれ、同五十四年十一月の文化功労者（第二十九回）としての顕彰を経て、同六十年十一月に満八十歳にて、文化勲章（第四十六回）を受章した。なお、受章の式典には車椅子にて出席しており、その約一年後に他界した。（高野良知）

物語（ものがたり）

昭和五十年代、近代文学の一種の閉塞感に呼応して「物語」が盛んに論じられるようになった。鏡花や谷崎らが見直される中、とくに円地は「天性の物語作家」（佐伯彰一『日本の「私」を索めて』）「当代随一の物語作家」（中上健次「物語の系譜・八人の作家—円地文子（Ⅰ）」）として高い関心を受けることになる。確かに、「妖」「なまみこ物語」「仮面世界」「遊魂」三部作「花喰い姥」「彩霧」など優れた諸作品は、いずれも近代小説の枠外に根を下ろしている。

中上は、先の論考の数年前に円地と対談「物語について」（「海」昭54・10）を行っている。そこで円地は、「物語りをつくろうと思ったこともない」「何となく物語りというものが面白くって書いてきた」「結果として見ると、やはりあなたがおっしゃるように物語り性が支えているのかもしれませんね」など発言している。中上に、「物」は「霊」つまり折口信夫の言う「魂にならないもの」であり、円地作品の「物」には巫女的な資質が関わると水を向けられると、「（いろんな人が）女の執念だとか、業とかいうレッテルを貼ってくれるんですが、私自身には、よく分からない」と応じ、自己の文学的アイデンティティを「物語」に求める中上の意欲が空回りしている印象がある。しかし、決して中上の物語論をはぐらかしているのでないことは、対談中の円地が「物語」を「ホラ話」「フィクション」と同義に使うなど、実におおらかに捕らえていることでも明らかである。

このことは、「物語」という言葉に対する円地の一貫した姿勢であり、題名に「物語」を付した作品六編を見ても、「白蛇物語」（「花光物語」に改題）は『お伽草子』の「花みつ」の脚色、放送用台本「伊勢物語」と「歌のふるさと―伊勢物語―」も「伊勢物語」の部分脚色、「やさしき夜の物語」は「夜半の寝覚」の欠巻部分の補作、「なまみこ物語」は「枕草子」「栄華物語」「大鏡」を消化して架空の「生神子物語」を作り上げ、いずれも古典を踏まえた擬古典的作品である。「才女物語」は才女の誉れ高い女性の波乱の生涯、「纏足物語」は、円地らしき作者の「私」が作中で構想する纏足女性の「物語」を指す。随筆集『またしても男物語』は、西鶴の「又しても女物語」を捩ったものである。

また、随筆集『本のなかの歳月』では、「（物語は）まず時間に筆を起して、物語り始め、次に物語られる主人公（乃至女主人公）の出生以前のことから、生立ちに移っていくのが常套の手法であるようである」や「（長編小説執筆にあたって）纏めようと思う題材と、それを動かすモチーフは持っているが、後は、小さく割って、自分だけの内では連作のようなつもりで書いていることが多い。つまり古い物語の様式からぬけ出せないわけで、その方が書き易いのである」と述べ、円地にとっては「物語」と古典文学の区別がないようである。

つまり、円地文学の規範が幼少期より親しんだその古典体験であることは自他共に認めるところであるが、古典文学としての「物語」は、作家円地文子の内部において先験的に存在し、その創作に大きく関与しているのである。振り返れば、円地の登場時の文壇の状況は限られた女流作家の席に座るための武器として古典文学は有効であった。そして、創作活動の中で、古典文学は肉付きの面のように円地文学の血肉となっていったようである。「当代随一の物語作家」はその結果であり、他作家のようにあえて「物語」論に踏み込む理由が円地にはない。『本のなかの歳月』で、『源氏物語』『平家物語』西鶴秋成馬琴、芥川の「物語性の多い」王朝や吉利支丹物や谷崎作品などに触れながら、「物語の形式はいろいろに図柄を変えながら、承けつがれて来た」とも述べているが、自分自身の作品も図柄を変えた物語の形式という思いを持っていたのではないか。物語性が色濃い作品の一つ「二世の縁　拾遺」について、竹西寛子との「連載対談」での発言「秋成の作品を中に入れ籠にしてしまったというところが、自分ではちょっとおもしろいような気がしていたんですけれどね」（「全集月報5」）「褒めてくださる方が多いけれど、あれはせっかれて、半分書いて渡して、そのあと急いでまた半分書いて渡したというような早書きの小説ですよ。あの頃は、書きたいことがたまっていた時代だったせいかも知れません」（「同16」）からもそんな自負が読み取れよう。

（安田義明）

妖・怪（よう・かい）

妖・怪は円地文学の一つの特色を示す言葉である。円地は『またしても男物語』（昭42、サンケイ新聞社）で、「私は女の執念、女の業という風のうす気味悪い内容を語る小説書き」の「レッテル」を貼られ、「長年、女の幽霊とはお付き合いを重ねてきた」と述べている。事実、円地文学には霊的な〈もの〉が登場する。「二世の縁　拾遺」（「文学界」昭32・1）では、挿話として蘇生した男の怪奇説話を入れ、戦死した夫との抱擁を思い出して「子宮がどきりと鳴った」という文章を綴る。

「妖」（「中央公論」昭31・9）は、初老の女神崎千賀子の心の陰影を幻妖に描く。夫から髪の毛が薄くなったと言われ、それから千賀子は念入りに化粧をするようになる。夫に対して化粧をしているのではない。夫は骨董の売買をして金を稼いでいる。千賀子は初め春本を英訳し、次には日本の古典を英訳する仕事を始めた。夫は呉州赤絵の花瓶を大事にしている。千賀子は考え出した物語の中で若い人妻が恋する学生の貧しさを助けるために呉州赤絵の花瓶を持ち出した。しかし、抱擁したとき、男の手から花瓶が落ちて真二つに割れてしまう。花瓶を割るのは、物語の中で夫に対して「復讐」しているのだという。千賀子の歯は義歯である。夫も義歯にした。食事のときに夫の歯が立てる音が耳に立つ。千賀子の心は夫から完全に離れている。むしろ嫌悪感を抱いている。「現実を織り交ぜた放恣な夢」を綴り「妖しい笑い」を眼に溜めている。千賀子の昏い心の深い翳りが不気味である。なお、この作品で使われている「坂」は、現実に存在する坂なのだが、千賀子にとってそこは異界でもある。家の構造上、自分が横たわっている場とわずかしか離れていないのだけれど、そこでは様々な人間模様が展開し、しかもその坂に念入りに化粧した千賀子がわけもなく佇む。まさに「妖」である。

「女面」（「群像」昭33・4〜三回連載）は、霊女《りょうのおんな》・十寸《ます》髪《がみ》・深井と、能の女面に因む名称の三章より構成されている。三重子が見せてもらった能の衣装は、五代目の頼廉が菊慈童を勤めたおり、西本願寺から賜ったもので、その衣装を作った職人は製作期限を切られ、過労が祟り血を吐いて死んだ。その幽霊が上皇や五摂家と並んで頼廉の舞を見ていたという。死んだ泰子の夫は憑霊の研究をしていた。泰子は夫の研究の跡を継ごうとしていた。泰子の義母の栂尾三重子は愛人の血を残すため、娘の春女（愛人の子）と伊吹を交わらせる。その状況設定に泰子が協力する。結局、泰子は三重子の影であり、三重子の得体の知れない霊女性が妖しい光彩を放つ。

長編の王朝物「なまみこ物語」（季刊「聲」昭34・1〜36・1。後に増補されて昭40・中央公論社刊）は、一条天皇皇后藤原定子の生霊物語である。この作品の定子は「霊女《りょうのおんな》」である。「妖」の神崎千賀子が霊女的姿を示し、「女面」の栂尾三重子も霊女である。千賀子・三重子、定子の三者には、『源氏物語』で生霊となる六条御息所が投影している。円地文学を読むとき、女の執念とともに、〈憑霊〉〈祟り〉〈復讐〉を看過することはできない。「小町変相」(「群像」昭40・1)や上田秋成の『春雨物語』・『雨月物語』の現代語訳(昭46、河出書房新社)なども円地の「妖」「怪」に対する姿勢を示している。古屋照子は、『円地文子　妖の文学』(平8、沖積社)で、円地文学の独自性を一口でいえば、「妖《よう》」と「凄《せい》」であるといい、「ほの暗い女の内部に潜む妖《あや》しいものの気配であり、その凄《すご》みである」と論じている。これは円地文学の真実を指摘した評言である。奥野健男は『菊慈童』(新潮文庫)解説で、「暗い女の怨念や凄じい文学への執念が淀んで」おり、それが円地文学の類のない「魔的な魅力」となっていると指摘しているが、円地文子その人は、まさに「妖」と「怪」の世界に生きた文学者であった。

(志村有弘)

歴史の旅(れきしのたび)

随筆からみた歴史の旅は、大別すると二つある。一つは円地作品の根幹である『源氏物語』など、古典文学に関わる旅である。もう一つは、人間生活にまつわる旅である。

特に円地が好んだ源氏物語に関する旅では、「源氏物語紀行」(全集⑯)を、その根底に流れる古代日本にまつわるものとしては、『旅よそい』(全集⑮)がその代表的なものとして挙げられよう。

源氏について円地は少女時代より読み込んでおり、自身のライフワークともいえる。その源氏にまつわる住吉大社への参詣の折、八乙女舞の観覧をした感想として「神を慰める遊びである『源氏物語』の住吉詣で神楽の神事が、だんだんと人と人との間の遊びに変わって行き(中略)後世の祭りというものの性格を自然に象徴していて、面白いと思う」と、時代の変遷について考察している。また、『高野山に登るの記』では「一心にこの山道を辿って行った道者の姿も自然に浮かんでくる」「終点の極楽橋では(以下略)」のように、写実かつ詳細にその風景を文字として表し、その文面より、文学者としての視線と共に、どこか歴史を学ぶ女学生的な視点を含めて見つめている。

生活にまつわる旅としては、『旅よそい』がその代表として挙げられよう。

『はまなすの花』のように、夢の中で育った円地文子という少女は、ある時は「文学というものが、空間や時間をつないでゆくのに一役買っている」と、歌から現実と文学、そして人間の歴史を見つめている。

このように円地は常に文学者のみでなく、一人の傍観者としての視線で作品を作り出している。『町の夏』のように、「薄いガラスの触れ合うような響きが揺れて(中略)夏の明るさを象徴するようなこんな風物がいくらか目を慰めてくれる」と、散策という小旅行の中に透明感と生活とを融合したかと思えば、『沖縄日記』のように、日記形式の中に戦争という歴史的大事件については、一人のひたむきな人間として、冷静かつ厳正な眼差しを向けているのである。

（松山綾子）

レトリック

円地文子の文体は、大きく分ければ告白体ではなく、描写体といえる。ここに説明文も会話文も含まれるが、それら全体で一つの小説世界を多面的に構成する。多面的構成というところからさまざまな特徴的レトリック、あるいは小説技法が生じてくる。『女坂』を中心にそれらを明らかにしてみたい。描写する際の視点の移動がその一つである。いわゆる「神のような視点」で語り手は多くの登場人物の目を通して世界を捉えていく。したがって主人公といえども、他人の意地の悪い視線や、容赦ない解釈から逃れることはできない。この結果、主人公はつねに他者の視線を意識し、身構えているような人物として描かれ、したがって多くは自省的であり、時には自虐的ですらある。

『女坂』の場合、主人公倫を取り巻く他者（しかも脇役）の観察が多彩に繰り広げられ、劇場的ともいうべきこの作の重層的描写の効果を高めている。たとえば、この小説は三章からなるが各章の導入部分がきわめて特徴的である。第一章では最初に久須美きんとしが登場し、倫の上京の真の目的についての憶測が語られる。第二幕では倫の孫鷹夫の乳母牧の心内語を通して、白川夫妻と長男と孫との関係、長男の魯鈍で冷酷な性格などが語られ、白川家の行く手に不安を感じさせる。第三章では、成長した鷹夫と異母妹の瑠璃子が登場し、近親相姦の可能性が暗示され、それが倫の恐怖と懊悩へつながっていく。こうした描写方法は、登場人物と語り手との間に距離を生じさせ、そのためあたかも舞台を眺めるような効果を与える。登場人物がちょうど舞台を観るようにある出来事を遠望するという状況設定も、円地の好んで用いるものである。いずれの方法も主人公の主観によって直線的に物語を統括するのではなく、主人公も小説世界の一人物と見なし、物語世界全体を俯瞰し、油彩画のように塗りこめて提示する技法上の特色をよく示している。

レトリック上の特色としては、比喩の巧みさが目立つ。特に人物造型においてきわめて計算された比喩が見られる。『女坂』を例に挙げれば、倫の場合は重量感、圧迫感、堅固さ、閉鎖性、暗鬱さを表現する比喩が多用される。「倫の身体に何か常でない錘が沈んでいるように」、「破れない城に籠っている敵」「細い針金が身内に入ったように折れにくい自分」「ちょうどその眼瞼を蔽いにしていろいろな表情の流出を、食いとめているようなもどかしさ」「血肉が蛆に変わってゆくような不甲斐ない苦しさ」というように、倫の性格とその不幸が鮮烈に浮かび上がる。それに対して、夫の白川は「瞳が暗い水の揺れるような光を湛えて」と隠微な性的欲望が表される。いっぽう白川と不倫の関係にある長男の嫁美夜は軽薄、柔軟、淫蕩な個性が表現される。「華奢な骨組に川魚のような軟らかい肉が繊細にまとっていて」「笑い絵の女（に似て）」というように。

擬人法の用い方にも独特のものがある。「…夫が自分を求めようとしないのが、三十になったばかりの倫の心身をじりじりと焼きあぶる。煮られている苦しさが夫への愛情なのか、憎しみなのか、自分にもわからないながらこの坩堝の中を決して出まいとする執念が倫の表情を能面のように静まらせ、ゆるゆると廊下を歩ませて行った。」このように夫の行為に触発された女の情念の激しさをくりかえし擬人化し（傍線部分）、さらに「坩堝」という諷諭によってその苦痛をイメージ化するという複雑な構造の比喩。さらに「じりじり」「ゆるゆる」というオノマトペによる感覚的で明快な表現。両者が併用されることで、女の苦悩が、読者の胸に重量感をもって伝わるものになる。こうしたレトリックの巧みさは凡庸ではない。

（小林裕子）

恋愛・ナルシシズム（れんあい・ナルシシズム）

円地文子のエレクトラ・コンプレックスは夙に有名であって、父である上田萬年への憧憬と畏怖の念が理想の男性像の一つのモデルとして彼女の内に常に在ったことは、これまでの円地研究が言及してきた事柄である。偉大な国語学者として学界においてボス的な政治力を有していた父親の表の姿と、同じ父が家庭で主に娘に対して見せた物わかりの良い優しい慈愛に満ちた姿とのギャップから、円地は女が男に抱く恋愛感情に奥深く潜むナルシシズムの極地を描き得る体験を味わったとも言えようか。「その後の人生で、父親が私を愛してくれたように、私を愛してくれた男の人のなかった恨めしさ」（『私の愛情論』昭55・12、主婦と生活社）と言い切る円地は、現実の恋愛生活では、妻子ある男である片岡鉄平との到底実現不可能な不倫へ走ったり、その反動での円地與四松との安易な結婚へ逃走したりして、あげく手ひどい幻滅を味わう。円地作品の描く恋愛は、こうした自己の体験を糧として、厳密に言えば自己愛に限りなく近いものとして立ち現れてくる。他者としての相手を見ているようで実は見ていない、自己の欲求が他者に反射して照り返された、いわば自己の投影をどこまでも追求し、それがやがて自己否定にまで至る程の激しさをもって描き尽くされるものだ。その具体的な作品への表れは、たとえば『二世の縁 拾遺』にもっとも顕著に見出される。

上田秋成『春雨物語』に収められた物語の現代語訳を軸に、転生してまで男女の愛欲に囚われ続ける人間の性を、戦争未亡人である語り手の「私」と老醜の国文学者との交流に二重写しにして浮き彫りにしたこの作品は、しかし、その一人称の語りの構造から明らかなように、結局は「私」の自己愛が生み出した妄想に近しい闇の中の出来事でクライマックスを迎える。若き日々に自分に言い寄ったこともある国文学者布川先生の言動も、戦争中に防空壕で爆死した夫の記憶も、徹頭徹尾、自分に向けられた男達の肉体の感触でしか語ることを得ない「私」の世界には、もはや「私」と私以外の「男の群れ」という二項対立しかない。そしてその「男の群れ」は、「鋳型で打ちだされたような」個性のない、すべからく「私」という女の欲望が生み出した幻覚の塊のような、本質的に他者になり得ない集団として認識されるのだ。有名な「子宮がどきりと鳴った」という表現は、他者の認識ではない、自分の身内の、自己完結する官能の表出描写として鮮やかである。このような作品構造から、ともすればフェミニズムの単純構図で常に支配・被支配の対立項に振り分けられがちの〈男〉と〈女〉の感情関係について、円地の作品は強力なアンチテーゼを働きかける作用を持っており、それがために、現代において怖ろしい物語の紡ぎ手と称される作家的自己を確立したと言えるかもしれない。

（小松史生子）

私（わたくし）

円地における「私」への手がかりのひとつには、『東京の土後記』（『東京の土』所収、昭34・7、文芸春秋新社）と講演筆記の「女の書く小説」（『女の秘密』所収、昭34・12、新潮社）がある。『東京の土後記』では、「私の作品の発想が『私小説』の発想」でありながら、「『私小説』の書けない理由」として、作品「かの子変相」をあげ、題材の「ユニークな女性作家に対して、同じ女性として私の感じていたさまざまなものが吐きつくされている」からとする。また「女の書く小説」では、小説を書くにあたっては「直接触れて経験したことでないと、素材」が「うまく筆に乗って行かない」が、しかし「自分の経験を生で書いて行く」のではないとしている。さらに、「作品の中で自分を生かす」には、「ひとつのフィクションを拵え」て「全然自分の経験」とは「別のところで仕事をする」とする。

別言すれば、「小説の中に一つの世界」を作り、そのなかに「作家の個性」を「溶解させ」て「作家と臍の緒」を切れた「状態」にさせるということである。その過程を「変形作用」としている。円地の「私」はその「変形作用」と関わって変容する「作家の個性」といえるだろう。

『円地文子』（昭54・12、新潮社）の「解説」で、竹西寛子は、円地の小説を「四つの系統」に分類している。詳細は割愛するが、「第一の『女坂』の系列も第二の『妖』の系列」も「結局は一つの環につながる作品群」であって、その分類の基準は「作品の意匠」によるとし、「この十年来、作者による領域開発で殊に目立っている」のが「第二の系列」、たとえば「二世の縁　拾遺」「なまみこ物語」「遊魂」「花食い姥」「彩霧」などであると指摘している。またそこには「妖気や幻覚、憑霊現象」が「積極的に扱われて」いるとしているが、それは円地文学を特色たらしめている作風への指摘でもあろう。

竹西の言及で注目すべきは、「一つの環につながる」という指摘である。その「一つの環」をつなぐものとして、竹西は円地の「女の自我の行方」への関心をあげている。たしかに、認識や感情や意志、あるいは行為の主体としての〈私〉としての「自我」の諸相を、円地の作品のなかに読みとることは容易だが、だからといって、直ちに円地の「私」とは、〈女の私〉としての「自我」とするわけにもいかない。なぜなら、〈女の私〉としての「自我」が、表現過程においてどのように「溶解させ」られているかがあるからである。「溶解させ」るためには、当然のことながら、そこに表現の機能や、竹西がいう「意匠」が関わっているからである。

これまで円地文学に与えられた評言―たとえば物語的、巫女的、あるいは執念、怨念、妄念、業、憑霊、夢想、幻夢、仮想、異界、エロティシズム、老いなどの鍵語《キーワード》は、どちらかといえば「溶解させ」られた後の「私」であろう。したがって、作品における「私」は「溶解」の前後で異なるはずである。

たとえば、晩年の『川波抄』（昭50・11、講談社）、遺作『夢うつつの記』（昭62・3、文藝春秋）などは、「第二の系列」とは異質の趣があって、随想的であり、自叙伝であるようにみえるし、あるいは「ひもじい月日」（昭29・12、中央公論社）とも異なるようにみえる。しかし、その根源においては、それぞれの執筆時の〈時〉と〈空間〉における作者の「私」であって、質的に変わるものではない。つまり、作者によって意図された「私」と、「変形作用」によって「作家と臍の緒」が切れた「状態」なった「私」とが執筆期によって、違った相貌をみせてくる。それゆえ、読者にとって出合うことのできる「私」は、必ずしも作者によって意図された「私」とはかぎらない。また、「溶解」前の「私」が、著しく「溶解」できなかった場合、それは作品の傷ともなっていくものである。円地の「私」は、そのようなものとして存在する。

（馬渡憲三郎）

人物

有吉佐和子（ありよし・さわこ）

小説家。昭6・1・20～59・8・30（一九三一～一九八四）。円地は、有吉の生涯について「ちょうど大輪の花が、盛んに咲き誇ったように、見事な一生であった」（「読売新聞」昭59・9・1）と述べている。円地と有吉との直接的な交流は必ずしも多くないが、歌舞伎の舞台への傾倒が文学的出発点にあることや、後年も芝居に携わりつづけたこと、古典芸能を好んで小説のモティーフとしたことなど、共通点は多い。「銀座百点」（昭51・7）の座談会「あの頃・この頃」で同席した際には、文学・芝居談義に花を咲かせた。

両者の最も重要な文学的接点としては、「恍惚の人」という流行語への言及が挙げられる。円地は、有吉のベストセラー小説『恍惚の人』（昭47・6、新潮社）に由来するこの流行語への違和感をたびたび告白している。随筆「小説の題名」（「東京新聞」昭49・7・29）には、「「恍惚」、「恍然」などの魅せられた状態の形容詞、殊に恍惚という言葉は私の好きな言葉のひとつ」であったため、この言葉が流行しはじめた当初は「大切にしている品物を汚したような後味が残った」とある。『菊慈童』（「新潮」昭57・1～58・12）にも、「或る女流作家の「恍惚の人」という題の小説以来、耄碌とか呆けるという言葉は恍惚の二字に封じこめられて、「あそこのお婆さん恍惚になったそうですよ」とか、「うちのお爺さんが恍惚で困るんです」とかいう会話は、町の主婦や若い男女の口から滑らかにすべり出すようになった」とある。ただし、冒頭に挙げた追悼文では、同小説について「老人にとって大切な問題を抱えていたということになる」として肯定的な見方も示している。また『彩霧』（「新潮」昭50・1～51・7）では、「斎院の神と交わった性が人間の女の身体にうつって、鴉片吸飲者の恍惚境と地獄相を同時に男に味わわせる」という幻想的な物語が、「恍惚」をキーワードとして主人公の「老耄」の可能性をも示唆するものとなっているなど、この流行語が晩年の円地文学に与えた影響は少なくない。

（倉田容子）

泉　鏡花（いずみ・きょうか）

小説家。明6・11・4～昭14・9・7（一八七三～一九三九）。石川県金沢町に居を構える加賀象嵌の彫金師泉清次（工名正光）と葛野流大鼓師中田萬三郎の長女であるすずの長男として生まれた鏡花は、十九歳（明24）の時、尾崎紅葉の門をたたき、以来硯友社の一員となった。明治二十八年に発表された「夜行巡査」「外科室」で文壇にデビューするが、その後、「高野聖」（明33）、「夜叉ヶ池」（大2）、「眉かくしの霊」（大13）などの幻想性豊かな物語世界を書き続けた。一方、明治二十八年には、川上一座によって「瀧の白糸」（「義血侠血」と「予備兵」の混合）が初演され、爾来、「通夜物語」(明32)や「婦系図」(明40)など、鏡花作品は新派を中心に上演され、人口に膾炙した。明治四十一年には、熱烈な鏡花ファンによる「鏡花会」が発足し、長谷川時雨・喜多村緑郎ら五十名が参集するが、そこに円地も加わっていたという記録はない。したがって、直接的に円地は鏡花との面識はなかったとみられる。しかしながら、現実と非現実を見事に交差させながら、幻想的で怪異的な物語世界へと誘う鏡花文学に、円地は早くから関心を寄せていたようである。それは、円地自身が「結局において私はやはり硯友社の流れをくむ谷崎潤一郎、泉鏡花、永井荷風などを親しく読み続けていたようである」(円地文子『作家の自伝72 円地文子』)と述べている通りである。鏡花作品のほとんどに登場する薄幸な美女たちは、いずれも不幸な運命を背負い、現世への怨恨をエネルギーにしたような不思議な神通力を持つ。その一方で、悪役の男性の造型化や自己主張、家父長制や性差の問題などを主な題材にしながら、「日本語の魔術師」と称された鏡花の流れるような文体など、鏡花文学と円地文学との関係性は深いと思われる。ことに、円地が官能的に描き続けた女の業や情念は、鏡花文学にも共通するテーマであり、両者の文学的な影響関係は今後さらに考究されるべきである。

(眞有澄香)

上田萬年(うえだ・かずとし)

国語学者。慶3・1・7〜昭12・10・26(一八六七〜一九三七)。円地文子(本名、富美)は、上田萬年の二女(末子)である。萬年は日本の現代言語学、国語学の祖というべき人である。帝国大学文科大学生当時、講師のB・Hチェンバレンから言語学を学ぶ。明治二十三年、博言学(言語学)の研究のため渡欧(独・仏)した。明治二十七年、帰国。帝大教授となる。初めて博言語学の講座を担当した。明治三十二年、文学博士となる。定年まで国語学教授を務める。その間、文部省専門学務局長、文科大学長、神宮皇学館長を兼任。学問的業績は多くないが、日本近代的学問の啓蒙時代、ひろく啓発的教示に富み、学生に自学・自発性を促し、育成した点に、功績は大であった。一方、江戸文芸にも造詣が深かった。円地は幼少期から、家人と連れだって歌舞伎に行った。大正十一年、永井荷風の『小説作法』などの「毒」にあたったりして、日本女子大学付属高等女学校(校風にも合わず)を中退した。が、父は別段「文句」も「干渉」もしなかった。そのかわり一流の英語・仏語・漢文の家庭教師につけて学ばせた。円地の性格には、父の「放任主義」が却ってプラスした。最初に出逢った男性が父という「完全に男らしい男」であり、二十歳ぐらいまでは、「自分の中の太陽」の如き存在だったという(「おやじ・上田萬年」、『旅よそい』昭39・11・20、三月書房)。

また、「父を語る」(『女坂』昭14・2・1、人文書院)では、父は「情感の豊富な人」であったが、生活の基調をなしたものは、明晰な「理知」であった。現在の自分があるのは、父の「正しい理性」により生長したものであり、その素地を養われたことに感謝している。昭和三年末頃、円地は当時台頭していたプロレタリア文学運動の影響をうけた。その折、父は内心困ったかも知れないが、「私に対しては、忠告や訓戒——否諷諭をさえ只の一度も与えたことがなかった。」という。父自身の立場を越えた深い「理解」のありようだった。この「理解」のありようは、年代通有の愛国心を持った人でありながら、同時に思想的には柔軟性を秘めた自由主義者で、かつ理想主義者であったことに通底していたとみる。そして大事なことは、上田萬年という人間の資質を内奥から生成させていたのは、男勝りの気性の祖母いねであったという。祖母の力は円地の文学への生成にも及び、深く沁み入り投影していた(「私と文学の間」『灯を恋う』昭43・12・4、講談社)。いわば祖母の男勝りの力こそが、円地のいう父の知識を内に呑み込む人格の「気魄」へと変容し、教育面でもその「気魄」が、学生に対するインスパイヤの要因だった。このことは明治啓蒙期に、一つの課題に対して、ひたすら「黙然と冥想」する父の姿を、しばしば書斎で眼にした円地の感慨とも有機的に結びついていたものだろう(「書斎」『南枝の春』昭16・12・12、萬里閣)。祖母から父へ引き継がれた力は、たとえば円地の傑作「二世の縁　拾遺」の秋成の『春雨物語』の入定に呼応して、「骨立った握力の強い手の男」の創出へと展開していたのかも知れない。

(伴　悦)

宇野千代(うの・ちよ)

小説家。明30・11・28~平6・6・10(一八九七~一九九六)。山口県玖珂郡岩国町生まれ。大正三年岩国高女卒業後、小学校教師を経て従兄弟に当たる藤村忠と結婚、札幌に住む。札幌居住中に「時事新報」の懸賞小説に応募した「脂粉の顔」が一等入選し、十一年に上京、「中央公論」などに旺盛に作品を発表する。上京後、尾崎士郎を知り同棲、前夫と離婚の後、尾崎と結婚する。伊豆湯ヶ島で梶井基次郎、川端康成、萩原朔太郎らを知るのはこの頃である。昭和四年、尾崎と別れる。画家の東郷青児と出会い、世田谷の下北沢に同棲、初期代表作「色ざんげ」を書く。東郷と別れた後に十四年北原武夫と結婚、十七年に「人形師天狗屋久吉」を発表する。戦後は北原と雑誌「スタイル」を復刊し、大反響を得る。雑誌が売れたことで、昭和二十五年、中央区木挽町(現在の銀座七丁目辺り)に居を構える。昭和二十九年三月に円地文子が「ひもじい月日」で女流文学賞受賞の際、授賞式の会場となったのがこの宇野千代の木挽町の家であった。ここで円地は賞金五万円と副賞の鏡台を渡されている。昭和三十二年、「女坂」が第十回野間文芸賞を受賞した時に、同時に受賞したのが宇野千代の代表作「おはん」であることも興味深い。「おはん」もまた、「女坂」同様、分散して各誌に掲載され、昭和二十二年（一九四七）より十年の年月をかけてまとめられたものであった。昭和三十四年の「スタイル」社倒産後、千代は着物デザインなどの仕事を行いながら執筆を続ける。昭和三十九年、北原と離婚。その後も昭和五十八年に八十六歳で出版した「生きて行く私」がベストセラーになるなど、晩年まで旺盛な作家活動を行った。華やかな恋愛遍歴に注目されがちな作家であるが、女性の作家として確固たる位置を大正から平成にかけて占めたまれな作家である。平成六年、享年九十八歳。（林　円）

円地文子（えんち・ふみこ）

源氏物語については書きに書いてきて、へたな繰り返しになるのがイヤで書き出せなかった。わがままを申しわけないが、それより、本の主題の「円地文子」さんのことで、私事ながら、初の、深い深い感謝の気持ちを遥かにお伝えしたい。

私が第五回の太宰治賞に、応募しないで当選したことは、もう、かなり広く知られている。その授賞式の日、東京會舘の会場で、瀬戸内晴美さんとご一緒の円地さんに、「おもしろいところでまた会いましたね」と祝って戴いた。このアイサツも、おもしろい。

私は独りぽっちで小説を書き、百、二百部という私家版にして人に見てもらっていたが、ある日筑摩書房から、四冊目の表題作『清経入水』を、「応募したことに」してほしい、最終候補に入れたいからと突然の電話を受けた。この作、実は「新潮」編集部でなかなか及第せず、エイクソと私家版にしてしまい、例によって志賀直哉や小林秀雄という雲の上の人に送っていた。

ところで、私家版しか作らず投稿や応募を全然しない私が、なんで新潮社ないし「新潮」と縁が出来ていたか。これもある日家に酒井編集長の手紙が来て、「『斎王譜』を見ました、一度社へご連絡下さい」と。本が重役の手から編集部へ届いたというのだ、送った覚えないのに……。夢のようで、歩いていても道路が波打つほどの酔い心地であった。

その頃の私は、本郷赤門に近い堅い研究書出版の「医学書院」編集者で、熱心極まるモーレツ社員のクチであった。すばらしいドクターとのお付き合いは、ま、数えきれず、中に、お人柄も大好きな順天堂病院に北村和夫教授がおいでだった。循環器がご専門。『症候群事典』という大仕事編纂の束ね役を当時お願いしていた。

その北村先生の診察を受けに円地文子さんが通っておら

れたのである。これまたある日、先生からデスクに電話が来て、「ちょっとおいでよ。円地さんに紹介して上げる」と。幸便にも力作『なまみこ物語』を読んで間がなかった、大喜びで病院へ駆けつけた。教授は私がこつこつと孤独に小説を書いているのを夙にご承知だった。

その日、教授室を空けて戴いて、大先達円地文子さんのお話を、一時間の余も伺うことができた。谷崎の作では『少将滋幹の母』で好みも一致したし、源氏物語の話なら幾らでも話題は尽きなかった。「家へもいらっしゃい」と誘って戴いた。御宅にはついに伺わなかったが、出来ていた私家版を二冊、おずおずと送った。

それきり忘れていて、そして東京會舘の、私には晴れの喜びの日に、「おもしろいところでまた会いましたね」と、笑み崩れるように祝って戴いたのだ。

あ、新潮社へ私家版がまわったのは、円地さんのご好意・ご配慮であったのだと、だがそこへ気が付くのにも、疎い私には、だいぶ時間がかかった。有り難かった。嬉しかった。我ひとりの力で生きてきたのではないと、しみじみ思った。

似た大きなはからいは、太宰賞作『清経入水』にもまた別の筋で働いていたと、後日に洩れ聞いた。最終候補にさしこまれた作は、おかげで、井伏鱒二、石川淳、臼井吉見、唐木順三、河上徹太郎、中村光夫という鳴り響く選者の一致した推薦で受賞した。

北村和夫先生の患者さんが、ほかでもない「円地文子さん」であったということ、これが偶然とはいえ、実に幸せであった。源氏物語の現代語訳をもう念頭にされていたこと、私が平安時代の物語好きでよほど熟知していたことも、また自然「谷崎愛」というほど谷崎文学を愛読してきた体験も幸いし、円地さんとの教授室での初対面を少しも窮屈にしなかった。なにより円地さん自信作の『なまみこ物語』を面白く読み耽ったばかり、いたく技癢をすら覚えていたことも、対話を賑やかにした。懐かしい懐かしい、想い出。

（秦　恒平）

奥野健男（おくの・たけお）

評論家。大15・7・25～平9・11・26（一九二六～一九九七）。奥野健男の『女流作家論』（昭49・6・20、第三文明社）には、「文学界」（昭39・8）に発表した作家論「円地文子」や円地作品の文庫収録作品への解説などが収録されている。その中で奥野は、「円地文子の文学は女の本性を、全力をあげて追求している文学」と位置づけ、「二世の縁拾遺」を「円地文学の最高傑作」としている。奥野が捉えた円地文学の「女の本性」については、「性文学の質的転換」（「文学界」昭38・9）で「円地文子は『朱を奪ふもの』で、自己の「性」形態の形成過程を少女期から辿り、空想の中でマゾヒスティックな行為を願望する」とより具体的に述べられ、「戦後文学と「性」」（「婦人公論」昭37・1）では「円地文子はナルシズムの少女が抱く幻想をサドマゾ図絵として文学の中に実現している」とされてもいる。また『文壇博物誌』（昭42・7・20、読売新聞社）の「円地文子」には、「作品だけで十分おもしろく、書いた本人に会ってみたいという欲求を起こさせない人」という評が散見される。「性」を中心に作品本位に理解しようとする奥野の姿勢は、文庫の作品解説でも基本的に継承されている。新潮文庫『朱を奪ふもの』の解説（昭38・11・20）ではやはり「性」の課題に注目し、一編の主題を「この小説は他の女流作家によって書かれたことのなかった女性の『ヴィタ・セクスアリス』である」と断じた。新潮文庫『傷ある翼』の解説（昭39・11・5）でも「女の不思議な性《さが》を追求した力作」との評価を与え、「円地文子文庫7」（昭40・10・14、講談社）の『私も燃えている』の解説では「中年のスキャンダル・ライクの苦い味のあるヒロインに自分を託す。ここのところに他の作家とは違う円地文子の、複雑な屈折した特徴がある」と指摘した。更に、潮文庫『南の肌』（昭46・11・20）の解説では、この作品を「多面的な大河小説」と評して円地文学の奥行きの深さを読者に教示し、円地をよく理解した評論家らしさを示している。

（馬場重行）

尾崎一雄（おざき・かずお）

小説家。明30・12・25〜昭58・3・31（一八九九〜一九八三）。三重県度会郡宇治山田町で誕生、神奈川県に住む。早くより志賀直哉の「大津順吉」に感銘を受け作家を志望するが、作家活動に入るのは大正九年に父親が没したのちであった。十二年京都に志賀直哉を訪ね、その後は志賀直哉の影響が強い作品を書く。早稲田大学在学中に友人らと同人雑誌「主潮」を創刊し、作品が認められ始める。しかし、その後のプロレタリア文学の隆盛期に左傾した作品を発表することをせず、尾崎は沈黙する。しばらく不遇の時代が続くが、その後、結婚を機に「暢気眼鏡」（昭8）などの作品でユーモアのある作風を確立し、作家としての地位を確かなものにする。昭和十二（一九三七）年、創作集『暢気眼鏡』により芥川賞を受賞。戦中、円地文子・長谷川時雨らと共に昭和十六年二月三日から二月十一日まで海軍文芸慰問団として南支に慰問旅行に出ている。帰国直後の八月に長谷川時雨は亡くなるが、この慰問旅行が縁となり円地と親交を結んだ。円地によれば、彼は数少ない「男友達」として、かなり好意的に尾崎のことを描いている（『本のなかの歳月』「尾崎一雄さん」）。また、尾崎の方にも「円地文子さんとの初対面」「円地さんと私」というエッセイがあり、尾崎も円地のことを「女流の文学者のうちに、友達だと自分で思つてゐる人」であると述べている。尾崎は『源氏物語』訳の仕事を引き受けるかどうかで迷っていた円地に「やりなさい、とすすめた。立派な仕事になつたが、その代り円地さんは眼を悪くした。私は責任の如きものを感じて憂うつである。」と述べている（「ペンの散歩」昭53、中央公論社）。昭和十九年八月、尾崎は胃潰瘍の大出血で倒れ療養中に終戦を迎える。戦後は「虫のいろいろ」（昭23）、中編「まぼろしの記」（昭36）、自伝的小説「あの日この日」（昭48）などで、私小説・心境小説作家としても高い評価を得る。昭和五十八年、享年八十三歳で天寿を全うした。

（林　円）

小山内　薫（おさない・かおる）

劇作家。明14・7・26〜昭3・12・25（一八八一〜一九二八）。円地が小山内について記した主な文は、小山内薫追悼号の「劇と評論」（昭4・3）に載った『おもかげ』と『十二月二十五日夜の記』の二作と、『小山内薫』（『うそ・まこと七十余年』に収載、昭59・2・10、日本経済新聞社刊）がある。『おもかげ』の中で、先生を初めて見たのは大正十一年の正月、女学校に通っていた時で、三越のギャラリーに婦人講座があり、講師の一人が先生であった、「芝居の見方」についての講演だったが、話されるのをじかにきいただけで私はわけもなく感激したと書いている。また「先生は素晴らしく美男」で私に異常なショックを与えた（「小山内薫」）と書き、さらに先生は東大在学中から小説に評論にパイオニアとしての役割りを果していたと記している。大正十五年の春、「歌舞伎」という劇場の機関雑誌へ『ふるさと』を投稿したところ入選した。選者の一人が先生で心がひかれていたのである。「どんな低いレベルに於いても私の貧しい作品を先生が認めて下さったということは私にとって言い様のない喜び」（「おもかげ」）だったと書いている。その翌年二月から演劇講座が慶応義塾の学内で催され、聴講した。若い男の人ばかりの中に一人まじって先生の講義をせっせと筆記したとある。二回目の講義の終ったあと、先生に声をかけられた。戯曲を書くつもりなら送ってくれれば見てあげると約束をとりつけ、一人で背負って来た重荷を先生におあずけすることが出来た様な軽さに踊ったと心中を綴っている。円地は「劇と評論」にいくつかの戯曲を発表したが反響はなかったというが、昭和三年七月号に『過渡期の凡婦』が載り、「編輯者の詞」の欄で小山内はこの作につき「今までにない力作である。これは大分前からあづかつてあつたのだが、紙面の都合で掲載がおくれた」と評し、更に昭和三年十一月の「編輯者の詞」でも「上田ふみ子の思想とその戯曲的才能がやうやく世間から認められて来たのは、私一箇の喜びではない。最近女人芸術に掲載された一曲が文壇の耆宿徳田秋声氏の注意を惹いたのなどは未だしい。本誌へ連載した「過渡期の凡婦」などは、一層スケイルの大きいもので、劇文壇が存外これらの作に無関心なのは不思議な現象」と称賛している。関口次郎は「悲劇喜劇」（昭3・12）で「冷静でしつかりした観察」をし、「緻密な表現をする人で」閨秀作家として期待がもてると好意的な評をしている。円地は、先生からのお手紙で『晩春騒夜』を築地小劇場にかけたいとあり、涙が漏れるほど嬉しかったと『おもかげ』で記している。小山内は「劇と評論」（昭3・12）の「編輯者の詞」で『晩春騒夜』が十二月上演される、十七日の晩は同人の観劇会があると参加を呼びかけている。小山内は上演最後の日に上田家の招宴の席で急逝した。『おもかげ』で円地は、興行三日目の夜『晩春騒夜』について「思想は書けているが生活が書けていない」と云って下さったのが、私の貧しい戯曲に対して先生が最後に投げて下さった叱正であった、と書いている。

（菊地　弘）

折口信夫（おりくち・しのぶ）

円地文子の父上田萬年は一九二七年から二十九年にかけて芳賀矢一の後任として國學院大學の学長を務めていたが、特段折口と上田との間に深い関わりがあったという記録はない。円地文子は明治三十八年生まれ、明治二十年生まれの折口信夫とは十八歳の年齢差がある。折口が没したのが昭和二十八年、当時円地は四十八歳、『女坂』の一部となる作品を発表している頃であった。國學院大學折口博士記念古代研究所の所蔵する折口宛書簡群には円地からの書簡は残されておらず、管見の限りにおいて円地と折口との間に直接の関わりはないと思われる。

円地は『折口信夫全集』ノート編、第十五巻（昭46・7、中央公論社）の月報に「源氏物語ノートの面白さ」と題する文章を寄せている。折口の講義の言葉の奥にまで入り込む面白さ、その独特の読みに対する評価が記述され、当該巻末に収録された「源氏物語研究」座談会には「考えさせられることが多かった」と書く。この文章を書いたときは源氏物語の現代語訳をしていた円地であるから、このノート篇が一定の影響を与えたことは疑いない。

円地と折口とのかかわりは、戸板康二あるいは中上健次という、折口の弟子あるいは敬愛する物語作家を仲立ちにするほうがいいようである。折口の演劇方面の業績は多く戸板に受け継がれているが、その部分においても、また『銀座百点』の月例座談会のメンバーとしての親交も深かった。戸板の『思い出す顔』（昭59・11、講談社）には、折口宅にて長谷川時雨を見たと書かれている。長谷川と円地の関係を考えると興味深い。円地と戸板の関係は『あの人この人』（平5・6、文芸春秋社）に詳しい。中上健次は『物語の系譜』（平16・12、講談社）の中で円地を取り上げ、円地文子には演劇的想像力、すなわち演劇知が存在すること、円地の創作する「物語」が近代的な文学概念を廃した物語の物語という構造によって成り立っていること、その物語の物語が物語り作家としての充全な教養と批評とに支えられていることの三つの特徴を指摘している。こうした特徴は、円地が女流の末という点に大きな差異はあるものの、折口信夫の世界と深く重なり合うものがあり、また折口に影響を受けた三島由紀夫や中上もその世界に生息するものとしては同類といえるであろう。ただし中上・三島らを間に挟んだ、円地と折口の影響関係は、そう簡単に解き明かせる問題ではないが、重要な課題である。（松本博明）

片岡鉄兵（かたおか・てっぺい）

小説家。明27・2・2〜昭19・12・25（一八九四〜一九三四）。岡山県出身。大正十三年十月横光利一・川端康成らと「文芸時代」を創刊、新感覚派の作家として一躍脚光を浴びる。「若き読者に訴う」などの評論や、短編集『綱の上の少女』（改造社）、『モダンガールの研究』（金星堂）、少女小説集『薔薇の戯れ』（講談社）など、幅広い執筆活動を展開。その後左傾化し、昭和三年に旧労農党を経て全日本無産者芸術連盟（ナップ）に所属。「生ける人形」（「東京朝日新聞」昭3・6・7〜7・21）、「綾里村快挙録」（「改造」昭4・2）などのプロレタリア文学作品を発表する。「生ける人形」は昭和四年に築地小劇場で劇化されて上演される。円地文子が片岡と知り合ったのはその昭和四年で、左翼作家として彼が油の乗っている時期であった。片岡とのことは『朱を奪うもの』において「一柳燦」という人物として描かれている。一柳は知り合ったばかりの滋子（円地がモデル）の手を握ってくるが、滋子はそれを拒まず、妻帯者であることを承知で交際を重ね、初めての性交を体験する。円地の『夢うつつの記』でも語られるように、これは片岡との実際の関係を表している。彼との恋愛には、左翼思想への親近感や父の上田萬年の影響力からの脱却願望、そして彼女自身の性への焦燥感が加味されていたと思われるが、昭和五年に円地与四松との見合い話がもちあがると関係は終わる。円地にとって片岡とは、師と仰いだ小山内薫の死後、文学・思想・生活などのあらゆる面においてもがいていた時期の一種の〈幻影〉だったといえる。『夢うつつの記』では、結婚後も片岡との関係を続けたいと思っていたと述懐し、また戦後の大衆的な小説の中で、積極的に不倫関係を持とうとする専業主婦を円地が繰り返し描いていることを考えると、片岡との関係は彼女の中に深く刻まれているともいえる。片岡は昭和五年に検挙され、昭和七年に獄中から転向を表明。出所後は大衆小説を中心に執筆を続け、昭和十九年に肝硬変で病没。（石田仁志）

川上喜久子（かわかみ・きくこ）

小説家。明37・11・23〜昭60・12・4（一九〇四〜一九八五）。静岡県小笠郡生まれ。旧姓・篠田。父親が朝鮮総督府高官であったため、朝鮮半島の平壌で育つ。平壌高女を出て後に帰国し、山脇高女専攻科を卒業。与謝野晶子に師事し歌作を始め、同時に小説の創作を手掛けるようになる。大正十二年（一九二三）に銀行員の川上十郎と結婚。夫の転勤に伴い、再び朝鮮半島の京城へ移り、大正十三年（一九二四）から昭和六年（一九三一）までここに住む。昭和二年（一九二七）、大阪朝日新聞懸賞小説に「或る醜き美顔術師」で入選。同賞は田村俊子、吉屋信子、三浦綾子らも受賞しており、当時は女流作家への登竜門の一つでもあった。その後、少女小説の執筆などを経て、昭和十一年（一九三六）に『滅亡の門』が第一回文学界賞を受賞。川端康成や林房雄の後押しもあって「文学界」を中心に作品を発表し続ける。昭和十二年二月号「文学界」掲載の「光仄かなり」は、反思想的であるとの理由で発禁となった。円地や岡本かの子などと並んで家庭婦人作家として執筆を続けていたが、病気がちで執筆が途絶える。朝鮮より帰国後は鎌倉の宅間ヶ谷に住し、鎌倉の文士達と交流。

　円地とは、昭和十三年（一九三八）頃に知り合い、共に日本の古典文学を勉強する仲間となったという。川上と出会った頃の円地は、前年に敬愛する父を失い、自身も結核性乳腺炎の手術を受け、半年余りの病臥からようやく起き上がり始めていた時期で、川上を始め真杉静枝、中村地平らと交流しており、数年後の『女の冬』へと飛翔するべく雌伏していたといえる。川上は、文学談義を交わす好手として病み上がりで精神的に下降気味でもあった円地を支えた人物の一人であった。

（児玉喜恵子）

川端康成（かわばた・やすなり）

小説家。明32・6・14〜昭47・4・16（一八九九〜一九七二）。新潮社の三十五巻本（補巻二）全集の刊行にあたって、山本健吉との「対談　川端康成・幽遠な美の世界」（「波」昭55・1）で、円地文子との初対面は昭和十二、三年頃、鎌倉の川端の自宅。川端で記憶に残るのは、北條民雄の「いのちの初夜」の文壇推薦とオスローのペン大会のこと。好きな作品は『山の音』『雪国』と随想「哀愁」。川端文学は西欧的と日本的がミックス、凄いエロティシズムが感じられ、詩人的で行間を読み取らなくては意味がない、と円地の川端観のほぼ全貌を語っている。

　「『舞姫』について」（「文芸」昭38・8）では、「女の官能の動きを底まで見透して描いてい」て、「川端氏の『女の学校』であるとも言える内容」と高く評価。

　ノルウェイのオスローの思い出は、夜の十二時頃の変化する空の美しさと、外国では原稿が書けないという誰かの言葉に、カーテンを閉めれば外国も日本も同じといった一言である、と「オスローの川端さん」（「文芸春秋」昭47・6）で記している。

川端の死については「川端さんの死」（原題「ハワイでの源氏の話」「群像」昭47・6）で、「自然な力が川端さんの命の灯をふっと吹き消して行ったようなそんな感じ」と自然死と考え、文学については前記三作品のほか「片腕」を愛読したが、「作品の流れを一貫して辿って見」たことがなく、「つまり惚れ切ったことがない」と明言し、人としても、二人だけで話したのは、『源氏物語』口語訳の出版社の件での相談の時だけで、よく知らないと述べている。

川端の随想集『日本の美のこころ』（昭48・1、講談社）の「あとがき」では、「女を見、女を書くことに深い眼を持ってい」るが、同時に「厳しく冷たい批判家」と捉え、好きな作品として「哀愁」と「末期の眼」を挙げ、戦後の仕事は「『源氏物語』につながる日本への郷愁を担っ」ていたと考えている。

（森　晴雄）

佐多稲子（さた・いねこ）

小説家。明37・6・1～平10・10・12（一九〇四～一九九八）。本名佐田イネは、円地とは対照的な出生をしている。父は旧制中学五年生十八歳、母は高女の一年生十五歳であった。佐多は、昭和三年に『キャラメル工場から』を「プロレタリア芸術」に窪川いね子の名で書いてデビューを果たし、翌年にはプロレタリア作家同盟に所属するなど、プロレタリア文学の担い手として大きい位置を占めていくことになる。円地とは異なる道を行くのだが、二人が女性作家のための雑誌「女人芸術」に作品を発表したのは、創刊した同じ昭和三年のことで、円地が『晩春騒夜』を十月に、佐多稲子が『お目見得』を十二月に載せている。円地は『本の中の歳月』に「プロレタリア文学に近づいて行った時期があった」と記し、それが「戦旗」の方向であった。そして、「政治の波風からは身を庇って結婚してしまった」と言い、佐多がその後「戦旗」に作品を発表していくのと道を異にする。昭和十六年一月から二月にかけて、円地は長谷川時雨や尾崎一雄と共に海軍省派遣慰問団の一員として南支那と海南島を回っており、佐多も同年九月から十月にかけて、銃後文芸奉公隊の一員として大佛次郎や林芙美子と共に中国東北地方を回り、翌年も戦地慰問をしている。佐多は戦後、これらの行為を批判され自責の念に苦しむことになる。このように歩んだ方向は真逆のようではあるが、座談会で語り合った記録には、ほぼ同じ時代を生きた女性作家としての心情が読みとれる。昭和三十五年二月九日の座談会・女流作家では（「群像」五月号、他に平林たい子、曾野綾子）では「何か男の作家は一人前で、女の作家は別なもの、何か一段下がったものという意識があるわけでしょうね」と円地が言い、佐多は「そう、それがあるんです。もっとも、女流作家といわれることに対しての自己批判はありますよ。」と応じ、更に円地がそれに賛意を示しているところがある。

（野口裕子）

渋川　驍（しぶかわ・ぎょう）

小説家。明38・3・1〜平5・1・24（一九〇五〜一九九三）。本名山崎武雄。福岡県飯塚市嘉穂郡穂波村（現・飯塚市）出身。父親は炭鉱技師。父親の仕事の関係から、一時台湾でも過ごす。福岡県立嘉穂中学卒業後、佐賀高校を受験するが失敗。父親の勧めもあり早稲田大学専門部法科に進学するが、半年余りで退学。再度受験、佐賀高校文科甲類に入学。二年の浪人後、昭和二年東京大学文学部倫理学科に入学。直後、阿部六郎、芳賀檀らと『文芸精進』を発刊。昭和三年七月、武田麟太郎らとともに『大学左派』を結成。卒業後、大学図書館の司書官山田珠樹の紹介で東大図書館に就職。昭和八年筆名も町田純一から渋川驍に改める。同年、『日歴』創刊に携わる。円地文子は『日歴』同人の荒木巍の紹介により昭和十年十一月発行の第十三号より参加。当時、円地と交際のあった片岡鉄平が　荒木と親しい関係にあったことによる。

（小林敏一）

瀬戸内晴美（せとうち・はるみ）

小説家。大11・5・15〜（一九二二〜）。徳島に生まれ、戦時下、北京在住の研究者と結婚し、翌年長女を出産。敗戦の翌年帰国するが、夫の教え子と恋愛して娘を残してその青年と出奔。『文学者』の同人となって間もなく、先輩作家小田仁次郎と以後八年間にわたって男女関係を持つ。仁二郎中心の「Ｚ」に発表の「女子大生・曲愛玲《チュイアイリン》」が新潮同人雑誌賞を受賞（昭31・12）して作家への第一関門をくぐるが、次作の「花芯」（「新潮」昭32・10）がポルノグラフィとされ、以後五年間発表の門は閉ざされた。再起は「田村俊子」（昭36・4）からで、妻子ある小田との関係の相《すがた》を描いた「夏の終わり」（昭37・10）ほか一連の作品には、瀬戸内の人間観であり文学世界かつテーマでもある「五欲煩悩迷妄の姿」が描かれている。昭和四十八年十一月、平泉中尊寺で得度し、法名寂聴《じゃくちょう》となったが、作家活動は続行。文学世界・テーマも不変である。

円地文子が「源氏物語」の現代語訳を始めたのは昭和四十二年の夏からだが、幼い孫のいる家では集中できぬと、椿山荘近くの文京区関口の目白台アパートを仕事場とした。円地はこの仕事場を教室にもしていて、源氏の専門家のほかに、新潮社の加藤和代、竹西寛子も参加の〈研究グループ〉と称した勉強会を持ちながら、円地源氏を書き続けたのだった。その間に小説も発表していて、古い注釈書その他の読み過ぎからか両眼の網膜剝離手術を受けたが、訳業は続けられた。丁度、この期間、四十二年十月から四十五年十二月まで瀬戸内もこのアパートにいたのでごく自然に親しくなったが、円地にとっては使い出のある重宝な人だったようだ。円地六十五歳、瀬戸内四十五歳から四年間を一つ屋根の下で暮らしたのだが、幾つになっても深窓の令嬢から抜けられない円地にほとんど命令的に用事を頼まれるので、朝から晩までいつ電話がかかってくるかわからない毎日だったという。鯛焼きもお好み焼きも知らず、その種の「下情」教育を随分したと語っているが、円地から受けたものは大きかっただろう。瀬戸内の源氏現代語訳は円地源氏に比べて品格に欠けるが、影響が明らかに見られる点からそれはいえる。（渡邊澄子）

高見 順（たかみ・じゅん）

小説家・詩人。明40・1・30〜昭40・8・17（一九〇七〜一九六五）。円地の二歳年下になる高見との交流は、昭和十年の「日暦」参加以来と古い。両者は文学の活動の初期に演劇に関わったことや、プロレタリア文学運動の実践に没入しえなかったことなどに共通点を持っている。戦後、円地の子宮ガン闘病の時期には高見は肺結核を患っており、両者の家庭環境は大きく異なるものの、互いにある種の親近感をもって接していたであろうことがうかがえる。高見は時評で、「朱を奪ふもの」を、生命が「黎明から人工の光線で染められて」いる女の歩みを、「大正期を背景にして書いた」「重みのある作品」とし、「この人工の毒の追及に円地さん特有の妖しい色気が加はつたら、一段と素晴らしい。続篇にそれを望みたい。」と評価する。また、『続高見順日記』には、河出書房新社版『現代の文学』編集者の一人でもある円地に「好きな作家だが、今みたいに乱作していると、ダメになる」（昭38・3・19）や、「現在の女流作家の中で一番」「良家の令嬢を感じさせるのは円地文子さんだ。たとえその小説がすごい小説であっても。」（昭39・6・30）といった記述がある。

一方、円地は『高見順文学全集第三巻』（昭40・2、講談社）「解説」で、高見の「生命の樹」を「摑みどころのない由美子という女の魅力」を描いた作品とし、「都に夜のある如く」を、戦後の東京の下町に「古い迷信や習俗の生きつづけている風俗描写がまことに面白かった」と評価している。また、高見追悼に寄せた円地の言葉（『群像』昭40・10）によれば、円地の「女坂」を最初に評価したのは高見であり、彼は短編集『妖』には私信で激励をしていたという。円地は高見晩年の秀作「いやな感じ」を「一人称を使ひながら、自分と切り離して昭和十年代を代表する一人の男の生き方を提示してる。あの作品は世評高かつたが、私はこれから先き多分、ああいふ方法で高見さんは文明批評をこめたユニークな小説を発表していくに違ひないと期待してゐた」と評価していた。

さらに、高見の父坂本釤之助と、円地の父上田萬年は貴族院議員として既知であり、高見は父を通じて上田に就職の斡旋を依頼したことがある（『続高見順日記』昭40・3・8）。なお、川嶋至『文学の虚実』（昭62・5、論創社）には、高見が婚外子の父となった「私事にわたる秘密」について、円地が比較的早い時期に知りえていたと推測できることの指摘がある。

（百瀬　久）

武田麟太郎（たけだ・りんたろう）

小説家。明37・5・9～昭21・3・31（一九〇四～一九四六）。大正十五年、東京大学仏文科に入学、同年「辻馬車」に参加。その後、左翼運動にも身を投じる。人間を観察することで小説を書くことを身上とする武田は、左翼活動をしながら、そこで見えてくるものを小説にした。強まる官憲の弾圧から逃れるために、実際の活動現場から離れ始めると、必然的に創作にも行き詰まる。新しい道として、武田は井原西鶴に辿り着く。社会の底にうごめく人々を描くことが、そのまま現代への批判になると考えて、「日本三文オペラ」を書き、その方法に光明を見出す。以後、「銀座八丁」・「一の酉」のように、昭和の風俗を描き出すこと自体が彼のテーマとなる。昭和八年十月に林房雄・小林秀雄らと「文学界」を始めるが、林らの編集方針に不満を持ち、昭和十一年三月に「人民文庫」を始める。

同じ頃に円地文子は、劇作から小説へと方向転換を図ろうとしていた。結婚生活に幻滅したという円地個人の事情もあるが、小説への転進は、演劇活動が不可能になっていたこととも関係する。観念的とはいえ左翼運動に近いところにいた円地は、間接的にではあるが、小説を通して社会へ貢献する道を探していたと思われる。片岡鉄兵の紹介で、昭和十年に「日歴」に入り、「人民文庫」が創刊されると、そちらにも参加する。円地の回想、例えば「高見さんのこと」（「群像」昭40・10）によれば、自然の流れでたまたまに持つ「人民文庫」にも参加したとするが、左翼的雰囲気を明確「人民文庫」での彼女の活動自体はそのような淡白なものではなく、創刊号を除けば、第一巻第二号から第二巻一号まで、毎月何らかの形で雑誌に積極的に参加している。小説では「寒流」「散文恋愛」「競技の前」を執筆、他にも「創作批評日記」「四月のノート」等書評を書き、広津和郎・徳田秋声などを囲んでの座談会「散文精神を訊く」にも出席している。なお、第二巻二号以降は全く執筆しなくなることや、武田への言及が円地のなかで少ないことは注意されてよい。

（島崎市誠）

竹西寛子（たけにし・ひろこ）

小説家。昭4・4・11～（一九二九～）。県立第一高女在学中、学徒動員。広島で被爆。昭和二十年早稲田大学国文科に編入学。卒業後は河出書房を経て筑摩書房に入り、現代や古典の文学全集編集に携わる。その後、評論家を経て小説家。代表作は『往還の記』（田村俊子賞）、『式子内親王・永福門院』（平林たい子文学賞）、『兵隊宿』（川端康成文学賞）など。昭和四十二年一月、「展望」に「なまみこ物語論」、「婦人公論」に野上弥生子ら九人の女性を訪ねて「私の明治大正昭和史」を翌年七月までほぼ隔月連載する。昭和四十四年六月には「群像」に「純粋への希求―円地文子『菊車』」を発表。円地との最も大きな関わりは、昭和四十二年十月以降、訳本刊行の昭和四十七年まで文京区関口の目白台アパートで行われた『源氏物語』口語訳研究グループが挙げられよう。円地が住む同アパートには昭和四十五年十二月まで瀬戸内晴美が生活を共にしていた。研究グループのメンバーには竹西の他に国文学者の犬養廉、阿部光子、新潮社の加藤和代、秋山虔らがいた。死後、円地に言及した「円地文子・人と文学（追悼円地文子）」（「群像」昭62）では、円地の訳業を間近で見ていた体験が語られ、訳語の選び方、抜群の言語感覚は、竹西にとっての大きな刺激となったことが窺える。昭和四十七年、円地文子訳『源氏物語』（全十巻、新潮社）月報に「解説」を連載、昭和五十二年九月から翌年十二月まで『円地文子全集』（全十六巻、新潮社）月報において円地との「連載対談」を行っている。主な座談会として「大座談会　書くことと生きること」（「群像」昭45）、対談としては『源氏物語のヒロインたち』（昭62、講談社）が挙げられる。

（山田昭子）

谷崎潤一郎（たにざき・じゅんいちろう）

小説家。明19・7・24～昭40・7・30（一八八六～一九六五）。円地は少女時代から谷崎を愛読した。最初は父のもとに寄贈される「中央公論」で「神童」（大5・1）や「人魚の嘆き」（大6・1）を拾い読み、その後「刺青」（「新思潮」明43・11）などの初期短篇に進んだ。背景には江戸末期の芸術を入り口にした古典に対する趣味・教養があり、そのために谷崎の中でも歴史物の「盲目物語」（「中央公論」昭6・9）と「少将滋幹の母」（「毎日新聞」昭24・11・16～25・2・9）を特に愛した。「少将滋幹の母」や「春琴抄」（「中央公論」昭8・6）に見られる架空の古文書をもとに物語を紡ぐ手法は、「なまみこ物語」に影響を与えた。

　また、円地は「武州公秘話」（「新青年」昭6・10～7・11）の劇化（昭30・6、歌舞伎座）に際して脚色を担当、谷崎と初対面を果たす。このとき「聞書抄」（「東京日日新聞」他、昭10・1・5～6・15）の劇化を提案し、谷崎も乗り気になったが実現しなかったという（「熱海での谷崎先生」）。谷崎が東京帝国大学で円地の父に教わっていた縁もあり、以後公私にわたる交流が続いた。対談に「伊豆山閑話」（「風景」昭36・10）、「谷崎文学の周辺」（『日本の文学23　谷崎潤一郎（一）』昭39・2、中央公論社付録）。座談会に「新橋演舞場の「赤西蠣太」を見て」（「産経時事」夕刊、昭32・1・18、志賀直哉）、「作家の態度（谷崎潤一郎氏を囲んで）」（「文芸」昭39・9、サイデンステッカー）。後進の作家に言及することの少ない谷崎も、『円地文子文庫』の内容見本に『女面』を評価する文章を寄せている（「円地文子さんのこと」）。

　愛読者の立場に終始した円地だが、『源氏物語』に関する限り、谷崎の生前は訳すのを「礼儀として遠慮すべきだと思っていた」（『うそ・まこと七十余年』）と言うものの、ひそかな自負があったようである。追悼文「源氏物語に架けた橋」をはじめ谷崎源氏への言及は多いが、訳文を積極的に評価してはいない。『潤一郎訳源氏物語』（昭14・1～16・7、中央公論社）に対する岡崎義恵の批判に賛同する発言もある（「翻訳と文章のことなど」）。

（中村ともえ）

津田節子（つだ・せつこ）

教育家。明35・9・9～昭47・11・10（一九〇二～一九七二）。円地と津田節子との出会いは、第二次世界大戦中に、円地が日本文学報国会の派遣した工業視察団の一員として、北朝鮮の京城を訪れたときであった。節子は、京城帝大教授の夫津田栄について大正十三年から北朝鮮に渡っていた。昭和十八年、栄が一高教授となったのを機に帰国するが、それ以来、節子の死までの三十年間深い親交を結んだ。円地の夫与四松が津田栄と大学時代から面識があり、また、節子の弟塚本憲甫が、子宮癌を患った円地に医者として関わった等の縁もあった。

　節子は著名な女性教育家塚本はま子の次女であり、文学的素養があり日本文化への深い理解を持つ女性であった。学生時代には読書を好み、有島武郎の話の会や、尾上柴舟の源氏の講義などにも熱心に通っていたという。東京女子高等師範学校の臨時教員養成所国漢科の免状を総代で受け、京城では一時期教壇にも立った。北朝鮮より帰国してからは、たびたび円地の軽井沢の家を訪れたり、各地をともに旅行したりなどし、円地にとっては、気のおけない、親身の姉妹同様の気持ちを持ってのつきあいであったという。昭和二十六年から円地の台東区谷中の自宅で開催されていた、女性の文学研究会である「あかね会」の発足当初からのメンバーでもあった。円地の作品を愛し、昭和四十七年に『源氏物語』の現代語訳が出た際には、自分のことのように喜んだという。

　節子が亡くなった時、円地は網膜剥離の手術後初めての筆を執り、節子の追悼集『白き花』（昭49・1・20、清和の会）に文を寄せた。「聡明でありながら暖かいいつも斑のない」人柄や、「物欲に恬淡で事理に明るく、女性に多い妄執が殆どない」ことなどを讃え、その死を悼んでいる。昭和四十九年に出版された『源氏物語私見』（昭49・2・20、新潮社）には「亡き友津田節子に捧ぐ」の献辞が添えられた。（田中　愛）

永井荷風（ながい・かふう）

小説家。明12・12・3〜昭34・4・30（一八七九〜一九五九）。円地と永井とは生涯を通じて面識はなかったが、永井の作品との関わりについては、「永井荷風の死に想う」（「婦人公論」臨時増刊号、昭34・6）にまとめられており、断片的には「私の履歴書」（「日本経済新聞」昭58・5〜6連載）などにも述べられている。

円地が「春陽堂版の『荷風全集』六巻を繰返し耽読した」のは、大正十年頃、十代の後半の時期であり、「『歓楽』『新帰朝者日記』『監獄署の裏』『深川の唄』等の」作品の、「滅びゆく江戸趣味の讃歌や、明治末年の東京を蔽っている似て非なる西洋模倣文化に対する痛罵が、何とも言えず、快く美しい感銘を心に刻んだものと思われる」と回顧している。また、「一番影響を受けたのは永井荷風の『小説作法』であった。（中略）作家を志すものは日本語以外に外国語を少なくとも二種類ぐらいは自分のものにしていなければいけない、と書いてあった。私はこの文章にひどく共鳴し」た、と述懐する。この「小説作法」（「新小説」大9・4）というのは、技術的な指南もさることながら、心構えや予備知識などにも及ぶ、三十九箇条から成る文語調の文章で、例えばその十四箇条めに、「一　わが日本の文化は今も昔も先進大国の模倣によりて成れるものなり江戸時代の師範は支那なり明治大正の世の師とする所は西洋なり。然れば漢文欧文そのいづれかを知らざれば世に立難し。両方とも出来れば虎に翼あるが如し。（以下略）」などとあり、円地の外国語志向はこの辺りに触発されたのであろう、「漢文と英語、フランス語を習得することを（中略）実行に移した」と言う。

円地は更に、「荷風の代表作として、（中略）他の多くの好きな作品を措いても、『濹東綺譚』を第一に推すことを躊躇しない」と述べ、「荷風の中の小説家と、詩人とが、どっちも譲歩しないままに握手して、渾然たる『荷風世界』を造り出している」と、絶賛している。（高野良知）

中上健次（なかがみ・けんじ）

小説家。昭21・8・2〜平4・8・12（一九四六〜一九九二）。中上が円地についてまとまって述べている文章は、『花食い姥』の書評「姉の自由・アナーキー」（「早稲田文学」昭49・10）、「物語の系譜　円地文子」（「国文学」学燈社、昭

59・4、5、6、9、11、12、昭60・6）の二つであり、円地との対談に「物語について」（「海」中央公論社、昭54・10）がある。最初の書評は中上が二十八歳の時で、芥川賞受賞前である。この年の「日本読書新聞」（昭49・12・16）の「今年の収穫」というアンケートで「①古山高麗雄『蟻の自由』②円地文子『花食い姥』③佐木隆三『年輪のない木』」をあげている。『花食い姥』の書評「姉の自由・アナーキー」で、中上は「花食い姥」の「やくざ男」「無能力者」に注目し、同時にそれは「ブルジョアディレッタント」の敵対視につながると言い、円地文学の物語の場が作り出す空間を重要視している。谷崎・三島が骨の髄までブルジョアディレッタントであったのに対し、円地がブルジョアから離れ、女そのものに執着し、そこから自由を問題にしたと指摘する。「冬の旅」に対して「三島由紀夫に対する姉の愛情が浮きでている」と述べ、円地の自由・アナーキーを「姉の力」だという。五年後、「物語について」と題して円地と対談をするのだが、ほぼ初対面という雰囲気である。円地の娘婿が紀州の旧家という共通の話題から入っている。前半は、上田秋成の話であり、両者とも物語作家としての秋成を賛美している。話は折口信夫へと続き、円地・折口・中上という構図のもと、中上は折口を媒体として円地文学を読み解く。この時点で、中上は「「物語の系譜」の中で、円地文子論を書く予定」と約束する。後半は永井荷風・正宗白鳥・樋口一葉・谷崎潤一郎・三島由紀夫の話になる。荷風は毒があった、谷崎にはなかった、『なまみこ物語』は『春琴抄』を真似した、と円地は言う。三島では『仮面の告白』が良いと両者一致するが、『金閣寺』では、円地が良い、中上は買わないと評価が別れる。中上は『英霊の聲』が良いと言う。

対談での約束を五年後に果たしたのが、「物語の系譜　円地文子」である。円地の死の前年であった。この連載は、次回は「「なまみこ物語」について書く。」で終わっており、未完となった。冒頭で、円地は「当代随一の物語作者」という認識を示し、最新作『菊慈童』を論じ、次に『二世の縁　拾遺』を論ずる。基本的に演劇論を軸にし、語り手としての円地を、物語を生み出す「嫗」「ウバ」「仮母」に位置づけているところが特徴的である。「仮母のこのような力を自覚した女流は、往古の物語発生以来、円地文子が始めてであろう」と説いている。円地の最晩年に中上が文壇に登場したのだが、円地が中上に対して、深く追求した文章はない。中上から一方的にラブコールを送っていたという感である。『枯木灘』『鳳仙花』などの主題は、円地が問題にした未生以前の血のつながりと共通する。違いは、中上が、父親の系譜と母親の系譜という男及び女の血脈の両方を描いたのに対し、円地が主として女を描いたことである。中上の興味や欲の深さ、広範囲に世界を描こうとするのに対し、主題の的を絞って、徹底的に女を描くことに執着した円地ということであろうか。

（須藤宏明）

野上弥生子（のがみ・やえこ）

小説家。明18・5・6～昭60・3・30（一八八五～一九八五）。明治四十年に文壇にデビュー、円地文子よりも二十歳年長で、円地の文壇デビュー時には、すでに文壇に地位を確立していた。円地自身が野上からの文学的影響はない（「朝日新聞」夕刊、昭60・3・30）と述べるように、二人の文学的な趣味は大きく異なる。そのためか、長く交流した二人だが、その交流を物語る文章や発言はあまり多くない。円地が文壇にデビューして間もない頃、「春と少年」（「改造」昭4・4）という批評文で野上の「入学試験お伴の記」（「東京朝日新聞」昭2・9・29～10・14）を取り上げ、「競争に勝つたもの丶心は明るい（略）と同時に幾分粗雑でありはしないだらうか」と攻撃した。これに対し、野上が「入学試験に就いて」（「改造」昭4・5）で反論をするという出来事があったが、野上はその後「『惜春』を読んで」（「帝国大学新聞」昭10・5・13）で、円地の第一戯曲集『惜春』（昭10・4、岩波書店）を高く評価した。「輝ク」（昭10・5・17）を調査した渡邊澄子によると、昭和十年五月十九日に『惜春』出版記念会が開催された際には、野上は呼びかけ人の一人に名をつらねている。こうした交流は、野上が他界するまで続いていく。そして、円地の『かの子変相』（「短歌」昭30・7）には、そんな二人の交流の内実にかかわる、円地が野上の書斎を訪ねた時のエピソードが登場する。作品において、野上らの会話は「インテリゲンチュアだけの持つ優越感と傍観者的な自嘲を含めた冷笑が盛られてゐた」と、否定的に表現されている。ここでの円地の違和感は「春と少年」での批判と同根だろう。昭和三十六年には中央公論社が女流文学賞を創設し、円地と野上はともに選考委員を務めた。まったく異なる個性の二人だが、現代女性文学を牽引するよき並走者同士であり、お互いに決して無視できない存在であった。二人の対談「緑蔭閑談」（「海」昭49・6）は、東西の古典から現代の小説まで、二人の文学的教養が共鳴しあった発言の応酬である。

（遠藤郁子）

長谷川時雨（はせがわ・しぐれ）

明12・10・1～昭16・8・22（一八七九～一九四一）。『日本美人伝』（明44・11、聚精堂）に始まる女性評伝で知られる長谷川時雨は、昭和三（一九二八）年七月一日、雑誌「女人芸術」を創刊する。「女人芸術」に関わった女性文学者については、尾形明子『女人芸術の世界』（昭55・10、ドメス出版）、『女人芸術の人びと』（昭56・11、同）に詳しいが、若き日の円地も作品を幾つか発表した。きっかけは時雨が若い女の戯曲家の紹介を小山内薫に頼んだことにあり、創刊直前の六月二十八日に千代田区内幸町大阪ビル地階のレインボーグリルで開催された発刊の集いに、時雨から招待状を受け取った円地は出席している。昭和三年十月刊の「女人芸術」第四号には円地の実質的なデビュー作である戯曲「晩春騒夜」が掲載され、翌月の第五号には小さな写真入りの自己紹介が載る。さらに同年十二月三日から「晩春騒夜」は築地小劇場の第八十一回公演として上演されるが、時雨は「女人芸術」第六号の囲み記事でその喜びを表し、「作者のためにもその処女上演を祝して、来る十二月十日を観劇デー」とすることを告知、当日には女人芸術社総出でメリンスの風呂敷と舞台写真の絵葉書を観客に配るなど、最大限の配慮を示した。その後に円地が「女人芸術」に発表したのは「清少と生昌」（二巻二号）、「火」（二巻五号）という二本の戯曲や「演劇時評」（二巻八～一二号）を除いて決して多くはないが、時雨は円地に好意を持ち続け、円地もまた昭和四年六月二十二日の日比谷音楽堂での「女人芸術」創刊一周年記念祭で生まれて初めての講演「新劇運動雑感」を引き受け、昭和五年一月の名古屋での女人芸術講演会にも時雨に同伴して出向き、「新劇の展望」という題で講演するなど、「女人芸術」のため、時雨のために尽力した。さらに昭和十六年一月初旬から二月十日まで一ヶ月余り、海軍の文芸尉問団に加わり、尾崎一雄らと中国南部や海南島をまわったのも、団の女性側の総帥であった時雨の誘いに応えたものであった。

（吉田司雄）

林　芙美子（はやし・ふみこ）

小説家。明36・12・31～昭26・6・28（一九〇三～一九五一）。

円地と林は、昭和三年、長谷川時雨主宰の雑誌「女人芸術」を通じ知り合う。生まれも育ちも正反対の林に円地は、林の詩集『蒼馬を見たり』（1929・6、南宋書院）の書評で、「（略）、、、――莫迦に親しい感じをあたへて下さる貴方が私はとても好きで尊敬したいのです。私なんかゆめにもしらない生活の渦を越えて、越えて、――そして、貴方は何と明るく、強いこと！（略）赤裸の詩、貴方の身体貴方のそれ自身、すばらしい発行体です。（略）生活、生活！貴方の詩集は狭い窓ののぞき眼鏡に顔をおしつけてゐるチツポケなお嬢さんに脳貧血をおこさせます。」（「女人芸術」1929・8・1）との辞を贈っている。戯曲「晩春騒夜」を、敬愛していた小山内薫に「性格は書けているが生活は書けていない」と評された円地は、生活が全面に押し出され、赤裸々な林の作風に対して、上田萬年を父に持つ「深窓の令嬢」としてのプライドを保ちながらも、「生まれ、育ち」という、努力しても手に入れることの出来ない条件が生む絶対的な力を感じたに違いない。後の回想録で、戦争で家が全焼し、家財を失った時のことについて、これまで味わったことのない経済的苦境を強いられると共に、

「家が焼けた時、私は本当に裸一貫になったという感じがした。そのことは、私に失望を与えるよりも、自分の裸一貫をはっきり知ったことで、一種の勇気を与えてくれたようにも思う。」（『うそ・まこと七十余年』）と、林にあって自分にはなかった絶対的な「何か」を手に入れたと思われ、それは後の円地全盛時代を構築する糧となったといえよう。しかしどんなに「生活」や女性心理を書き暴いても下品に成りきらないところが、「円地作品に共通する基本的認識―現在には容易に断ち切ることのできない過去が残存しているとの認識―」（『円地文子』）という、円地自身の特性であり、また強みでもあろう。

（茗荷　円）

平野　謙（ひらの・けん）

評論家。明40・10・30～昭53・4・3（一九〇七～一九七八）。稀代の〈小説読み〉で「文芸時評」の名手であった平野謙には、円地作品への言及も多い。「円地文子」（『平野謙全集』第八巻、昭50・4・25、新潮社）という作家論には、「昭和十年代には円地さんは雑誌《人民文庫》に加盟して、『散文恋愛』その他の力作小説を発表したが、その理知的な追求力にもかかわらず、やはり生硬な観念性から脱却しきれないでいた、とおぼえている」とあり、早い段階から円地文学に接していたことを窺い知ることができる。しかし、平野が本格的に円地文学を評価対象としたのは、『ひもじい月日』からである。同論には、「単行本『ひもじい月日』が中央公論社から上梓されたのは、昭和二十九年十二月のことだが、この出版をひとつの劃期として、円地さんはにわかに枝もたわわな実りを実らせはじめた。すくなくとも、私が円地文子という作家に注目した起縁は、短篇『ひもじい月日』が最初である」とあるが、これは、円地の『うそ・まこと七十余年』に「平野謙氏と中村真一郎氏がよい批評をして下さったことを記憶している」と書かれており符合する。以降、平野は折に触れて円地作品に言及し、それらは、時に平野らしい皮肉さと鋭い批判を内在させはするものの、ほぼ一貫して好意的なものであった。中でも、『終の棲家』と『小さい乳房』を評した昭和三十七年八月、『小町変相』を扱った昭和四十年一月、『人間の道』を取り上げた昭和四十二年一月、『半世紀』に触れた昭和四十三年六月などの各「文芸時評」は比較的長めの叙述を持ち、各作品を力作として評価している。平野が円地文学に認めたのは、その完成された文体や豊富な古典の知識に裏打ちされた美意識、独自のリアリズムであった。「セックスを中心とする女性の生命力を生命力のままに透視する円地さんのデモーニッシュな眼」（前掲「円地文子」）に円地独自のリアリズム生成の秘密を読み取った平野は、やはり慧眼の持ち主だったと言ってよい。

（馬場重行）

平林たい子（ひらばやし・たいこ）

小説家。明38・10・3～昭47・2・17（一九〇五～一九七二）。円地の友。文学全集も円地と平林の二人が一冊に組まれることが多く、現代長編全集（昭34、講談社）・筑摩現代文学大系（昭53）などが円地・平林集となっている。二人は、長谷川時雨の「女人芸術」で知り合い、交流が始まる。平林が人民戦線派の検挙で留置され、病床に臥すようになった昭和八、九年頃から十二年までは「毎日のように逢っていた」（「林芙美子と平林たい子の作品」）という。ふたりとも、『源氏物語』など古典文学を愛読していることも、あるいは両者に共通するものを感じさせたのかもしれない。平林は円地について「精神も非常にエネルギッシュ」で「小説をかく速度も非常に早い」、「朱を奪ふもの」以後「大量の作品が洪水のようにあふれ出る」（筑摩現代文学大系41　月報・昭53）と述べている。一方、円地の平林関係の記述は『本のなかの歳月』（昭50、新潮社）にいくつか収録されている。円地は「林芙美子と平林たい子の作品」で「人間の悪を真に作家の眼で描き得る数尠い一人に私は平林たい子を挙げたい」と述べる。人となりについては「雲を踏んで軽々ゆく女仙の趣きを感じる。現実の泥まみれになりながら、正体は一向傷つかない無傷なものを、かえって化物じみて感じるのだ」と語る。「平林たい子断層」では平林の川は「濁流」でどこへ流れゆくのか「見当のつかない混沌としたもの」で「その冥い、旺盛な生命の流れが稀れな文学的魅力の源流」だと指摘する。平林が死去したあと、「平林たい子追悼Ⅰ」で平林を「勇婦」で「端倪すべからざる行動力の持主」と記し、自分とは違い過ぎる性格であったから「四十年もの月日を友人」として付き合えたのだと述べている。外国へも二度二人で出かけている。平林が死去してずっと後に書いた円地の小説「平林たい子徒然草」には平林への哀惜の念が滲み出ているのを感じる。

（志村有弘）

冨家素子（ふけ・もとこ）

随筆家。昭7・9・12～（一九三二～）。円地与四松と文子の一人娘として生まれる。円地の没後三年目の平成元年に、『母・円地文子』（新潮社）と『童女のごとく〈母円地文子のあしあと〉』（海竜社）の二冊を刊行。前者は、芝居話をした翌朝の母の死を、安らかな終焉として受け止めると共に、腰巻きを自分の体温が残るものと取り替えて送ったことから筆を起している。確かに、ここに語られる日常生活の断章からは、「甘ったれで寂しがりやで、依頼心も鼻っぱしらも強く、そのくせ臆病で気が小さい」小説家の母を、夫のKと共に見守る一人娘のまなざしがある。後者も同様だが、こちらは幾分くだけた筆の運びで、母との不仲が喧伝された父与四松、隣家に住む伯母千代との親密な関係など、円地の姿が冷静に素描されている。

共に書名が「母円地文子」であるのは、『童女のごとく』冒頭近くの「母が原稿を書くのは決まって午前中だけで、それも部屋を締め切って書いていた」「物を書くことは、あくまでも母自身の問題であって、その影響が家族に及ぶことはなかった」反面、前者での、父ばかりでなく娘の自分までが、モデルとなった作品で「悪人もしくは嫌な奴」として書かれることを「甚だ心外で迷惑な話」という思いがあるからなのであろう。ともあれ、この二冊の著書が作家円地文子の生活と人物、尾崎一雄・高見順らとの素顔の交友を知る上で貴重な資料足り得るのは、円地にもっとも近しい目線で語られているからである。

（安田義明）

舟橋聖一（ふなはし・せいいち）

劇作家・小説家。明37・12・25～昭51・1・13（一九〇四～一九七六）。東京大学卒。演劇では河原崎長十郎らと心座を結成。小説では昭和九年に行動主義を提唱、実践として小説「ダイヴィング」などを書き、新興芸術派倶楽部にも参加した。その後、谷崎源氏が刊行され始める前の昭和十三年から戦後にかけて、数種類に及ぶ「源氏物語」の現代語訳や歌舞伎脚本を執筆。後者は「源氏」の初の歌舞伎化で、戦後になって上演され大ブームとなった。昭和四十年代、現代語訳を連載中だった円地文子とは、原典の解釈の違いで議論になった。舟橋は、光源氏と藤壺との密通事件は知れ渡っていたが、それを表向き咎めることが出来ないので、朧月夜との密通という別件で光源氏は告発された、と見る。これに対して、円地は舟橋の考えを、藤壺との密通という大きな秘密を隠すために、朧月夜事件に端を発しての光源氏左遷があったとする意見であると、やや独特に解釈した上で、その旨を電話で批判した。舟橋は自分には自分の考えがあると答えたが、円地は自説を曲げるつもりはない、と書いている（「舟橋さんと源氏物語」「太陽」昭51・3）。

舟橋は、戦後は性の解放を訴え、中間小説を多数執筆した。タイトルに夏子を冠した「夏子」ものシリーズは、「小説新潮」で最長連載期間（十年）を誇り、石坂洋次郎と並んで中間小説作家の代表格となった。その他、代表作に『好きな女の胸飾り』『雪夫人絵図』『ある女の遠景』『花の素顔』などがある。井伊直弼を描いた小説『花の生涯』は脚色されて初のＮＨＫ大河ドラマとなった。日本文芸家協会では理事を務め、国語審議会にも加わり、私生活では相撲や競馬を愛好した。

（川勝麻里）

真杉静枝（ますぎ・しずえ）

小説家。明34・10・3～昭30・6・29（一九〇五～一九五五）。福井県生まれだが、妻と離婚後に母と結婚した父が台湾の神社の神主となり、台湾へ渡る。看護婦養成学校卒業後、台中病院で働く。スキャンダルが原因で台中駅の助役と結婚させられるが出奔、離婚。大阪で新聞記者となり、武者小路実篤の愛人となる。その後中村地平と同棲。再び台湾を訪れ台湾関係の小説を発表。大戦前、中山義秀と結婚するが戦後離婚。その後は「読売新聞」の人生相談で有名と成る。自身の作品は少ないが彼女をモデルにした小説も多い。

　円地と真杉の出会いは昭和八、九年頃で、女流劇作家の集まりに参加していた岡田禎子を通じて知己となる。第一印象は着物の衿をつめて着る野暮な田舎娘と感じたが、その頃武者小路と別れて執筆を開始したばかりの真杉は戦後と違い、陰鬱な黒い瞳の美しい顔立ちの、男物のレインコートを着た中性的雰囲気であったという。昭和十三年、新宿で真杉に呼び止められ、近所に引っ越してきたことを聞き、親しく交際。真杉が新井薬師から円地の中野沼袋宅まで来訪。恋愛や結婚、実篤の思い出を語る。但し彼女の生活に関して知るのはこの時期だけで、真杉が中村地平と同棲していた頃の数年であったとする。また中村地平との生活の破綻前後に、『小魚の心』執筆後の真杉を円地が新潮社の中村武羅夫に紹介。やがて真杉は地平と別れ、原稿が売れ始めると四谷駅側のアパートに独居。その頃、真杉が円地宅辞去の際に雨が降り出し、円地は傘を貸して娘を連れて駅まで送るが、恋人と会えることとなった真杉はバスに乗るために傘を開いたまま投げ出し走り出したという。その時の真杉の圧倒的な勢いを娘の素子も記す。また戦争中の燃料不足の頃、円地が真杉に用立てた炭が、好意を抱く武田麟太郎のためのものであったことを知り、嫌悪感を抱く。また中山との結婚に際して、中山が博文館の主催の会で太宰治らに真杉との結婚の決意を初告白した時、円地も同席。やがて真杉が南方慰問に際して、もしもの時、財産を中山ではなく両親や妹に相続させてほしいと円地に頼む。東大の大塚分院での真杉の死の間際、三十分前に平林たい子から電話連絡を受ける。円地は、真杉にはその生まれ育ちから、神事と売春を同時に掌る巫女的な雰囲気があり、奔放な恋愛で知られる彼女だが嫋々たる抒情性と同時に事業家的闘志や打算を持つ人物であったと評する。

〔参考〕冨家素子「平林たい子さんと真杉静枝」（『母・円地文子』平1、新潮社）、『戦時下の女性文学』（平14、ゆまに書房）、李文茹「蕃人・ジェンダー・セクシュアリティー—真杉静枝と中村地平による植民地台湾表象からの一考察」（「日本台湾学会報」平17）。

（岩見幸恵）

三島由紀夫（みしま・ゆきお）

小説家、劇作家。大14・1・14〜昭45・11・25（一九二五〜一九七〇）。東京都生まれ。本名平岡公威《きみたけ》。東京大学法

学部卒業後、大蔵省に入省するが九ヶ月で退職し、『仮面の告白』（昭24・7、河出書房）を発表。『潮騒』（昭29・6、新潮社）で新潮社文学賞、『金閣寺』（「新潮」昭31・1〜10）で読売文学賞、「サド侯爵夫人」（「文芸」昭40・11）で藝術祭賞など受賞多数。四十五年十一月二十五日、〈楯の会〉隊員とともに自衛隊市ヶ谷駐屯地に突入、割腹自刃した。

円地によると、「戦後の仕事」で「先輩」にあたる三島が、三十年代初めから円地作品に言及するようになって「話をする機会ができ」（山本健吉、円地文子、佐伯彰一、鼎談「三島芸術のなかの日本と西洋」「群像」昭46・2）たという。三島は「古典文学を媒《なかだ》ちにした、官能性と神秘性との一致」を「円地さんの主題」（「円地さんと日本古典」『新選現代日本文学全集17　円地文子集』「月報」昭34・11、筑摩書房）とし、円地の「日本古典の教養から得て来た」「ニュアンスに充ちてしかも存在感のゆたかな言葉」は、「これからの日本文学には見られない」（「解説」『現代の文学20　円地文子集』昭39・4、河出書房新社）とまで断言。「女坂」を「『暗夜行路』に匹敵する古典」（「同」）とするなど、円地自身が「私の作品に惚れて下さった作家は正宗白鳥と三島由紀夫」（「三島由紀夫の思い出」『三島由紀夫全集25』「月報」昭50・5、新潮社）と言うように、円地文学を愛し、高く評価した。

一方、円地が三島について記したのは、その死後である。円地は、「有朋堂文庫育ち」（前出「三島芸術のなかの日本と西洋」）で、「江戸後期の文学」を好み、幼い頃から歌舞伎を見て育った三島を、「故郷を共にする者」（前出「三島由紀夫の思い出」）、「同郷」（「冬の旅」「新潮」昭46・11）と表現。『近代能楽集』『鹿鳴館』『サド侯爵夫人』『わが友ヒットラー』など「何度も繰返される演目を」「日本の演劇史上に残し」たとし、「歌舞伎脚本の書ける」三島の死を「小説家三島由紀夫をうしなった以上に戯曲家の尠ない演劇界には傷手」（「三島由紀夫の戯曲」「歌舞伎座プログラム」昭48・4）とするなど、一貫して三島の小説よりも戯曲や評論を好んだ。

その後、三島を題材にした小説、「冬の旅—死者との対話—」、「女形一代—七世瀬川菊之丞伝—」（「群像」昭60・1〜8）を発表。「冬の旅」では、「一谷嫩軍記」などの演目を挙げ、三島の死を「歌舞伎の腹切りや、切首と、疑いようなく結びついている」とした。また「女形一代」では、三島をモデルとした画家・沢木紀之と、三島が五作の歌舞伎作品を捧げた六代目中村歌右衛門をモデルにした瀬川菊之丞との相克を描いた。三島は歌右衛門の舞台について「豪奢の去つたあとの悲哀」を感じさせる李白の「鳳凰台上鳳凰遊ぶ」を引用して語った（「鳳凰台上鳳凰遊ぶ」「帝国劇場プログラム」昭41・10）が、円地は同じ詩を、三島の死の直後のエッセイ「響き」（「三島由紀夫の死」「新潮」昭46・2）の冒頭に引用し、三島を惜しんでいる。

（木谷真紀子）

室生犀星（むろう・さいせい）

詩人・小説家。明22・8・1～昭37・3・26（一八八九～一九六二）。金沢市裏千日町（現千日町）生まれ。父は加賀藩の元武士で小畠吉種、生母は諸説があるが確定はできない。生後間もなく真言宗雨宝院住職室生真乗の内妻・赤井ハツに養育され、七歳のときに真乗の養嗣子となる。戦後、軽井沢で、円地の夫与四松が石川県小松市の出身だったことから親密になった。円地は犀星の「舌を噛み切った女」「山吹」「かげろふの日記遺文」を脚色している。犀星は『黄金の針―女流作家評伝』（昭36・4・5、中央公論社）で十九人の女流作家を論評している。円地を最初に取り上げ、「くろい神」の「この人は私の身体の中に自分を押し込んで来た」「私の中にこの人の子供が生き始めてゐる」という感覚は、「男性には覚えのない女性特有のものである」と述べ、「円地文子はうさぎをからだぢゆうに放し飼ひにして、そのうさぎの一尾づつから何かを吐かせて書いてゐるのかしら」と、比喩を用いて評している。円地の文体については、「句読点が長いために生じる混合が何時もよく整理され、句読の長さに滑らかなあぶらを注いでゐる。」句読点の長い作家にみられがちな混乱が円地にもあるかにみえて、「危ないと見るとくるつと立ち直つて見せてゐる」と論じている。また「女坂」には「女の中にある運命それ自身にやむをえない敬意が感じられ」「はなやぐ肉体を持つことの恐ろしさを知らない女といふ人間が、まぬがれがたい美の反応を受けることによつて、いよいよ人の美の表現が創成され」「彼《か》の文学の一つの『源氏』や『かげろふ』物を打ち建てたのである」と最大級の賛辞を送っている。一方、円地は「室生先生のこと」（「女の秘密」昭34・12・5、新潮社）のなかで、犀星の人となりについて、軽井沢の別荘を訪ねたとき、「唐三彩の土偶だの、螺鈿の青白く光る棚だの、（中略）私はこのお部屋で珍しいものや美しいものをたくさん見た」「でもそういうものも皆、先生がしゃんとまん中に座っていられるから、反射で光って見える感じだ。どんないいものがあっても、厳然として先生は主人、ほかのものは背景である。鈴虫だの、ほかの鳴く虫も細い張った声で先生をひきたてている時がある」と、確かな存在感について述べている。円地が旧軽井沢で買い物をしていたとき、通りを歩いている犀星の姿を見て、追いつこうと跡を追ったが、「なかなか逐いつけない」「うちにいられる先生が老人らしくくぐまって見えるのに、その後姿のお若いこと、背骨がしゃんと強く、足がまたぴんぴんのびて、あっと呆れるほどだった。私は先生に化かされていたようで、狼狽した。文学に対する先生の闘志を肉体から直かに感じたのだ」「『改造』で『いのち』をよんで」「感動をおぼえた」「小説というより詩の魅力だ。荒唐無稽な奔放さの中に生きものの是非なさが脈々と蠢き、嘆いている。悲しい小説だ」と、犀星の人となりと文学の本質について評している。

（大森盛和）

山本健吉（やまもと・けんきち）

評論家。明40・4・26～昭63・5・7（一九〇七～一九八八）。山本健吉は、円地文子とよく似た経歴を持つ。上田万年の次女であり、早くから古典をはじめとする文学に親しみ、昭和三年には二十三歳の若さで戯曲「晩春騒夜」を発表した円地に対し、二歳年少の山本も、石橋忍月の三男として生まれ、折口信夫門下で古典を学び、昭和五年、二十三歳の時には「三田文学」に評論や小説を発表している。このように、共に著名な親を持ち、早くから文学的才能を示し、古典に学んだ知識を背景に長きに亘って文筆活動を展開した両者だが、山本の円地文学に対する評は、「文芸時評」で「耳瓔珞」「紅と修羅」などいくつかの作品に触れていたり、「女流作家であること」（「別冊文芸春秋」昭34・2）で「純粋に「女であること」を追求している」といった評言を記したりしているが、特に際立って多いというわけではない。その中で目を引くのは、「円地文子」（『山本健吉全集』第十四巻、昭59・7・20、講談社）と「さまざまな『源氏物語』」（『山本健吉全集』別巻、昭60・1・20、講談社）だろう。前者では「学芸界の名門の家に生まれた毛なみのよさ」を指摘しつつ、「晩春騒夜」以下、「妖」「女坂」「二世の縁拾遺」などの代表作に短評を与えている。「霧の中の花火」「朱を奪ふもの」に触れて、「氏がもっとも本領を発揮しているのは、中年・初老になっても燃えつきない女のあからさまな執念を描いた作品群だ。古典の教養が、それらの作品で初めて肉化されたのである。それは、氏において、長い間の負目となっていた人工と自然との一体化の成就と見てもよいであろう」と評しているが、この評には、古典に親炙し、「万葉集」や俳句を通して自然の美に造詣の深かった山本らしさがよく現れている。後者での、「円地氏の作家魂」の現れこそが「円地源氏」の特質だと喝破したのも、古典への豊かな素養を持つ山本ならではの評言と言えるだろう。

（馬場重行）

和田知子（わだ・ともこ）

俳人。昭7・10・31～（一九三二～）。東京生れ。東京女子大学在学中より、飯田蛇笏の「雲母」の句会に参加。現在、俳誌「白露」同人。昭和三十三年十月よりほぼ七年間、中央公論社出版部勤務。担当者として作家円地とのかかわりは、『私も燃えている』出版（昭35・1）に始まる。昭和四十年七月『なまみこ物語』（連載誌の「聲」休刊のため、多忙の中、後半約百枚を追加執筆）の出版を機に退社。直後、刊行中の『円地文子文庫』（全八巻講談社）の年譜作成を依頼される。円地の信頼厚く、『円地文子全集第十六巻』（昭53・12、新潮社）を含め、『昭和文学大系40』（昭40・10、筑摩書房）から、没後一年目の『昭和文学全集12』（昭62・10、小学館）まで、円地文子年譜の作成執筆に当たった。円地文学を考える上で年譜作成の功績は大きい。

なお、第一句集『瞳子《どうし》』（昭42・9、私家版）には、「円地文子氏・熱海ホテルにて」と題した句「嫋ぎてあり冬海を退りつつ」がある。この熱海ホテルは、昭和初期から円地が好んで利用し、三十年代からはたびたび仕事場にもしていたホテルである。

〔参考文献〕文挟夫佐恵「魂の祈り」（昭43・5「俳句」角川書店）、和田知子第七句集『茜』（平15・2、卯辰山文庫）、第八句集を含む句文集『碧』（平22・3、早蕨文庫）（安田義明）

円地文子　年譜

安田義明　編

一、本事典で取り上げた作品は、初出時を、ゴシック体で示した。
二、短編集については、（　）内に収録作品名を付記した。
三、単行本については、（　）内に異装本・新書版・文庫版の刊行を付記した。
四、没後の刊行については、末尾に別途記した。

明治三十八年（一九〇五）

十月二日、東京市浅草区（現・台東区）向柳原町二丁目三番地に、父上田萬年（三十八歳）と母鶴子（二十九歳）の次女として生まれる。本名、富美。萬年は、東京帝国大学文科大学（現・文学部）国語学教授（後に文科大学学長）。松浦伯爵家（旧平戸藩主）の敷地内の借家には、兄寿（八歳）、姉千代（四歳）、父方の祖母いね（六十五歳）の家族六人のほか、女中三人と書生一人に車夫夫婦が住んでいた。一家の末っ子としてみなに可愛がられて育つ。

明治四十年（一九〇七）　**二歳**

麹町区（現・千代田区）富士見町三〇番地の借家に転居。

明治四十四年（一九一一）　**六歳**

九月、下谷区谷中清水町（現・台東区池之端）十七番地に新築した家に転居。父に秘蔵っ子として愛され、夕食後、たびたび上野公園に散歩に連れ出されることが楽しみであった。〈男というものは一にも二にも父であった。父もまた私が自分に似ているといって喜んでいた「うそ・まこと七十余年」〉。

明治四十五年（一九一二）　**七歳**

四月、小石川区（現・文京区）大塚の東京高等師範学校附属小学校第二部（後の東京教育大学。第一部は男子のみ、第二部は共学）に入学。〈私は記憶や理解力は割に良かったので成績は上の部であったが、残念なことに不器用で手工とか裁縫とか体操（絵だけは割に上手だったが）などの点が悪かったので、一番になったことなど一度もなかった。病弱で三分の一以上欠席したかもしれない「うそ・まこと七十余年」〉。絵については、鏑木清方の美人画が好きで本格的に習ってみたいと思っていた。また父萬年が監修の一人であった関係から、毎月家に届く有朋堂文庫のうち、『源氏物語』（四冊本）に親近感を抱く。

大正六年（一九一七）　**十二歳**

この頃には、「源氏物語」を読み始める。〈谷崎潤一郎に惚れ込んで、「鬼の面」とか「人魚の嘆き」とかいう小説をせっせと読んでいた〈「うそ・まこと七十余年」〉。

大正七年（一九一八）　**十三歳**

三月、小学校卒業。四月、日本女子大学付属高等女学校に入学。谷崎の他、泉鏡花や永井荷風、外国文学ではワイルドやポーなどに親しむ。

大正八年（一九一九）　**十四歳**

二月十二日、母方の祖母村上琴が腎臓病のため死去（八十歳）。八月、一家揃っての歌舞伎好きで子供時分から見慣れていたが、この月、「堀川波の鼓」での二代目市川左団次の演技に魅せられる。〈極く小さい頃から私の中には好きな男性の型があったようだ。その一つは一種の破滅型敗北型といってもいいいかも知れない「女の秘密」〉。

大正九年（一九二〇）　**十五歳**

十二月三十一日、祖母いねが老衰のため死去（八十一歳）。なお、いねは幼い富美を可愛がり、江戸の戯曲から巷の怪談までを折々に聞かせていた。〈実をいうと、源氏物語より先に私のうちに注ぎいれられ、主のようにすみつくようになったのは、江戸文学、それも、後期に属する文化文政以後の読本や草双子、滑稽本、狂歌、川柳などの類い「江戸文学問わず語り」〉であった。

大正十年（一九二一）　**十六歳**

『荷風全集』（春陽堂）六巻を繰り返し耽読。学風になじめず、入学以来続く居心地の悪さもあり、退学して芝居を書く勉強をしたいという思いが強まる。

大正十一年（一九二二）　**十七歳**

三月、女学校を四年終了で退学。父の計らいによって、英語英文学を小椋晴次一高教授と大和資雄日大教授、フランス語を杉田義雄一高教授、漢文を岡田政之学習院教授、聖書を英人宣教師ミス・ボサンケート、それぞれの個人授業に通った。一方、図書館通いを始め、『戯曲作法』などの小山内薫の著作や翻訳戯曲を多読する。

大正十二年（一九二三）　**十八歳**

九月一日、関東大震災に遭遇、二月から欧州視察旅行中の萬年は不在であったが、幸い家に大きな損傷はなかった。

大正十三年（一九二四）　**十九歳**

五月、慶応義塾ホールで、築地小劇場開場についての小山内の講演を聴いて感銘を受ける。

大正十五年　昭和元年（一九二六）　**二十一歳**

九月、「歌舞伎」の一幕物時代喜劇脚本募集に「**ふるさと**」が当選。十月号に掲載されたのを機に、戯曲家を志す決意を両親に伝える。その後、選者であった岡本綺堂と小山内を直接訪ねる。十二月、三菱が分譲した小石川区駕籠町（現・文京区千石）一六一番地に新築した家に転居。萬年が、学士院選出の貴族院議員となる。

昭和二年（一九二七）　**二十二歳**

二月、築地小劇場通いのかたわら、慶応大学での小山内の演劇講座を聴講。また、小山内の同人誌「劇と評論」にたびたび投稿する。六月、戯曲「**姉**」（劇と評論）。十月、戯曲「**夜の道**」（劇と評論）。十二月、ラジオドラマ「**すきありき**」（劇と評論）。

昭和三年（一九二八）　**二十三歳**

三月、劇評「「曽我」のこと」（劇と評論）。六月、主宰者長谷川時雨に誘われて「女人芸術」に参加。「女人芸術」を通し、平林たい子・中本たか子・林芙美子・藤森成吉・片岡鉄兵・蔵原惟人らを知る。七月、戯曲「**過渡期の凡婦**」（劇と評論、十月・十一月）。十月、「**晩春騒夜**」（女人芸術　第三号）を発表、原稿のひらがな「ふみ」が「文子」と印刷されていた。十二月、戯曲「**信康賜死**」（劇と評論）。「晩春騒夜」が築地小劇場で上演される。二十五日の千秋楽、上田家の招宴（日本橋偕楽園）の途中で、小山内薫が狭心症のため急逝（四十七歳）。

昭和四年（一九二九）　**二十四歳**

二月、戯曲「**清少納言と大進生昌**」（女人芸術）。戯曲「**三角謎**」（新潮）。三月、戯曲「**菩薩来迎**」（火の鳥）。「おもかげ」（劇と評論、小山内薫追悼号）。「十二月二十五日夜の記」（劇と評論）。「処女作上演の日」（婦女界）。二十五日、母方の祖父楯朝が老衰のため死去（八十六歳）。五月、戯曲「**火**」（女人芸術）。七月、「新劇運動の過去について」（女人芸術）。八月、「銀座風景」（サンデー毎日、二十五日）。九月、「男についての漫談会」（新潮）。「演劇時評―新劇の進路に関して」（女人芸術）。十月、「柳原白蓮女史について」（東京日々新聞、十五日）。十一月、「秋の目（院展と二科）」（女人芸術）。「佐々木房子女史の作品」（新潮）。十二月、戯曲「**母**」（文芸春秋）。この年、世の中や「女人芸術」の動向に影響され、心情的に左翼運動に惹かれて行く。また、「文芸春秋」の座談会で、同席した十一歳年上の左翼文学者片岡鉄兵に恋愛感情を抱くようになる。

昭和五年（一九三〇）　**二十五歳**

一月、「甘やかされてきた」（文学時代）。二十九日、「女人芸術」の名古屋講演会に、長谷川・織本貞代・林芙美子らと出席、「新劇の展望」と題して講演。二月、「漱石、抱月の墓―雑司ヶ谷墓地のほとり」（報知新聞、二十一日）。三月、「女と結婚」（婦人サロン）。三月二十七日、一高帝大出の東京日日新聞調査課長円地与四松（三十四歳）と見合い結婚。円地与四松が借りていた鎌倉材木座の家に住む。四月、「私の顔」（婦人公論）。十月、「**家常茶飯事**」（文学時代）。「私の生活から」（文学時代）。十二月、小石川区（現・文京区）表町一〇九番地に転居。〈結婚してみると、生活とはそんなに生やさしいものではないということがよくわかった。第一、新聞記者をしていれば、父などよりずっと自由で明るい筈だと思っていたのだがむしろ反対であった。彼の内には封建制が抜き難く根づいていたし、妻に職業をもたせるようなことも好きではなかった「うそ・まこと七十余年」〉。

昭和六年（一九三一）　**二十六歳**

一月、「広津和郎氏」（文学時代）。二月、「既婚者の言葉」（婦人サロン）。五月、「父について」（婦人画報）。六月、戯曲「**彼女の地獄**」（文学時代）。

昭和七年（一九三二）　**二十七歳**

一月、「ラジオと舞台芸術」（調査時報、一日）。三月、「**多保子の出世**」（婦人サロン）。「ラジオドラマ論」（調査時報、一日、五月一日・十五日）。九月十二日、長女素子を出産。素子誕生を機に、西部新宿線沼袋駅に近い中野区江古田四丁目一五五九番地に新築した家に移る。家事専門と子守役と二人の女中がいた。「女人芸術」の後継パンフレット「輝ク」の座談会以降親しくなった平林たい子とは、同い年で住まいが近く、交際が深まる。その関係は、平林の留置や闘病生活の支援から、円地の不遇時代を経て、終生続く。

昭和九年（一九三四）　**二十九歳**

二月、戯曲「**白昼の良人**」（文芸）。五月、「中宮定子をしのびまつる」（むらさき）。七月、「七夕」（むらさき）。十二月、戯曲「**あらし**」（新潮）。

昭和十年（一九三五）　**三十歳**

一月、戯曲「**清姫**」（むらさき）。四月、戯曲集『惜春』（あらし・白昼の良人・彼女の地獄・母・火・三角謎・晩春騒夜・**春は昔に**・姉・清少納言と大進生昌・菩薩来迎・すきありき・ふるさと。岩波書店）。五月、戯曲「女盗」（むらさき）。八月、「**贋作事件**」（新潮）。九月、「鎌倉日記より」（婦人文芸）。「女優と生活」（文芸通信）。十一月、舞踊劇「**幻源氏**」（むらさき）。「この頃の感想」（日暦）。本格的に小説を志し、片岡鉄兵の紹介で「日暦」同人となり、高見順・大谷藤子・矢田津世子・渋川驍・荒木巍・新田潤・田宮虎彦らを知る。〈形式に自分の表現したい内容をはめるのが苦しくなって、小説の方へ逃げ出した「私の小説作法」〉。十二月三十一日、寺田寅彦死去（五十七歳）。

昭和十一年（一九三六）　**三十一歳**

一月、「**社会記事**」（日暦）。「記録の形式—中野重治氏『一つの小さい記事』」（日暦）。二月、「交通整理」（中央公論）。三月、「桃の思い出」（むらさき）。「寺田先生の『高さ』」（思想、寺田寅彦追悼号）。「あいのこ—森本薫氏」（日暦）。武田麟太郎編輯の「人民文庫」が創刊され、「日暦」合流とともに同人となる。田村泰次郎、井上友一郎、本庄陸男を知る。四月、「戯曲は詩ではない」（婦人文芸）。五月、「**寒流**」（人民文庫）。六月、「**玉鬘**」（むらさき）。「**閑中忙事**」（文芸首都）。八月、「**散文恋愛**」（人民文庫）。「**返された手紙**」（むらさき）。「猫一つだに」（日暦）。九月、戯曲「**雲井雁**」（むらさき）。戯曲「**物欲**」（日本評論）。「自虐性について—『麦死なず』の感想」（人民文庫）。十月、「尾崎紅葉の研究」（人民文庫）。十一月、座談会「散文精神を訊く」（佐藤俊子・広津和郎・徳田秋声・武

田・渋川・高見と。人民文庫）。十二月、「人生の現実」（明日香）。

昭和十二年（一九三七）　**三十二歳**

一月、「**競技の前**」（人民文庫）。「**母娘**」（むらさき）。「**爪くれない**」（新女苑）。「擬古典主義について」（人民文庫）。二月、「**青い鳥**」（むらさき）。四月、「**春寂寥**」（婦人の友。連載三回）。六月、「**麦穂に出でぬ**」（新女苑）。七月、「**花桐**」（むらさき）。「随筆について」（日暦）。支那事変勃発直後、読売新聞主催の講演会のため、平林・神近市子らと北海道を旅行、帰途、中尊寺・仙台を巡る。八月、「伊勢物語について」（解釈と鑑賞）。九月、「和泉式部を語る」（むらさき）。十月二十六日、父萬年が直腸癌のため死去（七十歳）。十一月、「亡き上田萬年を語る」（報知新聞、十四日、十七日、十八日）。十二月、「藤衣（父の思い出を語る）」（国語と国文学）。平林が「人民戦線」の検挙に連座して留置。

昭和十三年（一九三八）　**三十三歳**

一月、「**三世相**」（むらさき）。「父上田萬年をおくる」（婦人公論）。三月、「思い出二、三」（国漢）。四月、「**風の如き言葉**」（文学界）。「伊勢物語の女性」（解釈と鑑賞）。結核性乳腺炎のため東大病院に入院、手術を受ける。この頃、中村地平、真杉静枝と親しく交際。また、川上喜久子とは古事記など古典の講読をはじめる。五月、「和泉式部の歌」（むらさき）。十一月、「**煉獄の霊**」（中央公論）。「秋窓独話」（むらさき）。

昭和十四年（一九三九）　**三十四歳**

二月、短篇集『風の如き言葉』（風の如き言葉・煉獄の霊・散文恋愛・**原罪**・寒流・社会記事。竹村書房）。随筆集『**女坂**』（人文書院）。四月、素子が小学校入学。「源氏私語」（東京朝日新聞、二十九日―五月一日）。短篇集『春寂寥』（春寂寥・母娘・花桐・玉鬘・返された手紙・雲井雁・多保子の出世・**爪くれない**・**秘筐**・**衣裳**・**朱を奪う**・**伊勢物語**。むらさき出版部）。五月、「**女の冬**」（新潮）。「**天の幸・地の幸**」（むらさき、―十五年六月）。六月、「女中難」（中央公論）。七月、「**雹**」（文学者）。「**昨日の顔**」（文芸）。「女流作家の立場」（葉書回答、新潮）。夏、前年秋に建てた新軽井沢の山荘で過ごす。後に、この地で正宗白鳥・室生犀星を知る。九月、戯曲・短篇集『女の冬』（女の冬・昨日の顔・雹・原罪・**女三題**・**遁走**・**霖雨**。春陽堂書店）。九月七日、泉鏡花死去（六十六歳）。十月、「妻となる日に」（婦人公論）。十一月、「アメリカ我観」（葉書回答、新潮）。

昭和十五年（一九四〇）　**三十五歳**

一月、「**てるてる坊主**」（新潮）。五月、「**夜**」（文学者）。六月、「文章について」（文芸）。七月、「『にごりえ』と『たけくらべ』」（新潮）。『天の幸・地の幸』（むらさき出版部）。十二月、『**日本の山**』（新作長篇叢書第二篇、中央公論社）。

昭和十六年（一九四一）　**三十六歳**

一月、「誠実な感情」（婦人公論）。二月にかけて、広東や海南島へ海軍文芸慰問団の一員として、尾崎一雄・長谷川時雨らと台湾・華南・海南島を旅行。四月、「海南島の記」（婦人公論）。五月、「南船記」（むらさき、―九月）。「常盤と静」（明日香）。八月二十二日、長谷川時雨が肺炎のため死去（六十二歳）。昭和八年から九年間続いた「輝く会」の機関誌「輝ク」は全百二号で終刊。十月、「長谷川時雨女史の思い出」（婦人公論）。十二月、紀行・随筆集『**南枝の春**』（万里閣）。太平洋戦争勃発。

昭和十七年（一九四二）　**三十七歳**

一月、「わが尊敬する女性細川忠興夫人」（婦人公論）。四月、「日本の母」（文芸）。五月、「**花方**」（文芸）。十月、『朝の花々』（偕成社）。十二月、「伝記について」（文芸世紀）。

昭和十八年（一九四三）　**三十八歳**

二月、「夫婦」（文庫。「**いのち**」に改題）。六月、『南支の女』（**南支の女・高原行・他生の縁・水の影・木犀・葵の上・娘の日記・面がわり・繊流**・てるてる坊主・**放課後**・夜・物欲。古明地書店、限定五千部）。九月、「歴史の伝統に還る」（文学報知、十日）。『**春秋**』（博文館）。十月、日本文学報告会の一員として、深田久弥らと約二週間、北朝鮮を旅行。十一月、「朝鮮女性点描」（文学報知、一日）。十二月、『**おとぎ草子物語**』（少国民日本文学3、小学館）。

昭和十九年（一九四四）　**三十九歳**

七月、「大いなる光」（文学報知、二十日）。八月、国民学校六年生の素子を、夫の郷里石川県に疎開させる。十二月二十五日、片岡鉄兵が肝硬変により死去（五十歳）。

昭和二十年（一九四五）　**四十歳**

一月、前年三月から同居していた母鶴子を神奈川県二宮に疎開させる。三月、素子が国民学校を卒業して帰京。五月二十五日、空襲で中野の家が全焼。家財蔵書の一切を失い、母の疎開先の二宮へ行く。七月、母と共に一家で軽井沢の別荘に再疎開。そこで終戦を迎えるが、そのまま別荘で冬を過ごす。

昭和二十一年（一九四六）　**四十一歳**

四月に上京し、前年に母が駕籠町の家を処分し、姉千代の宇野家の隣に建てた谷中清水町十七番地の隠居所に、家族で身を寄せる。六月、「**廃園**」（新人）。夏ごろから身体に違和感を覚え、秋に東大病院で子宮癌の診断を受ける。十一月二十二日に摘出手術。その後、肺炎を併発して何度も危篤状態に陥り、闘病生活が続く。

昭和二十二年（一九四七）　**四十二歳**

二月、「**ひとりの女**」（婦人文庫）。〈平林たい子が見舞に来てくれた。発売されたばかりの「かういふ女」という自作の小説集を持って来てくれた。この本を読んでいると、後ろから抱き上げてくれるような力を私は感じた「うそ・まこと七十余年」〉。三月の末にようやく退院。少女小説執筆によって戦後の糊口を凌ぐ。十二月、『麗しき母』（偕成社）。

昭和二十三年（一九四八）　**四十三歳**

七月、『三色菫』（偕成社）。十一月、「**浴衣妻**」（女性ライフ）。「祖母の話」（歴史小説）。十二月、「**秘境**」（芸苑）。『谷間の灯』（偕成社）。

昭和二十四年（一九四九）　**四十四歳**

少女小説からの転向を目指すが、出版社に小説を持ち込んでも相手にされない不遇時代が続く。一月、『帰らぬ母』（金の星社）。五月、『真珠貝』（偕成社）。八月、「花散里、明石上、秋好中宮、明石姫君」（解釈と鑑賞）。九月、『白鳥のふるさと』（ポプラ社）。十一月、「紫陽花」（小説山脈。「初花」に改題、『**女坂**』第一章の一）。十二月、『母いまさば』（偕成社）。『雪割草』（大泉書店）。

昭和二十五年（一九五〇）　**四十五歳**

四月、『スペードの女王』（ポプラ社）。六月、四日、荒木巍死去（四十五歳）。『今昔物語』（世界名作全集１４６、講談社）。十月、「私の男性観」（青年文化大系）。

昭和二十六年（一九五一）　**四十六歳**

一月二十一日、宮本百合子急逝（五十一歳）。二月、『ウィリアム・テル』（世界名作文庫21、偕成社）。六月、『荒野の虹』（偕成社）。二十九日、林芙美子が心臓麻痺で死去（四十八歳）。九月、「**レコード**」（日暦、復刊第一号）。十月、河盛好蔵の世話でようやく「**光明皇后の絵**」（小説新潮）が掲載される。以降、「小説新潮」は『女坂』の断続的発表の舞台となる。十一月、「幼き日の九段」（婦人公論）。『**古典文学教室**』（少年少女知識文庫、ポプラ社）。

昭和二十七年（一九五二）　**四十七歳**

一月、「**銀杏屋敷の猫**」（別冊小説新潮）。「紫式部」（中央公論。「**源氏物語の作者**」に改題）。四月、「**金盃の話**」（小説朝日）。七月、「宮本百合子さんの思い出」（日暦）。八月、「**愛妾二代**」（小説新潮）。「**二つの結婚**」（東京）。九月、「**上海の敵**」（別冊小説新潮）。「嵐の『女人芸術』時代」（東京新聞、三十日）。十一月、「初花暦」（小説新潮。「青い葡萄」に改題、『女坂』第一章の二）。

昭和二十八年（一九五三）　**四十八歳**

一月、「**あの家**」（別冊小説新潮）。「復古調について」（山陽新聞、二十七日）。二月、「彩婢抄」（小説新潮。『女坂』第一章の三）。「偶像と伝説」（日暦）。「半七捕物帳の作者」（山陽新聞、十一日）。四月、「上野の桜」（山陽新聞、十三日）。『歌舞伎物語』（世界名作文庫36、偕成社）。『あの星この花』（偕成社）。五月、「**吉原の話**」（小説新潮）。「母を語る」（コラム、別冊小説新潮）七月、「伊勢物語」（文芸。「**歌のふるさと**」に改題）。九月、「**浜木綿**」（別冊小説新潮）。「**夢みぬ女**」（小説新潮）。十月、「一葉の人気」（朝日新聞、十七日）。十一月、「二十六夜の月」（小説新潮。『女坂』第二章の一）。十二月、「**ひもじい月日**」（中央公論）。「あさくさ」（毎日新聞、十三日）。

昭和二十九年（一九五四）　**四十九歳**

一月、「**瑠璃光寺炎上**」（小説新潮）。「白蛇物語」（別冊小説新

潮。「**花光物語**」に改題）。三月、「ひもじい月日」により第六回女流文学賞を受賞。四月、「紫手絡」（小説新潮。『女坂』第二章の二）。「水ぬるむ」（別冊小説新潮。「**雀**」に改題）。日本文芸家協会の理事となる。五月、「私の秘蔵本『源氏物語』」（毎日新聞、八日）。「私のペンネーム」（東京新聞、十七日）。「同人雑誌白書『日暦』から『人民文庫』へ」（文学界）。七月、「**牡丹**」（別冊小説新潮）。八月、「**紙魚のゆめ**」（小説新潮）。「芭蕉の生家」（朝日新聞、十九日）。九月、「**明日の仲人**」（オール読物）。十月、「**黝い紫陽花**」（小説公園）。「**夢の浮橋**」（婦人公論）。「百合の花」（風報）。十七日より二十一日まで、「サンデー毎日」の講演会のため、阿部真之助らと岡山・尾道・呉・広島・山口を旅行。十一月、「**金のローマン性**」（小説新潮）。「私の本だな、源氏・雨月物語」（読売新聞、十三日）。「**着物**」（毎日新聞、二十八日）。『竹取物語』（世界名作物語36、ポプラ社）。十二月、「**毀された鏡**」（小説新潮）。短篇集『ひもじい月日』（ひもじい月日・銀杏屋敷の猫・吉原の話・あの家・愛妾二代・廃園・レコード・浜木綿・雀・紙魚のゆめ・光明皇后の絵。中央公論社。三十二年八月角川文庫）。『白ゆりの塔』（偕成社）。「歳末夜話」（朝日新聞、二十九日）。

昭和三十年（一九五五）　**五十歳**

一月、「**空蝉の記**」（別冊小説新潮）。「**白い外套**」（新女苑）。「樋口一葉」（婦人画報）。「女の内證ばなし」（文芸春秋）。三月、「**妾腹**」（文芸）。五月、「**水草色の壁**」（文学界）。「**鑓の権三**」（小説新潮）。「わがグループ・女流文学者会」（東京新聞、一日）。五月、脚色の谷崎原作「武州公秘話」（三幕九場）が菊五郎劇団により歌舞伎座で上演。「私の処女出版・寅彦先生の笑顔」（東京新聞、二十五日）。六月二十九日、真杉静枝死去（五十三歳）。「真杉さんのこと」（読売新聞、三十日）。七月、「青梅抄」（小説新潮。『女坂』第二章の三）。「**不思議な夏の旅**」（別冊小説新潮）。「**松風ばかり**」（オール読物）。「**かの子変相**」（短歌）。八月、「朱を奪うもの」（文芸。『**朱を奪うもの**』第一章）。「私の読書遍歴」（日本読書新聞、一日）。「銀座美人」（銀座百点八号）。九月、「父と手紙」（文芸春秋）。十月、「**殺す**」（婦人公論）。「**おとこ女郎花**」（別冊小説新潮）。「**霧の中の花火**」（新女苑）。「『迷路』の作者」（『現代日本文学全集第二十八巻　長与善郎・野上弥生子集』月報）。「平林たい子『愛情旅行』について」（新潮文庫「解説」）。「古い手紙」（朝日新聞、十三日）。脚色の森鷗外原作「雁」（五幕八場）が、久保田万太郎演出、花柳章太郎・水谷八重子らにより新橋演舞場で上演。「銀座百点」の演劇合評会に出席、その後、レギュラーとなる。十一月、「わが恋の色」（文芸。『朱を奪うもの』第二章）。二十三日、NHKラジオ第一放送のために書き下ろした「酉の市」が、山本安英の語りによって放送。十二月、「**恩給妻**」（オール読物）。「**終りの薔薇**」（婦人公論）。短編集『明日の恋人』（夢みぬ女・金盃の話・金のローマン性・**霧の花**・浴衣妻・娘の日記・二つの結婚・**娘ひとり**。鱒書房コバルト新書)。

昭和三十一年(一九五六)　五十一歳

一月、「二つの劇場で」(文芸。『朱を奪うもの』第三章)。「**寝顔**」(別冊小説新潮)。「**混色の花束**」(新女苑)。「書評・尾崎一雄著『すみっこ』」(風報)。二月、「**くろい神**」(文芸春秋)。「四十代の処生」(中央公論)。三月、「女の道化」(文芸、三月―六月。『朱を奪うもの』第四章・第五章)。「谷崎先生の詩」(文芸臨時増刊号)。「早春」(小説新潮)。四月、三日、十九年の三月から同居していた母鶴子が老衰のため死去(八十歳)。「**写真の女**」(別冊小説新潮)。「女流作家の見た『大菩薩峠』」(文芸)。「某月某日」(日本経済新聞、二十日)。五月、「**二重奏**」(新女苑)。脚色の室生犀星原作『舌を噛切った女』(四幕)が、福田恒存演出で菊五郎劇団により歌舞伎座で上演。『朱を奪うもの』(河出新書97。三十五年五月新潮社。三十八年十一月新潮文庫)。六月、「**巻直し**」(オール読物)。「**鉄橋の下で**」(別冊文芸春秋)。七月、「**男のほね**」(文芸春秋)。「**虚空の赤んぼ**」(文学界)。「**追われる**」(別冊小説新潮)。「老木の桜―長谷川時雨女史のこと」(東京新聞、八日)。八月、「『不如帰』の主題」(文学)。九月、「**妖**」(中央公論)。「**家のいのち**」(群像)。「**短夜**」(婦人朝日)。「『ことよ』と『だわ』」(言語生活)。「平林たい子断想」(『現代女流文学全集 平林たい子集』解説)。脚色の泉鏡花原作『湯島詣』(四幕五場)が、久保田万太郎演出、花柳、伊志井寛らにより新橋演舞場で上演。十月、「異母妹」(小説新潮。『女坂』第三章の一)。「**桔梗の花**」(別冊小説新潮)。十一月、「平等院の鳳凰」(毎日新聞、三日)。「羽織」(東京新聞、四日)。十二月、「**琴爪の箱**」(オール読物)。「黒髪変化」(主婦と生活。「**長い髪の女**」に改題)。「両性の死闘―『鍵』における夫婦関係」(婦人公論)。『日本国民文学全集17 江戸名作集1』(共著。河出書房)で、「雨月物語」「春雨物語」を現代語訳。

昭和三十二年(一九五七)　五十二歳

一月、「女坂」(別冊小説新潮。『女坂』第三章の二)。「**二世の縁 拾遺**」(文学界)。「東京の空の下」他十一編(東京新聞「石筆」欄、―三月)。長・短篇集『太陽に向いて』(**太陽に向いて・夏の花冬の花・婚費稼ぎ**・短夜。東方社)。脚色の志賀直哉原作『赤西蠣太』(五幕六場)が、岡倉士朗演出で菊五郎劇団により新橋演舞場で上演。二月、「わたしの古典」(日本読書新聞、十一日)。「竹柏大会の思い出」(心の花)。「古典の男性―倭建命と光源氏」(群像)。座談会「源氏物語と枕草子」(池田亀鑑・中村真一郎・山本健吉と。婦人公論)。三月、「**妻の書きおき**」(婦人公論)。「唐鞍の幻」(毎日新聞、二十七日)。『女坂』(角川小説新書。三十三年一月角川書店。三十三年十一月角川文庫。三十六年四月新潮文庫。四十五年八月全日本ブッククラブ)。短編集『霧の中の花火』(明日の仲人・恩給妻・松風ばかり・琴爪の箱・二重奏・巻直し・終りの薔薇・霧の中の花火・混色の花束・追われる・**夕陽の中の母**・写真の女。村山書店。四十一年十二月『琴爪の箱』として東方社より再刊。四月、「**耳瓔珞**」（群像）。「**花のある庭**」（別冊小説新潮）。「**断られた男**」（婦人生活）。「**娘の戸籍**」（新女苑）。短篇集『妻の書きおき』（妻の書きおき・白い外套・牡丹・空蟬の記・寝顔・長い髪の女・鉄橋の下で・**酉の市**・ひとりの女・黝い紫陽花。宝文館。四十二年十月東方社より再刊）。五月、「**髪**」（中央公論臨時増刊号）。「**葉桜の翳**」（オール読物）。「解説・岡本かの子『鶴は病みき』」（角川文庫）。六月、「劇場の英雄市川左団次」（小説新潮）。脚色の舟橋聖一原作『新忠臣蔵安宅丸』（五幕六場）が、今日出海演出、菊五郎劇団により歌舞伎座で上演。七月、戯曲「**女詩人**」（文学界）。「好きな食べもの」（コラム、別冊小説新潮）八月、「僧房夢」（文芸春秋。『**高野山**』に改題）。「**花散里**」（別冊文芸春秋）。「**秋のめざめ**」（毎日新聞、九日―三十三年一月二十九日）。「高野山に登るの記」（婦人公論）。脚色の芥川龍之介原作『奉教人の死』（四幕）が、岡倉士朗演出、菊五郎劇団により歌舞伎座で上演。九月、「**別荘あらし**」（週刊新潮、九日）。「女詩人」（三場）が久保田万太郎・吉川善雄演出、歌右衛門主演により歌舞伎座で上演。十月、「**冬の月**」（別冊文芸春秋）。「**信天翁**」（別冊週刊朝日）。短編集『妖』（妖・家のいのち・くろい神・虚空の赤んぼ・男のほね・殺す・耳瓔珞・妾腹・水草色の壁・二世の縁拾遺。文芸春秋新社。三十五年六月新潮文庫。五十年四月成瀬書房）。十一月、「**二枚絵姿**」（文芸春秋）。「**妻は知っていた**」（婦人倶楽部、―三十三年十二月）。

『女坂』によって第五回野間文学賞受賞。「『女坂』の野間賞によせて」（読売新聞、二十九日）。十二月、「書評・永井荷風『あづま橋』」（日本読書新聞、二日）

昭和三十三年（一九五八）　**五十三歳**

一月、「**恋鷺**」（別冊小説新潮）。「**ますらお**」（日本）。「**薄明のひと**」（服装、―十二月）。「天性の二枚目役者先代中村雁次郎」（小説新潮）。二月、「**パンドラの手匣**」（別冊文芸春秋）。「**貴婦人**」（オール読物）。「『秋のめざめ』の後に」（毎日新聞、四日）。随筆集『**女ことば**』（角川新書）。三月、「**変化女房**」（三幕四場）が岡倉士朗演出、菊五郎劇団により歌舞伎座で上演。十九日、NHKテレビで舞台中継。『秋のめざめ』（毎日新聞社。三十四年十二月角川文庫。五十四年七月集英社文庫）。四月、「**東京の土**」（中央公論）。「戯曲・変化女房」（オール読物）。「**女面**」（群像、―六月）。短編集『二枚絵姿』（髪・高野山・二枚絵姿・信天翁・別荘あらし・貴婦人・葉桜の翳・**牡丹の芽**・着物・花のある庭・冬の月。講談社）。女流文学者会会長に推される。四月から七月まで四ヶ月近く、アメリカ政府とアジア文化財団の招きで、平林と共にアメリカヨーロッパを旅行。五月、「**太陽を厭う人**」（別冊週刊サンケイ）。六月、「アメリカだより」（朝日新聞、二十八日）。『雨月物語』（少年少女日本名作物語全集17、講談社）。七月、「日本の見られ方」（産経新聞、二十九日）。「アメリカの劇をみて」（毎日新聞、三十日）。八月、「**戦争花嫁**」（別冊文芸春秋）。「ヨーロッパの印象」（読売新聞、四日）。九月、「海外演劇雑感」（読書人、二十九日）。十月、「**シカゴのひと**」（群像）。「**その日から始まったこと**」（別冊文芸春秋）。「恋愛ぬきの男友達」（東京新聞、九日）。「物語ること聞くこと」（朝日新聞、十八日）。「屋根」他二十九編（読売新聞随想欄、—三十四年四月）。脚色の室生犀星原作『山吹』が、岡倉士朗演出で菊五郎劇団により歌舞伎座で初演。『女面』（講談社。三十五年七月講談社ミリオンブックス。四十一年五月新潮文庫）。十一月、「**恋妻**」（小説新潮）。「**離情**」（婦人公論、—三十四年十二月）。「**暴風雨の贈りもの**」（週刊新潮、十日）。二十三日、脚色の芸術祭参加テレビドラマ、「桔梗の夢」（原作上田秋成「浅茅が宿」他）がＮＨＫで放送。十二月、「**ローマの罌粟**」（サンデー毎日特別号）。「梅幸のお三輪の円熟」（毎日新聞、十九日）。

昭和三十四年（一九五九）　五十四歳

一月、「**冬紅葉**」（文学界）。「**あかね**」（別冊週刊朝日）。「**母の就職**」（オール読物）。「**私も燃えている**」（東京新聞、十三日—十二月六日）。「**なまみこ物語**」（聲〈季刊〉。三十六年一月雑誌休刊のため連載が中断）。「好きな男嫌いな女」（文芸春秋）。『薄明のひと』（角川書店）。『現代長編小説全集第十四巻　平林たい子・円地文子集』（講談社）。二月、「**猫の視界**」（別冊文芸春秋）。「スペインの印象」（風報）。三月、「ひなの顔」（毎日新聞、一日）。対談「一億分の一センチ」（朝永振一郎と。中央公論）。四月、「**男というもの**」（週刊現代、十二日〈創刊号〉—十二月二十七日）。十二日、テレビドラマ「春鶯夢」がＮＨＫ（お好み演芸座）で放送。三十日、永井荷風死去（八十歳）。五月、「四季妻」（文学界。『花散里』二、「ニューヨークだより」に改題）。「女の書く小説」（講演記録。読書人、十八日）。『妻は知っていた』（講談社。三十六年六月講談社ロマンブックス）。六月、「永井荷風の死に想う」（婦人公論臨時増刊）。七月、「**驢馬の耳**」（中央公論）。「**ある結婚**」（主婦の友）。「**双面**」（群像）。短篇集『東京の土』（冬紅葉・パンドラの手匣・花方・花光物語・猫の視界・かの子変相・その日から始まったこと・東京の土。文芸春秋新社）。八月、「銀河」（文学界。『花散里』三）。「**歌舞伎のゆめ**」（新潮）。「風紋と水平線」（週刊文春、三十一日）。「**女の秘密**」（婦人画報）。脚色の上田秋成原作『雨月物語　浅茅ケ宿』が松浦竹夫演出、菊五郎劇団により歌舞伎座で上演。九月、「秋日銀杏」（別冊文芸春秋。『花散里』四）。「傍観者」（オール読物、「木下長嘯子伝」の一、『円地文子全集第十四巻』収録時に、「**木下長嘯子**」と改題）。十月、「谷崎文学の女性像」（『近代文学鑑賞講座９　谷崎潤一郎』）。十一月、「**暗い四季**」（小説新潮）。「**野分**」（小説新潮）。『新選現代文学全集第十七巻　円地文子集』（筑摩書房）。『**欧米の旅**』（筑摩書房）。一人娘の素子が冨家和雄（後に東京大学原子核研究所教授）と結婚、地所内に娘夫婦の新居を建てる。十二月、『女の秘密』（新潮新書）。「**老桜**」（群像）。「関ヶ原前夜」（オール読物。「木下長嘯子伝」二）。「書評・室生犀星『蜜のあはれ』」（読書人、七日）。「流暢さとねばり強さ」（『新選現代日本文学全集第二十三巻 井上友一郎集』月報）。

昭和三十五年（一九六〇）　五十五歳

一月、「**傷ある翼**」（中央公論、—七月）。「**やさしき夜の物語**」（婦人之友、—十二月）。「**女を生きる**」（群像、—十二月）。「日録」（日本読書新聞、十八日—二月八日）。「才女」（東京新聞、五日）。『私も燃えている』（中央公論社。四十年十一月角川文庫。五十一年三月三笠書房。五十一年三月講談社ロマンブックス）。二月、戯曲「**偽詩人**」（文学界）。「**初恋の行方**」（婦人画報）。十七日、脚色のテレビドラマ「人形の家」（原作イプセン）がフジテレビで放送。三月、「**落胤**」（小説新潮）。脚色の室生犀星原作「かげろうの日記遺文」が、松浦竹夫演出、菊五郎劇団により歌舞伎座で上演。随想集『男というもの』（講談社）。四月、座談会「女流作家」（佐多稲子・曾野綾子・平林たい子と。群像）。五月、「うない松」（オール読物。『木下長嘯子伝』三）。「築地小劇場付近」（東京新聞、十九日）。中短篇集『高原抒情』（初恋の行方・ローマの罌粟・ある結婚・**ある離婚・間接照明・高原抒情**。雪華社）。六月、「勉強不足」他十二編（毎日新聞「憂楽帳」欄、—八月）。「新潟の印象」（新潟日報十四日）。「近頃の世相をみて」（産経新聞、二十九日・三十日）。短篇集『恋妻』（驢馬の耳・恋妻・老桜・歌舞伎のゆめ・双面・ますらを。新潮社）。七月、「**喪家の犬**」（小説新潮）。「**迷彩**」（婦人画報、—三十六年四月）。「菊池寛の現代劇」（『菊池寛文学全集第十巻』月報）。『離情』（中央公論社。五十九年二月集英社文庫）。四日から十日まで「文芸春秋」の講演会のため、十返肇、石原慎太郎らと北海道（美唄・留萌・名寄・網走・釧路・帯広）を旅行。十二日、初孫馨子生まれる。八月、「**愛情の系譜**」（朝日新聞、十三日—三十六年三月十六日）。九月、「秋灯」（別冊文芸春秋。「返り花」と改題。『花散里』五）。「男同士」（小説新潮）。「孫」（婦人公論）。十月、「濫読」（図書）。「亀井さんのこと」（『新選現代日本文学全集第三十五巻 亀井勝一郎・他』月報）。「夏の暑さ」（風景創刊号）。十一月、「**京人形**」（別冊週刊朝日）。「小説の世界」（新潮）。『日本文学全集第五十八巻 円地文子集』（新潮社）。『**女舞**』（講談社。秋元松代が円地作品十数篇を一篇に再構成。朝日放送で山本安英によって連続放送。三十六年七月、フジテレビで四回連続放送。）。十二月、「冬至」（別冊文芸春秋、『花散里』六）。

昭和三十六年（一九六一）　五十六歳

一月、「**あだし野**」（文芸春秋）。「**混血児**」（オール読物）。「**縁**」（群像）。「**南の肌**」（小説新潮、—十二月）。「お正月二代」（図書新聞、一日）。二十九日、脚色のテレビドラマ「奉教人に死」（原作芥川龍之介）がNETテレビで放送。三月、「**男の銘柄**」（週刊文春、二十日—十二月二十五日）。四月、「銀座今昔」（銀座百点）。「旺んな創作欲」（新潮社版『日本文学全集第十六巻 谷崎潤一郎集』月報）。『花散里』（文芸春秋新社。三十八年十二月講談社ロマンブックス。四十六年十二月講談社文庫）。東をどり（三十九回）のために書き下ろした舞踊劇「**八尋白鳥**」が杵屋六左衛門作曲、西川鯉三郎振付により新橋演舞場で上演。五月、「**女帯**」（東京新聞、十七日―三十七年四月九日）。「**雪折れ**」（中央公論）。「河野（多麻）さんと宇津保」（『日本古典文学大系第十一巻 宇津保物語（二）』月報）。『愛情の系譜』（新潮社。四十一年六月角川文庫）。六月、「**盂蘭盆**」（別冊文芸春秋）。「日暦について」（日暦）。「俵屋宗達所見」（新潟日報、四日）。随想集『女を生きる』（講談社）。七月、「**才女物語**」（オール読物）。九月、「女の繭」（日本経済新聞、六日―三十七年六月十八日）。「**霧に消えた人**」（週刊女性自身、十一日―十二月二十五日）。「父と辞書」（群像）。十九日、二番目の孫瑠璃子が生まれる。十月、「**猪の風呂**」（小説中央公論）。「**八犬伝の作者**」（群像）。対談「伊豆山閑話」（谷崎潤一郎と。風景一周年記念号）。座談会「謎の文学『源氏物語』」（鈴木一雄・田辺貞之助・吉田精一と。解釈と鑑賞）。十一月、「わが小説」（朝日新聞、三日）。『**迷彩**』（光文社。カッパノベルス）。十二月、『南の肌』（新潮社。四十六年十一月潮文庫。五十三年七月集英社文庫）。

昭和三十七年（一九六二）　**五十七歳**

一月、「**終の棲家**」（群像、―八月）。「妖精圏」（婦人公論、―十二月、「**渦**」に改題）。「春装に思う」（北日本新聞、三日）。二月、「**美少女**」（文芸春秋）。「**団地夫人**」（オール読物）。『男の銘柄』（文芸春秋新社。三十八年五月ポケット文春）。『長編小説全集第十六巻 円地文子集』（講談社）。三月、「**ダブル・ダブル**」（週刊文春、五日）。二十六日、室生犀星死去（七十三歳）。「稀なる人（犀星）の死」（毎日新聞大阪版、二十七日）。『傷ある翼』（中央公論社。三十九年十一月新潮文庫）。四月、「**小さい乳房**」（文芸、―八月）、「**現代好色一代女**」（週刊現代、八日―十二月三十日）。五月、『霧に消えた人』（光文社。カッパノベルス）。『女帯』（角川書店。五十六年七月集英社文庫）。十二日より十六日まで講演会のため、南九州（荒尾・阿久根・鹿児島・日南・津久見）を旅行。二十七日より六月五日まで「この酒盃を」の取材のためにハワイを旅行。六月、「**月愛三昧**」（婦人生活、―九月）。「**下町の女**」（小説新潮）。「谷中清水町の坂」（東京新聞、二十四日）。「室生犀星先生の手紙」（中央公論）。「ハワイの旅から」（産経新聞、十一日―十三日）。「岡田八千代女史のこと」（文学散歩）。七月、「**新しい舞扇**」（オール読物）。『昭和文学全集第十五巻 円地文子・幸田文集』（角川書店）。「**この酒盃を**」（産経新聞、二十七日―昭和三十八年七月十八日）。九月、「**ほくろの女**」（文芸朝日）。「軽井沢今昔」（自由）。「書評・室生犀星『好色』」（読書人）。座談会「現代女流作家を語る」（瀬戸内晴美・中村真一郎・吉田精一と。解釈と鑑賞）。「生命の逞しさ」（新潮社版『日本文学全集第三十八巻 平林たい子集』月報）。『女の繭』（講談社。三十八年十二月講談社ロマンブックス。四十二年三月角川文庫。四十五年十一月講談社）。「源氏物語随想」（『文芸読本源氏物語』河出書房新社）。

十月、「**夫婦**」（群像）。「**しゅん**」（小説新潮）。「**ある江戸っ子の話**」（小説中央公論）。「尾崎一雄さんと神道」（風報）。十月、『終の棲家』（講談社。五十六年十二月集英社文庫）。十一月、『やさしき夜の物語』（集英社。六十年七月集英社文庫）。短篇集『雪折れ』（雪折れ・あだし野・縁・しゅん・夫婦・猪の風呂・下町の女・孟蘭盆・源氏物語の作者・八犬伝の作者。中央公論社）。十二月、「**めくら鬼**」（小説中央公論）。短篇集『小さい乳房』（小さい乳房・ほくろの女・母の就職・京人形・才女物語・美少女。河出書房新社）。座談会「西鶴よもやまばなし」（中村真一郎・吉行淳之介・吉田精一と。『文芸読本西鶴』河出書房新社）。

昭和三十八年（一九六三）　**五十八歳**

一月、「**鹿島綺譚**」（文芸春秋、—八月）。「**雪燃え**」（小説新潮、—三十九年二月）。「**結婚相談**」（オール読物、—十二月）。二月、「**花渦**」（週刊現代、二十八日）。「中年のなかのエロス」（婦人公論）。三月、「やさしき夜の物語」が戌井市郎演出により、明治座で上演。四月、九日より十二日まで、婦人公論の講演会のため、姫路・岡山・広島・下関を旅行。「濃春の旅で」（東京新聞、十九日）。二十日、三番目の孫絢子生まれる。五月、「**さんじょうばっから**」（群像）。「**躑躅屋敷**」（週刊読売、五日・十二日）。六日、久保田万太郎死去（七十三歳）。「久保田万太郎氏の思い出」（産経新聞、七日）。「若葉の美しさ」他十二編（東京新聞「石筆」欄、—七月）。六月、「トスカのおもしろさ」（毎日新聞大阪版、三十日）。七月、「**女の淵**」（主婦と生活、—三十九年十二月）。「久保田万太郎先生と言葉」（小説中央公論）。『現代好色一代女』（講談社。三十九年九月講談社ロマンブックス）。八月、「**噴水**」（小説中央公論）。「**再会**」（小説現代）。「舞姫について」（文芸 川端康成特集）。九月、「**サファイアの指輪**」（マドモアゼル）。「**ある懺悔**」（別冊文芸春秋）。「地上の愛」（『世界の文学 E・ブロンテ』月報）。「虫」（朝日新聞、三日）。座談会「作家の態度」（谷崎潤一郎・サイデンステッカーと。文芸）。十月、「**銀の水指し**」（別冊小説新潮）。「上田萬年（おやじ）」（朝日ジャーナル、六日）。二十日より二十四日まで「文芸春秋」の講演会のため、富士・浜松・岡崎・刈谷・高山を旅行。十一月、「**仮面世界**」（群像）。十日より十四日まで「婦人公論」講演会のため沖縄を旅行。『月愛三昧』（集英社）。『この酒盃を』（中央公論社）。十二月、「名優の面影」（朝日新聞、六日—十八日）。十日、大田洋子死去（六十歳）。「大田洋子さんのこと」（朝日新聞、十二日）。『鹿島綺譚』（文芸春秋新社。四十三年四月角川文庫。五十八年八月集英社文庫）。『結婚相談』（ポケット文春。四十四年七月弘済堂出版カラー小説）。

昭和三十九年（一九六四）　**五十九歳**

一月、「**千姫春秋記**」（小説現代、—四十年六月）。「**焔の盗人**」（週刊サンケイ、六日—九月二十一日）。「沖縄日記」（婦人公論）。二月、「**残された女**」（オール読物）。「**ひかげの花美しく**」（婦人之友）。「対談・谷崎文学の周辺」（『日本の文学23 谷崎潤一郎（一）集』月報）。短篇集『**仮面世界**』（仮面世界・噴水・さんじょうばっから・めくら鬼・銀の水指し・ある江戸っ子の話・歌のふるさと・牡丹。講談社）。『**雪燃え**』（新潮社。五十二年四月三笠書房。五十五年一月集英社文庫）。三月、「松緑の重厚な男性美」（文芸朝日）。四月、「**苺**」（小説新潮）。「**夢の中の言葉**」（文芸）。「**人形姉妹**」（マドモアゼル、―四十年六月）。「私の小説作法」（毎日新聞、十二日）。『現代の文学第二十巻 円地文子集』（河出書房新社）。五月、「**狐と狸**」（文芸朝日）。一日より四日まで「文芸春秋」講演会のため小林秀雄・伊藤整・今日出海・池島信平と、酒田・大曲・弘前・秋田を旅行。「悪人というもの」（風景）。六月九日より七月二日まで、ノルウエーのオスロでのペンクラブ年次大会に平林と参加、ヨーロッパ（アムステルダムやパリなど）を旅行。七月、「**化性**」（群像）。「**賭けるもの**」（読売新聞、二十日―四十年七月二十二日）。八月、「正宗白鳥先生と野上弥生子夫人」（群像）。九月、「**ノラの行方**」（小説新潮）。「ヨーロッパの木」（朝日新聞、九日・十日）。十月、「スコットランド抄」（小説新潮）。「ヨーロッパのくだもの」（東京新聞、二日）。十一月、『**焔の盗人**』（ポケット文春。四十四年八月弘済堂出版カラー小説）。随想集『**旅よそい**』（三月書房）。九日より十二日まで、「婦人公論」の講演会のため、石川達三・戸塚文子と、熊本・福岡・佐賀・佐世保を旅行。十二月、「私の読書遍歴」（図書）。『**女の淵**』（集英社。四十九年四月講談社ロマンブックス。五十年九月集英社コンパクトブックス）。

昭和四十年（一九六五）　**六十歳**

一月、「**樹のあわれ**」（中央公論）。「**ある女の半生**」（オール読物）。「**変化**」（小説新潮）。「**小町変相**」（群像）。「近松の浄瑠璃」（展望）。二月、「**都の女**」（小説新潮）。四日、四番目の孫宏一郎生まれる。「新派の女形」（日本経済新聞、二十八日）。三月、「**虹と修羅**」（文学界、―四十二年三月）。四月、「あられもない言葉（性をどう考えるか）」（群像）。『円地文子文庫』全八巻（講談社。十一月刊行完結）。十一日より十四日まで「文芸春秋」の講演会のため、小林秀雄・永井龍男・大江健三郎と、四日市・大阪・八日市・京都を旅行。『全講和泉式部日記』（鈴木一雄との共著。至文堂）。五月、「わが思い出の師」（朝日新聞、二十五日―六月一日）。『小町変相』（講談社。五十二年五月集英社文庫）。六月七日より十日まで「婦人公論」の講演会のため、丹羽文雄・秋山庄太郎と、札幌・小樽・旭川・釧路を旅行。七月三十日、谷崎潤一郎死去（七十九歳）。「谷崎氏をいたむ」（産経新聞、三十日）。「もうお会いできない」（東京新聞、三十一日）。『**なまみこ物語**』（中断後を書き加えて完結。中央公論社。四十七年八月新潮文庫）。八月、「**白い野梅**」（群像）。「**あざやかな女**」（小説新潮、―十月）。十七日、高見順が食道癌のため死去（五十八歳）。九月、「**ある夫婦の話**」（オール読物）。『人形姉妹』（集英社。五十年一月集英社コンパクトブックス。五十七年六月集英社文庫）。

『現代文学大系第四十巻 平林たい子・円地文子集』（筑摩書房）。十月、「**お増さんの人生**」（別冊文芸春秋）。「源氏物語に架けた橋」（中央公論、谷崎潤一郎追悼号）。「谷崎潤一郎の文学と女性」（婦人公論）。「谷崎文学の地方色」（文芸）。「谷崎文学における恋愛」（展望）。「高見さんのこと」（群像）。『賭けるもの』（新潮社。五十五年十一月集英社文庫）。十一月、「読本と草双紙私語」（批評）。十二月、「**秋日ダリア**」（オール読物）。『あざやかな女』（新潮社。五十三年一月集英社文庫）。

昭和四十一年（一九六六）　**六十一歳**

一月、「はなやかな空華」（小説現代。『**空華**』に改題）。「**秘筐**」（小説新潮）。「**生きものの行方**」（群像）。「**四季の夢**」（主婦と生活、—四十二年三月）。「**またしても男物語**」（サンケイ新聞日曜版、—十二月）。「色立役の死」（中央公論）。短篇集『樹のあわれ』（樹のあわれ・化性・変化・苺・白い野梅・ある女の半生・ある夫婦の話・夢の中の言葉・都の女。中央公論社）。『千姫春秋記』（講談社。四十二年八月講談社ロマンブックス。四十四年八月角川文庫）。三月、「**冬の死**」（別冊文芸春秋）。『なまみこ物語』により第五回女流文学賞を受賞。四月、「**かよわい母**」（小説新潮）。「**結婚の前**」（オール読物）。「本とつきあう法」（読書人、十一日—五月九日）。五月、「私と文学の間」（週刊読書人）。「女の内緒ばなし」（婦人画報）。六月、「**墨絵牡丹**」（群像）。座談会「性と日本文学」（南博・吉田精一と。解釈と鑑賞）。『日本の文学第五十巻 円地文子・幸田文集』（中央公論社）。七月、「建礼門院右京大夫のこと」（婦人公論）。八月、「**京洛二日**」（小説新潮）。「**初釜**」（オール読物）。「**夜の花苑**」（南日本新聞・河北新報・他に三五八回にわたり連載）。「漱石雑感」（岩波版『漱石全集 第九巻』付録）。「『曽我物語』の母」（婦人公論）。『現代文学第二十三巻 円地文子集』（東都書房）。九月、「八犬伝の代筆者」（婦人公論）。「明治の女と現代の女」（婦人公論）。対談「女の生き方と文学」（平林たい子と。群像）。「なまみこ物語」（三幕十場）を松浦竹夫演出、菊五郎劇団により歌舞伎座で上演。『日本現代文学全集第九十六巻 円地文子・幸田文集』（講談社）。十月、「**心中の話**」（小説新潮）。「義経と二人の女」（婦人公論）。「忘れえぬこと」（群像）。十一月、「**美しい姉妹の話**」（小説現代）。「古典とともに」（朝日新聞、十七日）。

昭和四十二年（一九六七）　**六十二歳**

一月、「**人間の道**」（群像）。「**幻の島**」（小説新潮）。「**白梅の女**」（オール読物）。「愛の思想について」（文芸春秋、人生の本3）。「私と古典」（東京新聞、二十一日）。「竹生島の桃山美術」（太陽）。「名著発掘・高楠順次郎『アジアの東漸思想』」（文芸）。二月、座談会「文学・性・自由」（舟橋聖一・吉行淳之介と。群像）。三月、「問はず語りによせて」（朝日新聞、二十三日）。『またしても男物語』（サンケイ新聞社出版局）。短篇集『ほくろの女』（ほくろの女・躑躅屋敷・花渦・残された女・**男同士**・再会・新しい舞扇・サファイアの指輪・ひかげの花美しく。東方社)。『日本文学全集第七十五巻 円地文子集』(集英社)。四月、「**土地の行方**」(展望)。「**谷中清水町**」(季刊芸術、一・二号)。五月、「**雪の大原**」(小説現代)。「**土蔵の中**」(小説新潮)。『夜の花苑』(講談社)。六月、「**花の下枝**」(オール読物)。「晩春日記」(風景)。座談会「日本文学の魅力」(D・キーン・佐伯彰一と。群像)。七月、「**菊車**」(群像)。「**雛妓あがり**」(小説新潮)。短篇集『生きものの行方』(生きものの行方・土地の行方・墨絵牡丹・幻の島・心中の話・京洛二日・雪の大原・土蔵の中・初釜・冬の死・美しい姉妹の話。新潮社)。九月、「**美少年**」(別冊文芸春秋)。「**宝生寺**」(太陽)。「私の好きな国宝」(毎日新聞、二十六日—十月五日)。『日本文学全集第四十一巻 幸田文・円地文子集』(新潮社)。十月、「**ある幻影**」(小説新潮)。夏に新潮社から委嘱された「源氏物語」の現代語訳のため、文京区関口目白台のアパートを仕事場として借り、玉上琢彌の指導や犬飼廉・清水好子・竹西寛子・阿部光子らの協力を受ける。十一月、「私の第一戯曲集」(群像)。「私の文学修業時代」(読売新聞、十二日)。

昭和四十三年(一九六八)　**六十三歳**

一月、「**柿の実**」(群像)。「**はなやかな落丁**」(小説新潮)。「明治の女」(オール読物。「**鉈**」に改題)。「空蟬の顔かたち」(風景)。四月、「物語と短編」(群像)。「平安神宮の紅枝垂」(太陽)。『日本短篇文学全集第三十七巻 平林たい子・円地文子・有吉佐和子集』(筑摩書房)。五月、「**紫獅子**」(小説新潮)。「作品の背景」(東京新聞、十日)。「**源氏物語私見**」(波、—四十七年九月)。「おやじ上田萬年」(文芸春秋、生活の本7)。『夜の花苑』(講談社)。六月、「**半世紀**」(群像)。『現代日本文学館第四十巻 円地文子・幸田文集』(文芸春秋)。七月二日、脚色のテレビドラマ「白鷺」(原作泉鏡花)がNETテレビで放送。八月、「女の書く男」(文学界)。「詩人の肖像」(『日本の詩歌』解説)。「作家のとじ糸」(群像)。九月、「**うしろすがた**」(小説新潮)。対談「源氏物語をめぐって」(吉田精一と。国文学。四十八年六月『対談・古典の再発見』学燈社)。『カラー版日本文学全集第二十六巻 林芙美子・円地文子集』(河出書房新社)。十月、『虹と修羅』(文芸春秋。五十四年九月新潮文庫)。十一月、対談「現代の文学について」(吉田精一と。国文学)。十二月、「川端さんのこと」(婦人公論)。「作家の対話—伊豆山閑話」(文芸春秋)。「オスローの思い出」(風景)。随筆集『**灯を恋う**』(講談社)。

昭和四十四年(一九六九)　**六十四歳**

一月、「**鏡の顔**」(朝日新聞、一日)。「**狐火**」(群像)。「**浅間彩色**」(小説新潮)。「**女人風土記**」(太陽、—四十六年十二月)。「おめでたい人」(東京新聞、三日)。二十三日、順天堂病院で右眼網膜剝離の手術を受ける。三月、短篇集『菊車』(菊車・柿の実・紫獅子・うしろすがた・浅間彩色・秘筐。新潮社)。六月、「古典と私」(海)。七月、「私のなかの月」(東京新聞、二十一日)。八月、「わが蔵書—有朋堂文庫一揃い」(群像)。九月、長編三部作『朱を奪うもの』『傷ある翼』『虹と修羅』により第五回谷崎潤一郎賞を受賞。『現代長編文学全集第二十巻 円地文子集』(講談社)。十月、「東京の秋三点」(東京新聞。連載三回)。十一月、「兎の挽歌」(風景)。「谷崎潤一郎賞をうけて」(中央公論)。十二月、『**からねこ姫**』(潮出版社)。

昭和四十五年(一九七〇)　**六十五歳**

一月、「**遊魂**」(新潮)。「**指**」(群像)。「谷崎潤一郎と源氏物語」(日本近代文学館『現代文学と古典』)。「京洛の春」(産経新聞、十三日)。連載対談「この人と—王朝の女流文学」(松岡英夫と。毎日新聞、一日—九日)。二月、「**年上の女**」(小説新潮)。『**朱を奪うもの—三部作—**』(新潮社)。三月、「女坂」(四幕)が菊田一夫脚本・演出、山田五十鈴主演により芸術座で上演。四月、「**蛇の声**」(海)。「谷崎先生のこと」(『新潮日本文学6 谷崎潤一郎集』月報)。五月、「紅」(ちくま)。座談会「日記文学の系譜」(江藤淳・塩田良平・中村光夫と。国文学)。二十七日、梅原猛との対談「平家流亡」をNHKテレビ「日本史探訪」で放映。七月、「**潜**」(群像)。「**交配花**」(小説新潮)。『グリーン版日本文学全集第二十三巻 野上弥生子・円地文子集』(河出書房新社)。十日より九月十八日まで約三ヵ月間、ハワイ大学夏期講座のためハワイ滞在、日本女流文学を講ずる。十月二十八日、中村真一郎との対談「紫式部」をNHKテレビ「日本史探訪」で放映。十一月、「一国もの」(日本経済新聞、十三日)。二十五日、日本芸術院会員に選ばれる。同日、三島由紀夫死去(四十五歳)。十二月、「冬の京都」(読売新聞、九日)。「**アンセリアム**」(婦人之友)。

昭和四十六年(一九七一)　**六十六歳**

一月、「**春の歌**」(群像)。「**宝石**」(新潮)。「初音・源氏物語の世界」(朝日新聞、十一日)。二月、「三島由紀夫の死・響き」(新潮)。座談会「三島芸術のなかの日本と西洋」(山本健吉・佐伯彰一と。群像)。四月、「**女ひとりの部屋**」(小説新潮)。五月、短篇集『**春の歌**』(春の歌・潜・指・宝石・鉈・年上の女・谷中清水町・半世紀。講談社)。六月、『現代日本の文学第二十五巻 円地文子・佐多稲子集』(学習研究社)。『新潮日本文学第三十七巻 円地文子集』(新潮社)。七月、「源氏物語ノートの面白さ」(『折口信夫全集ノート篇第十五巻』月報)。『日本文学全集第三十巻 幸田文・円地文子集』(新潮社)。十月、「老人たち」(群像)。「古典のエネルギー」(産経新聞、二十八日)。『**遊魂**』(狐火・遊魂・蛇の声。新潮社)。十一月、「**冬の旅**」(新潮)。「ドストエフスキーと私」(読売新聞、七日)。

昭和四十七年(一九七二)　**六十七歳**

一月、「**鬼**」(小説新潮)。「源氏物語あれこれ」(朝日新聞、十日—二月七日)。随筆集『女人風土記』(平凡社)。二月十七日、平林たい子が肺炎により死去(六十六歳)。三月、「ことばという器」(小説新潮)。三部作『遊魂』により第四回日本文学大賞受賞。四月、「平林たい子追悼」(群像)。「平林たい子さんを悼む」（婦人公論）。『現代日本文学大系第七十一巻 高見順・円地文子集』（筑摩書房）。十六日、川端康成死去（七十三歳）。五月、「和泉式部など」（朝日新聞、十四日）。六月、「ハワイでの源氏の話」（群像、特集・川端康成死と芸術）。「オスローの川端さん」（文芸春秋）。七月、「言葉のひびき」（東京新聞、十一日）。八月、『日本文学全集第七十五巻 円地文子集』（集英社）。九月、「**うつせみ**」（小説新潮）。円地文子訳『源氏物語』（全十巻。新潮社）の刊行開始（四十八年六月完結）。十月、「光源氏と六条の院」（読売新聞、七日）。十一月、十日、戦時中からの親友、津田節子死去（七十歳）。二十六日、夫与四松が急性肺炎のため死去（七十七歳）。

昭和四十八年（一九七三） **六十八歳**

一月、「海と老人の対話」（文芸春秋。「**歴史**」に改題）。「源氏物語出版後あれこれ」（毎日新聞、二十二日）。「『日本の美のこころ』について」（川端康成『日本の美のこころ』あとがき）。「座右の書」（日本経済新聞、十四日）。二月、「墨染讃」（東京新聞、二日）。三月、「雪燃え」が菊田一夫演出により芸術座で上演。五月、「**昼さがり**」（週刊朝日、十八日）。六月、「**墓の話**」（群像）。順天堂医院に入院、二十一日、左眼網膜剥離の手術を受け弱視となる。七月、「平林さんの偉きさ」（平林たい子追悼文集）。九月十一日、兄上田寿（七十六歳）死去。秋、『源氏物語』現代語訳完了にともない、目白台アパートから上野の家に帰る。十月、「源氏物語私見拾遺」（新潮）。「光源氏に魅せられて」（文芸春秋）。十一月、「石山詣で」（波）。

昭和四十九年（一九七四） **六十九歳**

一月、「**花食い姥**」（新潮）。「**ある鎮魂歌**」（小説新潮）。「津田節子さんのこと」（追悼文集『白き花』）。「かよわい母」（小説新潮）。二月、「六条御息所考」（新潮）。随筆集『源氏物語私見』（新潮社。六十年一月新潮文庫）。三月、「後宮の面影を求めて」（歴史と人物）。「源氏物語の絵合」（文学）。五月、「尾崎一雄さん」（婦人公論）。「私の中の日本人―上田いね」（波）。短篇集『花喰い姥』（花喰い姥・冬の旅・墓の話・歴史・老人たち・うつせみ・鬼・ある鎮魂歌・交配花・女ひとりの部屋。講談社）。紀行・随筆集『**源氏物語の世界・京都**』（歴史と文学の旅17、平凡社）。六月、「源氏物語の花散里」（明日の友）。対談「緑陰閑談『源氏物語』のことなど」（野上弥生子と。海）。七月、「小説の題名」（東京新聞、二十九日）。対談「源氏物語」（サイデンステッカーと。週刊朝日、十二日）。八月、「**猫の草子**」（群像）。「塚本憲浦先生追憶」（婦人公論）。徳川元子・徳川宗賢と共に約二十日間ヨーロッパを旅行、パリ・フィレンツェ・ジュネーブ・南ドイツ・オーストリアの古城めぐりなどを愉しむ。九月、対談「源氏物語の魅惑」（秋山虔と。国文学）。佐多稲子とともに代表編纂した『現代の女流文学巻一』（全八巻、女流文学者会編、毎日新聞社）刊行開始（五十年四月完結）。紀行文集『室生寺』（入江泰吉と共著。平凡社ギャラリー25)。十月、「ションの四人」(風景)。随筆集『**源氏歌かるた**』(共著。徳間書店)十一月、「ヨーロッパの花」(海)。「源氏の野宮」(銕仙)。十二月、「日本の染と織」(太陽)。

昭和五十年(一九七五)　**七十歳**

一月、「**新うたかたの記**」(文芸春秋)。「軽井沢」(新潮、ー五十一年七月。「**彩霧**」に改題)。「**鶏**」(海)。「**花の下もと**」(小説新潮)。「若い頃に見た絵」(産経新聞、十日)。二月、「火鉢の話」(赤旗、二日)。「江戸後期の文学」(潮)。四月、「**浮世高砂**」(小説新潮)。「男言葉・女言葉」(東京新聞、九日)。五月、戯曲「**源氏物語葵の巻**」(海)。「源氏物語葵の巻」(五幕七場)が戌井市郎演出、中村歌衛門・中村勘三郎主演により歌舞伎座で上演。「吉川幸次郎博士についての私記」(『吉川幸次郎全集二十一巻』月報)。「三島由紀夫の思い出」(『三島由紀夫全集』月報)。連載対談「古典の中の女性たち」(瀬戸内晴美・永井路子・樋口清之・田中澄江・水上勉と。女性セブン、二十八日ー十月二十九日)。六月、「『源氏物語絵巻』について」(『新修日本絵巻物全集』月報)。「時分の花」(文芸春秋)。「私の愛する王朝秀歌」(ウーマン)。短篇集『都の女』(はなやかな落丁・花の下枝・美少年・空華・白梅の女・ある幻影・狐と狸・雛妓あがり・都の女。集英社。五十八年一月集英社文庫)。九月、「**川波抄**」(群像)。随筆集『**本の中の歳月**』(新潮社)。十一月、短篇集『川波抄』(川波抄・猫の草子・新うたかたの記・人間の道。講談社)。十二月、『**古典夜話　けり子とかも子の対談集**』(白洲正子と。平凡社)。

昭和五十一年(一九七六)　**七十一歳**

一月、「**他生の縁**」(群像)。「**落葉の宿**」(小説新潮)。「梅」(読売新聞、六日)。水晶体切除手術を受ける。十三日、舟橋聖一死去(七十一歳)。三月、座談会「追悼・舟橋聖一」(野口富士男・吉行淳之介と。新潮)。四月、「舟橋さんのこと」(小説新潮)。「舟橋さんと源氏物語」(太陽)。「普賢菩薩の美しさ」(『日本の仏画』月報)。随筆集『**兎の挽歌**』(平凡社)。日本文芸家協会理事を辞す。五月、「回想小泉信三」(泉、12号)。「久松先生のひととなり」(日本近代文学館)。「芝居と現実」(毎日新聞、四日)。六月、「人力車」(赤旗、二十日)。「私の生まれた日」(面白半分)。七月、座談会「源氏物語と王朝の世界」(大岡信・清水好子と。新潮)。八月、「昔々のこと」(俳句)。九月、「情念の絵巻を彩る」(波)。『彩霧』(新潮社)。心不全により順天堂医院に入院。二ヶ月静養。十月、「**問わず語り**」(群像、創刊三十周年記念特別号)。五日、武田泰淳死去。十一月、「人形雑記」(太陽)。十二月、女流文学者会会長を辞す。「武田さんのこと」(新潮)。「日記から」(朝日新聞、二十七日ー五十二年一月四日)。

昭和五十二年(一九七七)　**七十二歳**

一月、「**砧**」(新潮)。「**明治の終りの夏**」(文芸春秋)。「米と砂糖」(赤旗、一日)。「浪花節」(東京新聞、五日夕)。「変わった」（読売新聞、二十一日夕）。三月、『人物日本の女性史』（一五十三年二月、全十二巻、集英社）を監修、「小野小町」（第一巻）、「大奥の女性」（第五巻）、「惠信尼」（第七巻）、「上村松園」（第九巻）を執筆。「**江戸文学問わず語り**」（群像、一五十三年六月）。「岡本綺堂」（日本経済新聞、七日―九日）。「花の色と服」（ポエカ）。四月、「**絵が話す**」（小説新潮）。「咲きさかるわが玉三郎」（週刊文春、二十八日）。「戦争中の平林たい子」（『平林たい子全集第三巻』解説）。六月、「自伝抄・冬の記憶」（読売新聞、二十三日―七月十五日）。「花摘み」（毎日新聞、十六日）。「和服と洋服」（ウーマン）。七月、「古き仏たち」（太陽）。「正宗白鳥」（インタビュー、海）。「千姫春秋記」（四幕八場）が今日出海演出、坂東玉三郎主演により新橋演舞場で上演。八月、「鴉」（海。『鴉戯譚』第一話、「勘公とオバアサン」に改題）。九月、「**囈言**」（小説新潮）。「芝居のセリフ」（文芸春秋）。四日より二十二日まで、ヨーロッパ各地（パリ・スペイン・ローマ・フィレンツェ・スイス）を旅行。『円地文子全集』（全十六巻。新潮社）の刊行開始（五十三年十二月完結）。十一月、「源氏物語の舞台をたずねて」（週刊朝日増刊、一日）。「アルハンブラの椽の実」（東京新聞、八日）。「大谷藤子さんのこと」（サンデー毎日、二十日）。対談「女流その世界」（坂東玉三郎と。婦人画報）。十二月、「椿の蕾をながめ春を待つ」（日本経済新聞、十七日）。『川波抄・春の歌』（講談社文庫）。

昭和五十三年（一九七八）　**七十三歳**

一月、「**友達**」（新潮）。「鴉戯談」（海。『鴉戯譚』第二話、「新楢山節考」に改題）。「源氏物語歴程」（サンケイ新聞、五日夕）。二十二日から二十五日まで「食卓のない家」の取材のため、紀州白浜・本宮・新宮・那智を旅行。「私の文章修業」（週刊朝日、二十七日）。二月、「**文反古**」（小説新潮）。「**食卓のない家**」（日本経済新聞、十一日―十二月六日）。「『源氏物語』の背景」（『図説日本の古典』第七巻月報）。三月、『渦』（集英社。五十九年十一月集英社文庫）。四月、「言うに言われぬこと」（群像）。「女性文学の歩み」（青春と読書）。三日、平野謙死去（七十歳）。五月、「大谷藤子さんのこと」（日暦）。十五日、網野菊死去（七十六歳）。六月、「本の記憶」（本）。「平野さんのこと」（群像、平野謙追悼特集）。七月、「ライオン」（海。『鴉戯譚』第三話）。「粋な人」（俳句エッセイ）。「弔辞」（網野菊追悼、群像）。「真山青果のこと」（「真山青果全集」月報）。「円地文子さんに聞く『伊勢物語』―『源氏物語』まで」（『女流作家は語る』集英社）。八月、「玉三郎とある危機感」（いんなあとりっぷ）。九月、『江戸文学問わず語り』（講談社）。十月、随筆集『**四季の記憶**』（文芸春秋）。十一月、「古典と私」（婦人公論、臨時増刊）。「五十年の歳月」（波）。十二月「生きている証し」（波）。「年の暮」（東京新聞、十二日夕）。

昭和五十四年（一九七九）　**七十四歳**

一月、「**花咲爺**」（新潮）。「**単身赴任**」（小説新潮）。「百人一

首の思い出」（赤旗、五日）。対談「川端康成・幽遠な美の世界」（山本健吉と。波）。二月、「**地震今昔話し**」（文芸春秋）。三月、対談「うまく老いる」（城夏子と。婦人公論）。四月、「少年」（海。『鴉戯談』第四話）。「枕について」（主婦の友）。対談「食卓のない家を考える」（加賀乙彦と。波）。『食卓のない家』（上下巻、新潮社。五十七年四月新潮文庫）。五月、「近頃芝居雑観」（朝日新聞、二十一日）。七月、「迷子」（海。『鴉戯談』第五話）。「鮎」（狩）。「賞とわたし」（新刊ニュース）。十月、第二十九回文化功労者に選ばれる。対談「物語について」（中上健次と。海）。十一月、「父のこと」（東京新聞、二日）。十二月、「紅絹裏」（読売新聞、一日）。「私の修業時代」（婦人公論）。「古典と占い」（太陽）。『新潮現代文学19 彩霧・遊魂』（新潮社）。

昭和五十五年（一九八〇）　**七十五歳**

一月、「**菊**」（群像）。「人民寺院」（海。『鴉戯談』第六話）。「堅田の松」（小説新潮）。「鶴」（朝日新聞、四日）。「無邪気な疑問」（日本経済新聞、六日）。『国性爺合戦―近松物語』（平凡社。再刊時『円地文子が語る近松物語』に改題）。三月、随筆集『**花信**』（海竜社）。四月、短篇集『**砧**』（砧・友達・菊・鶏・花咲爺・絵が話す・文反古・地震今昔話し・明治の終りの夏・問わず語り・単身赴任・落葉の宿・囈言・浮世高砂。文芸春秋）。七月、「母親戦争」（海。『鴉戯談』第七話）。「対談・愛と芸術の軌跡」（瀬戸内晴美と。別冊婦人公論）。『近代日本の女性史』（―五十六年九月、全十二巻。集英社）を監修、「柳原白蓮」（第一巻）、「長谷川時雨」（第二巻）執筆。八月、『四季の夢』（作品社）。十月、「藤原定家と百人一首」（太陽）。「上田秋成の墓」（別冊婦人公論）。十二月、『**私の愛情論**』（主婦と生活社）。

昭和五十六年（一九八一）　**七十六歳**

一月、「お家騒動」（海。『鴉戯談』第八話）。「**平林たい子徒然草**」（新潮）。六月、「花見のあと」（海。『鴉戯談』第九話）。現代語訳「たけくらべ」（『明治の古典第三巻』学習研究社）。二十四日、徹子の部屋（テレビ朝日）に出演。七月、「**散り花**」（別冊婦人公論）。十月、「荘子の夢」（海。『鴉戯談』第十話）。「**墨絵美人**」（群像）。十二月、『鴉戯談』（中央公論社。六十年二月中公文庫）。

昭和五十七年（一九八二）　**七十七歳**

一月、「**菊慈童**」（新潮、―昭和五十八年十二月）。「**国文学貼りまぜ**」（群像、―五十八年五月、十三回完結）。七月、「源氏物語私見拾遺」（群像）。

昭和五十八年（一九八三）　**七十八歳**

三月、一日、小林秀雄死去（七十九歳）。三十一日、尾崎一雄死去（八十四歳）。『男と女の交差点』（海竜社）。四月、「雪中群鳥図」（群像）。「私の履歴書」（日本経済新聞、二十二日―六月二十一日）。「新孝経」（別冊婦人公論）。十一月、「**青頭巾談義**」（文学界）。『国文学貼りまぜ』（講談社）。

昭和五十九年（一九八四）　**七十九歳**

二月、『**うそ・まこと七十余年**』（日本経済新聞社）。四月、「行き倒れ」（別冊婦人公論）。五月、七日、「野上弥生子さん百歳記念講演会」において「野上先生のこと」と題して講演。『円地文子紀行文集第一巻 女の旅』（平凡社）。六月、『菊慈童』（新潮社）。七月、「鴉が笑うとき」（別冊婦人公論）。『円地文子紀行文集第二巻 古典の旅』（平凡社）。九月、『円地文子紀行文集第三巻 旅の小説集』（幻の島・京洛二日・雪の大原・あだし野・菊車・浅間彩色・冬の旅・吉原の話・新うたかたの記。平凡社）。十月、「秋の笛」（別冊婦人公論）。脳梗塞のため入院。その後はサインペンを使用。

昭和六十年（一九八五）　**八十歳**

一月、「**纏足物語**」（新潮）。「**女形一代―瀬川菊之丞伝**」（群像、―八月）。「しぐれ鴉」（別冊婦人公論）。四月、「**花魁道中**」（新潮）。「鴉心中」（別冊婦人公論）。左眼白内障のため手術。六月二十日、脳梗塞のため右手足不自由となり入院。十月、『円地文子の源氏物語巻一』（『わたしの古典 第六巻』集英社）。十一月、第四十六回文化勲章を受ける。映画『食卓のない家』（脚本・監督、小林正樹、松竹富士）封切。十二月、『円地文子の源氏物語巻二』（『わたしの古典 第七巻』集英社）。

昭和六十一年（一九八六）　**八十一歳**

一月、「文化勲章前後」（別冊婦人公論）。対談集『**有縁の人々と**』（文芸春秋）。二月、『女形一代―七世瀬川菊之丞伝』（講談社）。三月二十五日、九カ月ぶりに退院、自宅療養に入る。「祖母に聞いた話」（群像）。四月、「帰ってきた鴉」（別冊婦人公論）。五月、姉宇野千代死去（八十四歳）。十月、「**指輪**」（群像）。『円地文子の源氏物語巻三』（『わたしの古典 第八巻』集英社）。十一月十四日、急性心不全のため死去。十五日、自宅にて密葬。十二月二日、青山斎場にて本葬。

没　後

昭和六十二年（一九八七）

一月、「絶筆」（死去の三日前、口述筆記された小説の発端。新潮）。二月、『雪中群鳥図〈続鴉戯談〉』（雪中群鳥図・新孝経・行き倒れ・鴉が笑うとき・しぐれ鴉・鴉心中・帰ってきた鴉、小品随筆―上田秋成の墓・散り花・秋の笛・文化勲章前後・祖母に聞いた話・指輪。中央公論社）。『焰の盗人』（集英社文庫）。三月、『**夢うつつの記**』（文芸春秋）。『**源氏物語のヒロインたち**』（対談）』（講談社）。四月、『菊慈童』（新潮文庫）。十月、『昭和文学全集第十二巻 坂口安吾・舟橋聖一・円地文子集』（小学館）。

昭和六十三年（一九八八）

二月、『男の銘柄』（集英社文庫）。十月、『私も燃えている』（集英社文庫）。

平成三年（一九九一）

九月、『お伽草子』（共著。ちくま文庫）。

平成四年（一九九二）
三月、『蜻蛉日記・和泉式部日記』（ちくま文庫）。八月、『江戸文学問わず語り』（ちくま文庫）。

平成六年（一九九四）
六月、『日本幻想文学集成23　円地文子』（国書刊行会）。

平成八年（一九九六）
一月、『円地文子の源氏物語』（全三巻、—三月、集英社文庫）。

平成九年（一九九七）
一月、『妖・花食い姥』（講談社文芸文庫）。三月、『食卓のない家』（戦後日本を読む、読売新聞社）。

平成十年（一九九八）
四月、『うそ・まこと七十余年　半世紀』（作家の自伝72、日本図書センター）。

平成十一年（一九九九）
十二月、『春寂寥』（近代女性作家精選集19、ゆまに書房）。『天の幸・地の幸』（近代女性作家精選集20、ゆまに書房）。

平成十二年（二〇〇〇）
十一月、『日本の山』（近代女性作家精選集39、ゆまに書房）。『春秋』（近代女性作家精選集40、ゆまに書房）。

平成十三年（二〇〇一）
十一月、『源氏物語』（学研M文庫）

平成十四年（二〇〇二）
五月、『南支の女』（〈戦時下〉の女性文学13、ゆまに書房）。

平成十六年（二〇〇四）
四月、『なまみこ物語・源氏物語私見』（講談社文芸文庫）。

平成二十年（二〇〇八）
九月、『源氏物語』（全六巻、—十一月、新潮文庫）。

平成二十一年（二〇〇九）
一月、『江戸文学問わず語り』（講談社文芸文庫）。九月『朱を奪うもの』（講談社文芸文庫）。

（本年譜の作成は、和田知子氏をはじめ、これまでに発表された諸氏の労に多くを拠ったものです。謹んで謝意を表します。）

円地文子　参考文献目録

遠藤郁子　編

一、文献目録は、二〇一〇年一〇月末までに刊行、発表されたものを収録し、初出文献を示すことを原則とし、単行本への収録は基本的に⇩で併記した。

二、採録文献を、Ⅰ単行本　Ⅱ全集・選集　Ⅲ文庫解説　Ⅳ特集　Ⅴ時評・書評・合評会など　Ⅵ論文・評論・座談会など　Ⅶ対談・座談会・インタビュー　Ⅷ関連記事・追悼記事に分類し、それぞれ発行年月順に配列した。

三、論文名・単行本名の副題などを、一部省略して表したものがある。

四、本目録の作成にあたり、国会図書館雑誌記事索引、国文学研究資料館データベース、MAGAZINE PLUS、『日本文学研究文献要覧』（日外アソシエーツ、1977・4・18、1994・5・25）、『日本文学に関する17年間の雑誌文献目録』（同、1982・10・9）、『書評年報』（書評年報刊行会、1972・4・1〜2001・5・1）、亀井秀雄・小笠原美子『円地文子の世界』（創林社、1981・9・25）、須波敏子『円地文子論』（おうふう、1998・9・20）、野口裕子『円地文子の軌跡』（和泉書院、2003・7・5）、小林富久子『円地文子』（新典社、2005・1・27）、倉田容子「研究動向」（「昭和文学研究」2008・9）などを主に参照した。

Ⅰ　単行本

亀井秀雄・小笠原美子『円地文子の世界』（創林社、1981・9・25）

冨家素子『母・円地文子』（新潮社、1989・3・20）

冨家素子『童女のごとく―母・円地文子のあしあと』（海竜社、1989・12・10）

上坂信男『円地文子―その『源氏物語』返照』（右文書院、1993・3・31）

古屋照子『円地文子―妖の文学』（沖積社、1996・8・10　＊「年譜」あり）

須波敏子『円地文子論』（おうふう、1998・9・20　＊「円地文子略年譜」「参考文献」あり）

野口裕子『円地文子の軌跡』（和泉書院、2003・7・5　＊「基本文献・参考文献」あり）

小林富久子『女性作家評伝シリーズ11　円地文子―ジェンダーで読む作家の生と作品』（新典社、2005・1・27　＊「円地文子略年譜」「主要文献」あり）

日本女流文学者会編『女流文学者会・記録』（中央公論新社、

２００７・９・10）
倉田容子『語る老女　語られる老女―日本近現代文学にみる女の老い』（学芸書林、２０１０・２・24）
野口裕子『円地文子―人と作品』（勉誠出版、２０１０・11・30　＊「円地文子略年譜」あり）

Ⅱ　全集・選集

『円地文子文庫』全八巻（講談社、１９６５・４・20～11・14　＊第八巻に、「年譜」和田知子）
第一巻（１９６５・４・20）平林たい子「解説」
（月報１）谷崎潤一郎「円地文子さんのこと」、尾崎一雄「円地文子さんに関する雑談」
第二巻（１９６５・５・20）平野謙「解説」
（月報２）大江健三郎「円地さんの日本学校」、田中澄江「円地さんの作品」
第三巻（１９６５・６・14）瀬沼茂樹「解説」
（月報３）江藤淳「円地さんの随筆など」、網野菊「豊かな土壌に咲いた見事な花」
第四巻（１９６５・７・14）佐伯彰一「解説」
（月報４）戸板康二「円地さんの美学」、室生朝子「円地さんとの旅」
第五巻（１９６５・８・14）河盛好蔵「解説」
（月報５）吉田精一「円地さんの魔性」、湯浅芳子「円地文子・一管見」
第六巻（１９６５・９・14）山本健吉「解説」
（月報６）池田弥三郎「この十年」、大谷藤子「円地さんの一面」
第七巻（１９６５・10・14）奥野健男「解説」
（月報７）亀井勝一郎「なまめかしい苔」、瀬戸内晴美「円地さんの美しさ」
第八巻（１９６５・11・14）伊東整「解説」
（月報８）佐多稲子「円地さんとの縁」、大岡昇平「「聲」と「なまみこ物語」」
『円地文子訳　源氏物語』全十巻（新潮社、１９７２・９・25～１９７３・６・30）
巻一（１９７２・９・25）
（月報）福原麟太郎「源氏物語とわたくし」、清水好子「源氏の女君」、竹西寛子「巻一解説」
巻二（１９７２・10・25）
（月報）瀬戸内晴美「ある歳月」、今井源衛「紫式部非作者説など」、竹西寛子「巻二解説」
巻三（１９７２・11・25）
（月報）吉田精一「源氏物語鑑賞のさまざま」、稲賀敬二「五十四帖成立異聞」、竹西寛子「巻三解説」
巻四（１９７２・12・25）
（月報）保田與重郎「私の源氏物語」、秋山虔「栄華への道」、竹西寛子「巻四解説」
巻五（1973・1・27）
（月報）中村真一郎「私と源氏物語」、玉上琢弥「読ませて聞く物語」、竹西寛子「巻五解説」
巻六（1973・2・25）
（月報）倉橋由美子「『源氏物語』の魅力」、北山茂夫「『源氏物語』と貴族社会」、竹西寛子「巻六解説」、玉上琢弥「六条の院復原について」
巻七（1973・3・25）
（月報）大原富枝「私と源氏物語」、石原穣二「源氏物語の第二部」、竹西寛子「巻七解説」
巻八（1973・4・25）
（月報）網野菊「女三の宮の手飼いの猫」、山中裕「源氏物語と年中行事」、竹西寛子「巻八解説」
巻九（1973・5・25）
（月報）河野多恵子「純粋の物語文学」、大野晋「源氏物語の言葉一つ」、竹西寛子「巻九解説」
巻十（1973・6・30）
（月報）福永武彦「源氏物語と小説家」、安東次男「『源氏』と『猿蓑』」、高山辰雄「私の源氏物語」、円地文子「口語訳を終えて」、竹西寛子「巻十解説」
『円地文子全集』全十六巻（新潮社、1977・9・20〜1978・9・20　＊第十六巻に、「主要著書一覧」郡司勝義・「円地文子年譜」和田知子）
第12巻（月報1）（1977・9・20）
竹西寛子・円地文子「連載対談①　自然発生的な作品と意図的な作品」
尾崎一雄「円地さんと私　その1」
第6巻（月報2）（1977・10・20）
竹西寛子・円地文子「連載対談②　文壇カムバックの背景」
尾崎一雄「円地さんと私　その2」
第2巻（月報3）（1977・11・20）
竹西寛子・円地文子「連載対談③「光明皇后の絵」前後」
吉田精一「さびたる艶」
第7巻（月報4）（1977・12・20）
竹西寛子・円地文子「連載対談④　家・家族・家庭教育」
第3巻（月報5）（1978・1・20）
竹西寛子・円地文子「連載対談⑤　自由に書ける気持」
網野菊「円地さんの積極性」
第9巻（月報6）（1978・2・20）
竹西寛子・円地文子「連載対談⑥　戯曲時代（1）」
倉橋由美子「不気味なものと美しいもの」

第13巻（月報7）（1978・3・20）
竹西寛子・円地文子「連載対談⑦　戯曲時代（2）」
瀬戸内晴美「永遠の初心」
第1巻（月報8）（1978・4・20）
竹西寛子・円地文子「連載対談⑧　『女人芸術』のことなど」
高橋たか子「仮面の人」
第4巻（月報9）（1978・5・20）
竹西寛子・円地文子「連載対談⑨　好きな作家と作品」
車谷弘「『妖』のこと」
第8巻（月報10）（1978・6・20）
竹西寛子・円地文子「連載対談⑩　平林さんのこと」
遠藤周作「羨しかったこと」
第5巻（月報11）（1978・7・20）
竹西寛子・円地文子「連載対談⑪　巫女的なもの（1）」
安東伸介「或る思い出―「女坂」との出会い」
第15巻（月報12）』（新潮社、1978・8・20）
竹西寛子・円地文子「連載対談⑫　巫女的なもの（2）」
第11巻（月報13）（1978・9・20）
松本道子「室生さんの予言」
竹西寛子・円地文子「連載対談⑬　巫女的なもの（3）」
磯田光一「円地さんと英文学」
第10巻（月報14）（1978・10・20）
竹西寛子・円地文子「連載対談⑭　『源氏物語』という山」
河野多恵子「「かの子変相」のこと」
第14巻（月報15）（1978・11・20）
竹西寛子・円地文子「連載対談⑮　随筆と小説」
吉川幸次郎「円地さんの文学と父君」
第16巻（月報16）（1978・12・20）
竹西寛子・円地文子「連載対談⑯　全集完結に際して」
清水好子「円地源氏の思い出」
『新選現代日本文学全集17　円地文子集』（筑摩書房、1959・11・15）
高見順「無慙の美―円地文子氏の小説」、久保田正文「解説」
（付録19）室生犀星「いたはられること」、尾崎一雄「円地さん」、吉田精一「円地さんのこと」、三島由紀夫「円地さんと日本古典」
『日本文学全集58　円地文子集』（新潮社、1960・11・20
＊「注解」吉田精一・「年譜」無著名）

山本健吉「解説」
（付録）室生犀星「敬愛される作家」、江藤淳「「過去」の香り」」
『昭和文学全集15 円地文子・幸田文』（角川書店、１９６２・６・20 ＊「年譜」無著名）
小松伸六「解説」
『現代の文学20 円地文子集』（河出書房新社、１９６４・４・10 ＊「年譜」無著名）
三島由紀夫「解説」（⇩のち、『作家論』中央公論社、１９７０・10・31に収録。）
『現代文学大系40 平林たい子・円地文子集』（筑摩書房、１９６５・９・10 ＊「年譜」和田知子）
小松伸六「人と文学―円地文子」
（月報29）丹羽文雄「円地文子の講演旅行」、平林たい子「円地文子さん」、無記名「参考文献」
『日本の文学50 円地文子・幸田文』（中央公論社、１９６６・６・５ ＊「注解」角田敏郎・「年譜」和田知子）
平野謙「解説―円地文子」
（付録29）塩田良平・平林謙「対談 女流作家雑感」
『日本現代文学全集96 円地文子・幸田文集』（講談社、１９６６・９・19 ＊「年譜」「参考文献」和田知子）
瀬沼茂樹「作品解説」（⇩のち、『展望・現代日本文学』集英社、１９７２・９・30に収録。）
和田芳恵「円地文子入門」
（月報72）永井龍男「奥の千本」、竹西 寛子「女の闇」
『日本文学全集75 円地文子集』（集英社、１９６７・３・12 ＊「注解」「年譜」小田切進）
吉田精一「作家と作品―円地文子」
『日本短篇文学全集37 平林たい子・円地文子・有吉佐和子』（筑摩書房、１９６８・４・５）
小松伸六「鑑賞」
『現代日本文学館40 円地文子・幸田文』（文藝春秋、１９６８・６・１ ＊「解説」江藤淳・「注解」瀬沼茂樹・「円地文子年譜」瀬沼茂樹）
江藤淳「円地文子伝」
『日本文学全集カラー版26 林芙美子・円地文子』（河出書房、１９６８・９・30 ＊「注釈」保昌正夫・「年譜」和田芳恵・和田知子）
竹西寛子「解説」
『現代日本の文学25 円地文子・佐多稲子集』（学習研究社、１９７１・６・１ ＊「注解」紅野敏郎・「円地文子年譜」和田知子）
磯田光一「評伝的解説」
山本健吉「『南の肌』風土記―円地文子文学紀行」
『新潮現代文学19 彩霧・遊魂』（新潮社、１９７９・12・15 ＊「年譜」編集部）

竹西寛子「解説」
『昭和文学全集12　坂口安吾・舟橋聖一・高見順・円地文子』（小学館、1987・10・1　＊「年譜」和田知子）
竹盛天雄「円地文子・人と作品」
『日本幻想文学集成26　円地文子』（国書刊行会、1994・6・20）
須永朝彦「悖徳の彩」
『作家の自伝72　円地文子―うそ・まこと七十余年・半世紀』（日本図書センター、1998・4・25）
小林富久子「『円地文子』編　解説」
『近代女性作家精選集19　円地文子『春寂寥』』（ゆまに書房、1999・12・15）
渡辺澄子「円地文子『春寂寥』解説」
『近代女性作家精選集20　円地文子『天の幸・地の幸』』（ゆまに書房、1999・12・15）
小林富久子「円地文子『天の幸・地の幸』解説」
『〈戦時下〉の女性文学13　南支の女（長谷川啓監修）』（ゆまに書房、2002・5・23）
小林富久子「円地文子『南支の女』解説」

Ⅲ　文庫解説

平野謙「解説」（『ひもじい月日』角川文庫、1957・8・30）
高見順「解説」（『女坂』角川文庫、1958・11・15）
網野菊「解説」（『秋のめざめ』角川文庫、1959・12・10）
江藤淳「解説」（『妖』新潮文庫、1960・6・25）
奥野健男「解説」（『朱を奪うもの』新潮文庫、1963・11・20）
奥野健男「解説」（『傷ある翼』新潮文庫、1964・11・5）
小松伸六「解説」（『私も燃えている』角川文庫、1965・11・20）
江藤淳「解説」（『女面』新潮文庫、1966・5・30）
竹西寛子「解説」（『愛情の系譜』角川文庫、1966・6・20）
小松伸六「解説」（『女の繭』角川文庫、1967・3・20）
小松伸六「解説」（『鹿島綺譚』角川文庫、1968・4・30）
進藤純孝「解説」（『千姫春秋記』角川文庫、1969・8・30）
奥野健男「解説―円地文子の人と作品―」（『南の肌』潮文庫、1971・11・20）
磯田光一「『花散里』とその主題」（『花散里』講談社文庫、1971・12・15　＊「年譜」あり）
竹西寛子「解説」（『なまみこ物語』新潮文庫、1972・8・25　⇩のち、『現代の文章』筑摩書房、1976・6・10所収）
小田切進「解題」（小田切進編『日本の短篇小説―昭和㈦』潮文庫、1973・8・20　＊『妖』所収）
磯田光一「解説」（『小町変相』集英社文庫、1977・5・30）
磯田光一「解説」（『川波抄・春の歌』講談社文庫、1977・

12・15 ＊「年譜」あり）
田中澄江「解説」（『あざやかな女』集英社文庫、1978・1・30）
尾崎秀樹「解説」（駒田信二・菊村到・尾崎秀樹編『窓辺の孤独―現代文学ベスト10・1975年版』角川文庫、1978・4・25 ＊『浮世高妙』所収）
田辺聖子「解説」（『南の肌』集英社文庫、1978・7・30）
津村節子「解説」（『秋のめざめ』集英社文庫、1979・7・25）
奥野健男「解説」（『虹と修羅』新潮文庫、1979・9・25）
佐伯彰一「解説」（日本文芸家協会編『現代短編名作選5』講談社文庫、1980・1・15 ＊『二世の縁 拾遺』所収）
小松 伸六「解説」（『雪燃え』集英社文庫、1980・1・25）
竹西寛子「解説」（『源氏物語』巻五、新潮文庫、1980・4・25）
川村二郎「解説」（日本文芸家協会編『現代短編名作選10』講談社文庫、1980・5・15 ＊『花喰い姥』所収）
磯田光一「解説」（『賭けるもの』集英社文庫、1980・11・25）
河竹登志夫「解説」（『女帯』集英社文庫、1981・7・25）
磯田光一「解説」（『終の棲家』集英社文庫、1981・12・25）
加賀乙彦「解説」（『食卓のない家』新潮文庫、1982・4・25）
小松伸六「解説」（『人形姉妹』集英社文庫、1982・5・25）
小松伸六「解説」（『都の女』集英社文庫、1983・1・25）
奥野健男「解説」（『鹿島綺譚』集英社文庫、1983・8・25）
小松伸六「解説」（『離情』集英社文庫、1984・2・25）
磯田光一「解説」（『渦』集英社文庫、1984・11・25）
竹西寛子「解説」（『源氏物語私見』新潮文庫、1985・1・25）
小田島雄志「解説」（『鴉戯談』中公文庫、1985・2・10）
奥野健男「解説」（『やさしき夜の物語』集英社文庫、1985・7・25）
小松伸六「解説」（『焔の盗人』集英社文庫、1987・2・25）
奥野健男「解説」（『菊慈童』新潮文庫、1987・4・15）
小松伸六「解説」（『男の銘柄』集英社文庫、1988・2・20）
小松伸六「解説」（『私も燃えている』集英社文庫、1988・10・25）
林あまり「相性の悲劇・スキャンダルの悲劇」（『蜻蛉日記・和泉式部日記』ちくま文庫、1992・3・24）
清水好子「解説」・氷室冴子「鑑賞」（『円地文子の源氏物語』巻一、集英社文庫、1996・1・25）
清水好子「解説」・津島佑子「鑑賞」（『円地文子の源氏物語』巻二、集英社文庫、1996・2・25）
清水好子「解説」・中沢けい「鑑賞」（『円地文子の源氏物語』巻三、集英社文庫、1996・3・25）

高橋英夫「物語の男、物語の女」（『妖・花食い姥』講談社文芸文庫、1997・1・10 ＊「作家案内」「著書目録」あり）

秋山駿・勝又浩・曾根博義・縄田一男「歴史小説から日本人が見える」（新潮社編『歴史小説の世紀―天の巻』新潮文庫、2000・9・1 ＊『ますらを』所収）

清水良典「「家」とエロスのあわい」（講談社文芸文庫編『戦後短編小説再発見13』講談社文芸文庫、2003・8・10 ＊『耳瓔珞』所収）

北村薫・宮部みゆき「解説対談―面白い短編は数々あれど―」（北村薫・宮部みゆき編『名短篇、ここにあり』ちくま文庫、2008・1・10 ＊『鬼』所収）

竹西寛子「伝統を生きる」（『なまみこ物語・源氏物語私見』講談社文芸文庫、2004・4・10 ＊「年譜」「著書目録」あり）

大岡玲「知の祝祭としての対談」（大岡玲編『文芸誌「海」精選対談集』中公文庫、2006・10・25 ＊円地文子・中上健次「物語りについて」所収）

瀬戸内寂聴「『源氏物語』と円地文子さんと私」（『源氏物語』一、新潮文庫、2008・9・1）

石田衣良「『源氏物語』、ふたつの顔」（『源氏物語』二、新潮文庫、2008・9・1）

山本淳子「源氏物語の作者・紫式部」（『源氏物語』三、新潮文庫、2008・10・1）

大塚ひかり「紫式部と気脈を通じる「作家」の訳」（『源氏物語』四、新潮文庫、2008・10・1）

酒井順子「紫式部が求めた「幸ひ」とは」（『源氏物語』五、新潮文庫、2008・11・1）

竹西寛子「『円地文子訳源氏物語』の成立まで」・林真理子「千年紀、源氏に挑む」（『源氏物語』六、新潮文庫、2008・11・1）

小池章太郎「拾遺とわずがたり」（『江戸文学問わず語り』講談社文芸文庫、2009・1・10 ＊「年譜」「著書目録」あり）

中沢けい「紫の魅力」（『朱を奪うもの』講談社文芸文庫、2009・10・9 ＊「年譜」「著書目録」あり）

編集部「人と作品」（円地文子・島村利正・井上靖著編『季』ポプラ社百年文庫、2010・10・12 ＊『白梅の女』所収）

Ⅳ 特集

円地文子展―その文学と軽井沢（「高原文庫」1991・7）

中村真一郎・室生朝子・竹西寛子・小島千加子「座談会 円地文子―その文学と軽井沢」

奥野健男「円地文子―人と文学」

戸板康二「円地文子さんのこと」

分銅惇作「花はさまざま匂へども―円地文子と軽井沢」

松本道子「円地さんの歌舞伎ばなし」

冨家素子「母円地文子と軽井沢」

「円地文子略年譜」

Ⅴ　時評・書評・合評会など

徳永直「〈文芸時評〉彼女の地獄」（「読売新聞」1931・5・26）
川端康成「〈文芸時評〉白昼の良人」（「読売新聞」1934・2・6）
伊藤整「〈文芸時評〉新人の歪み」（「読売新聞」1934・11・29）
矢崎弾「〈文芸時評〉あらし」（「読売新聞」1934・12・4）
野上弥生子「『惜春』を読んで」（「帝国大学新聞」1935・5・13）
小宮豊隆「円地文子さんの『惜春』」（「読売新聞」1935・6・22　⇩のち『人と作品』小山書店、1943・4・5に所収）
中村武羅夫「〈文芸時評〉女流作家論（四）」（「東京日日新聞」1938・4・23）
本多顕彰「〈文芸時評〉煉獄の霊」（「読売新聞」夕刊、1938・11・2）
川端康成「〈文芸時評〉煉獄の霊」（「朝日新聞」1938・11・4）
尾崎一雄「〈文芸時評〉女の冬」（「都新聞」1939・4・29）
小宮豊隆「〈書評〉風の如き言葉」（「朝日新聞」夕刊、1939・6・17）
石浜金作「〈文芸時評〉昨日の顔」（「読売新聞」夕刊、1939・6・28）
武田麟太郎「〈文芸時評〉風の如き言葉」（「朝日新聞」1939・6・30）
丹羽文雄「〈文芸時評〉女流作家論（五）」（「東京日日新聞」1940・3・15）
上司小剣「〈文芸時評〉文章について」（「読売新聞」1940・6・8）
平野謙「〈文芸時評〉ひもじい月日」（「日本読書新聞」1953・11・30）
正宗白鳥「〈書評〉ひもじい月日」（「読売新聞」1955・1・22）
畔柳二美「〈書評〉ひもじい月日」（「図書新聞」1955・2・19）
大岡昇平・寺田透・三島由紀夫「〈創作合評〉水草色の壁」（「群像」1955・6）
八木義徳「〈文芸時評〉水草色の壁」（「文芸」1955・6）
山本健吉「〈文芸時評〉朱を奪ふもの」（「読売新聞」1955・7・21）
青野季吉「〈文芸時評〉朱を奪ふもの」（「朝日新聞」1955・7・26）
兎見康三「〈文芸時評〉くろい神」（「読売新聞」1956・1・26）
窪田啓作「〈私の「今月の問題作五選」〉くろい神」（「文学界」1956・3）

田中澄江「〈書評〉朱を奪ふもの」(「図書新聞」1956・6・2)
中村真一郎「〈私の「今月の問題作五選」〉男のほね」(「文学界」1956・8)
平野謙「〈文芸時評〉妖」(「毎日新聞」1956・8・22)
山本健吉「〈文芸時評〉妖」(「朝日新聞」1956・8・23)
兎見康三「〈文芸時評〉妖」(「読売新聞」夕刊、1956・8・28)
河上徹太郎「〈文芸時評〉妖」(「東京新聞」夕刊、1956・9・1)
平野謙・中島健蔵・阿部公房「〈創作合評〉家のいのち」(「群像」1956・10)
吉田健一「〈私の「今月の問題作五選」〉家のいのち」(「文学界」1956・10)
山本健吉「〈文芸時評〉二世の縁　拾遺」(「東京新聞」夕刊、1956・12・28)
阿部知二・丹羽文雄・高見順「〈創作合評〉二世の縁　拾遺」(「群像」1957・2)
平野謙「〈文芸時評〉耳瓔珞」(「毎日新聞」1957・3・16)
正宗白鳥「〈文芸時評〉耳瓔珞」(「読売新聞」夕刊、1957・3・19)
無記名「〈書評〉女坂」(「朝日新聞」夕刊、1957・4・7)
荒正人「〈書評〉短編集『妖』」(「東京新聞」夕刊、1957・10・16)
中村光夫「〈文芸時評〉二枚絵姿」(「読売新聞」夕刊、1957・10・17)
LON「〈中間小説評〉女坂」(「読売新聞」夕刊、1957・12・10)
中村光夫「1957年ベスト・スリー」(「読売新聞」夕刊、1957・12・26)
臼井吉見「〈文芸時評〉東京の土・パンドラの手匣」(「朝日新聞」1958・3・18)
平野謙「〈文芸時評〉東京の土」(「毎日新聞」1958・3・18)
浅見淵「〈書評〉二枚絵姿」(「東京新聞」夕刊、1958・5・28)
江藤淳・十返肇・小田切秀雄「〈創作合評〉女面」(「群像」1958・7)
和田芳恵「〈書評〉女面」(「図書新聞」1958・11・1)
丸岡明「〈書評〉女面」(「週刊読書人」1958・11・17)
無記名「〈書評〉女面」(「毎日新聞」1958・11・18)
村松剛「〈書評〉女面」(「日本読書新聞」1958・11・24)
中村真一郎「〈文芸時評〉冬紅葉」(「東京新聞」夕刊、1958・12・24)
小松伸六「〈書評〉薄明のひと」(「図書新聞」1959・1・24)

大岡昇平・三島由紀夫・中村光夫「〈創作合評〉冬紅葉」（「群像」1959・2）

浜田泰三「〈書評〉薄明のひと」（「日本読書新聞」1959・2・2）

桂芳久「〈書評〉妻は知っていた」（「日本読書新聞」1959・6・29）

寺崎浩「〈書評〉妻は知っていた」（「週刊読書人」1959・7・13）

山本健吉「〈文芸時評〉歌舞伎のゆめ」（「読売新聞」夕刊、1959・7・21）

瀬沼茂樹「〈書評〉東京の土」（「図書新聞」1959・8・8）

無記名「〈書評〉東京の土」（「朝日新聞」1959・8・9）

小松伸六「〈書評〉東京の土」（「東京新聞」夕刊、1959・8・17）

山本健吉「〈文芸時評〉老桜」（「読売新聞」夕刊、1959・11・25）

村松梢風「〈書評〉欧米の旅」（「読売新聞」夕刊、1959・11・26）

無記名「〈書評〉欧米の旅」（「朝日新聞」1959・12・6）

無記名「〈書評〉私も燃えてゐる」（「朝日新聞」1960・2・25）

丸岡明「〈書評〉私も燃えてゐる」（「図書新聞」1960・3・12）

八木義徳「〈書評〉私も燃えてゐる」（「週刊読書人」1960・3・14）

奥野健男「〈文芸時評〉私も燃えてゐる」（「読売新聞」夕刊、1960・4・14）

浅見淵「〈書評〉朱を奪ふもの」（「図書新聞」1960・5・28）

進藤純孝「〈書評〉朱を奪ふもの」（「週刊読書人」1960・6・13）

進藤純孝「〈書評〉朱を奪ふもの」（「日本読書新聞」1960・6・13）

河上徹太郎「〈文芸時評〉傷ある翼」（「読売新聞」夕刊、1960・6・21）

伊藤信吉「〈書評〉高原抒情・朱を奪ふもの」（「東京新聞」夕刊、1960・6・29）

白井健三郎「〈文芸時評〉傷ある翼」（「週刊読書人」1960・7・4）

八木義徳「〈書評〉恋妻」（「図書新聞」1960・8・20）

河上徹太郎「〈文芸時評〉あだし野・縁」（「読売新聞」夕刊、1960・12・27）

小田切秀雄「〈文芸時評〉雪折れ」（「週刊読書人」1961・4・24）

河上徹太郎「〈文芸時評〉雪折れ」（「読売新聞」夕刊、1961・4・28）

山本健吉「〈書評〉花散里」（「図書新聞」１９６１・５・６）
無記名「〈書評〉花散里」（「朝日新聞」１９６１・５・19）
丸岡明「〈書評〉花散里」（「週刊読書人」１９６１・５・29）
平林たい子・山本健吉・北原武夫「〈創作合評〉雪折れ」（「群像」１９６１・６）
江藤淳「〈書評〉花散里」（「東京新聞」夕刊、１９６１・６・７）
斯波四郎「〈書評〉愛情の系譜」（「週刊読書人」１９６１・７・３）
河上徹太郎「〈文芸時評〉八犬伝の作者」（「読売新聞」夕刊、１９６１・９・28）
小松伸六「〈書評〉迷彩」（「読売新聞」夕刊、１９６１・11・30）
青山光二「〈書評〉迷彩」（「週刊読書人」１９６２・１・１）
寺崎浩「〈書評〉男の銘柄・傷ある翼」（「図書新聞」１９６２・３・17）
無記名「〈書評〉傷ある翼」（「朝日新聞」１９６２・３・25）
小松伸六「〈書評〉傷ある翼」（「週刊読書人」１９６２・４・16）
守美雄「〈書評〉女帯」（「図書新聞」１９６２・７・７）
平野謙「〈文芸時評〉小さい乳房」（「毎日新聞」夕刊、１９６２・７・28）
江藤淳「〈文芸時評〉終の棲家・小さい乳房」（「朝日新聞」１９６２・７・30）
河上徹太郎「〈文芸時評〉終の棲家・小さい乳房」（「読売新聞」夕刊、１９６２・７・30）
瀬沼茂樹「〈文芸時評〉終の棲家」（「週刊読書人」１９６２・７・30）
埴谷雄高・平林たい子・寺田透「〈創作合評〉終の棲家」（「群像」１９６２・９）
駒田信二「〈書評〉終の棲家」（「図書新聞」１９６２・11・17）
瀬戸内晴美「〈書評〉終の棲家」（「週刊読書人」１９６２・12・10）
池田岬「〈書評〉雪折れ」（「図書新聞」１９６２・12・22）
林房雄「〈文芸時評〉さんじやうばつから」（「朝日新聞」１９６３・４・28）
山本健吉「〈文芸時評〉鹿島綺譚」（「東京新聞」夕刊、１９６３・７・29）
河上徹太郎「〈文芸時評〉鹿島綺譚」（「読売新聞」夕刊、１９６３・７・30）
佐古純一郎「〈文芸時評〉仮面世界」（「週刊読書人」１９６３・10・21）
山本健吉「〈文芸時評〉仮面世界」（「東京新聞」夕刊、１９６３・10・27）
河上徹太郎「〈文芸時評〉仮面世界」（「読売新聞」夕刊、１９６３・10・30）

平野謙「〈文芸時評〉仮面世界」（「毎日新聞」夕刊、1963・10・30）
林房雄「〈文芸時評〉仮面世界」（「朝日新聞」1963・10・31）
無記名「〈書評〉鹿島綺譚」（「群像」1964・1）
青山光二「〈書評〉鹿島綺譚」（「週刊読書人」1964・1・6）
河上徹太郎「〈書評〉鹿島綺譚」（「読売新聞」夕刊、1964・1・23）
山本健吉「〈文芸事評〉夢の中の言葉」（「東京新聞」夕刊、1964・3・31）
竹西寛子「〈書評〉仮面世界」（「図書新聞」1964・4・11）
小松伸六「〈書評〉仮面世界」（「読売新聞」夕刊、1964・4・23）
林房雄「〈文芸時評〉化性」（「朝日新聞」1964・6・25）
河上徹太郎「〈文芸時評〉化性」（「読売新聞」夕刊、1964・6・27）
平野謙「〈文芸時評〉化性」（「毎日新聞」夕刊、1964・6・29）
瀬沼茂樹「〈文芸時評〉化性」（「東京新聞」夕刊、1964・6・30）
阿部知之・手塚高雄・佐藤朔「〈創作合評〉化性」（「群像」1964・8）
江藤淳「〈文芸時評〉小町変相・樹のあはれ」（「朝日新聞」夕刊、1964・12・23）
山本健吉「〈文芸時評〉小町変相」（「読売新聞」夕刊、1964・12・26）
池田弥三郎「〈書評〉旅よそい」（「週刊読書人」1965・1・11）
武田泰淳・平林たい子・埴谷雄高「〈創作合評〉小町変相」（「群像」1965・2）
磯田光一「〈書評〉小町変相」（「週刊読書人」1965・6・21）
石田穣二「〈書評〉円地文子・鈴木一雄共著『全講和泉式部日記』」（「解釈と鑑賞」1965・7）
野口富士男「〈書評〉小町変相」（「読売新聞」夕刊、1965・7・1）
貝殻玄平「〈大衆文学時評〉あざやかな女」（「読売新聞」夕刊、1965・8・4）
無記名「〈書評〉なまみこ物語」（「群像」1965・10）
久保田正文「〈書評〉なまみこ物語」（「読売新聞」夕刊、1965・10・28）
江藤淳「〈文芸時評〉生きものの行方」（「朝日新聞」夕刊、1965・12・24）
無記名「〈書評〉あざやかな女」（「朝日新聞」1966・1・11）

瀬戸内晴美「〈文芸時評〉生きものの行方」（「文学界」1966・2）
榛葉英治「〈書評〉樹のあはれ」（「図書新聞」1966・2・12）
鈴木知太郎「〈書評〉円地文子・鈴木一雄共著『全講和泉式部日記』」（「国文学」1966・3）
江藤淳「〈文芸時評〉墨絵牡丹」（「朝日新聞」夕刊、1966・5・31）
清水文雄「〈書評〉円地文子・鈴木一雄著『全講和泉式部日記』を読む」（「言語と文芸」1966・6）
貝殻玄平「〈大衆文学時評〉心中の話」（「読売新聞」夕刊、1966・9・7）
木村正中「〈書評〉円地文子・鈴木一雄共著『全講和泉式部日記』」（「国語と国文学」1966・10）
大岡昇平「〈文芸時評〉人間の道」（「朝日新聞」夕刊、1966・12・23）
山本健吉「〈文芸時評〉人間の道」（「読売新聞」夕刊、1966・12・24）
松原新一「〈文芸時評〉人間の道」（「週刊読書人」1967・1・9）
山本健吉「〈文芸時評〉虹と修羅」（「読売新聞」夕刊、1967・2・27）
松原新一「〈文芸時評〉虹と修羅」（「週刊読書人」1967・3・6）
山本健吉「〈文芸時評〉菊車」（「読売新聞」夕刊、1967・7・1）
吉田健一「〈文芸時評〉柿の実」（「読売新聞」夕刊、1967・12・26）
上田三四二「〈文芸時評〉柿の実」（「週刊読書人」1968・1・8）
小島信夫「〈文芸時評〉物語と短篇」（「朝日新聞」夕刊、1968・3・28）
小島信夫「〈文芸時評〉半世紀」（「朝日新聞」夕刊、1968・5・28）
平野謙「〈文芸時評〉半世紀」（「毎日新聞」夕刊、1968・5・29）
吉田健一「〈文芸時評〉半世紀」（「読売新聞」夕刊、1968・6・1）
上田三四二「〈文芸時評〉半世紀」（「週刊読書人」1968・6・3）
佐多稲子・青柳瑞穂・安岡章太郎「〈創作合評〉半世紀」（「群像」1968・7）
荒木太郎「〈書評〉夜の花苑」（「図書新聞」1968・7・13）
赤井御門守「〈大衆文学時評〉うしろすがた」（「読売新聞」夕刊、1968・8・6）
安岡章太郎「〈文芸時評〉狐火」（「毎日新聞」夕刊、196

8・12・25）
佐伯彰一「〈文芸時評〉狐火」（「読売新聞」夕刊、1968・12・25、26）
中村光夫「〈文芸時評〉狐火」（「朝日新聞」夕刊、1968・12・27）
平林たい子「〈書評〉虹と修羅」（「群像」1969・1）
上田三四二「〈文芸時評〉狐火」（「週刊読書人」1969・1・6）
小松伸六「〈書評〉虹と修羅」（「週刊読書人」1969・1・13）
花田清輝・武田泰淳・寺田透「〈創作合評〉狐火」（「群像」1969・2）
無記名「〈書評〉菊車」（「朝日新聞」1969・5・7）
竹西寛子「〈書評〉菊車」（「群像」1969・6）
佐伯彰一「〈文芸時評〉遊魂」（「読売新聞」夕刊、1969・12・26）
上田三四二「〈文芸時評〉遊魂」（「週刊読書人」1970・1・5）
埴谷雄高・寺田透・小田切秀雄「〈創作合評〉遊魂」（「群像」1970・2）
江藤淳「〈文芸時評〉蛇の声」（「毎日新聞」夕刊、1970・3・28）
佐伯彰一「〈文芸時評〉蛇の声」（「読売新聞」夕刊、1970・3・30）
上田三四二「〈文芸時評〉蛇の声」（「週刊読書人」1970・4・6）
菊池章一「〈文芸時評〉方法としての幻想―小川国夫・吉田知子・森内俊雄・大庭みな子・円地文子・井上光晴について」（「新日本文学」1970・5）
秋山駿「〈文芸時評〉潜」（「東京新聞」夕刊、1970・6・26）
上田三四二「〈文芸時評〉潜」（「週刊読書人」1970・7・6）
鶴岡冬一「〈書評〉春の歌」（「図書新聞」1971・7・17）
結城信一「〈書評〉春の歌」（「群像」1971・8　⇩のち、『作家の色々』六興出版、1979・7・25所収）
佐伯彰一「〈文芸時評〉老人たち」（「読売新聞」夕刊、1971・9・29）
佐伯彰一「〈文芸時評〉冬の旅」（「読売新聞」夕刊、1971・10・30）
無記名「〈書評〉遊魂」（「朝日新聞」1971・11・22）
鶴岡冬一「〈書評〉遊魂」（「図書新聞」1971・12・4）
入江隆則「〈書評〉遊魂」（「日本経済新聞」1971・12・19）
田中澄江「〈書評〉遊魂」（「群像」1972・1）
鶴岡冬一「〈書評〉女人風土記」（「図書新聞」1972・3・4）

山本藤枝「〈書評〉女人風土記」（「週刊読書人」１９７２・3・6）

吉田精一「〈書評〉『源氏物語』巻一」（「週刊読書人」１９７2・10・23）

秋山虔「〈書評〉『源氏物語』巻一」（「解釈と鑑賞」１９７2・12）

吉田精一「〈書評〉『源氏物語』巻二」（「国文学」１９７２・12）

江藤淳「〈文芸時評〉墓の話」（「毎日新聞」夕刊、１９７３・5・29）

江藤淳「〈文芸時評〉花食い姥」（「毎日新聞」夕刊、１９７3・12・24）

無記名「〈書評〉源氏物語私見」（「読売新聞」１９７４・４・1）

秋山虔「〈書評〉源氏物語私見」（「週刊読書人」１９７４・4・29）

竹西寛子「〈書評〉花食い姥」（「群像」１９７４・７　⇩のち、『現代の文章』筑摩書房、１９７６・６・10所収）

吉田知子「〈書評〉花食い姥」（「日本読書新聞」１９７４・7・15）

進藤純孝「〈書評〉花食い姥」（「サンデー毎日」１９７４・7・21）

佐伯彰一「〈文芸時評〉猫の草子」（「サンケイ新聞」１９７4・7・24）

立原正秋「〈文芸時評〉猫の草子」（「東京新聞」夕刊、１９７4・7・25）

川村二郎「〈文芸時評〉猫の草子」（「読売新聞」夕刊、１９７4・7・26　⇩『文学の生理―文芸時評１９７３～１９７６』小沢書店、１９７９・４・20所収）

丸谷才一「〈文芸時評〉猫の草子」（「朝日新聞」夕刊、１９７4・7・26）

江藤淳「〈文芸時評〉猫の草子」（「毎日新聞」夕刊、１９７4・7・29）

吉田精一「〈書評〉花食い姥」（「週刊読書人」１９７４・８・19）

川村二郎「〈文芸時評〉鶏」（「読売新聞」夕刊、１９７４・12・23　⇩『文学の生理―文芸時評１９７３～１９７６』小沢書店、１９７９・４・20所収）

藤枝静男「〈文芸時評〉川波抄」（「東京新聞」夕刊、１９７5・8・25）

佐伯彰一「〈文芸時評〉川波抄」（「サンケイ新聞」夕刊、１９75・8・26）

江藤淳「〈文芸時評〉川波抄」（「毎日新聞」夕刊、１９７５・8・28）

川村二郎「〈文芸時評〉川波抄」（「読売新聞」夕刊、１９７5・8・28　⇩『文学の生理―文芸時評１９７３～１９７６』小沢

書店、１９７９・４・20所収）

無記名「〈書評〉本のなかの歳月」（「毎日新聞」１９７５・10・20）

大橋健三郎「〈新著月評〉本のなかの歳月」（「群像」１９７5・12）

佐古純一郎「〈書評〉本のなかの歳月」（「創」１９７５・12）

平岡篤頼「〈書評〉川波抄」（「日本経済新聞」１９７５・12・21）

高橋英夫「〈文芸時評〉川波抄」（「東京新聞」１９７５・12・29　⇩のち、『小説は玻瑠の輝き』翰林書房、２０００・７・10所収）

勝又浩「〈文芸時評〉他生の縁」（「週刊読書人」１９７６・1・5）

竹西寛子「〈書評〉川波抄」（「週刊読書人」１９７６・１・19　⇩のち、『現代の文章』筑摩書房、１９７６・６・10所収）

無記名「〈書評〉川波抄」（「日本読書新聞」１９７６・１・26）

無記名「〈書評〉川波抄」（「朝日新聞」１９７６・２・16）

佐伯彰一「〈書評〉川波抄」（「海」１９７６・３）

本村敏雄「〈新著月評〉川波抄」（「群像」１９７６・４）

竹西寛子「川波抄・本の中の歳月・花食い姥・なまみこ物語・円地文子訳源氏物語・春の歌」（『現代の文章』筑摩書房、１９７６・６・10）

大岡信「〈文芸時評〉軽井沢」（「朝日新聞」夕刊、１９７６・6・21）

江藤淳「〈文芸時評〉軽井沢」（「毎日新聞」夕刊、１９７６・6・29）

赤塚行雄「〈書評〉古典夜話」（「朝日ジャーナル」１９７６・7・23）

川村二郎「〈文芸時評〉問わず語り」（「読売新聞」夕刊、１９76・9・25　⇩『文学の生理―文芸時評１９７３～１９７６』小沢書店、１９７９・４・20所収）

無記名「〈書評〉彩霧」（「読売新聞」１９７６・11・8）

無記名「〈書評〉彩霧」（「毎日新聞」１９７６・11・15）

上田三四二「〈書評〉彩霧」（「日本経済新聞」１９７６・11・21）

無記名「〈書評〉彩霧」（「朝日新聞」１９７６・11・23）

十返千鶴子「〈書評〉彩霧」（「婦人公論」１９７６・12）

本村敏雄「〈新著月評〉彩霧」（「群像」１９７６・12）

森万紀子「〈書評〉彩霧」（「日本読書新聞」１９７６・12・6）

神谷次郎「〈書評〉円地文子全集」（「図書新聞」１９７７・10・8）

磯田光一「円地文子著『円地文子全集』刊行によせて」（「週刊読書人」１９７７・11・21）

田中美代子「〈書評〉円地文子全集」（「日本読書新聞」１９７7・12・12）

月田智恵子「〈書評〉円地文子監修『人物日本の女性史』」

（「史海」1978・5）
無記名「〈書評〉江戸文学問わず語り」（「読売新聞」1978・10・16）
無記名「〈書評〉江戸文学問わず語り」（「毎日新聞」1978・11・6）
須永朝彦「〈書評〉江戸文学問わず語り」（「週刊読書人」1978・11・27）
中野孝次「〈新著月評〉江戸文学問わず語り」（「群像」1978・12）
十返千鶴子「〈書評〉江戸文学問わず語り」（「婦人公論」1979・1）
月村敏行「〈文芸時評〉花咲爺」（「週刊読書人」1979・1・1）
百目鬼恭三郎「〈書評〉江戸文学問わず語り」（「朝日ジャーナル」1979・1・5、12）
野口武彦「〈書評〉江戸文学問わず語り」（「海」1979・2）
無記名「〈書評〉食卓のない家」（「読売新聞」1979・5・21）
無記名「〈書評〉食卓のない家」（「毎日新聞」1979・5・28）
松本鶴雄「〈書評〉食卓のない家」（「週刊読書人」1979・6・18）
竹内静子「〈書評〉食卓のない家」（「図書新聞」1979・6・23）
宮内豊「〈書評〉食卓のない家」（「日本読書新聞」1979・6・25）
西義之「〈書評〉食卓のない家」（「潮」1979・7）
樺俊雄「〈書評〉食卓のない家」（「朝日ジャーナル」1979・7・27）
岡村朝雄「〈書評〉食卓のない家」（「ミュージック・マガジン」1979・8）
進藤純孝「〈書評〉食卓のない家」（「婦人公論」1979・8）
高野斗志美「〈書評〉食卓のない家」（「潮」1979・8）
進藤純孝「〈書評〉食卓のない家」（「特選街」1979・9）
福田宏年「〈書評〉砧」（「日本経済新聞」1980・5・4）
無記名「〈書評〉砧」（「朝日新聞」1980・5・11）
竹西寛子「〈書評〉砧」（「群像」1980・6）
森川達也「〈書評〉砧」（「新潮」1980・7）
無記名「〈書評〉四季の夢」（「日本読書新聞」1980・11・10）
巖谷大四「〈書評〉樋口一葉著、円地文子・田中澄江訳『たけくらべ・にごりえ』」（「週刊読書人」1981・9・14）
井上ひさし「〈文芸時評〉鴟戯談」（「朝日新聞」夕刊、198

1・9・26）
荒川洋治「〈文芸時評〉墨絵美人」（「週刊読書人」1981・10・5）
無記名「〈書評〉鴉戯談」（「読売新聞」1982・2・1）
鶴岡冬一「〈書評〉鴉戯談」（「図書新聞」1982・2・6）
巌谷大四「〈書評〉鴉戯談」（「日本経済新聞」1982・2・14）
大河内昭爾「〈書評〉鴉戯談」（「文学界」1982・3）
小田島雄志「〈書評〉鴉戯談」（「海」1982・3）
十返千鶴子「〈書評〉鴉戯談」（「婦人公論」1982・3）
藤枝静男「〈書評〉鴉戯談」（「群像」1982・3）
鈴木志郎康「〈書評〉鴉戯談」（「日本読書新聞」1982・4・5）
無記名「〈書評〉うそ・まこと七十余年」（「朝日新聞」1984・2・26）
無記名「〈書評〉うそ・まこと七十余年」（「毎日新聞」1984・3・26）
柿沼繁「〈書評〉菊慈童」（「図書新聞」1984・7・14）
高橋英夫「物語に流れる老年の妖美」（「日本経済新聞」1984・7・15　⇩のち、『小説は玻瑠の輝き』翰林書房、2000・7・10所収）
無記名「〈書評〉菊慈童」（「読売新聞」1984・7・16）
三枝和子「〈書評〉菊慈童」（「日本読書新聞」1984・7・30）
津島佑子「〈書評〉菊慈童」（「新潮」1984・8）
無記名「〈書評〉菊慈童」（「朝日新聞」1984・8・7）
無記名「〈書評〉菊慈童」（「毎日新聞」1984・8・20）
大河内昭爾「〈書評〉菊慈童」（「文学界」1984・9）
川村湊「〈書評〉菊慈童」（「群像」1984・9）
菊田均「〈書評〉菊慈童」（「すばる」1984・9）
秋山駿「〈書評〉菊慈童」（「週刊朝日」1984・9・21）
小田島雄志「〈書評〉女形一代」（「群像」1986・4）
無記名「〈書評〉女形一代」（「朝日新聞」1986・4・7）
松本徹「〈書評〉女形一代」（「日本経済新聞」1986・4・13）
武蔵野次郎「〈書評〉女形一代」（「サンデー毎日」1986・5・4）
森恵美子「〈書評〉円地文子の源氏物語」（「暮しの手帖」1986・5、6）
内海あぐり「〈書評〉女形一代」（「図書新聞」1986・5・17）
無記名「〈書評〉雪中群鳥図」（「毎日新聞」1987・3・24）
古屋健三「〈書評〉雪中群鳥図」（「日本経済新聞」1987・3・29）
三浦雅士「〈書評〉夢うつつの記」（「朝日新聞」1987・4・20）

田中澄江「〈書評〉雪中群鳥図」（「群像」１９８７・５）

利根川裕「〈書評〉雪中群鳥図」（「婦人公論」１９８７・５）

柘植光彦「〈書評〉雪中群鳥図〈続鴉戯談〉・夢うつつの記」（「図書新聞」１９８７・５・30）

満谷マーガレット「〈書評〉夢うつつの記」（「文学界」１９８７・６）

無記名「〈書評〉夢うつつの記」（「毎日新聞」１９８７・６・８）

Ⅵ　論文・評論・座談会など

徳田秋声「『晩春騒夜』等々」（「時事新報」１９２８・10・３）

神近市子「女流作家批判」（「読売新聞」１９２８・11・25）

無記名「新人紹介―上田文子」（「読売新聞」１９２９・１・15）

神近市子「昭和４年・女人展望（上）」（「読売新聞」１９２９・12・11）

大宅壮一「女性文芸陣批判」（「中央公論」１９３０・１）

大宅壮一・平林たい子・中村武羅夫・久米正雄ほか「座談会　文壇人総批判」（「新潮」１９３１・３）

大宅壮一「女流作家総評」（「文芸」１９３３・10）

中村武羅夫「女流作家小論（上）」（「読売新聞」夕刊、１９３９・４・22）

高見順「明日ある作家―円地文子」（「サンデー毎日」１９５４・３・28）

室生犀星「円地文子さんのこと」（「東京新聞」１９５４・６・７）

室生犀星「円地文子」（「文芸〈現代作家読本〉」１９５５・12）

平林たい子・高見順「対談　女流作家」（「文芸」１９５６・９）

和田芳恵「円地文子の近業」（「図書新聞」１９５７・４・20）

山本健吉「円地文子の世界」（「東京新聞」夕刊、１９５７・５・２、３　⇩のち、『昭和の女流文学』実業之日本社、１９５９・12・１所収）

浅見淵「円地文子の文学」（「図書新聞」１９５８・４・12）

無記名「一頁作家論―円地文子」（「群像」１９５８・６）

奥野健男「永遠に怖れられる女―円地文子の文学」（「文学界」１９５９・７）

奥野健男「円地文子の文学」（「文学界」１９５９・８　⇩のち、『文学的制覇』春秋社、１９６４・３・30所収）

大西巨人「円地文子先生の性的浅知恵・その他」（「新日本文学」１９５９・９）

大谷藤子「円地文子さん」（「三友」１９５９・９・３）

十返肇「円地文子」（「三友」１９５９・９・３）

山本健吉「11章　女の執念の激しさを描く円地文子／附・円地文子の文学」（『昭和の女流文学』実業之日本社、１９５９・12・１）

室生犀星「黄金の針―女流作家評伝１　円地文子」（「婦人公論」

１９６０・１　⇩のち、『黄金の針―女流評伝』中央公論社、１９６１・４・５所収）
平林たい子「古い友人たち」（「群像」１９６０・８）
大西巨人「女性作家の生理と文学」（「群像」１９６０・10）
吉田精一「円地文子と執念の文学（一）（二）《倒叙日本文学史》」（「解釈と鑑賞」１９６１・１、２　⇩のち、『現代文学と古典』至文堂、１９６１・10・30所収）
平林たい子「柔軟の中の強さ」（「朝日ジャーナル」１９６１・２・26）
磯貝英夫ほか「円地文子」（「解釈と鑑賞臨時増刊」１９６１・11　⇩のち、黒河内平編『現代作家の心理診断と新しい作家論』至文堂、１９６２・１・30所収）
矢野八郎「円地文子との一時間」（「オール読物」１９６２・２）
岡富久子「円地文子氏の妖」（「婦人画報」１９６２・３　⇩のち、『作家の横顔』垂水書房、１９６４・９・30所収）
沙東丸伍「円地文子」（「論争」１９６２・５）
村松剛「女流作家の小説４つ」（「読売新聞」夕刊、１９６２・５・３）
板垣直子「円地文子」（「解釈と鑑賞」１９６２・９）
進藤純孝「〃弁解〃のよすが求めて」（「読売新聞」夕刊、１９６３・１・17）
村松定孝「女流作家の心象と手法―円地文子の場合に関して」（「解釈と鑑賞」１９６３・９）
奥野健男「円地文子論―永遠に怖れられる女」（『文学的制覇』春秋社１９６４・３・30）
天野哲夫「円地文子『女坂』」（「裏窓」１９６４・９　⇩のち、沼正三『異嗜食的作家論』現代書館、２００９・５・31所収）
小松伸六「現代作家新人国記―東京篇（二）」（「小説現代」１９６４・９）
浅野三平「春雨物語『二世の縁』攷」（「女子大国文」１９６４・10）
楠本憲吉「円地文子・瀬戸内晴美（作家の性意識）」（「解釈と鑑賞」１９６６・６）
竹西寛子「なまみこ物語論」（「展望」１９６７・１）
重松泰雄・宮崎隆広「『二世の縁　拾遺』をめぐって（円地文子と古典）」（「解釈と鑑賞」１９６７・２）
板垣直子「円地文子」（『明治・大正・昭和の女流文学』桜楓社、１９６７・６・５）
杉崎俊夫「妖の文学―『女坂』について」（一）～（三）（「明日香」１９６７・10、１９６８・２、３）
日沼倫太郎「朱を奪ふもの〈円地文子〉―異形なる「性」の意味」（「国文学」１９６８・４）
古屋照子「妖の文学・円地文子論」（「南北」１９６８・７）
中村真一郎「現代文学と日本の古典」（「読売新聞」１９６８・８・18）

長谷川泉「円地文子」（「国文学」１９６９・１）
大久保典男「宗像滋子―朱を奪うもの」（「国文学」１９６９・10）
平山城児「現代文学に現われた欲求不満―円地文子の場合」（「現代のエスプリ」１９７０・１ ⇩のち、『現代文学における古典の受容』有精堂、１９９２・10・１所収）
磯田光一「劇的人生への飢渇―円地文子「朱を奪うもの―三部作」」（「文芸」１９７０・６）
村松定孝「円地文子」（「国文学」１９７０・７）
磯田光一「円地文子論―美的ユートピアンの宿命」（「群像」１９７０・８）
田中美代子「文学における〈女性〉の逆説―円地文子をめぐって」（「季刊芸術」１９７０・10 ⇩のち、『ロマン主義者は悪党か』新潮社、１９７１・４・15所収）
前田睦子「円地文子論」（「武庫川国文」１９７１・３）
岡宣子「円地文子論―劇作時代その一」（「目白学園女子短大研究紀要」１９７２・３）
藤井かをり「女流文学試論―円地文子の問題に添うて」（「藤女子大学国文学雑誌」１９７２・３）
諸田和治「円地文子」（「解釈と鑑賞」１９７２・３）
吉田精一「近代女流の文学」（「解釈と鑑賞」１９７２・３）
佐伯彰一「巫女のみちびき」（「文芸」１９７２・４ ⇩のち、『日本の「私」を索めて』河出書房新社、１９７４・９・１所収）
佐伯彰一「原型の再生―円地文子『女面』『なまみこ物語』『小町変相』論」（「文芸」１９７２・９ ⇩のち、『日本の「私」を索めて』河出書房新社、１９７４・９・１所収）
岡宣子「円地文子論（二）―劇作時代その二」（「目白学園女子短大研究紀要」１９７３・３）
田中美代子「円地文子―女性の悪について」（馬渡憲三郎編『女流文芸研究』南窓社、１９７３・８・30）
岡宣子「円地文子論（三）―戯曲から小説へ―「散文恋愛」論」（「目白学園女子短大研究紀要」１９７３・12）
熊坂敦子「藤原道長―円地文子『なまみこ物語』」（「国文学」１９７４・３）
奥野健男「円地文子」（『女流作家論―小説は本質的に女性のものか』第三文明社、１９７４・６・20）
子不語「円地文子―女の妄執を描く（作家 Who's Who）」（「朝日新聞」夕刊、１９７４・６・28）
中上健次「姉の自由・アナーキー―円地文子『花食い姥』（三角形の本棚」）（「早稲田文学（第7次）」１９７４・10）
岡保生「円地文子（作家の性意識―精神科医による作家論からの臨床診断）」（「解釈と鑑賞 臨時増刊」１９７４・11）
尾崎一雄『あの日この日 上・下』（講談社、１９７５・１・24）
松本鶴雄「円地文子」（「解釈と鑑賞」１９７５・７）
夏目鬼恭三郎「円地文子」（『現代の作家１０１人』新潮社、１

９７５・10・20）

紅野敏郎「（本のさんぽ45）ふたつの『女坂』のひとつ―随筆集『女坂』（円地文子）」（「国文学」１９７６・２）

遠藤久美江「円地文子『女坂』の世界」（「北方文芸」１９７６・３）

加藤郁乎「閨裏断章―エロティシズムの振幅」（「国文学」１９７６・７）

佐々木充「『遊魂』円地文子」（「国文学」１９７６・７）

巌谷大四「円地文学の妖しさ」（『物語女流文壇史・下』中央公論社、１９７７・６・30）

久保田正文「円地文子」（『作家論』永田書房、１９７７・７・１）

奥野健男「円地文子と巫女」（奥野健男・尾崎秀樹著『作家の表象・現代作家１１６』時事通信社、１９７７・９・５）

小沢和子「円地文子『女坂』について」（「駒沢短大国文」１９７８・３）

馬場あき子「つくも髪」（「国文学」１９７８・３）

奥野健男「円地文子」（『素顔の作家たち―現代作家１３２人』集英社、１９７８・11・25）

阿部雅子「主婦による読書会の歩み―『源氏物語』（円地文子訳）のばあい」（「大下学園国語科教育研究会研究紀要」１９７８・12）

瀬戸内晴美「円地さんの一面」（『有縁の人』創林社、１９７９・４・30）

磯田光一「『思想』の悲劇―朝倉少年の遺書と『食卓のない家』」（「新潮」１９７９・７）

結城信一「円地文子『春の歌』」（『作家の色々』六興出版、１９７９・７・25）

今川英子「円地文子『女坂』の倫　（名作の中のおんな１０１人）」（「国文学　臨時増刊」１９８０・３）

佐々木充「女流における様式と美意識　宇野千代・円地文子を中心に」（「国文学」１９８０・12）

呉羽長「『花散里』論―『源氏物語』と円地文子」（「文芸研究（東北大学）」１９８２・１）

藤木宏幸「円地文子氏の初期戯曲―『晩春騒夜』のことなど」（「悲劇喜劇」１９８２・１）

岡田秀子「意識の近代化と文学　その一―『おはん』と『女坂』」（「法政大学教養部紀要」１９８３・１）

中西健治「『やさしき夜の物語』の本文」（「解釈」１９８３・４）

中西健治「円地文子氏作『やさしき夜の物語』と寝覚物語」（「平安文学研究」１９８３・12）

能坂敦子「円地文子『朱を奪うもの』の滋子」（「国文学」１９８４・３）

中上健次「物語の系譜・八人の作家　円地文子（１）～（７）」（「国文学」１９８４・４～６、９、11、12、85・６）

森茉莉「玄関番、淳之介と周作、円地文子、白蓮と武子、大屋政子（ドッキリチャンネル２３７）」（「週刊新潮」１９８４・４・19）
無記名「現代文学の〈創作工房〉12　円地文子」（「週刊読書人」１９８４・８・27）
坂本育雄「円地文子」（「解釈と鑑賞」１９８５・９）
宮内淳子「円地文子『菊慈童』論—中性的な存在の意味するもの」（「人間文化研究年報」１９８６・３）
高桑法子「円地文子『菊慈童』—対概念からの解放」（「国文学」１９８６・５）
増田正造「近代文学と能４—円地文子『あの家』『仮面世界』『菊慈童』」（「観世」１９８６・９）
熊坂敦子「円地文子『妖』」（「国文学臨時増刊」１９８７・７）
発田和子「女流作家の病歴」（『女流作家の真髄』不二出版、１９８７・７・20）
川村湊「坂の姥—円地文子論」（「海燕」１９８７・８　⇩のち、『隣人のいる風景』国文社、１９９２・３・30所収）
坂本育雄「『女坂』円地文子」（「解釈と鑑賞」１９８７・10）
西田友美「円地文子『なまみこ物語』論—定子造型とその背後」（「方位」１９８７・12）
林正子「円地文子、その〈女〉語りの文学—自伝的三部作、そして『女坂』『女面』『なまみこ物語』の系譜」（「岐阜大学教養部研究報告」１９８８・２）
アイリーン・Ｂ・マイカルス・アダチ「円地文学における『霊的なもの』」（「国際日本文学研究集会会議録」１９８８・３）
アイリーン・Ｂ・マイカルス・アダチ「円地文学に流れる古典的なもの—『女坂』をめぐって」（「人間文化研究年報」１９８８・３）
藤田佐和子「円地文子試論—抑止された自我の変容」（「金沢大学国語国文」１９８８・３）
城田慈子「『耳瓔珞』（円地文子）考」（「群系」１９８８・７）
柳田浩二「文法に注目した作品研究　ボイス　作家の受動態の使用のみごとさ—『女坂』『最後の一句』のなかの用法」（「解釈と鑑賞」１９８８・７）
Van・C・Gessel「Echoes of Feminine Sensibility in Literature」（「JAPAN QUARTERLY」１９８８・10）
冨家素子「母・円地文子」（「新潮」１９８８・11）
千栄子・入江・ムルハーン著、榊敦子訳「『源氏物語』と円地文子に於けるジョイス的意識の語り」（「比較文学研究」１９８８・12）
須波敏子「「二世の縁　拾遺」の構造分析—主題とテキスト・コード」（「ガイア」１９８８・12　⇩のち『円地文子論』おうふう、１９９８・９・20所収）
下山嬢子「研究動向　円地文子」（「昭和文学研究」１９８９・２）

大沢文「円地文子「秋のめざめ」とその背景」（「岡大国文論稿」1989・3）
広尾理世子「『女坂』論」（「国語国文薩摩路」1989・3）
大久保典夫「『女坂』（円地文子）―意志と情念との葛藤」（「解釈と鑑賞」1989・4）
小笠原美子「『彩霧』（円地文子）―残酷なリアリズムとエロティシズム」（「解釈と鑑賞」1989・4）
冨家素子「東大物理教室―「母・円地文子」に書かなかった一章」（「新潮45」1989・5）
鈴木掑「和洋女流作家考・補遺」（「京都文教短期大学研究紀要」1989・12）
酒井敏「「食卓」のない「家」―円地文子『食卓のない家』から」（「中京国文学」1990・3）
武茂享子「円地文子研究―「女坂」に見る女性の強さ」（「青山語文」1990・3）
上坂信男「「女坂」断想」（「国文学研究」1990・6）
Juliet・Winters・Carpenter「Enchi Fumiko: "A Writer of Tales"」（「JAPAN QUARTERLY」1990・7）
西田友美「円地文子『女面』論」（「方位」1990・8）
辻本千鶴「『女坂』の世界―小説家・円地文子の出発点」（「日本文芸学」1990・11）
広尾理世子「円地的伝達をめぐって―『女面』論」（「近代文学論集」1990・11）
上坂信男「円地文子と源氏物語―「むらさき」寄稿時代の作品」（「早稲田大学大学院教育学研究科紀要」1990・12）
広尾理世子「子供、少女、そして円地的兆候―『女坂』再論」（「国語国文薩摩路」1991・3）
Doris・G・Bargen「Twin Blossoms on a Single Branch: The Cycle of Retribution in Onnamen」（「Monumenta Nipponica」1991・夏）
西田友美「円地文子『女面』の六条御息所解釈」（「国語国文学研究」1991・9）
上坂信男「円地文子『天の幸・地の幸』と『源氏物語』―「むらさき」寄稿時代の作品（続）」（「早稲田大学大学院教育学研究科紀要」1991・12）
西田友美「円地文子『妖』論」（「近代文学論集」1991・12）
藤田佐和子「円地文子の「しんめり」」（「金沢大学国語国文」1992・2）
遠藤潤一「源氏物語現代語訳本の謙譲語について―〈浮舟〉の巻の例」（「東横国文学」1992・3）
小林富久子「『女坂』―反逆の構造」（江種満子・漆田和代編『女が読む日本近代文学―フェミニズム批評の試み』新曜社、1992・3・10）
上坂信男「『清姫』―円地文子と源氏物語」（「白」1992・6）
竹腰幸夫「円地文子『朱を奪うもの』―三部作』」（安川定男編

『昭和の長編小説』至文堂、１９９２・７・15）
小笠原美子「円地文子の美意識—『女坂』をめぐって」（『解釈と鑑賞』１９９２・10）
平山城児「円地文子の作品に見られる性への執着」（『現代文学における古典の受容』有精堂、１９９２・10・１）
広尾理世子「『女面』再論—「見る」・「見られる」関係から」（『近代文学論集』１９９２・11）
上坂信男「円地文子と古典—『むらさき』寄稿時代の作品（完）」（『早稲田大学大学院教育学研究科紀要』１９９２・12）
アイリーン・Ｂ・マイカルス・アダチ「「なまみこ」としての自己表現—円地文子の作品から」（『人間文化研究年報』１９９３・３）
宮内淳子「双舞の果て—円地文子『女形一代』をめぐって」（『立正大学国語国文』１９９３・３）
冨家素子「円地文子という母」（『婦人公論』１９９３・６）
陸川享子「円地文子と少女小説」（『書誌調査』１９９３・９）
飯塚美穂「『女面』—古典の受容と現代的造形への変容」（『文学・語学』１９９３・10）
広尾理世子「円地文子の「小説の表現」—『驢馬の耳』を中心に」（『近代文学論集』１９９３・11）
西田友美「上坂信男著『円地文子—その『源氏物語』返照』」（『白』１９９３・12）
須波敏子「『小町変相』論」（佐藤泰正編『表現のなかの女性像』笠間書院、１９９４・１・31　⇩のち『円地文子論』おうふう、１９９８・９・20所収）
須波敏子「『冬の旅』論」（『ガイア』１９９４・２　⇩のち『円地文子論』おうふう、１９９８・９・20所収）
村尾清一「『私浮気したのよ』—いやらしく高貴な老年の性」（『新潮45』１９９４・４）
小林富久子「Deconstructing the Patriarchal Tradition in Japan: Enchi Fumiko's Onnazaka」（『文化論集』１９９４・９）
野口裕子「『二世の縁　拾遺』論」（『あしかび』１９９４・12　⇩のち、『円地文子の軌跡』和泉書院、２００３・７・５所収）
中田浩二「円地文子（素顔の作家たち）」（『THIS IS 読売』１９９５・１）
須波敏子「『女坂』論」（『昭和文学研究』１９９５・２　⇩のち『円地文子論』おうふう、１９９８・９・20所収）
須波敏子「『原妣』考」（『ガイア』１９９５・２　⇩のち『円地文子論』おうふう、１９９８・９・20所収）
冨家素子「『女坂』異聞」（『新潮』１９９５・３）
野口裕子「円地文子『女面』論—産む性の復讐と妖美の世界」（『日本文芸研究』１９９５・３　⇩のち、『円地文子の軌跡』和泉書院、２００３・７・５所収）
水藤　新子「小説を対象とした表現特性抽出の試み—幸田文と円地文子を例として」（『文体論研究』１９９５・３）

宮木孝子「『遊魂』小論—時空を超えた魂の往還」（「実践国文学」１９９５・３）

五十嵐礼子「『なまみこ物語』—自己表現としての憑霊」（「国文目白」１９９６・２）

田中愛「『ひもじい月日』論—「巫女的なもの」への軌跡を中心に」（「国文目白」１９９６・２）

中野裕子「『女坂』試論—〈女の言葉〉の発露」（「国文目白」１９９６・２）

藤木直実「『二世の縁　拾遺』試論—〈性〉の発見・〈生〉の獲得」（「国文目白」１９９６・２）

溝部優実子「『耳瓔珞』—セクシュアリティの行方」（「国文目白」１９９６・２）

山根知子「『朱を奪うもの』三部作試論—滋子の宗教観をめぐって」（「国文目白」１９９６・２）

林正子「〈女作者〉の〈生命〉の奔流と渇望—田村俊子と円地文子」（鈴木貞美編『「国文学解釈と鑑賞」別冊「生命」で読む20世紀日本文芸』至文堂、１９９６・２・10）

野口裕子「円地文子『女坂』再論—人間としての生」（「日本文芸研究」１９９６・３　⇩のち、『円地文子の軌跡』和泉書院、２００３・７・５所収）

萩原葉子、瀬戸内寂聴「〈対談〉愛した、書いた、踊った、祈った」（「新潮」１９９６・３）

野口裕子「円地文子著『朱を奪うもの—三部作』論—主人公滋子の特徴的心性をめぐって」（「人文論究」関西学院大学、１９９６・５　⇩のち、『円地文子の軌跡』和泉書院、２００３・７・５所収）

野口裕子「円地文子著『朱を奪うもの—三部作』序論—三部作成立をめぐる一考察」（「あしかび」１９９６・６　⇩のち、『円地文子の軌跡』和泉書院、２００３・７・５所収）

須浪敏子「円地文子『妖』論」（「昭和文学研究」１９９６・７　⇩のち『円地文子論』おうふう、１９９８・９・20所収）

高瀬真理子「肩の作家—円地文子と室生犀星」（「実践女子短大評論」１９９７・１）

野口裕子「円地文子著『妖』の構造をめぐって」（「日本文芸研究」１９９７・３　⇩のち、『円地文子の軌跡』和泉書院、２００３・７・５所収）

モニカ・ヴェアニツ「円地文子における「巫女的な女性」」（「世界文学」１９９７・６）

千種・キムラ・スティーブン「反逆の歴史—『女坂』を読む」（「社会文学」１９９７・６）

Nina Cornyetz著・岩壁茂・西岡亜紀訳「血の束縛：円地文子の『女面』における女性の不浄、神性、そして連帯」（「日米女性ジャーナル」１９９７・８）

水田宗子「ことばが紡ぐ羽衣—女と表現７　母の言葉と娘の失語—異文化と異言語への越境」（「現代詩手帖」１９９７・８）

芝野優子「『女坂』論—制度を超えて」（「帝塚山学院大学日本文

学研究」１９９８・２）

有元伸子「小町変奏―近代文学にみる小野小町像の継承と展開」（山根巴・横山邦治編『近代文学の形成と展開』和泉書院、１９９８・２・10）

岩崎文人「円地文子の詩―付・『東京新聞』〈月旦詩〉目録」（「文教国文学」１９９８・３）

田中愛「円地文子『妖』論―「妖」なるものの解明をめざして」（「信州豊南女子短期大学紀要」１９９８・３）

藤木直実「円地文子『二世の縁拾遺』―変容する『私』語り」（「日本女子大学大学院の会会誌」１９９８・３）

野口裕子「円地文子『妖』の手法―古典引用とその成果」（「日本文芸学」１９９８・３　⇩のち、『円地文子の軌跡』和泉書院、２００３・７・５所収）

梅本順子「円地文子とフェミニズム―『二世の縁　拾遺』は外国でいかに読まれたか」（「国際関係研究（国際文化編）」１９９８・12）

田中愛「円地文子『女面』論―「女の悪」の二重性をめぐって」（「信州豊南女子短期大学紀要」１９９９・３）

野口裕子「円地文子『やさしき夜の物語』の創作手法―内包する矛盾と『夜半の寝覚』散佚部分の再創作をめぐって」（「日本文芸研究」１９９９・６　⇩のち、『円地文子の軌跡』和泉書院、２００３・７・５所収）

北村結花「いまどきの『源氏物語』―円地文子訳から瀬戸内寂聴訳へ」（「国際文化学」１９９９・９）

Monika Wernitz「Die Schriftstellerin Enchi Fumiko (1905-1986) Erinnerungen an den steinigen Weg zum Erfolg」（「Brucke」京都外国語大学、２０００・３）

野口裕子「円地文子『小町変相』の装置―作中論文と案内人夏彦をめぐって」（「日本文芸学」２０００・３）

紅野敏郎「志賀直哉宛署名本（十九）―円地文子の『妖』『女面』『東京の土』など」（「日本古書通信」２０００・７・15）

ゾーイ・ジェスティコ「英語圏における円地文子に関する研究」（「詞林」２０００・10）

下山嬢子「円地文子『女坂』」（渡邊澄子編『女性文学を学ぶために』世界思想社、２０００・10・20）

加藤純一「現代文学にみる『食』」（円地文子著『食卓のない家（上・下）』）」（「食の科学」２０００・12）

下山嬢子「『女坂』の憑霊―〈ざんぶりと〉考」（「日本文学研究」大東文化大学、２００１・２）

田中愛「円地文子の上田秋成『二世の縁』受容―『二世の縁拾遺』を軸に」（「国文目白」２００１・２）

山下若菜「須波敏子著『円地文子論』」（「日本近代文学」２００１・５）

呉羽長「日本古典文学の現代語訳―『源氏物語』の場合」（「表現研究」２００１・10）

津島佑子・井上ひさし・小森陽一「座談会　昭和文学史

（21）女性作家―野上弥生子・佐多稲子・円地文子を中心に」（「すばる」２００２・１　⇩井上ひさし・小森陽一編著『座談会昭和文学史』第5巻、集英社、２００４・１・31）

森岡清美「明治期新華族周辺における妻と妾―円地文子『女坂』から」（「淑徳大学社会学部研究紀要」２００２・３）

小林富久子「山姥は笑っている―円地文子と津島佑子」（水田宗子・北田幸恵編『山姥たちの物語―女性の原型と語りなおし』学芸書林、２００２・３・８）

ゾーイ・ジェスティコ「円地文子『妖』論―花瓶の役割を中心に」（「詞林」２００２・４）

丸山正人「現代小説に描かれている老人のセクシュアリティ（性の姿）」（「長野県国語国文学会研究紀要」２００２・12）

飯田祐子「朱を奪う―読者となること・読者へ書くこと」（「日本文学」２００３・１）

玉井朋「円地文子『女坂』にみる夫婦」（「芸文攷」２００３・１）

永岡義久「坂道探訪　円地文子『女坂』モデル考」（1）（2）（「公評」２００３・５、７）

倉田容子「円地文子『遊魂』論―〈老い〉と〈女〉のアンビヴァレンス」（「国文」２００３・７）

中上健次「姉の自由・アナーキー（円地文子『花食い姥』）（特集　１１１年の評論・戦後篇）」（「早稲田文学（第9次）」２００３・７）

田中愛「円地文子『女坂』論―生命力の発露」（「信州豊南短期大学紀要」２００４・３）

倉田容子「自死する老女たち―家族・ジェンダー・エイジング」（菅聡子編『「国文学解釈と鑑賞」別冊　女性作家《現在》』至文堂、２００４・３・15　⇩のち、『語る老女　語られる老女』学芸書林、２０１０・２・24所収）

高桑法子「野口裕子著『円地文子の軌跡』」（「日本近代文学」２００４・５）

青木正美「円地文子『妖』」（『大衆文学自筆原稿集』東京堂出版、２００４・７・25）

倉田容子「一九七〇年代〈老いゆく身体〉―円地文子『彩霧』におけるエイジングとジェンダー」（「F-GENSジャーナル」２００４・９　⇩のち、『語る老女　語られる老女』学芸書林、２０１０・２・24所収）

木村朗子「妄念を生きる―円地文子『女面』」（西沢正史企画監修『六条御息所（人物で読む源氏物語7）』勉誠出版、２００５・６・10）

石田仁志「家族小説論の試み―太宰治『斜陽』・円地文子『女坂』」（「東洋」２００５・７）

江口恵「円地文子『冬紅葉』における老い」（「阪大比較文学」２００５・８）

菅聡子「小林富久子著『円地文子―ジェンダーで読む作家の生と作品』」（「国文学」２００５・９）

車谷長吉「続・意地ッ張り文学誌第十六回　東京の昔」（「波」２００５・11）

瀬戸内寂聴「円地文子生誕百年記念特別エッセイ　目白台アパートの円地さん」（「群像」２００５・11）

AYAKO KANO「Enchi Fumiko's Stormy Days—Arashi and the Drama of Childbirth」（「Monumenta Nipponica」２００６・春）

川本三郎「円地文子　真の官能を知る女」（「諸君！」２００６・３）

古澤多起子「女坂—遺言書という妻の恋文」（上田博編『昭和の結婚小説』おうふう、２００６・９・10）

小林富久子「女坂（円地文子）「妻妾同居」という心理的拷問」（岩淵宏子・長谷川啓編『ジェンダーで読む　愛・性・家族』東京堂出版、２００６・10・30）

市川隆一郎「文学作品にみる高齢者の性（３）」（「聖徳大学研究紀要（人文学部）」２００６・12）

江口恵「円地文子とジイド—『散文恋愛』と『贋金つくり』の比較を中心に」（「阪大比較文学」２００６・12）

小嶋栄子「円地文子・幸田文は受動態をどう使用したか」（「解釈と鑑賞」２００７・１）

倉田容子「円地文子『菊慈童』におけるイマジナリーな領域—ジェンダー・エイジング批評と〈書くこと〉の倫理」（「F-GENSジャーナル」２００７・４　⇩のち、『語る老女　語られる老女』学芸書林、２０１０・２・24所収）

高瀬真理子「顔の〈醜さ〉とは何か—『光明皇后の絵』『女神』『唐笛』『オペラ座の怪人』『ジェーン・エア』」（「歌子」２００７・３）

外村彰「円地文子『女面』」（児玉実英ほか編『二〇世紀女性文学を学ぶ人のために』世界思想社、２００７・３・10）

辻本千鶴「抑圧される〈私〉—円地文子『女坂』・『女面』」（鈴木紀子ほか編『女の怪異学』晃洋書房、２００７・３・30）

宮内淳子「『源氏物語』の現代語訳と「女流」の領域—戦後の女性作家による現代語訳をめぐって」（伊井春樹監修・千葉俊二編『近代文学における源氏物語（講座源氏物語研究６）』おうふう、２００７・８・20）

モーロ・ダニエラ「ボーダーラインに生きる人々の老年最後の輝きと両性具有性—円地文子の『菊慈童』をめぐって」（「近代文学　研究と資料（第二次）」２００８・３）

菅聡子「円地文子『女坂』—支配と反逆」（「解釈と鑑賞」２００８・４）

中西健治「寝覚物語と小池真理子『夜の寝覚め』」（「解釈」２００８・４）

鈴木直子「円地文子と『源氏物語』—『女流』という磁場をめぐって」（「解釈と鑑賞」２００８・５）

北村結花「「読みやすさ」の衣をまとって—円地文子訳と瀬戸内寂聴訳」（伊井春樹監修・河添房江編『源氏物語の現代語訳と

翻訳（講座源氏物語研究12）』おうふう、２００８・６・20）
野口裕子「円地文子『彩霧』への道程」（「解釈」２００８・８）
倉田容子「研究動向 円地文子」（「昭和文学研究」２００８・９）
長谷川啓「円地文子 遊魂の悦楽／狐火の如き老いのエロス」（尾形明子・長谷川啓編『老いの愉楽―「老人文学」の魅力』東京堂出版、２００８・９・30）
倉田容子「円地文子（一九〇五年～一九六八年）―年老い給ふほど、この世ならぬ美しさのみ勝りて」（『お茶の水ブックレット８ 明治 大正 昭和に生きた女性作家たち』お茶の水学術事業会、２００８・11・８ ⇩のち、『語る老女 語られる老女』学芸書林、２０１０・２・24所収）
崔正美「〈老女〉のセクシュアリティ―円地文子の描く「山の女」」（米村みゆき・佐々木亜紀子編『〈介護小説〉の風景』森話社、２００８・11・24）
モーロ・ダニエラ「芸術観とジェンダー―円地文子『小町変相』における小野小町論をめぐって」（「近代文学 研究と資料（第二次）」２００９・３）
河野基樹「軽井沢の犀星と女性文学者たち―円地文子・板垣直子・湯浅芳子」（「室生犀星研究」２００９・11）
渡邊澄子「戦争下の円地文子―『輝ク』時代を中心に」（「芸術至上主義文芸」２００９・11）
吉野貴庸「円地文子『女坂』とプランゲ文庫―初出誌の書誌的考察」（「同志社国文学」２００９・12）

Ⅶ 対談・座談会・インタビュー

（１）円地文子対談集

円地文子・白洲正子『古典夜話―けり子とかも子の対談集』（平凡社、１９７５・12・15）
円地文子『有縁の人々と』（文芸春秋、１９８６・１・25）
吉田精一「『源氏物語』をめぐって」（「国文学」１９６８・９）
サイデンステッカー「世界文学としての『源氏物語』」（「翻訳の世界」１９７７・５）
ドナルド・キーン「『源氏物語』を語る」（「波」１９７２・10）
丸谷才一「光源氏と女たち」（「マダム」１９８０・４ ＊「つきせぬ魅力」から改題）
野上弥生子「緑蔭閑談」（「海」１９７４・６）
大江健三郎・清岡卓行「日本語の伝統と創造」（「群像」１９７１・８）
中上健次「物語りについて」（「海」１９７９・10）
谷崎潤一郎「伊豆山閑話」（「風景」１９６１・10）
朝永振一郎「一億分の一センチ」（「中央公論」１９５９・３）

瀬戸内晴美「愛と芸術の軌跡」（『別冊婦人公論』１９８０・夏）

円地文子『源氏物語のヒロインたち』（講談社、１９８７・３・27　＊初出は「ＳＯＰＨＩＡ」１９８４・７〜１９８５・８）

円地文子「〈インタビュー〉『源氏物語』と私」

永井路子「藤壺・空蟬」

杉本苑子「葵の上・夕顔」

竹西寛子「六条御息所」

大庭みな子「朧月夜・花散里・末摘花」

清水好子「紫の上」

田中澄江「明石の上」

尾崎左永子「朝顔斎院・玉蔓」

近藤富枝「女三宮」

津島佑子「大君・中の君」

富岡多恵子「浮舟」

瀬戸内寂聴「光源氏をめぐる女たちの哀歓」

田辺聖子「男たち、女たちの群像」

（2）　対談・座談会など

上田文子・熱田優子・生田花世・伊福部敬子・今井邦子・小池みどり・富本一枝・中本たか子・新妻伊都子・林芙美子・平塚らいてう・平林たい子・望月百合子・素川絹子・八木秋子「女人芸術―年間批判会」（『女人芸術』１９２９・６）

上田文子・岡本かの子・片岡鉄平・辻山春子・中島幸子・八木秋子「『氷の雨』（長谷川時雨）合評」（『女人芸術』１９２９・12）

円地文子・荒木巍・石光葆・上野壮夫・大谷藤子・小坂たき子・渋川驍・高見順・田宮虎彦・那珂孝平・新田潤・伴野英夫・平林彪吾・古沢元・細野孝二郎・堀田昇一・本庄陸男・松田解子・矢田津世子「若もの一席話」（『人民文庫』１９３６・５）

円地文子・今井邦子・関みさを・長谷川時雨・深尾須磨子・水町京子・吉野信子「清・紫二女を語る女流作家の座談会」（『むらさき』１９３６・５）

円地文子・荒木巍・石光葆・井上友一郎・上野壮夫・大友彌之介・小坂たき子・渋川驍・伴野英夫・高見順・竹内昌平・田村泰次郎・那珂孝平・新田潤・平林彪吾・古沢元・細野孝二郎・松田解子・湯浅克衛「若もの一席話」（『人民文庫』１９３６・６）

円地文子・佐藤俊子・渋川驍・高見順・武田麟太郎・徳田秋声・広津和郎「〈座談会〉散文精神を訊く」（『人民文庫』１９３６・11）

円地文子・大谷藤子・小坂たき子・平林たい子・松田解子・矢田津世子「働く女性は斯く視る」（『人民文庫』１９３７・１）

円地文子・井上鶴子・大石千代子・狩野弘子・後藤俊子・

長谷川時雨・森茉莉・山内緑・若林つや「帰朝者を囲んで」（「輝ク」1937・2、3）

円地文子・秋山虔・荒正人・今井源衛・小田切秀雄・佐々木基一・武田宗俊・中村真一郎・早坂礼吾・山室静・本多秋五（司会）「日本古典をめぐって（3）―『源氏物語』を中心に（上）―」（「近代文学」1955・7）

円地文子・秋山虔・荒正人・今井源衛・小田切秀雄・佐々木基一・武田宗俊・中村真一郎・早坂礼吾・山室静・本多秋五（司会）「日本古典をめぐって（4）―『源氏物語』を中心に（下）―」（「近代文学」1955・8）

円地文子・荒正人・暉峻康隆・広末保・本多秋五（司会）「『西鶴』を語る―日本古典をめぐって（第十一回）―」（「近代文学」1956・11）

円地文子・志賀直哉・谷崎潤一郎「新橋演舞場の『赤西蠣太』を見て」（「産経時事」夕刊、1957・1・18）

円地文子・池田亀鑑・中村真一郎・山本健吉「源氏物語と枕草子」（「婦人公論」1957・2）

円地文子・佐多稲子・曽野綾子・平林たい子「女流作家」（「群像」1960・4）

円地文子・鈴木一雄・田辺貞之助・吉田精一（司会）「謎の文学『源氏物語』」（「解釈と鑑賞」1961・10）

円地文子・瀬戸内晴美・中村真一郎・吉田精一（司会）「現代女流作家を語る」（「解釈と鑑賞」1962・9）

円地文子・サイデンステッカー・谷崎潤一郎「作家の態度」（「文芸」1963・9）

円地文子・谷崎潤一郎「谷崎文学の周辺」（『日本の文学23 谷崎潤一郎（一）』付録1、中央公論社、1964・2・5 ⇩のち、紅野敏郎・千葉俊二編『資料 谷崎潤一郎』桜楓社、1980・7・10所収）

円地文子・南 博・吉田精一「性と日本文学」（「解釈と鑑賞」1966・6）

円地文子・小西四郎「激動の時代が人物を創る」（小西四郎『日本の歴史19』付録19、中央公論社、1966・8・15）

円地文子・平林たい子「女の生き方と文学」（「群像」1966・9）

円地文子・船橋聖一・吉行淳之介「文学、性、自由」（「群像」1967・2）

円地文子・佐伯彰一・ドナルド・キーン「日本文学の魅力」（「群像」1967・6）

円地文子・吉田精一「現代の文学について」（「国文学」1968・11）

円地文子・佐伯彰一・山本健吉「三島芸術のなかの日本と西洋」（「群像」特大号1969・2）

円地文子・松岡英夫「この人と―王朝の女流文学」（「毎日新聞」1970・1・1～9）

円地文子・江藤淳・塩田良平・中村光夫「日記文学の系

譜」（「国文学」１９７０・５）

円地文子・佐伯彰一・山本健吉「三島芸術のなかの日本と西洋」（「群像」１９７１・２）

円地文子・高峰秀子「女心のナイショをえぐる円地文子（昼下がりの対話15）」（「潮」１９７１・10）

円地文子・秋山虔「草体仮名の世界」（阿部秋生・秋山虔・今井源衛校注、訳『日本古典文学全集13　源氏物語二』月報13、小学館、１９７２・１・25）

円地文子・サイデンステッカー「『源氏物語』―異色対談」（「週刊朝日」１９７４・７・12）

円地文子・秋山虔「源氏物語の魅惑」（「国文学」１９７４・９）

円地文子・野口冨士男・吉行淳之介「追悼・舟橋聖一」（「新潮」１９７６・３）

円地文子・大岡信・清水好子「源氏物語と王朝の世界」（「新潮」１９７６・７）

円地文子・藤枝静男「『彩霧』」（「週刊ポスト」１９７７・２・11）

円地文子・坂東玉三郎「女流その世界」（「婦人画報」１９７７・11）

円地文子・山本健吉「川端康成・幽遠な美の世界」（「波」１９７９・１）

円地文子・阿川弘之・丹羽文雄・藤枝静男「尾崎一雄・人と文学」（「群像」１９８３・６）

（３）　インタビュー

無記名「著者と１時間」（「朝日新聞」１９６１・５・19）

円地文子・神野志隆光「私と『源氏物語』―円地文子氏に聞く」（「国語通信」１９７４・２）

円地文子・中村明「円地文子（現代文学とことば４）」（「言語生活」１９７６・４）

円地文子・熊坂敦子「円地文子氏に聞く」（「国文学」１９７６・７）

円地文子・大原泰恵「作家訪問２　円地文子氏に聞く―ひとりの女の生き方」（「知識」１９８０・10）

円地文子・三國一朗「世の中のどん底を見てきた人は強い（三國一朗の女の学校４）」（「潮」１９８４・９）

Ⅷ　関連記事・追悼記事

岡本綺堂「選評―一幕物時代喜劇懸賞当選脚本・上田富美子『ふるさと』」（「歌舞伎」１９２６・10）

小山内薫「懸賞時代喜劇について」（「歌舞伎」１９２６・10）

無記名「女流文学賞を得た円地文子さん」（「東京新聞」１９５４・４・３）

石坂洋二郎・伊藤整・亀井勝一郎・川口松太郎・川端康成・中島健蔵・丹羽文雄・舟橋聖一・吉川英治「昭和32年度野間文芸賞　銓衡委員の言葉」（「群像」１９５８・１）

井上靖・円地文子・佐多稲子・丹羽文雄・野上弥生子・平野謙・平林たい子「第五回女流文学賞選評」（「婦人公論」1966・5）
大岡昇平・武田泰淳・丹羽文雄・舟橋聖一・三島由紀夫「第5回谷崎潤一郎賞　選後評」（「中央公論」1969・11）
平野謙「第四回日本文学大賞受賞　選評」（「新潮」1972・5）
佐伯彰一「巧緻な刺繍を重ねた牡丹の花―円地文子さんを悼む」（「毎日新聞」夕刊、1986・11・15）
阿部光子「老いを美しく（追悼・円地文子）」（「週刊読書人」1986・12・1）
佐伯彰一・瀬戸内晴美・竹西寛子「座談会　円地文子・人と文学（追悼 円地文子）」（「群像」1987・1）
山本健吉「円地文子氏の世界（追悼 円地文子）」（「群像」1987・1）
大岡昇平「重なる御縁（追悼 円地文子）」（「群像」1987・1）
河野多恵子「一流の人―円地文子さん（追悼 円地文子）」（「群像」1987・1）
大庭みな子「面影（追悼 円地文子）」（「群像」1987・1）
大江健三郎「翡翠（追悼 円地文子）」（「群像」1987・1）
津島佑子「円地さんの美意識（追悼 円地文子）」（「群像」1987・1）
清水好子「『源氏物語』ゆかりの年月（追悼・円地文子）」（「新潮」1987・1）
河野多恵子「円地文子さんと現世（追悼・円地文子）」（「新潮」1987・1）
田中澄江「春や昔の春ならぬ（追悼・円地文子）」（「新潮」1987・1）
小松伸六「円地文子の一面（追悼・円地文子）」（「すばる」1987・1）
田中澄江「犬養藤と澄江椿（追悼・円地文子）」（「すばる」1987・1）
竹田博志「追悼・円地文子先生の絶筆原稿」（「知識」1987・1）
佐多稲子「円地文子さんを偲ぶ」（「中央公論」1987・1）
永井路子「追悼・円地文子先生と私　虚と実の間」（「婦人公論」1987・1）
近藤富枝「追悼・円地文子先生と私　美しい贈り物」（「婦人公論」1987・1）
佐伯彰一「ふたりの物語作家―円地さんの三島反応（追悼・円地文子）」（「文学界」1987・1）
瀬戸内晴美「華麗なる暴君（追悼・円地文子）」（「文学界」1987・1）

あとがき

円地文子が没して四半世紀になろうとしている。

その間、現代文学の変貌は著しかったが、それを直ちに文学の成熟とみるには、幾分の躊躇《ためら》いもある。多岐的、多様化したかに見える変貌の側面には、文学と読者とを結ぶ媒体の変化や、その社会的機構の変化からの要請があったことも看過できないし、また、それに伴ってもたらされた文学の変質は多分に流動的でもあった。そうした文学状況にあって、円地文子が築いた文学には、表現へのたゆまぬ懐疑と信頼から創造された、一時代に留まらない文学創造への豊穣な可能性が息づいている。

本事典は、そのことを明らかにしようとして企画されたものである。

刊行に至る経緯を少し記しておきたい。

円地文子は唐突に選ばれたわけではない。本学会の前会長であった森安理文を中心に、希望する学会員が集い、昭和六十二年から、月に一回の割合で円地の作品を読んでいた。この会は十四回ほどで中断したが、その後、円地文子を学会として研究してみてはどうかという声があがって久しかった。そこで、学会発足四十年を迎える記念事業の一環として企画しようということになった。

『事典』の目次と立項にあたっては、安田義明の詳細なノートが基礎にあって、それらをもとに編者が検討を重ね、成案に至る過程では、特に安田の手を多く煩わした。

執筆陣には、本学会の会員を中心に、学会以外の学究、研究者の方々にもお願いした。快くご協力下さった諸氏にお礼を申し上げる。

円地文子の『事典』としては、初めてのことゆえ、立項や編集において必ずしも十全ではないところもあると思われるが、ただ、円地の全作品を収録することには徹底したつもりである。

願わくは、円地文子文学を研究しようとする人たちや、文学愛好者、とりわけ若い人たちに本事典が利用されていくことを切望するものである。

企画段階から適切な助言で編集業務を円滑化してくださった版元・鼎書房の加曽利達孝社長に心から感謝を申し上げたい。

平成二十三年三月

企画　芸術至上主義文芸学会
編者　馬渡憲三郎
高野良知
竹内清己
安田義明

円地文子事典

発　行――二〇一一年四月三〇日
企　画――芸術至上主義文芸学会
編　者――馬渡憲三郎・高野良知
　　　　竹内清己・安田義明
発行者――加曽利達孝
発行所――鼎　書　房
〒132-0031　東京都江戸川区松島二-一七-二
TEL・FAX　〇三-三六五四-一〇六四
印刷所――太平印刷社
製本所――エイワ

ISBN978-4-907846-78-7　C1593

室生犀星事典
ISBN978-4-907846-56-5
定価 九、九七五円

村上春樹作品研究事典［増補版］
ISBN978-4-907846-54-1
定価 四、二〇〇円

現代女性作家研究事典
ISBN978-4-907846-08-4
定価 三、九九〇円

日本文化文学人物事典
ISBN978-4-907846-61-9
定価 四、七二五円

久坂葉子全集（全3巻）
ISBN978-4-907846-26-8
三冊揃・定価 一五、七五〇円